Lecciones

Ian McEwan

Lecciones

Traducción de Eduardo Iriarte

EDITORIAL ANAGRAMA
BARCELONA

Título de la edición original:
Lessons
Jonathan Cape
Londres, 2022

Ilustración: © Tina Berning

Primera edición: septiembre 2023

Diseño de la colección: lookatcia.com
© De la traducción, Eduardo Iriarte, 2023
© Ian McEwan, 2022
© EDITORIAL ANAGRAMA, S. A., 2023
   Pau Claris, 172
   08037 Barcelona

ISBN: 978-84-339-0193-4
Depósito legal: B. 10884-2023

Printed in Spain

Liberdúplex, S. L. U., ctra. BV 2249, km 7,4 - Polígono Torrentfondo
08791 Sant Llorenç d'Hortons

A mi hermana, Margy Hopkins,
y a mis hermanos, Jim Wort y David Sharp

Primero sentimos. Luego caemos.

JAMES JOYCE, *Finnegans Wake*

Primera parte

1

Este era un recuerdo insomne, no un sueño. Era la lección de piano otra vez: un suelo de baldosas naranja, una ventana alta, un instrumento de media cola en una habitación sin muebles cerca de la enfermería. Tenía once años e intentaba tocar lo que otros quizá conocieran como el primer preludio del Libro I de *El clave bien temperado* de Bach, versión simplificada, aunque él no sabía nada de eso. No se planteaba si era famoso u oscuro. No tenía cuándo ni dónde. Solo alcanzaba a concebir que alguien se había tomado en algún momento el trabajo de componerlo. La música sencillamente estaba aquí, un asunto de la escuela, o algo oscuro, como un pinar en invierno, exclusivo de él, de su laberinto privado de frío pesar. Nunca le dejaría marchar.

La profesora estaba sentada a su lado en la banqueta ancha. De cara redonda, erguida, perfumada, severa. Su belleza quedaba disimulada por su compostura. No regañaba ni sonreía nunca. Había chicos que decían que estaba loca, pero él lo dudaba.

Cometió el error en el mismo lugar, el que siempre cometía, y ella se le acercó más para mostrárselo. Notó su brazo firme y cálido contra el hombro, las manos, las uñas pintadas, justo encima de su regazo. Sintió un hormigueo tremendo que le impedía prestar atención.

13

–Escucha. Es un sonido lento, ondulante.

Pero mientras ella tocaba, no oía ninguna lenta ondulación. Su perfume abrumaba sus sentidos y lo ensordecía. Era un aroma empalagoso y torneado, como un objeto sólido, una suave piedra de río que se entrometía en sus pensamientos. Tres años después averiguaría que era agua de rosas.

–Prueba otra vez. –Lo dijo en un tono ascendente de advertencia. Ella tenía sentido musical, él no. Sabía que ella tenía la cabeza en otra parte y que la aburría con su insignificancia: otro niño manchado de tinta en un internado. Sus propios dedos pulsaron las teclas poco melodiosas. Atinó a ver el lugar difícil sobre la partitura antes de llegar a él, estaba ocurriendo antes de que ocurriera, el error se le abalanzaba, los brazos extendidos como una madre, dispuesto a guarecerlo, siempre el mismo error que lo iba a recoger sin la promesa de un beso. Y entonces ocurrió. Su pulgar tenía vida propia.

Juntos, oyeron las notas falsas fundirse con el silencio siseante.

–Lo siento –susurró para sí mismo.

El desagrado de ella llegó en forma de una rápida exhalación por las fosas nasales, un resuello inverso que ya había oído antes. Los dedos de la profesora buscaron la cara interna de su muslo, justo en el dobladillo de los pantalones cortos, y le pellizcaron con fuerza. Esa noche le saldría un diminuto cardenal azul. Tenía el tacto fresco cuando su mano ascendió bajo los pantalones hasta donde la goma elástica de los calzoncillos entraba en contacto con la piel. Se escabulló de la banqueta y se puso en pie, sonrojado.

–Siéntate. ¡Vas a empezar de nuevo!

Su severidad borró lo que acababa de pasar. Se había esfumado y él dudaba ya de su recuerdo. Vaciló ante otro más de esos tropiezos cegadores con las rarezas de los adultos. Nunca te decían lo que sabían. Te ocultaban los límites de tu ignorancia. Lo ocurrido, fuera lo que fuese, tenía que ser culpa de él, y la desobediencia no era propia de su naturaleza. Así pues, tomó asiento, levantó la cabeza hacia la hosca columna de claves de sol allí donde pendían en la partitura y acometió de nuevo la pieza, con más inseguridad incluso que antes. No podía haber ondulación, no en este bosque. Muy pronto se acercaba de nuevo al mismo lugar difícil. El desastre era ineludible y sabiéndolo lo confirmó al posar el estúpido pulgar cuando debería haberlo dejado quieto. Se interrumpió. La disonancia persistente sonó como su nombre pronunciado en voz alta. La maestra le agarró la barbilla entre el nudillo y el pulgar y le volvió la cara hacia ella. Hasta el aliento lo tenía perfumado. Sin apartar sus ojos de los de él, alargó la mano para coger la regla de treinta centímetros de la tapa del piano. Él no iba a dejar que le pegara, pero cuando se apartó de la banqueta, no vio lo que se avecinaba. Le alcanzó en la rodilla con el canto, no la parte lisa, y le escoció. Retrocedió un paso.

–Vas a hacer lo que se te diga y te vas a sentar.

Le ardía la pierna, pero no pensaba llevar la mano hasta allí, todavía no. La contempló por última vez, su belleza, la blusa ceñida de cuello alto con botones de perla, los pliegues diagonales en forma de abanico que formaban sus pechos sobre la tela bajo su mirada fija y correcta.

Huyó de ella a lo largo de una galería de meses hasta que tenía trece años y era tarde por la noche. Durante meses ella había figurado en sus fantasías previas al sueño. Pero esta vez era distinta, la sensación era salvaje, el frío vuelco en el estómago era lo que supuso que la gente llamaba éxtasis. Todo era nuevo, bueno o malo, y era todo suyo. Nunca nada le había resultado tan emocionante como dejar atrás el punto sin retorno. Demasiado tarde, no había vuelta atrás, ¿qué más daba? Asombrado, se corrió en la mano por primera vez. Cuando se hubo recobrado, se incorporó en la oscuridad, se levantó de la cama y fue a los lavabos del dormitorio, «los meaderos», para examinar el glóbulo pálido en la palma de la mano, la palma de un niño. Aquí, sus recuerdos se transformaron en sueños. Fue acercándose cada vez más a través del universo reluciente hasta una vista desde la cima de una montaña sobre un océano alejado, como el que viera el gordo Cortés en un poema que toda la clase tuvo que copiar veinticinco veces como castigo después de la jornada lectiva. Un mar de criaturas que no dejaban de retorcerse, más pequeñas que renacuajos, millones y millones, amontonadas hasta el curvo horizonte. Más cerca aún, hasta que encontró y siguió a cierto individuo que nadaba entre la multitud en su viaje, abriéndose paso a empujones entre sus semejantes por tersos túneles rosados, adelantando al resto conforme se descolgaban agotados. Al final, llegó solo ante un disco, espléndido como un sol, girando lentamente en el sentido de las agujas del reloj, tranquilo y rebosante de sabiduría, esperando con indiferencia. Si no era él, sería algún otro. Al atravesar las gruesas cortinas rojo sangre, llegó desde cierta distancia un aullido, luego la explosión solar de la cara de un bebé llorando.

Era un hombre hecho y derecho, un poeta, le gustaba pensar, con resaca y barba incipiente de cinco días, que surgía de las aguas poco profundas del sueño reciente, trastabillaba ahora del dormitorio al cuarto del bebé lloroso, lo cogía de la cuna y lo sostenía en brazos.

Luego estaba abajo, con el niño dormido contra el pecho bajo una sábana. Una mecedora y al lado, en una mesita baja, un libro que había comprado sobre problemas internacionales que sabía que no leería nunca. Él tenía sus propios problemas. Estaba de cara a una cristalera y contemplaba un estrecho jardín londinense a través de un húmedo amanecer neblinoso hasta un manzano sin hojas. A su izquierda había una carretilla verde vuelta del revés que no se había movido de su sitio

16

desde algún día de un verano olvidado. Más cerca había una mesa redonda de metal que siempre había tenido intención de pintar. Una primavera fría y tardía disimuló la muerte del árbol y este año no tendría hojas. En una calurosa sequía de tres semanas que había comenzado en julio podría haberlo salvado pese a la prohibición de regar con manguera. Pero había estado muy ocupado para recorrer toda la longitud del jardín con cubos llenos.

Se le estaban cerrando los ojos y se le caía la cabeza hacia atrás, recordando otra vez, no durmiendo. Aquí estaba el preludio tal como debía interpretarse. Había pasado mucho tiempo desde que estaba aquí, con once años de nuevo, caminando con otros treinta hacia un viejo barracón prefabricado. Tenían muy corta edad para saber lo desdichados que eran, demasiado frío para hablar. La renuencia colectiva los hacía desplazarse al unísono como un cuerpo de baile descendiendo una pronunciada pendiente de hierba en silencio para formar una fila fuera en la neblina y esperar obedientemente a que empezara la clase.

Dentro, justo en el centro, había una estufa de hulla encendida y, una vez que entraron en calor, se alborotaron. Se hacía posible aquí, no en ninguna otra parte, porque el profesor de latín, un escocés bajo y afable, era incapaz de controlar a la clase. En la pizarra, con la letra del maestro: *Exspectata dies aderat*. Debajo, la torpe caligrafía de un niño: *Había llegado el día esperado*. En este mismo barracón, en tiempos más arduos según les habían explicado, hombres se preparaban para la guerra en el mar, aprendiendo los principios matemáticos de la colocación de minas. Esa era su tarea. Mientras que aquí, ahora, un chico grandote, un famoso abusón, se pavoneó hasta la primera fila para inclinarse, con gesto lascivo, y ofrecer su satírico trasero para que el afable escocés se lo azotara inútilmente con una zapatilla de tenis. Jalearon al abusón, pues nadie más se habría atrevido a hacer algo así.

A medida que la bulla y el caos arreciaban y algo blanco volaba por encima de las mesas, recordó, era lunes y había llegado el día tan esperado y temido; otra vez. En la muñeca llevaba el grueso reloj que le dio su padre. *No lo pierdas.* En treinta y dos minutos empezaría la lección de piano. Procuró no pensar en la maestra porque no había ensayado. El bosque le resultaba demasiado oscuro y espeluznante para llegar al sitio donde bajaba ciegamente el pulgar. Si pensaba en su madre, le entraría flojera. Estaba muy lejos y no podía ayudarle, conque la ahuyentó también. Nadie podía evitar que llegara el lunes. El cardenal de la semana anterior se estaba desvaneciendo, ¿y qué era, recordar el aroma de la maestra de piano? No era lo mismo que olerlo. Más parecido a una imagen sin color, o un lugar, o un sentimiento por un lugar, o algo a medio camino. Más allá del miedo había otro elemento, la excitación, que también debía ahuyentar.

Para Roland Baines, el hombre necesitado de sueño en la mecedora, la ciudad que empezaba a despertar no era más que un remoto torrente sonoro cada vez más intenso con el paso de los minutos. La hora punta. Expulsada de sus sueños, sus camas, la gente se precipitaba por las calles como el viento. Aquí no tenía nada que hacer salvo ser una cama para su hijo. Contra el pecho sentía el latir del corazón de su hijo, justo casi el doble de rápido que el suyo. Sus pulsos se acompasaban y se iban desacompasando, aunque algún día siempre irían desacompasados. Nunca estarían tan unidos. Lo conocería menos bien, luego menos aún. Otros conocerían a Lawrence mejor que él, dónde estaba, qué estaba haciendo y diciendo, cada vez más unido a este amigo, luego a esta amante. Llorando a veces, solo. De su padre, alguna que otra visita, un abrazo sincero, una puesta al día sobre el trabajo, la familia, algo de política, luego la despedida. Hasta entonces, lo sabía todo sobre él, dónde estaba en todo momento, en todo lugar. Él era la cama del bebé y su dios. El largo alejamiento, le gustara o no, podía ser la esencia de la paternidad y desde aquí era imposible concebirlo.

Habían pasado muchos años desde que dejara ir al chico de once años con la secreta marca ovalada en la cara interna del muslo. Aquella noche la había examinado después de que apagaran las luces, bajándose el pijama en los meaderos, agachándose para mirar más de cerca. Aquí estaba la huella de un dedo y el pulgar, la firma de ella, un registro por escrito del momento que lo hacía real. Una suerte de fotografía. No le dolió al pasar el dedo por los bordes donde la piel pálida pasaba del tono verdoso al azul. Apretó con fuerza, justo en el centro donde era casi negro. No le dolió.

En las semanas posteriores a la desaparición de su esposa, las visitas de la policía y el aislamiento de la casa, intentó a menudo explicarse la tendencia a evocar aquella noche que de pronto se vio solo. La fatiga y el estrés lo habían hecho remontarse a los orígenes, los principios básicos, el pasado interminable. Habría sido peor de haber sabido lo que se avecinaba: tantas visitas a una oficina extenuada, tanto esperar en bancos de plástico clavados al suelo a que dijesen su número con un centenar más, múltiples entrevistas exponiendo su caso mientras Lawrence H. Baines se retorcía y balbuceaba en su regazo. Al cabo, se le concedió cierta ayuda estatal, un salario de padre soltero, un óbolo de viudo, aunque no estaba muerta. Cuando Lawrence cumpliera un año, tendría plaza en una guardería mientras su padre ocupaba un puesto en un centro de atención telefónica o algo similar. Profesor de Escucha Eficaz. Completamente razonable. ¿Iba a dejar que otros se esforzaran por mantenerlo mientras él languidecía la tarde entera con sus sextinas? No había ninguna contradicción. Era un acuerdo, un contrato que aceptaba, y detestaba.

Lo que ocurrió hacía mucho tiempo en una pequeña sala junto a la enfermería había sido tan calamitoso como su apaño actual, pero seguía adelante, tanto ahora como entonces, casi bien de cara a la galería. Lo que podía destruirlo procedía del interior, la sensación de nadar en el error. Si de niño había sido un desacierto sentirse así, ¿por qué iba a permitirse ahora la sensación de culpa? Debía culparla a ella, no a sí mismo. Llegó a saberse sus postales y su nota de memoria. Según los convencionalismos, ese tipo de notas se dejaban en la mesa de la cocina. Ella había dejado la suya en la almohada de él, como el bombón amargo en un hotel. *No intentes localizarme. Estoy bien. No es culpa tuya. Te quiero, pero esto es definitivo. He estado viviendo una vida equivocada. Intenta perdonarme, por favor.* En la cama, en el lado de ella, estaban sus llaves de la casa.

¿Qué clase de amor era ese? ¿Era dar a luz una vida equivocada? Era por lo general después de beber en serio cuando se obsesionaba y detestaba la frase final que ella no había terminado. *Intenta perdonarme, por favor,* tendría que haber dicho, *como me he perdonado yo.* La compasión por sí misma de la desertora frente a la amarga claridad del que había quedado atrás, el desertado. Se reafirmaba con cada dedo de whisky. Otro dedo invisible que lo llamaba. La odiaba progresivamente y cada pensamiento era una repetición, una variación sobre el tema de su deserción egoísta. Tras una hora de reflexión forense sabía que el momento crítico no estaba lejos, el punto de inflexión del trabajo mental de la velada. Casi lo había alcanzado, ponte otro. Sus pensamientos aminoraban el ritmo y luego se detenían de repente, sin razón alguna, como el tren del poema que su clase tuvo que aprender de corrido so pena de castigo. Un día caluroso en una parada en Gloucestershire, y la quietud en la que alguien tose. Entonces le vendría a la cabeza de nuevo, la lúcida noción tan clara e intensa como un cercano trinar de pájaros. Estaba por fin borracho y liberado para quererla de nuevo y desear su regreso. Su remota belleza seráfica, la fragilidad de sus manos de huesos menudos y su voz apenas modulada de resultas de una infancia alemana, un poco ronca, como después de haber estado gritando. Pero ella nunca gritaba. Lo quería, de modo que la culpa debía de ser de él y fue un detalle por su parte decirle en la nota que no lo era. No sabía qué parte defectuosa de sí mismo condenar, conque tenía que ser todo él.

Aturdidamente contrito, en una nube dulce y triste, iba subiendo meditabundo la escalera, se cercioraba de que el bebé estuviera bien, se echaba a dormir, a veces vestido por completo, cruzado en la cama, para despertar en las horas más áridas de la madrugada, exhausto y alerta, furioso y sediento, estimando sus virtudes y cómo lo habían agraviado. Ganaba casi tanto como ella, había aportado su mitad en el cuidado de Lawrence, noches incluidas, era fiel, cariñoso, nunca se las daba de genio poeta que se regía por normas especiales. Entonces había sido un idiota, un pardillo, y por eso lo había abandonado, por un hombre de verdad quizá. No, no, él era bueno, era bueno y la detestaba. Esto es *definitivo*. Había vuelto al punto de partida; otra vez. Lo más cercano a dormir consistía ahora en yacer boca arriba, los ojos cerrados, atento a Lawrence, por lo demás absorto en recuerdos, deseos, invenciones, incluso versos pasables que no tenía ganas de poner por escrito, durante una hora, y otra, luego una tercera, hasta el amanecer. Pronto revisaría una vez más la visita de la policía, las sospechas que recayeron sobre él, la nube ponzoñosa frente a la que había aislado la casa, y si era necesario volver a hacerlo. Este proceso inútil lo había llevado una noche a remontarse a la lección de piano. La sala resonante a la que había ido a parar y donde se veía obligado a observar.

Por medio del latín y el francés, había aprendido sobre tiempos verbales. Siempre habían estado ahí, pasado, presente, futuro, y no se había dado cuenta de cómo la lengua dividía el tiempo. Ahora lo sabía. Su maestra de piano estaba usando el presente continuo para condicionar el futuro próximo. «Te estás sentando erguido, tienes la barbilla levantada. Estás sosteniendo los codos en ángulo recto. Los dedos están preparados, ligeramente curvados, y estás dejando que las muñecas permanezcan distendidas. Estás mirando directamente la partitura.» También sabía lo que era un ángulo recto. Tiempos verbales, ángulos, cómo deletrear continuidad. Para que aprendiera estos elementos del mundo real su padre lo había enviado a más de tres mil kilómetros de su madre. Había cuestiones de interés para los adultos, millones de ellas, que una tras otra iría asimilando. Cuando llegó de la clase de latín, sin aliento y puntual, la maestra de piano quiso saber cuánto había ensayado durante la semana. Le mintió. Entonces ella se sentó cerca otra vez. Lo envolvió con su perfume. La marca que le había dejado en la pierna la semana anterior se había desvanecido y su recuerdo de lo ocurrido era incierto. Pero como intentara volver a hacerle daño, saldría corriendo de la sala sin vacilar. Sintió una especie de fortaleza, un murmullo de entusiasmo en el pecho, al fingir ante ella que había ensayado tres horas durante la semana. La verdad ascendía a cero, ni siquiera tres minutos. Nunca había engañado a una mujer. Le había mentido a su padre, a quien temía, para salir de algún apuro, pero a su madre siempre le había dicho la verdad.

La profesora carraspeó suavemente, lo que indicaba que le había creído. O quizá no.

Susurró:

–Bien. Adelante.

El libro grande y delgado de piezas fáciles para principiantes estaba abierto por la mitad. Por primera vez se fijó en las tres grapas en el pliegue que mantenían unido el libro. Esas no había que tocarlas: semejante estupidez le hizo sonreír. El severo bucle erguido de la clave de sol, la clave de fa enroscada como el feto de un conejo en su libro de biología, las notas negras, las blancas claras que se mantenían durante más tiempo, esta doble página mugrienta y manoseada que era su propio castigo especial. Nada de ello le resultaba ahora familiar o antipático siquiera. Cuando empezó, su primera nota sonó al doble de volumen que la segunda. Pasó con cuidado a la tercera y la cuarta, y cobró velocidad. Era cautela, y luego le pareció que avanzaba a hurtadillas. No ensayar lo había liberado. Obedecía las notas, la mano izquierda con la derecha, y hacía caso omiso de las digitaciones anotadas a lápiz. No tenía nada que recordar salvo pulsar las teclas en el orden correcto. El sitio difícil se le presentó de repente, pero el pulgar izquierdo olvidó descender, y entonces ya era demasiado tarde, ya estaba fuera de peligro, al otro lado, desplazándose con suavidad por el terreno llano encima del bosque, donde la luz y el espacio eran más limpios, y durante un tramo le pareció atinar a discernir la insinuación de una melodía, suspendida como una broma sobre su templada evolución de sonidos.

Seguir las instrucciones, dos, quizá tres, cada segundo, requería toda su concentración. Se olvidó de sí mismo e incluso la olvidó a ella. El tiempo y el lugar se disolvieron. El piano se desvaneció junto con la mismísima existencia. Fue como si estuviera despertando después de dormir toda la noche cuando se encontró al final, tocando con dos manos un sencillo acorde abierto. Pero no apartó las manos tal como le indicaba que debía hacer la cuadrada en la partitura. El acorde resonó y disminuyó en la salita sin muebles.

No las apartó cuando notó la mano de ella en la cabeza, ni siquiera cuando apretó con fuerza para volverle el rostro hacia ella. Nada en la expresión de la maestra le indicó lo que pasaría entonces.

Ella dijo en voz queda:

–Tú...

Fue entonces cuando él levantó las manos de las teclas.

23

–Tú, pequeño...

En un movimiento complicado, ella bajó e inclinó la cabeza de modo que su rostro se acercó al de él describiendo un arco descendente que acabó en un beso, sus labios pegados por completo, un beso suave, prolongado. Él no se resistió ni se implicó. Ocurrió y dejó que ocurriera y no sintió nada mientras duró. Solo en retrospectiva, cuando viviera y reviviera y avivara el momento en soledad, entendería la magnitud de su importancia. Mientras duró, sus labios estaban sobre los de él y esperó aturdido a que pasara. Entonces hubo una súbita distracción, y terminó. Había caído sobre la ventana alta el destello de una sombra que pasaba. Ella se retiró y se volvió a mirar, igual que él. Los dos lo habían visto o percibido al mismo tiempo, en el margen de la visión. ¿Era una cara, una cara y un hombro de desaprobación? Pero la ventanita cuadrada solo les mostró una nube desgreñada y retazos de azul pálido invernal. Él sabía que desde fuera la ventana estaba muy elevada para que la alcanzara incluso el adulto más alto. Era un pájaro, seguramente una paloma del palomar que había en el viejo bloque del establo. Pero maestra y pupilo se habían separado con sentimiento de culpabilidad y, aunque él no entendía gran cosa, sabía que ahora estaban unidos por un secreto. La ventana vacía había tenido la rudeza de invocar el mundo exterior de la gente. También entendía lo descortés que habría sido llevarse una mano a la boca para aliviar el picor de la humedad al secarse.

Ella le dio la espalda y en una voz firme y tranquilizadora que daba a entender que no le preocupaba el mundo fisgón le sostuvo la mirada mientras hablaba, esta vez en un tono amable en futuro, que utilizó para que el presente pareciera razonable. Y ahora lo era. Aunque él nunca le había oído decir tal cosa.

–Roland, dentro de dos semanas hay media jornada de fiesta. Cae en viernes. Quiero que escuches con atención. Irás en la bici a mi pueblo. Erwarton. Viniendo de Holbrook, queda después del pub, a la derecha, con una puerta verde. Tienes que llegar a la hora del almuerzo. ¿Lo has entendido? Asintió sin entender nada. Que tuviera que cruzar en bicicleta la península por carreteras estrechas y caminos de granja hasta su pueblo para almorzar cuando podía comer en la escuela le desconcertó. Todo le desconcertó. Al mismo tiempo, pese a la confusión, o debido a ella, ansiaba estar a solas para sentir y pensar en el beso.

–Te mandaré una tarjeta para recordártelo. A partir de ahora te dará clases el señor Clare. No yo. Le diré que estás haciendo excelentes progresos. Así pues, joven, vamos a hacer escalas mayores y menores con dos sostenidos.

Más fácil preguntar adónde que por qué. ¿Adónde se fue? Pasaron cuatro horas antes de que diera parte de la nota y la desaparición de Alissa a la policía. A sus amigos les pareció que incluso dos horas era demasiado rato. ¡Llámales ya! Se resistió, aguantó. No era solo que prefiriera pensar que podía regresar en cualquier momento. No quería que un desconocido leyera su nota, ni que se confirmara oficialmente su ausencia. Para sorpresa suya, alguien se presentó en su casa al día siguiente de su llamada. Era un agente de policía local y parecía agobiado. Anotó unos detalles, echó un vistazo a la nota de Alissa y dijo que lo mantendría informado. No pasó nada durante una semana, y en ese tiempo llegaron sus cuatro postales. El especialista apareció sin aviso previo una mañana temprano en un minúsculo coche patrulla que aparcó de manera ilegal delante de la casa. Había estado lloviendo mucho, pero no se percató del rastro que dejaron sus zapatos en el suelo del vestíbulo. El inspector Douglas Browne, al que la piel de las mejillas le caía formando bolsas, tenía el aspecto amigable de un perrazo de ojos castaños. Se sentó encorvado

25

a la mesa de la cocina enfrente de Roland. Junto a las inmensas manos del inspector con los nudillos cubiertos de vello oscuro estaban su libreta, las postales y la nota de la almohada. Un grueso abrigo que no se quitó acrecentaba su corpulencia y realzaba el efecto canino. En torno a los dos hombres reinaba un desorden de platos y tazas sucios, correo basura, facturas, un biberón casi vacío y las sobras untadas del desayuno de Lawrence y su babero. Eran lo que uno de los amigos de Roland llamaba los años de las babas. Lawrence estaba en su trona, insólitamente callado, mirando con temor reverencial a ese gigantón y sus hombros desproporcionados. Durante todo el tiempo que duró la visita Browne ignoró al bebé. Roland se ofendió levemente en nombre de su hijo. Irrelevante. Los ojos castaño suave del agente solo miraban al padre y Roland se vio obligado a contestar las preguntas de rutina. El matrimonio no pasaba por dificultades: lo dijo en tono más alto de lo que era su intención. No se había retirado dinero de la cuenta conjunta. Todavía eran vacaciones, conque la escuela donde ella trabajaba no estaría al tanto de su ausencia. Se había llevado una pequeña maleta negra. Vestía un abrigo verde. Aquí tenía unas fotografías, su fecha de nacimiento, los nombres de sus padres y su dirección en Alemania. Era posible que llevase una boina.

El inspector se interesó por la postal más reciente, de Múnich. Roland no creía que ella conociera a nadie allí. En Berlín sí, y en Hannover y Hamburgo. Era una mujer del norte luterano. Cuando Browne arqueó una ceja, Roland le dijo que Múnich estaba en el sur. Quizá era el nombre de Lutero lo que debería haber explicado. Pero el inspector miró la libreta y planteó otra pregunta. No, dijo Roland, nunca había hecho nada semejante. No, él no tenía una copia de los detalles de su pasaporte. No, no parecía deprimida últimamente. Sus padres vivían cerca de Nienburg, una pequeña localidad también en el norte de Alemania. Cuando les telefoneó por otro asunto, quedó claro que no había pasado por allí. No les había dicho nada. Su madre, aquejada de resentimiento crónico, habría estallado al oír esta noticia de su única hija. Deserción. ¡Cómo se atrevía! Madre e hija reñían habitualmente. Pero habría que informar a sus suegros y sus propios padres. Las tres primeras postales de Alissa, de Dover, París y luego Estrasburgo, habían llegado en cuatro días. La cuarta, la postal de Múnich, llegó dos días después. Desde entonces, nada. El inspector Browne examinó las postales de nuevo. Todas iguales. *Todo bien. No te preocupes. Dale un beso a Larry de mi parte. Besos, Alissa.* La falta de variación parecía perturbada o bien hostil. Una súplica de ayuda o una especie de insulto. El mismo rotulador azul, sin fechas, los matasellos ilegibles aparte de Dover, las mismas anodinas vistas urbanas de puentes sobre el Sena, el Rin, el Isar. Ríos imponentes. Iba a la deriva hacia el este, cada vez más lejos de casa. La noche anterior, a punto de dormirse, Roland la imaginó como la Ofelia ahogada de Millais, oscilando sobre las aguas limpias y tranquilas del Isar, por delante de Pupplinger Au con sus bañistas desnudos tumbados en las orillas cubiertas de hierba cual focas varadas; ella boca arriba, la cabeza primero, flotando corriente abajo, invisible y silenciosa a través de Múnich, por delante del Jardín Inglés, hasta la confluencia con el Danubio, luego inadvertida a través de Viena, Budapest y Belgrado, a través de diez naciones y sus salvajes historias, siguiendo las fronteras del Imperio romano, hasta los cielos blancos y las ilimitadas marismas del delta del Mar Negro, donde ella y él hicieron una vez el amor al abrigo de un viejo molino en Letea y vieron cerca de Isaccea una bandada de pelícanos escandalosos. Hacía solo dos años. Garzas reales púrpuras, ibis lustrosos, un ganso silvestre. Hasta entonces, las aves le habían traído sin cuidado. Esa noche antes de dormir se había alejado con ella hasta un lugar de felicidad furiosa, un nacimiento. De un tiempo a esta parte, tenía que hacer un esfuer-

27

zo de concentración para mantenerse en el presente. El pasado era a menudo un conducto desde el recuerdo hasta el fantaseo desasosegado. Lo achacaba al cansancio, la resaca, la confusión.

Douglas Browne decía en tono consolador al tiempo que se inclinaba sobre la libreta:

–Cuando mi mujer se hartó, me echó a mí de casa.

Roland empezó a hablar, pero Lawrence lo atajó con un chillido. Una exigencia de que lo incluyeran. Roland se levantó para soltarlo de la silla y se lo puso sobre el regazo. Un nuevo ángulo, cara a cara, del gigante desconocido acalló al bebé otra vez. Le sostuvo la mirada con ferocidad, boquiabierto y babeante. Nadie podía saber lo que le pasaba por la cabeza a un niño de siete meses. Un vacío sombreado, un cielo gris de invierno contra el que estallaban impresiones –sonidos, imágenes, tientos– cual fuegos de artificio en arcos y conos de colores primarios, olvidados al instante, sustituidos al instante y olvidados de nuevo. O un hondo pozo en el que todo caía y desaparecía, pero permanecía, irrecuperablemente presente, formas oscuras en aguas profundas ejerciendo su atracción gravitatoria incluso ochenta años después, en lechos de muerte, en últimas confesiones, en llantos postreros por el amor perdido.

Después de que se fuera Alissa, había observado a su hijo en busca de indicios de pena o perjuicio y los había visto a cada paso. Un bebé debía de echar en falta a su madre, pero ¿cómo sino en el recuerdo? A veces Lawrence permanecía callado demasiado rato. ¿Estupefacto, paralizado, sobrellevando la formación del tejido cicatricial durante horas en las regiones inferiores del subconsciente, si es que existían un lugar y un proceso semejantes? La noche anterior había gritado demasiado fuerte. Enrabietado por lo que no podía tener, aunque hubiese olvidado lo que era. No el pecho. Se le alimentó con biberón desde el principio por insistencia de su

28

madre. Parte de su plan, pensaba Roland en los malos momentos.

El inspector terminó con la libreta.

–Se hace cargo de que, si localizamos a Alissa, no podemos decirle a usted dónde está sin su permiso.

–Pueden decirme si sigue viva.

Asintió y pensó un momento.

–Por lo general, cuando se encuentra muerta a una esposa desaparecida, el asesino es el marido.

–Entonces, esperemos que siga con vida.

Browne se irguió y se meció ligeramente hacia atrás en la silla, remedando sorpresa. Por primera vez sonrió. Se mostró cordial.

–A menudo ocurre lo siguiente. Bien. Él se la carga, se deshace del cadáver, allá en New Forest, pongamos por caso, un lugar solitario, una tumba poco profunda, informa de su desaparición, luego ¿qué?

–¿Qué?

–Luego comienza. De pronto, él cae en la cuenta de que era adorable. Se querían. La echa de menos y empieza a creerse su propia historia. Se ha largado. O se la ha cargado un psicópata. Llora, está deprimido, luego se pone furioso. No es un asesino, no está mintiendo, no tal como lo ve ahora. Ella se ha ido y él lo *siente* así de verdad. Y a todos los demás nos parece real. Parece sincero. Es difícil conseguir que esos se vengan abajo.

Lawrence recostó la cabeza en el pecho de su padre y se puso a dormitar. Roland no quería que el inspector se marchara todavía. Cuando lo hiciera, sería hora de limpiar la cocina. Ordenar los dormitorios, hacer la colada, limpiar el rastro de suciedad en el vestíbulo. Hacer la lista de la compra. Lo único que quería era dormir.

Dijo:

–Yo sigo en la fase de echarla de menos.

–Todavía es pronto, caballero.

Entonces los dos hombres se echaron a reír bajito. Como si fuera gracioso y fuesen viejos amigos. Roland notaba una disposición favorable hacia la cara derrumbada, su blando aspecto abatido de infinito desgaste natural. Respetaba el impulso del inspector a las confidencias repentinas. Después de un silencio Roland preguntó:

–¿Por qué lo echó de casa?

–Trabajaba demasiado, bebía más de la cuenta, volvía tarde todas las noches. No le hacía caso, no hacía caso a los críos, tres niños encantadores, tenía una amiguita de la que alguien le habló.

–Pues menos mal que se libró de usted.

–Eso pensé yo. Estaba a punto de convertirme en uno de esos tipos con dos casas. Ya sabe a qué me refiero. La vieja no sabe nada de la nueva, la nueva está celosa de la vieja, y uno va zumbando entre una y otra como si llevara un atizador al rojo vivo metido en el culo.

–Ahora está con la nueva.

Browne dejó escapar un sonoro suspiro por la nariz al tiempo que apartaba la mirada y se rascaba el cuello. El infierno alcanzado por esfuerzos propios era una construcción interesante. Nadie se libraba de fabricar uno, al menos uno, en toda una vida. Algunas vidas no eran más que eso. Era una tautología, que la desdicha infligida a uno mismo constituía una extensión del carácter. Pero Roland pensaba a menudo en ello. Uno construía una máquina de tortura y se metía dentro. Encajaba a la perfección, con diversos grados de dolor a elegir: desde ciertos empleos, o el gusto por la bebida, la droga, por el delito unido al don de que te acabaran pillando. La religión austera era otra opción. Todo un sistema político podía optar por la aflicción autoimpuesta: él había pasado una temporada en Berlín Oriental. El matrimonio, una máquina para dos, presentaba posibilidades de tamaño familiar, todas las variantes de la *folie à deux*. Todo el mundo conocía ejemplos y la edificación de Roland era de lo más ingeniosa. Su buena amiga, Daphne, se lo expuso con claridad una noche, mucho antes de que Alissa se marchara, cuando él confesó que llevaba meses alicaído. «Obtuviste calificaciones brillantes en las clases nocturnas, Roland. ¡Tantas asignaturas! Pero en todo lo demás que probabas, querías ser el mejor del mundo. El piano, el tenis, el periodismo, ahora la poesía. Y esas son solo las que conozco. En cuanto descubres que no eres el mejor, tiras la toalla y te detestas. Lo mismo con las relaciones. Quieres demasiado y luego pasas página. O ella no puede soportar la búsqueda de la perfección y te da la patada.»

Ante el silencio del inspector, Roland expresó de otra manera la pregunta.

—Así pues, con la vieja o la nueva, ¿qué quiere en realidad?

Sin emitir sonido alguno, Lawrence se estaba cagando en sueños. El olor no era tan malo. Uno de los descubrimientos de la mediana edad: lo pronto que uno llegaba a tolerar la mierda de aquel a quien quería. Una regla general.

Browne sopesó en serio la pregunta. Paseó la mirada distraídamente por la habitación. Vio los estantes caóticos, montones de revistas, una cometa rota encima de un armario. Ahora, con los codos sobre la mesa y la cabeza gacha, se quedó mirando la fibra del pino mientras se masajeaba la nuca con las dos manos. Al final, se irguió.

—Lo que quiero en realidad es una muestra de su letra. Lo que sea. Me vale con una lista de la compra.

Roland dejó que ascendiera y descendiera una pequeña ola de náusea.

—¿Cree que escribí yo estos mensajes?

Un error, después de una noche pesada, haberse saltado el desayuno. Ni una tostada con mantequilla y miel para combatir la hipoglicemia. Había estado muy liado ocupándose de

31

Lawrence. Luego las manos trémulas habían hecho un café el triple de cargado.

–Una nota para el lechero me basta.

Del bolsillo del abrigo Browne sacó un objeto cuadrado de cuero con correa. Con gruñidos y un suspiro de exasperación, extrajo la cámara de la funda desgastada, una tarea que implicaba hacer girar una rosca plateada muy pequeña para sus dedos gordezuelos. Era una antigua Leica de 35 milímetros, plateada y negra con el cuerpo mellado. Le sostuvo la mirada a Roland y esbozó una sonrisa de labios fruncidos mientras le quitaba la tapa al objetivo. Se puso en pie. Con atención pedante, dispuso en fila las cuatro postales y la nota. Una vez que hubo tomado instantáneas de todas por ambas caras y guardado la cámara en el bolsillo de nuevo, dijo:

–Es una maravilla, esta nueva película de alta velocidad. Se puede llevar a cualquier parte. ¿Le interesa?

–Antes me gustaba mucho. –Luego Roland añadió, en tono acusatorio–: De niño.

Browne sacó de otro bolsillo del abrigo unas láminas de plástico. Una por una, cogió las postales por un ángulo y las introdujo en cuatro sobres transparentes que selló con un pellizco. En el quinto deslizó la nota de la almohada. *No es culpa tuya.* Se sentó y formó un pulcro montoncito, cuadrándolo con las manazas.

–Si no le importa, me las voy a llevar.

A Roland le latía tan fuerte el corazón que estaba empezando a sentirse lleno de energía.

–Sí me importa.

–Las huellas dactilares. Es muy importante. Se las devolveremos.

–Dicen que en las comisarías se pierden cosas.

Browne sonrió.

–Vamos a ver el resto de la casa. Bueno, necesitamos una

muestra de su letra, una prenda de ella, algo que tenga sus huellas dactilares y esto..., ¿qué más? Una muestra de la letra de ella.

–Ya la tiene.

–Algo anterior.

Roland se puso en pie con Lawrence en brazos.

–Quizá haya sido un error implicarlos a ustedes en un asunto personal.

El inspector se dirigía ya hacia las escaleras.

–Quizá lo fue.

Cuando llegaron al estrecho descansillo, Roland dijo:

–Tengo que cambiar al bebé primero.

–Le espero aquí.

Pero cinco minutos después, cuando volvió con Lawrence apoyado en la cadera, se encontró a Browne en su dormitorio, el dormitorio de ellos, empequeñeciéndolo groseramente con su corpulencia, plantado delante de la ventana cerca de la mesita en la que trabajaba Roland. Igual que antes, el bebé miraba fijamente con asombro. Había una libreta y tres copias mecanografiadas de poemas recientes dispersas en torno a la máquina de escribir, una Olivetti portátil. En el dormitorio poco iluminado con vistas al norte el inspector sostenía una hoja ladeada hacia la luz.

–Perdone. Eso es personal. Qué indiscreto está siendo, joder.

–El título es bueno. –Lo leyó sin entonación–: «Glamis había asesinado el sueño». Glamis. Un nombre de chica precioso. Galés. –Dejó la hoja y volvió hacia Roland y Lawrence por el angosto espacio entre el pie de la cama y la pared.

–No son palabras mías, y es escocés, de hecho.

–¿Así que no duerme bien?

Roland lo dejó correr. Los muebles del dormitorio los había pintado Alissa de verde pálido con dibujos de hojas de roble y bellotas estarcidos en azul. Le abrió un cajón a Browne.

Los jerséis de ella estaban doblados en tres hileras parejas. Las fragancias diversas que usaba constituían una mezcla silenciosa, una historia intensa. El momento en que se conocieron solapado a la última vez que hablaron. Le superaron sus perfumes y su súbita presencia, y reculó como ante una potente luz. Browne se inclinó con esfuerzo y cogió el más cercano. Cachemira negra. Lo apartó para introducirlo en una de las bolsas de plástico.

–¿Y la muestra de mi letra?

–Ya la tengo. –Browne enderezó el bulto de la cámara en el bolsillo del abrigo y le dio unos golpecitos–. Su libreta estaba abierta.

–Sin mi permiso.

–¿Era ese el lado de ella? –Miraba hacia la cabecera de la cama.

Roland estaba tan enfadado que no contestó. En su mesilla había una horquilla de pelo roja con las puntas de plástico aferradas a las páginas de un libro en edición de bolsillo que Browne cogió por los bordes. *Pnin,* de Nabokov. Con delicadeza, abrió la cubierta y echó un leve vistazo.

–¿Las notas son de ella?

–Sí.

–¿Lo ha leído?

Roland asintió.

–¿Este ejemplar?

–No.

–Bien. Podríamos llamar a la policía forense, pero a estas alturas no creo que merezca la pena.

Roland estaba controlándose y procuró mantener el tono de conversación.

–Creía que estábamos asistiendo al principio del final de las huellas dactilares. El futuro son los genes.

–Bazofia de moda. Ni usted ni yo lo veremos.

–¿De verdad?

–Ni nadie. –El inspector se dirigió hacia el descansillo–. Lo que tiene que entender es lo siguiente. Un gen no es algo tangible. Es una idea. Una idea acerca de información. Una huella dactilar es algo tangible, un rastro.

Los dos hombres y el bebé bajaron las escaleras. Al llegar al pie, Browne se volvió. Tenía bajo el brazo la bolsa transparente con el jersey de Alissa.

–No nos presentamos en el escenario de un crimen en busca de ideas abstractas. Buscamos rastros de cosas reales.

Lawrence volvió a interrumpirlos. Levantando un brazo, lanzó un grito a pleno pulmón que empezaba por una consonante explosiva, una «b» o una «p», y señaló sin el menor sentido la pared con un dedo húmedo. El sonido era una práctica, suponía Roland por lo general, de cara a toda una vida de hablar. La lengua tenía que ponerse en forma para todo lo que fuera a decir.

Browne iba pasillo adelante. Roland, que lo seguía, dijo entre risas:

–Espero que no esté dando a entender que esto es el escenario de un crimen.

El inspector abrió la puerta principal, salió y se dio la vuelta. Detrás de él, ladeado junto al bordillo, estaba su cochecito, un Morris Minor de color azul celeste. El sol matinal bajo realzó los tristes pliegues lánguidos de su cara. Sus sermoneos no eran convincentes.

–Tuve un sargento que decía que allí donde hay gente hay un escenario del crimen.

–Me parece una soberana tontería.

Pero Browne ya se había alejado y no pareció haberlo oído. Padre e hijo lo vieron recorrer el breve sendero cubierto de malas hierbas hasta la cancela rota del jardín que nunca había cerrado bien. Cuando llegó a la acera, pasó medio minuto ligeramente encorvado hurgando en los bolsillos en busca de sus llaves. Al final las encontró y abrió la portezuela.

Luego, en un movimiento y con un ágil giro de su corpulencia, se dobló para meterse en el coche y cerró dando un portazo.

Así pues, la jornada de Roland, un día frío de la primavera de 1986, podía dar comienzo, y le pesaba. Los quehaceres, el absurdo, con un elemento nuevo, la sensación desaliñada, sucia, de ser un sospechoso. Si es que lo era. Casi como la culpabilidad. Un acto, el asesinato de su esposa, se aferraba a él, como el desayuno que se había convertido en una costra reseca en la cara de Lawrence. Pobrecillo. Miraban juntos mientras el inspector esperaba a incorporarse al tráfico. Rozando la cancela de entrada un arbolito estaba atado a una vara de bambú. Era una acacia. El ayudante del centro de jardinería le había dicho que crecería pese a los humos del tráfico. A Roland, desde el umbral, todo le parecía impuesto al azar, como si desde un lugar olvidado lo hubieran descolgado a estas circunstancias, a una vida abandonada por otro, sin que nada hubiera sido escogido por él mismo. La casa que nunca había querido comprar y no se podía costear. El niño en sus brazos que nunca había esperado ni necesitado querer. El tráfico aleatorio que se desplazaba tan lento al otro lado de la cancela que era ahora suya y que nunca repararía. La frágil acacia que él nunca se habría planteado comprar, el optimismo al plantarla que ya no sentía. Sabía por experiencia que la única manera de salir de un estado de disociación era llevar a cabo una tarea sencilla. Iría a la cocina a limpiarle la cara a su hijo y lo haría con ternura.

Pero al cerrar con el pie la puerta principal se le ocurrió otra idea. Con un solo pensamiento en la cabeza, subió a su dormitorio con Lawrence y fue hasta su mesa para examinar la libreta abierta. No recordaba la última entrada. Nueve poemas publicados en revistas literarias en quince meses; la libreta era el emblema de su seriedad. Compacta, con tenues pautas grises, tapas duras azul oscuro y el lomo verde. No pensaba dejar que se convirtiera en un diario siguiendo los detalles minuciosos del desarrollo del bebé, o las fluctuaciones de su estado de ánimo o las obligadas reflexiones sobre acontecimientos públicos. Demasiado trivial. Su material era de orden superior. Seguir el oscuro rastro de una idea exquisita que pudiera llevar a un afortunado acotamiento, a un punto candente, un súbito foco de luz pura con el que iluminar un primer verso que albergara la clave secreta de los versos siguientes. Ya había ocurrido antes, pero desearlo, ansiar que ocurriera de nuevo, no garantizaba nada. La ilusión necesaria era que el mejor poema jamás escrito estaba a su alcance. Tener la mente despejada no ayudaba. Nada ayudaba. Estaba obligado a sentarse y esperar. A veces cedía y llenaba una página de diario con flojas reflexiones de cosecha propia o pasajes de otros autores. Lo último que quería. Copió un párrafo de Montaigne sobre la felicidad. No estaba interesado en la felicidad. Antes de eso, parte de una carta de Elizabeth Bishop. Le ayudaba parecer atareado, pero no se podía engañar. Seamus Heaney dijo una vez que el deber de un escritor era sentarse a su mesa. Siempre que el bebé dormía durante el día, Roland se sentaba y esperaba y a menudo, con la cabeza en la mesa, dormía también.

La libreta estaba abierta, tal como la había dejado Browne, a la derecha de la máquina. No tendría por qué haberla movido para hacer las fotografías. La luz de la ventana de guillotina era serena y uniforme. Las frases estaban en la parte superior del dorso de la hoja: sus años de adolescencia transformados, el curso de su vida desviado. Memoria, daño, tiempo. Sin duda un poema. Cuando cogió la libreta, el bebé alargó el brazo para agarrarla. Roland la situó fuera de su alcance, provocando un chillido de protesta. Detrás de la máquina de escribir, cogiendo polvo, había una pelota de goma.

Nunca había jugado, pero la apretaba a diario para fortalecer una muñeca lesionada. Fueron al cuarto de baño a limpiarle la cara el bebé y lavar la pelota. Algo para que Lawrence se lo llevara a las encías. Dio resultado. Se tumbaron en la cama boca arriba, uno junto a otro. El diminuto niño, poco más de un tercio de la longitud de su padre, chupaba y mascaba. El pasaje no era como lo recordaba Roland, pues lo estaba leyendo a través de los ojos de un policía. No había mejorado.

Cuando le puse fin ella no ofreció resistencia. Sabía lo que había hecho. Cuando el asesinato pendía sobre el mundo entero. Estaba enterrada, pero una noche insomne surge de la oscuridad. Se sienta cerca en la banqueta del piano. Perfume, blusa, uñas rojas. Más nítida que nunca, como con tierra de la tumba en el pelo. ¡Ah, aquellas escalas! Qué horrible espectro. No quiere esfumarse. Justo en el peor momento, cuando necesito tranquilidad. Tiene que seguir muerta.

Lo leyó dos veces. Era perverso culpar a ambas mujeres, pero las culpaba: la señorita Miriam Cornell, la maestra de piano que se entrometía en sus asuntos por nuevos medios cubriendo distancias de tiempo y lugar; Alissa Baines, de soltera Eberhardt, amada esposa, que lo tenía atrapado desde dondequiera que estuviese. Hasta que ella diera señales de vida, Roland no se libraría de Douglas Browne. En la medida en que era responsable de dar forma a la idea que se había hecho el policía, también se culpaba a sí mismo. Al leerlo por segunda vez pensó que su letra manuscrita era a todas luces distinta de la de las postales y la nota. No era todo malo. Pero era malo.

Se puso de costado para mirar a su hijo. Este era un descubrimiento que había tardado en hacer: a fin de cuentas, Lawrence era más consuelo que tarea. La pelota de goma había perdido su encanto y se le cayó de entre las dos manitas. Rodó un poco sobre la sábana, reluciente de saliva. Él miraba hacia arriba. Sus ojos gris azulado eran un resplandor de atención. Los artistas medievales ilustraban la visión como un intenso haz de luz que brotaba de la mente hacia el exterior. Roland siguió la mirada radiante hacia las baldosas moteadas del techo que en teoría demoraban los incendios y a un agujero irregular del que colgaría la araña de luces del propietario anterior. Un detalle optimista en una habitación de techo bajo de tres metros por cuatro. Entonces la vio, justo encima de ellos ahora, una araña de largas patas que avanzaba del revés hacia un rincón del cuarto. Cuánta determinación en una cabecita tan pequeña. Hizo una pausa, oscilando en su sitio sobre las patas finas cual hebras de cabello, meciéndose como al ritmo de una melodía oculta. ¿Existía autoridad capaz de explicar lo que estaba haciendo? No había cerca depredadores que desconcertar, ninguna otra araña que seducir o intimidar, nada que la obstaculizara. Pero aun así esperaba, danzando en el mismo lugar. Para cuando la araña reanudó la marcha, Lawrence había dejado de prestarle atención. Volvió la cabeza desproporcionada y vio a su padre, y sus extremidades empezaron a sufrir espasmos alargando y doblando las piernas y agitando los brazos. Era un trabajo que exigía dedicación. Pero se mostraba comunicativo, interrogador incluso. Tenía la mirada fija en Roland cuando volvió a estirar las piernas, luego esperó con una media sonrisa expectante. *¿Qué tal lo he hecho?* Quería que lo admiraran por sus logros. Para que una criatura de siete meses presumiera, debía de necesitar cierta noción mental como la suya y de lo que significaba quedar impresionado, de lo deseable y grato que podía ser ganarse la estima ajena. ¿No era posible? Pero aquí estaba. Demasiado complicado para seguirlo hasta sus últimas consecuencias.

Roland cerró los ojos y se entregó a una lenta sensación giratoria. Ah, dormir ahora, si el bebé durmiera también, si

39

pudieran dormir juntos en la cama, aunque solo fuera cinco minutos. Pero los ojos cerrados de su padre sugerían a Lawrence un universo que quedaba reducido a una oscuridad gélida, convirtiéndolo en el último ser restante, helado y rechazado en una orilla desalojada. Inspiró hondo y lloró, un lastimero aullido desgarrador de abandono y desesperación. Seres humanos indefensos e incapaces de hablar demostraban un enorme poder por medio de un violento cambio de emociones extremas. Una forma rudimentaria de tiranía. A los tiranos reales se les comparaba a menudo con niños pequeños. ¿Acaso estaban las alegrías y la pena de Lawrence separadas por la gasa más fina? Ni siquiera eso. Estaban firmemente entreveradas. Para cuando Roland se había despabilado y estaba en lo alto de las escaleras con el bebé en brazos, se había restablecido la alegría. Lawrence estaba aferrado al lóbulo de la oreja de su padre. Mientras bajaban, le sondeaba el conducto espiral hincándole el dedo con torpeza.

Todavía no eran las diez de la mañana. El día sería largo. Ya era largo. En el pasillo, el rastro acuoso de la mugre de zapatos en las baldosas eduardianas de baja calidad lo llevaron de regreso hasta el propio Browne. Sí, sí, la cosa estaba mal. Pero ahí tenía por donde empezar. Eliminar. Cogió la fregona con una mano, llenó un cubo y adecentó la porquería, esparciéndola de punta a punta. Así se adecentaba la mayoría de los desaguisados, puliéndolos hasta la invisibilidad. El cansancio lo convertía todo en una metáfora. Sus rutinas domésticas le molestaban y se resistía a cualquier otro aliciente de la vida cotidiana. Dos semanas atrás hubo una excepción. Los asuntos internacionales invadieron su pasado. Aviones de combate estadounidenses en un ataque aéreo sobre Trípoli, Libia, destruyeron su antigua escuela primaria sin conseguir matar al coronel Gadafi. Ahora, al leer un artículo sobre un discurso de Reagan o Thatcher o sus ministros, Roland se sentía excluido y culpable por no prestar atención. Pero era el momento de trabajar a brazo partido y permanecer fiel a las tareas que se había impuesto. Era valioso pensar menos. Gestionar la fatiga y cuidar de lo esencial: el bebé, la casa, la compra. Hacía cuatro días que no leía un periódico. La radio de la cocina, que estaba puesta a bajo volumen todo el día, a veces usaba una voz queda de urgencia viril para volver a captar su atención. Intentó no hacerle caso cuando pasaba con el cubo y la fregona. *Esto es para ti,* murmuraba. *Motines en diecisiete cárceles. Cuando corrías mundo te interesaba precisamente este tipo de cosas... Una explosión... los acontecimientos salieron a la luz cuando las autoridades suizas informaron de niveles radiactivos...* Se apresuró a dejarlo atrás. Sigue en movimiento, no te duermas, no cierres los ojos.

Después del pasillo, se puso con la cocina mientras Lawrence estaba sentado en la trona comiendo y jugando con un plátano pelado. Consiguió dejar más o menos limpios el fregadero y la mesa. Llevó a Lawrence arriba. En los dos dormitorios el orden que impuso fue cosmético, pero la deriva hacia el caos quedó atajada. El mundo parecía mínimamente más razonable. Aquí, después de todo, en lo alto de la escalera había un montón para la lavadora. A Alissa esas cosas no se le daban mejor que a él. De hecho..., pero no, hoy no iba a pensar en ella.

Más tarde, Lawrence se tragó un biberón de leche hasta dejarlo vacío y se durmió, y Roland fue a su cuarto justo al lado. En vez de dormir tenía pensado hacer unos cambios en su poema sobre el insomnio: «Glamis». De una manera discreta –tenía que ser discreta porque no sabía lo suficiente– trataba del conflicto de Irlanda del Norte. En 1984 había pasado unos días en Belfast y Derry con un amigo irlandés de Londres, Simon, recientemente enriquecido gracias a una cadena de gimnasios de fitness e idealista. La idea de Simon consistía en poner en marcha unas cuantas escuelas de tenis para chavales en la zona de división sectaria. Roland iba a ser

41

el primer entrenador. Buscaban ubicaciones y apoyo local. Eran inocentes, estúpidos. Los siguieron, o creyeron que los seguían. En un pub de Knockloughrim, un tipo en silla de ruedas –decidieron que le habían volado las rótulas a tiros– les advirtió que se anduvieran «con cuidado». El acento del Ulster anglicanizado de Simon provocaba indiferencia allí donde iban. Nadie estaba muy interesado en el tenis para chavales. Los retuvieron durante seis horas de aburrimiento en un control de carretera unos soldados británicos que no se creyeron su historia. Durante esa semana Roland apenas pegó ojo. Llovía, hacía frío, la comida era atroz, las sábanas de los hoteles estaban húmedas, todo el mundo fumaba un pitillo tras otro y tenía un aspecto horrible. Se movía en una pesadilla, recordándose constantemente que su estado de miedo no era paranoia. Pero lo era. Nadie les tocó, ni amenazó siquiera con hacerlo.

Le preocupaba que su poema le debiera más de la cuenta a «Castigo» de Heaney. Cómo la figura de una mujer conservada desde hacía tiempo en una ciénaga evocaba a sus «hermanas traidoras» irlandesas, víctimas embreadas por confraternizar con el enemigo ante la mirada del poeta, indignado y al mismo tiempo cómplice en su comprensión. ¿Qué podía decir sobre el conflicto de Irlanda un forastero, un inglés con su medroso compromiso de una semana? Su reciente idea era justo esa: encauzar el poema hacia su ignorancia y su insomnio. Contar lo perdido y asustado que había estado. Aunque había un nuevo problema. El borrador escrito a máquina que tenía delante había estado en manos de Browne. Roland leyó el título y, al oír en sus pensamientos la voz sosa del inspector, «Glamis había asesinado el sueño» le repelió. Flojo, pomposo, se subía al carro de Shakespeare por toda la cara. Veinte minutos después dejó el poema para considerar su última idea. Abrió la libreta. El piano. Amor, memoria, daño. Pero el inspector también había estado ahí.

En su presencia, la intimidad se había quebrantado. Un pacto inocente entre pensamiento y página, idea y mano se había roto. O contaminado. Un intruso, una presencia hostil, le había hecho desdeñar su propio estilo. Se veía obligado a leerse a través de ojos ajenos y luchar contra una probable interpretación errónea. La inseguridad era la muerte de una libreta.

La apartó y se puso en pie, recordó sus circunstancias inmediatas y su peso. Fueron suficientes para hacerle sentarse de nuevo. Pensar con cautela. Solo hacía una semana que ella se había ido. ¡Ya estaba bien de debilidad! De mostrarse rebuscado cuando tenía que ser robusto. Alguna autoridad poética había dicho que escribir un buen poema era un ejercicio físico. Tenía treinta y siete años, poseía fuerza, aguante, y lo escrito seguía siendo suyo. El poeta no se dejaría disuadir por el policía. Los codos en la mesa, la barbilla apoyada en las manos, se sermoneó en estos términos hasta que Lawrence despertó y empezó a gritar. Se había terminado el trabajo de la jornada.

Poco después de mediodía, mientras vestía al bebé para salir de compras, el sonido de unos pájaros riñendo en el canalón del tejado propició un pensamiento. Abajo, con Lawrence en un brazo, revisó la agenda de mesa que tenía junto al teléfono en el pasillo, encima de un montón de guías. No se había dado cuenta de que ya era mayo. Puesto que era sábado, entonces era día 3. La casita polvorienta había estado caldeándose toda la mañana. Abrió una ventana de la planta baja. Que entraran los ladrones mientras estaba de compras. No encontrarían nada que robar. Se asomó. Una mariposa pavo real tomaba el sol sobre el enladrillado. El cielo del que no había hecho caso durante días estaba despejado, el aire olía intensamente al césped segado de al lado. Lawrence no necesitaría el abrigo.

Roland no se sentía del todo relajado cuando salió de casa

con el bebé en la silla de paseo. Pero su vida constreñida parecía menos importante. Había otras vidas, preocupaciones mayores. Por el camino, intentó adoptar una alegre indiferencia: si has perdido a una esposa, pasa sin ella o busca otra o espera su regreso; no había mucho más donde elegir. El meollo de la sabiduría consistía en no darle excesiva importancia. Lawrence y él se las apañarían. Mañana irían a cenar con unos buenos amigos a diez minutos de casa. El bebé se dormiría en el sofá, protegido por una hilera de cojines. Daphne era su vieja amiga y confidente. Ella y Peter eran excelentes cocineros. Tenían tres hijos, uno de la edad de Lawrence. Asistirían otros amigos. Tendrían curiosidad por conocer las novedades recientes. La visita de Douglas Browne, su estilo de interrogatorio, la tumba poco profunda en New Forest, las indignantes intrusiones, la pequeña cámara en el bolsillo, lo que había dicho su sargento: sí, Roland lo transformaría todo en una comedia de costumbres. Browne se convertiría en Dogberry.[1] Sonrió para sus adentros mientras iba hacia los comercios e imaginó la hilaridad entre sus amigos. Admirarían su resistencia. Para algunas mujeres, un hombre que cuidaba solo de un bebé era una figura atractiva, incluso heroica. A los hombres les parecería un pardillo. Pero estaba un poco orgulloso de sí mismo, de la ropa girando en la lavadora en esos mismos momentos, del suelo limpio del pasillo, del niño contento y bien alimentado. Compraría flores que había visto en un cubo de zinc hacía un par de días. Un ramo doble de tulipanes rojos para la mesa de la cocina. La tienda quedaba justo ahí delante, más quiosco de periódicos que floristería, y ya que estaba allí, compraría un periódico. Estaba listo para aprovechar el ancho y turbulento mundo. Si Lawrence se lo permitía, igual hasta leería en el parque.

1. El alguacil pagado de sí mismo de la comedia de Shakespeare *Mucho ruido y pocas nueces. (N. del T.)*

Era imposible comprar un periódico sin ver el titular: «La nube de radiación alcanza Gran Bretaña». Ya había oído en el murmullo de la radio de la cocina fragmentos de la noticia de la explosión. Mientras esperaba junto a la caja registradora a que le envolvieran las flores, se preguntó cómo era posible saber algo, aunque solo fuera en los términos más imprecisos, y al mismo tiempo negarlo, rehusarlo, eludirlo, luego experimentar el lujo del sobresalto en el momento de la revelación.

Salió de la tienda marcha atrás con la silla de paseo y continuó con los recados. La normalidad de la calle tenía un siniestro aire como a cámara lenta. Había creído que podía amadrigarse, pero el mundo había ido a buscarlo. No a él. A Lawrence. Un ave de rapiña industrial, un águila implacable al servicio de la maquinaria del destino, había venido a arrebatar al bebé del nido. El padre idiota, virtuoso con los platos de la mañana en el fregadero, con el cambio de las sábanas de la cuna, unos tulipanes para la cocina, había permanecido despistado. Peor aún, estaba decidido a permanecer despistado. Creía que era inmune porque siempre lo había sido. Imaginaba que era su amor lo que protegía al niño. Pero cuando estalla una emergencia pública, se convierte en una fuerza indiferente que iguala a todos. Niños bienvenidos. Roland no tenía privilegios especiales. Estaba ahí con los demás y tendría que prestar atención a las declaraciones públicas, las garantías creíbles apenas en una cuarta parte de líderes que, por convención, menospreciaban a la ciudadanía. Lo que era bueno para la idea de las masas que tenía un político podía no ser bueno para ningún individuo, en especial para él. Pero él era la masa, se le trataría como al idiota que siempre era.

Se detuvo junto a un buzón. La pintoresca insignia roja y real, Jorge V, ya era un recuerdo de otra época, de la risible fe en la continuidad a través de mensajes enviados por correo. Roland metió las flores en una bolsa que colgaba del manillar de la silla de paseo y desdobló el periódico para leer el titular de nuevo. Era de esos escritos en claro tono de ciencia ficción, insulso y apocalíptico. Naturalmente. La nube siempre sabía adónde se dirigía. Para llegar aquí desde la Ucrania soviética tenía que haber cruzado otros países que importaban menos. Era un asunto local. Le horrorizó hasta qué punto estaba al tanto de la noticia. La fusión, explosión e incendio de una central nuclear en un lugar lejano llamado Chernóbil. Un antiguo aspecto de la normalidad, los motines en las cárceles, aún hervía a fuego lento en la parte inferior de la página. Debajo del periódico, Roland veía parcialmente la cabeza vellosa, casi calva de Lawrence que giraba al seguir con la vista a cada viandante. El titular no era tan alarmante como la frase encima del mismo en letra más pequeña: «Las autoridades sanitarias insisten en que no hay riesgo para la ciudadanía». Exactamente. El dique aguantará. La enfermedad no se diseminará. El presidente no está enfermo de gravedad. Desde las democracias hasta las dictaduras, la calma ante todo.

El cinismo era una buena protección. Le empujaba a tomar medidas que le harían sentir que no era un miembro anónimo de la masa. Su hijo sobreviviría. Era un hombre informado y sabía qué hacer. La farmacia más cercana quedaba a menos de cien metros. Hizo cola durante diez minutos ante el mostrador de recetas. Lawrence estaba inquieto, se rebullía, arqueaba la espalda contra las correas de sujeción de la silla de paseo. Como solo sabían los bien informados, el yoduro de potasio protegía la vulnerable tiroides de la radiación. Los niños corrían especial riesgo. La farmacéutica, una señora afable, sonrió y se encogió de hombros con estoicismo, como si de un día muy lluvioso se tratara. Todo agotado. Desde anoche.

—Todo el mundo se ha vuelto loco con eso, cielo.

En otras dos farmacias de la zona le dijeron lo mismo, solo que en términos menos cordiales. Un viejo con bata blanca se mostró irritable: ¿no había visto el cartel en la puerta? Calle adelante Roland compró seis botellas de litro y medio de agua y una bolsa resistente para llevarlas. Los embalses quedarían irradiados, había que evitar el agua del grifo. En una ferretería se hizo con unos paquetes de láminas de plástico y rollos de cinta adhesiva.

En el parque, mientras Lawrence aferraba en el puño un pedazo aplastado de su segundo plátano del día y se quedaba dormido, Roland escudriñó las páginas y se formó un mosaico de impresiones. La nube invisible estaba a algo menos de cien kilómetros. Los estudiantes británicos que llegaban a Heathrow desde Minsk tenían niveles de radiación cincuenta veces por encima de lo normal. Minsk estaba a trescientos veinte kilómetros del accidente. El gobierno polaco aconsejaba no beber leche ni consumir productos lácteos. Los primeros en detectar la fuga de radiación fueron los suecos a más de mil cien kilómetros. Las autoridades soviéticas no habían transmitido consejos sobre comida o bebida contaminadas a sus propios ciudadanos. Aquí eso no podría ocurrir. Pero ya había ocurrido. Una fuga en Windscale se mantuvo en secreto. Enviaron al tercer secretario de la embajada rusa en Estocolmo a preguntar a los suecos cómo enfrentarse a un incendio en el que había grafito. Los suecos no lo sabían y remitieron a los rusos a los británicos. Nada más era de dominio público. Francia y Alemania dijeron que los ciudadanos no podían resultar perjudicados. Pero que no bebieran leche.

En la doble página intermedia, un detallado diagrama de la central mostraba cómo había ocurrido. Le impresionó que un periódico supiera tanto tan pronto. En otras partes había advertencias que habían hecho expertos hacía tiempo sobre este diseño de reactor. A pie de página, una visión de conjunto con las centrales eléctricas británicas de diseño más o menos similar. Un editorial aconsejaba que era hora de dar el paso a la energía eólica. Un columnista preguntaba dónde estaba la política de apertura de Gorbachov. Siempre había sido un fraude. Alguien escribía entre las cartas de los lectores que allí donde hubiera energía nuclear, fuera en el este o el oeste, habría mentiras oficiales.

Al otro lado del ancho sendero de asfalto que cruzaba el parque, en un banco como el suyo, una mujer leía un periódico más popular. Roland echó un vistazo al titular: «¡Cataclismo!». La noticia entera, los detalles acumulados, estaban empezando a darle náuseas. Como comer demasiada tarta. Vómitos provocados por la radiación. Pasaron por delante dos mujeres, cada cual con un cochecito de muelles a la antigua usanza. Oyó a una de ellas usar la palabra «emergencia». Reinaba una sensación de exaltación general derivada de que había un solo tema. El país estaba unido, hermanado por la ansiedad. El impulso cuerdo era huir. Si tuviera dinero, alquilaría una casa en algún lugar seguro. Pero ¿dónde? O compraría un billete de avión a Estados Unidos, a Pittsburgh, donde tenía amigos, o a Kerala, donde Lawrence y él podrían vivir sin gastar mucho. ¿Qué impresión le causaría al inspector Browne? Lo que le hacía falta, pensó Roland, era tener una conversación con Daphne.

El parte meteorológico en la última página de su periódico predecía brisa del noreste. Venía en camino más de la nube. Su primer deber era cargar con el agua embotellada hasta casa y empezar a precintar las ventanas. Debía seguir manteniendo el mundo a raya. Era un trayecto de veinte minutos. Cuando Roland sacaba del bolsillo la llave de la puerta principal Lawrence se despertó. Sin motivo, tal como hacen todos los bebés, se puso a berrear. El truco consistía en cogerlo en brazos lo antes posible. Fue una tarea acalorada y torpe, soltar las correas, levantar al niño que gritaba con la cara enrojecida, meter la silleta, el agua, las flores y las láminas de plástico en casa. Entró y la vio, en el suelo, con el lado escrito hacia arriba, otra postal de Alissa, la quinta. Más palabras esta vez. Pero la dejó donde estaba y llevó a Lawrence y la compra a la cocina.

2

Sus padres y él llegaron a Londres desde el norte de África a finales del verano de 1959. Se decía que había una ola de calor: unos meros treinta y dos centígrados y «sofocante», una palabra nueva para Roland. Mostraba su desdén, era un nativo orgulloso de un lugar donde la luz de media mañana era de un blanco cegador, donde el calor azotaba tu cara como si rebotara en el suelo y las cigarras guardaban silencio. Se lo podría haber contado a sus parientes. En cambio, se lo contaba a sí mismo. Aquí, las calles cerca del alojamiento de su hermanastra Susan en Richmond eran ordenadas, con un aire de permanencia. Colosales adoquines y bordillos demasiado pesados para levantarlos o robarlos. Lisas carreteras negras sin excrementos ni arena. Nada de perros, camellos, burros, nada de gritos, nada de bocinazos de medio minuto seguido, nada de carretillas llenas a rebosar de melones, ni dátiles todavía aferrados a las ramas de la palmera ni bloques de hielo fundiéndose bajo las arpilleras. Nada de olor a comida en la calle, nada de silbidos y martilleos, nada de hedor a aceite y caucho quemados de talleres bajo toldos donde prensaban neumáticos viejos para convertirlos en nuevos. Nada de llamadas a la oración de muecines desde sus altos minaretes. Aquí, la superficie de la calzada limpia se veía ligeramente curvada como si hubieran enterrado casi por completo un grueso tubo negro. Para que la lluvia resbalara, explicó su padre, lo que tenía sentido. Roland reparó en los pesados sumideros en las cunetas empedradas y sin basura. Cuánto trabajo construir unos pocos metros de calle normal y corriente, y nadie se fijaba. Cuando intentó explicarle su idea del tubo negro a su madre, Rosalind, no le entendió. El «Tubo»[1] era un ferrocarril, dijo. La parte subterránea no llegaba hasta Richmond. A lo largo de la porción visible de su tubo negro, el tráfico avanzaba uniformemente, sin sensación alguna de esfuerzo. Nadie intentaba dejar atrás a todos los demás.

A primera hora de la tarde de su primer día entero de nuevo en «casa», fue con su padre, el capitán Robert Baines, a los comercios ingleses. La luz era dorada, con una densidad como de melaza. Los colores predominantes eran rojos y verdes vivos: los famosos autobuses y los pasmosos buzones sobre los que descollaban altos castaños de Indias y plátanos y, más abajo, setos, céspedes, márgenes, malas hierbas en las grietas del pavimento. Verde y rojo, decía su madre, no resulta agradable al ojo. Estos colores que desentonaban iban asociados a la ansiedad, a una tensión en los hombros que le hacía encorvarse hacia delante cuando caminaban. Dos días después sus padres y él recorrerían más de cien kilómetros desde Londres para ver su nueva escuela. Aún faltaban unos días para el comienzo del trimestre. Los otros chicos no estarían. Se alegraba, pues con solo pensar en ellos se le encogía el estómago. La palabra «chicos», chicos en masa, les confería una autoridad, un poder abusivo. Cuando su padre se refería a ellos como «chavales», se volvían más altos en su imaginación, fibrosos, dotados de una fuerza irresponsable. En una población a diez kilómetros de su escuela –*su* escuela–, sus padres y él irían a

_____

1. El metro de Londres se conoce como *The Tube,* literalmente «El Tubo», de ahí el malentendido. *(N. del T.)*

una tienda de ropa para comprarle el uniforme. La perspectiva también le provocaba un nudo en el estómago. Los colores de la escuela eran el amarillo y el azul. La lista incluía un mono, botas altas de goma, dos corbatas distintas, dos chaquetas distintas. No les había dicho a sus padres que no sabía qué hacer con ropa así. No quería defraudar a nadie. ¿Quién podía decirle para qué era el mono, qué eran las botas de goma, qué era una chaqueta de sport, qué significaba «tweed de Harris con coderas de cuero» y cuándo era el momento adecuado para ponérselos y quitárselos?

No había llevado nunca chaqueta. En Trípoli, en invierno, a veces se ponía un jersey que le había tejido su madre con dibujos de ochos en la parte anterior. Dos días antes de tomar el avión de doble hélice que los trajo a Londres vía Malta y Roma, su padre le había enseñado a hacer un nudo de corbata. En la sala de estar les había demostrado a sus padres varias veces que podía hacerlo. No era fácil. Roland dudaba que cuando estuviera con otros chicos, *chavales* altos, cientos de ellos en una hilera, delante de espejos gigantescos como los que había visto en una foto del Palacio de Versalles, fuera a recordar cómo anudarse la corbata. Estaría solo, se burlarían de él y tendría problemas.

Iban caminando para comprar los cigarrillos de su padre y escapar de las dos habitaciones pequeñas en las que vivía Susan con su marido y su hijita. Su madre ya había recogido las camas plegables y estaba pasando el aspirador por las alfombras impolutas. La niña, a la que le estaban saliendo dos molares, no dejaba de llorar. Lo más indicado era que «los hombres» se quitaran de en medio. Anduvieron codo con codo durante quince minutos. Allí donde la calle confluía con la carretera principal crecían los enormes castaños de Indias formando una avenida hacia el primer comercio. Estaba muy acostumbrado a los altos eucaliptos con sus hojas secas y crujientes y las cortezas descascarilladas, árboles que parecían vivir siempre a punto de morir de sed. Le encantaban las altas palmeras que se alzaban hacia los profundos cielos azules. Pero los árboles de Londres eran opulentos y grandiosos, igual que la reina, tan permanentes como los buzones. Esta era una ansiedad más profunda. Los chavales, el mono y demás no eran nada. Las hojas individuales de los castaños de Indias, como la línea del horizonte mediterráneo, como la escritura en la pizarra de su escuela primaria de Trípoli, albergaban un secreto, uno que apenas podía contarse a sí mismo. La vista se le estaba haciendo borrosa. Hacía un año, veía con más claridad entornando los ojos. Eso ya no daba resultado. Le ocurría algo y no soportaba pensar en ello, en adónde conducía. La ceguera. Era una enfermedad y un fracaso. No podía decírselo a sus padres porque le aterraba defraudarlos. Todo el mundo veía con claridad y él no. Era su vergonzoso secreto. Se llevaría su dolencia al internado y lidiaría con ella a solas.

Todos y cada uno de los castaños de Indias eran un acantilado de verde sin diferencias. A medida que se acercaban al primero, empezaron a aparecer sus hojas, cada una de ellas una delicada y exuberante superficie de cinco picos. Detenerse para mirarlas de cerca podría haber delatado su secreto. Examinar hojas no era una de las cosas que aprobaba su padre.

Cuando llegaron a un quiosco de prensa, el capitán compró, *motu proprio,* además del tabaco, una chocolatina para su hijo. Los años que había pasado como soldado de infantería en el cuartel de Fort George, en Escocia antes de la guerra, mal remunerado y siempre con hambre, le habían enseñado al padre de Roland a apreciar los obsequios que podía hacerle a su hijo. También era severo; desobedecerle suponía un peligro. La combinación era potente. Roland le temía y le quería. Igual que la madre de este.

Roland seguía en esa edad en la que una mezcla de chocolate, caramelo, galleta azucarada y trocitos de cacahuete sojuzga los sentidos y te hace olvidar el entorno. Cuando volvió en sí, estaba entrando en otro comercio. Cerveza para los hombres, jerez para las mujeres, limonada para él. Esa tarde pondrían en televisión fútbol milagrosamente retransmitido desde Ibrox Park, en Glasgow. Y al día siguiente un espectáculo de variedades desde el London Palladium. En Libia no había televisión, ni siquiera se hablaba de su ausencia. Los programas de radio que se emitían desde Londres para las familias de las fuerzas en el extranjero iban y venían entre los siseos y gañidos del caos cósmico. Para Roland y sus padres, la televisión no era una novedad. Era un prodigio. Verla constituía una celebración. Había que beber.

Ahora padre e hijo desanduvieron sus pasos desde la tienda de licores con sus pesadas cargas en recias bolsas de papel. Cuando estaban a cinco minutos de la avenida, con el quiosco de prensa justo detrás, oyeron un fuerte estallido, como el estampido seco de un rifle, como el calibre .303 que tantas veces había oído Roland en el campo de tiro allá en Kilómetro Once. Lo que vio Roland al volverse lo acompañaría durante el resto de su vida. En sus momentos postreros figuraría entre las formas y susurros agonizantes de su conciencia en retirada. Un hombre con casco blanco, chaqueta negra y pantalones azules describía en el aire un arco a baja altura. Puesto que iba de cabeza, parecía un acto voluntario, una proeza de audacia y desafío. Cayó de rodillas y manos, y se derrumbó boca abajo en la carretera deslizándose por el asfalto con un ruido chirriante. A causa del impacto, el casco salió despedido. Según un cálculo prudente, recorrió nueve metros, quizá doce. Detrás de él había un coche pequeño con la parte delantera abollada y el parabrisas destrozado. El hombre había pasado volando por encima del techo. En la cuneta yacían retorcidos los restos de una moto volcada. En el coche había una mujer gritando.

El tráfico se detuvo y la quietud se adueñó de la ciudad.

Roland cruzó la calzada a la carrera detrás de su padre. Cuando era un joven soldado en la Infantería Ligera de las Tierras Altas, el cabo Baines estuvo en la playa cerca de Dunkerque y vio mucha muerte, y hombres desmembrados por bombas, todavía con vida. Sabía que no debía mover al motorista de la calzada. Acercó un oído a la boca del hombre para comprobar si respiraba y le palpó el pelo de las sienes salpicado de sangre en busca de pulso. Roland miraba con atención. El capitán puso al hombre de costado y le separó las piernas para que quedara estable. Se quitó la chaqueta, la dobló y se la metió debajo de la cabeza. Se acercaron al coche. A esas alturas se había congregado una muchedumbre. El capitán Baines no estaba solo: todos, excepto los más jóvenes, habían pasado por la guerra y sabían qué hacer, pensó Roland. Las portezuelas delanteras del coche estaban abiertas y tres hombres se asomaban al interior. Hubo consenso general en que no había que mover a la mujer. Era joven, con pelo rubio rizado y blusa de satén con lunares de colores salpicados de su sangre. Tenía un tajo que le cruzaba la frente de lado a lado. Ya no gritaba, sino que repetía, una y otra vez: «No veo. No veo». Se oyó desde el coche la voz amortiguada de un hombre: «No te preocupes, cielo. Es la sangre que se te ha metido en los ojos». Pero ella seguía repitiéndolo. Roland apartó la mirada presa del aturdimiento.

Cuando se dio cuenta, habían llegado dos ambulancias. La mujer, ahora en silencio, estaba sentada en el bordillo con una manta sobre los hombros. Un enfermero estaba vendando su herida en la cabeza. El motorista inconsciente estaba en una camilla junto a la ambulancia. El interior era de un blanco cremoso, iluminado con lámparas amarillas. Había mantas rojas, dos camas individuales y un espacio en medio, como el cuarto de un niño. Su padre y otros dos hombres se adelantaron para ayudar con la camilla, pero no eran necesarios. Hubo un murmullo de compasión entre el gentío al echarse a llorar la mujer cuando a ella también la tendían en una camilla. La abrigaron con la manta y la llevaron a la otra ambulancia. Ahora Roland se dio cuenta de que las luces azules de ambas habían estado destellando todo el rato. Destellando heroicamente.

Esos minutos fueron aterradores. En sus once años no había visto nada parecido. Tenían una cualidad deslavazada, onírica. En el recuerdo se difuminarían, no seguirían una secuencia. Quizá habían ido corriendo primero al coche, luego al hombre en el suelo porque nadie más le asistía. Había una laguna, como un sueño, durante el que habían llegado las ambulancias. Las sirenas debieron de sonar y, sin embargo, no las oyó. Había un coche de policía, pero no lo había visto llegar. Quizá fuera una mujer entre el gentío la que se había desmayado y estaba sentada en el bordillo con la manta. Quizá la mujer del coche seguía en el mismo sitio mientras el enfermero le restañaba la hemorragia. La iluminación amarilla en el interior de la ambulancia podía haber sido la luz del sol reflejada. No era fácil examinar el recuerdo en mayor detalle, como una hoja de castaño de Indias. El hombre surcando el aire: eso era incontestable. También lo era cómo cayó y se fue desplazando hacia delante boca abajo mientras el casco rodaba hasta el borde de hierba. Pero lo que se le quedó grabado a Roland y lo cambió fue lo que ocurrió cuando cerraron las puertas traseras y las ambulancias se incorporaron al tráfico detenido. Se echó a llorar. Se apartó para que su padre no lo viera. A Roland le daban mucha pena el hombre y la mujer, pero no era eso. Sus lágrimas se debían a la alegría, a una súbita calidez de entendimiento que todavía no poseía estos términos de definición: qué cariñosa y buena era la gente, cuán atento era el mundo con ambulancias que llegaban enseguida, salidas de la nada siempre que había pena y dolor. Siempre presente, todo un sistema, justo bajo la superficie de la vida diaria, esperando vigilantemente, preparado con todo su conocimiento y pericia para acudir a ayudar, incrustado en una red más extensa de bondad que aún estaba por descubrir. Le pareció entonces, cuando las ambulancias se alejaban con sus sirenas distantes sonando, que todo funcionaba y era decente, humanitario e íntegro. No había entendido que estaba a punto de dejar su hogar para siempre, que durante los siguientes siete años, tres cuartas partes de su vida se desarrollarían en un centro escolar y en casa siempre sería un visitante. Y que después de los estudios llegaba la edad adulta. Pero presentía que era el principio de una nueva vida y ahora comprendía que el mundo era compasivo y justo. Lo recibiría y acogería con amabilidad, justicia y sin que nada malo, malo de verdad, pudiera ocurrirle a él ni a nadie, o no durante mucho tiempo.

El gentío se estaba dispersando, todos y cada uno de regreso a la cotidianidad. Ahora Roland se fijó en tres policías plantados junto a su coche patrulla. El capitán Baines tenía el brazo cubierto de sangre reseca de color herrumbre, desde las yemas de los dedos hasta el codo. Se bajó las mangas de la camisa mientras él y Roland iban a por su chaqueta doblada en la cuneta. Había sangre en el forro de seda gris. Llevaron las bolsas al otro lado de la calle y se detuvieron para que se pusiera la chaqueta. Le explicó que tenía que ocultar la sangre a la policía. No quería que lo llamaran a declarar como testigo ante un tribunal. La madre de Roland y él tenían que coger un avión de regreso a casa la semana siguiente. El recordatorio de que él no viajaría con ellos puso punto final al momento de iluminación de Roland. Aparecieron en su lugar todas las viejas ansiedades. Caminaron hasta el piso de su hermana en silencio. Luego se reunió con ellos su marido, Keith, músico de banda, trombonista en el ejército. Mientras el bebé dormía por fin, bebieron cerveza, jerez o limonada y vieron el fútbol en la tele con las cortinas corridas.

Dos días después, Roland y sus padres fueron en tren de la calle Liverpool a Ipswich. Delante de la comatosa estación victoriana esperaron el autobús número 202, tal como indicaban las instrucciones de una carta de la secretaria del director. Llegó tres cuartos de hora después, un modelo de dos pisos pintado de unos exóticos colores granate y crema. Se sentaron arriba para que el capitán pudiera fumar. Roland ocupó un asiento junto a una ventanilla abierta debido al calor. Fueron por una larga calle principal, recta, por delante de casas adosadas y estrechas de ladrillo rojo oscuro. Cerca de un astillero giraron por una carretera estrecha que iba en paralelo a una playa fluvial. De pronto quedó a la vista el amplio río Orwell, de aspecto limpio y azul en plena marea alta. Él miraba en dirección opuesta a sus padres, de modo que entornó los ojos cuanto pudo con la esperanza de ver más claro. En el lado opuesto, río arriba, había una central eléctrica. La carretera solitaria serpenteaba a través de un pantanal de charcas fangosas cuyo aroma a sal y dulce podredumbre ascendía de resultas del calor de finales de verano y colmaba el autobús. En la otra orilla del río ahora había bosques y prados. Vio una barcaza con mástiles altos y velas del color de la sangre en el brazo del capitán. Roland le señaló la embarcación a su madre, pero esta se volvió muy tarde para verla. Era un paisaje novedoso, y estaba encantado. Durante unos minutos se olvidó del objetivo del viaje mientras el autobús ascendía por una colina frente a una torre antigua y el río se perdía de vista.

El cobrador del autobús subió las escaleras para decirles, en ese acento local que sonaba tan cantarín, que la siguiente parada era la suya. Salieron a la sombra fresca y profunda de un árbol de enorme envergadura. Crecía desde la otra orilla de la carretera, junto a un banco de madera. No era un castaño de Indias, pero le recordó a Roland su secreto y los placeres del trayecto en autobús cayeron en el olvido. Su padre sacó de la chaqueta la carta de la secretaria para consultar las indicaciones. Cruzaron unas verjas abiertas de hierro forjado junto a una portería y siguieron el camino de acceso. Ninguno hablaba. Roland le cogió la mano a su madre. Ella se la apretó. A él le dio la impresión de que estaba ansiosa y procuró pensar algo interesante y cariñoso que decir. Pero lo único que podía pensar y no podía mencionar era lo que quedaba más adelante, oculto tras los árboles. La separación que se avecinaba. Tenía el deber de protegerla de esta unos instantes más. Pasaron por delante de una iglesia normanda y, en una hondonada del camino, un pequeño edificio pintado de rosa del que llegaba ruido y olor a cerdos. Al ascender el camino apareció a la vista, a trescientos metros a través de una amplia extensión verde, un imponente edificio de piedra gris con columnas, aleros curvos y altas chimeneas. Berners Hall era un magnífico ejemplo, leería Roland algún día, de arquitectura palladiana inglesa. Ubicados a un buen trecho, medio ocultos entre robles altos, se encontraban los establos con un depósito de agua.

Se detuvieron a mirar. El capitán señaló con un gesto el edificio principal del internado y dijo sin que hiciera ninguna falta:

–Ahí está.

Supieron a qué se refería. O Rosalind Baines lo supo con precisión y su hijo lo entendió solo en términos indefinidos.

Poca gente en Inglaterra sabía de Libia. Menos aún estaban al tanto del contingente del ejército británico allí destacado, un remanente de las vastas campañas que arrasaran el desierto en la Segunda Guerra Mundial. En política internacional Libia era un lugar atrasado. Durante seis años la familia Baines se había buscado la vida en una oscura grieta de la historia. Una buena vida por lo que a Roland respectaba. Había una playa conocida como Piccolo Capri donde las familias se reunían por las tardes después de la escuela y el trabajo. Los oficiales en un extremo, otros rangos un poco apartados. Los mejores amigos del capitán Baines eran hombres como él que habían luchado en la guerra y ascendido de grado. Los oficiales de Sandhurst y sus familias pertenecían a otro mundo. Todos los amigos de Roland y Rosalind eran los hijos y las esposas de los amigos del capitán. Sus puntos de referencia eran esos: esa playa, la escuela primaria de Roland ubicada en el cuartel de Aziziya, en la zona sur de la ciudad: el objetivo que un día destruirían los americanos; el YMCA donde trabajaba Rosalind en el corazón de Trípoli; el taller de tanques y blindados ligeros del campamento de Gurji donde trabajaba el capitán; el Naafi donde iban de compras. A diferencia de la mayoría de las familias, también compraban verdura y carne en el zoco de Trípoli. Rosalind suspiraba por el hogar, tejía sin cesar para bebés que nunca conocería mientras fueran bebés, envolvía regalos de cumpleaños casi todas las semanas, escribía cartas a diario a parientes que por lo general terminaban: «Tengo que darme prisa para que no se me escape el correo».

No había centros de enseñanza secundaria y cuando Roland cumpliera los once, tendrían que enviarlo a Inglaterra. Al capitán Baines le parecía que su hijo tenía el apego propio de una niña a su madre. La ayudaba con las tareas del hogar, dormía en su cama cuando el capitán se ausentaba de maniobras, todavía iba cogido de su mano, incluso a los nueve años. La opción de su madre, de haberla tenido, habría sido regresar a su hogar en Inglaterra a una vida normal y un colegio local sin internado para su hijo. El ejército estaba reduciendo sus filas y ofrecía jubilaciones anticipadas con buenas condiciones. Pero su padre, además de ser generoso y severo, atento y dominante, era reacio al cambio mucho antes de haber ordenado sus argumentos contra el mismo. Tenía otros motivos para deshacerse de Roland. Dos décadas después, el comandante Baines (retirado) le contó a su hijo que los niños siempre se entrometían en un matrimonio. Buscarle un internado público en Inglaterra para Roland fue bueno para todos «en general».

Rosalind Baines, de soltera Morley, esposa del ejército, hija de su tiempo, no se irritó ni protestó con furia contra su impotencia, ni se enfurruñó. Ella y Robert habían dejado la escuela a los catorce. Él entró a trabajar de aprendiz de carnicero en Glasgow, ella fue criada en una casa de clase media cerca de Farnham. Una casa limpia y ordenada seguía siendo su pasión. Robert y Rosalind querían para Roland la educación que se les negó a ellos. Esa era la historia que ella se contaba. Que podría haber asistido a una escuela sin internado y haberse quedado con ella era una idea que debía de haber ahuyentado obedientemente. Era una mujer menuda, nerviosa, aprensiva, muy bonita, a decir de todos. Se sentía intimidada con facilidad, le tenía miedo a Robert cuando este bebía, que era a diario. Cuando más relajada estaba, sus mejores momentos, era en una larga conversación con una amistad íntima. Entonces contaba anécdotas y reía con ganas, un sonido liviano y líquido que el capitán Baines rara vez oía.

Roland era una de sus amistades íntimas. En vacaciones, cuando hacían los quehaceres juntos, ella le contaba historias de su infancia en el pueblo de Ash, cerca de la plaza fuerte de Aldershot. Ella y sus hermanos y hermanas se lavaban los dientes con ramitas. Su primer cepillo de dientes se lo dio su señora. Como muchos de su generación, perdió toda la dentadura poco después de los veinte años. En las viñetas de los periódicos, a menudo dibujaban a la gente en la cama con la dentadura postiza en un vaso de agua en la mesilla. Era la mayor de cinco hermanas y hermanos y dedicó buena parte de la infancia a ocuparse de ellos. Estaba más unida que a nadie a su hermana Joy, que aún vivía cerca de Ash. ¿Dónde estaba su madre cuando Rosalind cuidaba a los niños? Su respuesta era siempre la misma, el punto de vista de una niña sin reconsiderar en la edad adulta: tu abuelita tomaba el bus a Aldershot y se pasaba el día mirando escaparates. La madre de Rosalind desaprobaba con ferocidad el maquillaje. Durante la adolescencia, las pocas veces que salía, Rosalind quedaba con su amiga Sybil y se escondían juntas en un lugar especial, un conducto bajo la carretera a la entrada del pueblo, para empolvarse y ponerse pintalabios. Le contó a Roland que a los veinte, ya casada con su primer marido, Jack, embarazada de su primer hijo, Henry, creía que daría a luz por el trasero. La comadrona la sacó del error. Roland rió con su madre. Él no sabía por dónde salían los bebés y sabía que no estaba bien preguntarlo.

La guerra le llegó a Rosalind en un momento inesperado. Fue ayudante de un viejo camionero de nombre Pop. Transportaban suministros cerca de Aldershot. Una bomba alcanzó la carretera y la explosión hizo caer el camión a la cuneta. Ninguno de los dos resultó herido. Continuó con Pop después de la guerra. Para entonces Jack Tate había muerto en acto de servicio y era madre de dos hijos. Henry vivía con su abuela por parte de padre. Susan estaba en una institución londinense para hijas de militares fallecidos. Durante la guerra había trabajo de sobras para las mujeres. En 1945, en los trayectos que hacía con regularidad a un depósito del ejército a las afueras de Aldershot, se fijó en el guapo sargento de la garita. Tenía acento escocés, postura erguida, bigote arreglado. Después de varios encuentros, la invitó a un baile. A ella le daba miedo y rehusó varias veces antes de acceder. Se casaron en enero dos años después. Al año siguiente nació Roland.

Siempre hablaba de su primer marido en voz baja. Roland llegó a entender sin que se lo dijeran que no había que mencionar a ese hombre delante de su padre. Su nombre tenía una resonancia heroica: Jack Tate. Había muerto de resultas de las heridas sufridas en el estómago en Holanda cuatro meses después de los desembarcos del Día D. Antes de la guerra, había tenido tendencia a largarse de casa. Cuando estaba ausente, Rosalind y los dos niños vivían «de la parroquia», lo que quería decir que eran pobres de solemnidad. A veces el policía del pueblo traía de regreso a Jack Tate. ¿Dónde había estado? La respuesta de Rosalind a la pregunta de Roland era siempre la misma: dormía bajo algún seto.

Los hermanastros de Roland, Henry y Susan, eran figuras lejanas, románticas, adultos que vivían por su cuenta en Inglaterra, con empleos, matrimonios y criaturas. En su tiempo libre, Henry tocaba la guitarra y cantaba en un grupo. Susan había formado parte de la vida familiar hasta que Roland tuvo seis años. Él la consideraba preciosa y la quería. Pero eran los hijos de Jack Tate y había en ellos algo prohibido que los volvía borrosos. ¿Por qué los enviaron en 1941 a vivir con una abuela estricta y poco cariñosa, la madre de Jack, en los años anteriores a la muerte de su padre? Henry siguió allí toda la adolescencia hasta que le llegó la hora de prestar el servicio militar. A Susan la enviaron luego al riguroso centro educativo de Londres, una institución fundada en el siglo XIX que preparaba a chicas para ser camareras de servicio. Desarrolló un absceso en la garganta y al final la mandaron a casa.

¿Por qué no se habían criado Susan y Henry con su madre? Roland no planteaba estas preguntas, ni siquiera de pensamiento. Ellos eran partes constituyentes de la nube que pendía sobre las relaciones familiares. Esa nube era una característica aceptada de la vida. Durante la mitad de su infancia que transcurrió en Libia, nunca le instaron a escribir a sus hermanos. Ellos nunca le escribieron. Oyó casualmente hablar de que el matrimonio de Susan con Keith, el músico, pasaba por problemas, lo que ya en sí era un concepto bastante brumoso. Ella iba a tomar un avión a Trípoli para pasar una temporada. La víspera de acudir al aeródromo de la RAF en Idris, Rosalind se llevó a Roland aparte y le habló con severidad. Se lo dijo todo dos veces, como si hubiera hecho algo mal. No debía decirle *nunca jamás* a nadie que él y su hermana eran de padres diferentes. Si alguien se lo preguntaba, tenía que decir que su padre era el padre de Susan. ¿Lo entendía? Él asintió sin entender nada. Este grave asunto de adultos formaba parte de la nube familiar. No hablar de ello parecía adecuado y razonable.

Al principio, cuando Roland y su madre llegaron por primera vez a Trípoli para reunirse con el capitán, vivían en un piso de dos dormitorios en una tercera planta con un diminuto balcón. El palacio del rey quedaba cerca. El calor y la cultura extraña del centro de Trípoli y los desplazamientos diarios a la playa eran emocionantes. Pero algo iba mal en la familia y poco después algo iba mal con Roland, de siete años. Pesadillas, con muchos gritos, tentativas de saltar por la ventana de su cuarto de la tercera planta mientras deambulaba sonámbulo. A veces sus padres lo dejaban solo a media tarde en el piso. Se sentaba en un sillón con las rodillas recogidas contra el pecho, escuchando aterrado hasta el último sonido, esperando a que volvieran.

Luego se encontró en un apartamento cercano, pasando tardes con una señora simpática –era medio italiana– y su hija, June, una chica de su edad que se convirtió en su mejor amiga. La madre de June era terapeuta y debió de ser ella la que sugirió una solución práctica. Los Baines se mudaron a una villa blanca de una sola planta en una granja a las afueras en el oeste de Trípoli. Aquí crecían cacahuetes, granados, olivos y vides. Si saltaba por la ventana del dormitorio, solo caería desde una altura de un par de palmos. El obsequio de un cachorro, Jumbo, también pudo ser idea de la terapeuta. June y su madre volvieron a Italia y durante una temporada Roland estuvo desolado. La granja lo revivió. A kilómetro y medio, donde acababan los olivares y empezaba el desierto sembrado de matorrales, estaba el campamento militar de Gurji, donde trabajaba el capitán. A veces Roland iban andando solo a la casa de un amigo de la escuela, por un estrecho camino arenoso bordeado de altos setos de cactus.

En otra parte de la nube familiar estaba la tristeza de su

madre. Él la daba por supuesta. Yacía oculta en su tono apagado, su nerviosismo, la manera en que interrumpía una tarea y apartaba la vista, absorta en un ensueño o un recuerdo. También en los súbitos arranques de irritación con él. Siempre los compensaba con palabras amables. Su tristeza los unía más. Cada tres o cuatro meses, durante un par de semanas seguidas, el capitán Baines iba al desierto de maniobras con su unidad. El plan consistía en estar preparados para el día en que los egipcios, apoyados por los rusos, atacaran Libia desde el este. Los tanques Centurion que revisaba el taller del capitán tenían que practicar sus movimientos defensivos. Roland, que algo sabía de estos preparativos de carácter militar, se acostaba en la cama de su madre por la noche no solo para obtener consuelo sino para ofrecerlo con su mera presencia. Se mostraba protector con ella a pesar de que la necesitaba.

Pero también necesitaba a su padre. La cautela y el sentido militar del orden se transformaron en una obsesión discapacitante en la vejez del capitán Baines. Pero a los cuarenta le gustaba la aventura. Cuando pasaban cerca de la casa músicos árabes itinerantes, salía a la arena con ellos, tomaba prestadas sus *zukra* –gaitas– y tocaba con el grupo. Sus colegas del ejército no habrían puesto la boca donde hubiera estado la boca de un árabe. Las excursiones a solas en el coche con su hijo de nueve años quizá fueran parte de su programa para inculcarle virtudes y aptitudes masculinas. Iban a un campo de entrenamiento de tropas donde Roland aprendía a trepar por una soga y desplazarse con las manos suspendido de una red. En el campo de tiro Kilómetro Once, se tendía junto a su padre y escudriñaba por la mira de un calibre .303 –número cuatro blanco uno, se le enseñó a decir– lejanas dianas en un banco de arena. Roland apretaba el gatillo y el capitán encajaba el retroceso con su hombro. El ruido, el peligro, la letalidad eran estimulantes. Lo arregló para que Roland fuera con un sargento a conducir un tanque por el campo de entrenamiento de empinadas dunas de arena. Enseñó a su hijo el código Morse y llevó a casa dos pulsadores y un centenar de metros de cable. Lo llevaba a la inmensa plaza de armas de Aziziya para que patinara sobre ruedas libremente. El capitán Baines se tomaba la natación como algo viril. Enseñó a su hijo a tirarse de cabeza, a aguantar la respiración bajo el agua durante medio minuto y a nadar crol; el estilo pecho, como su nombre indicaba, era para chicas. En la playa desarrollaron juntos un juego que llamaban «el récord». El capitán permanecía metido en el mar con el agua hasta el pecho contando lentamente mientras Roland se mantenía en equilibrio sobre sus hombros resbaladizos de gomina. Antes de que tocara a su fin, no mucho antes de que tomaran el avión a Londres, el récord estaba en treinta y dos.

Cuando Roland mencionó que le gustaría buscar un escorpión, el capitán y él se internaron en el desierto de matorrales al oeste de Trípoli. En excursiones así, su padre decía: «¿Tres octavos?», y Roland gritaba: «¡Coma tres siete cinco!». O el capitán decía: «¿Veinte millas?», y Roland hacía el cálculo mental –dividir por cinco, multiplicar por ocho– y daba la respuesta en kilómetros. Su padre lo estaba preparando para el examen de acceso a secundaria con el tipo de preguntas que pensaba que entrarían. No entró ninguna.

–¿Capital de Alemania Occidental?

–¡Bonn!

–¿Quién es primer ministro?

–¡El señor Macmillan!

Aparcaron a la orilla de la carretera vacía que llevaba a Túnez. Durante diez minutos se internaron en el inmenso desierto pedregoso de pequeños cactus y maleza. A Roland no le sorprendió que bajo la primera piedra que levantó su padre hubiera un escorpión amarillo bien grande. Tenía levantados la cola y el aguijón. Había estado esperándolos. El capitán cometió la temeridad de meterlo en un tarro de mermelada con el pulgar. Durante una semana Roland le dio de comer lucánidos, pero el escorpión se encogía. Rosalind dijo que no podía dormir con eso en la casa. Robert se lo llevó al taller y lo trajo de nuevo flotando en formol, en un tarro sellado. Durante años, Roland imaginó al espectro del escorpión acercándosele para vengarse. Su plan era aguijonearle el pie descalzo mientras se estaba cepillando los dientes por la noche. Solo podía mantenerlo a raya si bajaba la vista y susurraba: «Lo siento».

Su gran aventura formativa le llegó a los ocho años. Su padre fue fundamental en ella, como lejana figura heroica. Rosalind, cosa insólita, estaba ausente. Era la primera vez que giros lejanos de acontecimientos internacionales se entrometían en su pequeño mundo. Tenía una comprensión mínima de los mismos. En su siguiente escuela aprendería que las peleas entre los dioses griegos tenían graves consecuencias para los simples humanos allá abajo.

Por todo el Oriente Medio, el nacionalismo árabe era una fuerza política en auge cuyos enemigos inmediatos eran las potencias europeas coloniales y excoloniales. El nuevo Estado judío de Israel, establecido en tierras que los palestinos conocían como propias, también era un acicate. Cuando el presidente Nasser de Egipto nacionalizó a finales de julio el canal de Suez gestionado por los británicos, se convirtió en un héroe de la causa nacionalista. Se daba por sentado que los sentimientos antibritánicos se exaltarían en la vecina Libia. Una vez que Gran Bretaña y Francia, en alianza con Israel, atacaron Egipto para recuperar el control del canal, hubo manifestaciones a favor de Nasser en Trípoli. Las muchedumbres también alzaron pancartas contra el rey Idris, más que bien dispuesto hacia los intereses europeos y estadounidenses. Londres y Washington decidieron trasladar a todas las familias británicas y norteamericanas a lugar seguro hasta que pudieran ser evacuadas.

68

¿Qué podía saber Roland de esto? Solo lo que le contó su padre, que los árabes estaban enfadados. No había tiempo para preguntar por qué. Todos los niños y sus madres debían desplazarse de inmediato al campamento militar más cercano por su seguridad. Casualmente, cuando estalló la crisis de Suez, Rosalind había ido a Inglaterra a ver a Susan. Había problemas «en casa» de los que Roland no sabía nada. Tampoco sabía quién fue a la villa blanca mientras él estaba en la escuela para hacerle el equipaje. Desde luego no el capitán, que era el oficial a cargo de la evacuación y estaba ocupado.

El autobús que lo recogió en su escuela primaria en el cuartel de Aziziya no se detuvo ese día junto al camino a través del granadal que llevaba hasta la villa. Continuó kilómetro y medio más hasta Gurji. Había nidos de ametralladoras protegidos con sacos terreros junto al puesto de guardia y tanques ligeros aparcados a la orilla de la carretera. Tropas armadas les hicieron gestos con la mano y saludos militares cuando el autobús entró en el campamento.

Las grandes tiendas de campaña para veinte hombres eran todas iguales, pero se daba por sentado que los hijos de los oficiales serían alojados aparte de los hijos de otros rangos. Las esposas se juntaron para hacerse cargo de la cocina, el comedor y el lavadero improvisados. No pasó nada dramático la semana siguiente. No atacaron la base árabes furiosos armados hasta los dientes para masacrar a niños británicos y sus madres. El campo era pequeño, no se permitía salir a nadie y Roland nunca había sido tan feliz. Dos amigos y él podían recorrer libremente todo el lugar. Llegaron a conocer bien el olor a aceite de motor sobre la arena fina y caliente. Exploraban los talleres de vehículos, hablaban con los tanquistas, jugaban a fútbol en el campo sin hierba de tamaño real. Trepaban a torres de andamios para estar con los soldados a cargo de las ametralladoras. O bien la disciplina se estaba descuidando, o bien se habían esfumado las expectativas de que hubiera un

69

ataque. Los oficiales y soldados de guardia –todos jóvenes–
eran simpáticos. Un teniente llevó a Roland a dar una vuelta por la base en su moto de quinientos centímetros cúbicos.
A veces, Roland deambulaba por su cuenta, contento de estar
solo. Las madres del ejército que supervisaban las comidas,
bañaban a dieciocho niños uno detrás de otro en una bañera
grande de estaño e imponían horas de acostarse eran alegres y
competentes. Roland disfrutaba de mayor simpatía porque su
madre estaba ausente. Sin embargo la atención materna era
justo lo que no deseaba.

Las quejas y necesidades iban dirigidas al capitán Baines
y sus hombres. A veces condescendía a pasar por las tiendas
de las familias para resolver un problema, con un revólver de
servicio al cinto. No tenía tiempo para hablar con su hijo.
Pero no pasaba nada. Roland era muy pequeño para explicarse su euforia en esos pocos días. La ruptura de la rutina, la
emoción del peligro mezclada con una sensación exagerada
de seguridad, horas de juego sin supervisión con sus amigos;
y luego, una serie de ausencias: mirar con los ojos entorna-
dos la pizarra en la escuela de Aziziya, quedar liberado de la
atención ansiosa y la tristeza de su madre y de la autoridad de
hierro de su padre. El capitán ya no le engominaba el pelo con
energía a Roland por las mañanas antes del colegio ni le marcaba firmemente la raya con la punta del peine; su madre ya
no se quejaba de que manchara los zapatos. Por encima de
todo, se libraba de los tácitos problemas familiares, que ejer-
cían sobre él una fuerza tan dominante y misteriosa como la
gravedad.

Las familias abandonaron el campamento a altas horas de
la noche y se trasladaron al aeródromo de la RAF en Idris bajo
una nutrida escolta militar que incluía vehículos blindados
para el transporte de tropas. Roland se enorgulleció de ver a
su padre al mando, como siempre con el arma, dando órdenes
a las tropas, llevando a madres y niños sanos y salvos hasta el

70

pie de la escalerilla del avión bimotor de hélice rumbo a Londres. Pero no hubo ocasión de despedirse.

El episodio, una experiencia de libertad irreal, había durado ocho días. Lo sustentó durante el internado, dio forma a la agitación y las ambiciones sin dirección de sus veinte años y reafirmó su resistencia a tener un empleo fijo. Se convirtió en un estorbo: fuera lo que fuese que estuviera haciendo, siempre le perseguía la idea de una mayor libertad en alguna otra parte, una vida emancipada que quedaba justo fuera de su alcance, una vida que se le negaría si contraía compromisos inquebrantables. Perdió así muchas oportunidades y estuvo sometido a periodos de aburrimiento prolongado. Estaba esperando a que la existencia se abriera como un telón, a que una mano se tendiera y le ayudara a acceder a un paraíso recobrado. Allí quedaría vinculado y decidido su propósito, su disfrute con la amistad y la comunidad y la emoción de lo inesperado. Puesto que no alcanzó a entender o definir estas expectativas hasta que se hubieron desvanecido a una edad avanzada, era vulnerable a su atractivo. No sabía qué estaba esperando en el mundo real. En las dimensiones de lo irreal, era revivir los ocho días que pasó en los confines del Taller de Blindados 10, Ingenieros Eléctricos y Mecánicos Reales, en el campamento de Gurji en el otoño de 1956.

De regreso en Inglaterra Roland y Rosalind se alojaron durante seis meses en la casa de un albañil en Ash, el pueblo natal de Rosalind. Roland asistió a la misma escuela local a la que había ido su madre a principios de la década de 1920 y adonde fueron también Henry y Susan. En Pascua del año siguiente, Rosalind y Roland volvieron a Libia, a una nueva urbanización de villas cerca de la costa. Quizá la separación les había sentado bien a sus padres, pues la vida era más llevadera, su madre estaba menos tensa y el capitán empezó a disfrutar de las aventuras con su hijo.

En julio de 1959 escogieron una escuela y concertaron una visita para septiembre, unos días antes del comienzo del trimestre. Roland averiguó que recibiría clases de piano. El capitán tocaba la armónica con un ingenioso estilo de improvisación. Le gustaban las canciones de la Primera Guerra Mundial. «It's a Long Way to Tipperary», «Take Me Back to Dear Old Blighty», «Pack up Your Troubles in Your Old Kit Bag». Había algunas canciones escocesas, viejos números de Harry Lauder que cantaba bien. «A Wee Deoch an' Doris», «Stop Your Tickling, Jock!» y «I Belong to Glasgow». Era su mayor placer en la vida, estar bebiendo cerveza con sus compañeros del ejército, tocar o cantar para la compañía y hacer que se unieran a él. Lo que más lamentaba era que no aprendió a tocar el piano, nunca tuvo la oportunidad. Roland tenía que lograr lo que él se había perdido. Quien supiera tocar el piano, solía decirle a su hijo, siempre gozaría de popularidad. En cuanto empezara a tocar un viejo tema favorito, todo el mundo se le uniría y cantaría con él.

Las lecciones se organizaron con el tutor de su sección en el internado, que contestó con amabilidad para decir que todo estaba en orden, y la señorita Cornell, licenciada por el Real Colegio de Música, sería la tutora de Roland. La escuela se tomaba su música muy en serio y esperaba que Roland participara en la ópera del trimestre siguiente, *La flauta mágica*.

Unas semanas antes de que la familia abandonara Libia para ir a Inglaterra, el capitán cometió otra audacia. Dispuso que un camión del ejército de tres toneladas transportara a la casa unos cajones enormes de madera. Un cabo y un soldado los llevaron al jardincito en la parte trasera de la vivienda. Padre e hijo los unieron con clavos para hacer una «base» en el jardín. Roland entraba a rastras en el laberinto de cajones para llevar a cabo experimentos químicos con mezclas al azar de productos caseros —salsa Worcestershire, jabón en polvo, sal, vinagre– junto con malvaloca, geranio y hojas de palmeras datileras. Nada llegó a explotar como él quería.

Ahí estaba. Cada uno a su manera, lo entendieron. La casa solariega de estilo palladiano al otro lado del campo de críquet señalaba el final de su familia triangular. Sus ritmos y corrientes diarios de sentimientos y conflictos ocultos se habían intensificado al estar localizados en un lejano puesto avanzado, uno de los botines olvidados de la guerra. Ninguno tenía nada que decir acerca de un final, de modo que siguieron andando en silencio. Por fin Roland soltó la mano de su madre. Su padre señaló y miraron obedientemente. En el césped, un tractor con remolque traía postes de rugby. Cuatro hombres con cuerdas estaban instalando una estructura en forma de H. Los árboles los habían ocultado antes. No había palos en el campo de críquet y el marcador estaba en blanco. El final del verano. Ahora el camino de acceso los llevaba, describiendo una larga curva, por delante de los establos y el depósito de agua. Atisbaron más allá del edificio principal una balaustrada, helechos que descendían hacia el bosque, luego la playa fluvial y el ancho río azul de nuevo, alejándose de ellos por un amplio cauce recto hacia un meandro lejano. Hacia Harwich, dijo el capitán.

Roland no sabía si era una idea propia o algo que le habían dicho alguna vez: nada es nunca como uno lo imagina. Entendió plenamente la pasmosa verdad. La escala, el espacio, la vastedad y el verdor: ¿cómo podría haber sabido lo que le esperaba desde su casita en Giorgimpopoli, o desde su pupitre ante la pizarra de su aula en el cuartel de Aziziya o desde el manso mar y el calor despreocupado de Piccolo Capri? Ahora estaba demasiado impresionado como para notarse ansioso. Anduvo entre sus padres como a través de un paisaje onírico hacia el grandioso edificio. Entraron por una puerta lateral.

73

En el interior hacía fresco, casi frío. En un estrecho espacio antes del vestíbulo había una cabina de teléfono y un extintor. La escalera era empinada y modesta. Estos detalles resultaban tranquilizadores. Luego llegaron a una zona de recepción más amplia con un alto techo resonante y tres puertas oscuras y pulidas. La familia se quedó allí sin saber muy bien qué hacer. El capitán Baines sacaba otra vez la carta con las indicaciones cuando la secretaria del centro apareció de repente. Después de las presentaciones –era la señora Manning– dio comienzo la visita. Le hizo algunas preguntas animadas a Roland, que este respondió cortésmente, y ella anunció que sería el más joven de su curso. Después de eso, apenas escuchó, y ella no volvió a hablar con él; qué alivio. Sus comentarios iban dirigidos al capitán. Él planteaba las preguntas mientras Roland y su madre caminaban detrás, como si fueran ambos futuros alumnos. Pero no cruzaron ninguna mirada. Lo que sí captó Roland de su guía fueron las menciones que hizo a «los chicos». Después de comer, cuando no había rugby, los chicos se ponían los monos. Eso no sonaba bien. Comentó varias veces lo extraño o tranquilo u ordenado que resultaba todo sin esos chicos. Pero en realidad los echaba en falta. Roland volvió a notar la vieja ansiedad. Los chicos sabrían cosas que él ignoraba, se conocían entre ellos, serían más grandes, más fuertes, mayores. Les caería mal.

Salieron del edificio por una puerta lateral y pasaron bajo una araucaria. La señora Manning señaló una estatua de Diana Cazadora con lo que parecía una gacela a su lado. No se acercaron como él hubiera querido. En lugar de eso, se quedaron en lo alto de unas escaleras desde las que se veía una verja que, según explicó ella con detalle, tenía un monograma en hierro forjado. Roland contempló el inmenso río y se abstrajo en sus pensamientos. Si ahora se encontraran en casa, se estarían preparando para ir a la playa. Las gafas de buceo y las aletas de goma con su olor característico debido al calor, bañadores, toallas. En las aletas y las gafas habría granos de arena de la víspera. Sus amigos le estarían esperando. Por la noche, su madre le pondría loción de calamina rosa en los hombros y la nariz quemados y medio pelados. Ahora se acercaban a un moderno edificio bajo. Dentro, en el piso de arriba, inspeccionaron los dormitorios. Aquí se encontraban los indicios más firmes de los chicos hasta el momento. Literas de metal en filas, mantas grises, olor a desinfectante, armarios cubiertos de marcas que la señora Manning llamó «cómodas altas» y, en los servicios, hileras de lavabos canijos bajo espejos pequeños. Ningún parecido con el Palacio de Versalles.

Luego, té y una porción de tarta en la oficina del internado. Las clases de piano de Roland se pagaron por adelantado. El capitán firmó unos documentos y, después de las despedidas, el regreso por el camino de acceso, una breve espera bajo el inmenso árbol para tomar el autobús hasta el centro de Ipswich, después una visita a la sofocante tienda de ropa escolar, donde las paredes con paneles de roble absorbían casi todo el aire disponible. Les llevó mucho rato completar la lista. El capitán Baines se fue a un pub. Roland se puso una chaqueta de tweed de Harris que picaba con coderas de cuero y ribetes de cuero en los puños. Su primera chaqueta. La segunda fue una de sport azul. El mono venía en una caja de cartón plana. No era necesario probárselo, dijo el ayudante. El único artículo que le gustó fue un cinturón elástico azul y amarillo, abrochado con un gancho en forma de serpiente. En el tren de Ipswich a Londres, de regreso a casa de su hermana en Richmond, rodeado de bolsas con sus pertenencias, sus padres le preguntaron de distintas maneras si le gustaba la escuela o tal o cual detalle. Berners no le gustaba ni le disgustaba. Estaba sencilla, abrumadoramente ahí y ya era su futuro. Dijo que le gustaba y la expresión de alivio en sus caras le hizo sentirse feliz.

Cinco días después de cumplir los once años, sus padres lo llevaron a una calle cerca de la estación de Waterloo donde esperaban los autobuses. Uno estaba aparcado aparte para los chicos nuevos. Fue una despedida incómoda. Su padre le palmeó la espalda, su madre vaciló a la hora de abrazarlo y luego le dio una versión cohibida de un abrazo que él recibió con torpeza, preocupado por lo que pudieran pensar los otros chicos. Minutos después, presenció muchos abrazos ruidosos y llorosos, pero ya era tarde para volver a hacerlo. Dentro del autobús, transcurrieron quince minutos difíciles, con sus padres en la acera, sonriendo y haciendo amago de despedirse con la mano, moviendo mudamente los labios para pronunciar palabras de ánimo del otro lado de la ventanilla, mientras junto a él había un chico que quería hablar. Cuando el autobús arrancó por fin, ellos se alejaron. Su padre le había pasado el brazo a su madre por los hombros, que le temblaban.

El vecino de Roland tendió la mano y dijo:

—Soy Keith Pitman y voy a ser dentista cosmético.

Roland había estrechado la mano por cortesía a muchos adultos, sobre todo a los colegas del ejército de su padre, pero nunca había llevado a cabo este ritual con alguien de su misma edad. Le dio la mano a Keith y dijo:

—Roland Baines.

Ya se había fijado en que este chico amigable no era más grande que él.

En un primer momento, la conmoción no fue separarse más de tres mil kilómetros de sus padres. La agresión inmediata fue contra la naturaleza del tiempo. Habría ocurrido de todas maneras. Tenía que ocurrir, la transición al tiempo y la obligación adultos. Antes, él había prosperado en una neblina apenas visible de acontecimientos, ajeno a su secuencia, yendo a la deriva, trastabillando en el peor de los casos, a través de horas, días y semanas. Los únicos hitos auténticos eran los cumpleaños y las navidades. Tiempo era lo que uno recibía.

Sus padres supervisaban su transcurso en casa, en la escuela todo ocurría en un aula y los cambios ocasionales de la rutina los orquestaban los maestros, que te acompañaban y hasta te llevaban de la mano.

Aquí, la transición era brutal. Los niños nuevos tenían que aprender rápidamente a regirse por el reloj, ser sus siervos, anticipar sus exigencias y pagar el peaje por el incumplimiento: la regañina de un profesor irritable, un castigo o, como último recurso, la amenaza de «la zapatilla». Cuándo levantarte y hacer la cama, cuándo ir a desayunar, luego a la reunión general, después la primera lección; coger todo lo necesario cinco clases antes; cómo consultar el horario o ciertos tablones de anuncios en busca de listas en las que pudiera figurar tu nombre; ir con puntualidad de un aula a otra cada cuarenta y cinco minutos y no llegar tarde a comer justo después de la quinta clase; qué días había partidos, dónde colgar y recoger el equipo y cuándo llevarlo a lavar; y las tardes que no había partidos, cuándo acudir al aula a media tarde y cuándo acudir al aula los sábados por la mañana; cuándo empezaba el periodo de estudio y cuánto tiempo tenías para hacer los deberes de memorización o redacción; cuándo ducharte, cuándo acostarte un cuarto de hora antes de que apagaran las luces; cuáles eran los días de colada y a qué hora tenías que hacer cola para entregarle la ropa sucia a la supervisora, calcetines y ropa interior unos días, camisas, pantalones y toallas otros; cuándo la sábana encimera de la cama pasaba a ser la bajera y la sábana nueva iba encima; cuándo esperar turno para la inspección de liendres y uñas o cortes de pelo o reparto de dinero para gastos personales, y cuándo abría la tienda de golosinas.

Las posesiones estaban conchabadas de una manera tiránica con el tiempo. Podían desaparecerte de las yemas de los dedos. Había muchas cosas que era probable perder u olvidar llevarte al comienzo de la jornada: el horario en sí, un libro de

77

texto, la tarea de la víspera, otros libros de ejercicios, cuestionarios y mapas impresos, una pluma que no gotease, un tintero, lápiz, regla, transportador, compás, regla de cálculo. Si guardabas todas esas cosillas en un estuche, también podías perderlo y meterte en un lío mayor. La educación física suponía una preocupación aparte, aterradora. Dos veces a la semana, llevaba el equipo de gimnasia de aula en aula. El profesor de gimnasia, el señor Evans, galés, era un abusón que castigaba el retraso o la ineptitud física con crueldad, mental y física. En esa primera semana le hincó la uña del pulgar bien hondo en el oído a Roland por no sentarse con las piernas cruzadas en el campo de rugby como era debido. A medida que aumentaba el dolor, se revolvió sobre la hierba para adoptar la posición correcta. En Libia, solo los libios se sentaban en el suelo, que era pedregoso, duro y caliente. En el gimnasio, el gimnasio del profesor, los gordos, los débiles y los torpes eran las víctimas más probables. Después del primer encontronazo, Roland eludió toda atención.

El tiempo, que había sido una esfera sin límites en la que se movía con libertad en todas direcciones, pasó a ser de la noche a la mañana una vía de una sola dirección por la que viajaba con sus nuevos amigos de clase en clase, de semana en semana, hasta convertirse en una realidad que no se ponía en tela de juicio. Los chicos cuya presencia había temido estaban tan desconcertados como él y eran amigables. Le gustaba la calidez de los acentos del este de Londres. Se arracimaban, unos lloraban por la noche, otros mojaban la cama, la mayoría se mostraba implacablemente alegre. No se ponía en ridículo a nadie. Después de apagarse las luces, contaban historias de fantasmas, o elaboraban sus teorías sobre el mundo o alardeaban de sus padres, algunos de los cuales, según averiguaría, eran inexistentes. Roland oía su propia voz en la oscuridad intentando evocar la evacuación de Suez sin conseguirlo. Pero la historia del accidente fue un éxito. Un hombre surcando el aire hacia la muerte segura, una mujer cegada y sangrante, sirenas, la policía, el brazo ensangrentado de su padre. Otra noche, Roland la repitió a petición general. Adquirió estatus, un elemento que nunca había formado parte de su vida. Pensó que se estaba convirtiendo en una persona distinta, una que quizá sus padres no reconocerían.

Después de comer, tres tardes por semana, la promoción de Roland se ponía el mono —cosa fácil de hacer— y era enviada a jugar sin supervisión en los bosques y por la playa fluvial. Buena parte de lo que había leído en las novelas de Jennings y soñado desde la reseca Libia por fin se cumplía. Era como si hubieran recibido instrucciones de la revista histórica para niños *Boy's Own*. Construían campamentos, trepaban a los árboles, hacían arcos y flechas y cavaron un peligroso túnel sin apuntalar que cruzaron arrastrándose boca abajo para demostrar que se atrevían a hacerlo. A las cuatro en punto estaban de nuevo en clase. Las manos que sostenían las estilográficas bien podían estar todavía manchadas de barro negro del estuario, o de hierba. Si era una clase doble de mates o historia, se tenían que esforzar por mantenerse despiertos noventa minutos. Pero si era viernes y la última lección era la de inglés, el profesor los estremecía leyendo en alto con una aguda voz nasal otro episodio de una historia de vaqueros, *Shane*. Ocupó la mayor parte del trimestre.

A Roland le llevó varias semanas entender que la mayoría de los profesores no eran feroces ni hostiles. Solo lo parecían debido a sus togas negras. En buena medida, eran cordiales y algunos hasta lo conocían por el nombre, aunque solo fuera su apellido. Muchos estaban marcados por su participación en la guerra. Aunque había terminado hacía catorce años —toda su vida más casi una cuarta parte—, la guerra mundial seguía siendo una presencia, una sombra, pero también una luz, fuente de virtud y sentido, como lo era en Libia, en la villa de Giorgimpopoli y los talleres de Gurji a la orilla del desierto. El Lee-Enfield .303 cuyo gatillo se le había permitido apretar muchas veces era propiedad de la 7.ª División Blindada, conocida como las Ratas del Desierto, y sin duda debía de haber matado alemanes e italianos. Aquí en el Suffolk rural, el edificio del internado y sus terrenos fueron requisados en 1939 para el ejército y luego la Marina. Sus monumentos eran los barracones prefabricados en el linde del bosque que descendía hacia la playa. Ahora esos barracones se usaban para latín y mates. A un breve trecho a través de ese bosque estaba la «senda» de hormigón de Berners por la que se llevaban a pulso o sobre ruedas embarcaciones hasta el río. Cerca había un embarcadero de madera construido por ingenieros militares en la guerra. Desde allí, el 6 de agosto de 1944, un grupo de refuerzo de mil soldados en cuarenta lanchas de desembarco zarpó río Orwell abajo para efectuar la larga travesía hasta las playas de Normandía y llevar a cabo la liberación de Europa. La guerra pervivía en la imperecedera inscripción estarcida en el muro de ladrillo en el exterior de la enfermería: Centro de Descontaminación. Seguía viva en la mayoría de las aulas, la disciplina no se imponía sino que era asumida por parte de exmilitares que en otros tiempos habían recibido órdenes en una gran causa. La obediencia se daba por supuesta. Todos podían tomárselo con calma.

El terrible secreto de Roland salió a la luz en menos de dos semanas. A los chicos nuevos los enviaron por grupos a la enfermería y les hicieron quedarse en calzoncillos, apelotonados en la sala de espera hasta que dijeran su nombre. Se presentó ante la temible sor Hammond. Se decía de ella que «no se andaba con tonterías». Sin que mediara saludo le ordenó que se subiera a la báscula. Luego lo midió y le inspeccionó en busca de anomalías las articulaciones, los huesos, las orejas, hasta los testículos, que no le habían bajado aún. Al final, la hermana le puso un parche en el ojo y, haciéndole girar por los hombros, lo colocó detrás de una línea y le mostró un tablón con letras cada vez más pequeñas en la pared. Casi desnudo, estaba a punto de ser descubierto. El corazón le latía con fuerza. Entornar los ojos no le sirvió de nada, con el derecho no veía mejor que con el izquierdo y todas sus suposiciones resultaron erradas. No atinó a leer más allá de la segunda fila. Impertérrita, sor Hammond tomó nota y llamó al siguiente chico.

Diez días después de su visita al óptico de Ipswich, lo mandaron del aula a recoger un rígido sobre marrón. Era una cálida mañana de otoño, no había ni una sola nube en el cielo. Se detuvo delante de un alto roble para probar antes de volver a clase. Miró primero para cerciorarse de que no había nadie cerca. Sacó el estuche del sobre, abrió la tapa de recios muelles y sacó el extraño dispositivo. Lo notó vivo en las manos, repelente. Abrió las patillas de par en par, se lo llevó a la cara y levantó la vista. Una revelación. Lanzó un grito de alegría. La enorme figura del roble salió a su encuentro como a través de un espejo en *Alicia en el País de las Maravillas*. De pronto, todas y cada una de los miles y miles de hojas independientes que cubrían el árbol se disgregaron en una brillante singularidad de color y forma y movimiento destellante en la suave brisa, cada hoja una sutil variación de rojo, naranja, oro, amarillo pálido y verde persistente en contraste con el cielo azul intenso. El árbol, como otros muchos que lo rodeaban, se había apropiado de una porción del arcoíris. El roble era un intrincado ser gigantesco consciente de sí mismo. Actuaba ante él, alardeaba, se regodeaba en su propia existencia.

Cuando se puso con timidez las gafas en clase para sondear las posibilidades de ridículo y vergüenza, nadie se dio cuenta. En casa por las vacaciones de Navidad, restablecido el aspecto original como de hoja afilada del horizonte mediterráneo, sus padres solo hicieron comentarios neutrales de

81

pasada. Se fijó en que docenas de personas a su alrededor llevaban gafas. Durante dos años se había preocupado sin motivo y lo había captado todo mal. No era solo el mundo material lo que había adquirido nitidez. Se había visto a sí mismo por vez primera. Era una persona particular; más aún, peculiar.

No era el único que lo pensaba. De nuevo en el internado un mes después lo mandaron desde clase a entregar una carta a secretaría. La señora Manning no estaba. Al acercarse a su mesa vio su propio nombre del revés en un expediente abierto. Rodeó un poco la mesa para leerlo. En un recuadro con el encabezamiento «CI» leyó un número, 137, que no significaba nada para él. Debajo leyó: «Roland es un chico de carácter íntimo...». Sonaron pasos en el pasillo y se apartó de la mesa enseguida para volver a su aula. ¿Íntimo? Creía saber lo que significaba, pero sin duda había que ser íntimo *con* alguien. Cuando por la tarde tuvo un rato libre, fue a la biblioteca a por un diccionario. Sintió náuseas al abrirlo. Estaba a punto de leer un veredicto adulto sobre quién o qué era. *Dicho de una amistad o asociación: muy estrecha. Muy familiar.* Se quedó mirando la definición, su perplejidad confirmada. ¿Con quién se suponía que era familiar? ¿Alguien que había olvidado o aún estaba por conocer? Nunca lo descubrió, pero guardó un sentimiento especial por la palabra que contenía el secreto de su individualidad.

La segunda semana había ido a su primera lección de piano en el bloque de música, cerca de la enfermería. Durante los diez días anteriores su vida había consistido en acontecimientos con los que no estaba familiarizado. Este no era más que otro, conque no sintió nada mientras aguardaba columpiando las piernas en la sala de espera. Era nuevo, pero todo era nuevo. No se oía un piano. Solo un murmullo de voces. Un chico mayor salió de la sala de ensayo, cerró la puerta a su espalda y se marchó. Hubo silencio, luego el sonido de unas escalas desde una sala más lejana. En alguna parte, un obrero silbaba.

Se abrió la puerta y por fin una mano con pulsera y parte de un brazo le indicaron que entrase. En la pequeña sala reinaba el aroma de la señorita Cornell. La profesora se sentó en la banqueta doble de espaldas al piano y él se quedó plantado ante ella mientras lo miraba de arriba abajo. Vestía falda negra y una blusa de seda color crema abotonada hasta la parte superior de la garganta. Llevaba los labios pintados de rojo intenso en un arco tirante. Le pareció que tenía un aire severo y notó la primera punzada de ansiedad.

Dijo:

–Enséñame las manos.

Lo hizo, con las palmas hacia abajo. Ella alargó su mano para tocarle y examinarle los dedos y las uñas. Cosa insólita para su edad, llevaba las uñas cortas y limpias. El ejemplo militar de su padre.

–Dales la vuelta.

Al verle las manos, retrocedió muy levemente. Luego le miró a los ojos durante unos segundos antes de hablar. Él le sostuvo la mirada, no porque fuera descarado sino porque estaba asustado y no se atrevía a desviarla.

Dijo:

–Están asquerosas. Ve a lavártelas. Y date prisa.

No sabía dónde estaba el servicio, pero abrió una puerta sin distintivo y lo encontró por casualidad. La pastilla de jabón agrietada estaba sucia y húmeda. La maestra enviaba a otros chicos aquí. No había toalla, así que se secó las manos en la parte delantera de los pantalones cortos. El agua corriente le había dado ganas de orinar y eso le llevó su tiempo. Con una sensación supersticiosa de que ella le observaba, se lavó las manos otra vez y se las frotó en los pantalones.

A su regreso, le preguntó:

–¿Dónde has estado?

No contestó. Le enseñó las manos limpias.

Ella le señaló los pantalones. Llevaba las uñas pintadas del mismo color que los labios.

–Te has meado, Roland. ¿Eres un bebé?

–No, señorita.

–Entonces, vamos a empezar. Ven aquí.

Se sentó a su lado en la banqueta y ella le mostró el do en mitad del teclado y le dijo que pusiera encima el pulgar de la mano derecha. Le enseñó en la partitura delante de él cómo se escribía la nota. Y eso era una negra. Había cuatro de esas en este compás e iba a tocarlas, otorgando un valor igual a cada nota. Él seguía aturdido por su pregunta humillante y porque lo había llamado por su nombre de pila. No lo había oído desde que se despidió de sus padres. Aquí era Baines. Al desdoblar unos calcetines limpios esa mañana, había caído una golosina envuelta, un caramelo de su gusto, que su madre había puesto ahí para que lo encontrara. Ahora lo llevaba en el bolsillo. Le sobrevino una oleada de nostalgia que sofocó al instante tocando la nota cuatro veces. La tercera sonó mucho más fuerte que las dos primeras y la cuarta apenas sonó.

–Hazlo otra vez.

El truco de mantener el control de uno mismo consistía en evitar cualquier recuerdo de bondad que sus padres, en especial su madre, le hubieran demostrado. Pero notaba el caramelo en el bolsillo.

–Creía que habías dicho que no eras un bebé. –Alargó la mano sobre la tapa del piano, sacó un pañuelo de papel de una caja y se lo puso en la mano. Temió que le llamara Roland otra vez, le dirigiera unas palabras de consuelo o le tocara el hombro.

Cuando hubo acabado de sonarse la nariz, ella le cogió el pañuelo y lo tiró a una papelera a su lado. Eso podría haberlo desarmado, pero cuando se volvió hacia él dijo:

—Echamos de menos a mamá, ¿verdad?

Su sarcasmo fue una liberación.

—No, señorita.

—Bien. Sigamos.

Al final le dio un libro de ejercicios con pentagramas. Su tarea consistía en aprender y escribir blancas, negras, corcheas y semicorcheas. La semana siguiente se las leería batiendo palmas y ella le enseñaría cómo hacerlo. A esas alturas, estaba plantado ante ella como al principio de la clase. Aunque estaba sentada y él no, era más alta. Mientras tocaba con suavidad una serie de semicorcheas, su perfume se hizo más intenso. Cuando hubo terminado, él creyó que tenía permiso para irse y se dio la vuelta. Pero la profesora le indicó con un dedo que tenía que quedarse.

—Acércate.

Dio un paso hacia ella.

—Fíjate cómo vas. Los calcetines por los tobillos. —Se inclinó desde la banqueta y se los subió—. Vas a ir a ver a la enfermera para que te ponga esparadrapo en esta rodilla.

—Sí, señorita.

—Y la camisa. —Lo atrajo hacia ella, le desabrochó el cinturón de serpiente y el botón superior del pantalón y le remetió la camisa por delante y por detrás. Acercó la cara a la suya cuando le enderezó la corbata y Roland tuvo que bajar la vista. Le pareció que su aliento también estaba perfumado. Sus movimientos eran rápidos y eficientes. No iban a ponerlo nostálgico, ni siquiera el toque final, que fue servirse de los dedos para apartarle el pelo de los ojos.

—Así está mejor. ¿Y qué se dice ahora?

Se esforzó por dar con una respuesta.

—Se dice: gracias, señorita Cornell.

—Gracias, señorita Cornell.

Y así comenzó: con miedo, que no tuvo otra opción que reconocer, junto con otro elemento que no atinó a identificar.

Se presentó ante ella para la segunda lección con las manos limpias, o más limpias, pero la ropa hecha un desastre como la vez anterior, aunque no fuera peor que los demás chicos de su año. Se había olvidado del esparadrapo para la rodilla. Esta vez ella lo adecentó antes de empezar la clase. Cuando le desabrochó el pantalón para alisarle la camisa, el dorso de su mano le rozó la entrepierna. Pero fue accidental. Él había hecho la tarea en el libro de ejercicios y marcó el valor temporal de las notas correctamente dando palmadas. Se había preparado bien, no por diligencia ni por un deseo de complacerla, sino porque le daba miedo.

No se atrevía a saltarse la lección ni a llegar tarde o desobedecerla cuando lo mandaba a lavarse las manos aunque ya las tuviera limpias. Nunca se le ocurrió preguntarles a otros chicos que daban piano con ella cómo los trataba. Su señorita Cornell formaba parte de un mundo privado al margen de los amigos y la escuela. Nunca se mostraba maternal ni afectuosa con él, sino más bien distante, a veces desdeñosa. Desde el principio, asumiendo autoridad sobre su aspecto, en especial cuando le desabrochaba los pantalones, estableció un absoluto derecho o control, mental y físico, aunque después de esas primeras dos ocasiones no le tocó de ninguna manera fuera de lo corriente. A medida que pasaban las semanas, creó un vínculo entre ellos y Roland no pudo hacer nada al respecto. Era una escuela, ella era la profesora y él tenía que obedecer. Podía humillarlo y dejarlo al borde de las lágrimas. Cuando le salió mal repetidamente un ejercicio y se arriesgó a decir que no podía hacerlo, ella le contestó que era una niñita inútil. Tenía un vestido rosa con volantes en casa que era de su sobrina y lo traería para la siguiente lección, le confiscaría la ropa y le haría llevarlo en clase.

Toda esa semana vivió aterrado a causa del vestido rosa. Por la noche no pegaba ojo. Se planteó huir, pero entonces tendría que vérselas con su padre, y no tenía adónde ir. No tenía dinero para el tren y los autobuses hasta la casa de su hermana. No poseía el valor suficiente para ahogarse en el río Orwell. Cuando por fin llegó la temida lección, no hubo indicio ni mención del vestido rosa. La amenaza no se repitió. Quizá la señorita Cornell ni siquiera tenía una sobrina.

Transcurrieron ocho meses y ya era capaz de tocar el preludio simplificado. Después del pellizco, el reglazo, su mano en el muslo, luego el beso, había empezado a recibir clases en otro edificio con el jefe del departamento de música, el señor Clare. Era amable y experto, director escénico y musical de la producción en la escuela de *La flauta mágica*. Roland colaboró pintando los bastidores y con los cambios de decorado. La tarjeta que había prometido la señorita Cornell no llegó a tiempo y esa fue la razón, se dijo a sí mismo, de que no fuera en bici a su casa para almorzar el día de media jornada festiva, aunque no había olvidado sus claras indicaciones para llegar hasta la casita de campo. Seguía sintiéndose aliviado de haberla dejado atrás. Cuando llegó la tarjeta dos días después con el mensaje de una sola palabra —«Recuerda»—, creyó que podía hacer caso omiso de ella.

Se equivocaba. Miriam Cornell aparecía cada vez con más frecuencia en ensueños excitantes. Estas fantasías eran nítidas y arrasadoras, pero no podía haber conclusión, ni alivio. Su cuerpo joven y terso con su voz de tiple y su suave mirada de niño no estaba preparado todavía. Al principio, ella formaba parte de un reducido reparto: las otras eran chicas de unos veinte años, amistosas, deliciosas en su desnudez, sus rostros recordados de fotografías en los catálogos de ropa de su madre. Pero para cuando cumplió los trece, la señorita Cornell las había expulsado. Estaba sola en el escenario del teatro de sus sueños para supervisar con mirada indiferente su primer orgasmo. Eran las tres de la madrugada. Se levantó de la cama y cruzó el dormitorio hasta los servicios para examinar lo que ella había producido en la palma de su mano.

Creía que la estaba escogiendo a ella, pero enseguida quedó claro que no podía alcanzar el alivio sin ella. Lo había escogido a él. En dramas mudos ella lo atraía a su sala de ensayo. A menudo, como obertura, se imaginaba de nuevo el beso, más profundo, más ávido. Ella le desabrochaba el pantalón corto, hasta abajo. Luego estaban en alguna otra parte, los dos desnudos. Ella le enseñaba qué hacer. Él nunca tenía opción. No quería tener opción. Se mostraba serena y decidida, incluso desdeñosa. Después, en el momento indicado, ella le lanzaba una intensa mirada que sugería afecto, incluso admiración.

Se había sembrado a sí misma en el fino entramado no solo de la psique de él sino también de su biología. No había orgasmo sin ella. Era el espectro sin el que no podía vivir.

Un día el profesor de inglés, el señor Clayton, llegó a clase y dijo:

—Chicos, quiero hablaros sobre la masturbación.

Se quedaron paralizados de vergüenza. Oír a un profesor usar esa palabra era insoportable.

—Solo tengo una palabra que deciros. —El señor Clayton hizo una pausa teatral—. Disfrutadla.

Roland lo hizo. Un largo y aburrido domingo creyó que se desharía del espectro de Miriam Cornell evocándola seis veces en otras tantas horas. Pura indulgencia, y sabía que ella regresaría. Durante medio día se libró de ella, luego la necesitó de nuevo. Tenía que aceptar que ahora estaba incrustada en una región especial de fantasía y anhelo, y era allí donde quería que siguiera, atrapada en sus pensamientos, como el unicornio domado detrás de su cercado circular: el profesor de arte había enseñado a la clase una reproducción del famoso tapiz. El unicornio nunca debía liberarse de la cadena, no debía abandonar nunca su minúsculo recinto. Al cambiar de aula, a veces la veía a lo lejos y se aseguraba de que no se encontraran nunca. En largos trayectos en bici por la península, tenía buen cuidado de eludir su pueblo. Nunca iría a verla, aunque cayera gravemente enferma y estuviera en su lecho de muerte y le hiciera llegar un mensaje suplicante. Era muy peligrosa. Nunca acudiría a ella por mucho que el mundo estuviera a punto de acabar.

3

Una nube de autoengaño sobrevolaba toda Europa. Una cadena de televisión de Alemania Occidental se convenció de que el miasma radiactivo no contaminaría Occidente sino solo el Imperio soviético, como para vengarse. Un portavoz ministerial de Alemania Oriental se refirió a una trama estadounidense para destruir las centrales eléctricas del pueblo. El gobierno francés parecía creer que el extremo sudoeste de la nube coincidía con la frontera francoalemana, que no tenía autoridad para cruzar. Las autoridades británicas anunciaron que no había riesgo posible para la población, pese a que se dispuso a cerrar cuatro mil granjas, prohibir la venta de cuatro millones y medio de ovejas, incautar numerosas toneladas de queso y verter un mar de leche por las alcantarillas. Moscú, reacio a reconocer un error, dejó que bebés y niños siguieran bebiendo leche irradiada. Pero pronto se impuso el interés propio. No había elección. Había que hacer frente a la emergencia y eso no se podía llevar a cabo en secreto.

Roland se unió a esa retirada de la razón. Mientras Lawrence dormía por las tardes, empezó a cubrir las ventanas con láminas de plástico para precintar la casa. Pero la nube había eludido Londres. Se detectó cesio 137 en los pastos galeses, en el noroeste de Inglaterra y en las Tierras Altas escocesas y aun así él continuó. Era un trabajo largo, pues la cinta no se adhería bien a menos que los marcos de las ventanas estuvieran limpios de polvo. La escalera de mano era inestable y muy baja. Oscilaba peligrosamente cuando se ponía de puntillas en el peldaño más alto para limpiar la parte superior de un marco con un trapo húmedo y sucio. Una vez, solo se salvó de caer de espaldas gracias a que se aferró de un salvaje zarpazo al riel de unas cortinas. Sabía que era un proyecto desquiciado. Daphne se lo dijo e intentó disuadirlo. Otros no protegían sus casas. Hacía calor, la ausencia de ventilación sería insalubre e innecesaria. No había polvo radiactivo y era una chifladura. Lo sabía. Sus circunstancias eran una locura y podía hacer lo que quisiera. Parar ahora sería reconocer que se había equivocado desde el principio. Además, un respeto al orden proveniente de su padre insistía en que lo que se empezaba tenía que terminarse. En su estado actual, a Roland le habría deprimido pasearse por la casa despegando y tirando a la basura las láminas de plástico colocadas la víspera. Al cabo, era fortalecedor no creerse nada de lo que dijeran las autoridades. Si decían que la nube había ido hacia el noroeste, entonces debía de estar posándose sobre el sudeste. Si estaban aislando tantas ovejas sanas, entonces cuidado. Sería un solitario y un guerrero. Comía de lata y se fijaba en las fechas de envasado en las tapas. Nada posterior a finales de abril. Lawrence se le sumó haciendo sus primeras tentativas con alimentos sólidos. Su leche era de la mejor agua de manantial anterior a Chernóbil. Juntos sobrevivirían.

No era un buen estado, fingir haber perdido el juicio. Por fuera resultaba bastante verosímil, cuidar del bebé y jugar con él, traer más agua embotellada, hacer las tareas rutinarias a toda velocidad, hablar por teléfono con amigos. Cuando llamó a Daphne otra vez –dependía de ella las semanas posteriores a la desaparición de Alissa–, fue Peter quien contestó. Roland desarrolló su teoría de que el desastre de Chernóbil señalaría el principio del final de las armas nucleares. Supongamos que la OTAN hubiera lanzado un dispositivo táctico contra Ucrania para detener el avance de los tanques rusos: mira cómo sufriríamos todos, envenenados desde Dublín hasta los Urales, desde Finlandia hasta Normandía. El efecto bumerán. Un arsenal nuclear era inútil desde el punto de vista militar. Roland había levantado la voz, otra señal de que no estaba bien. Peter Mount, que por entonces trabajaba para la red eléctrica nacional y sabía de distribución de la energía, lo pensó un momento y contestó que la inutilidad nunca había sido un estorbo para la guerra.

Unos años antes Peter le había enseñado a Roland su lugar de trabajo, el centro de control nacional. La periferia se parecía a una base militar con verjas de alta seguridad, barreras dobles accionadas de manera electrónica y dos guardias inexpresivos que se tomaron su tiempo para comprobar que el nombre de Roland figuraba en una lista. El centro de actividad parecía una copia cutre de la sala de control de la NASA en Houston: técnicos en silencio delante de sus consolas, un tablero de diales e indicadores, una amplia pantalla en una pared alta. Aquí el asunto esencial era cerciorarse de que el suministro estuviera a la altura de la demanda.

El viaje fue aburrido. Roland, que no tenía gran interés en la gestión de la electricidad, se esforzó mucho por prestar atención. No le emocionaba como a Peter la perspectiva de que los ordenadores lo controlasen todo. El único momento memorable fue a media tarde. Los monitores de televisión en lo alto de las paredes de la sala de control sintonizaron la popular telenovela *Coronation Street*. Alguien hablaba a voz en cuello por teléfono en un francés anglicanizado. Cuando se acercaba la pausa para la publicidad, una voz inició la cuenta atrás desde diez por el sistema de megafonía, hasta el momento en que millones de personas se levantarían del sofá para encender los hervidores y preparar té. Cero. Dos manos tiraron con fuerza hacia abajo de una pesada palanca negra. Se descargaron megavatios a la velocidad de la luz por cables bajo el canal de la Mancha adquiridos a franceses que no lo entendían: ¿qué era *Coronation Street*? ¿Qué sentido tenía un hervidor eléctrico? Seguro que no era nada tan tosco como una palanca de la que alguien tiraba. Pero Roland contaría la anécdota con tanta frecuencia que acabó fiándose de su relato.

Esa tarde fue como una excursión escolar. Al final acabaron en un comedor iluminado con fluorescentes. Peter, unos colegas y Roland se sentaron a una mesa de formica todavía húmeda después de que la limpiaran con una bayeta. La conversación viró hacia la venta de la distribución de electricidad a empresas privadas. Tenía forzosamente que ocurrir, fue el consenso. Había mucho dinero que ganar. Pero ese tampoco era uno de los temas de Roland. Aparentaba prestar toda su atención mientras recordaba una excursión escolar a la fábrica de beicon Harris de Ipswich a los once años, no mucho después de que decidiera no ir a comer a casa de Miriam Cornell.

Se trataba de ver qué les ocurría a los cerdos que había estado alimentando para el Club de Jóvenes Granjeros. Qué tristeza a las cinco y media de la mañana. Tenía que llevar dos pesados cubos de comida —restos de carne flotando en natillas— de las cocinas de la escuela con un amigo, Hans Solish, hasta la granja porcina. No era tan fácil a esa edad, en la hora húmeda y otoñal previa al amanecer, poner el cubo a calentar. Al hacerlo, los cerdos se ponían frenéticos con el olor. Entonces los chicos subían a la pocilga con la bazofia caliente en cubos y los cerdos arremetían contra sus piernas. La parte más difícil era verter aquella porquería en los comederos sin que los derribaran a ellos.

En la fábrica de beicon de Ipswich, como actualmente en el lugar de trabajo de Peter, se sentó con otros a una mesa de formica en el comedor. Roland niño estaba conmocionado y rehusó comer o beber nada. La bebida de color naranja en vasos de papel olía a entrañas de cerdo. Había visto sacrificios y sangre como en una pesadilla. Víctimas que no dejaban de chillar trasladadas en manada desde un camión herméticamente cerrado, descendiendo a la carrera presas del pánico por una rampa de hormigón hacia hombres con delantales y botas de goma, hundidos varios centímetros en sangre, en sus manos aturdidores eléctricos, el destello de largos cuchillos cortando cuellos, cuerpos desnudos colgados de los tobillos con cadenas acercándose a enormes puertas de vaivén en dirección a un chorro blanco de llama que los chamuscaba, luego cadáveres volteando en agua hirviendo restregados por tambores giratorios con dientes de acero, chirriantes cuchillas eléctricas, cabezas con ojos y bocas abiertos en montones, cubas volcadas de vísceras relucientes que se deslizaban por empinados toboganes de hojalata hacia ululantes picadoras de carne que hacían comida para perros.

La electricidad era un asunto más limpio. Pero ambos dejaron su huella. Después de abandonar en autobús la fábrica de beicon, pasó tres años sin comer carne. Lo cual era un inconveniente en la escuela en 1959. El tutor de su sección envió una carta de queja a sus padres. Al capitán, que no había oído hablar de nadie que no comiera carne, no le gustó el tono malhumorado de la carta y respaldó a su hijo. Se le debían suministrar formas alternativas de nutrición.

Cada vez que, como ahora, Roland cogía un hervidor eléctrico, se figuraba dos manos, reales o imaginarias, tirando de una palanca en nombre del equilibrio, la oferta y la demanda y la mágica comodidad. La vida diaria en la ciudad, del té a los huevos y del beicon a las ambulancias, estaba sustentada por sistemas ocultos, conocimiento, tradición, redes, esfuerzos, beneficios.

Incluían el servicio postal que había traído la quinta tarjeta de Alissa. Estaba con el lado de la ilustración hacia arriba en la mesa de la cocina junto a los tulipanes. Eran las once de

95

la mañana. Había precintado la última ventana y colocado una pantalla improvisada en torno a la puerta trasera hacia el jardín. La radio murmuraba las noticias: los granjeros protestaban contra las restricciones impuestas a sus rebaños. Roland tomaba té porque había dejado el alcohol. La decisión fue instantánea y fácil, provocada en parte por una llamada del inspector Browne. Una liberación. Para conmemorarla, había vertido botella y media de whisky escocés por el fregadero.

El inspector le dijo que el día de su desaparición el nombre de Alissa figuraba en una lista de pasajeros sin vehículo a bordo del ferri de las 17.15 de Dover a Calais. Pasó la noche en Calais en el Hôtel des Tilleuls, no muy lejos de la estación de ferrocarril. Ella y Roland habían estado allí varias veces, se habían acomodado con sus copas en un patio estrecho y polvoriento donde dos limeros pugnaban por ascender hacia la luz. Les gustaban esos establecimientos baratos y sin pretensiones, con suelos que rechinaban, muebles no muy sólidos, la ducha poco fiable con una vieja cortina de plástico rígida por efecto del jabón. Abajo, un menú del día a treinta y cuatro francos. Eran diversos recuerdos superpuestos. Un camarero alto de mejillas hundidas y pelo entrecano que le reseguía la línea de los pómulos llevaba de mesa en mesa una sopera plateada. Se apreciaba dignidad en su manera de presentarla. Patata y puerro. A continuación, una porción de pescado a la parrilla, una patata asada de aspecto ceroso, medio limón como aderezo, un cuenco blanco de ensalada verde, un litro de vino tinto en una botella sin etiqueta. Queso o fruta. Era el año antes de que se casaran. Hicieron el amor arriba en una cama estrecha que tintineaba. No estaba bien que Alissa hubiera ido allí sin él. Notó el abandono en ese momento inundado de nostalgia. Imaginó el hotel como su amante y sintió celos de él. Aunque quizá no hubiera ido sola.

El sistema centralizado, napoleónico y paranoide de registrar y cotejar a todos los huéspedes de los hoteles franceses seguía en funcionamiento. Las dos noches siguientes, le dijo Browne, se había alojado en París en el Hôtel La Louisiane en la rue de Seine, en el *sixième*. Lo conocían bien. Más traición de baratillo. Después de París, Alissa pasó una noche en el Hôtel Terminus en Estrasburgo. Ese podía quedárselo para ella, fuera el que fuese. De Múnich, nada. Alemania Occidental se interesaba por sus visitantes menos que Francia.

La voz de Browne sonaba lejana. De fondo había un murmullo de voces, una máquina de escribir y, repetidamente, el maullido de un gato.

–Su esposa está vagando por Europa. Por voluntad propia. No tenemos motivos para creer que corra peligro. De momento, no podemos ir más allá.

Roland no vio motivo para mencionar su último mensaje. Este asunto le concernía solo a él, como debería haber ocurrido desde el principio. Buscó una disculpa.

–No creerá que falsifiqué las postales. No creerá que la asesiné.

–No, tal como están las cosas.

–Se lo agradezco todo, inspector. ¿Me devolverá lo que se llevó?

–Pasará alguien a dejarlo.

–Las fotos que tomó de mi libreta.

–Sí.

–Y los negativos.

La voz sonó hastiada:

–Haremos lo que podamos, señor Baines. –Browne puso fin a la llamada.

Roland tenía las manos mugrientas en torno a una taza de té. El reloj señalaba las once y cinco. Muy tarde para telefonear a Daphne y hablar sobre la última tarjeta de Alissa. Lawrence se despertaría antes de una hora. Mejor ducharse ahora. Pero no se movió. Cogió la postal y se quedó mirando de nuevo la imagen con retoques de color de un prado en pendiente con los Alpes bávaros al fondo. Flores silvestres, ovejas pastando. No muy lejos de donde ella había nacido. Casualmente, en las noticias nocturnas un granjero en las colinas de Gales explicaba que la gente de la ciudad no podía entender en absoluto los vínculos afectivos que unían a personas como él y su esposa a sus ovejas y corderos. Pero los animales a su cuidado, los corderos sin duda alguna, estaban destinados a ir de todos modos a un lugar parecido a la fábrica de Ipswich. Justicia compasiva. Enviado al olvido por quienes te querían. Por quien insiste en que todavía te quiere. *Querido Roland: Lejos de vosotros dos = dolor físico. Lo digo en serio. Un profundo tajo. Pero sé que la mtrndad me habría hundido. ¡Y estábamos hablando del 2º! Mejor el dolor ahora que un dolor/caos/amargura más largos después. Tengo claro mi único rumbo + el camino a seguir. Hoy unas amables personas me han dejado estar 1 h. en el cuarto de mi nfncia en Murnau. Pronto iré al norte con mis padres. No me llames allí, por favor. Lo siento, amor mío. A.*

En la carrera del sufrimiento ella aspiraba a sacar ventaja. Las abreviaturas seguían molestándole después de leerla varias veces. Quedaban más de dos centímetros de espacio en blanco encima del borde inferior dentado de la tarjeta. Sitio más que de sobra para deletrear maternidad. En el mercado de Murnau, desde su cuarto de infancia medio oculto bajo un techo inclinado, había mirado por la ventana de la buhardilla a través de los tejados color naranja hacia Staffelsee y contemplado la envergadura de sus treinta y ocho años, con su súbita ruptura, su huida de las cargas de la vida cotidiana, el lamentable milagro de la existencia de Lawrence, el hecho corriente de un marido menos que brillante. Pero ¿su camino? No era la clase de palabra que usaba. No creía en lo predestinado, que era lo que implicaba seguir un camino. No era religiosa, ni siquiera de manera atenuada. Era o había sido una profesora sumamente organizada de literatura y lengua alemanas que hablaba muy bien de Leibniz, los hermanos Humboldt y Goethe. La recordó hacía un año, reponiéndose de una gripe, sentada en la cama absorta en una biografía alemana de Voltaire. Era una escéptica benevolente por naturaleza. Quedaban descartadas las sectas de la New Age. Ningún gurú toleraría su tendencia a tomar el pelo con delicadeza. Si había pasado una hora en el dormitorio que una vez compartiera con el osito de peluche deshilachado que ahora yacía en la cuna de Lawrence, su camino la llevaba hacia atrás, al pasado. Y que estuviera yendo hacia el norte para ver a sus padres confirmaba la opinión de Roland. Era una relación difícil. Había tormentas frecuentes. Separados medio año, se ponían mutuamente de los nervios nada más verse. A pesar de que estaban unidos, o precisamente por ello. La última vez que Alissa, embarazada de cuatro meses, y él fueron de visita a Liebenau fue en abril de 1985. Habían ido a darles a los padres la feliz noticia. Después de cenar, estalló una pelea en la cocina, breve pero fuerte. Jane y su única hija estaban fregando los platos juntas. Al parecer el tema era el amontonamiento de platos limpios en un armario. Heinrich y Roland tomaban coñac. En esa casa, los hombres estaban al margen de todos los aspectos del trabajo doméstico. Cuando las voces se alzaron en alemán para explotar por fin en inglés, la lengua materna, el suegro de Roland le lanzó una mirada y se encogió de hombros con una mueca en plan qué se le va a hacer.

El verdadero problema salió a colación en el desayuno. ¿Cuatro meses? ¿Por qué era Jane de los últimos en enterarse, mucho después de todas sus amistades de Londres? ¿Cómo se atrevía Alissa a casarse sin invitar a sus padres? ¿Así se trataba a quienes la habían querido y cuidado?

Alissa podría haberle dicho a su madre que el niño que llevaba en el vientre fue concebido en el dormitorio de arriba. En cambio, se puso furiosa al instante. ¿Qué más daba? ¿Por qué no se alegraba su madre por su maravilloso yerno y la perspectiva de un nieto? ¿Por qué no agradecía que Roland y ella hubieran ido hasta allí para darles la noticia en persona? Tenía que estar de vuelta en el colegio el lunes por la mañana. Alissa explicó en detalle el viaje con gran energía aliterativa. Por casualidad, coincidía en buena medida con la ruta de Roland al antiguo internado. ¡De Londres a Harwich, luego a Hoek van Holland, a Hanover, hasta aquí! Era agotador y caro. Había esperado una cálida bienvenida. ¡Tendría que haberlo imaginado! Roland sabía suficiente alemán para seguir la discusión, pero no tanto como para dar con el comentario adecuado a fin de tranquilizar los ánimos. De eso se encargó Heinrich, que dijo de pronto, igual que antes: «Genug!». ¡Ya está bien! Alissa se levantó de la mesa y salió al jardín a calmarse. A la mañana siguiente, desayunaron en silencio.

Si ella estaba allí ahora, en la pulcra casa de ladrillo y madera construida en mitad de un jardín de dos mil metros cuadrados, debía de tener algún propósito específico. Si había ido a decirles a sus padres que abandonaba a su hijo y su marido, sería una trifulca sin parangón.

Jane Farmer nació en Haywards Heath en 1920, hija de dos maestros de escuela de lenguas modernas. Después del instituto de segunda enseñanza, donde destacó en francés y alemán, cursó estudios de secretariado: la cuestión de la universidad «nunca surgió». Era una chica de noventa palabras por minuto. Al comienzo de la guerra, trabajó en el servicio de mecanografía del Ministerio de Información y compartió un minúsculo piso sin calefacción en Holborn con una amiga de la escuela. Por influencia de su compañera de piso, que pasaría a ocupar un puesto superior en el Instituto de Arte Courtauld en la década de los sesenta, Jane empezó a leer poesía y ficción contemporánea. Asistían juntas a recitales de poesía y pusieron en marcha un club de lectura que duró casi dos años. Jane escribía cuentos y poemas, aunque no le aceptaron ninguno en las pocas revistas independientes que seguían publicando durante la guerra. Continuó desempeñando distintos trabajos de archivera y mecanógrafa en diferentes ministerios y tuvo aventuras con hombres que albergaban aspiraciones literarias como ella. Ninguno llegó a abrirse paso.

En 1943 contestó a un anuncio personal de mecanógrafa a media jornada en la revista *Horizon* de Cyril Connolly. Trabajaba cuatro horas a la semana. Más adelante le contó a su yerno que se sentaba en un rincón invisible y le encargaban la correspondencia más aburrida. No era hermosa ni tenía contactos y habilidad social como muchas de las mujeres jóvenes que pasaban por la redacción. Connolly, cosa bastante razonable, apenas se fijaba en ella, pero de vez en cuando se encontraba en presencia de dioses literarios. Vio, o le pareció ver, a George Orwell, a Aldous Huxley y a una mujer que bien podía haber sido Virginia Woolf. Pero, como sabía Roland, Woolf llevaba muerta dos años y Huxley vivía en California. Hubo una glamurosa figura de alta cuna, totalmente contemporánea, que se interesó por Jane como amiga e incluso le dio un par de vestidos que ya no necesitaba. Era Clarissa Spencer-Churchill, sobrina de Winston. Luego se casaría con Anthony Eden antes de que llegara a ser primer ministro. En 1956 hizo el famoso comentario de que a veces tenía la impresión de que el canal de Suez pasaba por el salón de su casa. Clarissa siguió su camino. Jane recordaba a Sonia Brownell, que se casó con Orwell, como una presencia bondadosa. Le dio a Jane dos libros para reseñarlos, pero no publicó ninguno de los artículos.

Jane era una figura marginal en la escena de *Horizon*, adonde iba dos tardes por semana después de fichar en el Ministerio de Trabajo. Pero ese lugar surtió un efecto acumulativo. Para cuando terminó la guerra sus ambiciones literarias eran claras. Quería viajar por Europa e «informar». Una vez había oído casualmente a Stephen Spender hablar de un valiente grupo de estudiantes antinazis, la Rosa Blanca, radicado en la Universidad de Múnich. Era un movimiento intelectual no violento que distribuía en secreto panfletos en los que se enumeraba y denunciaba los crímenes del régimen, incluidas las masacres de judíos. A principios de febrero de 1943 los principales miembros del grupo fueron detenidos por la Gestapo, juzgados ante un «tribunal popular» y decapitados. En la primavera de 1946 Jane se las ingenió para captar la atención de Connolly durante cinco minutos. Le planteó que viajaría a Múnich en busca de supervivientes del movimiento y averiguaría su versión de los hechos. Sin duda representaban lo mejor de Alemania y el espíritu de su futuro.

El editor de *Horizon*, en sus comienzos a finales de 1939, había adoptado el punto de vista de un esteta sobre la guerra. El mayor desafío consistía en no rendirse a la locura del momento, sino mantenerse al margen y seguir conservando las mejores tradiciones literarias y críticas del mundo civilizado. A medida que avanzaba la guerra, Connolly se convenció de la importancia del compromiso serio, del reportaje, a ser posible desde el frente, dondequiera que estuviese. Se mostró amable y alentador con Jane, aceptó su idea y le ofreció veinte libras de la cuenta de la revista para sus gastos. Era generoso. Él tenía en mente un proyecto adicional. Después de que acabara en Múnich, quería que «se llegara al otro lado de los Alpes» hasta Lombardía e informara sobre la comida y el vino de la región. La dieta británica, siempre vergonzosa, había empeorado más todavía con la guerra. Era hora de empezar a tener en cuenta las soleadas tradiciones culinarias del sur de Europa. Antes incluso de que terminase la guerra, él había ido a París para alojarse en la recién inaugurada embajada británica y disfrutar de la comida. Ahora quería oír hablar de cocina campesina, de *spiedo bresciano, ossobuco, polenta e uccelli* y los vinos de Brescia. Sacó un billete de veinte libras de la caja para gastos menores. El encargo que transformaría la vida de Jane Farmer y daría comienzo a la de Alissa se acordó en los escasos minutos antes de que Cyril Connolly se fuera a toda prisa a almorzar en el Savoy con Nancy Cunard.

Jane Farmer se marchó de Inglaterra a principios de septiembre de 1946 con veintiséis años y ciento veinticinco libras, la mitad en dólares americanos, astutamente distribuidos por su persona y su equipaje. Connolly firmó una carta con membrete en la que se declaraba que era la «corresponsal europea», en general, de *Horizon*. En el verano de 1984, en la primera visita de Roland a Liebenau, se sentó en el jardín con Jane. Habían estado hablando de literatura ese mismo día y ella había dejado encima de la mesa una vieja caja de cartón. Jane le enseñó a Roland la amarillenta nota en cuyo membrete aparecía la firma del editor. Connolly y Brownell se habían tomado considerables molestias. Quizá se hubieran compadecido de la oficinista a la que algunos se referían como «Jane la Granjera».[1] Por medio de un amigo de Malcolm Muggeridge exmiembro del MI6, Brownell facilitó tres nombres y posibles direcciones en Múnich de gente que podría tener conocimiento de la Rosa Blanca. Gracias a los contactos de Connolly, Jane también llevaba un par de cartas de presentación a oficiales del ejército británico que tal vez le fueran útiles si tenía problemas al cruzar Francia. Se hizo una colecta al azar. Cunard, siempre dispuesta a honrar un movimiento de resistencia, donó treinta libras. Arthur Koestler le dio cinco a alguien para que se las entregara a ella. Algunos redactores de *Horizon* contribuyeron con billetes de diez chelines. La mayoría dejó media corona o una moneda de dos chelines en la Hucha de la Rosa Blanca que había en la redacción. Jane había heredado

---

1. Por su apellido Farmer, literalmente «campesino», «granjero». (*N. del T.*)

103

cincuenta libras de un tío. Sospechaba que las cinco que le dio Sonia provenían de Orwell.

Esa noche de verano en el jardín de Liebenau, después de enseñarle a Roland la carta de Connolly, Jane sacó de la caja sus siete diarios. Intentó transmitir su sensación de liberación en el viaje que hizo de Londres a Múnich vía París y Stuttgart: el episodio más emocionante de su vida. Ya no era una hija obediente, ni una humilde empleada, ni la social e intelectualmente inferior del rincón de una oficina, y aún no era una esposa sumisa. Por primera vez en su vida, había hecho una elección en serio, había iniciado una misión y una aventura. No estaba al cuidado de nadie. Dependía de su inteligencia e iba a ser escritora.

Después de tres semanas en Francia, se sorprendió apañándoselas para que la invitaran a cenar en un comedor de oficiales cerca de Soissons. Convenció a un reacio sargento galés para que la llevara en su camión los últimos cincuenta kilómetros hasta la frontera alemana. Rechazó insinuaciones de diversos soldados y civiles. Un teniente americano con el que tuvo una breve aventura la llevó desde las inmediaciones de Stuttgart hasta Múnich en su jeep. Tenía un francés y un alemán pasables de la escuela, y enseguida mejoró ambos. «¡Llegué a ser yo misma!», le dijo a Roland. «Y luego me extravié.»

Los diarios eran un secreto. Heinrich no estaba al tanto de su existencia. Pero Roland se los podía enseñar a Alissa si quería. Jane lo dejó a solas en el jardín mientras iba adentro a preparar la cena. En la primera página del primer volumen leyó, en pulcra letra caligrafiada, que el 4 de septiembre de 1946 viajó en tercera clase en el restituido tren *Flecha Dorada* de Londres a Dover y en el *Flèche d'Or* de Calais a París. Si se fijó en los demás pasajeros o miró por la ventanilla del vagón mientras cruzaba las extensiones de la Picardía liberada, no lo anotó. Empezó en París. «Unas veces sórdida y otras glamuro-

sa. Asombrosamente intacta. Los comercios están vacíos.»
Puso en práctica sus aptitudes periodísticas describiendo su
diminuto hotel y a su *propriétaire* en el Barrio Latino, una
pelea delante de una panadería, a una pareja de los primeros
turistas americanos tratada con frialdad por los vecinos en un
tabac. Presenció una discusión en un bar entre un oficial de la
Marina británica que hablaba bien francés y «una especie de
intelectual francés».

Un resumen de sus posturas. El oficial, un poco borracho:
«No me diga de qué lado estuvo Francia en la guerra. Ustedes
combatieron y mataron a nuestros soldados en Siria, Irak y el
norte de África. Sus buques no navegaron de Mazalquivir a
Portsmouth para apoyarnos, conque nos vimos obligados a
atacarlos. Ahora nos enteramos de que sus gendarmes aquí en
París trasladaron a tres mil niños a la Gare de l'Est para que los
llevaran a la muerte. Casualmente eran judíos». El intelectual
de pelo entrecano, también un poco borracho: «No levante la
voz, *m'sieur.* Alguien podría matarle por semejantes opiniones.
Su versión es sesgada. Esos barcos se habrían mantenido leales
a Francia. Luego, cuando los alemanes intentaron llevar nuestros barcos a Tolón, decidimos hundirlos. A mi cuñado lo tor-
turó la Gestapo hasta la muerte. Mataron prácticamente a
todos en un pueblo cerca de mi ciudad natal. Los de la Francia
Libre estuvieron con ustedes y lucharon con valentía. Miles de
ciudadanos franceses perdieron la vida durante la liberación
por culpa de los proyectiles de sus buques de guerra. La Résistance era el auténtico espíritu de Francia». A lo que todos los
presentes en el bar gritaron: *Vive la France!* Yo seguí escribiendo, fingiendo que no había oído nada.

Le dejó a Roland los cuadernos para esa noche. Él los leyó
después de comer y luego acostado, mientras estaban uno
junto al otro en la cama, Alissa empezó el primero; para en-

tonces él ya estaba leyendo el relato de una velada «muy entretenida» con unos oficiales británicos en Soissons, en «una elegante casa con un parque y un lago». Lo que impresionó a Roland fue la confianza y precisión de la prosa. Más que eso, tenía el don de la descripción brillante y audaz. La página y media dedicada a la aventura con el teniente americano, Bernard Schiff, fue una sorpresa. Jane Farmer nunca se había encontrado con un amante tan generoso, tan «extravagantemente atento al placer de una mujer», todo un contraste con los ingleses que había conocido hasta el momento con su «desabrido mete y saca». Consciente de que sus suegros estaban al otro lado de una pared delgada, leyó entre susurros la descripción de Jane del sexo oral con Schiff. Alissa dijo, también en un susurro: «Debe de haberlo olvidado. Se moriría si pensara que lo he leído yo».

Dos días después, los dos habían leído los diarios de Múnich de cabo a rabo. Antes de comer fueron a dar un paseo por Liebenau, siguiendo las orillas del Große Aue hasta el castillo. Alissa estaba inquieta, excitada por lo que había leído, pero desconcertada, incluso ofendida. ¿Por qué no había mencionado nunca su madre los cuadernos? ¿Por qué se los había dado a Roland, no a ella? Jane debería publicarlos. Pero no se atrevería. Heinrich nunca lo permitiría. En la familia, la Rosa Blanca era patrimonio de él, aunque había otros supervivientes. Había ido a entrevistarle un puñado de investigadores, historiadores, periodistas. No había sido una figura central y nunca había fingido otra cosa. Le pidieron que asesorara una producción cinematográfica. Cuando vio el resultado, se llevó una decepción. No habían captado la realidad. «¡Los Scholl, Hans y Sophie, no eran así, no tenían ese aspecto!» Lo decía pese a admitir que apenas los conocía. Los artículos de prensa, los ensayos eruditos, los libros que empezaron a publicarse tampoco le agradaron. «No estaban allí, no pueden saberlo. ¡El miedo! Ahora es historia, ya no es real. Son solo palabras ahora. No se dan cuenta de lo jóvenes que éramos. No pueden entender el sentimiento tan puro que teníamos. Los periodistas de hoy son ateos. No quieren saber lo firme que era nuestra fe religiosa.»

No había nada en ningún relato que llegara a satisfacerlo. No era una cuestión de fidelidad. Le dolía que lo que había sido una experiencia vivida fuese ahora una idea, una noción brumosa en la imaginación de desconocidos. Nada se ajustaba a sus recuerdos. Aunque los diarios de su mujer hubieran logrado que todo cobrara vida, habrían supuesto una amenaza para él desplazándolo en la historia: eso pensaba Alissa, y Roland coincidía con ella. Su padre era un hombre enérgico con convicciones a la antigua usanza. ¡Jane como una mujer independiente recorriendo Francia y Alemania y teniendo relaciones sexuales con desconocidos! La publicación, incluso en una editorial privada, era impensable. Hizo una concesión rebelde permitiendo a su hija y a Roland que hicieran fotocopias en secreto para llevárselas a Londres. Una suerte de publicación. La víspera de su marcha, fueron a una tienda de Nienburg y se pasaron la tarde esperando a que hicieran una copia de los cuadernos con una máquina lenta y defectuosa. Ocultaron las quinientas noventa páginas en una bolsa de la compra. Cuando volvían por la orilla del río con ella, Alissa habló con Roland de su padre. Era un hombre cariñoso de setenta años, conservador, atrincherado en sus convicciones. Sus recuerdos del movimiento de la Rosa Blanca y sus opiniones al respecto eran inamovibles. No querría que se complicasen. En cuanto al sexo oral: con solo pensar en su padre, devoto e íntegro feligrés, enterándose del episodio de hacía casi cuarenta años con el vigoroso teniente, Alissa se echó a reír tan fuerte que tuvo que apoyarse en el tronco de un árbol.

Roland estaba pensando en su paseo por la población de Liebenau cuando recogió la postal de la mesa de la cocina y subió a ducharse. Sí, aquel verano de 1984 Alissa había pasado por una racha de estados de ánimo extraños y fluctuantes después de leer los diarios de su madre. Hablaron de ellos a fondo, luego el tema se agotó. En invierno se mudaron a la casa de Clapham, el bebé estaba en camino, Daphne y Peter esperaban su tercer hijo y las dos familias, entusiasmadas, se veían a menudo: la vida diaria barría todo lo precedente. Envolvieron en papel de periódico las fotocopias medio olvidadas y las guardaron en un cajón del dormitorio.

Se detuvo al pie de la escalera. No se oía aún a Lawrence. En el cuarto, dejó la ropa en el cesto de la colada. Radiactiva por el polvo de Chernóbil. Casi alcanzaba a creerlo. Se metió en la bañera bajo la alcachofa de la ducha improvisada que colgaba precariamente de una pared sin alicatar, para purificarse. Los recuerdos tenían una media vida larga. Mientras se apresuraban de regreso por el centro de Liebenau para llegar a tiempo a cenar, él se había preguntado si los diarios permitirían a Alissa ver a su madre de una manera distinta, admirarla más, sentir menos inclinación a discutir. Ocurrió todo lo contrario. Durante el último día estuvieron imposibles la una con la otra. Igual que una de esas parejas mayores que no dejan de discutir y que ya hace mucho tiempo que perdieron la ocasión de separarse. Jane, con sesenta y cuatro años, trataba a su hija como una rival a la que hubiera que poner en su sitio. En cuanto volvieron a la casa, Alissa se peleó con su madre en la cocina por la hora de la cena. A la mesa, tuvieron una buena bronca en torno a la Unión Demócrata Cristiana y la *Erziehungsgeld* de Helmut Kohl, que había propuesto una serie de ayudas para el cuidado de niños. Un golpe en la mesa con el puño cerrado de Heinrich le puso fin. Luego, en el jardín, riñeron por el orden de los acontecimientos durante unas vacaciones familiares de infancia en el pueblo pesquero holandés de Hindeloopen. Cuando Roland se disponía a meterse en la cama con Alissa esa noche, preguntó, como había hecho ya en varias ocasiones: ¿qué ocurría entre ellas?

–Somos así. Qué ganas tengo de volver a casa.

Esa misma noche despertó y se la encontró llorando. Era poco habitual. No quiso decirle qué le pasaba. Se durmió sobre su brazo mientras él seguía despierto boca arriba pensando en la llegada a Múnich de la joven Jane Farmer presa de la conmoción.

El teniente Schiff se lo había advertido. Ella había seguido el desarrollo de la guerra, pero se había perdido los relatos de los setenta bombardeos a gran escala sobre la ciudad. Se apeó del jeep en una intersección junto a lo que quedaba de la principal estación ferroviaria. Múnich estaba en ruinas. Se sintió «personalmente responsable». Un sentimiento ridículo, pensó Roland. Estaba tan mal como Berlín, escribió. «Mucho peor que el Londres del Blitz.» Besó «largo y tendido» a Schiff como despedida, sin fingir que nunca volverían a tener noticias el uno del otro. Era un hombre de Minnesota casado con tres hijos. Él le había enseñado las felices fotografías. Se marchó, ella cogió la maleta y echó a andar con una guía de viaje Baedeker de la década de 1920 en la mano libre. Se detuvo bajo una sombra para consultar un mapa desdoblado. Era imposible saber dónde se encontraba cuando no se veía el nombre de ninguna calle. Estaba en un erial, hacía un día cálido para la época del año. El polvo de los escombros levantado por el escaso tráfico –sobre todo vehículos norteamericanos– quedaba suspendido en el aire sin viento. Cerca de donde estaba, los edificios carecían de tejados. Las ventanas eran «grandes agujeros vagamente rectangulares». Dieciséis meses después del final de la guerra, habían amontonado los cascotes en «ordenadas montañas». Le sorprendió ver pasar un viejo tranvía eléctrico lleno de pasajeros. Había una cantidad considerable de personas en la calle, así que dejó el mapa y recurrió al alemán aprendido en la escuela. Los viandantes no se mostraban hostiles al oír su acento. Tampoco especialmente amigables. Después de una hora y varias indicaciones erradas o mal entendidas encontró un lugar, una pensión cerca de la Giselastraße, junto a la universidad, en las inmediaciones del Jardín Inglés.

Le asombró, como había ocurrido todo el trayecto a través de Francia, que hubiera hoteles y gente para cambiar las sábanas y cocinar lo que encontrasen. Al cabo de tan poco de una guerra total. En otros sitios la comida escaseaba. A la orilla de las carreteras, los tanques quemados no eran una imagen sorprendente. Había escombros de la guerra por todas partes. En un pueblo francés el ala ennegrecida de un avión de combate seguía tirada en la acera. Por motivos que no entendió, nadie quería apartarla. Las carreteras y las estaciones de ferrocarril que seguían en pie estaban llenas de desplazados, supervivientes judíos, exsoldados, exprisioneros de guerra, refugiados de la zona bajo control soviético. Decenas de miles estaban hacinados en campos especiales. Por todas partes, «indigencia, suciedad, hambre, dolor, amargura».

Dos terceras partes de esta ciudad eran ruinas. Pero quedaban reductos de normalidad inocente donde no habían caído bombas. Su minúscula habitación en la tercera planta era polvorienta y olía a humedad, pero en la cama había un edredón suave y mullido, por entonces un artículo exótico para los británicos. Delante de la ventana, dirigiendo la mirada hacia donde creía que estaba el río, pudo «convencerme casi de que la locura no había acaecido». La pensión, hasta donde alcanzaba a ver, había sido ocupada por oficiales y funcionarios civiles americanos. Al bajar desde su cuarto, los oía escribir a máquina tras las puertas cerradas. El olor a tabaco se filtraba densamente hasta la caja de la escalera.

A la mañana siguiente, recorrió el breve trecho hasta el

edificio principal de la universidad en la Ludwigstraße. Le indicaron que fuera al primer piso. Enfiló un largo pasillo con columnas en el que reinaba el ajetreo de los estudiantes. Más normalidad inesperada. Se detuvo delante de la oficina de administración para revisar el vocabulario alemán que había preparado. En el interior de una sala rectangular con ventanas altas había una docena de secretarios o archiveros. Sin una mesa de recepción evidente, optó por dirigirse a la sala a voz en cuello en su alemán de libro de texto. Todos se volvieron para mirarla.

«Entschuldigung. Guten Morgen!» Estaba escribiendo un artículo sobre el movimiento de la Rosa Blanca para una famosa revista de Londres. ¿Podía alguien indicarle algunas personas con las que ponerse en contacto? Estaba preparada para una respuesta antipática. Seis miembros clave, Hans y Sophie Scholl, tres estudiantes amigos íntimos y un profesor, fueron sentenciados a muerte y guillotinados. Luego hubo otras ejecuciones. Cuando se difundieron las noticias de las muertes, dos mil estudiantes se reunieron para manifestar a gritos su aprobación. Traidores. Escoria comunista. ¿Y ahora? Demasiado pronto, demasiado vergonzoso quizá para nada que no fuera un silencio abochornado. En cambio, hubo un murmullo amistoso. Un par de mecanógrafas se levantaron de sus mesas y sonrieron al acercarse a ella.

Tres años antes, esas secretarias podrían haberse sentido obligadas a escupir ante la mención de la Rosa Blanca. En la nueva administración, la Universidad de Múnich quería identificarse con el grupo, enorgullecerse de su valentía y su claridad moral. Ninguna otra institución de enseñanza podía atribuirse mártires semejantes. Los Scholl, Alex Schmorell, Willi Graf, Christoph Probst, el profesor Kurt Huber eran naturales de Múnich. Frente al abrumador y brutal poder del Estado, su resistencia había sido puramente intelectual. «Qué jóvenes, qué valientes eran esos chicos.» ¿Quién querría disuadir a una universidad, incluidos sus administradores de menor rango, de reclamar a figuras así como símbolos de un regreso a su auténtico propósito? ¡Pensamiento libre! «Esta», escribió Jane, «fue antaño la universidad de Max Weber y Thomas Mann, y vuelve a serlo.»

La primera en llegar hasta ella fue una mujer rechoncha de sesenta y tantos años con gafas que le agrandaban los ojos y le conferían el aspecto de «una amable rana». Tomó a Jane por el codo y la llevó hacia un archivador del que sacó un delgado haz de documentos mimeografiados.

«Hier ist alles was Sie Wissen müssen.» Aquí está todo lo que le hace falta saber.

Se pasaron copias de los seis panfletos originales de la Rosa Blanca, todos de apenas dos páginas, a través de Suiza o Suecia hasta Londres. Se copiaron en grandes cantidades y la RAF los lanzó por millones en toda Alemania. Jane se sintió estúpida en su ignorancia. Había creído que los folletos eran documentos excepcionales, recogidos y destruidos por la Gestapo mucho tiempo atrás. Muggeridge o sus contactos debían de haberlo sabido. Seguramente todos en la redacción de *Horizon* lo sabían y supusieron que ella lo sabía también.

Otros en la oficina de la Universidad de Múnich estaban escribiendo nombres y direcciones. Había leves discrepancias. Oyó interjecciones como «Esa ya no vive ahí» y «Es un embustero. No estuvo implicado». Salió a relucir el nombre de una hermana, Inge Scholl. Estaría en la casa de la familia en Ulm. Alguien dijo que no, que estaba en Múnich. Corría el rumor de que estaba escribiendo una crónica. Había pasado un tiempo en un campo de concentración y todavía se estaba recuperando. Quizá no quisiera hablar. Otros dijeron que sí hablaría. No había enfado en estos comentarios. El ánimo, según Jane, era de entusiasmo y orgullo.

Pasó una hora en la oficina. Le preocupaba que apareciera una figura superior, un supervisor, y lanzara una reprimenda general de la que ella, Jane, sería responsable. Pero el supervisor ya estaba en la sala. Era «una figura greñuda vistiendo un traje oscuro con dos tallas de más». Fue él quien le explicó la secuencia de los folletos: los primeros cuatro producidos en el verano y el otoño de 1942 y distribuidos en secreto por Múnich y poblaciones cercanas. Los dos últimos escritos a principios del año siguiente, después de que Hans Scholl, Probst y Graf hubieran regresado del frente ruso, donde sirvieron como médicos en el ejército. El último se elaboró solo un día más o menos antes de que la Gestapo detuviera al grupo. Le señaló a Jane que vería la diferencia en los folletos cinco y seis.

Ella les dio las gracias, se despidió y prometió que enviaría un ejemplar de su artículo. En la Ludwigstraße, la superó la impaciencia. Se paró en una esquina, sacó las hojas grapadas y leyó el título de la primera: «Folleto de la Rosa Blanca». Sabía suficiente alemán para entender la frase inicial sin necesidad de diccionario: «No hay nada tan deshonroso en una nación civilizada como permitir que sea "gobernada" sin resistencia por una camarilla temeraria que se ha entregado a un instinto depravado».

Dedicó media página de su cuaderno a su reacción ante la lectura de estas palabras. Roland supuso que para cuando escribió la entrada ya había leído los seis panfletos.

No hay nada tan deshonroso en una nación civilizada... Fue como si leyera una traducción del latín de una venerable figura de la antigüedad... esta declaración inicial en tono tan imponente, escrita por un hombre, un estudiante de escasos veintitantos años, con una pasión por la libertad intelectual y su firme percepción de una preciosa tradición artística, filosófica y religiosa bajo amenaza de ser aniquilada. Noté un estremecimiento, una especie de desvanecimiento... fue como enamorarse... Hans Scholl, su hermana Sophie y sus amigos, casi solos en toda la nación, alzando sus minúsculas voces contra la tiranía, no en nombre de la política sino de la civilización en sí. Ahora estaban muertos. Llevaban tres años muertos y yo los lloraba en una esquina de la Ludwigstraße. Cuánto me habría gustado conocerlos, tenerlos conmigo aquí ahora. Regresé al hotel llena de tristeza, como una amante desconsolada.

No salió de su habitación hasta que hubo releído y anotado los folletos. Qué peligroso, qué valiente, llamar al Tercer Reich «una prisión espiritual... un sistema estatal mecanizado despóticamente dirigido por criminales y borrachos» y escribir que «todas y cada una de las palabras que pronuncia Hitler son mentira... Su boca es la hedionda puerta del infierno». Y todo expresado con términos de referencia tan eruditos. Goethe, Schiller, Aristóteles, Lao-Tse. Tuvo la sensación de «estar recibiendo una educación». Entendía plenamente cómo el íntimo conocimiento de escritores así podía ampliar y enriquecer el amor por la libertad. Se sentía «molesta, incluso resentida» de que sus padres, sin pensarlo mucho y porque era chica, nunca le hubieran ofrecido el privilegio de la educación universitaria que había disfrutado su hermano. Él seguía en el ejército, era capitán de la Artillería Real. Había tenido una guerra distinguida. Ella tomó la decisión entonces, sentada en la cama en su cuartito con su vista parcial del Jardín Inglés, de que una vez que regresara, una vez que hubiera entregado el artículo, iría a estudiar a una universidad. Filosofía o literatura. A ser posible, ambas. Sería su propio pequeño acto de... ¿de qué exactamente? De resistencia, de homenaje. Se lo debía a la Rosa Blanca. Copió frases de los folletos. Los «crímenes más despreciables del gobierno; crímenes que superan de lejos cualquier nivel humano... No se puede olvidar nunca que todos los ciudadanos se merecen el régimen que estén dispuestos a soportar... nuestro estado actual es la dictadura del mal». Y de Aristóteles, «el déspota está una y otra vez dispuesto a fomentar guerras». Justo al final del primer folleto, después de dos sublimes versos de *El despertar de Epiménides* de Goethe, una sencilla y esperanzada súplica la conmovió profundamente con su patetismo: «Haced tantas copias de este folleto como podáis y distribuidlas, por favor».

«... desde la invasión de Polonia se ha masacrado allí a 300.000 judíos de la manera más bestial.» Hans Scholl y sus compañeros ansiaban con pasión despertar al pueblo alemán de su inactividad, su apatía «frente a estos crímenes abominables, crímenes que degradan al género humano... la inane estupefacción del pueblo alemán alienta a estos criminales fascistas». A menos que pasaran a la acción, nadie quedaría exonerado, pues todo hombre «es culpable, culpable, culpable». En la frase final del cuarto folleto: «No guardaremos silencio. Somos vuestra mala conciencia. ¡La Rosa Blanca no os dejará en paz!». Pero había esperanza, pues no era demasiado tarde: «ahora que los hemos visto tal y como son, tiene que ser el primer y único deber, el deber sagrado de todo alemán destruir a estos monstruos». Frente al poder estatal absoluto y cruel, lo único que quedaba a su disposición era «la resistencia pasiva». El sabotaje discreto en fábricas, laboratorios, universidades y todas las disciplinas artísticas. «No donéis a las solicitudes públicas... No contribuyáis a la recogida de metales, tejidos y similares.»

Los últimos dos panfletos subían de tono. Los títulos eran ahora «Folletos de la Resistencia» y «¡Compañeros Combatientes de la Resistencia!». El quinto declaraba que, con el rearme de Estados Unidos, la guerra se acercaba a su fin. Era hora de que el pueblo alemán se disociara del nacionalsocialismo. Pero Hitler estaba «llevando a Alemania al abismo. Hitler no puede ganar la guerra, solo puede prolongarla... El justo castigo está cada vez más cerca». «Correcto», apuntó Jane con remilgo en su cuaderno, «pero un poco demasiado pronto.»

La oposición de la Rosa Blanca parecía no tener proyecto político para el futuro. Entonces, en este último y más breve de todos los panfletos, escrito en enero de 1943, Jane leyó: «Solo con la amplia cooperación entre las naciones de Europa se puede preparar el camino para la reconstrucción... La Alemania del mañana tiene que ser un Estado federal».

A Sophie Scholl la detuvieron distribuyendo este sexto folleto en el mismo edificio universitario que había visitado Jane ese día. Un conserje la vio lanzar las hojas por el tragaluz del imponente vestíbulo. La denunció y ahí acabó todo. Para entonces, las fuerzas alemanas habían sido rechazadas en Stalingrado. Fue una matanza de una magnitud inimaginable. Se identificó correctamente como un punto de inflexión en la guerra. «330.000 alemanes han sido conducidos absurda y temerariamente a la muerte y la destrucción gracias a la brillante planificación de nuestro soldado de primera clase en la Primera Guerra Mundial. Führer, se lo agradecemos.» En los párrafos finales del último panfleto, una súplica desesperada a que la juventud alemana se alzase en nombre de «valores intelectuales y espirituales... de la libertad intelectual... de la enjundia moral». La juventud alemana debe «destruir a sus opresores... y fundar una nueva Europa del espíritu... Los muertos de Stalingrado nos ruegan que actuemos». Luego la última frase resonante: «Nuestro pueblo está preparado para alzarse contra la subyugación nacionalsocialista de Europa en un redescubrimiento extático de la libertad y el honor». Y ahí terminaba, con entusiasmo y esperanza. En rápida sucesión después de las detenciones tuvieron lugar un juicio propagandístico con el resultado inevitable y las primeras ejecuciones. Tres cabezas jóvenes rebosantes de bondad y valentía escindidas de sus cuerpos. Sophie Scholl, la más joven, tenía veintiún años.

Jane se quedó tumbada en la cama media hora en un estado de agotamiento y euforia. Este dio paso, según escribió, a «una indulgente sesión de autocrítica». Qué pequeña y desdibujada le parecía ahora su propia vida. Qué masa informe de semanas se apilaba tras ella. Sumida en el aturdimiento, se había pasado la guerra mecanografiando cartas administrativas. En todos sus años no se había atrevido a nada más audaz que fumarse un cigarrillo ilícito a los catorce entre los rododendros al otro lado del campo de deportes de la escuela. La buena suerte le había permitido superar el Blitz, pero eso no era ningún logro. Lo había sufrido junto con todos los demás. Nunca se había enfrentado a nadie ni arriesgado por una idea, un principio. ¿Y ahora? No contestó su propia pregunta. «Me venció el hambre. No había probado bocado en todo el día.» En el hotel no había comida esa noche. Deambuló por el distrito universitario en busca de un sitio barato donde cenar. «Me sentía distinta, a punto de convertirme en una persona diferente. Estaba al comienzo de una nueva vida.» Al final, encontró un sitio donde vendían «una salchicha asquerosa con pan seco. Pero la mostaza la salvaba».

La respuesta inmediata a ¿Y ahora? sería hacer uso de su lista de contactos de la Rosa Blanca, escribir el artículo y luego ponerse en camino hacia Lombardía. Entre las ruinas de Múnich, su existencia le parecía «de lo más brillante». Se veía como una miembro honoraria del grupo. Continuaría su trabajo, contribuiría a construir la nueva Europa con la que ellos habían soñado. Incluso una modesta aportación contaría, como mejorar la cocina inglesa, escribió con ánimo travieso, «¡describiendo el arte del *ossobuco*!». Un cuarto de siglo después, cuando se enteró de que su país se había unido por fin al proyecto europeo, la emocionó la conexión con un momento de su juventud. Ahora, aquí, se entregó durante los diez días siguientes a una tentativa seria de recomponer la historia de la Rosa Blanca.

Su primer error fue dar por sentado que los contactos en el MI6 representaban información privilegiada. Callejeó mu-

117

cho por la ciudad con su Baedeker, solo para no obtener ningún resultado en tres ocasiones. La primera, un apartamento de principios de siglo en ruinas. En otra, una casita en una calle estrecha de Schwabing, vivía una familia italiana que aseguró no saber nada. La tercera, también en Schwabing, estaba intacta pero daba la impresión de llevar mucho tiempo deshabitada. En el caos de la guerra, y luego la posguerra, nadie se quedaba mucho tiempo en el mismo lugar. Le fue mejor con sus indicaciones de la universidad, aunque también hubo muchas ocasiones en que no la llevaron a ninguna parte. Su primer éxito consistió en una hora con una amiga de Else Gebel, que había sido presa política, una funcionaria cuyo trabajo consistía en registrar a quienes eran detenidos por la Gestapo. Gebel pasó tiempo con Sophie Scholl durante aquellos últimos días e incluso compartió celda con ella cuatro noches. Era la verdad con dos grados de separación, pero Jane confiaba en esta mujer animada e inteligente, Stefanie Rude. Gebel planeaba escribir su propia crónica que quizá se incluyera en el libro que estaba escribiendo Inge Scholl. Stefanie estaba segura de que a Scholl le encantaría que Gebel hablara con Jane.

Sophie Scholl le contó a Else que siempre había dado por sentado que si la sorprendían repartiendo folletos o pintando ¡LIBERTAD! en las paredes de Múnich le costaría la vida. Después de su primer interrogatorio durante la noche entera volvió tranquila y relajada a la celda. Cuando le dieron la oportunidad de decir que se había equivocado con respecto al nacionalsocialismo, rehusó hacerlo. Eran sus captores los que se equivocaban. Pero cuando se enteró de que habían detenido a Christoph Probst, sus defensas se vinieron abajo. Era padre de tres niños pequeños. Luego se recuperó, sustentada por la fe religiosa y su confianza en la causa. Se había persuadido de que la invasión aliada no tardaría en llegar y la guerra terminaría en unas semanas. Seguía convencida de la maldad

118

del nacionalsocialismo e insistía en que si Hans, su hermano, iba a morir, ella también debía hacerlo. Se mostró serena durante el proceso del Tribunal Popular. Después de ser sentenciada, la llevaron a la cárcel de Stadelheim adonde también condujeron a su hermano y a Probst. A los Scholl se les permitió estar un momento con sus padres antes de la ejecución.

Todo lo que Jane oyó en esta y otras entrevistas se transformaría en leyenda. La Rosa Blanca se convirtió en materia prima de enseñanza, de mala poesía, del sentimentalismo y la santidad facilones, de películas dramáticas y solemnes libros infantiles, de interminable erudición y de una cascada de tesis doctorales. Era la historia que requería la Alemania de la posguerra como narración fundacional del nuevo Estado federal. Se convirtió en un deslumbrante relato tan trillado, tan enfáticamente aceptado por la burocracia, que en años posteriores suscitaría cinismo o algo peor. ¿No fue Hans Scholl líder de grupo en las Juventudes Hitlerianas? ¿No era antisemita el profesor Huber, admirado musicólogo, y no se veía su influencia en el segundo panfleto con el curioso calificador: «al margen de la posición que adoptemos con respecto a la cuestión judía»? Sectores de la izquierda alemana acusaron a Huber, conservador tradicional, de ser «antibolchevique», igual que los nazis. Otros se preguntaban qué habían conseguido cambiar esos inocentes jóvenes cristianos. Solo podría haber derrotado al nazismo la potencia militar de los Estados Unidos y la Rusia soviética.

Pero Jane creía que leer la historia sobre la resistencia solitaria mientras el país seguía en ruinas, y la mitad de la población pasaba hambre y hasta el último alemán estaba despertando apenas de la pesadilla a la que todos, o casi todos, habían contribuido, sería inspirador, una revelación, los inicios de la redención. Y aquí estaba ella, en el momento y el lugar indicados, lista para escribir y publicar la primera crónica corroborada.

En una semana, habló con media docena de personas que tenían distintos grados de proximidad con el asunto. Tuvo la suerte de disponer de media hora con Falk Harnack, que casualmente estaba de visita en Múnich. Había sido director del Teatro Nacional en Weimar. Tenía buenos contactos con los elementos dispersos y poco coordinados de la resistencia alemana. Había concertado una reunión entre Hans Scholl y un grupo de disidentes de Berlín. La fecha acordada resultó ser la de la ejecución de Scholl. Jane había oído de distintas fuentes relatos de una famosa ocasión formal en la Universidad de Múnich cuando uno de los miembros más destacados del Partido Nacionalsocialista, el gauleiter Paul Giesler, pronunció un discurso ante los estudiantes reunidos, incluidos veteranos tullidos. En consonancia con su política de resistencia pasiva, los Scholl no acudieron. Durante una disertación grosera y lasciva, Giesler dio instrucciones a las alumnas de que se quedaran embarazadas por la Patria. Era su deber patriótico. A las mujeres que «no sean lo bastante atractivas para encontrar pareja» prometió dejarlas en manos de sus ayudantes. Los estudiantes ahogaron sus palabras con un *crescendo* de burlas, pataleos y silbidos y empezaron a marcharse, una insólita protesta en masa contra el partido. La Rosa Blanca no estaba tan sola después de todo. Jane conoció a Katharina Schüddekopf y luego, muy brevemente, a Gisela Schertling, la novia de Hans Scholl: eso fue lo más cerca que estuvo Jane del núcleo del grupo. Katharina le enseñó sus fotografías de los Scholl, Graf y Probst. Tanto Schüddekopf como Schertling cumplieron pena de cárcel por participar en actividades de disidencia.

A estas alturas Jane había recogido material de referencia más que suficiente sobre los seis miembros clave del movimiento, incluido el profesor Huber. La noche anterior a sus dos últimas entrevistas escribió el párrafo inicial de su artículo para *Horizon*. A la mañana siguiente fue a Schwabing de nuevo, esta vez para reunirse con un maduro alumno de derecho

120

en la Universidad de Múnich, Heinrich Eberhardt. Había sido entusiasta pintor de grafitis de ABAJO HITLER y LIBERTAD por Múnich y viajó a Stuttgart y otras ciudades para distribuir el cuarto, quinto y sexto panfletos. Antes, mientras servía en Francia, le alcanzó en el pie una bala de gran calibre y se le concedió estatus de no combatiente y una baja prolongada por estudios. Había conocido a diversos integrantes del grupo, pero nunca fue un miembro de plena confianza. Conocía a uno de los abogados defensores en el juicio a los Scholl y Probst, Leo Samberger, y Jane pensó que cabía la posibilidad de que revistiera interés.

Llegó con puntualidad a las diez. Insólitamente para un estudiante, la habitación en una planta baja de Heinrich era amplia, amueblada con decoro y bien iluminada, con una puerta de cristal esmerilado que daba a un jardincito. Cuando la recibió, Jane notó un escalofrío de reconocimiento. Fue como si toda su investigación la hubiera preparado para este instante. Que era otra manera de decir que en cierto modo le había distorsionado y cautivado el juicio. El hombre alto y joven con voz suave y una leve cojera que estrechó su mano y le indicó un sillón era la encarnación de Scholl, Probst, Schmorell y Graf combinados. Al igual que ellos en sus fotografías sostenía una pipa en la mano, en ese momento apagada. Vio en él la energía y el atractivo de Hans, la mirada franca y honrada de Christoph, la delicadeza de Alex, la profundidad soñadora y el pelo negro abundante y peinado hacia atrás de Willi. La impresión que tuvo Jane fue inmediata: Heinrich era la Rosa Blanca. Ya en ese momento de confusión se dio cuenta de que seguramente se encontraba en un estado extraño, era posible que se engañara, pero le trajo sin cuidado. Estaba embelesada. Las manos le temblaban un poco cuando se acomodó en el sillón y sacó el cuaderno del bolso. En un tono grave que tal vez, pensó ella, ocultaba cierta guasa simpática, la elogió por su alemán. Cuando se levantó para cruzar la habitación y prepararle una tacita de café horrible, ella vio los libros de derecho amontonados en la mesa y una fotografía enmarcada de quienes debían de ser sus padres. No detectó señales de que tuviera novia. Cogió el café, procurando que la taza no tintineara contra el platillo. Durante un rato ella respondió a sus amables preguntas sobre el viaje desde Inglaterra, el estado de París, de Londres, del racionamiento de comida. Estaba desesperada por causar buena impresión.

Después de los preliminares, Jane encauzó la charla hacia el juicio. ¿Qué había averiguado Heinrich por medio de su amigo Samberger? Con la conversación ahora centrada en la resistencia, Heinrich se mostró más interesado en hablar de los otros grupos con los que había estado en contacto la Rosa Blanca. Él era oriundo de Hamburgo, ciudad con una honorable tradición de hostilidad hacia Hitler. Hans Scholl había establecido allí contactos con una agrupación radical interesada en el sabotaje al estilo de la Résistance francesa. Habían intentado conseguir nitroglicerina. Luego estaban las células de Friburgo y Bonn. Stuttgart era un caso aparte. Y luego el grupo de Berlín, directamente influenciado por la Rosa Blanca. Tenía una voz grave y serena, y a ella le encantaba su sonido. Pero hablar de otros grupos antinacionalsocialistas por todo lo ancho y largo de Alemania la impacientó. Complicaba la historia. No estaba en situación de comprimir en cinco mil palabras todos los movimientos de disidencia descoordinados e inefectivos, en especial los que surgieron después de Stalingrado y el bombardeo incesante de las ciudades de Renania. Solo le interesaba la Rosa Blanca. Tenía un compromiso con el tema. ¿Por qué la desviaba Heinrich del mismo? Insistió con sus preguntas y al final él empezó a decirle todo lo que había oído de su amigo y otras fuentes.

Su voz se tornó más grave y un tanto inexpresiva. Jean se inclinó hacia delante para oírlo. Su cuaderno registró un mosaico de rumores de la cárcel y los tribunales, algunos de tercera mano, en una letra de patitas de araña en absoluto propia de ella. A todo el mundo, incluso a los guardias de la prisión, incluso a Robert Mohr, el interrogador de la Gestapo, le impresionó la dignidad y la calma de los acusados. A Mohr le asombró cómo aceptó Sophie Scholl su muerte inminente. Las cartas de despedida a familia y amigos que les aconsejaron escribir a Hans, Sophie y Christoph no se entregaron. En cambio, las autoridades las archivaron. En el proceso los padres de los Scholl llegaron justo al final. La madre se desmayó, luego se recuperó. El juez, Freisler, tenía fama de bruto. A sus ojos, los tres estaban muertos antes de empezar el juicio. Una vez que se hubo dictado sentencia, Sophie rehusó hacer el alegato de costumbre. Hans intentó pedir clemencia para Christoph, que era padre de tres niños, uno recién nacido. Pero Freisler lo atajó.

Para las ejecuciones, trasladaron a los condenados a la cárcel de Stadelheim a las afueras de Múnich. Los guardias relajaron las normas y dejaron a los Scholl ver a sus padres. La mujer de Probst seguía en el hospital, débil por una infección después de dar a luz. Sophie estaba preciosa. Comió la golosina, un dulce que había traído su madre y Hans había rehusado. Se llevaron a Sophie primero y fue sin un murmullo. Cuando le tocó el turno a Hans, justo antes de apoyar la cabeza en el tajo, gritó algo sobre la libertad; las versiones diferían.

Heinrich hizo una pausa. Quizá se había fijado en que Jane tenía los ojos húmedos. Le habló a modo de consuelo del rumor acerca de que el juez Freisler murió en un bombardeo.

Entonces tuvo lugar el pequeño gesto de amabilidad que transformaría sus vidas. Heinrich se inclinó por encima de la mesa y puso su mano sobre la de Jane. Como respuesta, después de unos segundos, ella volvió la mano y entrelazó sus dedos con los de él. Se apretaron con fuerza. Lo que ocurrió a continuación no se describía, pero Jane anotó que se fue de la habitación de Heinrich en torno a las nueve de esa noche. Once horas después. A la mañana siguiente, le escribió una nota a un colega de Kurt Huber para disculparse por no haber acudido a su última entrevista.

Jane no era periodista profesional. Si en su investigación se había acercado demasiado al tema, ahora estaba sumergida y perdida en él. Daba igual si se enamoró de Heinrich o de la Rosa Blanca. En una oleada de intensos sentimientos, no habría sabido reconocer la diferencia. Los necesitaba a ambos. Las lágrimas que le llevaron a posar la mano sobre la de ella las provocó imaginarse con qué facilidad podría haber sido Heinrich el que hubiera ido a parar a la guillotina. La misma hermosura e inteligencia, bondad y valentía, aniquiladas de golpe.

Antes de una semana se había mudado de su pensión a la habitación de Heinrich en Schwabing. Ahora hacía frío algunas noches de otoño, pero su casa era más cálida que ninguna otra en la que hubiera estado en Londres. ¡Qué velozmente estaba cambiando su vida! Nunca había sido tan impetuosa. No se separaban en ningún momento, ni de día ni de noche. Heinrich dejó de lado su trabajo de cara a los exámenes de derecho. Jane no tenía tiempo para escribir. No le preocupaba, porque cuando vagaban por la ciudad, seguía sobre la pista de la Rosa Blanca. Heinrich le enseñó el alojamiento de Hans Scholl y luego la casa propiedad de Carl Muth, donde el grupo y amigos diversos se reunían a menudo. Fue allí donde Heinrich conoció a Willi Graf y los Scholl.

Fueron juntos hasta la cárcel de Stadelheim y al cercano cementerio de Perlach, pero no encontraron las tumbas. Quizá buscaban donde no era. O las autoridades bajo el mando del gauleiter Giesler no habían querido alentar la adoración a los mártires.

Una noche, no mucho después de haber ido a vivir con él, Heinrich le enseñó a Jane su posesión más valiosa. Estaba debajo de un montón de libros, entre unas cortinas dobladas con agujeros de polilla y protegida por unas láminas de cartón. La había tenido oculta durante toda la guerra. Era su primera edición del *Blaue Reiter Almanach*, publicada en 1912, una suerte de manifiesto del grupo de artistas expresionistas en activo en Múnich y sus alrededores durante los años previos a la Primera Guerra Mundial. Los nacionalsocialistas los condenaron por «degenerados» y sus cuadros fueron sustraídos y vendidos, o destruidos u ocultados. Dentro de poco, dijo Heinrich, cuando los cuadros de Kandinski, Marc, Münter, Werefkin, Macke y muchos otros volvieran a colgar en las paredes de las galerías, esta publicación valdría mucho dinero. Era un regalo que le hizo al cumplir los veinte años un tío suyo adinerado que adoraba el arte modernista y había perdido casi toda su colección. A partir de entonces, para Jane y Heinrich el Blaue Reiter –el Jinete Azul– pasó a ser su proyecto preferido en común. De la rosa al jinete, del blanco al azul, de la guerra a la paz, un intenso movimiento sucedió alegremente al otro. Heinrich tenía un libro de cuadros que databan de finales de la década de 1920 y aunque prácticamente todas las ilustraciones eran en blanco y negro, Jane empezó a compartir su predilección por lo que se le describió como el «color no figurativo».

Un día insólitamente cálido de mediados de octubre recorrieron sesenta kilómetros en dirección al sur de la ciudad en una antiquísima moto prestada hasta llegar a la pequeña población de Murnau. Fue un acto de homenaje. Los amantes Vasili Kandinski y Gabriele Münter fueron ahí en 1911 y quedaron hechizados. Alquilaron una casa que se convirtió en un centro para el grupo del Blaue Reiter. Aseguraban que la ciudad y los campos aledaños eran un gran estímulo para su arte. Jane y Heinrich también quedaron hechizados cuando deambulaban por las calles estrechas. Quizá vieron los brillantes colores otoñales de los árboles y los prados circundantes a través de los ojos de

Gabriele Münter. Habían oído que aún tenía una casa en Murnau. Mucho después se enteraron de que, como Heinrich, pero a mucha mayor escala, había mantenido ocultas al gobierno nacionalsocialista muchas obras del Blaue Reiter, incluidas varias de Kandinski. Y así fue como, después de quedar Jane embarazada en enero de 1947, y una vez que estuvieron discretamente casados ese mismo mes, tomó forma la emocionante idea de trasladarse a Murnau. Alquilaron una casa y se mudaron durante la primavera.

Para cuando desembalaron sus posesiones en el chalé, Jane ya estaba reconciliándose con el hecho de que nunca escribiría su artículo sobre la Rosa Blanca. Estaba enamorada, visiblemente embarazada y entregada a una nueva existencia. Heinrich había encontrado empleo en el bufete de un abogado rural que se ocupaba de la preparación de escrituras de traspaso agrícolas. Ella estaba absorta en acondicionar un hogar para el bebé. Con un gran sentimiento de culpa y tras muchos borradores, escribió una carta dando explicaciones a la redacción de *Horizon*. Connolly había sido tan amable con ella que no se atrevió a dirigirse a él en persona. En cambio, le escribió a Sonia Brownell explicándole que las condiciones en una Múnich devastada donde la gente pasaba hambre le habían hecho imposible descubrir gran cosa sobre la Rosa Blanca. Difícilmente podía confesar que se había casado con un integrante del grupo. Por motivos de salud, dijo, no era capaz de viajar a Lombardía. Se comprometió a devolver con el tiempo todo el dinero que le habían dado. Una vez que hubo enviado la carta, se sintió mejor. Notó una punzada cuando ese mismo año salió el libro de Inge Scholl. Jane podría haber sido la primera en publicar. Pero sabía que el libro de Scholl era mucho mejor, más íntimo y cargado desde el punto de vista emocional, más justificado que cualquiera cosa que pudiera haber escrito ella. Aun así, ese pesar le acompañaría toda la vida. Heinrich se encogió o solidificó lentamente hasta convertirse en él mismo: no era ni había pretendido nunca ser un Scholl, Probst o Graf. Pasó a devenir un abogado de ciudad pequeña, un feligrés que iba a misa con regularidad, un hombre de opiniones sólidas y firmes y un miembro activo a nivel local de la Unión Demócrata Cristiana.

Jane decidió su destino en el hogar. Enseguida todos sus agradables vecinos de Murnau tuvieron que convenir en que su alemán, su melodioso acento bávaro, era casi perfecto. No llegó a ir a la universidad como su hermano, no llegó a ser una autora publicada, no «se llegó» al otro lado de los Alpes para transmitir los secretos del *ossobuco* definitivo a los ingleses, tan poco sensuales. No fue hasta que Heinrich y ella se hubieron mudado al norte, en 1955, cuando empezó a aceptar que había acabado con una vida segura y un matrimonio aburrido. El mismo tío que le había proporcionado el *Blaue Reiter Almanach* le dejó a Heinrich su casa en Liebenau, cerca de Nienburg. Jane hubiera preferido seguir en Murnau, pero la perspectiva de vivir sin pagar alquiler era, según Heinrich, irresistible. Una vez allí, no vivirían en ninguna otra parte. Por motivos médicos que nunca se explicaron, Jane no tuvo más hijos. Heinrich terminó la carrera de derecho en Múnich en 1951 y con el tiempo llegó a ser socio sénior de un bufete de Nienburg. Jane apenas se dio cuenta de hasta qué punto iba volviéndose convencionalmente sumisa a los deseos de su marido. De una manera recíproca, él no era consciente de su actitud dominante, sus expectativas de que ella lo sirviera en casa. Quienes conocían bien a Jane observaban en algunas ocasiones un punto de aspereza, incluso de amargura, de desilusión en su forma de ser. Muchos años después durante la cena, cuando le describía a su yerno el viaje que nunca hizo a las granjas del norte de Italia, proclamó burlándose de sí misma: «¡Podría haber sido Elizabeth David!».[1]

1. Autora británica de libros de cocina famosa hacia mediados del siglo XX. *(N. del T.)*

Pero eso quedaba lejano en el futuro. Según la última página de su cuaderno final, se encontraba en estado de dicha aquel hermoso verano de 1947. Decoró y dispuso las habitaciones con esmero en la nueva casa, plantó macetas de hierbas junto a la puerta de la cocina, con arriates de verduras y flores para la decoración jardín abajo, y los fines de semana nadaba en las tranquilas aguas del Staffelsee con su joven y guapo marido, Heinrich Eberhardt, uno de los pocos cientos entre millones de alemanes que opusieron resistencia a la tiranía nazi.

A veces, la pareja veía de lejos a Gabriele Münter, de setenta años, por la calle. Solo en una ocasión, después de cierta discusión nerviosa, la abordaron. Estaba sola delante de una carnicería. Le dieron las gracias por su arte, que no solo les había procurado enorme placer sino que los había llevado a la preciosa Murnau. Ella habló poco y se fue, pero tomaron su sonrisa gentil por una suerte de bendición. En esos meses soleados a Jane la perturbaban menos sus proyectos abandonados de lo que la perturbarían en el futuro. Se sentía «más dichosa de lo que nadie merecería ser» en un país destruido y empobrecido por una guerra desastrosa, y sin duda había más dicha por venir. Con ese sentimiento tan elevado terminaba el diario. En octubre de ese año nació Alissa.

Un único grito desgarrador lo sacó de sus pensamientos con un sobresalto. No era el ruido normal de un bebé que despertara y necesitara consuelo. Sabía que ya era capaz de impulso en este periodo de su vida, pero el aullido felino le sonó a desesperación. ¿Qué debía ser, salir de repente de un profundo sueño infantil para tener un encontronazo con el hecho espantoso y singular de la existencia? Todo desconocido sobre el mundo, pocos medios para abordarlo. En ese sonido fino y afilado, la soledad absoluta. Un grito humano. Se puso en pie al primer instante, sus propios pensamientos borrados, como si él también hubiera despertado de la nada. Con solo una toalla encima, sacó un biberón de leche del calientabiberones. Cuando tuvo a Lawrence en brazos, sus chillidos se habían convertido en sollozos, tragos de aire demasiado fuertes al principio para que pudiera beber. Al final, se puso a mamar con avidez. Para cuando Roland lo hubo cambiado y acostado de nuevo bajo las sábanas el bebé estaba casi dormido.

Era un placer acomodarse en la butaca junto a la cuna. La visita nocturna podía ser un buen arreglo para ambos: a Roland le tranquilizaba ver a su hijo dormir, boca arriba, con los brazos hacia atrás, las manos cubriendo apenas toda la extensión de la cabeza. Un cerebro tan grandote y su protección ósea eran un estorbo enorme para empezar. Tan pesado que impediría que Lawrence se incorporase durante los primeros seis meses. Luego, desarrollaría otras maneras de ser una carga. Por ahora, la cabeza de alta cúpula casi calva declaraba que para su padre el bebé era un genio. ¿Era posible encontrar la felicidad y ser un genio? A Einstein le fue bastante bien, tocaba el violín, navegaba, le encantaba la fama, halló auténtica alegría en su teoría general. Pero un divorcio turbulento, la lucha por los hijos, aventuras angustiosas, la paranoia de que David Hilbert acapararía toda la atención, no llegar a hacer nunca las paces con el quantum, con los brillantes jóvenes que se lo debían todo... ¿Mejor ser estúpido o común y corriente? Nadie lo creía así. Los estúpidos tenían sus propias rutas hacia la infelicidad. En cuanto a los mediocres satisfechos, Roland era buena prueba de lo contrario. En la escuela, por lo general estaba a dos tercios de la cabeza de las listas de la clase y los exámenes, con informes trimestrales de «satisfactorio» y «podría mejorar». Podría haber experimentado un renacimiento de la mente a los quince, pero para entonces pertenecía a Miriam Cornell. Su momento intelectual se limitó al piano y no se tradujo en resultados académicos. Desde entonces, no había tenido aptitudes vendibles, ni éxito, ni siquiera podía alegar mala suerte. En su rincón del sur de Londres, en una casucha estrecha que había precintado hasta tal punto que Lawrence y él apenas podían respirar, viviendo gracias a la ayuda estatal, era autocompasiva y precisamente infeliz. ¿Qué era una nube radiactiva sobre todo el continente en comparación con la desaparición de su mujer? En cuanto a la indispensable dicha pasajera de la unión sexual amorosa, estaba más lejos de ella ahora que al cumplir los dieciséis años.

Cuando despertó su reloj marcaba las dos y media. Llevaba dos horas dormido y estaba temblando. La toalla se le había caído hasta los tobillos. Lawrence no había cambiado de postura: seguía con los brazos levantados en señal de segura rendición. Roland volvió a su cuarto y se dio otra ducha. Luego se acostó de nuevo, limpio, tranquilo, casi desnudo, inútilmente alerta a las tres de la madrugada. Ya no podía achacarlo al alcohol y no estaba de humor para leer. Quería echarse un buen rapapolvo. ¡Planea la vida! No puedes seguir divagando. Supón que no va a volver. Exacto. Entonces, ¿qué? Entonces... Cuando llegaba a este punto, sobre su futuro se cernía como una niebla la lucha cotidiana con la paternidad y el cansancio. No había plan concebible, algo que lo animase, cuando lo único que podía hacer era ser pragmático, seguir adelante, lograr que Lawrence siguiera adelante, seguir cuidándole y jugando con él, y aceptando la ayuda estatal, luego las tareas de casa, cocinar, la compra. La suya era la suerte común y firmemente confinada de las madres solteras.

Pero tenía en mente un poema, derivado de una frase que había oído por casualidad cuando salía de una tienda: «Se lo tenía merecido». Buen título. Y quizá así era. De manera que sería personal, un demonio que esperaba matar describiéndolo. Pero, ¿de qué servía la poesía cuando necesitaba dinero? Como para burlarse de su ambición literaria, un viejo amigo de sus tiempos del jazz, Oliver Morgan, había telefoneado dos semanas antes con una propuesta. Morgan, según su propia descripción, representaba el nuevo espíritu del emprendimiento thatcherista. Ya no tocaba el saxo. En cambio, fundaba compañías, las hacía prosperar, según decía, y las vendía. Hasta donde sabían sus amigos, nunca había ganado dinero. Como mucho, cubría gastos. La nueva empresa era el negocio de las tarjetas de felicitación. El mercado, le dijo a Roland, estaba saturado de basura, de imágenes y palabras sensibleras. *Kitsch*. Versos malos. Las compraban sobre todo, según demostraban los sondeos, los grupos económicos más bajos. Gordos que eran fumadores empedernidos, dijo Morgan. Con poca educación, sin gusto, sin dinero. Había una inmensa minoría desatendida de jóvenes profesionales educados, además de «tipos profesor» de cincuenta y tantos. En la portada podía haber algo como hermosas reproducciones de arte erótico hindú o del Renacimiento europeo. Papel grueso color crema. En el interior, Morgan quería versos de cumpleaños modernos y de categoría. En plan guay cuando se tratara de envejecer, irónicos acerca del nacimiento, el matrimonio y la muerte. Lo obsceno estaría bien. Comprador y destinatario debían sentirse halagados por medio de amplias referencias culturales. Roland sería perfecto: recluido en casa, con tiempo disponible, conocimientos sobre poesía. Durante los primeros seis meses se le pagaría sobre todo en acciones, conque no tendría que declarar nada a los del subsidio.

Roland, privado de sueño e irritable, le colgó el teléfono, le llamó veinte minutos después para disculparse y su amistad siguió intacta. Pero la sensación de insulto que tuvo Roland persistió. Morgan no entendía que era un poeta serio, con más de media docena de poemas publicados en lugares de alta cultura. Eran todas publicaciones universitarias con pequeñísimas tiradas, pero la siguiente podía ser *Grand Street*. En su mesa a poco más de un metro tenía su última versión. Estaba esperando respuesta.

131

Todavía caliente de la ducha, se tumbó sobre un edredón morado y naranja de algodón indio, en un estrecho haz de luz de lectura que excluía de la vista el dormitorio angosto y abarrotado. En años recientes, el gobierno había enseñado incluso a sus oponentes que no había nada de vergonzoso en imaginarse rico. Procuró verse rodeado de lujos. En una casa cuatro veces más grande, con una mujer cariñosa que no se hubiera fugado, fama literaria, dos o tres niños felices y una señora de la limpieza, como la que tenían Peter y Daphne, que se llegaba dos veces a la semana.

«Llegarse», la expresión de Connolly que había usado su suegra, representaría siempre todos los viajes no emprendidos. Como, por ejemplo: «Se llego a Liebenau y convenció a Alissa de que regresara». Cogió su postal de la mesilla y volvió a mirarla. Este podía ser el mismo prado empinado que pintó Gabriele Münter en 1908 con sus colegas del Blaue Reiter Alekséi von Jawlensky y Marianne von Werefkin a sus anchas sobre la hierba. Curiosamente desprovistos de rostro. No había ovejas a la vista. Un cuadro que ella podría haber ocultado en su casa de Murnau junto con muchos otros de Kandinski. Sobrevivieron a unos cuantos registros por parte de los nazis. Si los hubieran descubierto podría haber ido a parar a un campo de concentración. ¿Habría tenido Roland su valentía? Eso era otro cantar. Ahuyentó el pensamiento y le dio la vuelta a la tarjeta para leerla otra vez. La maternidad sin algunas vocales ya no le molestaba. El significado estaba claro. En el momento de escribirlo, iba camino de Liebenau. *No me llames allí, por favor.* A menos que la visita fuera breve, ahora estaría con sus padres. Ella lo había exonerado de la carga de telefonear. Siempre era Jane, no Heinrich, quien contestaba. Habría tenido que decirle la verdad o mentirle sin saber qué sabía ya ella.

No les había dicho nada a sus propios padres. Su padre había prolongado la vinculación al ejército británico ocupando un puesto de oficial retirado a cargo de un taller de vehículos ligeros en Alemania. Esos diez años extra concluyeron y Robert y Rosalind se establecieron en una casita moderna en las inmediaciones de Aldershot, no muy lejos del lugar donde ella nació y donde se conocieron, en 1945, en la garita, cuando Rosalind era ayudante de un camionero. Solo llevaban dos meses en «casa» cuando hubo un accidente de tráfico. El comandante Baines, al girar a la derecha en la concurrida carretera de cuatro carriles que discurría siguiendo la cadena de colinas local conocida como el Lomo del Puerco, había mirado hacia el lado contrario y se había cruzado en el camino de un coche que venía rápido. Este viró bruscamente y no chocó de lleno. Nadie salió herido, pero Robert y Rosalind quedaron conmocionados, en un estado de shock que duró semanas. Ella en especial estaba olvidadiza, nerviosa, no podía dormir. Tenía las manos y las piernas cubiertas por un sarpullido, se le ulceraba la boca. No era momento para contarles lo de Alissa.

Él había llegado a ese punto —lo habitual era el final de la treintena— en que los padres empezaban a ir cuesta abajo. Hasta entonces habían estado en posesión de quienes eran, de lo que hiciesen. Ahora, pequeños pedazos de sus vidas empezaban a desprenderse o saltar por los aires repentinamente, como el espejo lateral hecho añicos del coche del comandante. Luego se desligaban partes más grandes y hacía falta que sus hijos las recogieran o las atraparan al vuelo. Era un proceso lento. Diez años después, todavía estaría hablando del asunto con amigos en torno a la mesa de la cocina. La hermana de Roland, Susan, generosa y diligente, era con mucho la que más hacía. Se había ocupado de gestionar el seguro del accidente. Antes de eso, la solicitud de hipoteca, los problemas de drenaje en la parte delantera de la casa nueva, la programación de una radio con la que no estaban familiarizados, luego algo que no se abría, algo que no arrancaba: cosillas, de momento. Por sugerencia de Alissa, él les compró una especie de pinza para abrir botellas y tapas de tarros. Hizo una demostración de su uso con un tarro de col lombarda encurtida. En su nueva cocina sus padres se le acercaron para observarlo. Fue un momento significativo. Cada vez les costaba más agarrar las cosas con fuerza. Ahora, en la década de los ochenta, la generación de la guerra iniciaba su declive. Harían falta cuarenta años, quizá más, para que los últimos supervivientes desaparecieran. En 2020 todavía sería posible que un centenario recordara haber luchado durante toda la guerra. Como miembro de la Infantería Ligera de las Tierras Altas, el soldado raso Robert Baines había presenciado la masacre de civiles y militares durante la retirada por carreteras atestadas hasta las playas de Dunkerque. Recibió tres balazos en las piernas de una ametralladora alemana. Un granjero francés llamado Roland se ocupó de él y lo llevó a la playa de Dunkerque. De regreso en Inglaterra, después de un largo viaje en tren hasta Liverpool, Robert pasó meses en el hospital Alder Hey, en el mismo pabellón donde atendieran a su padre con un pie destrozado, sirviendo en el mismo regimiento, luchando en la Primera Guerra Mundial. Robert perdió a su hermano en Noruega en 1941. Rosalind perdió a su primer marido a las afueras de Nimega cuatro meses después del desembarco de Normandía. Una bala en el estómago. Y él había perdido a su hermano, prisionero de guerra de los japoneses, enterrado en Birmania.

Era bastante habitual que Roland y su cohorte, cuando estaban llegando a la edad adulta en Inglaterra, se maravillaran de los peligros que nunca tuvieron que afrontar. Con leche gratuita en botellines de dieciocho mililitros el Estado había garantizado el calcio de los huesos del joven Roland. Le había enseñado algo de latín y física gratis e incluso alemán. Nadie iba a la cárcel acusado de modernismo, de colores no figurativos. Su generación fue también más afortunada que la siguiente. Los suyos fueron a parar al acogedor regazo de la historia, acurrucados en un plieguecillo de tiempo, devorando toda la nata de la leche. Roland había tenido la suerte histórica y todas las oportunidades. Pero ahí estaba, sin blanca en una época en que el Estado bondadoso se había transformado en una fiera. Sin blanca, y dependiente de lo que quedaba del botín estatal: el suero.

Pero con dos horas de sueño a la espalda, el dormitorio caliente, la agradable sensación de las extremidades contra las sábanas de algodón, los pensamientos nítidos, estaba cuajando un ánimo de rebelión. Podía ser libre. O fingir serlo. Podía bajar ahora, infringir su nueva norma y llenarse un vaso, hurgar en el fondo de un cajón de la cocina en busca del botecito de plástico de un carrete de fotos lleno de hierba que alguien se había dejado hacía seis meses. Igual todavía estaba. Liarse uno, salir al jardín en mitad de la noche, abandonar la existencia normal para que algo le recordara, como acostumbraba a ocurrir a los veintitantos, que era un organismo insignificante en una roca gigantesca que giraba hacia el este a mil quinientos kilómetros por hora a la vez que surcaba a toda velocidad el vacío entre las estrellas remotas e indiferentes. Saludar el hecho con un brindis. La pura suerte de la conciencia. Antes le entusiasmaba. Todavía podía entusiasmarle. Sí, podía hacer todo eso. Lo había hecho en la década de los setenta con su viejo amigo Joe Coppinger, un geólogo metido a terapeuta. Las Rocosas, los Alpes, el altiplano de Larzac, las montañas eslovenas. A esta distancia, también parecía libertad el paso habitual al Berlín Este por el Checkpoint Charlie con libros y discos semiilegales. Podía salir al jardín ahora y rendir homenaje a sus libertades del pasado, y brindar. Pero no se movió. ¿Alcohol y cannabis a las cuatro de la madrugada, cuando Lawrence se despertaría antes de las seis y tendría que empezar la jornada? Pero no era eso. Si el bebé no existiera, tampoco se habría movido. ¿Qué lo retenía? Ahora había un factor adicional. Tenía miedo. No de la inmensidad del espacio vacío. Algo más cercano. Le recordaba lo que había querido apartar de sí. La valentía. Un concepto anticuado. ¿La tenía?

En las memorias de Scholl sobre la Rosa Blanca resumidas por Jane, a Herr y Frau Scholl se les permitió ir a la cárcel de Stadelheim para pasar unos momentos con sus hijos y despedirse de ellos antes de su ejecución. Con la escasez de la guerra, la pequeña golosina que habían llevado era seguramente un sustitutivo insípido del chocolate. Hans lo rechazó. Sophie lo aceptó con alegría. Les dijo a sus padres que no había almorzado y que tenía hambre. Roland lo dudaba. Debió de pensar que ofrecería a sus padres cierto consuelo verla comer el regalo que habían traído antes de que se la llevaran. ¿Habría sido él lo bastante valiente poco antes de ser decapitado como para masticar un sucedáneo de chocolatina a fin de tranquilizar a sus padres?

Se levantó de la cama. Sería interesante releer el resumen de Jane de la crónica de Inge Scholl. ¿Estuvo Christoph Probst presente con la familia Scholl en esos últimos minutos? Su esposa había dado a luz cuatro semanas antes pero seguía muy débil como para abandonar la cama del hospital. ¿No tenía parientes cercanos que se despidieran de él? Roland abrió el cajón inferior donde Alissa guardaba los jerséis. Doblados en pulcros montones, el aroma a flores de su perfume le salió al encuentro con afecto. Habían envuelto las seiscientas páginas en una antigua edición del *Frankfurter Allgemeine Zeitung*. Así pues, solo tardó unos segundos en darse cuenta de que la fotocopia no estaba. Pero no pasaba nada. Era de ella y podía llevársela. Ya había comprobado que Alissa llevaba también los borradores de sus dos novelas rechazadas por doquier. Su equipaje debía de ser pesado.

Se volvió a la cama. Tal como lo recordaba él, sacaron a Hans y Sophie Scholl a ver a sus padres por separado. Hans tuvo unos minutos, luego le llegó el turno a Sophie. Hablaron con ellos separados por una barrera. Quizá fuera así como la familia quería que se la recordara, pero seguramente era cierto: Inge Scholl escribió que, según sus padres, su hermana entró con orgullo, relajada, hermosa, la piel rosada, los labios de un carnoso rojo natural. Roland recordaba también que luego permitieron a los tres acusados pasar juntos unos minutos. Se arrimaron. Christoph Probst, sin oportunidad de ver a su esposa e hijos, la criatura que no llegaría a conocer, al menos tuvo ocasión de abrazar a sus dos amigos. Sophie fue la primera a la que condujeron a la guillotina. Una tragedia representada sobre un escenario construido por hombres a los que había poseído un sueño feroz y cruel. Su salvajismo pasaba a ser la norma que todo lo abarcaba. Frente a algo así, ¿habría estado él, Roland, a la altura de la valentía de Sophie y Hans? No lo creía. No ahora. La marcha de Alissa lo había debilitado y la catástrofe de Chernóbil lo había vuelto temeroso.

Cerró los ojos. En las regiones más al norte y el oeste del país, donde los suaves paisajes de piedra caliza dejaban paso al granito, en las tierras altas y las praderas, en todas las hojas de hierba, en las células de las plantas, mucho más abajo al nivel del quantum, las partículas de isótopos tóxicos se instalaban en sus órbitas. Materia extraña antinatural. Evocó por toda Ucrania animales de granja y perros domésticos pudriéndose a millares en fosas abiertas por excavadoras o amontonados en piras gigantescas, y leche contaminada discurriendo por las alcantarillas hasta los ríos. Ahora se hablaba de niños nonatos que podían morir por sus deformidades, de los intrépidos ucranianos y rusos que sufrían muertes horribles combatiendo un incendio de carácter moderno, de las mentiras instintivas de la maquinaria soviética. Él no poseía lo necesario, ni la audacia, ni la alegría juvenil, para bajar la escalera y quedarse a solas bajo el cielo en plena noche y alzar un vaso hacia las estrellas. No cuando acontecimientos artificiales se estaban descontrolando. Los griegos acertaron al inventar a sus dioses como miembros discutidores, impredecibles y punitivos de una élite altiva. Si él fuera capaz de creer en dioses así tan tremendamente humanos sería a ellos a quienes habría que temer.

4

La tercera semana después de la desaparición de Alissa, Roland se dispuso a poner orden en las estanterías abarrotadas en torno a la mesa justo a la salida de la cocina. Los libros son difíciles de ordenar. Difíciles de tirar. Se resisten. Reservó una caja de cartón para ejemplares destinados a alguna tienda de segunda mano con fines benéficos. Una hora después solo había en ella dos guías de viaje en rústica, desfasadas. Algunas obras contenían papeles o cartas que había que leer antes de volver a dejarlas en los estantes. En otras había afectuosas dedicatorias. Muchas le resultaban demasiado familiares para manejarlas sin abrirlas y degustarlas de nuevo: por la primera página o al azar. Un puñado eran primeras ediciones modernas que pedían ser abiertas y admiradas. No era un coleccionista; eran regalos o adquisiciones accidentales.

Avanzó un poco mientras Lawrence hacía una siesta a última hora de la mañana. Por la tarde, Roland retomó la tarea después de cenar. El segundo libro que cogió de un montón que acababa de quedar al descubierto era uno de la biblioteca de Berners Hall. En el interior estaban los distintivos del antiguo Consejo del Condado de Londres y el sello de la bibliotecaria, 2 de junio de 1963. Sin abrir desde entonces, había sobrevivido a varias mudanzas y un año en un guardamuebles. Joseph Conrad, *Youth & Two Other Tales.*[1] «Edición económica, J. M. Dent & Sons Ltd, reimpreso en 1933, 7 chelines y 6 peniques.» Las hojas eran de papel de barba. Todavía tenía la tersa sobrecubierta, en crema, verde oscuro y rojo, un efecto de grabado en madera de palmeras, un barco con todas las velas desplegadas navegando por delante de una afloración de rocas escarpadas y unas montañas lejanas. Una evocación del este tropical, cuya perspectiva entusiasmaba al joven del relato. A Roland le emocionó tenerlo ahora. Había viajado con él sin que se diera cuenta. Le había encantado «Juventud» a los catorce años, una época en la que rara vez leía. Ahora no recordaba nada de la trama.

Con el libro entre las manos como una plegaria abrió la primera página, se sentó en la silla de cocina más cercana y no se movió durante una hora. Cuando se estaba acomodando, cayó de entre las páginas un papel doblado y lo dejó aparte. El narrador y cuatro personajes más están sentados alrededor de una mesa de caoba pulida en la que se reflejan una botella de clarete y sus vasos. No se dice nada de su entorno. Podrían estar en la cámara de oficiales de un buque o en la sala privada de un club de Londres. La mesa tiene la lisura del agua en calma. Los cinco hombres son de distinta condición social, pero comparten «el intenso vínculo del mar». Todos empezaron en la Marina mercante. Es Marlow, el *alter ego* de Conrad, quien relatará la historia, y esta es su primera aparición. Como es bien sabido, narrará «El corazón de las tinieblas», la siguiente historia del volumen.

«Juventud» es especial porque, como explica Conrad en su «Nota del autor», fue una «hazaña de la memoria». Marlow relata el viaje que hizo a los veinte años como segundo de a

---

1. *Juventud y dos relatos más.* La traducción de las citas de esta obra que aparecen en adelante es la de Amado Diéguez publicada en *Los libros de Marlow*, Edhasa, Barcelona, 2008. *(N. del T.)*

bordo de un viejo barco, el *Judea*, que debía llevar un cargamento de carbón de un puerto del norte de Inglaterra a Bangkok. Es una historia de demoras y contratiempos. Al abandonar el Támesis, el barco lucha por abrirse camino contra un temporal frente a Yarmouth y tarda dieciséis días en llegar al Tyne. Cuando por fin está a bordo la carga, un buque de vapor embiste al *Judea* por accidente. Días después, frente a cabo Lizard, estalla una tormenta. Nadie describe una tormenta en el mar como Conrad. El barco hace aguas, la tripulación bombea durante horas, pero se ven obligados a regresar a Falmouth. Comienza la larga espera a causa de las reparaciones. Pasan meses, no ocurre nada. El barco y la tripulación se convierten en un chiste local. El joven Marlow obtiene un permiso, va a Londres, regresa con las obras completas de Byron. Al final, se hacen las reparaciones y allá que zarpan. El viejo barco avanza pesadamente hacia el trópico a tres millas por hora. En el Océano Índico el cargamento de carbón empieza a arder sin llama. Con el paso de los días, el buque queda envuelto en humo y gas venenoso. Después de días combatiendo el incendio, y luego de una colosal explosión, el capitán y la tripulación abandonan el barco que se hunde y continúan en tres botes. Marlow va en el más pequeño con dos marineros de primera. En efecto, es la primera vez que está al mando. Reman durante horas hacia el norte y llegan a tierra en el puerto de un pueblo de Java.

En esa lustrosa mesa debía de haber más de una botella de burdeos. Marlow interrumpe el relato con regularidad para decir: «Pasen la botella». El quid de la historia y su título estriban en que, en todo momento, por catastrófico que sea, el joven, Marlow o Conrad, permanece en un estado de exaltación. Va rumbo al trópico, el fabuloso Oriente, y todo, por peligroso, físicamente agotador o aburrido que sea, es una aventura. Es el demonio, la juventud, lo que lo sustenta. Curioso, resistente, salvaje en su ansia de experiencia. «¡Ah, la juventud!» es el estribillo de la historia.

Las últimas palabras no se le conceden a Marlow, sino al narrador que lo había presentado. Cuando Marlow concluye, el narrador dice: «todos asentimos en aquella mesa inmaculada que, como un paño liso de aguas de color castaño reflejaba nuestros rostros, arrugados, viejos; nuestros rostros marcados por el esfuerzo, por las decepciones, por el éxito, por el amor; nuestros ojos cansados..., buscando con ansiedad algo más allá de la vida, algo que mientras se espera ha pasado ya».

Roland leyó la última media página dos veces. Le preocupó. Marlow dice al principio que la travesía tuvo lugar hace veintidós años, cuando él tenía veinte. Eso significaba que, en el momento de contarles la historia a sus amigos, ellos y él con los rostros cubiertos de líneas, de arrugas, marcados por el esfuerzo, y los ojos cansados, Marlow tiene cuarenta y dos. ¿Viejo ya? Roland tenía treinta y siete. La edad y sus arrepentimientos, su juventud desvanecida y sus expectativas desterradas, apenas a unos pasos. Volvió a la Nota del autor. Sí, «Juventud» era un «registro de la experiencia, pero esa experiencia, en sus hechos, en su intimidad y en el colorido de los elementos que la arropan empieza y acaba en mí».

¿Qué tenía él, Roland, que acabara en sí mismo? Al pensarlo, su mano rozó sobre la mesa el recuadro de papel que había estado en el libro. Era un viejo recorte de prensa, agrietado en algunas partes siguiendo la línea de los pliegues. Era del *Times* con fecha del 2 de junio de 1961 y el titular «Escuela pública sin condiciones restrictivas». Antes de leerlo, le extrañó la fecha. El libro de la biblioteca llevaba un sello posterior, en dos años: 1963, unos meses antes de que dejara la escuela definitivamente. El recorte debía de haberlo metido en el libro alguna otra persona y él no se fijó.

Era un artículo bienintencionado y ligeramente soso sobre el décimo aniversario de su escuela, que estaba «injustamente grabada en la imaginación de muchos como una Eton para pobres». De hecho, era un instituto estatal de secundaria con internado, dirigido por el Consejo del Condado de Londres, al margen de «las constrictivas tradiciones de muchos colegios privados», al margen también de «los chicos problemáticos de los reformatorios», con «hermosos terrenos que descienden hasta un río», una escuela al alcance de todo aquel que aprobara el examen selectivo para mayores de once años, «una comunidad de chicos de todas las clases sociales, hijos de diplomáticos codo con codo con hijos de soldados del ejército... muchos pasan a la universidad... una escala de precios de matrícula que varía generosamente... la mayoría de los padres no abonó nada». Había muchas actividades, mucha pericia para la navegación, un Club de Jóvenes Granjeros, producciones de ópera y un «ambiente amistoso». Lo más notable, «el aire relajado de los chicos».

Todo ello era cierto, o no falso. A los veinte años, Marlow ya se había hecho a la mar seis veces. Había estado en lo alto del palo de mesana en mares agitados, aferrando velas, lanzando órdenes a voz en cuello para hacerse oír pese al viento a hombres que le doblaban la edad. Frente a eso, Roland contaba cinco años en un internado rodeado del aire relajado de los chicos. Había navegado, o tripulado, agazapado bajo la botavara, tirando de una cuerda amarrada a un ángulo del foque mientras un chico mayor de nombre Young le gritaba durante dos horas. Por entonces, se creía que los capitanes de barco tenían que ser así. A juicio de Marlow, entretenerse de esa manera en un río «no era más que una distracción de la vida». Su existencia en el mar era «la vida en sí». Roland había zozobrado una vez en las aguas del Orwell, de un azul precioso de lejos, una cloaca a cielo abierto de cerca. Esa era la esencia del artículo del *Times*: una opinión de lejos. ¿Qué era entonces de cerca? ¿Cuál era su «intimidad»? No estaba seguro, y eso le obsesionaba.

Si todavía bebiera, sería la ocasión para servirse un whisky y contemplar el puente que formaban los años. Marlow se presentaba como alguien que había cruzado más de la mitad. Roland le seguía de cerca. A los treinta y tantos podías empezar a preguntarte qué clase de persona eras. El primer largo tramo de la turbulenta edad adulta todavía en la juventud había tocado a su fin. También se había acabado lo de justificarse uno haciendo referencia a sus años de formación. ¿Padres insuficientes? ¿Falta de cariño? ¿Un exceso del mismo? Ya estaba bien de excusas. Tenías amigos desde hacía una docena de años o más. Podías verte reflejado en sus ojos. Podías o debías haberte enamorado y desenamorado. Habrías pasado tiempo útil a solas. Le habías tomado la medida a la vida pública y tu relación con ella. Tus responsabilidades estarían acuciándote, contribuyendo a definirte. La paternidad debía arrojar cierta luz. La figura con arrugas en el rostro un poco más adelante no era Marlow. Eras tú mismo con cuarenta años. Ya habrías visto en tu cuerpo los primeros indicios de mortalidad. No habría tiempo que perder. Ahora podrías desarrollar una personalidad, aparte y a solas, que afrontara tu propio juicio. Y, aun así, podrías equivocarte por completo. Quizá tendrías que esperar otros veinte años; e incluso entonces seguirías debatiéndote.

¿Qué esperanzas podía tener entonces un colegial de catorce años, viviendo en una época, una cultura y unas circunstancias de hacinamiento que no propiciaban el conocimiento de uno mismo, ni sabía nada al respecto? En un dormitorio compartido con otros nueve, la expresión de sentimientos difíciles –falta de confianza en uno mismo, esperanzas delicadas, ansiedad sexual– era poco habitual. En cuanto al anhelo sexual, quedaba sumergido en alardeos y pullas y chistes sumamente graciosos u oscuros por completo. En un caso u otro, resultaba obligatorio reírse. Tras esta sociabilidad nerviosa eran conscientes del terreno nuevo y grandioso que se les abría delante. Antes de la pubertad, su existencia había estado oculta y no les había preocupado. Ahora la idea de una relación sexual se alzaba frente a ellos como una cordillera, hermosa, peligrosa, irresistible. Pero todavía lejana. Mientras hablaban y reían en la oscuridad después de la hora de apagar las luces, flotaba una impaciencia salvaje en el aire, un ansia ridícula de algo desconocido. La satisfacción de la misma estaba por llegar, lo sabían con una seguridad petulante, pero la querían ya. En un internado rural para chicos no había muchas oportunidades. ¿Cómo podían saber lo que era «eso» en realidad y qué hacer con ello cuando toda su información procedía de anécdotas inverosímiles y bromas? Una noche, uno de los chicos dijo hacia la oscuridad durante una pausa: «¿Y si te mueres antes de hacerlo?». Se hizo el silencio en el dormitorio mientras todos asimilaban esta posibilidad. Entonces Roland dijo: «Siempre está el más allá». Y todos se rieron.

Una noche, cuando sus amigos y él seguían siendo nuevos, con unos once años o así, fueron por invitación especial al dormitorio de unos chicos mayores. Solo les llevaban un año, pero parecían una tribu superior, más sabia, más fuerte y en cierto modo amenazadora. Se anunció como un acontecimiento secreto. Roland y los demás alumnos de primer año no sabían qué esperar. Dos chicos, grandes y musculosos, de los que se habían desarrollado temprano, estaban uno junto a otro en el pasillo entre las literas. Un grupo grande, todos en pijama, se había reunido alrededor. Muchos estaban encaramados a las literas de arriba. El olor a sudor era como de cebolla cruda. Hacía rato que habían apagado las luces. En el recuerdo, el destello de una luna llena inundaba el dormitorio. Bien podía no haber sido así. Quizá había linternas. Los dos chicos se quitaron la parte inferior del pijama. Roland no había visto nunca vello púbico ni un pene maduro o una erección. A la voz de ya, los dos empezaron a masturbarse en un delirio, un contorno borroso de puños venga a bombear. Re-

145

sonaban vivas y gritos de ánimo. Era el estrépito de la línea de banda en un partido importante. Había hilaridad además de admiración. La mayoría de los presentes no poseía la suficiente madurez sexual como para participar en semejante competición.

La carrera acabó en menos de dos minutos. El ganador fue el primero en llegar al orgasmo, quizá el que se corrió más lejos, y el asunto empezó a cuestionarse de inmediato. Los competidores parecían haber cruzado la línea de llegada juntos. Los dos grumos lechosos sobre el linóleo aparentaban equidistancia. Pero ¿habrían sido visibles gracias a la luz de la luna nada más? Los contendientes ya no seguían con interés la victoria. Uno de ellos empezó a contar un chiste verde que Roland no entendió. Las voces y risas alertaron por fin a un monitor que los mandó a todos a la cama.

¿Sintió Roland asombro, horror, le hizo gracia? No había respuesta posible, ninguna historia disponible de intimidad tal como la describía Conrad. La mente, las variaciones diarias del humor de su joven yo eran impenetrables a esta distancia. Nunca reflexionaba sobre sus estados mentales. Una cosa desplazaba de inmediato a otra. Aulas, juegos, clases de piano, deberes, amistades cambiantes, abrirse paso a empujones, guardar cola, la hora de apagar las luces. En la escuela llevaba la vida mental de un perro encadenado a un presente constante.

Pero existía una excepción vital. En la treintena, Roland recordaba todos sus detalles. La intimidad estaba preservada en la profunda fosa oceánica de los pensamientos de un chico. Cuando la charla en el dormitorio dejaba paso al silencio y el inicio del sueño, él se retiraba a su lugar especial. La profesora de piano, que ya no le daba clases, no sabía que llevaba una doble vida. Estaba la mujer, la real, la señorita Cornell. La veía a veces cuando pasaba cerca de la enfermería, el bloque de los establos o las salas de música. Se encontraba sola, yendo o viniendo de su cochecito rojo, antes o después de una lección. Nunca llegaba a cruzarse con ella, se aseguraba de que así fuera. Habría aborrecido el tipo de conversación que hubieran entablado en el caso de que lo parase y le preguntara qué tal «le iba». Peor si pasara de largo, sin querer hablar con él. Peor aún si ni siquiera lo reconociese.

Luego estaba la mujer de sus ensueños nocturnos que hacía lo que él la obligaba a hacer, que era privarlo de su propia voluntad y obligarle a hacer lo que ella quisiera.

Lo que queda de la infancia es sobre todo el colorido exterior. Una cálida tarde de septiembre, cuando llevaba en la escuela dos semanas, cruzó la península con un grupo de chicos en bici para nadar en el río Stour, que era ancho y dependía de la marea, como el Orwell, pero más limpio. Siguió a los chicos mayores por un sendero a la orilla de un campo hasta una playa de barro seco y piedrecillas. Se metió más adentro que los demás, presumiendo de sus largas brazadas de los tiempos de Trípoli. Pero la marea estaba cambiando, alejándolo de la orilla hacia aguas profundas y frías. Los músculos de las piernas se le agarrotaron. Ya no podía nadar ni apenas permanecer a flote. Gritó y movió los brazos y un chico grande, que de verdad se apellidaba Rock, nadó hasta él y lo remolcó de vuelta a la playa. El miedo, la humillación, la gratitud, la alegría de estar vivo: ni rastro. Seguro que pedalearon de regreso a la escuela a tiempo para reincorporarse a la marea de la rutina: las clases de las cuatro en punto, luego la cena, después los deberes.

Periódicamente, había una crisis, un momento de maldad oscura que sumía la escuela en un sentimiento de culpa colectivo. Por lo general estaba relacionado con algún robo. El transistor de alguien, el bate de críquet de alguien. Una vez, desapareció una pieza de ropa interior femenina de un tendedero junto a los alojamientos del personal. Se reunía a la escuela entera en el salón de actos. El director, un tipo afable y cordial de andares vacilantes, exjugador de rugby universitario, con fama de llamar a su esposa por el nombre de George, salía al escenario para decirles a los trescientos cincuenta chicos que hasta que saliera el culpable, todo el mundo seguiría allí sentado en silencio, por mucho que eso supusiera saltarse una comida. Nunca funcionaba, menos aún con las bragas robadas. Los mayores sabían que había que llevarse un libro o un ajedrez portátil cuando los convocaban.

No eran solo robos lo que unían a la escuela en momentos así. Todas las primaveras se hacía una excursión para visitar la base aérea norteamericana de Lakenheath, en la que había una flota de gigantescos aviones B52 armados con bombas nucleares para disuadir o destruir la Unión Soviética. Roland fue en el autobús escolar con sus amigos. Aguardaron turno durante una hora para estar sentados treinta segundos en el asiento del piloto de un caza de combate. Los atronadores bombarderos hicieron un lejano desfile aéreo. El dinero de bolsillo no les llegó para las costillas a la barbacoa, los bistecs y las patatas fritas, con Coca-Cola en vasos de papel encerado del tamaño de macetas. Pero llenaron el ojo.

Esa noche los convocaron a una asamblea. El director formuló los cargos. El comandante de la base había telefoneado para informarle de que a ciertos chicos, identificados por sus chaquetas del uniforme escolar con el blasón y el lema *Nisi Dominus Vanum* –«Sin Dios todo es en vano»–, se les había visto bajar del autobús en la base con distintivos de la CDN en blanco sobre negro. Semejante exhibición, anunció el director, representaba un abuso de la hospitalidad, una flagrante falta de educación con nuestros anfitriones estadounidenses. Los chicos responsables debían darse a conocer. Hasta que no lo hicieran, la escuela permanecería sentada en silencio.

A los más pequeños, en la parte anterior del salón, justo delante del escenario, con las cabezas al mismo nivel que los zapatones del director, las iniciales no les dijeron nada. La

Campaña por el Desarme Nuclear representaba todo cuanto era vergonzoso, quizá incluso satánico, teniendo en cuenta la intensidad de la ocasión. Fue una sorpresa cuando hubo revuelo en la parte de atrás del salón y media docena de chicos mayores se pusieron en pie. El resto se volvieron en sus asientos. En el salón fue resonando un murmullo a medida que identificaban los nombres: la escuela era lo bastante pequeña para que todos se conocieran. En fila india los chicos subieron al escenario y se plantaron muy juntos de cara al director, que permaneció erguido, con la mandíbula tensa, mirándolos con desdén. El barullo fue en aumento al ir percatándose la asamblea: ¡seguían llevando los distintivos prohibidos en las solapas! Uno del grupo, un héroe del bachillerato, de los primeros en cumplir quince, empezó a leer una declaración preparada. La asamblea guardó silencio. La bomba era una amenaza para la humanidad, para la vida en la Tierra, una abominación moral, un trágico desperdicio de recursos. El director lo atajó a la vez que abandonaba el escenario a largas zancadas. Los vería a todos en su despacho de inmediato.

La velada de desafío ético habría salido redonda si el grupo se hubiera presentado en el despacho del director y se hubiera negado a recibir el castigo con la vara. Eran todos chicarrones. Pero pasarían tres años antes de que el espíritu desafiante de la década de los sesenta llegara a las orillas fangosas del río Orwell. En abril de 1962, lo honorable era recibir la paliza con aire de despreocupación y no emitir el menor sonido.

A los pequeños se les instaba a escribir a casa una vez a la semana. Era siempre la madre de Roland la que contestaba. Si se hubiera conservado, su correspondencia podría haber ofrecido cierto acceso a su estado de ánimo en 1959. Pero Rosalind, pulcra ama de casa, tenía la costumbre de tirar la carta en cuanto la había contestado. Quizá no se perdió mucho, porque él se veía apurado con los informes que enviaba a casa. Su vida, sus rutinas y entorno eran tan lejanos de los de sus padres y el Suffolk rural era tan absolutamente distinto del norte de África que no tenía idea, ni puntos de partida ni términos de referencia, con los que expresar las propiedades de su nueva existencia, del ruido, el jaleo y la diversión y el malestar físico, de nunca estar solo, de la necesidad de ser puntual, en el lugar exacto con el material adecuado. Según las recordaba, escribía frases como: «Ganamos a Wymondham 13 a 7. Ayer comimos un huevo con patatas fritas que estaba buenísimo». Las cartas de su madre tenían menos contenido incluso. Su problema era mayor que el de él. Habían enviado lejos a otro de sus hijos sin que ella protestara. Esperaba que hubiese disfrutado de la excursión. Esperaba que su equipo ganara también el siguiente partido. Se alegraba de que no lloviera.

Muchos años después, Roland oyó a la hija de cuatro años de un amigo declararle a su padre: «Estoy triste». Sencillo, sincero, evidente y necesario. Roland de niño nunca pronunció una frase semejante. Tampoco formuló el pensamiento para sus adentros hasta la adolescencia. En la vida adulta a veces les diría a sus amigos que cuando llegó al internado se sumió en una leve depresión que le duró hasta los dieciséis años, que la nostalgia no le hacía llorar por la noche. Lo dejaba mudo. Pero, ¿era verdad? Podría igualmente decir que nunca se había sentido tan libre o tan satisfecho. A los once vagaba por el campo como si fuera de su propiedad. Con un buen amigo, Hans Solish, encontró kilómetro y medio al sur de la escuela un bosque prohibido, frondosamente cubierto de malas hierbas. Hicieron caso omiso de los carteles de NO PASAR y saltaron una verja. En las profundidades de un valle cubierto de pinos vieron más abajo un lago inmenso. En una extensión de agua iluminada por el sol y azotada por el viento, un pez saltó por encima de la superficie. Seguramente una trucha. Fue una invitación. Se abrieron paso a través de la maleza para llegar a la orilla donde levantaron un desvencijado campamento. Descartando el camino que pasaba junto al lago, los exploradores se convencieron de que lo habían descubierto ellos y acordaron no hablarle a nadie de su existencia. Regresaron muchas veces.

¿Dónde habría sido tan libre? No en Libia donde, entendió en retrospectiva, formaba parte de una pálida élite en torno a la que estaba aumentando el resentimiento. Los chicos y chicas blancos no vagaban por el campo sin ir acompañados de adultos. La playa a la que iban a diario les estaba vetada a los libios. No sabían que un edificio por delante del que pasaban en el autobús escolar era la famosa cárcel de Abu Salim. En unos años el rey Idris sería depuesto en un golpe de Estado y ocuparía su lugar un dictador, el coronel Gadafi, que ordenaría la ejecución de miles de disidentes libios en Abu Salim.

Marlow, en representación de su creador y remontándose veinte años, se comprendía bien: la intimidad, el colorido exterior. Para Roland a los treinta y tantos, el chico de Berners Hall era un desconocido. Ciertos acontecimientos se conservaban a salvo en el recuerdo, pero los estados de ánimo, cual copos de nieve un día templado, se perdieron antes de posarse. Solo habían quedado la maestra de piano y todos los sentimientos que tenía por ella. Una vez, cuando iba hacia un aula con unos amigos, la vio a lo lejos, a más de cien metros. Vestía un abrigo azul intenso y estaba cerca del árbol donde él puso a prueba las gafas nuevas. Al parecer se fijó en Roland y levantó el brazo. Igual saludaba a otra persona al otro lado del césped. Él ladeó la cabeza hacia un compañero, fingiendo estar absorto en lo que decía. Este momento íntimo lo captó y lo conservó de por vida: al apartar la mirada de Miriam Cornell, se dio cuenta de que el corazón le latía con fuerza.

Su escuela, como la mayoría, se mantenía gracias a una jerarquía de privilegios infinitesimalmente graduados y otorgados con lentitud a lo largo de los años. Eso convertía a los chicos mayores en guardianes conservadores del orden imperante, celosos de los derechos que con tanta paciencia habían ganado. ¿Por qué otorgar favores de nuevo cuño a los menores, cuando ellos habían tolerado privaciones para ganarse los incentivos de una mayor madurez? Era un recorrido duro y largo. Los más jóvenes, los de primer y segundo año, eran los pobres y no tenían nada en absoluto. A los de tercer curso se les permitía llevar pantalón largo y corbata a rayas diagonales en vez de horizontales. Los de cuarto año tenían su propia sala de estudiantes. Los de quinto cambiaban las camisetas grises por otras blancas inarrugables que lavaban en las duchas y colgaban en perchas de plástico. También tenían una corbata azul superior. La hora de apagar las luces se retrasaba quince minutos cada año. Para empezar, estaba el dormitorio compartido con treinta chicos. Cinco años después se reducían a seis. Los de bachillerato podían llevar chaqueta de sport y abrigo de su elección, aunque no se toleraba nada llamativo. También tenían una asignación semanal de una barra de dos kilos de queso chédar a compartir entre una docena de chicos y varias hogazas de pan, tostadora y café soluble para entretenerse entre las comidas. Se acostaban cuando les apetecía. En la cima de la jerarquía estaban los monitores. Tenían el privilegio de tomar atajos pisando el césped y gritarle a cualquiera de rango inferior que se atreviera a hacerlo.

Como cualquier orden social, a todos menos a los espíritus revolucionarios les parecía que coincidía por completo con la estructura de la realidad. Roland no lo puso en tela de juicio al comienzo del año académico en septiembre de 1962 cuando él y diez más de su sección tomaron posesión de su sala de estudiantes. Después de tres años de servicio, era su primer peldaño importante en la escalera. Roland, al igual que sus amigos, se estaba naturalizando. Había adquirido la forma de ser relajada por la que era conocida la escuela, con una pincelada de esa grosería cargada de matices que se esperaba de los de cuarto. Su acento estaba cambiando con respecto al del Hampshire rural de su madre. Se apreciaba una pizca de deje del este de Londres, una pizca más pequeña aún de la BBC y un tercer elemento difícil de definir. Tecnocrático, quizá. Seguro de sí mismo. Lo reconocería años después entre los músicos de jazz. Ni afectado ni tampoco impresionado o desdeñoso con quienes lo eran.

Sus calificaciones se mantenían en la media o por debajo. Un par de profesores empezaron a creer que igual era más inteligente de lo que parecía. Necesitaba estímulo. Después de tres años y dos horas a la semana con el señor Clare, era un pianista prometedor. Iba superando los niveles con esfuerzo. Tras alcanzar por los pelos el nivel 7, su maestro le dijo a Roland que era «casi precoz» para un chico de catorce. En dos ocasiones se había encargado del acompañamiento de los himnos el domingo cuando Neil Noake, el mejor pianista de la escuela con diferencia, estaba resfriado. Entre sus iguales tenía un estatus justo por encima de la media. Ser mediocre en los deportes y en clase lo refrenaba. Pero a veces decía algo ingenioso que se repetía por allí. Y tenía menos acné que la mayoría.

En la sala de estudiantes de cuarto había una mesa, once sillas de madera, unas taquillas y un tablón de anuncios. Otro derecho que no habían esperado aparecía a diario en su sala después de comer: un periódico, a veces el *Daily Express*, a veces el *Daily Telegraph*. Excedentes de la sala de profesores. Roland entró una vez en la sala y se encontró a un amigo sentado con una pierna cruzada sobre la otra con un periódico de gran formato abierto delante y cayó en la cuenta de que por fin eran adultos. La política les aburría, según les gustaba decirse entre sí. Como grupo les iba el interés humano, razón por la que preferían el *Express*. Una mujer en llamas por culpa de su secador. Un loco con un cuchillo abatido de un disparo por un granjero que fue a parar a la cárcel, para indignación general. Descubierto un prostíbulo no muy lejos del Parlamento. Una pitón se traga entero a un guarda del zoo. La vida adulta.

En esa época, los valores morales ocupaban un lugar destacado en la vida pública y, por tanto, también la hipocresía. El tono general era deliciosamente ofendido. Los escándalos pasaron a formar parte del anecdotario de su educación sexual. Solo faltaba un año para el caso Profumo. Hasta en el *Telegraph* se publicaban fotografías de chicas sonrientes en las noticias, con el pelo crepado y pestañas gruesas y oscuras cual barrotes de cárcel.

Entonces, a finales de octubre, la política en la sala de estudiantes de cuarto se puso interesante. De manera excepcional, sus dos periódicos llegaron a la vez a la mesa después de comer. Ambos estaban muy manoseados, sobados, el papel de prensa ablandado por numerosos dedos, y en ambos salía la misma fotografía en la portada. La noticia era apasionante para unos chicos que habían ido recientemente de visita a Lakenheath con objeto de asistir al día de puertas abiertas en la cercana base de la Fuerza Aérea estadounidense y habían palpado el morro de frío acero de un misil como si de una santa reliquia se tratara. Espías, aviones espía, cámaras secretas, engaños, bombas, los dos hombres más poderosos del planeta dispuestos a intimidarse mutuamente, y una posible guerra. La fotografía podría haber salido de la caja de seguridad con cerradura triple de un cerebro de inteligencia. Se veían colinas bajas, campos cuadrados, terrenos boscosos con senderos y claros cual cicatrices blancas. Unas leyendas estrechas ofrecían indicaciones útiles: *veinte largos tanques cilíndricos*; *vehículos de transporte de misiles*; *cinco plataformas rodantes para misiles*; *doce misiles prob. teledirigidos*. Los americanos, volando en sus cazas de reconocimiento U2 a alturas imposibles, provistos de cámaras con una excitante potencia telescópica, habían revelado al mundo la existencia de misiles nucleares rusos en Cuba, a solo ciento cincuenta kilómetros de la costa de Florida. Todos coincidieron en que era intolerable. Una pistola apuntando a la cabeza de Occidente. Habría que bombardear los emplazamientos antes de que fueran operativos y luego invadir la isla.

¿Qué harían los rusos? Pese a que los chicos de la sala de estudiantes de cuarto aparentaron auténtica preocupación adulta por esta nueva situación, las palabras «cabeza termonuclear», cual inmensas nubes de tormenta al anochecer, les evocaron una emocionante y peligrosa alteración, una promesa de libertad definitiva de resultas de la que la escuela, las rutinas, las reglas, incluso los padres, todo saltaría por los aires: un mundo en el que se haría borrón y cuenta nueva. Sabían que ellos sobrevivirían y hablaron de mochilas, botellas de agua, navajas, mapas. Tenían una aventura sin límites al alcance de la mano. Roland era para entonces miembro del club de fotografía y sabía revelar y hacer copias. Había pasado unas cuantas horas en el cuarto oscuro trabajando en múltiples versiones de un paisaje al otro lado del río, con robles y helechos, de diez por quince, bastante buenas salvo por una fastidiosa rayita marrón en el centro que no había logrado eliminar. Lo escucharon con respeto mientras examinaba las nuevas fotos de los U2 que aparecieron el segundo día. En una había nuevas leyendas: *equipo de montaje de lanzamisiles*; *zona de carpas*. Alguien le pasó una lupa. Se acercó más. Cuando descubrió la entrada de un túnel que los analistas de la CIA habían pasado por alto, le creyeron. Uno a uno, miraron y también la vieron. Otros tenían importantes teorías propias de lo que habría que hacer, de lo que pasaría cuando ocurriera.

Las clases continuaron como siempre. Ningún profesor hizo referencia a la crisis y a los chicos no les sorprendió. Eran

155

ámbitos separados, la escuela y el mundo real. James Hern, el director, severo aunque bondadoso en privado, no mencionó en sus comentarios vespertinos que el mundo podía estar a punto de acabarse. La señora Maldey, la supervisora siempre con aire de pensar que en cierta medida abusaban de su amabilidad, no habló de la crisis de los misiles en Cuba cuando los chicos le entregaron los calcetines, la ropa interior y las toallas, y por lo general le irritaba cualquier cosa que amenazara sus complejas rutinas. Roland no escribió acerca de la situación en su siguiente carta a casa. No era que no quisiera inquietar a su madre, pues sin duda el capitán la habría puesto al tanto del peligro. El presidente Kennedy había anunciado una «cuarentena» en torno a Cuba; los barcos rusos con sus cargamentos de cabezas nucleares se dirigían hacia una flotilla de buques de guerra norteamericanos. Si Jrushchov no ordenaba el regreso de sus barcos, los hundirían y daría comienzo la tercera guerra mundial. ¿Cómo iba a tener sentido algo así al lado de las noticias de Roland de que estaba plantando abetos de vivero con el Club de Jóvenes Granjeros en el terreno pantanoso detrás de la casa? Sus cartas se cruzaban y las de ella eran tan inocentes como las de él. Los chicos no podían ver la televisión: eso era para los de bachillerato solo ciertos días. Nadie escuchaba ni sabía de boletines de noticias serios en la radio. Hubo alguna que otra declaración despreocupada en Radio Luxemburgo, pero en esencia el asunto de los misiles cubanos era un drama del que sabían solo por sus dos periódicos.

La primera oleada de emoción empezó a remitir. El silencio oficial de la escuela estaba poniendo ansioso a Roland. Le afectaba sobre todo cuando estaba a solas. Un garbeo malhumorado por entre los robles y los helechos al otro lado de la pasarela no le sirvieron de nada. Durante una hora estuvo sentado al pie de la estatua de Diana Cazadora, mirando hacia el río. Quizá no volviera a ver nunca a sus padres ni a su hermana Susan. Ni llegara a conocer mejor a su hermano Henry. Una vez, después de la hora de apagar las luces, los chicos se pusieron a hablar de la crisis como todas las noches. Se abrió la puerta y entró un monitor. Era el tutor de la sección. No les dijo que se callaran. En lugar de eso, se sumó a la conversación. Empezaron a hacerle preguntas que respondió con gravedad, como si acabara de volver de la sala de crisis de la Casa Blanca. Aseguró poseer información privilegiada y les halagó tenerlo a su disposición. Ya era miembro de pleno derecho del mundo adulto y constituía el vínculo de los menores con aquel. Hacía tres años era uno de ellos. No lo veían, solo oían su tono bajo y seguro procedente de donde estaba la puerta, aquella voz escolar con acento atenuado del este de Londres y una pizca de confianza científica o de ratón de biblioteca. Les contó algo alarmante que deberían haber deducido por sí mismos. En una guerra nuclear total, dijo, uno de los objetivos importantes en Inglaterra para los rusos sería la base aérea de Lakenheath, a menos de ochenta kilómetros. Eso suponía que la escuela quedaría arrasada al instante, Suffolk se convertiría en un desierto y todos los que estuvieran allí quedarían —y esta fue la palabra— volatilizados. *Volatilizados.* Varios chicos repitieron la palabra desde sus camas.

Se marchó, la charla de dormitorio continuó. Alguien dijo que había visto una fotografía de Hiroshima después de la bomba. Lo único que quedó de una mujer fue su sombra irradiada sobre una pared. Se había volatilizado. La conversación amainó y fue dando traspiés hacia la noche a medida que el sueño se adueñaba de ellos. Roland se quedó despierto. La palabra no le dejaba dormir. Entonces, era la muerte. Tenía sentido. El señor Corner, el maestro de biología, había explicado a la clase no hacía mucho que sus cuerpos eran agua en un noventa y tres por ciento. Evaporado en un destello blanco, el siete por ciento restante reducido a volutas en el aire como de humo de cigarrillo dispersadas por la brisa. O ani-

157

quilados por el huracán de la explosión de la bomba. Nada de dirigirse al norte con sus mejores amigos, las mochilas llenas de raciones de supervivencia, huyendo como los ciudadanos de Daniel Defoe que escapaban de Londres el año de la peste. De todos modos, Roland no había creído en la aventura de supervivencia. Pero le había servido para darle vueltas a lo que podía llegar a ocurrir.

Nunca había contemplado su propia muerte. Estaba seguro de que las asociaciones habituales –oscuridad, frío, silencio, descomposición– eran irrelevantes. Todas ellas se podían sentir y entender. La muerte quedaba en el lado opuesto de la oscuridad, más allá de la nada incluso. Al igual que todos sus amigos, no se tomaba en serio la vida de ultratumba. Aguantaban la misa obligatoria del domingo por la tarde sumidos en el desprecio por los curas de visita y su manera de engatusarlos y elevar súplicas a un dios inexistente. Era una cuestión de honor entre ellos no pronunciar las respuestas ni cerrar los ojos, inclinar la cabeza ni decir «amén» o entonar los himnos, aunque se ponían en pie para abrir el himnario por una página cualquiera debido a un sentimiento residual de cortesía. A los catorce años se acababan de entregar a una espléndida y truculenta revuelta. Era liberador ser o sentirse libre. Sus modos eran la sátira, la parodia, la burla, imitaciones ridículas de la voz y las frases hechas de la autoridad. Se mostraban mordaces, despiadados entre sí también, pese a que se mantenían leales. Todo esto, todos ellos, pronto quedaría volatilizado. No veía cómo los rusos podían permitirse dar marcha atrás cuando el mundo entero los estaba mirando. Los dos bandos, declarando enérgicamente que defendían la paz, acabarían metiéndose en una guerra en nombre del orgullo y el honor. Un pequeño intercambio, un barco hundido por otro, se convertiría en una conflagración lunática. Los escolares sabían que fue así como empezó la Primera Guerra Mundial. Habían escrito trabajos al respecto. Cada país dijo que no quería la guerra y luego todos tomaron parte con una ferocidad que el mundo seguía analizando y procurando entender. Esta vez no quedaría nadie para intentarlo.

Entonces, ¿qué sería de aquel primer encuentro, aquella cordillera hermosa y peligrosa? Asolado junto con todo lo demás. Mientras yacía esperando la llegada del sueño, recordó la pregunta de su amigo: «¿Y si te mueres antes de hacerlo?». *Hacerlo.*

El día siguiente, sábado 27 de octubre, daba comienzo el trimestre. Para la ocasión se suspendían la jornada lectiva y los partidos. Eso era todo. Las clases se retomarían el lunes. A algunos chicos de Londres fueron a visitarlos sus padres. Uno de bachillerato tenía un ejemplar del *Guardian* y le dejó a Roland echar un vistazo. En el Caribe, los americanos habían dejado pasar a un petrolero ruso rumbo a Cuba. Se suponía que no llevaba más que petróleo. Los buques rusos cargados con misiles descaradamente asegurados a la cubierta habían aminorado la marcha o se habían detenido. Pero se habían detectado submarinos rusos en la zona y nuevas fotos de reconocimiento confirmaban que los trabajos continuaban en los emplazamientos cubanos. Los misiles estaban listos para su lanzamiento. Había una concentración de fuerzas militares estadounidenses en Cayo Hueso, Florida. Todo indicaba que el plan era invadir Cuba y destruir los emplazamientos. Según un político francés, el mundo estaba «al borde» de la guerra nuclear. Dentro de poco sería muy tarde para dar marcha atrás.

Para conmemorar la supuesta festividad, la cocina preparó huevos fritos. Como algunos chicos los aborrecían o detestaban la grasa en la que flotaban, Roland pudo comerse cuatro. Después del desayuno buscó al ayudante del tutor de la sección, un hombre al que los chicos apreciaban porque habían decidido que tenía una docena de novias, llevaba pistola y realizaba misiones secretas. Era verdad que conducía un

Triumph Herald descapotable, le rezumaba olor a tabaco de la piel y se apellidaba Bond. Paul Bond. Vivía en la cercana Pin Mill con su esposa y tres hijos. Se concedió permiso para dar un paseo en bicicleta. Al señor Bond, todavía bastante nuevo, le impacientaban las normas. Olvidó estipular la hora de regreso y no se molestó en anotar en el libro que Roland abandonaba la escuela.

Su bici estaba en una acera elevada detrás de las cocinas de la escuela, un viejo y oxidado modelo de carreras con veintiuna marchas y una lenta fuga en la rueda delantera que nunca se preocupaba de arreglar. Mientras la hinchaba con la bomba de mano tuvo una arcada. Cuando se inclinó para remeterse los vaqueros en los calcetines notó sabor a sulfuro en el aliento. Uno de los huevos estaba pasado. Quizá lo estaban todos. Hacía un día casi cálido y despejado. Lo bastante claro como para ver misiles surcando el aire desde el este. Bajó la cuesta hacia la iglesia a bastante velocidad, conteniendo el aliento para no oler la bazofia recalentada de la pocilga. Giró hacia la izquierda al salir por la verja de la escuela en dirección a Shotley. Después del pueblo de Chelmondiston buscó el atajo, un camino rural a la derecha que le permitiera cruzar los campos llanos, dejar atrás la Casa Crouche, por Warren Lane hasta el estanque de patos y Erwarton Hall. Todos los chicos de la escuela sabían que Ana Bolena fue feliz allí cuando iba de visita de niña y que el futuro rey Enrique acudía a cortejarla. Antes de que la decapitaran en la Torre de Londres por orden suya, ella pidió que su corazón fuera enterrado en la iglesia de Erwarton. Se suponía que estaba en una cajita en forma de corazón enterrada debajo del órgano.

En la casa solariega Roland se detuvo, apoyó la bici en la antigua vivienda del guarda, cruzó la carretera y caminó de aquí para allá. La casa de la profesora estaba a solo veinte minutos. No estaba preparado. Era importante no llegar sudado y jadeante. Había dedicado tanto tiempo a pensar en Erwarton y eludirlo que tenía la sensación de haber pasado él también la infancia allí. Estaba mirando el estanque de los patos preguntándose cómo era que no había patos cuando oyó una voz a su espalda.

–Oye. Tú.

Un hombre con chaqueta de tweed moteada de amarillo y gorro de cazador estaba junto a la casa del guarda, los pies bien separados, los brazos cruzados.

–¿Sí?

–¿Esa bici es tuya?

Asintió.

–¿Cómo te atreves a dejarla apoyada en este espléndido edificio?

–Lo siento, señor. –Le salió antes de poder evitarlo. Una costumbre de la escuela. Por lo tanto, acortó el paso cuando volvía a cruzar la carretera y añadió cierto pavoneo a la vez que adoptaba una expresión vacía. Tenía catorce años y no había que meterse con él. El hombre era también joven, larguirucho y pálido, con ojos saltones. Roland se detuvo ante él–. ¿Qué ha dicho?

–Tu bici.

–¿Y qué?

El hombre sonrió.

–Tienes razón. Seguramente tienes razón.

Desarmado, Roland estaba a punto de ceder y dejar la bici sobre la hierba, pero el hombre le puso una mano en el hombro y, a la vez que señalaba, dijo:

–¿Ves esa casita de allí a la derecha?

–Sí.

–La última persona que murió de peste vivía ahí mismo. En 1919. Hay que ver, ¿eh?

–No lo sabía –dijo Roland. Sospechó que el hombre era alguna clase de enfermo mental–. Pero más vale que me vaya.

–¡Estupendo!

En cuestión de minutos pasó por delante de la iglesia, luego de las casas dispersas del pueblo y poco después se encontraba ante su casita de campo. La reconoció por el coche rojo aparcado en la hierba. Había una cancela de estacas blancas y un sendero de ladrillo que describía una leve curva hasta la puerta principal. Apoyó la bici en el coche, se sacó los pantalones de los calcetines y vaciló. Se sentía observado, aunque no se apreciaba movimiento en las dos ventanas de abajo. A diferencia de las demás casitas alrededor, esta no tenía visillos. Hubiera preferido que ella saliera a su encuentro. Le diera la bienvenida y se encargara de toda la charla. Después de unos momentos abrió la cancela y se acercó a paso lento a la puerta. Los márgenes del sendero de acceso tenían el malogrado aspecto de un verano olvidado. Nadie había quitado aún las plantas medio marchitas. Le sorprendió ver viejas macetas de plástico volcadas y envoltorios de dulces pisoteados entre las hojas secas. Siempre le había parecido una persona limpia y organizada, pero no sabía nada de ella. Estaba cometiendo un error y debería dar media vuelta de inmediato, antes de que lo viera. No, estaba decidido a afrontar su destino. Su mano levantaba ya la pesada aldaba y la dejaba caer. Y otra vez. Oyó rápidos pasos amortiguados cuando ella bajaba la escalera a gran velocidad. Luego la oyó descorrer un pestillo. Abrió la puerta tanto y con tanta premura que se sintió intimidado al instante y no fue capaz de sostenerle la mirada. Lo primero que vio fue que estaba descalza y llevaba las uñas pintadas de púrpura.

–Eres tú. –Lo dijo en tono neutro, sin titubeo ni sorpresa.

Él levantó la cabeza y cruzaron una mirada, y por un momento confuso pensó que igual se había equivocado de casa. Ciertamente, ella lo reconocía. Pero tenía un aspecto distinto. Llevaba el pelo suelto, casi hasta los hombros, vestía una camiseta verde pálido bajo una rebeca holgada y unos vaqueros ceñidos que le llegaban por encima de los tobillos. Su ropa de sábado. Él había preparado algo que decir, una presentación, pero la había olvidado.

–Casi con tres años de retraso. Se ha enfriado la comida.

Roland lo dijo rápidamente:

–He estado castigado mucho tiempo.

Ella sonrió y él se sonrojó sin poder evitar enorgullecerse de su respuesta ingeniosa. Había salido de la nada.

–Bueno, adelante.

Pasó por su lado a un recibidor estrecho con una escalera empinada delante de él y puertas a izquierda y derecha.

–A la izquierda.

Vio primero el piano, un modelo de media cola que estaba arrinconado pero aun así ocupaba buena parte de la habitación. Pilas de partituras encima de dos sillas, dos sofás pequeños frente a frente separados por una mesita de centro también llena de libros. La prensa del día estaba en el suelo. En el otro extremo, una puerta de acceso a una cocinita que daba a un jardín rodeado por un murete.

–Siéntate –le dijo en el tono que se usaría con un perro. Una broma, claro. Tomó asiento enfrente de él y lo miró fijamente, como si le divirtiera un tanto su presencia. ¿Qué vio?

En años posteriores se lo preguntaría a menudo. Un chico de catorce años, de estatura media para su edad, delgado pero con apariencia de ser bastante fuerte, pelo castaño oscuro, largo para la época bajo la lejana influencia de John Mayall y Eric Clapton. Durante una breve estancia con su hermana, su primo Barry lo había llevado al club Ricky Tick de la estación de autobuses de Guilford a ver a los Rolling Stones. Fue allí donde se consolidó el aspecto de Roland, pues lo impresionaron los vaqueros negros que llevaba Brian Jones. ¿Qué otros cambios habría observado Miriam? La voz recién cambiada. La larga cara solemne, los labios carnosos que a veces temblaban, como si reprimiera ciertos pensamientos, ojos marrón verdoso tras las gafas de la Seguridad Social a las que les había quitado la montura de plástico mucho antes de que a John Lennon se le ocurriera hacer lo propio. Chaqueta de tweed de Harris gris con coderas encima de una camisa hawaiana con dibujos de palmeras. Unos pantalones de pitillo de franela gris eran lo más parecido a los vaqueros negros ceñidos que permitía la regulación de indumentaria de Berners. Sus zapatos de puntera estrecha tenían un aire medieval. Olía a colonia con un punto de limón. Ese día no tenía acné. Tenía algo malsano, imposible de definir. Algo enjuto y serpentino.

Mientras que él se repantigó con ademán incómodo en el sofá, ella permaneció derecha y enseguida se inclinó hacia delante. Su voz era dulce y tolerante. Quizá lo compadecía.

–Bueno, Roland. Háblame de ti.

Era una de esas demandas adultas, imposible y sosa. Solo le había llamado por su nombre de pila una vez. Al tiempo que adoptaba una postura erguida más parecida a la de ella, no se le ocurrió nada salvo sus lecciones de piano con el señor Clare. Le explicó que le estaba dando hora y media a la semana gratis. Últimamente, le contó, había estado aprendiendo...

Ella le interrumpió y al hacerlo retiró la pierna derecha y la metió bajo la rodilla izquierda. Tenía la espalda mucho más recta de lo que nunca la había tenido él.

–Tengo entendido que has aprobado el nivel 7.

–Sí.

–Merlin Clare dice que se te da bien la interpretación a vista.

–No sé.

–Y has venido hasta aquí en bici para interpretar duetos conmigo.

Se sonrojó de nuevo, esta vez por lo que le pareció una insinuación. También notó los inicios de una erección. Colocó una mano sobre el regazo por si resultaba visible. Pero ella se había puesto en pie e iba hacia el piano.

–Tengo algo idóneo. Mozart.

Ya se había sentado al piano y él seguía en el sofá aturdido de vergüenza. Estaba a punto de fracasar y ser humillado. Y despachado.

—¿Listo?

—La verdad es que no me apetece.

—Solo el primer movimiento. No te hará ningún daño.

No veía cómo eludirlo. Se puso en pie lentamente, luego se acercó rozándole la espalda para ocupar el lado izquierdo. Al pasar, sintió la calidez que emanaba de su nuca. Cuando estaba sentándose, reparó en un reloj que hacía tictac encima de la chimenea tan fuerte como un metrónomo. En contraste con el mismo, llevar el ritmo en un dueto sería un reto. Su corazón agitado estaría reñido con ambos. Ella dispuso la partitura delante de los dos. Re mayor. Una pieza de Mozart a cuatro manos. Había tocado parte de la misma una vez con Neil Noake, hacía quizá seis meses. De pronto, ella cambió de parecer.

—Vamos a cambiarnos. Más divertido para ti.

Se levantó y se apartó, y él se deslizó hacia la derecha. Al volver a sentarse ella, dijo con la misma voz amable:

—Mejor no vayamos demasiado rápido.

Con un leve ladeo de todo su cuerpo y levantando ambas manos sobre el teclado para luego dejarlas caer, dirigió el comienzo y allá que fueron a lo que Roland le pareció un ritmo imposible. Como deslizándose por una pendiente cubierta de hielo. Él se demoró una fracción en la grandiosa declaración inicial, así que el piano, un Steinway, sonó como el de un garito del Oeste. En su nerviosismo, lanzó un bufido de risa asordinada. Le dio alcance y luego, con un exceso de fervor, se adelantó un poco. Estaba aferrándose al borde de un precipicio. La expresión, la dinámica, quedaban fuera de su alcance: no podía más que tocar las notas adecuadas en el orden correcto a medida que escoraban partitura adelante. Había momentos en que casi sonaba bien. Mientras se lanzaban de aquí para allá una figurita en un *crescendo* palpitante, ella profirió un «¡Bravo!». Vaya alboroto estaban montando en la salita. Cuando llegaron al final del movimiento, pasó la página.

–¡Ahora no podemos parar!

Él se las apañó bastante bien, abriéndose camino cuidadosamente a través de la melodía cantarina mientras ella interpretaba un delicado bajo Alberti que la sustentaba. Pegó su cuerpo al de él, inclinándose hacia la derecha al ascender juntos a un registro más elevado. Roland se relajó un poco cuando ella casi titubeó al tocar una serie de notas, un juego privado del Mozart travieso. Pero tuvo la sensación de que el movimiento duraba horas y al final los puntos negros que indicaban una repetición se le antojaron un castigo, una reiterada pena de cárcel. El peso sobre su atención se estaba volviendo insoportable. Le escocían los ojos. Por fin, el movimiento se sumió en su acorde final, que sostuvo una negra de más.

De inmediato ella se puso en pie. Él se notó a punto de llorar de alivio porque no fueran a interpretar el *allegro molto*. Pero ella no dijo nada y tuvo la sensación de que la había decepcionado. Estaba justo detrás de él. Le puso las manos en los hombros, se inclinó y le susurró al oído:

–Te va a ir bien.

No supo con seguridad a qué se refería. Cruzó la sala y fue a la cocina. Verla descalza, oír el sonido de sus pies sobre las baldosas, le hizo sentirse débil. Un par de minutos después volvió con vasos de zumo de naranja, naranjas de verdad exprimidas, un sabor novedoso. Para entonces, él estaba con aire indeciso junto a la mesita de centro preguntándose si ahora se suponía que debía marcharse. No le habría importado. Bebieron en silencio. Entonces ella dejó el vaso e hizo algo que casi le provoca un desmayo. Roland tuvo que apoyarse en el brazo de un sofá. Ella fue a la puerta principal, se arrodilló y hundió el grueso pestillo de la puerta en el suelo de piedra. Luego volvió y le cogió la mano.

–Venga, vamos.

Lo llevó al pie de la escalera, donde se detuvo y lo miró con intensidad. Le brillaban los ojos.

–¿Tienes miedo?

–No –mintió él. Tenía la voz densa. Necesitaba carraspear, pero no se atrevió a hacerlo por si le hacía parecer débil, o estúpido o enfermizo. Por si lo despertaba de su sueño. La escalera era estrecha. Siguió agarrado a su mano mientras ella le precedía y tiraba de él. En el descansillo había un cuarto de baño justo delante e, igual que abajo, puertas a derecha e izquierda. Lo llevó hacia la derecha. La habitación lo excitó. Estaba manga por hombro. La cama sin hacer. En el suelo, junto a un cesto de la ropa sucia, había un montoncito de ropa interior en diversos colores pastel. Verlo le estremeció. Al llamar a la puerta, ella debía de estar organizando la colada para la semana siguiente, tal como hacía la gente los sábados por la mañana.

–Quítate los zapatos y los calcetines.

Se agachó ante ella e hizo lo que se le decía. Le molestó ver que en la parte superior de los zapatos ahusados se había marcado una profunda arruga y las punteras se combaban hacia arriba. Los metió bajo una silla.

Ella hablo con voz sensata:

–¿Estás circuncidado, Roland?

–Sí. Bueno, no.

–Sea como sea, vete al baño y lávate bien.

Le pareció bastante razonable y, por lo mismo, se esfumó su excitación. El cuarto de baño era minúsculo, con una alfombra rosa, una bañera estrecha, un cubículo para la ducha con puerta de vidrio ligeramente ladeada y, en una balda de cromo, gruesas toallas blancas de un tipo que le recordó a su hogar. En un estante encima del lavabo vio un frasco curvilíneo de su perfume y su nombre, agua de rosas. Consciente de que no era la primera vez que le mandaba lavarse, fue meticuloso con los preparativos. Lo que más temía era desagradarla de cualquiera manera. Mientras se estaba vistiendo, miró por una ventanita emplomada bajo el aguilón. Alcanzó a ver a través de extensos campos el Stour con la marea casi baja, los bancos de lodo que emergían del agua plateada cual jorobas de monstruos, así como lechos de vegetación y bandadas de aves marinas describiendo círculos. Un queche de dos mástiles estaba en medio del canal, saliendo con la marea. Al margen de lo que ocurriera en la casita de campo, el mundo seguiría adelante de todos modos. Hasta que dejara de hacerlo. Quizá en menos de una hora.

Cuando volvió, ella había ordenado el cuarto y doblado las sábanas.

–Eso es lo que tienes que hacer siempre.

Que sugiriera un futuro volvió a excitarlo. Le indicó que se sentara en la cama. Luego le puso una mano en la rodilla.

–¿Te preocupa la anticoncepción?

No contestó. No lo había pensado en absoluto e ignoraba los detalles.

Ella dijo:

–Igual soy la primera mujer en la península de Shotley que toma la píldora.

Esto también se le escapaba. Su único recurso era la verdad, lo que resultaba más evidente en ese momento. Volvió la cara hacia ella y dijo:

–Me gusta mucho estar aquí contigo. –Cuando las palabras salieron de él, sonaron infantiles. Pero ella sonrió y acercó su cara a la de ella y se besaron. No mucho rato, ni muy profundamente. Él la siguió. Los labios, luego, oblicuamente, las puntas de las lenguas, después solo los labios otra vez. Se recostó en la cama sobre las almohadas y dijo:

–Desnúdate para mí. Quiero verte.

Él se levantó y se quitó la camisa hawaiana por la cabeza. Las viejas tablas de roble del suelo crujieron cuando se mantuvo sobre un pie para quitarse los pantalones. Retocados por su madre para que fuera a la moda, eran estrechos por la parte de abajo. Estaba en buena forma, pensó, y no le daba vergüenza exponerse delante de Miriam Cornell.

Pero ella dijo bruscamente:

–Toda la ropa.

Así que él se bajó los calzoncillos y dio un paso para dejarlos atrás en el suelo.

–Mucho mejor. Encantador, Roland. Y mírate.

Ella tenía razón. Nunca había experimentado tanta expectación. Pese a que le asustaba, tenía confianza en ella y estaba dispuesto a hacer lo que le pidiera. Todo el tiempo que había pasado con ella en sus pensamientos y, antes de eso, todas las amedrentadoras lecciones de piano eran un ensayo para lo que estaba a punto de ocurrir. Era toda una lección. Lo prepararía para enfrentarse a la muerte, feliz de quedar volatilizado. La miró expectante. ¿Qué vio?

El recuerdo nunca lo abandonaría. La cama era doble para los estándares de la época, de algo menos de metro y medio de ancho. Dos juegos de dos almohadas. Ella estaba recostada en un juego con las rodillas dobladas. Mientras él se desvestía, se había quitado la rebeca y los vaqueros. Las bragas, al igual que la camiseta, eran verdes. De algodón, no seda. La camiseta era masculina, de talla grande; quizá debería haberle preocupado la posibilidad de un rival. Los pliegues del material, de felpa, se le antojaron voluptuosos en su estado de exaltación. Los ojos también los tenía verdes. En algún momento le pareció que había algo cruel en ellos. Ahora el color sugería audacia. Ella podía hacer lo que se le antojara. En sus piernas desnudas había vestigios de un bronceado estival. La cara redonda, que antes había tenido la cualidad de una máscara, ahora ofrecía un aspecto suave y sincero. La luz que entraba por la pequeña ventana del dormitorio realzaba la fuerza de sus pómulos. No llevaba los labios pintados ese sábado por la mañana. El pelo que había llevado recogido en un moño para las clases era muy fino y salían flotando hebras cuando movía la cabeza. Le estaba mirando con ese mismo aire paciente, irónico que tenía. Algo de él la divertía. Se quitó la camiseta y la dejó caer al suelo.

–Es hora de que aprendas a quitarle el sujetador a una chica.

Él se arrodilló a su lado en la cama. Aunque le temblaban los dedos, resultó ser bastante evidente cómo sacar los ganchos de los ojetes. Ella apartó las mantas y las sábanas. Le sostuvo la mirada como para evitar que le mirase boquiabierto los pechos.

–Vamos a acostarnos –dijo ella–. Ven aquí.

Se tumbó de espaldas con el brazo extendido. Ella quería que se tumbara encima del brazo, o que se dejara rodear por él. Con la mano libre subió las mantas, se puso de costado y lo atrajo hacia sí. Él se sentía incómodo. Parecía más un abrazo entre madre e hijo. Tuvo la sensación de que debería mostrarse en una posición más dominante. Estaba firmemente decidido a no dejarse tratar como un niño. Pero ¿hasta qué punto firmemente? Verse envuelto de ese modo era una dicha súbita e inesperada. No había opción. Ella le acercó la cara a sus pechos, y ahora ocuparon toda su vista y tomó un pezón en la boca. Ella se estremeció y murmuró: «Ay, Dios». Él salió a coger aire. Estaban cara a cara y besándose. Ella le guió los dedos hasta su entrepierna y le enseñó cómo hacerlo, luego apartó la mano. Susurró: «No, con suavidad, más lento», y cerró los ojos.

De pronto, retiró la ropa de cama y rodó para ponerse encima de él, a horcajadas: y fue completo, quedó consumado. Así de sencillo. Como un truco en el que se desvaneciera un nudo en un pedazo de cuerda suave. Se recostó sumido en un asombro sensual, cogiéndole las manos, incapaz de hablar. Seguramente solo pasaron unos minutos. Le pareció que le habían mostrado un pliegue oculto en el espacio donde había un cierre, una cremallera, y que al retirar la ilusoria cotidianidad veía lo que siempre había estado ahí. Sus papeles, maestra, alumno, el orden y la prepotencia de la escuela, los horarios, bicicletas, coches, ropas, incluso las palabras: todo ello una distracción para ahuyentar a todos de esto. Era o bien desternillante o bien trágico que la gente siguiera con sus asuntos rutinarios de la manera convencional cuando sabían que existía esto. Incluso el director, que tenía un hijo y una hija, debía de saberlo. Incluso la reina. Todos los adultos lo sabían. Vaya fachada. Vaya simulación.

Luego, ella abrió los ojos y mirándolo con aire ausente dijo:

—Falta algo.

La voz de Roland llegó débil como desde el otro lado de las paredes de la casita:

—¿Sí?

—No has dicho mi nombre.

—Miriam.

—Dilo tres veces.

Lo hizo.

Una pausa. Ella se meció, luego dijo:

—Dime algo. Con mi nombre.

Roland no vaciló. Era una carta de amor y lo dijo de corazón. «Querida Miriam: Quiero a Miriam. Te quiero, Miriam». Y cuando lo repetía, ella arqueó la espalda, lanzó un chillido, un hermoso grito afilado. Eso lo llevó a culminar él también, la siguió, solo un paso por detrás, apenas una nota negra.

Bajó diez minutos después de ella. Tenía la cabeza despejada, iba a paso ligero y bajó los peldaños de dos en dos. Los relojes no habían marcado la hora y el sol seguía bastante alto.

No era todavía la una y media. Sería una maravilla ahora, montar en la bici, ir por una ruta distinta a la escuela, el camino de Harkstead, a gran velocidad, pasando cerca del pinar que albergaba el lago secreto. A solas, apreciar el tesoro que nadie podía arrebatarle, degustarlo, cribarlo, reconstruirlo. Tomarle la medida a la nueva persona que era. Quizá prolongara el trayecto, se fuera por los caminos rurales hasta Freston. Era una perspectiva agradable. Primero, una despedida. Cuando llegó a la sala de estar, se agachaba para recoger los papeles del suelo. Él no era tan niño como para no percibir un cambio de ánimo. Sus movimientos eran rápidos y tensos. Tenía el pelo recogido en un moño tirante. Se irguió y lo miró y lo supo.

Ella dijo:

—Ah, no, nada de eso.

—¿Qué?

Se le acercó.

—Desde luego que no.

Él empezó a contestar «No sé a qué te refieres», pero ella habló más alto para acallarlo:

—Has conseguido lo que querías y te largas. ¿Verdad?

—No. En serio. Quiero quedarme.

—¿Me estás diciendo la verdad?

—¡Sí!

—Sí, señorita.

Miró a ver si le estaba tomando el pelo. Imposible saberlo.

—Sí, señorita.

—Bien. ¿Has pelado patatas alguna vez?

Asintió sin atreverse a decir que no.

Lo llevó a la cocina. Al lado del fregadero, en un cuenco de estaño, había cinco patatas grandes y sucias. Le dio un pelapatatas y un escurridor.

—¿Te has lavado las manos?

Procuró sonar seco:

–Sí.

–Sí, señorita.

–Pensaba que querías que te llamara Miriam.

Ella le lanzó una mirada de lástima exagerada y continuó:

–Cuando hayas terminado y las hayas lavado, córtalas en cuatro y échalas en esa cazuela.

Se calzó unos zuecos y salió al jardín de atrás para ponerse a trabajar. Él se sintió atrapado, perplejo, y al mismo tiempo sintió que tenía una gran deuda de gratitud con ella. Naturalmente, marcharse habría estado mal, habría sido de pésimo gusto. Pero aunque hubiera estado bien no habría sabido cómo llevarle la contraria. Siempre le había dado miedo. No había olvidado lo cruel que podía llegar a ser. Ahora se había complicado, era peor y lo había empeorado él. Sospechaba que había contravenido una ley fundamental del universo: un éxtasis semejante tenía que comprometer su libertad. Ese era el precio.

La primera patata fue lenta. Como tallar madera, que siempre se le había dado fatal. Para la cuarta creyó que ya le había cogido el tranquillo. El truco consistía en no hacer caso de los detalles. Las cortó a cuartos y lavó las cinco patatas y las echó en la cazuela de agua. Fue a la puerta de la cocina de cristal traslúcido para ver qué estaba haciendo ella. Había una luz dorada. Arrastraba una mesa de hierro forjado por el césped hacia un cobertizo. Se detenía, luego la arrastraba unos centímetros más. Sus movimientos eran frenéticos, furiosos incluso. Le vino a la cabeza la terrible idea de que igual estaba chiflada. Lo vio y le indicó que saliera.

Cuando llegó hasta ella, dijo:

–No te quedes mirando. Esto pesa de narices.

Guardaron juntos la mesa en el cobertizo. Ella le puso un rastrillo en las manos y le dijo que fuera a recoger hojas y las pusiera en el montón de compost al fondo del jardín. Mientras rastrillaba hojas de haya del árbol de al lado, ella se concentró en los arriates con las podaderas. Pasó una hora. Roland estaba dejando las últimas hojas en el montón de compost. Al otro lado del espacio abierto alcanzó a ver un tramo de río, parte de un entrante, teñido de naranja. Podría saltar la cerca baja hacia el campo, rodear la casita hasta la parte anterior, coger la bici y largarse. No volver nunca. Qué importaría, si el mundo iba a acabarse. Podría hacer todo eso. Pero no podía, así de sencillo. Su ansia por marcharse lo sorprendió tanto como su incapacidad para hacerlo. Era una cuestión de cortesía echar una mano, quedarse a comer. Tenía hambre, la pata de cordero que había visto en la cocina sería mucho mejor que cualquier cosa que sirvieran en la escuela. Le fue de ayuda, o simplificó las cosas, cuando unos minutos después Miriam le dijo que rastrillara también el jardín delantero. Al darse la vuelta para obedecer, lo agarró por el cuello de la camisa y le dio un beso en la mejilla.

Ella fue dentro a preparar el almuerzo mientras él empujaba una carretilla con el rastrillo por un pasaje lateral y se ponía a trabajar delante. Era más difícil. Las hojas se habían amazacotado entre los rosales espinosos a lo largo de los arriates y detrás de estos. El travesaño del rastrillo era muy ancho. Tuvo que ponerse de rodillas y coger las hojas con las manos. Recogió las macetas de plástico, los envoltorios de golosinas y demás basura que había traído el viento. Justo al otro lado de la cancela estaba el coche de ella y su bici apoyada en él. Procuró no mirarla. Quizá el hambre lo estaba poniendo irritable. Eso y la naturaleza complicada del trabajo.

Cuando hubo terminado por fin y dejado el rastrillo y la carretilla en el cobertizo, entró en la casa. Miriam estaba bañando el cordero en su propio jugo.

—Todavía no está hecho —dijo, y entonces lo vio—. Hay que ver qué pinta. Llevas los pantalones sucios. —Le cogió la mano—. Estás cubierto de arañazos. Pobrecito. Quítate los zapatos. ¡Venga, a la ducha!

Se dejó llevar arriba. En efecto, tenía el dorso de las manos ensangrentado por culpa de las espinas de las rosas. Se sintió cuidado y un tanto heroico. En su dormitorio se desnudó delante de ella.

Su tono era cálido.

—Fíjate. Otra vez grandote.

Lo atrajo hacia ella y lo acarició mientras se besaban.

La ducha no fue una buena experiencia. No caía más que un hilillo de agua y bastaba con mover el grifo ligeramente para que pasase de helado a hirviente. Cuando volvió al cuarto, con una toalla en torno a la cintura, su ropa había desaparecido. La oyó subir las escaleras.

Antes de que tuviera ocasión de preguntar, ella dijo:

—Están en la lavadora. No puedes volver a la escuela cubierto de barro. —Le entregó un jersey gris y unos pantalones beige—. No te preocupes, no te voy a dejar las bragas.

Su ropa le quedaba bastante bien, aunque los pantalones tenían un aspecto femenino a la altura de las caderas, con unas curiosas presillas que se suponía que iban debajo del talón. Las dejó colgando detrás. Al seguirla escaleras abajo la idea de que los dos iban descalzos le agradó. Cuando almorzaron muy tarde ya, ella se tomó una copa de vino blanco, que dijo preferir a temperatura ambiente. Él no conocía las normas del vino, pero asintió con complicidad. Le sirvió un poco de limonada casera. Al principio, comieron en silencio, y él estaba nervioso porque empezaba a entender con qué rapidez cambiaba de estado de ánimo. También era preocupante estar sin su propia ropa. La lavadora seguía girando, emitiendo leves gemidos. Pero enseguida dejó de importarle porque tenía un plato de cordero asado, rosa, incluso sangriento en algunas partes, lo que era nuevo para él. Y siete trozos bien grandes de patata asada y coliflor cubierta de mantequilla en abundancia. Cuando se le ofreció, aceptó otro plato de carne, y luego un tercero, y un total de quince patatas asadas y casi toda la coliflor. Le habría gustado coger el cuenco medio lleno de salsa de carne y bebérselo todo porque seguro que iba a tirarlo. Pero tenía modales.

Al final, ella sacó el tema, el único asunto real. Puesto que había sido el motivo de su visita, él automáticamente había echado tierra sobre la cuestión.

–Supongo que no lees la prensa.

–Sí que la leo –se apresuró a decir–. Sé lo que está ocurriendo.

–¿Y qué crees?

Lo pensó con detenimiento. Estaba lleno a rebosar de comida y además era una persona nueva, un hombre, de hecho, y en ese momento lo cierto era que no le preocupaba. Pero dijo:

–Bien podríamos morir todos mañana. O esta noche.

Ella apartó el plato y se cruzó de brazos.

–¿De verdad? No pareces muy asustado.

Su indiferencia presente era una pesada carga. Hizo el esfuerzo de recordar cómo se había sentido la víspera y anteanoche.

–Estoy aterrado. –Y entonces, percibiendo de súbito el intenso halo de su nueva madurez, le devolvió la pregunta de una manera que nunca se le habría pasado por la cabeza a un niño–. ¿Qué crees tú?

–Creo que Kennedy y América entera se están comportando como niños malcriados. Estúpidos e imprudentes. Y que los rusos son unos embusteros y unos matones. Haces muy bien en estar asustado.

Roland se quedó de piedra. Nunca había oído una sola palabra contra los norteamericanos. El presidente era una figura divina en todo lo que había leído Roland.

–Pero fueron los rusos los que pusieron sus misiles...

–Sí, sí. Y los americanos tienen los suyos justo frente a la frontera rusa con Turquía. Siempre han dicho que el equilibrio estratégico es la única manera de que el mundo continúe a salvo. Deberían retirarse ambos. En cambio, tenemos esos jueguecitos estúpidos en el mar. ¡Juegos de niños!

Su pasión lo asombró. Se le habían sonrojado las mejillas. A él se le había disparado el corazón. Nunca se había sentido tan adulto.

—Entonces, ¿qué va a ocurrir?

—O bien algún idiota de gatillo fácil en alta mar comete un error y todo salta por los aires, como temes tú. O bien hacen el pacto que deberían haber hecho hace diez días como estadistas de verdad, en vez de llevarnos a todos al borde del precipicio.

—¿O sea que crees que de verdad podría haber guerra?

—Es una posibilidad, sí.

Se quedó mirándola fijamente. Su propia postura, que todos podían morir esa noche, era en gran medida retórica. Era lo que sus amigos y los de bachillerato decían en la escuela. Era un consuelo que todos lo dijesen. Pero oírselo decir a ella lo impresionó. Parecía juiciosa. La prensa decía más o menos lo mismo, pero eso tenía menos importancia. No eran más que historias, como entretenimientos. Empezó a notarse trémulo.

Ella le puso una mano en la muñeca, le dio la vuelta, buscó sus dedos y los entrelazó con los de ella.

—Escucha, Roland. Es muy muy improbable. Es posible que sean estúpidos, pero ambos bandos tienen demasiado que perder. ¿Lo entiendes?

—Sí.

—¿Sabes qué me gustaría? —Esperó a que contestara.

—¿Qué?

—Me gustaría llevarte arriba conmigo. —Y añadió en un susurro—: Hacerte sentir seguro.

Así pues, se levantaron sin soltarse y por tercera vez ese día tiró de él escaleras arriba. A la luz menguante de media tarde, volvió a ocurrir todo de nuevo, y de nuevo se asombró de sí mismo, de cómo algo un momento atrás había tenido tantas ganas de marcharse, de retroceder y convertirse en un chico montado en bici. Después, se quedó tendido sobre el brazo de ella, la cara a la altura de sus pechos, notando que empezaba a apoderarse de él una somnolencia cada vez mayor. Prestaba atención solo a intervalos a lo que le estaba diciendo ella en voz queda.

–Siempre supe que vendrías... He tenido mucha paciencia, pero lo sabía... aunque tú no lo supieras. ¿Me estás escuchando? Bien. Porque ahora que estás aquí tienes que saberlo. He esperado mucho tiempo. No tienes que hablar de esto con nadie. Ni con tu amigo más íntimo, ni alardear, por muy tentador que sea. ¿Está claro?

–Sí –dijo–. Está claro.

Cuando despertó había oscurecido y ella se había ido. Notó frío el aire del dormitorio en la nariz y las orejas. Se quedó tumbado boca arriba en la cama tan cómoda. Oyó abajo que la puerta principal se abría y se cerraba y luego un tictac familiar que no atinó a identificar. Permaneció media hora sumido en ensueños vagamente asociados. Si el mundo no se acababa, entonces lo haría el trimestre escolar dentro de cincuenta y cuatro días. Haría el viaje a Alemania para pasar con sus padres las vacaciones de Navidad, una perspectiva de comodidad y aburrimiento. Lo que le gustaba era pensar en las etapas del viaje, el tren de Ipswich a Manningtree, donde el río Stour dejaba de depender de la marea, el transbordo allí a Harwich para tomar el barco nocturno a Hoek van Holland, cruzar las vías del ferrocarril en el muelle y montarse en el tren a Hanover, comprobando en todas las etapas el bolsillo interior de la chaqueta de la escuela para cerciorarse de que su pasaporte seguía ahí.

Se vistió deprisa con la ropa que le había prestado ella y bajó. Lo primero que vio fue la bici apoyada en el piano. Miriam estaba en la cocina, acabando de fregar.

Le gritó:

–Estarás más seguro aquí. He hablado con Paul Bond. Le doy clases a su hija, ¿sabes? No pasa nada por que te quedes a pasar la noche. –Fue hasta él y le dio un beso en la frente.

Llevaba un vestido azul de pana fina con botones azul más oscuro por delante. Le gustó su perfume familiar. Ahora tuvo la sensación de que por primera vez entendía de verdad lo hermosa que era.

–Le he dicho que estábamos ensayando un dueto. Y así es.

Él cruzó la cocina empujando la bici hasta el jardín y la dejó junto al cobertizo. Era una noche estrellada y el primer asomo de invierno. Ya se estaba formando un principio de escarcha en el césped que había rastrillado. Crujió bajo sus pies cuando se apartó de la luz de la cocina para ver el borroso camino bifurcado de la Vía Láctea. Una tercera guerra mundial no supondría la menor diferencia para el universo.

Miriam le llamó desde la puerta de la cocina:

–Roland, te vas a morir de frío. Entra.

Fue de inmediato hacia ella. Esa noche tocaron Mozart de nuevo y esta vez él fue más expresivo y siguió las indicaciones dinámicas. En el movimiento lento intentó imitar el toque de *legato* terso y fluido de ella. Roland atronó a su paso por el *allegro molto* y dio la impresión de que la casita temblaba. Qué más daba. Se rieron de ello. Al final, ella lo abrazó.

A la mañana siguiente durmió mucho. Para cuando bajó era tarde hasta para comer. Miriam estaba en la cocina preparando unos huevos. Las páginas del periódico dominical, el *Observer*, estaban esparcidas sobre un sillón y el suelo. No había cambios, la crisis continuaba. El titular era claro: «Kennedy: "No hay trato hasta que los misiles de Cuba queden inutilizados"». Le dio un vaso de zumo de naranja y le hizo tocar otro dueto de Mozart con ella, esta vez en fa mayor. Lo ejecutó a la primera lectura de cabo a rabo. Entonces ella dijo:

«Tocas las notas punteadas igual que un músico de jazz». Era un reproche que se tomó como elogio.

Cuando por fin se sentaron a comer y ella puso la radio para oír las noticias, los acontecimientos habían avanzado. La crisis había terminado. Escucharon cómo la voz grave, con sonora autoridad, hacía pública la redención. Había habido un importante intercambio de cartas entre líderes. Los buques rusos estaban volviendo, Jrushchov ordenaría la retirada de los misiles de Cuba. La opinión general era que el presidente Kennedy había salvado al mundo. El primer ministro Harold Macmillan le había telefoneado para mostrar su agradecimiento.

Hacía otro día despejado. El sol vespertino bajo, bien pasado el equinoccio, resplandecía a través de la mitad superior esmerilada de la puerta de la cocina hasta la pequeña sala de estar y se derramaba sobre su mesa. Mientras comía la tortilla, Roland sintió de nuevo el insidioso deseo de marcharse, de lanzarse a la carrera por la ruta que tenía en mente. Quedaba totalmente descartado. Ya le había dicho que mientras ella le planchaba la ropa él fregaría los platos. Se había ganado el derecho a decirle lo que debía hacer. Aunque lo había tenido desde el principio.

–Qué alivio –decía una y otra vez–. ¿No estás contento? No lo pareces.

–Lo estoy, de verdad. Es asombroso. Qué alivio.

Pero ella se lo notó. En algún lugar bajo una capa de decoro, apenas a su propio alcance, estaba la sensación de que había sido engañado. El mundo continuaría, él seguiría sin volatilizarse. No tendría por qué haber hecho nada.

El señor Clare, jefe del departamento de música, ocupado con su producción de *Madre Coraje*, de la que había compuesto la partitura original, le dijo a Roland que en el futuro la señorita Cornell volvería a darle clases.

«Está al tanto de tus progresos, la repentización y demás. Estará encantada de verte. También se ocupará de tus noventa minutos extra. Correrá a cargo de la escuela. Yo no doy abasto. Espero que lo entiendas. Así me gusta.»

Era evidente de quién había sido la iniciativa, aunque no se lo había mencionado a Roland. Le informó de que interpretarían la *Fantasía* de Schubert y un dueto de Mozart en un concierto en Norwich. Una semana después vio un cartel. Anunciaba el concierto de Navidad de la escuela el 18 de diciembre. Debajo de «Concierto de Brandeburgo N.º 5» ponía «Mozart» y bajo este aparecían su nombre y el de Miriam. Sonata para dos pianos en re mayor, K448.

«Te habrías negado si te lo hubiera dicho. La profesora soy yo, tú eres mi alumno y estos conciertos son el objetivo que quiero que te esfuerces en alcanzar. Ahora, ya vale de eso. Ven aquí.»

Estaban en la cama en ese momento. Eran las seis de la mañana. A veces se escabullía del dormitorio a las cinco, pedaleaba como un maniaco a través de la oscuridad, por los caminos enfangados. Consiguió hacer el trayecto en quince minutos, luego en catorce. La puerta principal estaba entreabierta, una excitante rendija de luz amarilla. Regresaba a la carrera después de amanecer y se mezclaba inadvertido con los chicos que iban a desayunar a las siete y media. Mientras que el joven Marlow tenía su palo de mesana en alta mar, Roland tenía su bicicleta. Iba a Erwarton las tardes libres y los fines de semana que no jugaba ningún partido. Llevaba los deberes en una bolsa colgada del manillar a su casa, pero en raras ocasiones los tocaba una vez allí. Los domingos acostumbraba a almorzar con ella. Ahora le decía al profesor a cargo de la subdivisión adónde iba: las lecciones y los ensayos de piano eran su distintivo de respetabilidad. Cada vez que se despedía de Miriam, ella hacía estrictos planes para el día y la hora de su regreso. Lo mantenía bien cerca. Él a menudo partía de la escuela a regañadientes a medida que noviembre dejó paso a diciembre y los árboles quedaron desprovistos de hojas por culpa de un viento que se decía que soplaba desde Siberia sin toparse con una sola colina. Estaba menos con sus amigos, anulaba sesiones en el cuarto oscuro. Su reputación entre los de su año era la de un pianista entregado y por lo tanto aburrido. A nadie le despertaban curiosidad sus ausencias. Entregaba los deberes tarde. Su trabajo sobre *El señor de las moscas*, que tenía previsto que fuera el doble de largo de lo exigido, acabó siendo un texto pobre y apresurado de apenas tres páginas escritas a mano con líneas bien espaciadas. El señor Clayton, el inspirador maestro de inglés, lo consideró merecedor de un «Bien bajo», en rotulador rojo. Su único comentario fue «¿Lo has leído?».

Le costaba apartarse del aire viciado por la calefacción central del edificio de su subdivisión y de los trabajos de clase que tenía que hacer. Le costaba ponerse en camino bajo la lluvia gélida y torrencial. En la casita de campo solo había una chimenea de carbón y dos pequeñas estufas eléctricas. Ella le compró para sus desplazamientos un anorak de esquí y un gorro de lana. Tenía una borla en la parte superior que él cortó con la navaja. Pero el problema no era solo el poder que ejercía sobre él. Roland era un problema para sí mismo. Antes incluso de salir por las verjas de la escuela a la carretera de Shotley estaba pedaleando con una media erección. Pero debía aceptar que no habría relaciones sexuales en todas las visitas. No se atrevía a expresar decepción. Calculaba que tenía suerte la mitad de las veces. Ella era enérgica con sus quehaceres en la casa y quería que él la ayudase. Podía insistir en una larga lección de piano. Luego sería hora de enviarlo de vuelta a la escuela. A veces decía que sencillamente se alegraba de que estuviera allí con ella y no en cualquier otra parte. Pero cuando lo llevaba arriba era una experiencia allende los límites más remotos del deleite. En la escuela, en el dormitorio

182

después de la hora de apagar las luces, escuchaba los falsos alardes de sus amigos y sabía que nunca llegarían a tener lo que tenía él ahora. Estaba enamorado, una mujer preciosa lo quería y le estaba enseñando a amar, a tocarla, a crecer lentamente. Ella lo mimaba con sus elogios. Era «el genio de la improvisación a la primera lectura con la lengua». Descubrió que era reacio a meterle la polla en la boca. No hubiera sabido explicar por qué lo ponía tenso. Ella decía que no había problema. Cuando dormían, lo abrazaba como a un niño. A menudo lo trataba como tal, corregía sus modales, sugería que se lavara las manos, le recordaba qué hacer a continuación.

Cuando, al principio, él protestaba, le decía: «Pero Roland. Es que *eres* un niño. No te enfurruñes. Ven aquí y bésame».

Así que iba y la besaba. De eso se trataba: no podía resistirse a ella, no a su cara, su voz, su cuerpo ni su forma de ser. Obedecerla era el precio que pagaba. Además, ella lo superaba tácticamente, podía asustarlo con un rápido cambio de estado de ánimo. La disconformidad, y en especial la desobediencia, la provocaban al instante. Le retiraba esa ternura que arrasaba con todo.

Un domingo por la mañana llegó y durante una hora interpretaron duetos y ensayaron de cara al concierto hasta donde era posible a falta de dos pianos. Cuando acabaron, ella fue a la cocina para prepararse un café –a él no le dejaba tomarlo– y a su regreso, Roland sacó algo de la bolsa para enseñárselo. Lo había comprado por dos chelines, la partitura de «'Round Midnight» de Thelonious Monk. Al sentarse a su lado, ella miró la portada y murmuró:

–Qué porquería. Quita eso de ahí.

Era un riesgo, pero Roland tenía que defender lo que le gustaba. Dijo en voz no muy alta:

–No, es muy bueno.

Ella le arrebató la partitura de un zarpazo, la puso en el

atril y empezó a tocar. Tenía intención de destrozarla y lo hizo. Interpretada exactamente como estaba compuesta, sonaba tenue, simple, como una canción infantil. La dejó a medias.

—¿Vale?

—Pero es que no se toca así.

Era un comentario peligroso. Ella se levantó, llevó el café al otro lado de la sala, pasó por la cocina y salió al jardín, y mientras se alejaba, él la tocó para ella. Era una locura, pero estaba empeñado en enseñarle que ya había averiguado cómo hacerlo con el intenso estilo sincopado fingidamente tosco de Monk. Ahora veía lo bien que había hecho en no revelarle el secreto. Planeaba formar un trío de jazz con dos chicos mayores. Tanto el batería como el bajista eran buenos.

La vio ir hasta el fondo del jardín y contemplar los campos mientras se calentaba las manos en torno a la taza. Luego se volvió y regresó a paso decidido. Él dejó de tocar y aguardó. No cabía duda, se había pasado de la raya.

Cuando estuvo junto al piano, dijo:

—Ya es hora de que te vayas.

Media hora antes ella había hecho insinuaciones de subir. Cuando Roland hizo ademán de protestar, lo acalló. «Venga, largo. Llévate la bolsa.» Estaba junto a la puerta de la calle. Ahora la sostenía abierta. La situación había llegado a tal extremo que él no tenía nada que perder demostrando que también podía enfadarse. Cogió la partitura, recogió la bolsa, agarró el anorak de esquí y pasó por su lado en silencio sin mirarla. La rueda delantera estaba medio desinflada pero no pensaba hincharla delante de ella. Se fue carretera abajo empujando la bici. No habían acordado su siguiente visita.

Sufrió una semana de remordimientos, incertidumbre y añoranza. No se atrevía a presentarse en la casita sin que mediara invitación y arriesgarse a que lo rechazara definitiva-

184

mente. Su intento de escribir una carta de disculpa que no llegó a enviar fue insincero. Seguía convencido de que se equivocaba respecto a «'Round Midnight». ¿No podían aceptar tener gustos diferentes? Lo único que quería era que ella le permitiera volver. No tenía idea de cómo arreglarlo cuando no podía decidir por qué disculparse. Su delito había sido decirle que no se tocaba así. Eso no podía retirarlo. Y era verdad. El jazz por escrito no era más que la mitad del asunto, una mera orientación aproximada. No se podía interpretar como una chacona de Purcell.

Se entretuvo junto a la cabinita telefónica bajo las escaleras en el edificio principal. Tenía monedas para una llamada local en el puño. Si hablaban, el asunto podía torcerse, podía ser irreversible. Aun así, entró, metió los peniques en la ranura, casi marcó el número, pulsó el botón B para la devolución de las monedas y salió. Deambuló por los terrenos, cruzó la pasarela, siguió un sendero por entre los helechos herrumbrosos y medio desmoronados hasta la playa fluvial donde sus amigos y él jugaban vestidos con monos. Allí, bajo un roble pelado en un pequeño promontorio cubierto de hierba con vistas a las primeras charcas fangosas de la orilla, se dio el lujo de llorar con desesperación. No había nadie cerca, conque se abandonó, gimoteó, luego se llenó los pulmones y gritó presa de la frustración. Él mismo había provocado el desastre. Podía haberse callado lo de Thelonious Monk. No había necesidad de desafiarla. Un espléndido edificio derribado, un palacio de sensualidad, música, familiaridad: en ruinas. Ya no se trataba de sexo. Era la añoranza por la que nunca había derramado ni una lágrima.

Y aun así. Y aun así esa semana reescribió su trabajo sobre *El señor de las moscas* y en dos días Neil Clayton se lo devolvió con un sobresaliente alto. La mejor calificación de Roland hasta la fecha. *Bien, recuperado. Uso inteligente de* La civilización y sus descontentos. *Pero no te pases con Freud. No es de fiar. Recuerda que más allá de la alegoría, Golding fue director de escuela y lidiaba todo el día con niños horribles.*

El trío de jazz tuvo su primera sesión. El batería y el bajista eran figuras solitarias e introvertidas que no tenían inconveniente en que los dirigiera un chico dos años menor. Los primeros intentos resultaron confusos. El bajo solo leía tablaturas, la batería armaba demasiado estruendo. Roland sugirió escobillas para la próxima vez. Él también se manejó torpemente con su sencillo blues de tres acordes. Luego se aseguraron entre sí que habían empezado con buen pie. Jugó un estupendo partido de tenis en el frío contra su pareja de dobles en verano y casi ganó. Volvió a pasar el rato con sus amigos. Se recostaban en los radiadores a la salida del comedor: por convención, estos radiadores estaban reservados en exclusiva para los de cuarto curso. A Roland le tomaron el pelo sin saña por ser un empollón del piano que se levantaba antes del desayuno para ensayar. Les contó la verdad. Estaba teniendo una apasionada aventura con una mujer mayor. Todos se rieron. Pero mientras hacía la broma en plan esconderse a la vista de todos, notó una punzada de desesperación. Asimismo, esa semana sacó la cuarta mejor nota en un examen de física sobre el coeficiente de fricción y obtuvo una buena calificación por una traducción sin diccionario en clase de cinco párrafos de *Le notaire du Havre* de Georges Duhamel. Esa semana entregó todos los deberes a tiempo.

El sábado un chico excepcionalmente pequeño y aseado de nariz en punta como un ratoncito lo abordó con un trozo de papel doblado. Era uno de los alumnos de Miriam, supuso Roland. La nota solo decía: «Domingo, 10 de la mañana». Ahora el temor y la esperanza desplazaron a la angustia. Esa tarde jugó en el campo del Norwich. Durante ochenta minutos, corriendo arriba y abajo por un terreno empapado de agua dominado por la catedral, no pensó en ella. Norwich era famosa por sus generosas meriendas después del partido. Durante veinte minutos más ella permaneció ausente de sus pensamientos mientras estaba con su equipo y los rivales, y se comía una docena de sándwiches. El trayecto en autobús de regreso a la escuela se le hizo largo. Lo pasó malhumorado y a solas en un asiento de delante haciendo caso omiso de la típica charla soez. Hacía poco había oído la expresión «prodigio de cobardía», a todas luces insultante. Ahora conforme el autobús avanzaba hacia el sur en la oscuridad de regreso a Suffolk, se vio reflejado en la ventanilla y empezó a sospechar que su barbilla poco pronunciada no denotaba precisamente valentía. Cuando se pasó el índice desde el labio inferior hasta la nuez, confirmó que era una línea recta. Qué amabilidad por parte de ella no haberlo mencionado. Una y otra vez resiguió y tanteó con el dedo. Intentó verse de perfil en la ventanilla vibrante del autobús. No era posible. Tenía muy pocas probabilidades. Mejor, quizá, mantener las distancias. No alcanzaba a imaginar cómo sería cuando ella le abriese la puerta. Tendrían que tener la conversación sobre Monk. Estaba dispuesto a ceder en todo. Si ella estaba al tanto de lo del trío y quería que lo dejase, entonces lo haría.

Hacia el final del trayecto decidió llevarle un regalo, un detalle que lo dijera todo sin necesidad de buscar las palabras. En clase de manualidades había hecho una maceta, la única que no se le había desmenuzado en el horno. La pintó a franjas horizontales verdes y azules. Debajo de su subdivisión había un huerto cuidado por un amigo suyo de gran talento, Michael Boddy, que pintaba exquisitas acuarelas de sus plantas. No echaría en falta un pequeño espécimen. Pero ¿mitigaría un regalo el efecto de la apariencia deforme de Roland?

Fue el primero en apearse cuando el autobús se detuvo delante del edificio principal. Un minuto con un espejo de mano prestado y el ancho espejo del cuarto de baño del dormitorio le devolvió la barbilla. En ningún otro momento de su vida se resolvería con tanta facilidad un problema personal urgente. Tenía que aceptar que se encontraba en un estado peculiar.

A la mañana siguiente después de desayunar fue en bici al huerto de Boddy y escogió la planta sin flores más insignificante, de apenas diez centímetros de alto. Había muchas más iguales. Un par de puñados de tierra y quedó bien enmacetada. La protegió en su bolsa con papeles arrugados. Al desviarse de la carretera principal hacia la derecha, pasando por delante de Chelmondiston para tomar el camino rural, cayó en la cuenta de que si ella lo rechazaba, sería la última vez que fuera por esa ruta. Aminoró la velocidad para intentar verla, los campos llanos sin características destacadas, una línea de postes de telégrafo en contraste con un terso cielo gris, como salido de un recuerdo, de muchos años más adelante, cuando fuera viejo y lo hubiera olvidado casi todo.

Para cuando hubo cogido la bolsa del manillar y dejado caer la bici en su jardín delantero, ella ya había abierto la puerta. No había nada en su expresión que ayudara a Roland a captar su estado de ánimo. Antes de que se hubieran saludado, él sacó el regalo y lo dejó en sus manos. Ella se quedó mirándolo unos segundos.

–Pero Roland. ¿Qué significa esto?

Era una pregunta de verdad. Él dijo:

–Es un regalo.

–¿Está aquí tu cabeza cortada? ¿Debo acaso languidecer por ti?

Él permaneció inexpresivo.

–No creo.

–¿No conoces el poema de Keats? ¿«La maceta de albahaca»? ¿«Isabella»?

Él negó con la cabeza.

Miriam lo llevó hacia la casa.

–Más vale que pases y te eduques.

Eso fue todo, no hubo más. Sencillamente lo retomaron.

Lo llevó a la sala donde la chimenea estaba encendida y la mesa puesta para el desayuno: siempre podía desayunar otra vez. Ella le explicó el poema, le habló de que Frank Bridge le había puesto música. Dijo que tenía una versión para piano del mismo en alguna parte, una pieza interesante que podían estudiar juntos. Mientras hablaba, le retiró el pelo de los ojos con los dedos como una madre afectuosa. Pero también le tocó los labios y bajó la mano hasta su cintura y jugueteó con la hebilla de serpiente del cinturón elástico, aunque no la desabrochó. Comieron cereales y huevos escalfados y hablaron de la retirada de los misiles de Cuba y de artículos de prensa sobre un túnel que igual se construía bajo el canal de la Mancha hasta Francia. Arriba, cuando estaban en la cama, ella le instó a que le contara su semana. Roland le habló del rugby, el reñido partido de tenis, los exámenes de física y francés y lo que había dicho el señor Clayton acerca de su trabajo sobre Golding. Cuando hicieron el amor, ella fue tan tierna y él sintió tal alivio que, en el momento crucial, no pudo contenerse, dejó escapar un aullido no muy distinto de sus gritos de desesperación en la playa.

Luego, cuando yacía en los brazos de Miriam con los ojos cerrados, ella dijo:

–Tengo que decirte una cosa importante. ¿Me estás escuchando?

Asintió.

–Te quiero. Te quiero mucho. Me perteneces, a mí y a nadie más. Eres mío y seguirás siéndolo. ¿Lo entiendes, Roland?

–Lo entiendo.

Cuando estuvieron abajo, ella le describió el viaje en coche a Aldeburgh para asistir a una conferencia de Benjamin Britten sobre cuartetos de cuerda. Al comentarle Roland que no le sonaba el nombre, ella lo acercó, le dio un beso en la nariz y dijo:

189

–Tenemos mucho trabajo que hacer contigo.

Eso fue todo, y así es como iba a ser. Era lo que los remotos dioses beligerantes, Jrushchov y Kennedy, habían dispuesto para él. No se atrevió a poner en peligro una reconciliación sacando a relucir el asunto entre Miriam y él. Cuando lo estaba estrechando con tanta dulzura, habría sido un disparate autodestructivo. Ella volvería a expulsarlo. Pero las cuestiones seguían pendientes. ¿Por qué despacharlo, por qué provocar un dolor innecesario y denegarles su placer mutuo en aras de «'Round Midnight» o incluso del concepto del jazz en su totalidad? Era muy cobarde para enfrentarse a ella, muy egoísta. Lo importante era que lo había perdonado. Le permitía volver y le quería. Había estado disgustada y furiosa y ahora no lo estaba. Eso le bastaba a ella y, por tanto, a él. Era muy joven para saber nada de posesión, para entender que su interés en el jazz había amenazado con apartarlo de su esfera de dominio. Con catorce años, ¿cómo iba a saber que, a los veinticinco, ella también era joven? Su inteligencia, su conocimiento y amor por la música, la literatura, su vivacidad y encanto cuando Roland era plenamente suyo ocultaban su desesperación.

Durante noviembre y la mayor parte de diciembre ensayó con ella de cara a los conciertos y su nivel 8 de piano: un examen difícil y era joven para presentarse, a decir de todos, sobre todo cuando aprobó con sobresaliente. Ahora interpretaba su parte en los duetos de Mozart y Schubert con lo que ella denominaba las «tres des», destreza, delicadeza y denuedo. Su concierto en la sala de asambleas de Norwich fue a mediados diciembre. Había mucho público y a Roland le pareció que eran sumamente viejos y severos. Pero cuando los dos pianistas se levantaron de las banquetas para quedarse delante de los pianos de cola Steinway, las ovaciones por la pieza de Mozart y luego la de Schubert le entusiasmaron. Miriam le había hecho ensayar bien cómo hacer la reverencia. Nunca habría imaginado que unos meros aplausos le provocarían una sensación de placer tan arrebatadora. Dos días después, ella le enseñó una reseña en el periódico local, el *Eastern Daily Press*.

Una ocasión extraordinaria de veras, si no histórica. La señorita Cornell tuvo la generosidad y previsión de dejar ocupar a su alumno la posición dominante. Los intérpretes precoces en música clásica no son excepcionales, pero Roland Baines, de catorce años, causa sensación. Me enorgullecería ser el primero en decir que tiene un gran futuro. Él y su maestra nos deslumbraron con el estimulante *K. 381* de Mozart. La *Fantasía*, no obstante, es una obra maestra y una creación mucho más exigente. Fue una de las últimas composiciones de Schubert y supone un serio desafío para cualquier intérprete a cualquier edad. El joven Roland tocó su parte no solo con maestría técnica, sino con una madurez emocional apenas creíble y una formidable perspicacia. Predigo que antes de diez años el nombre de Roland Baines resonará en los círculos clásicos y más allá. Es sencillamente brillante. El público se dio cuenta, lo adoró y se puso en pie. La ovación debió de oírse hasta el otro extremo de Market Square.

En el concierto de Navidad de la escuela cinco días después, tuvo un momento de pánico antes de salir al escenario. Se le soltó una patilla de las gafas y no se le aguantaban en la cara. Miriam mantuvo la calma y las arregló con cinta adhesiva. Interpretaron la pieza mejor que nunca. Después, el señor Clare les diría que le admiró la belleza de su interpretación y que tuvo que tragarse las lágrimas durante el movimiento lento. Al final, cuando profesora y alumno se levantaron de los pianos de media cola en medio de una gran ovación y, cogidos de la mano, agradecieron los aplausos, el chico de aspecto ratonil salió de entre bastidores para ofrecer una sola rosa roja a Miriam y a Roland una tableta de chocolate con leche. ¡Ah! ¡La juventud!

Segunda parte

5

¿Cómo llegaron a su vida Berlín y la renombrada Alissa Eberhardt? De ánimo estable y expansivo, Roland reflexionaba de vez en cuando sobre los acontecimientos y accidentes personales y globales, minúsculos y trascendentales que habían moldeado y determinado su existencia. Su caso no era especial: todos los destinos se constituyen de manera similar. Nada impone los acontecimientos públicos a las vidas privadas como la guerra. Si Hitler no hubiera invadido Polonia, desviando a la división escocesa del soldado Baines de su periodo de servicio previsto en Egipto hacia el norte de Francia, luego a Dunkerque y a sus graves heridas en la pierna, no se le habría declarado no apto para el combate y destinado a Aldershot donde conoció a Rosalind en 1945, y Roland no existiría. Si la joven Jane Farmer hubiera hecho lo que se le pedía y se hubiera llegado al otro lado de los Alpes a instancias de Cyril Connolly en su intento de mejorar la dieta de posguerra de la nación, Alissa no existiría. Normal y maravilloso. A principios de la década de 1930, si el soldado Baines no hubiera tocado la armónica, quizá no se habría empeñado tanto en que su hijo tomara lecciones de piano para que gozara de mayor popularidad personal. Luego, si Jrushchov no hubiera emplazado misiles nucleares en Cuba y Kennedy no hubiera ordenado un bloqueo naval de la isla, Roland no habría ido en bici a Erwarton, hasta la casita de campo de Miriam Cornell aquel sábado por la mañana, el unicornio habría seguido encadenado a su recinto y Roland habría aprobado los exámenes de acceso e ingresado en la universidad para estudiar literatura e idiomas. Después no habría ido a la deriva durante una década, logrando ahuyentar de sus pensamientos a Miriam Cornell para convertirse mediada la tercera década de su vida en un ardiente autodidacta. No habría recibido clases de conversación de alemán en 1977 en el Instituto Goethe en South Kensington por parte de Alissa Eberhardt. Y entonces Lawrence no existiría.

Roland llegó tarde a su primera lección y la conversación ya había empezado. Había otros cinco en el grupo, dos mujeres, tres hombres. Estaban sentados en sillas plegables dispuestas en forma de herradura delante de ella. Le dirigió un asentimiento seco a Roland cuando tomaba asiento. Había aprendido suficiente alemán en la escuela como para matricularse en la clase intermedia baja. El inglés de la profesora era perfecto. Apenas tenía el menor vestigio de acento. Su estilo didáctico era preciso, riguroso, con una pizca de impaciencia. Se aseguraba de que todos hablaran por turnos. Era compacta y enérgica, de una palidez insólita, con ojos sumamente oscuros que no llevaba maquillados. Tenía la interesante costumbre de desviar la vista hacia la derecha y arriba siempre que ordenaba sus pensamientos. Roland decidió que había algo peligroso o rebelde en su forma de ser. De inmediato, tuvo la sensación de que él rivalizaba con los tres hombres. La conversación era sobre niños de vacaciones. Ahora tenía su mirada sobre él, con un intenso aire de expectación. No había estado escuchando con atención, pero entendió que se suponía que debía decir algo como: «Me toca a mí».

Dijo:

–Ich bin dran.

–Sehr gut. Aber –consultó la lista de nombres–, Roland, *con los juguetes nuevos.*

Se había perdido esa parte. Titubeó. El corazón le dio un agradable vuelco al oír su «muy bien». Había ido a aprender, pero quería presumir de lo que sabía. Como necesitaba impresionarla, demostrarle que estaba por encima de los demás, procedió con cautela.

–Ich bin... an die Reihe mit dem neue Spielzeug.

Su corrección fue paciente, su enunciación, exagerada en beneficio de un lerdo.

–Ich bin an *der* Reihe mit dem *neuen* Spielzeug.

–Ah. Claro.

–Genau.

–Genau.

Ella continuó. Los juguetes eran aburridos, hacía un día soleado, los niños tenían hambre, les gustaba la fruta. También les gustaba nadar, en especial cuando llovía. Cuando volvió a Roland, este cometió tres errores básicos en una frase. Lo corrigió enérgicamente y la clase tocó a su fin.

Dos semanas después, al final de la tercera lección alguien le pidió a la profesora en alemán chapurreado que contara algo sobre sí misma. Roland escuchó con atención. Ella habló lentamente por el bien de todos. Averiguaron que tenía veintinueve años y había nacido en Baviera de madre inglesa y padre alemán. Pero creció en el norte, no muy lejos de Hanover. Acababa de licenciarse en filosofía y letras por el Kings College de Londres. Le gustaba ir de excursión, el cine y la cocina; y otra cosa que él no entendió. Iba a casarse la primavera siguiente. Su prometido era trompetista. Toda la clase menos Roland murmuró su aprobación. Entonces una de las mujeres le pidió a la profesora que les dijera su mayor ambición. Acababan de practicar esa palabra. *Der Ehrgeiz.* La señorita Eberhardt les dijo sin dudarlo que su ambición era ser la mejor novelista de su generación. Lo dijo con una sonrisa irónica.

Sus perspectivas de matrimonio simplificaban las cosas. Roland podía concentrarse en estar fascinado y nada más. Además, durante los últimos seis meses había sido feliz con Diana, una estudiante de medicina que estaba empezando su año de prácticas en St. Thomas cuya familia era de la Granada caribeña. Un factor constrictivo era que trabajaba sesenta horas a la semana, a veces más. Pero era encantadora, ingeniosa, tocaba la guitarra y cantaba, quería especializarse en cirugía ocular y decía que le quería. En ciertos momentos, sentía lo mismo por ella. Pero Diana iba más allá. Estaba a favor de casarse con él. Sus padres, ambos profesores, también estaban por ello. Lo acogieron, prometieron enseñarle algún día la preciosa isla que habían dejado atrás. Lo invitaban a fiestas granadinas en su casa cerca del estadio Oval. Los hermanos y hermanas menores de Diana también eran favorables a este matrimonio y lo decían una y otra vez. Roland sonreía y asentía e inició la inevitable retirada. Aquí caía otro «si... entonces». Si el coronel Nasser no hubiera nacionalizado el canal de Suez, y si las élites británicas no siguieran inmersas en sueños imperialistas y decididas a recuperar su vínculo con el Lejano Oriente, entonces Roland no habría pasado una eufórica semana de diversión en un campamento militar. Aunque sus viajes desenfrenados se habían terminado, una noción de libertad y aventuras imposibles seguía impidiéndole disfrutar del presente, donde se encontraba la mayor parte de las satisfacciones de la vida. Era una costumbre mental. Su vida real, la vida sin límites, estaba en otra parte. Durante el final de su segunda década de vida y buena parte de la tercera desterró a Miriam de la memoria y su pasión pasó a ser la música rock. Durante un tiempo fue teclista ocasional del grupo Peter Mount Posse. Alternaba trabajos manuales o de baja categoría en Inglaterra con viajes en compañía de amigos, aventuras minuciosamente planeadas y aderezadas con mescalina y LSD en lugares a gran altura: las Rocosas y las Cascadas, la costa

198

dálmata, el desierto al sur de Kandahar, los Alpes, la Tramontana, Big Sur. Tiempo perdido en lugares hermosos, demorándose alegremente nada más cruzar las puertas del paraíso, con los colores del mundo en llamas, lamentando siempre la puesta del sol y la llamada a casa, la expulsión edénica al día siguiente y sus preocupaciones habituales.

Pese a tanto errar con el corazón henchido por cordilleras espectaculares, seguía sin ser libre. Una amiga, Naomi, que trabajaba en una librería y que le llevó a un recital de Robert Lowell en la Poetry Society, recibió la noticia de que Roland ponía fin a su relación con consternación, luego amargura. Fríamente, ella se lo expuso. Había algo herido en él, algo defectuoso. «Nunca acertarías a decirme qué fue, pero lo sé. Nunca estarás satisfecho.»

Roland creía que lo que hacía en el mundo real –sus carreras en serie por cuenta propia, sus amigos, diversiones, su aprendizaje autodidacta– eran distracciones, ligeros respiros. Eludía el empleo asalariado a fin de estar disponible. Tenía que seguir a su aire; a fin de no estarlo. La única felicidad, propósito y paraíso propiamente dicho era sexual. Un sueño imposible lo atraía de una relación a la siguiente. Si se había hecho realidad una vez, podía, debía hacerse realidad de nuevo. Sabía que la vida en sus mejores momentos era intensa y plural, las obligaciones eran inevitables, *era* imposible vivir solo en y para el éxtasis integral. Que tuviera que decírselo a sí mismo le demostró a Roland lo perdido que estaba. Pero lo que sabía que era cierto también esperaba que quedara refutado. No podía evitarlo. Aquí había una nota baja, un trasfondo, un zumbido de decepción. Diana lo decepcionó, igual que Naomi y otras también. Su tormento estribaba en saber lo excéntrico que era. O quizá incluso loco, tan grandiosamente loco como Robert Lowell, cuya poesía llegaría a obsesionarle. Luego, cuidar de su hijo, su doble hélice de amor y trabajo, tendría que haberle liberado. En el mundo real *estaba* liberado. Durante los años siguientes, su compromiso como padre estaba claro. No debería tener esperanzas ahora. Pero era incapaz de suprimir sus pensamientos esperanzados. Lo que tuvo una vez, debía tenerlo de nuevo.

Un mosaico de recuerdos le ayudaba a formar la visión medio ficticia que a menudo evocaba: iba a gran velocidad por ventosos caminos de Suffolk, serpenteaba entre charcos formados en las rodadas de vehículos de granja, derrapaba y tomaba al vuelo curvas cerradas, dejaba caer la bici en el césped, luego siete pasos por su breve sendero del jardín, la llamada a la puerta con los nudillos identificadores –negra, tresillo, negra, negra–, pues nunca le dejó tener llave. Su forma precisa contra la luz amarilla del minúsculo vestíbulo, la casita que exhalaba calidez a su cara. Siempre a mediados de invierno, siempre en fin de semana. No se abrazaban. Ella lo precedía por la escalera estrecha y empinada, tirando de él hacia el aniquilamiento, el suyo y el de ella. Luego otra vez y después de comer, otra.

En la escuela estaba bien, jugaba al rugby, corría largas distancias campo a través, hacía el tonto con los amigos, aprendía una pieza nueva. Pero ciertas tareas –memorizar, escuchar en clase, escribir la primera frase de un trabajo, sobre todo leer un libro obligatorio– lo empujaban a dejarse llevar por la imaginación, a darle vueltas a la última vez, a fantasear con la siguiente. En cuestión de medio párrafo, la hinchazón y el tormento de una erección le impedían concentrarse. Se cruzaba con una palabra desconocida en francés o alemán, recurría al diccionario. Cinco minutos después, lo seguía teniendo en la mano, sin abrir. Para cuando terminaron sus años de escuela, no había leído más de una docena de páginas de *Les Trois Aveugles* o *Aus dem Leben eines Taugenichts* –apropiadamente, Memorias de un gandul– o los primeros dos libros de *El paraíso perdido*. Aprenderse de memoria diez nuevos nombres alemanes podía llevarle toda la tarde. Por lo general, no se molestaba en hacerlo. Sus profesores le hacían advertencias. Neil Clayton, el maestro de inglés que tanto lo apoyaba, lo llamó a su despacho tres veces en un trimestre para recordarle lo brillante que era, que se acercaban los exámenes y que no pasaría a bachillerato a menos que aprobara por lo menos cinco.

¿Sintió Roland remordimientos entonces y deseó no haber tomado nunca una lección de piano, no haber oído hablar nunca de Erwarton? Algo así ni se le pasó por la cabeza. Esta era su radiante nueva vida. Se sentía halagado por ella, era un privilegiado y estaba orgulloso. Allí donde sus amigos no podían sino soñar y bromear, él les sacaba ventaja, cruzaba el horizonte, luego el invisible más allá, y el horizonte después de este. Creía haber accedido a un estado trascendente que la mayoría de los hombres nunca conocería. Los trabajos de clase ya los haría más adelante. Creía que estaba enamorado. Le hacía a Miriam pequeños obsequios: flores escogidas de un arreglo en la sala de asambleas, la chocolatina preferida de ella de la tienda de golosinas. Había despertado en él algo reptiliano, resuelto y codicioso. Si le hubieran dicho que era patológicamente adicto al sexo como otros lo eran a la droga, lo habría reconocido como si tal cosa. Si era adicto, debía de ser adulto.

Muchos años después, cuando ya era capaz de hablar de su adolescencia y sus primeros años como adulto, estaba de excursión en lo alto de un remoto fiordo noruego con Joe Coppinger, que para entonces trabajaba en una organización benéfica para garantizar el acceso a agua limpia. Caminaban codo con codo por una cresta elevada, cada cual con un vaso de vino en la mano, una agradable convención que habían establecido hacía tiempo.

–Si hubiera ido a pedirte consejo en los tiempos en que trabajabas en la clínica, ¿qué me habrías dicho?

–Algo como ¿tienes ganas de hacer el amor noche y día?

Pues igual que todos. No puede ser así. Es el precio que pagamos por que haya orden en la calle. Freud lo sabía. ¡Así que, madura!

Toda la razón, y se rieron. Pero antes de cumplir los veinte Roland ya había leído *La civilización y sus descontentos*. No le había servido de nada.

Si su pasado lo había herido, se ponía de manifiesto de manera oblicua. No seguía a mujeres por la calle ni hacía proposiciones descaradas o metía mano a ninguna en el metro, cosa grotescamente habitual en la década de los setenta. No se ponía pesado en las fiestas. Era fiel en cada una de sus aventuras, algo insólito para la época. El suyo era un sueño de monogamia enloquecida, total devoción mutua y dedicación a una aspiración común a lo sublime sexual y emocional. En la fantasía, su telón de fondo, el paisaje soñado, tenía un aspecto como de prestado o de cliché: un hotel en París, Madrid o Roma. Nunca una casita de campo a mediados de invierno junto a un estuario en Suffolk. La canícula, tráfico moroso afuera, a través de las contraventanas entrecerradas, bares con feroz luz blanca sobre el suelo embaldosado. También en el suelo, toda la ropa de la cama. Secuelas de sudor, duchas frías, llamadas a recepción para pedir agua con hielo, tentempiés, vino. Como interludios, paseos por la orilla del río, un restaurante, mientras alguien cambiaba las sábanas, ordenaba la habitación, reponía las flores y la máquina de café. Luego retomarlo. ¿Quién pagaría todo esto? ¿No tenían trabajos a los que ir? No era pertinente. Un ensueño bastante convencional de un largo fin de semana. Era el elemento mágico o absurdo lo que quería para siempre. No había salida, ni deseo de que la hubiera. Encerrados, empeñados, fundiendo sus identidades, atrapados en la dicha. Nunca se cansan, nada cambia en su vida monástica cuando siempre es agosto en la ciudad medio desierta, donde esto es lo único que tienen: el uno al otro.

Los primeros días de todas y cada una de sus aventuras evocaban el espectro de la promesa de una vida así. La puerta del gran monasterio se abría un centímetro. Pero enseguida, su actitud, su anhelo empezaba a resultar pesado. Quizá ella ya lo hubiera visto antes en otros hombres, una insistencia banal en que pasaran juntos más tiempo de lo que a ella le apetecía. El demonio no lo abandonaba y al final las cosas solo podían acabar de una forma u otra. A menos que salieran de ambas a la vez. Ella se apartaba de él, sorprendida, molesta, quizá sofocada, o él seguía su camino, víctima de nuevo de la desilusión, luego, cada vez más, de la vergüenza que intentaba disimular.

El curso de Alissa Eberhardt en el Instituto Goethe se prolongó doce sesiones. Cuando terminó, estaba listo para matricularse de nuevo, pero ella se había ido. Sin despedirse, ni de la clase ni de él. No volvió a verla hasta cuatro años después.

También se matriculó en el instituto para adultos City Lit, muy alentado por Daphne, que creía que debía comprometerse a seguir un plan educativo de cinco años. Le ayudó a prepararlo. Literatura inglesa, filosofía, historia contemporánea y gramática francesa. Para cuando empezó en el Instituto Goethe, llevaba seis meses tocando el piano en el salón de té de un hotel de Londres de medio pelo: «música masticable», la llamaba el director, temas clásicos interpretados con discreción para no perturbar una charla tranquila acompañada de té Earl Grey y sándwiches sin corteza. El horario estaba bien; tenía tiempo de sobra para las listas de lectura. Dos sesiones de noventa minutos, a media tarde y a primera hora de la noche, siete días a la semana. Ganaba lo suficiente. A mediados de la década de los setenta, pese al alboroto político, o debido al mismo, se podía vivir barato en Londres. Y si interpretaba «Misty» lánguidamente, igual se acercaba alguien y dejaba un billete de una libra en el piano. Una señora americana que lo hizo le dijo que se parecía a Clint Eastwood.

Ya había sido fotógrafo. Pronto dejaría el hotel para convertirse, o eso creía, en entrenador principal de una cadena de valerosas escuelas de tenis no sectarias. El viaje por Irlanda del Norte no llevó a ninguna parte, igual que otros proyectos en Londres. Acabó como monitor en las pistas públicas de Regent's Park. Sus alumnos eran sobre todo principiantes adultos. A la gran mayoría le resultaba exasperante acertarle a la pelota con la raqueta. Hacerla pasar por encima de la red dos veces seguidas era toda una aspiración. Algunos tenían ochenta y tantos años y buscaban aprender algo nuevo. Veinte horas lectivas a la semana. Un trabajo agotador, mostrarse amable y alentador todo el día.

Después de dos años dejó las pistas. Había leído y tomado notas sobre trescientos treinta y ocho libros, según su cuaderno. Más de lo que habría asimilado en una universidad. De Platón a Max Weber pasando por David Hume fue como se lo describió al principio a Daphne. Ella le había preparado una cena para celebrar su «magnífico» ensayo sobre John Locke. Fue una noche memorable. Peter había ido a una reunión de la escuela y volvió borracho y acusó a Roland de intentar robarle a Daphne. No era del todo falso.

Ahora, Roland tenía nuevas maneras de describir sus progresos. De Robert Herrick a Elizabeth Bishop pasando por George Crabbe. Del ascenso de Sun Yat-sen al puente aéreo durante el bloqueo de Berlín. Era hora de guardar las zapatillas deportivas y el chándal. Era capaz de leer un libro durante noventa minutos sin ceder a las fantasías. La madurez. Resultaba verosímil, se había puesto el disfraz. El tiempo había hecho de las suyas. Estaba preparado para convertirse en un intelectual o, al menos, en periodista. Pero era difícil. Nadie había oído hablar de él, nadie quería encargarle nada. Al final, por medio del hijo de un alumno de tenis, lo enviaron a escribir la crítica de un espectáculo alternativo –sangriento, desnudo, con muchos gritos– para la guía del ocio semanal de Londres, *Time Out*. Era una reseña mínima, ciento veinte palabras de elogio deshonesto en tono irónico que le valieron más encargos. Pero en dos meses se había cansado de los autobuses nocturnos vacíos desde Morden y Ponders End. Escribió un breve perfil de la líder de la oposición para un semanario de la izquierda radical. Recibió una amable carta de su oficina rehusando una entrevista, que había firmado ella en persona. Su artículo era escéptico, pero concluía con la observación de que si Margaret Thatcher llegaba a primera ministra, cosa que él empezaba a aceptar como inevitable, quizá, era posible, sería positivo para el empoderamiento de las mujeres. Al menos por fin había causado impresión. Las cartas furiosas en la siguiente edición llenaron toda una página. Es una mujer, era la opinión general, pero no una hermana.

Había sido miembro del Partido Laborista desde 1970. Poco a poco, a través de una serie especial de accidentes se tornó una asociación incómoda. En junio de ese año, 1979, empezó a salir con Mireille Lavaud, una periodista francesa que vivía en Camden. Su padre era diplomático, recientemente destinado a Berlín. Mireille quería ir a verlos a él, su madrastra y una hermanastra pequeña en su apartamento nuevo y le proponía a Roland que la acompañase. Las grietas habituales no habían empezado a asomar, pero solo se conocían desde hacía dos meses. Su reticencia le pareció graciosa.

–No te estoy presentando, si te refieres a eso. No nos alojaremos allí: el apartamento es muy pequeño. Un p'tit dîner, c'est tout! Tengo amigos en el Este. Dijiste que quieres mejorar tu alemán. Oui ou non?

–Ja.

Alquilaron bicicletas y a lo largo de dos días recorrieron toda la longitud del Muro, luego las vallas que rodeaban Berlín Occidental separándolo del resto de Alemania del Este.

Los alemanes occidentales jóvenes que vivían en Berlín Oeste quedaban exentos del servicio militar. Se apelotonaban allí los bohemios: aspirantes a poetas, pintores, escritores, cineastas y músicos y la contracultura en general. La ciudad parecía vacía, un lugar atrasado. Lejos del centro había apartamentos de techos altos disponibles por un precio de alquiler bajo. Los americanos, despreciados en general, garantizaban la seguridad y la libertad del sector occidental frente a las ambiciones expansionistas de la Unión Soviética. El Muro, un bochorno para tantísimos artistas de tendencia izquierdista, era mejor pasarlo por alto. Veinte años lo habían transformado en una realidad insignificante. Mireille, que había estudiado un año en la Universidad Libre como alumna de posgrado, seguía teniendo varios amigos en la ciudad. Llevó a Roland por ahí. Las noches, en francés, alemán e inglés, eran polémicas y divertidas: conciertos improvisados en salas de estar, incluso algún que otro recital de poesía.

Una tarde fueron de su hotel cerca de la Friedrichstraße a hacer cola en el Checkpoint Charlie. Mireille tenía un pase especial para familiares de diplomáticos, pero daba igual. Les costó noventa minutos cruzar. Cuando ella le enseñó al guardia una bolsa de café que llevaba, este se encogió de hombros. Fueron en taxi por unas calles silenciosas y destartaladas hasta Pankow, a un conjunto de edificios de apartamentos de ocho pisos. Los amigos de Mireille, Florian y Ruth Heise, vivían en la séptima planta. El pisito estaba abarrotado de gente esperándolos en torno a dos mesas de formica juntadas. Hubo aclamaciones cuando entraron los occidentales. El aire estaba gris por efecto del humo. Media docena de niños entraban y salían corriendo de la sala. Varias personas se levantaron para ofrecer una silla a las visitas. Florian fue a la ventana para echar un vistazo a la carretera por si los habían seguido. Resonaron más aclamaciones cuando Mireille sacó el café en grano colombiano. Ruth rodeó la mesa presentándolos. Stefanie, Heinrich, Christine, Philipp... Roland hablaba alemán peor que francés. Iba a ser difícil. Lo alivió que le presentaran a Dave de Dundee.

Retomaron la conversación. A Dave le habían pedido que resumiera las condiciones en su país. Philipp iba traduciendo sobre la marcha.

–Como decía. En Gran Bretaña, estamos en un punto de inflexión. Paro generalizado, inflación, racismo, un gobierno abiertamente antisocialista recién instalado...

Alguien dijo: «Gut Idee». Se oyeron risas sofocadas.

Dave continuó:

–La gente en el Reino Unido se está organizando. Están en marcha. Se fijan en vosotros.

Florian dijo en inglés:

–Gracias. En mí no.

–En serio. Sé que tenéis vuestros problemas. Pero objetivamente, este es el único Estado socialista del mundo viable de verdad.

Se hizo silencio.

Dave añadió:

–Pensadlo. Igual la vida diaria no os deja ver vuestros propios logros.

Los berlineses del Este, todos de menos de cuarenta años, eran demasiado amables para decir lo que pensaban. Luego, Roland descubrió que tres meses antes, una vecina de su edificio había recibido un tiro en la pierna durante un intento de huida mal organizado. Estaba en una prisión hospital.

Fue Ruth, su anfitriona, la que rescató el momento. Habló en inglés con acento muy marcado:

–Eso dicen, confiad en que los alemanes establezcan el único Estado socialista viable.

Philipp lo tradujo.

Hubo suspiros. La broma había perdido la gracia hacía tiempo. Pero desvió la atención de las exhortaciones de

Dave. ¿O no? Quizá había sido un reproche cuando alguien sacó dos hojas de papel mimeografiadas. Las habían traído de tapadillo, la traducción al alemán de un poema de Edvard Kocbek, escritor esloveno perseguido por las autoridades comunistas. La primera parte hacía referencia a la llegada a la Luna, la segunda evocaba el recuerdo de Jan Palach, el estudiante que se inmoló en 1969 en la plaza de Wenceslao como protesta por la invasión soviética de Checoslovaquia. *Un cohete en llamas llamado Palach / ha medido la historia / de abajo arriba. / Hasta las gafas negras han leído / el mensaje humeante.* Mientras lo leían y traducían, Roland miraba a Dave. Era la cara fuerte y franca de un hombre decente. Al final dijo en voz suave:

–¿Gafas negras?

Avergonzado por él, Roland se apresuró a señalar:

–Las que llevan los agentes de seguridad.

–Ya lo pillo.

Roland no estaba seguro de qué había pillado y lo eludió durante el resto de la velada.

El momento significativo llegó mientras Mireille estaba absorta en una conversación con Ruth, y Florian se llevó a Roland al dormitorio. Los niños estaban haciendo un campamento con la ropa de cama. Después de ahuyentarlos, Florian sacó de debajo de la cama una maleta endeble cuyo cierre abrió para presumir de su colección de discos. Dylan, la Velvet Underground, los Rolling Stones, los Grateful Dead, Jefferson Airplane. Roland les echó un vistazo. La pila no era muy diferente de la que tenía él. Le preguntó qué pasaría si los encontraban las autoridades.

–Al principio, quizá no mucho. Se los llevarían, los venderían. Pero podría figurar en mi expediente. Se interesarían más en mí. Podrían usarlo en mi contra más adelante. Pero los ponemos bajito. –Luego preguntó con tristeza–: ¿Sigue con eso de la conversión al cristianismo?

–¿Dylan? Todavía no lo ha superado.

Florian estaba de rodillas, cerrando la maleta.

–En otra caja los tengo todos menos el último. Con Mark Knopfler.

–*Slow Train Coming.*

–Ese. Y todos los de la Velvet Underground menos el tercero.

Cuando Florian se levantaba sacudiéndose el polvo de las manos, Roland dijo sin pensarlo:

–Hazme una lista.

El joven alemán le sostuvo la mirada.

–¿Vas a volver?

–Creo que sí.

Dos meses más tarde, después de un café en el Adler, se puso a la cola en el Checkpoint Charlie para entrar en Berlín Este. Llevaba encima dos elepés listos para la inspección. *Slow Train Coming* y el tercer álbum de la Velvet Underground iban ocultos. Las fundas eran auténticas y de segunda mano –Barshái dirigiendo a Shostakóvich–, pero había sido imposible despegar al vapor las etiquetas de los discos nuevos. En cambio, Roland las había desfigurado y avejentado. En la bolsa llevaba también un ejemplar de bolsillo de *Rebelión en la granja*, en inglés con una cubierta falsa, la de *Tiempos difíciles* de Dickens. No tenía por qué haber ido con tanta cautela. Había preguntado por ahí. Dos periodistas, por separado, veteranos de Berlín, le aseguraron que era bastante fácil entrar con libros y discos. En el peor de los casos, los confiscarían, y lo despacharían y le ordenarían que volviera sin ellos. Le dijeron que era preferible no llevar libros en alemán. Las portadas falsas de los elepés eran innecesarias.

Tendría que haber estado relajado mientras la cola avanzaba lentamente arrastrando los pies. Pero la vista le palpitaba al ritmo del corazón. La noche antes de partir de Londres, Mireille había ido a su casa y habían reñido. Empezaba a creer que igual ella tenía razón. Ahora solo quedaban cuatro personas por delante de él. Pero no pensaba abandonar la fila.

Roland había preparado cena para dos. Antes de comer, le enseñó la mercancía de contrabando.

—¿Orwell? ¡Qué locura! Si te dejan pasar será porque tienen intención de seguirte.

—Iré a pie. Me aseguraré una y otra vez.

—¿Tienes la dirección?

—La sé de memoria.

Ella sacó un disco. No le impresionó el polvo que él había soplado sobre el vinilo.

—¡Siete pistas en cada lado! ¿Te parece a ti que una sinfonía de Shostakóvich tiene ese aspecto?

—Ya vale. Vamos a cenar.

—¿Qué vas a decir? ¿Que la RDA tiene que descubrir a Shostakóvich?

—Mireille, he hablado con gente que ha cruzado un montón de veces con libros.

—Yo también viví allí. Es posible que te detengan.

—Me da igual.

Roland estaba irritable, pero ella estaba en posesión de una furia gala superior. Ojalá su inglés no hubiera sido tan preciso. Oyó su voz ahora al avanzar para presentarse ante un guardia de fronteras.

—Estás poniendo en peligro a mis amigos.

—Bobadas.

—Pueden perder el trabajo.

—Siéntate. He preparado estofado.

—Solo para poder sentirte virtuoso. Para poder decirle al mundo que estás haciendo algo. —Estaba de pie, a punto de salir de la habitación, de la casa, arrebolada, espléndida—. Quelle connerie!

El guardia cogió el pasaporte abierto. Era más o menos de la edad de Roland, la edad de Florian y Ruth, en torno a treinta años. Su uniforme se veía ceñido y barato, una simulación, como sus modales severos de reglamento. Un miembro del coro en una ópera de época moderna de bajo presupuesto. Roland esperó y observó. Tenía la cara pálida y alargada, con un lunar en un pómulo, los labios finos y delicados. Roland se maravilló del abismo, el muro que los separaba a él y a ese hombre que, por otros designios, podría haber sido un compañero de tenis, un vecino, un primo lejano. Lo que había entre ellos era una red inmensa e invisible –los orígenes de su entrelazamiento casi olvidados– de invención y convicción, derrotas militares, ocupación y accidente histórico. El guardia le devolvió el pasaporte. Hubo un gesto de cabeza en dirección a la bolsa. Roland la abrió. Ahora que estaba ocurriendo, no sentía en absoluto gran cosa. Las posibilidades parecían neutrales. Una temporada privado de sueño en Hohenschönhausen, la cárcel de la Stasi. Corrían rumores de tortura por el método de la gota malaya. Se sabía de la existencia de una celda circular revestida de goma negra que se mantenía en la oscuridad total para provocar desorientación. Me da igual. El guardia levantó los dos discos, volvió a dejarlos, cogió *Tiempos difíciles* y unos calcetines envueltos, los dejó caer, alzó una botella de Valpolicella y la volvió a meter con cuidado. Luego le indicó que pasara. Roland, a la vez que cerraba la bolsa, resistió por cuestión de honor el impulso de darle las gracias. Después, demasiado tarde, lo lamentó.

Así pues, si Mireille tenía razón, lo estaban siguiendo. Le parecía que no, pero no podía quitársela de la cabeza. Su voz lo siguió por callejuelas en silencio, entre torpes y dramáticas maniobras de volver sobre sus propios pasos. Si en algún momento creyó que se había confundido y estaba perdido, atisbaba de vez en cuando el pálido Muro sin distintivos a su izquierda. Al final, salió a Unter den Linden y cogió un taxi a Pankow.

Que Florian y Ruth no lo estuvieran esperando hizo que el momento fuera más alegre aún. Aparecieron vecinos provistos de ingredientes para improvisar una cena. Bebieron el vino que había llevado y mucho más, escucharon el álbum de la Velvet Underground numerosas veces a un volumen temerario. «Qué distinto es este», decía Florian una y otra vez. «¡Qué cercano!» A las tantas de la noche la compañía quiso oír repetidamente a Moe Tucker cantando «After Hours». «Qué bonito es que no sepa cantar», dijo alguien. Al final, todos borrachos, cantaron al unísono «Pale Blue Eyes»: *If I could make the world as pure...* Se sabían la letra a estas alturas. Con los brazos sobre los hombros de los otros, acometieron con ímpetu el estribillo, *linger on... your pale blue eyes* y lo convirtieron en una oda a la alegría.[1]

En total, hizo nueve viajes en quince meses entre 1980 y 1981. Mireille se equivocaba, nunca fue peligroso. Sus misiones no tenían la seriedad ni el brío del trabajo de la Fundación Educativa Jan Hus en Checoslovaquia. Se limitaba a hacerles la compra a sus nuevos amigos. El segundo viaje, envalentonado, llevó las fundas de los álbumes con las sinfonías de Shostakóvich dentro. A Florian le encantó casar sus nuevos discos de Dylan y la Velvet Underground con sus cubiertas. Después, solo llevó libros, la lista habitual. Nada de traducciones al alemán. *El cero y el infinito*, *El pensamiento cautivo*, *Barra siniestra* y, en varias ocasiones, *Mil novecientos ochenta y cuatro*. A menudo se quedaba varias noches y dormía en el sofá de plástico negro. Hizo amistad con las niñas, Hanna, de cinco años, y su hermana Charlotte, de siete, que corregían su alemán entre risas. Eran juguetonas y confiadas. Le encantaba cuando hacían bocina con una mano en torno a su oreja para susurrar en un bramido *ein erstaunliches Geheimnis*, un secre-

---

1. «Si pudiera hacer el mundo tan puro...» y «pervivir en... tus ojos azul pálido», respectivamente. *(N. del T.)*

to asombroso. Se sentaban los tres en fila en el sofá para darse clases de lengua mutuamente. Les llevó de Londres libros ilustrados tan fascinantes como poco didácticos.

Su madre enseñaba matemáticas en un *gymnasium*. Florian era un burócrata de nivel inferior en un ministerio de planificación agrícola. Estaba excluido de cualquier ascenso por su participación en una estridente obra de teatro del absurdo cuando cursaba segundo año de medicina. Por las tardes, la *oma* de las chicas, Marie, recogía a las niñas de la escuela y las cuidaba en el apartamento hasta que volvía uno de los padres. En algunas ocasiones que Marie tenía cita en el hospital, Roland iba a buscarlas a la escuela y jugaba con ellas en casa. Si no, deambulaba por la ciudad, iba a museos, hacía la compra para la cena o se quedaba a solas en el apartamento, leyendo o releyendo los libros que había llevado. Aprendió de Ruth que cierta conocida hacía un servicio ilegal a la comunidad llevando a cabo traducciones rápidas del inglés al alemán que se difundían con discreción. Trabajaba a mano. Otros se encargaban de mecanografiarlas. Tenían una máquina de escribir oculta en algún lugar al margen de cualquier apartamento. Florian le dejó ver a Roland una vez una borrosa copia en papel carbón de *Farm der Tiere* de Orwell antes de pasársela a otra persona.

Este era el otro mundo de Roland, tan remoto de su existencia en Londres como un planeta lejano. Le resultaba difícil describir las vidas de Ruth y Florian. Escasos de dinero, constreñidos en general, más cautelosos que atemorizados, pero cálidamente hogareños y feroces en sus amistades y lealtades. Una vez que tenías hijos, le aseguró Ruth a Roland, estabas atado al sistema. Un paso en falso por parte de los padres, un instante de crítica imprudente, y los niños podían encontrarse vedado el camino a la universidad o a una carrera decente. Una amiga suya, madre soltera, solicitó repetidas veces un visado de salida desoyendo todos los consejos. De resultas de

213

ello el Estado amenazó con quitarle a su hijo, un tímido niño de trece años, e internarlo en un centro de protección de menores. Esas instituciones podían ser brutales, razón por la que la madre no volvió a presentar ninguna solicitud más. Por eso Ruth y Florian vivían «dentro de unos límites». Sí, estaba la música y los libros, pero eso era un riesgo tolerable y necesario. Ella tenía buen cuidado, decía, de que su marido llevara el pelo corto, pese a sus quejas. Un aspecto tirando a hippie –de «desviado de la norma» en términos oficiales– podía llamar la atención. Si el informe de un delator sugería que Florian llevaba «un estilo de vida asocial» o formaba parte de «un grupo negativo» o era presa del «egocentrismo», surgirían problemas. Ya había tenido suficiente. Le había llevado mucho tiempo aceptar que no llegaría a ser médico.

Las veladas con el círculo de Mireille en Berlín Occidental llegaban a parecer triviales. No se le pedía nunca a nadie que diera cuenta de las «condiciones» en su país. Eso habría estado fuera de lugar. Los bohemios de Berlín Oeste se declaraban oprimidos por el sistema, pero era un sistema que les dejaba pensar, decir y escribir lo que quisieran, escuchar la música que prefiriesen y escribir poemas de cualquier estilo. Tolerancia represiva, lo habrían llamado ellos. En las reuniones de Florian y Ruth en la séptima planta de un humilde edificio de apartamentos, el sistema era un enemigo activo. Calibrar sus condiciones, discutir acerca de cómo sobrevivir en su seno sin volverse loco o quedar aplastado era la moneda común de la conversación, que era urgente, profunda, sincera. También divertida. Las hipocresías y las monstruosas intrusiones del Estado había que domarlas con un sentido del humor de lo más negro. Que las cosas iban peor en otras partes en los países del Pacto de Varsovia era una forma de consuelo de guasa.

Cada vez que regresaba a Londres de Berlín surgían amargas confrontaciones. Roland polemizaba con demasiados amigos suyos y con el ala izquierda del Partido Laborista. Ahí radicaba la incómoda asociación. Era miembro a carta cabal, había repartido folletos y llamado a puertas en nombre de Wilson en 1970 y 1974 y había tomado prestado un coche para llevar a ancianos y discapacitados a votar a favor de Callaghan en la primavera de 1979. Ahora, recién llegado de Berlín, iba a los mítines locales del partido. En el debate general, Roland habló de abusos flagrantes en la RDA y, de oídas, de violaciones de derechos humanos básicos por todo el Imperio soviético. Recordó a los presentes el «tratamiento» psiquiátrico dispensado a disidentes rusos. Lo abuchearon y acallaron a gritos. Se alzaron voces de «¡Y Vietnam, qué!». Hubo muchas veladas furiosas. Una pareja que conocía desde hacía años fue a cenar a su casa. Vivía en Brixton por entonces. Habían seguido siendo miembros del Partido Comunista de Gran Bretaña por antiguas lealtades. Después de dos horas peleándose por la invasión de Checoslovaquia (insistían en que las fuerzas soviéticas acudieron a «instancias» de la clase obrera checoslovaca), les dijo agotado que se fueran. En realidad, los echó a la calle. Se dejaron una botella sin abrir de vino húngaro, Sangre de Toro, que no tuvo ánimo de beberse.

Amigos que no eran de ningún partido político también se mostraban poco comprensivos. Pero ¿cómo era posible que las atrocidades de Vietnam hicieran al comunismo soviético más adorable?, preguntaba una y otra vez. La respuesta estaba clara. En la Guerra Fría bipolar el comunismo resultaba el menor de dos males. Atacarlo era apoyar el horripilante proyecto del capitalismo y el imperialismo estadounidense. «Dar la tabarra» con los abusos en Budapest y Varsovia, recordar los procesos con fines propagandísticos de Moscú o la hambruna impuesta a Ucrania era «alinearse» con indeseables políticos, con la CIA y, en el fondo, con el fascismo.

«Estás escorando hacia la derecha», le dijo un amigo. «Debe de ser la edad.»

Durante un tiempo, Roland se refugió en un grupito —«intelectuales de clase media»— del Partido Laborista que apoyaba la oposición democrática en toda Europa oriental. Escribió dos artículos para su revista, *Labour Focus*, fue a conferencias del historiador E. P. Thompson y se unió al Desarme Nuclear Europeo. Hizo campaña contra las intenciones aparentes de las dos superpotencias de emplazar armas nucleares limitadas por Europa oriental y occidental. Europa iba a ser el campo de batalla de una guerra nuclear indirecta.

Una tarde, Roland recibió una llamada de Mireille y todo cambió. Para entonces ya no eran amantes, pero seguían teniendo una estrecha amistad. Su voz sonaba apagada. Su padre había telefoneado de Berlín para decírselo. Hacía seis meses, la Stasi había ido al lugar de trabajo de Florian y lo había detenido mientras estaba sentado a su mesa. Un colega del Ministerio de Agricultura había presentado una queja por un comentario que había hecho. Cuatro días después se llevaron a Ruth. Ante la mirada aterrorizada de las niñas, la Stasi registró y puso patas arriba el apartamento. No encontraron nada importante, aunque se llevaron la colección de discos. A Hanna y Charlotte las dejaron al cuidado de su abuela, Marie. Esta intentó sin éxito averiguar dónde estaban retenidos Florian y Ruth. No se atrevió a insistir demasiado en sus pesquisas. Pero ahora —a Mireille se le quebró la voz y Roland tuvo que esperar— era posible que hubieran trasladado a las niñas al Instituto para el Bienestar de la Juventud en Ludwigsfelde. Un tribunal podía haber dictaminado que los padres eran «incapaces de criar a las niñas de manera que llegaran a ser ciudadanas responsables». Iban a llevar a Hanna y Charlotte a un centro de protección de menores. Peor aún, podían internarlas en instituciones estatales distintas. Monsieur Lavaud dijo que era un tanto escéptico y haría más indagaciones.

Roland lo organizó todo para ir a Berlín al día siguiente. Era eso o quedarse en casa paralizado por la desdicha. De camino a Heathrow, pasó por su banco para solicitar un modesto préstamo. En Berlín tomó un autobús y cruzó el Checkpoint Charlie. Esta vez, el guardia que miró su bolso era el atormentador de sus amigos. Lo detestó. Cuando llamó al timbre familiar de Pankow, abrió la puerta una mujer joven muy maquillada con un bebé apoyado en la cadera. Fue simpática, pero dijo que no le sonaba el apellido Heise. A su espalda, Roland vio los muebles de Ruth y Florian. Los habían despojado de sus vidas, habían reasignado sus posesiones.

Diez minutos a pie lo separaban del domicilio de Marie, un edificio de seis pisos de antes de la guerra. No acudió nadie a la puerta. Cuando bajaba la escalera comunitaria, se cruzó con una vecina que subía. Le dijo que Marie estaba en el hospital, aunque no sabía cuál.

Era reacio a abandonar el barrio, a desentenderse de la familia. No había opción. El silencio asfixiante y la oscuridad peculiares de Berlín Este se estaban posando sobre los edificios de apartamentos en torno. Cogió un autobús en dirección al centro y, en un impulso, se apeó en Prenzlauer Berg. Se sentía acalorado, tenía el cuello de la camisa húmedo y le daba igual lo que fuera de él, motivo por el que recorrió a pie los veinte minutos hasta la Normannenstraße, donde estaba el Ministerio de Seguridad Estatal. No debería haberle sorprendido que los guardias armados en la puerta le prohibieran la entrada.

De nuevo en el Oeste, comió en la calle: salchicha, patatas y pepinillos en una bandejita de cartón. De nada habría servido llamar a Monsieur Lavaud en busca de más información. Mireille había dicho que su padre iba a estar esa semana en París. Después de mucho vacilar, se registró en la habitación más barata disponible en su hotel habitual cerca de la Friedrichstraße. Era algo así como un armario de la limpieza de techo alto con una ventana de ojo de buey. Esa noche no durmió más que una hora. Gimió en voz alta al pensar en

217

Hanna y Charlotte, tan dulces e ingeniosas, tan vulnerables, desconcertadas y aisladas, arrancadas de sus mundos protegidos y cariñosos, abandonadas en manos de un régimen incomprensible. Gimió cuando se acordó de sus padres en sus celdas separadas, en agonías de desesperación y ansiedad por sus niñas y el uno por el otro. Se odió a sí mismo. Los libros y discos que había llevado seguro que ayudaron a la acusación estatal. Su egoísta ejercicio de virtud. Mireille estaba en lo cierto. Tendría que haberla escuchado. Intentaba escapar de sus propios demonios. Y el absurdo recado de hoy: un mero desplazamiento. ¿Acaso pensaba que el temido ministro de Seguridad Estatal, Erich Mielke, lo recibiría en su despacho, llamaría a la cárcel y el orfanato, reuniría a la familia en beneficio de un tal Herr Baines, un don nadie indignado de Occidente que intentaba atemperar su vergüenza?

Pero regresó a la Normanennstraße a la mañana siguiente. Esta vez lo despacharon unos guardias distintos con una brusca explicación. No tenía ninguna carta, ni cita y no era ciudadano. Dio la vuelta a una de las esquinas de la plaza para alejarse del edificio. Necesitaba pensar. Le quedaba un último plan sin sentido: ir al Instituto para el Bienestar de la Juventud en Ludwigsfelde. Pero en su hotel esa mañana se había enterado de que no era un distrito de Berlín como creía, sino una ciudad distinta unos kilómetros al sur. Para viajar allí necesitaba visado. Se había quedado sin opciones. Anduvo de regreso al Checkpoint Charlie, se comió un sándwich en el Café Adler, luego cogió el autobús al aeropuerto.

De vuelta en casa, escribió cartas. Tenía que evitar hundirse. Había perdido la baza del sueño. Por las mañanas se sentaba en el borde de la cama, aturdido, a medio vestir, sin pensar en nada. O intentándolo. No veía a Mireille. Estaba seguro de que ella lo consideraba responsable, aunque no le había acusado de nada. Escribió cartas sobre la familia a Amnistía Internacional, al ministro de Asuntos Exteriores, al embajador británico en Berlín, a la Cruz Roja Internacional. Incluso escribió una carta personal a Mielke, suplicando clemencia para la familia. Falsamente, evocó cómo Florian y Ruth habían declarado con frecuencia su amor por su país y el partido. Describió la grave situación de los Heise en un artículo que envió al *New Statesman*. Lo rechazaron allí y en todas partes. Al final, el *Daily Telegraph* lo publicó resumido. Devolvió su carné de miembro del Partido Laborista. Eludía a los amigos con los que había discutido. Ni siquiera soportaba ver a los de *Labour Focus*. Una noche, mientras intentaba adormecerse delante de la tele, tuvo la mala suerte de toparse con un documental de la BBC empeñado en demostrar que la RDA había superado en calidad de vida a Gran Bretaña. No hacía mención de los doscientos mil presos políticos, según la estimación de Amnistía.

Mireille le telefoneó con la noticia un mes después. Su padre tenía un contacto en el Ministerio de Justicia que le había facilitado cierta información. No era más que una migaja, le advirtió. El crimen de Florian era haber escrito para una publicación prohibida. Sus antecedentes en el teatro del absurdo jugaron en su contra. El crimen de Ruth era no haber denunciado a su marido, aunque había leído lo que él escribió. La posible buena noticia era que el artículo no era de carácter político, no criticaba al partido. Era sobre Andy Warhol y la escena musical de Nueva York. Pero no había pistas oficiales sobre las niñas.

Así pues, Florian no había acabado en chirona por estar en posesión de ciertos elepés o libros. Al teléfono, Roland disimuló su alivio. Dos semanas después, Mireille llamó de nuevo, loca de alegría con la nueva noticia. ¡La condena había sido solo a dos meses y ya estaban en la calle y se habían reunido con Hanna y Charlotte! No las habían internado en protección de menores. Cuando su abuela ingresó en el hospital, las había cuidado una tía suya en la cercana Rüdersdorf. Después de todo, esto no era Checoslovaquia ni Polonia, le había dicho el padre de Mireille. Amenazar con llevarse a los hijos de los disidentes era una práctica habitual en la RDA, pero hoy en día nunca se cumplía. Mireille se echó a llorar al teléfono ahora. Roland tenía un nudo en la garganta, era incapaz de hablar. Cuando se calmaron ambos, ella le contó el resto. Habían prohibido a los Heise vivir en Berlín o sus inmediaciones. Los habían destinado a la ciudad de Schwedt en el noreste, cerca de la frontera con Polonia, bien lejos de sus depravaciones del Oeste.

—¿Sweat?

Ella se la deletreó.

Ruth tenía prohibido dar clases. Era limpiadora. Florian trabajaba en una fábrica de pasta de papel. Tenían que presentarse una vez al mes a un funcionario local del partido para informar sobre sus actividades. Pero... pero, se dijeron Mireille y Roland una y otra vez, estaban libres. Monsieur Lavaud había estado en esa ciudad hacía dos años, después de que un autobús lleno de turistas franceses cayera a un río. Era un poblacho de mala muerte. Un gigantesco complejo de refinería de petróleo extraído en Rusia, papeleras, fábricas, aire viciado, apartamentos prefabricados de mala calidad: Plattenbau. Pero... pero estarían con las niñas. Podían quererlas y protegerlas. Hanna y Charlotte tendrían prohibido el acceso a la universidad. Eso importaba menos. Los Heise estaban juntos. La Stasi local y los informantes los vigilarían de cerca. Pero estaban juntos.

Hacia el final, justo antes de que Mireille y Roland hubieran hablado hasta agotarse, reconocieron el hecho: el Estado seguía ejerciendo de carcelero de la familia. No era bueno. Era menos malo con gran diferencia. Luego, él consultó su enciclopedia en cuatro volúmenes. No había entrada. Localizó la ciudad en el atlas y se quedó mirando el puntito negro hasta que empezó a latir. En una conversación de veinticinco minutos, pensó Roland, habían medido la circunferencia moral de

220

la República Democrática Alemana por medio del viaje de una familia. De la catástrofe a la mera desolación. *Schwedt.*

El cambio de humor fue responsable de una decisión menor que transformaría su vida y daría comienzo a otra. La mañana siguiente, para animarse –estaba tomando café en su «estudio» de Brixton, la nueva manera de denominar una habitación amueblada–, concentró sus pensamientos en las chicas. Eximidas del infierno. Por ahora, se sentirían a salvo. Les preocuparía menos que a sus padres que su casa nueva fuera más pequeña, el entorno más feo. Si las autoridades le daban permiso, era posible que su abuela fuera de visita. Seguramente Roland podría enviarles algunos libros ilustrados llenos de colorido. Charlotte y Hanna se tenían otra vez la una a la otra. Las cicatrices empezarían a curarse. Levantó la mirada y casualmente vio delante de él en la mesa la guía del ocio *Time Out* abierta por un anuncio de media página de un concierto. Bob Dylan en Earls Court. Lo había visto antes y no le había sugerido nada. Tenía otras preocupaciones. Decidió que asistir sería rendir un homenaje a los padres. Un acto de solidaridad simbólico. Como si estuviera yendo acompañado de Florian y Ruth. Y no había visto a Dylan en directo desde 1969 en la Isla de Wight.

Pasó la mañana haciendo cola en una casa de apuestas donde vendían entradas en Leicester Square y tuvo suerte de que hubieran devuelto dos. Según le habían dicho unos amigos, el año anterior, cuando esas entradas estaban a punto de salir a la venta, la gente había pasado la noche en la acera delante de Chappell's en Bond Street. La banda del Ejército de Salvación los despertó en sus sacos de dormir el domingo por la mañana.

Invitó a ir a un viejo amigo, Mick Silver, un periodista de rock, fotógrafo y entusiasta de Dylan. Esa noche de últimos de junio de 1981, estaban tan lejos del escenario como era físicamente posible. Por sugerencia de Mick, habían llevado

221

prismáticos. Antes de empezar el concierto, Roland se fijó en dos largas filas de gente del Ejército de Jesús sentados delante de él. Otro ejército. No había ido a oír hablar de Jesús y no le dio buena espina cuando Dylan abrió con «Gotta Serve Somebody». ¿Ah, sí, tienes que servir a alguien? ¿Tengo que servir a alguien yo? Roland no dejó de preguntárselo. Los fanáticos de Jesús asentían llevando el ritmo. Con el siguiente tema fue a peor. «I Believe in You», Creo en Ti. Luego de repente fue a mejor. Dylan se remontó a las canciones antiguas, festivas, amargas, algunas con un tono nasal de sarcasmo herido. «Like a Rolling Stone», «Maggie's Farm». Allí donde las viejas líneas melódicas fueran antaño hermosas, las hurtaba, las descartaba hasta dejar solo las progresiones armónicas. No iba a quedarse en su sitio por nadie. Los fanáticos de Jesús dejaron de mover la cabeza. Mick también estaba inmóvil, con los ojos cerrados, escuchando atentamente. «Simple Twist of Fate» empezó y le habló directamente a Roland, sumiéndolo en un ensueño: en torno a la familia Heise de nuevo, esta vez con Florian, apartado de su círculo de amigos literarios y musicales, de su inocua colección de discos bajo la cama, de sus sueños de huida, de su noción romántica de Nueva York; todo enterrado bajo una vida de trabajo aburrido. Una simple jugada del destino, nacer en la RDA. Ojalá hubiera podido teletransportar aquí abajo a Florian, solo una hora.

Después de la ovación prolongada por el tercer bis, después de que se hubieran desvanecido las esperanzas de que apareciera por cuarta vez, Roland y Mick salieron arrastrando los pies del recinto en una larga fila de gente animada. Fuera, donde el gentío empezaba a ralear, iban andando casi a paso normal hacia el metro. Mick estaba recordando el concierto de junio de 1978, comparando las guitarras de Billy Cross y Fred Tackett. De pronto, apareció una figura ante ellos. Tuvieron un momento para fijarse. Veintipocos, cara rosa intenso, fibroso, cazadora de cuero corta. Quizá quería dinero.

Echó la cabeza hacia atrás, como para hacer una declaración, luego descargó la frente contra la cara de Mick. Fue un movimiento brusco y silencioso. Mientras Mick oscilaba hacia atrás sobre los talones, Roland lo agarró por el codo. El tipo miró hacia su izquierda, seguramente para comprobar que los amigos hubieran presenciado el acto. Luego se perdió corriendo entre la muchedumbre. Roland ayudó a Mick a agacharse y se sentaron juntos mientras Mick se palpaba el rostro con cuidado. La gente se estaba arracimando sobre ellos.

—¿Has perdido el conocimiento?

La respuesta sonó amortiguada.

—Un instante.

—Vamos a Urgencias.

—No.

Oyeron una voz de mujer:

—Lo he visto. Pobre hombre. Ha sido horrible.

La conocía muy bien, esa vacilante inflexión alemana. En su confusión, pensó en Ruth, teletransportada por orden suya. Levantó la vista y buscó la cara entre la media docena que miraban a Mick con preocupación. Le llevó un momento. La profesora de conversación de alemán del Instituto Goethe. No recordaba su nombre. Cuatro años, después de todo. Pero ella recordaba el suyo.

—¡Señor Baines!

Los atentos viandantes habían seguido su camino. Mick era un hombre fuerte y estoico. En cuestión de minutos estaba en pie y decía con suavidad: «La verdad es que eso no me hacía ninguna falta». Estaba seguro de que no le había roto la nariz. Cuando Roland le preguntó cómo se llamaba el primer ministro, dijo de inmediato: «Spencer Perceval».

El que fue asesinado. O sea que Mick estaba bien. Roland se lo presentó a la mujer alemana, que pronunció su nombre con consideración. Ella a su vez les presentó a su amigo sueco, Karl, cuando iban camino del metro. Alissa dijo que trabajaba de profesora de apoyo en la Escuela Holland Park. Los niños eran estupendos. Pero el centro pasaba por «un nuevo disturbio cada día».

–En Alemania no tenemos de eso. Ni siquiera disturbios felices.

–¿Qué hay de tu novela?

A ella le agradó la pregunta.

–Cada vez más larga. ¡Pero está al caer!

Karl, bastante más de metro ochenta, coleta rubia, bronceado castaño, era un monitor de navegación a vela con base en Estocolmo. Roland le dijo a Alissa que era periodista autónomo. No mencionó que se estaba planteando una nueva vida como poeta. En semejante compañía, monitor de tenis habría sonado mejor. En la estación vieron que se dirigían a andenes distintos. Alissa y él intercambiaron por rutina números de teléfono y direcciones delante del despacho de billetes. Sorprendentemente, ella le dio un beso de despedida en la mejilla. Mientras veían alejarse a la pareja, Mick dijo que no creía que Roland tuviera muchas posibilidades contra el sueco.

Fue un comentario perspicaz. Durante unas semanas pensó en ella alguna que otra vez. La cara ovalada y pálida, los ojos enormes que esta vez le habían parecido de un negro tirando a púrpura, el cuerpo compacto que parecía esforzarse por contener una impaciencia feroz. O ganas de hacer travesuras. El prometido trompetista había sido desplazado por el marinero. Y por otros, sin duda. Roland recordó lo fascinado que había estado. Ahora, hasta que el encuentro en Earls Court empezó a desvanecerse, se le pasó por la cabeza de vez en cuando, y luego se olvidó de ella por completo.

Transcurrieron dos años, se libró y se ganó la guerra de las Malvinas, en alguna parte, sin que la mayoría de la gente fuera consciente de ello, se establecieron las bases de internet, la señora Thatcher y su partido alcanzaron una mayoría de ciento cuarenta y cuatro escaños en el Parlamento. Roland cumplió treinta y cinco años. Le publicaron un poema en la *Wisconsin Review* y se ganaba la vida de manera adecuada, escribiendo artículos para revistas de las que se ofrecían en los aviones durante el vuelo. Su vida como paciente monógamo en serie continuaba. En privado, seguía teniendo fijación con una vida que era consciente de que nunca sería la suya.

Cuando finalmente se presentó una versión de esa vida, no se requirió nada él, ni intrigas ni esfuerzos. La diosa de la felicidad hizo un gesto con la mano, la puerta del monasterio se abrió. El timbre de su domicilio de Brixton sonó un sábado a última hora de la mañana: era a principios de septiembre y hacía calor. Sonaba a todo volumen una casete de J. Geils Band. Había pasado una hora ordenando su amplia habitación con cuarto de baño en la segunda planta. Bajó descalzo y ahí estaba, pisando un rayo de sol feroz, sonriendo. Vaqueros ceñidos, camiseta blanca, sandalias. Tenía una bolsa de la compra de lona en una mano.

Esta vez, solo le llevó un par de segundos.

—¡Alissa!

—Pasaba por aquí, todavía tengo tu dirección, así que...

Roland sostuvo la puerta abierta de par en par, ella subió, le preparó café. Había estado comprando comida en el mercado de Brixton.

—No muy germánica.

—De hecho, he estado mirando un rato un barril de manitas de cerdo. Muy alemanas. Me han tentado.

Se las arreglaron durante media hora hablando de su trabajo, sus circunstancias. Compararon alquileres. Él se acordó de preguntarle por su novela. Todavía en curso. Todavía cada vez más larga. Dos días antes a él le habían aceptado su segundo poema en la *Dundee Review*. No se lo contó, pero todavía estaba muy animado.

En una pausa, dijo:

–Dime la verdad. ¿Por qué has venido hasta aquí desde Kentish Town?

–Cuando tropecé contigo el año pasado...

–El año anterior.

–Tienes razón... Me pareció que estabas interesado en mí.

Se sostuvieron la mirada y ella ladeó la cabeza ligeramente y le ofreció una sonrisa mínima. Toma.

–Estabas con tu marinero.

–Sí. No... Fue una pena.

–Lo siento. Cuándo...

–Hace tres meses. Sea como sea. Aquí estoy. –Rió–. Y estoy interesada en ti.

Dejó que se hiciera un silencio mientras él volvía a sostenerle la mirada. Roland carraspeó.

–Es, esto, muy emocionante oírte decirlo.

–¿Estás excitado?

–Sí.

–Yo también. Pero antes... –Metió la mano en la bolsa y sacó una botella de vino.

Él se levantó a coger copas y le pasó un sacacorchos.

–Lo tenías todo preparado.

–Por supuesto. Y tengo comida para preparar aquí. Para luego.

Luego. Una palabra inocua nunca había sonado tan cargada.

–¿Y si no llego a estar?

–Me hubiera ido a casa y comido sola.

–Gracias a Dios que estoy aquí.

–Gott sei dank –dijo ella, y levantó la copa hacia la suya.

Y así dio comienzo, su casa, la de ella, días, amaneceres alborotados, un delirio de repetición y renovación, codicia,

226

obsesión, agotamiento. ¿Era amor? Apenas lo creyeron al principio. No podía durar, pensaron y reconocieron después ambos, ese nivel de adicción idiota. Hasta que terminase, necesitaban más. ¿Por qué desperdiciarlo cuando pronto comenzaría la lenta disminución, o una erupción, un huracán en forma de pelea arrasaría con todo? A veces reculaban, casi asqueados de la visión y el tacto del otro, desesperados por estar a solas, afuera en alguna parte. Eso podía durar unas horas. Luego había elementos que a Roland le habían resultado muy pesados e inconvenientes para incorporarlos a sus fantasías: el trabajo, las obligaciones con otros, tareas administrativas menores. Pero todo quedó atrás enseguida.

Regresó a Brixton una tarde para hacer el equipaje en previsión de su traslado permanente a Kentish Town. Ella tenía dos habitaciones frente a la única que tenía él. Se observó asombrado. Aquí estaba de verdad, uno de los componentes del sueño: recoger calcetines y camisas, el neceser y un par de libros que era poco probable que leyese. Un acto de abandono erótico. Acarició la sensación de que no tenía opción. Lo estaba echando todo a perder. Era delicioso. Cerró el piso y corrió el medio kilómetro largo que había hasta el metro con la maleta. Era una locura. Hasta las palabras «Victoria Line» tenían una carga erótica. Esto no podía durar.

Cada vez que volvía a su habitación para terminar un artículo o recoger algo, el lugar entero y todos y cada uno de los objetos lo acusaban de deserción. Podía encajarlo. Hasta su sensación de culpa lo entusiasmaba. La silla giratoria de una tienda de segunda mano que había reparado, las fotografías enmarcadas de la década de 1930 de niños de la calle de Glasgow que había comprado, el casete estéreo que se había traído de Tottenham Court Road: esta solía ser su vida. Independiente e intacta. La adicción se la había robado. No podía hacer nada al respecto. No era la indiferencia lo que le había acostumbrado. Era el entusiasmo de la compulsión.

Las semanas se convirtieron en un mes, luego en meses, y todavía continuaba. No veían nunca a sus amigos, comían en restaurantes baratos, se avivaban de vez en cuando para limpiar de arriba abajo el piso de Alissa, una primera planta en Lady Margaret Road. Reconstruyeron cada cual algo del pasado del otro. Él le oyó mencionar el nombre de su pueblo, Liebenau, por primera vez, y hablar de la Rosa Blanca y el papel de su padre en ese grupo. Ella se interesó en su historia de la familia Heise; seguía sin tener noticias de ellos. Tampoco las había tenido Mireille. Le sorprendió lo poco que sabía Alissa sobre la parte oriental de Alemania y lo poco que le interesaba averiguar más. Ella creía que los Heise habían tenido mala suerte y eran un caso atípico. Roland había oído versiones de estas opiniones en sus tiempos en Berlín: a diferencia de la República Federal, la RDA había purgado a los nazis de la vida pública, había mantenido bien a sus ciudadanos, tenía firmes ideales de justicia social y estaba limpia desde el punto de vista medioambiental. A diferencia del Oeste.

Pero sus conversaciones, esta incluida, eran más interludios que viajes al interior de sí mismos. Que su vínculo emocional siguiera siendo frágil formaba parte del entusiasmo. Era apasionante ser desconocidos o, como fue pasando poco a poco, fingir serlo. Pero el mundo del otro lado de las ventanas de guillotina –estaban alabeadas y no se abrían– ejercía cada vez más presión. Se negaba a dejarles perder más tiempo en la cama. (A él le desagradaba, con su cabecero de pino anaranjado y el colchón duro del grosor de una galleta.) Las vacaciones de verano escolares terminaron y ella tenía que levantarse temprano los días de labor para estar en la Escuela Haverstock a las ocho y cuarto. Sus fines de semana eran extáticos. Él también tenía obligaciones, un ascenso efímero, sustituyendo a un colaborador fijo que estaba enfermo: viajes para Air France y British Airways a Dominica, Lyon y Trondheim para escribir reportajes de viaje ligeros. Sus reuniones también eran extáticas. Pero empezaron a dejar que corriera el aire. Se presentaron mutuamente a ciertos amigos suyos. Iban al cine. Las conversaciones se hicieron más profundas. Ella le dijo que su alemán estaba mejorando. Se alojaron en un hotel en la costa de Northumberland, aunque apenas pusieron un pie fuera de la habitación. Al final, de regreso en Londres, tuvieron una bronca, no un huracán, pero bastante fuerte, y amarga. Fue en compensación de todo lo que habían eludido. A Roland le asombró la intensidad de su propia ira y con qué aspereza respondía ella. Era dura a la hora de discutir. Como no podía ser de otra manera, su disputa tuvo que ver con la RDA. Él intentó contarle lo que sabía de la Stasi, sobre la intromisión del partido en las vidas privadas, sobre lo que eso significaba, no tener libertad para viajar, para leer tal o cual libro ni escuchar cierta música y sobre cómo quienes se atrevían a criticar al partido se arriesgaban a que les quitaran a sus hijos y les negaran su opción laboral. Ella le recordó la Berufsverbot, la ley alemana occidental que excluía del sector público, incluida la enseñanza, a quienes se percibía como críticos con el Estado además de a los terroristas. Le habló del racismo en América, de su apoyo a dictadores fascistas, del inmenso arsenal de la OTAN, del desempleo y la pobreza y los ríos contaminados por todo Occidente. Él le dijo que estaba cambiando de tema. Ella le dijo que no estaba escuchando. Él le dijo que el asunto eran los derechos humanos. Ella dijo que la pobreza era un abuso de los derechos humanos. Estaban hablando casi a gritos. Roland se fue enfurecido a pasar la tarde en su casa. Su reconciliación esa noche fue dichosa.

Pasaron ocho meses antes de que cedieran a los hechos y reconocieran que estaban enamorados. No mucho después, se fueron de vacaciones a caminar por el delta del Danubio e hicieron el amor al aire libre –tres veces en una sola excursión una tarde–, detrás de un granero, luego en un embarcadero oculto entre los juncos, después en un robledal. En el primer aniversario de la mañana que Alissa fue a Brixton y, según dijo Roland, «me dejó frito y luego preparó la comida», tomaron el tren nocturno de Euston a Fort William y se fueron rumbo al norte en un coche alquilado. Encontraron un hotel incómodo a las afueras de Lochinver que estaba lejos de todo en un camino, contrapuesto a una hermosa vista de la espléndida montaña de Suilven. Allí se refugiaron en su habitación fría durante un temporal de septiembre y de lluvia casi horizontal. Yacieron en el edredón rosa de tela de algodón afelpada mientras él le leía celebraciones del paisaje, de la montaña que casi alcanzaban a ver, del poeta Norman MacCaig. La tormenta siguió bramando casi hasta el anochecer. Tenía sentido desvestirse y meterse bajo las mantas. Y fue aquí, en pleno éxtasis, donde decidieron casarse. Otra preciosa página en las antiguas escrituras de Roland: estar atado a ella, sin remedio, un compromiso tan apasionante que era casi como el dolor. Al final, él se vistió y bajó a encararse con el dueño del hotel, un hombre de silencios poco amistosos, y pedir una botella de champán en una cubitera. No tuvo importancia que regresara con una botella de litro de vino blanco a temperatura ambiente. Era lo suficientemente mala. Fregaron dos tazas para los cepillos de dientes y se sentaron delante de la ventana a ver cómo se alejaba la tormenta. Eran casi las nueve de la noche y había tanta luz como a mediodía. Se llevaron la botella y las tazas por un sendero hasta un arroyo, se sentaron en mitad del cauce en una roca y volvieron a brindar el uno por el otro.

Decidieron que debían de haberse enamorado desde el principio sin reconocerlo. Qué brillante por parte de ella presentarse con la compra cuando no se habían visto en dos años y luego apenas se habían cruzado. Qué sagaz había sido él al hacerla pasar de inmediato, sin la menor duda. Cuánto decía de ellos y su futuro la facilidad y el placer con que habían hecho el amor cuando se acostaron por primera vez.

El progreso de su amor hacia una existencia pública había

empezado ese verano cuando Alissa llevó a Roland a Liebenau y Jane le enseñó a este sus diarios. Luego en otoño continuó cuando Roland llevó a Alissa a conocer a sus padres en su moderna casa adosada cerca de Aldershot. Mientras Rosalind preparaba uno de sus elaborados asados, el comandante, de ánimo expansivo después de tres pintas de cerveza, contó sus historias de Dunkerque en beneficio de una visita alemana. Eran trilladas y ligeramente cómicas. Alissa escuchó con una sonrisa helada, sin saber muy bien si la estaban acusando de los crímenes de los padres. Roland intentó hablarle a su padre de la Rosa Blanca y del papel de Heinrich Eberhardt. Pero el comandante, un tanto sordo, estaba de muy buen humor para escuchar, sobre todo información nueva. Quería hablar y quería que todos se emborracharan. Instó varias veces a Alissa a que apurara la segunda copa de vino blanco y se tomara otra. Ella rehusó encogiéndose de hombros con gesto amable. Rosalind se levantaba a menudo del sofá de flores con el ceño fruncido y un suspiro para ver cómo iba la carne, la salsa, el pudin de Yorkshire, las patatas asadas y las tres verduras, los platos templados y la salsera caliente, el trinchado, el servicio. Roland observaba las antiguas tensiones que habían moldeado su vida con ellos. Incluso ahora seguían afectándole, seguían teniendo la capacidad de revivir el ahogo que llegó a ser insoportable en su adolescencia. Salir al jardín ahora, ver el cielo nocturno, llamar un taxi para ir a la estación y partir. Siguió a su madre a la cocina. Los apuros por la comida no eran más que la cara exterior de su miedo. El comandante, animado por la noticia de su matrimonio, ya iba muy adelantado a su horario de bebida de todas las noches. Ella era demasiado leal para mencionarlo. La situación podía ponerse desagradable. En el mejor de los casos, habría que manejarla. Podía avecinarse algo bochornoso delante de una desconocida que iba a pasar a ser parte de la familia. La hermana de Roland creía que su madre tendría que haberse desligado del matrimonio hacia veinticinco años, cuando él se fue al internado. «No eras feliz allí», le dijo Susan una vez, «pero estabas a salvo. En Trípoli él le pegaba, pero ella no se decidía a dejarlo.»

Cuando él le preguntó ahora si necesitaba ayuda, ella se apresuró a decir: «Vuelve ahí con tu padre».

La mesa de comedor, dispuesta con los mejores platos y copas con largos tallos verdes, ocupaba un extremo de la sala de estar, frente a la ventanilla de servicio de la cocina. Sería la imagen de su madre que más adelante Roland no podría olvidar: ella en la cocina encorvándose para enmarcar la cara ansiosa en esa ventanilla cuando pasaba los platos de servir. Alissa, en su papel de nuera, recibía los platos y los dejaba en la mesa. El comandante se levantó para acabar la cuarta pinta y abrir el vino. La cena empezó casi en silencio. Solo el tintineo de las cucharas de servir contra los platos, los murmullos de agradecimiento, el gorgoteo del vino al escanciarlo. Roland sacó a colación un tema que sabía seguro. Le preguntó a su madre por su jardincito detrás de la casa. Había comprado rosas nuevas en primavera. ¿Qué tal iban? Ella empezó a responder pero su padre la acalló hablando más alto. Le dijo a Alissa que su responsabilidad en el jardín era el césped. Necesitaba un cortacésped nuevo. Roland vio una expresión de impotencia en el rostro de su madre. El comandante Baines había visto el anuncio de un aparato de segunda mano. La dirección quedaba a pocas calles de allí. Era una mujer cuyo marido, sargento de un regimiento de transmisiones, había muerto. El cortacésped pesaba mucho para ella. Quería quince libras. Lo llevó al cobertizo del jardín donde lo guardaba.

El comandante dirigió el relato hacia su hijo. Algo que solo otro hombre entendería.

—Ella estaba esperando fuera. Así que me arrodillé, hijo, busqué la tuerca del tubo de combustible y la giré un par de veces. Luego intenté arrancarlo. Claro, no iba. Ella me estaba mirando. Probé varias veces más. Lo examiné, lo intenté de nuevo. Le dije que requería mucho trabajo. Le ofrecí cinco libras. Ella dijo: ah, supongo que hace tiempo que no se usa. Así que ya ves, hijo. Me lo traje a casa, casi nuevo. Funciona de maravilla. ¡Cinco libras!

Se hizo un silencio. Roland era incapaz de mirar en dirección a Alissa. Dejó el cuchillo y el tenedor, cogió la servilleta del regazo y se secó las manos húmedas.

—A ver si lo entiendo.

—¿Cómo dices? —preguntó su padre bruscamente.

Roland levantó la voz.

—Quiero entenderlo. La engañaste. Liaste a esa mujer que había perdido a su marido. La esposa de un soldado en activo, aunque no sé si supone mayor diferencia. Y estás orgulloso de ti mismo, qué...

Notó que le tocaban levemente el antebrazo. Rosalind dijo en voz queda:

—Por favor.

Lo entendió. Habría bronca, y cuando Alissa y él se hubieran ido, ella tendría que afrontar las consecuencias.

—Da igual, hijo —decía el comandante en un tono de voz que reservaba para las bromas—. Así van hoy las cosas. Cada cual que se apañe. ¿Verdad que sí, guapa? —Intentó echarle unas gotas de vino en la copa, colmándola de tal modo que el líquido sobrante rebasó el borde. Ella no dijo nada.

Después de cenar, el comandante sacó la armónica y le tocó sus canciones a Alissa. «I Belong to Glasgow», «Bye Bye Blackbird». Las canciones que habían conducido a Roland a sus clases de piano. Nadie tenía ganas de cantar. Rosalind fue a la cocina a fregar los platos. Alissa la siguió. La armónica volvió al estuche. Se hizo un denso silencio entre padre e hijo. De vez en cuando, entre los largos tragos de la cerveza que se tomaba después de cenar, el comandante repetía: «Da igual, hijo». Quería que se olvidara todo el asunto.

En el tren de regreso a Londres al día siguiente, Roland iba en silencio.

Alissa le cogió la mano.

—¿Le odias?

Fue la única pregunta. Él dijo:

—No lo sé. Sencillamente no lo sé.

Después de un rato y más silencio, ella añadió:

—No le odies. Te hará infeliz.

En enero del nuevo año, 1985, iban paseando a la orilla del río Auer por un sendero oculto debajo de veinte centímetros de nieve prensada. El sol bajo de invierno no había logrado descollar de los alisos que bordeaban la ribera y ya volvía a ponerse. El frío era silencioso, brillante. Pendían carámbanos de las papeleras repetidas a intervalos regulares, demasiado frecuentes, de verjas y de los canalones de casas cercanas. Era la ruta de paseo preferida de Liebenau. Se cruzaron con niños solemnes en edad de empezar a andar remolcados sobre tronos de lana de oveja montados en trineos y pasaron por en medio de una guerra de bolas de nieve entre grupos estridentes de niñas con trenzas. La nieve se había ablandado a mediodía y ahora, a las tres de la tarde, se estaba endureciendo por efecto del frío y hacía ruido bajo los pies. Estaban hablando de los padres, otra vez. De qué si no cuando el primer día entero de su visita Alissa había discutido y luego reñido, en inglés, con su madre mientras Roland las miraba, como hiciera Alissa en la cena de noviembre en la que el comandante se delató.

—Me tiene envidia. A ella le tocó Londres en tiempos de guerra, luego casarse y ser madre. A mí me tocó el milagro económico alemán, dos universidades, la píldora, los años sesenta. Ya la oíste. Ser maestra de escuela no es lo bastante bueno. Cuando no estabas, ha dicho que el matrimonio podía anularme.

234

–A los dos, espero.

Se detuvieron y ella le besó.

–¿Alguna vez has dejado de pensar en el sexo?

–La recuerdo bien. Justo antes de cumplir los nueve me caí de...

–Genug!

Pero el recibimiento en el pulcro domicilio de los Eberhardt había sido cálido. Apenas habían dejado las maletas cuando ya tenían en la mano finas copas de Sekt. Roland sabía ahora un poco más acerca de la revista *Horizon* de Cyril Connolly y estuvo casi una hora hablando con Jane de la escena literaria de la década de 1940. Como preparación, había leído a Elizabeth Bowen, Denton Welch y Keith Douglas. Cuando él le dijo lo mucho que admiraba sus diarios, que había leído dos veces a lo largo del verano anterior, ella no se mostró dispuesta a hablar al respecto. De momento, la mayor parte del tiempo en compañía lo había pasado a solas con Heinrich, intentando seguirle el ritmo con las cervezas acompañadas de vasitos de schnapps. Las mujeres iban a dar breves e irritados paseos por entre las casas de la zona residencial a las afueras donde no alcanzaran a oírlas y volvían coloradas y mudas. Ni siquiera al tercer schnapps era fácil tirarle de la lengua al padre de Alissa para que se explayara sobre la Rosa Blanca. Dos semanas antes, había hablado ante la cámara durante noventa minutos largos de manera espontánea. Había sed de testimonios redentores de alemanes «buenos» durante la guerra. Era necesario darse prisa para pillarlos a todos antes de que murieran.

Hablaba lento por el bien de su invitado. «Me da reparo, Roland. Yo estuve en los márgenes del movimiento. Llegué muy tarde. No, no. Peor aún. Me da vergüenza. Hubo otros, ya sabes. Héroes en las fábricas. Armamentos, camiones, depósitos. Pequeños actos de sabotaje. Bombas que no explotaban, pistones que se partían, tornillos que no encajaba. Cosillas.

235

Cosas por las que podían torturarte y fusilarte. Miles de héroes, decenas de miles. No tenemos sus nombres. No quedaron documentados. No tienen historia. Intenté decírselo a los de la televisión, pero no, no querían escucharme. Solo quieren oír hablar de la Rosa Blanca.»

La forma de ser y las convicciones de Heinrich estaban alejadas de las de Roland, pero le tomó cariño al hombre mayor que siempre llevaba corbata y se sentaba erguido con rigidez incluso en los asientos más mullidos. Era miembro activo de la Unión Demócrata Cristiana, conducía como laico parte del servicio religioso de su iglesia local y había dedicado su vida al impacto del derecho en las vidas de los granjeros de las zonas rurales circundantes. Veía con muy buenos ojos a Ronald Reagan y creía que Alemania necesitaba una figura como la señora Thatcher. Y sin embargo creía que el rock and roll era bueno para lo que él denominaba con solemnidad el «proyecto general de la felicidad». No tenía nada contra los melenudos o los hippies siempre y cuando no hicieran daño al prójimo y creía que a los hombres y mujeres homosexuales había que dejarlos a su aire para que vivieran como quisiesen.

A Roland le pareció que tenía buen corazón. Así pues, cuando Heinrich habló de redención nacional por medio de la elaboración de una historia del sabotaje antinazi, su futuro yerno no dijo lo que pensaba: que nada, ni un montón de movimientos de la Rosa Blanca, un millón de saboteadores, un trillón de tornillos mal fabricados, redimiría el salvajismo industrializado del Tercer Reich y las decenas de millones de ciudadanos que lo conocían y hacían la vista gorda. Roland creía que el único proyecto redentor pasaba por saber todo lo que ocurrió y por qué. Y que eso podía llevar cien años. Pero no lo dijo. Era invitado de Heinrich; llevaba tres noches seguidas emborrachándose cordialmente junto a un fuego de leña mientras expuesta al frío en alguna parte su esposa en ciernes batallaba con su madre.

236

Ahora, a la orilla del río, Alissa dijo:

—He estado dándole vueltas al cortacésped de tu padre.

No era un cambio de tema. La madre de ella, el padre de él, el padre de ella, la madre de él. A los treinta y tantos, ¿no deberían haber dejado eso atrás? Todo lo contrario. En su reciente madurez, tenían nuevos puntos de vista.

Ella dijo:

—De manera inconsciente, contaba esa anécdota contra sí mismo porque quería que lo perdonaras.

Se detuvieron. Él apoyó las manos en sus hombros y la miró a los ojos, del negro más profundo en contraste con el entorno radiante.

—Eres un espíritu generoso. Yo he pensado otra cosa al respecto. En mis primeros diez años, en Singapur, en Inglaterra entre destinos, luego Trípoli, fui a media docena de escuelas de primaria y tuve otras tantas casas en países distintos, con los mismos artículos proporcionados por el ejército, desde sofás y cortinas hasta cubiertos y alfombras. Luego el internado, que no era un hogar. Después dejé los estudios pronto y pasé por docenas de trabajos. No tengo raíces. En nuestra casa no había creencias, ni principios, no había ideas que se valorasen. Porque mi padre no tenía ninguna. Instrucción militar y reglamento, normas en lugar de moralidad. Ahora lo veo. Y puesto que ella le tenía miedo, Rosalind no tenía ninguna o no dejaba ver ninguna. Mi hermana Susan le odia, odia a su padrastro. Igual que mi hermano Henry. No quieren hablar de ello y nunca lo demuestran. Todo eso debe de haberme marcado.

Se apartaron del sendero para dejar paso a una mujer que llevaba un montón de perros con correa. Fueron por la hierba hasta un bosquecillo, pero estaba cercado y no vieron manera de acceder a los árboles. Regresaron hacia el sendero.

Alissa dijo:

—Tenemos que perdonar a los padres o nos volveremos

locos. Pero antes tenemos que recordar lo que hicieron. –Se había detenido para decirlo–. No hemos llegado muy lejos. Había familias judías en los pueblos de los alrededores, ahora no hay ninguna. Sus espectros están en las calles. Vivimos entre ellos y fingimos que no existen. Todo el mundo prefiere pensar en una tele nueva.

Recorrían los cuatro kilómetros de regreso al domicilio de los Eberhardt. Presa de un amor y una confianza intensos, Roland empezó a contarle lo que creía que nunca le contaría a nadie. Mientras hollaban la nieve, mientras los pies se les quedaban entumecidos, le describió su época con Miriam Cornell. Lo motivado que estaba, obsesionado, y cómo entonces a él le pareció toda una vida. Le llevó casi una hora describir la aventura, si es que era eso, y la escuela, la casita de campo, los dos ríos. La forma tan rara en que terminó. Cómo nunca se le pasó por la cabeza que el comportamiento de ella fuera depravado, despreciable. Incluso durante años después. No tenía baremo por el que juzgarla, ninguna escala de valores. No tenía medida adecuada. Cuando acabó, pasaron un rato sin hablar.

Se detuvieron delante de la cancela baja de madera del jardín de los Eberhardt. Roland dijo:

–Procura no pelearte con ella esta noche. Da igual lo que ella piense. Tú tomarás tus propias decisiones de todos modos.

Ella le cogió la mano.

–Es muy fácil perdonar a los padres de otros.

La mano sin guante de Alissa fue un consuelo. El amplio jardín bajo la nieve era terso y puro y estaba adquiriendo una tonalidad amarillo naranja a la luz de media tarde. Se besaron y acariciaron, pero no les apetecía entrar. Tenían ganas de hacer el amor, aunque no era fácil en la habitación de invitados. Un rato después ella dijo con asombro:

–Catorce años... y todavía quieres hacerlo una y otra vez.

238

Él esperó.

–Esa maestra de piano... –Alissa hizo una pausa antes de su pronunciamiento–. Te reconfiguró el cerebro.

Precisamente porque tenía tan poca gracia y era tan horroroso se echaron a reír mientras cruzaban el jardín dejando el sendero para tomar un desvío por la nieve sin pisar. Seguían riendo cuando limpiaron las botas descargando taconazos en el vestíbulo y accedieron al calor del pasillo con aroma a cera.

Un par de meses más tarde, poco después de casarse, Roland y Alissa dieron el último paso hacia una existencia pública cuando compraron la desvencijada casa eduardiana de dos plantas en Clapham Old Town que Daphne les había buscado. Un año antes, ella y Peter habían comprado una casa cerca. No mucho después de mudarse, Alissa le dio a Roland la pasmosa noticia. No había motivo para sorprenderse. Calcularon las semanas. Habían hecho el amor solo una vez durante su estancia de cinco días en Liebenau. El silencio en la casa y sus inmediaciones, la cama que crujía a cada movimiento, la tos de Heinrich que se oía a través de la pared medianera con entrecortado detalle: todo excesivo, incluso para Roland. Así pues, esa fue sin duda la noche, después de su paseo a la orilla del río. En septiembre de aquel año, 1985, en el hospital de St. Thomas, en Londres, Alissa dio a luz a Lawrence Heinrich Baines.

6

Al inspector Browne le estaba resultando difícil dar con una disculpa. En apariencia, el policía había pasado por allí para devolverle a Roland sus pertenencias: las postales de Alissa, las fotos de su cuaderno, los negativos, el jersey. Con tres años de retraso, después de llamadas de teléfono, cartas furiosas y amenazas inútiles de emprender acciones legales, Browne se había presentado sin nada. Los artículos seguían en comisaría, dentro de una cesta de alambre, como los imaginaba Roland, trasunto de un depósito de objetos perdidos. El policía de manos vacías tanteaba una explicación a fuerza de bandazos y fintas. A Roland le pareció decidido a encajar con el estereotipo del poli lerdo.

–Cuando uno ha estado en el Cuerpo tanto tiempo como yo...

–Dónde están mis...

–... descubre que nada va más lento que...

–¿Dónde están mis cosas? –preguntó de nuevo. Roland, más rico de lo que lo había sido en su vida, se sentía combativo. Le traía sin cuidado que la cocina donde estaban sentados el inspector y él siguiera igual. Las mismas estanterías abarrotadas, la cometa que no habían volado, pálida de polvo en un estante superior, los irrefrenables desechos de la vida diaria

241

diseminados sobre la mesa. Tenía fondos. Acababa de sacar del envoltorio la camisa de algodón de color verde manzana con cuello de botones. Se planteaba adquirir un coche. Estaba bien respecto a sus padecimientos latentes y tenía razón. Deberían haberle devuelto sus posesiones. Douglas Browne y él eran mayores que el Marlow de Conrad. Eran contemporáneos, iguales. Cuando hablaba con Browne, no hablaba con el Estado.

Estaban sentados a la mesa como antes, uno frente al otro. Esta vez el inspector vestía de uniforme. Iba de camino, según dijo, al funeral de un colega. Tenía la gorra sobre la rodilla. El mismo aspecto de sabueso. Las manos enormes con su garabateo de vello en los nudillos entrelazadas delante de sí delataban la disculpa que tanto le estaba costando ofrecer. No parecía haber envejecido y no lo habían ascendido.

Volvió a eludir con torpeza la pregunta.

–Todo perfectamente a salvo.

–Pero ¿dónde está?

–Es que hay jóvenes que...

–¡Dios!

–... chavales, en realidad. Recién llegados, sedientos, con ganas de impresionar, con más entusiasmo de la cuenta.

–Si no me lo va a decir, más vale que se vaya.

Browne separó las manos. Inocente, nada que ocultar.

–Que le quede claro. He estado peleando por su causa.

–Yo no tengo ninguna causa.

El policía se animó.

–Ah. Me temo que sí la tiene.

–Solo dígame dónde están mis cosas. Iré a recogerlas yo mismo.

–Muy bien. Están encima de una mesa o dentro del cajón de una mesa en alguna parte de las oficinas del director de la Fiscalía Pública.

La risita ahogada de Roland fue genuina.

242

–¿Estoy bajo sospecha?

–Algún joven trepa...

–Pero siguieron su pista hasta el ferri y una serie de hoteles.

–Podría haber sido su cómplice, viajando con el pasaporte de ella.

–¡Venga, por el amor de Dios!

Browne ya no parecía tan lerdo y Roland, un tanto conmocionado, confió en él menos aún, sobre todo cuando se inclinó hacia delante y bajó la voz.

–No voy a presentar argumentos a favor del caso. Estoy de su parte. Hace tres años que no tiene noticias de ella, ¿no?

–Cuando fue a casa de sus padres. Una bronca tremenda, según ellos. Pero ¿quién es mi cómplice? ¿Por qué iba a tenerlo? Es ridículo.

–Exactamente lo que dije yo. Un chaval de carita lavada encuentra los documentos en la base de la pila. No tendrían que haber ido a parar al DFP en ningún caso. Se entusiasma, se los lleva a su jefe, que también tiene ganas de ascender. Entonces...

–¿Se entusiasma? –La indignación de Roland imprimió a la pregunta un deje de canto a la tirolesa.

–Aquí el problema es su cuaderno. –Estaba sacando una libreta del bolsillo de la chaqueta. El movimiento hizo cobrar vida a su radio de onda corta, que crepitó y dejó oír una lejana voz femenina enviando hombres a lugares donde las cosas se habían torcido. Browne la apagó.

–Es eso lo que provocó su entusiasmo. A ver... –Pasó unas páginas, carraspeó y leyó en esa voz átona que prefieren los policías. Como una lista–: Este..., *Cuando le puse fin ella no ofreció resistencia...* eh... *el asesinato pendía sobre el mundo entero... estaba enterrada...* veamos, um... *con tierra de la tumba en el pelo... No quiere esfumarse... cuando necesito tranquilidad...* Ah, sí, y esta última... *Tiene que seguir muerta.*

No merecía la pena refutarlo. Era lo que ocurría cuando leían tu cuaderno unos idiotas. Roland apoyó la barbilla en las manos y se quedó mirando la mesa, el periódico del revés que había estado leyendo antes de la llegada de Browne. Gente normal, familias enteras, atravesando la alambrada abierta de la frontera húngara, separada como el Mar Rojo, cruzando Austria hacia Viena. Manifestaciones antisoviéticas en Polonia, Alemania Oriental, Checoslovaquia. Millones empeñados en alcanzar espacios mentales más amplios. Pero aquí la habitación se estaba haciendo cada vez más pequeña.

Browne dijo:

—Me han enviado a hablar con usted. No ha sido idea mía. Quieren saber algunas cosas, así de sencillo.

—¿Sí?

—La, esto..., ubicación de esta tumba.

—Venga ya.

—Vale.

—Eso no tenía que ver con mi esposa.

—Enterró a alguna otra mujer. —El inspector sonreía levemente.

—No tiene ninguna gracia. Era sobre una aventura que tuve hace mucho tiempo. Creía que estaba muerta y enterrada. Volvió a rondarme los pensamientos. Eso es todo.

Browne estaba escribiendo.

—¿Hace cuánto?

—Del 62 al 64.

—¿Nombre?

—No lo recuerdo.

—No sigue en contacto con ella.

—No.

El inspector continuó escribiendo mientras Roland esperaba. Pensar en su nombre y no decirlo, concretar los años, evocar su cantidad finita, causó un efecto. No estaba disgustado, pero notaba los pensamientos un tanto borrosos. *Cuando le puse fin.* Esa sencilla media frase albergaba demasiado sentido. En veinticinco minutos, iría a la guardería a recoger a Lawrence. Liberación, de regreso a las rutinas cotidianas de la jornada. Empezaba a creer que había estado exagerando sus reacciones ante el policía, exaltándose. No había necesidad. Era una farsa. En torno a él se levantaba el muro de fortaleza de su inocencia. Las fuerzas de la ley y el orden de a pie habían quedado reducidas hacía mucho tiempo al estereotipo del alguacil Dogberry de Shakespeare. Esta visita sería una anécdota exquisita que Roland elaboraría y relataría, como ya había hecho. En alguna parte de Alemania Occidental, entre Hamburgo, Dusseldorf, Múnich y Berlín Oeste, Alissa perseguía de manera inexorable su nueva vida. La tumba que albergaba sus restos no existía. ¿A qué venía decírselo a sí mismo siquiera?

Browne cerró la libreta de golpe.

–Hagamos una cosa. –Fue como si estuviera a punto de proponer algo especial–. Vamos a echar un vistazo rápido arriba.

Roland se encogió de hombros y se levantó. Al pie de la escalera, le indicó al inspector que subieran primero.

Cuando estaban juntos en el descansillo de la primera planta, Roland dijo:

–¿Sigue usted con esa mujer?

–Qué va. Volví con la esposa y los hijos. Nunca he estado mejor.

–Me alegra oírlo.

Mientras Browne echaba un vistazo a la habitación de Lawrence, a la cama individual y el edredón de Thomas el Tren, Roland se preguntó por qué esta respuesta de pronto lo había desanimado. No era envidia. Más bien el pesado esfuerzo, el trabajo de las vidas íntimas, lograr que los barquitos siguieran su rumbo. ¿Para qué?

Fueron al dormitorio principal. Browne señaló con un gesto de cabeza la mesa junto a la ventana.

245

—Tiene uno de esos.

—Un procesador de textos.

—Se tarda mucho en cogerle el tranquillo.

Roland dijo:

—A veces me dan ganas de tirarlo contra la pared.

—¿Le importa? —Mientras lo preguntaba, Browne ya estaba abriendo uno de los cajones decorados con hojas de roble y bellotas, el superior, y echando un vistazo a la ropa interior de Alissa.

—Ahí lo tiene —dijo Roland—. La ropa íntima de mi cómplice.

Browne cerró el cajón.

—¿Cree que volverá?

—No.

Bajaron y el inspector se dispuso a marcharse.

—Creo que el sargento le contó algo. Tuvimos noticias de los alemanes. Tardaron año y medio. Hablaron con el padre. Nada. Ni rastro. Si cruzó la frontera por Helmstedt para ir a Berlín, usó otro pasaporte. Bancos, impuestos, alquileres: nada.

—Es una gran contracultura —observó Roland—. Resulta fácil desaparecer.

Así pues, Jane no le había hablado a Heinrich de la visita de Alissa. Abrió la puerta principal. La calle era un desvío conocido para evitar los atascos. La falsa acacia, que crecía muy bien entre los humos, pasaba ya de los seis metros. Levantó la voz para hacerse oír entre el barullo.

—¿Qué les va a decir?

Browne se estaba calando la gorra con sumo cuidado, hacía pequeños ajustes, los repetía.

—Se casó usted con un espíritu libre que se fue a tomar viento.

Dio varios pasos antes de detenerse y volver la vista. Una vez fuera, erguido en toda su altura, parecía que se hubiera puesto firme: el uniforme, en especial la gorra de visera con la franja a cuadros, tenía aspecto de ser el de un pintoresco país menor. Había que llevarlo con aire desafiante.

Dijo en voz alta:

—Es posible que no me crean.

Roland le estuvo dando vueltas de camino a la guardería. No era un mero cliché cinematográfico, la rutina del poli bueno-poli malo. Browne no tenía motivos para protegerlo de la fiscalía. En ese momento le habría gustado hablar con alguien. Alguien serio. Para contar la historia de la entrada del cuaderno tendría que incluir a Miriam Cornell. Todo. De sus amigos, solo Daphne estaría a la altura, pero no estaba preparado para contarle esa historia. No volvería a contársela a nadie. Además, ella le daría consejos prácticos, que era lo que no quería.

Volvieron a casa cogidos de la mano. Roland llevaba una fiambrera con dibujos de Thomas el Tren en la que no había más que un corazón de manzana. A veces en estos trayectos Lawrence guardaba silencio. Hoy hizo un modesto informe. Había jugado con su amiga Amanda. Se habían turnado con una regadera. Gerald había llorado el resto del tiempo. Había entrado un perro grande a manchas blancas y negras y Lawrence lo había acariciado. No tenía miedo, como Bisharo. Una de las auxiliares le había llamado Lennie por error y todos se habían reído. Al final, después de un silencio, Lawrence preguntó:

—Papá, ¿qué has hecho tú hoy?

Roland, todavía un padre principiante, todavía un padre que adoraba a su hijo, solía maravillarse del mero hecho de la existencia de su hijo, de cómo podía correr, pensar, hablar, de la enunciación precisa de sus palabras y su entonación lírica, de la piel y el pelo más allá de las fantasías de la industria cosmética. Una inteligencia nueva había brotado de la unión de dos células y se iba desarrollando a diario para alcanzar mayor complejidad y dar sorpresas más grandes. Los ojos eran claros y de pestañas gruesas. El amor incondicional, el sentido del humor, los abrazos, confidencias, lágrimas, crisis, los despertares a las cinco de la mañana: todo eso seguía sorprendiéndole. Mientras esperaban para cruzar la carretera, el niño iba aferrado con fuerza al índice de su padre.

Roland dijo:

—He escrito cuatro poemas. —Había encontrado cuatro poemas y los había pasado a limpio.

—Eso es mucho.

—¿Tú crees?

—Sí.

—Después de dejarte he vuelto a casa, me he preparado un café...

—¡Asqueroso! —Su palabra nueva.

—¡Delicioso! Después he escrito un poema, luego otro...

—Luego otro y otro más. ¿Por qué has parado?

—Se me han acabado las ideas.

Para un niño pequeño, un concepto oscuro. Y no era del todo cierto. Había hecho un descanso para leer el periódico y lo había interrumpido la visita de Browne. A Lawrence nunca se le acababan las ideas. Le llegaban en un raudal continuo. Ni siquiera sabría que eran ideas. Roland supuso que fluían o se derramaban como una extensión de su individualidad.

Lawrence aflojó el paso cuando se acercaban a un quiosco.

—¿Una piruleta?

—¿Por favor?

—Por favor.

Consintió a su hijo como lo habían consentido a él en otros tiempos. No pasaba todos los días. El dulce tenía forma de cohete con los colores del arcoíris. Chuparlo exigía toda su atención y Lawrence no volvió a hablar hasta que estuvieron en casa. Al llegar a la puerta principal tenía manchurrones morados, rojos y amarillos en las manos, las muñecas y la cara. Le enseñó el palito relamido a su padre.

–Esto igual va bien.

–Sí. Pero, ¿para qué?

–Contar hormigas.

–Perfecto.

Si no iba ningún amigo a jugar, la rutina era sencilla e invariable. Merendaban juntos, Lawrence recibía su dosis diaria de televisión, limitada a cuarenta minutos, mientras Roland regresaba a su mesa. Preparaban la cena juntos; con la considerada ayuda de Lawrence, un proceso lento. Después de la cena, jugaban. Lawrence era un niño de esos que necesitan acostarse temprano. En algún momento entre las siete y las siete y media, podía perder la razón. Tenía una jornada larga. Si se le dejaba hasta tarde, podían desbordarlo la petulancia, furiosas fluctuaciones del estado de ánimo, una ira incontrolable. Peor aún cuando alguna que otra vez se sumía en una pena inaccesible, un lamento desesperado, como si llorara una muerte. Fuera lo que fuese, los rituales de cepillarse los dientes, los cuentos para dormir, la charla de final de jornada, se trastocaba. Después de muchos errores, Roland había aprendido que seguir los horarios lo era todo.

Los cuentos podían ser un reto, al menos para el adulto que leía de viva voz. Las ilustraciones estaban bien, a veces incluso eran preciosas. Lawrence pasaba mucho rato mirándolas. Pero las palabras: rimas predecibles, fabulitas sin ambición que apenas disimulaban las lecciones de cálculo que aspiraban a impartir. No había emoción en el lenguaje, no había compromiso ni talento para la imaginación expansiva. Al parecer, un puñado de autores había copado el mercado destinado a los menores de cinco años. Algunos ganaban millones. Muchos de esos libros, decidió, no podían haber tardado en escribirlos más de diez minutos. Una noche leyó «El

249

búho y la gatita». Fue como atravesar una pantalla. Lawrence quiso oírlo de nuevo al instante. Luego otra vez. Tenía razón. Era pura poesía del absurdo. Una aventura hermosa e imposible. Ni sombra de condescendencia, nada de ir contando de manera inexorable ni de repetición aburrida. Lo pidió todas las noches durante casi un año. Le gustaba gritar el estribillo al final de cada una de las tres estrofas. *¡Qué gatita tan bonita eres tú, / eres tú, / eres tú! / ¡Qué gatita tan bonita eres tú!* Le fascinó que le enseñaran que el tercer verso de cada estrofa tenía una rima interna. Se preguntaron juntos qué sería una cuchara *runcible*. O un árbol *bong*. Roland compró en el supermercado local membrillo, que comieron en lonchitas. Lawrence se sabía el poema de memoria.

Después de un sándwich de plátano, Lawrence estaba sentado en el suelo, viendo la tele, escuchando mientras una joven con voz paciente y cantarina describía un día en la vida de un operador de grúa. «Son las siete de la mañana. Con té y sándwiches en la mochila, Jim está subiendo la escalera, cada vez más alto hasta su pequeña cabina en el cielo.» Roland observaba desde el umbral. Los ángulos y los planos tenían un aire de aturdimiento. Compadeció al cámara que estaba subiendo justo detrás de Jim, a treinta metros de altura por escaleras de acero zigzagueantes con el hielo de primera hora de la mañana. Lawrence estaba impasible. El documental era tan real como los dibujos animados en los que caían personajes de acantilados y aterrizaban sanos y salvos cabeza abajo.

Arriba, en el dormitorio, Roland se sentó a la mesa que lo hacía rico. Relativamente rico. Rico para ser poeta. Pero no lo era ya, era un ladrón antólogo, un fabricante ocasional de versos ligeros. Oliver Morgan de Tarjetas Epitalamio había subido los peldaños del espíritu emprendedor, se había convertido, para asombro de sus amigos, en un joven héroe de la nueva cultura empresarial. Una corporación de tarjetas de felicitación se había ofrecido a comprar su empresa, pero de momento, Morgan se aferraba a la dirección, contemplando su siguiente movimiento, dejando que la empresa creciera. Como el cámara aturdido, Roland había ido subiendo la escalera tras los talones de su jefe, generando a destajo malos versos ingeniosos: para cumpleaños, aniversarios, recién casados, jubilados, drogadictos y alcohólicos en proceso de recuperación, pacientes que ingresaban en el hospital, neonatos que salían. Su primer acto creativo fue ponerle nombre a la empresa de Morgan. Al principio, se le pagó con promesas, del uno por ciento de la empresa más un 0,5 por ciento acordado como derechos de autor por cada tarjeta. Costaban en torno a dos libras. Tres años después, las tarjetas de grueso papel color crema y material gráfico de buen gusto estaban en todas partes. Dos millones vendidos en lo que Morgan denominaba el ámbito anglófono.

Después de veintiséis meses le llegó un único pago, veinticuatro mil libras. Debería haberle resultado incómodo a un votante de centro izquierda como Roland que, gracias a la señora Thatcher, la tasa impositiva más alta fuera del cuarenta por ciento. Con el Partido Laborista había sido del ochenta y tres por ciento. Mas delicado era el asunto de su orgullo. Su integridad como poeta estaba en ruinas. Desde que *Grand Street* le devolvió sus envíos revisados sin comentarios, no había escrito nada. Otra carrera fallida que añadir a la lista. Daphne se sintió ofendida en su lugar. Roland fue capaz de decirle que ya no era una carga para el Estado. Lo que no podía confesar a nadie era la levedad que sentía. ¡Tener dinero! ¿Por qué no le habían dicho que era algo físico? Lo notaba en los brazos y las piernas. Sobre todo, en el cuello y los hombros. La hipoteca pagada, su hijo vestido de colores vivos, dos semanas juntos en una ignota isla griega a la que se llegaba en una travesía de tres horas en lancha motora a través de un mar liso y cerúleo.

La cantidad de versos malos que podía componer un

hombre tenía límite. Oliver accedió a que Roland saqueara las literaturas del mundo en busca de vislumbres libres de derechos de autor sobre los momentos de transición de la vida, todos debidamente atribuidos. Su porcentaje seguía siendo el mismo. Había cometido errores. Uno fue incluir «La segunda canción de la doncella» (*Su estaca y la punta con que arremetía / lánguida como un gusano*) en una tarjeta de cumpleaños para gente de ochenta. La abogacía del Estado escribió a Morgan para señalar que el poema estaba protegido por derechos de autor hasta 2010. Una fecha de ciencia ficción. Y Yeats, un monumento, muerto desde hacía tanto tiempo. Veinticinco mil tarjetas reducidas a pulpa de papel.

En el suelo en pilas cerca de la mesa había antologías de poesía iraní, árabe, india, africana y japonesa traducida. Abajo tenía más. Sobre la mesa, una nota de una mujer amable, culta y atractiva, Carol, su quinta amante desde que se fuera Alissa. *Teniendo en cuenta las circs yo casi lo dejaría. ¿Qué opinas tú? Sin resentimiento. Al contrario, con mucho afecto. Carol.* Tenía razón, las «circs» eran apuradas. Ella, también soltera, tenía a su cargo dos gemelas de dos años. Vivía a diez kilómetros al norte del río, en Tufnell Park, una gran distancia en una ciudad atestada. Más o menos hacia la mitad de sus nueve meses juntos –tenía razón, se había terminado– había surgido la idea de que ambos vendieran sus propiedades y compartieran casa. Hasta ese extremo había llegado. Pero la perspectiva de la alteración, el esfuerzo, el compromiso, eran demasiado grandes. Una vez que convinieron en ello, el asunto estaba condenado a su fin. Lo que también lo refrenaba no podía confesárselo a ella: la posibilidad de que Alissa volviera. No la estaba esperando. Pero si llegaba a aparecer, quería tener sus opciones abiertas. Que era otra manera de decir que estaba esperando.

Oía la tele en la planta baja emitiendo ahora el estrépito orquestal de unos dibujos animados. En veinticinco minutos,

252

bajaría y freiría unas varitas de pescado. Le escribió una nota a Carol, igualmente amistosa y breve, votando lo mismo que ella. En cuanto la hubo metido en el sobre, tuvo un momento de duda. Con su sucinto mensaje recíproco, bien podía estar echando a perder toda una existencia feliz. Existencias. Durante varias semanas la idea le había atraído: una buena madre para Lawrence, que le tenía cariño a Carol. Que pronto se habría convertido en amor. Y amor por las alegres hermanas gemelas que ahora Lawrence nunca llegaría a conocer a fondo. Para él, una pareja cariñosa en quien podía confiar, divertida, de buen corazón, educada, hermosa, una productora de televisión de suprema competencia. Su adorado marido murió en un accidente de avión y había luchado por sacar adelante la familia y el trabajo. A él le había faltado valor para hacerlo. A ella también. Quizá Carol hubiera percibido algún indicio de fracaso en él. Sus diversas carreras, la esposa que podía haberlo dejado por una buena razón. Antes de cerrar el sobre, Roland leyó la nota de ella otra vez. *Mucho afecto.* Esta vez le pareció notar tristeza en su discreta súplica. *¿Tú qué opinas?* Estaba abierta a la persuasión. Escribió su dirección, pegó un sello y cerró el sobre. Si era un error, no llegaría a conocer nunca todo su ridículo alcance. La enviaría mañana. O no.

Según tenía entendido Roland por un libro del que había leído fragmentos y por lo que habían dicho amigos, era importante no eludir por completo con Lawrence el tema de su madre. Ella le rondaba la mente a menudo, a veces durante días seguidos, luego nada durante semanas. Le gustaba revisar fotografías suyas. Sus preguntas solían ser manejables pese a que eran, en términos adultos, imposibles.

–¿Qué está haciendo mamá ahora?

–Hace calor. Debe de estar bañándose.

Hacía un año, cuando su lenguaje justo empezaba a tomar forma en frases enteras, eso lo habría satisfecho. Pero de un tiempo a esta parte había preguntas de seguimiento. ¿En una piscina o en el mar? Si era una piscina tenía que ser la que él conocía, puesto que no sabía de otras. Está allí ahora. Vamos a ver. Si el mar, podían ir en tren. Los interrogantes más generales ponían a su padre a la defensiva.

–¿Adónde se fue?

–A hacer un largo viaje.

–¿Cuándo va a volver?

–No en mucho tiempo.

–¿Por qué no me mandó un regalo de cumpleaños?

–Ya te lo dije, cariño. Me pidió que te comprara un hámster y eso hice.

Hacia finales de octubre de ese año Lawrence fue a su cama a las cuatro de la madrugada y preguntó: «¿Se fue porque yo era malo?».

Al oírlo, Roland, medio dormido, abierto en canal emocionalmente, notó lágrimas en los ojos. Él mismo necesitaba orientación. Lo que dijo fue: «Te quiere y nunca jamás cree que seas malo». El niño se durmió. Roland siguió despierto. Venía bien que a la mitad de los niños de la guardería los criaran madres o padres solteros. El propio Lawrence había observado en tonos neutros que mientras que él no tenía mamá, Lorraine no tenía papá, ni lo tenían Bisharo ni Hazeem. Pero pronto se percataría de las evasivas. Las preguntas seguirían llegando. Si Alissa había hablado con Roland de un hámster, ¿por qué no podía hablar con Lawrence? Mantener viva a Alissa en los pensamientos del niño podía ser una forma de crueldad involuntaria. Pero si Roland hubiera achacado su ausencia desde un primer momento a un accidente de aviación y luego hubiese aparecido, entonces ¿qué?

Organizó una tarde con Daphne. Fue fácil hacerlo. El menor de los tres hijos de los Mount, Gerald, era un niño intenso y pecoso, favorito a la par que Amanda como mejor amigo de Lawrence. Iban a la misma guardería, se quedaban

254

a pasar la noche en ambas casas y habían ido juntos de vacaciones en familia a las Cevenas en una granja enorme que encontró Peter Mount, lejos del mar y por lo tanto barata.

Roland y Lawrence llegaron a las seis para que los pequeños jugaran antes de la hora de acostarse. Una canguro noruega dio de cenar a los cuatro niños. Peter había salido y se reuniría con ellos más tarde. Según Daphne, tenía que hacerle a Roland una propuesta «divertida». Lo llevó a la salita delantera, un rincón de la casa al que, por un acuerdo a la antigua usanza, los niños y sus juguetes y juegos tenían prohibido el paso. Roland empezaba a verle sentido.

Cada vez que iba de visita a la casa de los Mount, no mucho más grande que la suya, se fijaba en una mejora, un cambio de mayor comodidad, incluso opulencia. Un frigorífico del tamaño de un hombre, suelos de roble recuperados, sofás bergère, una tele más grande encima de un reproductor de vídeo mejor, las puertas de madera natural barnizada antes de moda pintadas de un blanco mate. Un dibujo de Vanessa Bell colgado encima de la chimenea. Daphne trabajó durante años en el departamento de vivienda del ayuntamiento local. La popular venta de pisos y casas de protección oficial, el Derecho a la Compra, la asqueaba. Después de años de intentar poner obstáculos al proceso sin conseguirlo, dimitió. Había creado una asociación de la vivienda y hacía un buen trabajo por el que cobraba el doble buscando lugares decentes donde vivir a gente en apuros. Peter también había dimitido. Después de doce años en la Junta de Generación de Energía Eléctrica formaba parte de un consorcio que se disponía a constituirse en una empresa de electricidad privada. Había dinero norteamericano y holandés de por medio. La Ley de la Electricidad ya se había aprobado ese año. Peter estuvo implicado en la redacción del proyecto de ley, los cálculos económicos, la junta reguladora, la protección del consumidor, la tajada de los accionistas. A Daphne, igual que a Roland, le provocaba antipatía y a veces asco el gobierno de Thatcher pero, al igual que él, estaba prosperando con sus decretos. A menudo hablaban de la contradicción, aunque nunca llegarían a resolverla. Habían votado por los laboristas y sus tasas impositivas más elevadas, pero su bando había perdido. Tenían la conciencia tranquila. Peter sustentaba una postura más coherente. Había votado a la señora Thatcher desde el principio.

Daphne sirvió dos copas de Riesling. Durante los meses posteriores a que Alissa se fuera, había sido el principal apoyo de Roland y lo había orientado mientras Lawrence pasaba por la espeluznante lista de enfermedades de la primera infancia. También había ocupado un lugar preferente en sus pensamientos; y lo seguía ocupando. Era grande, no con sobrepeso pero sí de huesos grandes, fuerte y alta, con pelo rubio que llevaba al estilo de los años sesenta, con raya en medio y largo. La tez rosada le confería el aspecto de una campesina, pero era niña de ciudad, de unas cuantas ciudades. Hija única de un médico y una maestra, Daphne era quien provenía del ambiente más estable de todas las amistades de Roland. Había asimilado la pasión de sus padres por el servicio público. Era nerviosamente enérgica, una gran organizadora de cosas, actos, niños, amigos. Poseía una memoria larga y profunda para la gente. Sus contactos eran amplios en esa zona donde se solapaban académicos y políticos. Le había presentado a su marido a Stephen Littlechild, una figura prometedora del suministro de electricidad. Si perdías el pasaporte en Burkina Faso seguro que le enviabas un telegrama a ella. Si no se codeaba con el ministro de Exteriores, sabría de alguien que pudiera ayudar. Conocía bien a Alissa, no había tenido noticias suyas y estaba asombrada.

A veces Roland se preguntaba si ella tendría más datos sobre la desaparición de lo que aparentaba. Pero se le daban bien los consejos incómodos. El mes anterior le había dicho que «se pusiera las pilas». Tenía el dinero de Epitalamio. No solo Lawrence necesitaba ropa nueva. Roland, dijo, seguía viviendo como un estudiante, un estudiante deprimido. Tanto si Alissa iba a volver como si no, tenía que animarse. Pasar página. Ella le había aconsejado que formara una familia con Carol. Que se casase con ella, si era necesario. Daphne le había preparado alguna comida y le caía bien. Hablaron de la gestión de la televisión, cómo hacerla más abierta en interés del público, no solo de la oportunidad comercial. Daphne había puesto en contacto a Carol con algunas de sus amistades interesadas en el futuro de la teledifusión que aspiraban a fundar una productora en Charlotte Street. El espíritu empresarial se había adueñado del centro izquierda.

Ahora Roland y Daphne fueron abordando sus temas habituales: las últimas noticias de Solidaridad en Polonia. A los alemanes del Este se les permitía acceder a Alemania Occidental a través de Checoslovaquia. Roland recordó su época en Berlín a finales de la década de los setenta. Los laboristas llevaban una ventaja de nueve puntos a los conservadores, el secretario de Economía y Hacienda había dimitido, los Demócratas Liberales se habían anunciado con su vistoso nuevo nombre. Uno de los Cuatro de Guilford excarcelados había pronunciado un discurso excelente. Roland contó la historia de la visita del policía. Ya no estaba de humor para darle aire de comedia y se mostró impreciso acerca de su entrada en el cuaderno.

Ella murmuró:

—Yo no me preocuparía por lo de la Fiscalía.

La conversación discurrió por meandros diversos. Ella describió cómo había llevado a los niños a las Chilterns el fin de semana para ver cómo una amiga y su equipo dejaban en libertad a una docena de inmensas aves de rapiña, milanos reales, en su nuevo hábitat.

Hicieron una pausa. Ella sirvió una segunda copa. No eran ni las siete. Oyeron a un niño llorar desde alguna parte de la casa. Roland hizo ademán de levantarse, pero Daphne le indicó que siguiera sentado.

–Si va en serio, ya saben dónde estamos.

Así pues, él le habló de la lastimera pregunta de Lawrence a las cuatro de la madrugada. ¿Se fue su madre porque era malo?

–Finjo que ella es una presencia. Cuando mira sus fotos, habla con ella. Lo estoy protegiendo con mentiras. Ahí está, apenas cuatro años y sus preguntas son cada vez más difíciles.

–Es feliz en general.

No era una pregunta, pero Roland asintió. Había ido en busca de consejo, pero ahora no le apetecía oírlo. Lawrence no era el problema. Lo era él. Sabía que ofrecer sabios consejos podía ser agradable. Recibirlos podía resultar agobiante cuando habías seguido tu camino. ¿Hacia dónde exactamente? Hacia atrás, veintisiete años, hasta el meollo. La desaparición de Alissa había dejado el terreno despejado al pasado. Como los árboles talados para descubrir la vista. En raros momentos como este, alcanzaba a ver el origen, un punto de luz enfocado con nitidez, de todo lo que le preocupaba a él y a quienes llegaba a tener cerca. La profesora de piano rondándole aquella primera noche le venía a menudo a la cabeza. ¿Era hora de buscar a Miriam Cornell y encararse con ella? Fue un pensamiento súbito e imponente, pero no dio ninguna señal externa de ello.

Daphne tenía la mirada fija en un rincón de la sala donde la guitarra que Peter no tocaba estaba en su soporte. Fue una vez solista de la Peter Mount Posse. Entre trabajos no especializados y viajes –su década perdida–, Roland tocó el órgano Hammond y el piano eléctrico, al estilo de Billy Preston, en la Posse. Llegó gracias al batería, un amigo de la escuela que había formado parte del efímero trío de jazz. Fue así como Roland conoció a Peter y, a través de él, a Daphne. El grupo no grabó ningún disco, pero tenían bastante público universitario y tocaban un estilo de rock con marcha, muy influenciado por Greg y Duane Allman. Entonces el punk hizo saltar por los aires su proyecto en 1976. Peter se cortó el pelo, se compró un traje en Burton's y entró a trabajar en una sala de muestras de la Junta de Electricidad vendiendo estufas y frigoríficos. Ascendió con rapidez, adquirió experiencia en provincias, luego lo llamaron a la sede central, donde prosperó.

Al final, ella dijo:

–Si insiste, creo que deberías decirle exactamente lo que hay.

–¿Qué hay?

–Un misterio. Uno que puedes compartir. Un día, cuando él era pequeño, se marchó. No sabes por qué. Estás tan perplejo como él. A ti también te encantaría tener noticias suyas. Puede adaptarse. Lo principal es que no se culpe a sí mismo.

–Creo que ha decidido que Alissa va a volver.

–Igual tiene razón.

Roland la miró. ¿Sabía ella algo? Pero sus ojos azul pálido le sostuvieron la mirada sin vacilar y decidió que no.

Daphne se encogió de hombros.

–O quizá no. Se lo puedes decir. Estáis juntos en esto. Codo con codo. Sencillamente no lo sabes.

Fue una velada agradable y ruidosa, acostar a los niños y leerles por turnos. Roland y Daphne cocinaron juntos y bebieron más vino en la mesa de la cocina. Algo muy parecido a sus noches en la granja francesa de las altas Cevenas, sin la calidez nocturna. Fuera, la densa neblina otoñal cayó de repente. Daphne subió un poco la calefacción central. En el aire viciado de la diminuta cocina, surgió un espíritu festivo. Por los viejos tiempos escucharon el primer disco de los Balham Alligators. ¿Quién era capaz en Gran Bretaña de tocar el violín cajún mejor que Robin McKidd? Subieron el volumen de «Little Liza Jane» y durante esa canción Peter llegó con una botella de champán y sus noticias, la diversión a la que había aludido Daphne. Había un promotor norteamericano para la compañía eléctrica que planeaban. Quería que se reuniera el consorcio. Tenía un jet privado y vendría pronto a Europa; todavía no sabía adónde con seguridad. Podía ser Malmö o Ginebra o algún otro sitio. La semana siguiente o así. Llevaría a Peter y sus colegas en avión adondequiera que estuviese. Y a eso iba: había un asiento libre. Roland podía acompañarlos, entretenerse durante sus reuniones, reunirse con ellos para cenar. Lawrence podía quedarse aquí tres noches. Daphne estaría en casa y Tiril, la canguro, se ocuparía de llevar a los niños a la guardería. Gerald estaría encantado. ¡Qué sencillo! Te vendrá bien, insistieron Daphne y Peter. ¡Di que sí!

Dijo que sí.

Durante la cena discutieron sobre Mijaíl Gorbachov. Era un pardillo si creía que con su glasnost y su perestroika podía liberalizar hasta el mínimo grado controlable la vieja y cansada tiranía, y seguir teniendo el partido a sus órdenes. Eso opinaba Peter. O, como sostenían Roland y Daphne, era un genio y un santo que había entendido, antes que sus colegas, que todo el experimento comunista, su imperio impuesto por medio de la violencia, su instinto para el asesinato y las mentiras inverosímiles, había sido un fracaso grotesco y era necesario ponerle fin. El champán provocó un estado de alboroto. Razonaron de manera extravagante. Cuando él se puso de parte de Daphne en contra de su marido, Roland pensó que era lo más cerca que estaría de tener una aventura con ella. Insólitamente, el coñac los puso de un ánimo más cordial hacia el final de la velada. Limpiaron la cocina juntos mientras sonaba «Life in the Bus Lane» de los Alligators a todo volumen. Una versión galesa, escocesa e inglesa de la música cajún, una forma bastarda en sí, ideada por los franceses lejos de casa, abriéndose paso más de

260

tres mil kilómetros hacia el sur hasta las profundidades de Luisiana. El mundo era gratamente difuso. Peter le recordó a Roland que en los tiempos de la Posse tenían un tema con un punto de sonido cajún. A Roland le parecía que era más zydeco que cualquier otra cosa. Acordaron que tenía pinceladas de ambos. ¿Qué más daba? Rumores del fin del apartheid en Sudáfrica, democracias que iban surgiendo por Sudamérica, China estaba abriéndose, el gran buque del Imperio soviético empezaba a hacer aguas. La grandiosa conclusión de Roland cuando estaban a punto de salir de la cocina fue que, en el nuevo milenio para el que solo faltaban once años, la humanidad habría alcanzado un nuevo nivel de madurez y felicidad. Una nota positiva para terminar al tiempo que levantaban las copas.

Se había decidido antes que se llevaría a Lawrence a casa. El niño dormía cuando lo levantó de la cama en el cuarto de Gerald, lo envolvió en una manta y lo llevó abajo. Los tres se despidieron en el jardín en miniatura de los Mount, donde la niebla, teñida por la luz naranja de la calle, ondeaba en torno a sus hombros. Era un breve trecho por calles desiertas. Los veinte kilos de Lawrence no eran nada en sus brazos. La perspectiva de un respiro de tres días, lo absurdo y pintoresco de un jet privado, incluso una pizca de culpabilidad achispada ante la idea de dejar a Lawrence lo regocijaron mientras caminaba sin esfuerzo por las calles atestadas de coches aparcados y modestas casas adosadas de estilo eduardiano. De momento, Miriam Cornell no le importunaba. Ya se ocuparía de todo eso. ¡Ahora, a escaparse! Estaba disfrutando de la fuerza acumulada en sus piernas, el sabor del aire invernal de la ciudad en los pulmones. ¿No era así como se sentía, o quería sentirse, casi siempre, hacía quince, veinte años, en la adolescencia y a los veintitantos, ligero de pies, deseoso de que llegara lo siguiente? Dijera lo que dijese el Marlow de Conrad, la juventud de Roland no lo había abandonado aún.

El año anterior, a finales de agosto, Roland y Lawrence habían ido a Alemania. Fue en parte un deber familiar, una respuesta a la presión que ejerció Jane por teléfono. Ella y Heinrich no habían conocido todavía a su único nieto y Lawrence se merecía tanta familia como fuera posible. Roland fue fácil de convencer. Quería información de primera mano acerca de la visita de Alissa en 1986, la gran bronca, su última aparición que se supiera. No la estaba buscando, se dijo. Solo quería saber.

Se había cernido sobre Europa un sistema envolvente de altas presiones. Londres ya se estaba cociendo: un buen momento para hacer unas vacaciones rápidas antes de que acabara el verano. Jane se ofreció a pagar los billetes de avión. Todas y cada una de las etapas del viaje le encantaron al niño. Tenía casi tres años y por tanto derecho a su propio asiento, el asiento de ventanilla, en el vuelo desde Gatwick. El tren de Hannover a Nienburg le pareció bien y tuvo la nariz pegada al cristal de la ventanilla los sesenta y cinco minutos seguidos. El taxi a Liebenau le fascinó, sobre todo el taxímetro que emitía sonoros chasquidos y el conductor, con gruesa cazadora de cuero pese al calor, que le prestó muchísima atención. Fue durante una charla de rutina con ese hombre como descubrió hasta qué punto había empeorado su alemán. Le costaba dar con algunos nombres y los géneros de estos. Mascullaba para no pronunciar las formas en acusativo de los artículos definidos. Los prefijos se desligaban de sus verbos e iban a parar al lugar equivocado. El orden de las palabras, que una vez creyera dominar, ahora se le antojaba erizado de normas: el tiempo antecede al modo que antecede al lugar. Se veía obligado a pensar cada frase antes de pronunciarla. No era fácil en una charla intrascendente. Antes de llegar al pueblo decidió que el alemán, como Alissa, era cosa de un pasado abandonado.

Heinrich Eberhardt, el burgués imperturbable, resultó ser el abuelo ideal. Cuando Roland y Lawrence cruzaron la cancela de madera en el alto seto y accedieron al amplio jardín, ahora agostado, Heinrich estaba plantado con una manguera en la mano llenando la piscina de plástico con dibujos de dinosaurios que acababa de comprar. Lawrence fue corriendo hasta él y exigió que lo desnudaran. Sin un saludo, apenas un «Bueno...» murmurado, su abuelo se arrodilló para ponerse manos a la obra con las zapatillas de velcro. Luego se apartó con los brazos cruzados, sonriendo mientras el niño se metía en los pocos dedos de agua tibia y empezaba a bailar y chapotear, alardeando conscientemente. Que le encantara estar desnudo, dijo Heinrich después, era prueba de su herencia alemana.

Fue a mejor. Dentro, después de que Jane hubiera intentado abrazar a Lawrence y le hubiese puesto un zumo de manzana fresco, Heinrich y él iniciaron el juego que los tendría ocupados los cinco días siguientes. Lawrence se sentó en el regazo del anciano para enseñarle inglés. A cambio, Heinrich le enseñaría a su nieto alemán. El niño ya había aprendido a señalar y decir: «Opa, was ist das?». Heinrich miró con atención, fingiendo pensárselo y luego dijo lentamente, con voz profunda y clara: «Ein Stuhl». Lawrence repitió las palabras, acercó la cara a la de Heinrich y pronunció: «Una silla». Heinrich lo repitió. Fingía no saber nada de inglés, lo que casi era verdad.

A Lawrence le costó más trabar amistad con su abuela. Se mostró tímido en su presencia, forcejeó para liberarse de su abrazo de bienvenida y rehusó darle las gracias por el zumo. Cuando ella le habló, se escondió detrás de las piernas de Roland. Quizá tuviera recelo de una mujer cuya cara le recordaba, aunque fuera vagamente, a la figura de las fotografías en casa. Ella tuvo el buen juicio, la delicadeza de no insistir. Media hora después, cuando estaban sentados en el jardín a la sombra de un sauce, el niño se le acercó con cautela y le puso una mano en la rodilla. En el espíritu del juego que Lawrence había empezado ella señaló primero a Heinrich, luego a sí misma y dijo muy poco a poco: «Das ist Opa. Ich bin Oma».

Lo captó. Todavía desnudo, se puso delante de ellos y señaló, y luego pronunció en lo que a Roland le pareció perfecto alemán: «Ich bin Lawrence. Das ist Opa, das ist Oma». Los aplausos y las risas inmediatos lo emocionaron y lo activaron de tal manera que salió corriendo y se puso a hacer cabriolas por el jardín. Saltó al interior de la piscina y empezó a gritar y a dar patadas al agua, empeñado, como su padre sabía, en seguir llamando la atención y conseguir más elogios, más éxito.

Jane dijo:

—Es una hermosura.

El inocente comentario les recordó lo que estaba roto, lo que faltaba. Permanecieron en silencio un rato contemplando a Lawrence hasta que Heinrich se levantó con un fuerte gruñido de la silla de mimbre y dijo que iba a por unas cervezas. Luego, después de que cenara, Lawrence dejó que Oma lo llevara arriba a bañarlo y contarle un cuento antes de dormir. Heinrich estaba en la diminuta habitación que usaba de despacho. Roland se había acomodado en el jardín con un gintonic. El sol se había puesto pero el termómetro clavado al tronco del sauce marcaba veintiséis grados. La casa y el jardín tan pulcros siempre le habían parecido opresivos. Muy similares al domicilio de sus padres. Gestionado de manera demasiado obsesiva, demasiadas cosas exactamente en el lugar preciso. Ahora el esmero, el orden y el espejeo de las habitaciones de ambas casas le parecían una liberación. Los abuelos de Liebenau, como los de Ash, estaban dispuestos a echar una mano con Lawrence. Roland se recostó en la silla de jardín. Iba descalzo. Todo el inmenso y complicado continente se estaba sobrecalentando. El sonido de los grillos, el tacto de la cálida hierba reseca en las plantas de los pies y el olor a tierra cocida eran agradables. El vaso grueso y grande estaba helado entre sus manos. Cuando lo posó, el tintineo de los cubitos de hielo se le antojó personal. Cerró los ojos y se abandonó a una fantasía perezosa. Su hijo y él se mudarían aquí, migrarían como al calor del sur de España, ocuparían el estudio encima del garaje junto a la casa y él estudiaría para mejorar su alemán, enseñaría inglés en una escuela local, llevaría una vida ordenada en un cálido marco familiar y cuando Lawrence fuera lo bastante mayor iría de pesca con él a orillas del Auer, un río repleto de percas rojas, y bajarían en barco por el Weser, dejarían Inglaterra atrás, su versión privada de la misma, serían libres, todo estaría solucionado..., ocuparía el lugar de Alissa, se convertiría en un alemán, uno de los buenos.

Cuando despertó se estaba poniendo el sol. Jane apareció sentada frente a él, sonriendo. En la mesa ante ella había dos farolillos de vela.

–Estás agotado.

–Debe de haber sido la ginebra. Y el calor.

Entró a por dos vasos grandes de agua.

A su regreso, ella le dijo que Heinrich había ido a una reunión del comité. Había que recaudar dinero para el tejado de la iglesia. Así pues, Roland y ella tendrían la conversación, la primera de tres, a lo largo de cinco días. En el recuerdo, sus sesiones se volverían inseparables. A modo de preludio, como tomando aliento, estuvieron sentados un minuto bebiendo agua. El aire vespertino era suave y todavía caliente. Los grillos interrumpieron su estrépito, luego lo reanudaron. De más lejos llegaba una llamada aguda. Ranas afligidas junto al río. Jane y Roland se miraron y apartaron la vista. La tenue luz de los farolillos apenas les permitía verse las caras. En el pasado, ella le había instado a hablar alemán. Le corregía sus errores sin hacerle sentir estúpido. Unos minutos después, él dijo:

«Erzähl mir, was passiert ist». Cuéntame qué ocurrió. Antes de acabar de decirlo ya tenía sus dudas. ¿Era *mich* en vez de *mir*?

Ella comprendió y empezó sin titubeos.

–Claro, pensábamos que estaba en Londres contigo, así que fue una sorpresa cuando llamó una tarde desde una cabina de teléfono. Desde Murnau, precisamente. Dijo que iba a venir a vernos una noche. Le pregunté si llevaba al bebé con ella. Cuando dijo que no, supe que algo iba mal. Quizá debería haberte telefoneado. En lugar de eso, la esperé. Dos días después se presentó. Una maleta minúscula, todo distinto. El pelo corto como un chico y teñido con jena. ¡Casi naranja! Vaqueros negros, botas negras con tachones plateados, una cazadora de cuero diminuta. En cuanto se bajó del taxi pensé que su pinta no auguraba nada bueno. Siempre le habían encantado las faldas y los vestidos. Llevaba una gorrita en plan Lenin ladeada con desenfado. ¡Qué ridícula! ¡Y pálida! Parecía una tortita. Pero no, cuando entramos vi que estaba al borde del agotamiento absoluto. Sus ojos, los iris eran puntitos. ¿No tiene eso algo que ver con la droga?

–No lo sé –dijo Roland. Se le había acelerado el pulso. No quería que le ocurriera nada malo. Ni siquiera dos años atrás.

–Eran las tres de la tarde. Me ofrecí a prepararle un sándwich. Solo quería un vaso de agua. Le dije que su padre volvería en un par de horas y que se moría de ganas de verla. Qué estupidez decirle algo así. Pero es que estaba muy preocupado. Pero ella dijo que solo quería hablar conmigo. Subimos al cuarto de invitados. Cerró la puerta. Por si nos interrumpían, dijo. Yo estaba sentada en una silla, ella se sentó en el borde de la cama, de cara a mí. Yo estaba muy nerviosa y cuando se dio cuenta se tranquilizó. Entonces me lo soltó. Había ido a nuestra antigua casa, el chalet de Murnau. Los que vivían allí le permitieron echar un vistazo a su dormitorio. La dejaron a solas. Me contó que se sentó en el suelo y se echó a llorar tan bajito como pudo. No quería que la pareja subiera a ver si estaba bien. Y no estaba bien. Me lo dijo varias veces, lo fue repitiendo. «No estaba bien, Mutti. No lo estaba entonces y no lo estoy ahora. Nunca he estado bien.

»Me quedé allí, petrificada. Se avecinaba alguna acusación irrefutable. No podía hacer nada más que esperarla. Entonces lo dijo. Una frase de esas que se reconocen de inmediato como preparadas, pulidas, elaboradas a lo largo de noches de insomnio u horas de terapia. ¿Seguía alguna terapia?»

–No.

–Dijo: «Mamá, crecí a la sombra, al frío de tu decepción. Toda mi infancia la viví en torno a tu sensación de fracaso. Tu amargura. No llegaste a ser escritora. Oh, qué terrible fue. No llegaste a ser escritora. Lo que te tocó a cambio fue la maternidad. No me odiabas. Lo sobrellevabas. Pero apenas lo tolerabas, esta vida de segunda fila. ¿Crees que un niño no se da cuenta? Desde luego nunca quisiste otro hijo, ¿verdad? Y el hombre con el que creías haberte casado resultó ser otra persona. Otra decepción, y no podías perdonarle. Estabas destinada a algo mejor y no ocurrió. Te volvió amarga, mezquina, recelosa del éxito de cualquiera.

»Guardó silencio unos instantes y me quedé esperando. Tenía los ojos húmedos. Entonces dijo que a lo largo de su infancia y adolescencia nunca me había visto feliz, feliz de verdad. Nunca lo solté, según ella. Nunca acepté nuestras vidas en común. Nunca pude porque creía que la vida me había estafado. Eso dijo. *Betrogen*. Nunca pude dejarlo correr y ser feliz y adorar la vida que tenía con mi hija. Y puesto que me quería, puesto que estaba tan apegada a mí, nunca pudo permitirse ser feliz ella tampoco. Habría sido una segunda traición. En cambio, me siguió, me copiaba, se convirtió en mí. Ella también estaba amargada con la vida. No encontraba editor para sus dos libros. Ella tampoco había llegado a ser escritora. Ella tampoco...»

Jane se interrumpió y se frotó la frente con el índice.

—No sé si hago bien en decirlo.

—Dilo.

—De acuerdo. Ella también se engañó en el matrimonio. Pensó que eras un bohemio brillante. Tu manera de tocar el piano la sedujo. Creyó que eras un espíritu libre. Del mismo modo que yo creí que Heinrich era un héroe de la resistencia y seguiría siéndolo. Tú le diste una idea equivocada. «Es un fantaseador, Mutti, no se adapta a nada. Tiene problemas en su pasado en los que no quiere ni pensar. No es capaz de lograr nada. Y yo tampoco. Juntos nos estábamos hundiendo. Luego llegó el bebé y nos hundimos más rápido. Ninguno de los dos iba a lograr nada. Tú me enseñaste que un hijo es como quedar en segundo lugar. Ni siquiera segundo. Pero hablamos incluso de tener otro porque un hijo único es lo más triste del mundo. ¿Verdad que sí, Mutti?»

»Llegados aquí, se levantó y yo hice lo propio. Dijo: "Esto es lo que he venido a decirte. Procura tomártelo como una buena noticia. No pienso hundirme. Le voy a dejar. Y al bebé. No, no digas nada. ¿Crees que no me duele? Pero es que tengo que hacerlo ahora antes de que se vuelva imposible. También voy a dejarte a ti. Me niego a seguirte".

»En ese momento casi me gritaba. "¡No pienso hundirme! Voy a rescatarme. ¡Y de paso es posible que hasta te rescate a ti!"

»Entonces dije una estupidez. No podría haberle dicho nada menos útil en ese momento. Intentaba mostrarme simpática y maternal, supongo. Las palabras se me escaparon antes de que pudiera evitarlo. Dije, o empecé a decir, algo como: "Cariño, ya sabes que hay madres que se deprimen mucho durante los primeros meses del bebé".

»Levantó las dos manos, ya sabes, como rindiéndose, o para acallarme. Estaba horriblemente tranquila. Dijo: "Calla. Calla, por favor". Se me acercó. Pensé que igual hasta me pegaba. En voz muy baja, dijo: "No has entendido nada".

»Pasó por mi lado para ir hacia la puerta. Yo intentaba decir que lo sentía. Qué equivocación decirlo. Pero ya había salido de la habitación y bajaba las escaleras a paso ligero. La seguí, pero soy lenta con los peldaños y para cuando bajé ella ya estaba fuera, cruzando el jardín. Alcancé a verla por la ventana. Llevaba la maleta. Salí y la llamé, pero no debió de oírme porque en ese momento cerró de golpe la cancela. Fui corriendo a la acera. No atiné a ver en qué dirección se había marchado. La llamé una y otra vez. Nada.»

De nuevo, permanecieron en silencio un rato. Roland intentó no darle vueltas a sus insultos. Un fantaseador. Es incapaz de lograr nada. Dejó que otros detalles lo inundaran. Pelo corto teñido con jena. Eso se lo podía imaginar. Estaba a punto de preguntarle a su suegra por la policía alemana cuando oyó un lloro de Lawrence. Su habitación daba al jardín y tenía la ventana abierta. Roland fue al trote hacia la casa. La noche podía irse al traste si Lawrence despertaba en un cuarto desconocido y se ponía nervioso. Pero cuando Roland llegó junto a la cama el niño estaba dormido. Se quedó con él unos minutos. Para cuando regresó con Jane ya había olvidado la pregunta.

Ella tenía una propia.

–No me digas nada si no quieres, pero ¿estaba en lo cierto, hay algo en tu pasado?

–Nada en particular. Los típicos disgustos. Nadie tiene padres perfectos. –Luego, optando por que la conversación avanzara, dijo–: Está ahí en tus diarios. Estabas frustrada. No le faltaba razón, ¿verdad?

–Había una pizca de verdad. Pizca y media quizá. Culpa mía, sí que me perdí algo. Pero Alissa lo tuvo todo. Míralo desde el punto de vista de nuestra generación de la guerra. Fue afortunada. La historia se portó bien con ella. Igual que el gobierno. Buenas escuelas, clases de baile y música gratuitas. Cada año que pasaba todo mejoraba ligeramente. En comparación con lo que ocurría antes, había tolerancia en todas partes. Y la adorábamos. –Hizo una pausa, y luego, como para aclararlo–: *Vuestra* generación.

–¿A qué crees que se refería cuando dijo que podía rescatarte?

Antes de hablar, le lanzó una larga mirada. Una cara hermosa se había vuelto autoritaria con la edad. A la luz tenue la mirada llena de seguridad, la nariz fina y recta, los pómulos acentuados le daban el aire de una mujer poderosa a cargo de alguna empresa imponente, de un país importante.

Dijo: «Ich habe nicht die geringste Ahnung». Sencillamente no tengo ni idea.

Mientras caminaba de aquí para allá por la sala VIP estaba pensando en esa conversación: esas tres conversaciones vespertinas en el jardín. Tenía razones para reflexionar y tiempo a su disposición. Poco a poco viajar en jet privado había perdido su encanto. El viaje de Londres al aeropuerto de Bristol les había llevado cuatro horas por un accidente en la autopista. En su autobús de lujo se tranquilizaron pensando que el jet les estaría esperando. No fue así. Los recibió una joven ansiosa con falda de tubo y blusa blanca almidonada. Recogió sus pasaportes y les dijo que su vuelo a Malmö se había retrasado otras dos horas. La exclusiva sala estaba en un edificio provisional rodeado por una valla de tela metálica en un rincón del aeropuerto al lado de un parking de estacionamiento prolongado. Roland y Peter Mount y sus colegas tenían todo el lugar para ellos. Había una tetera grande con vasos de cartón, bolsitas de té y una botella de leche. Ni café ni nada que comer. La terminal y sus cafeterías estaban al otro lado de la pista, a más de tres kilómetros. Había cuatro unidades de sillas con armadura de acero agrupadas en torno a mesitas de plástico. Peter y sus amigos de la

270

electricidad se conformaron con sentarse juntos a repasar su plan empresarial. Roland se sentó en otra unidad. Su material de lectura, cogido de un zarpazo de las estanterías cuando salía de casa, era *Cousine Bette* en una traducción al inglés. Era consciente de la charla en la mesa de al lado: Peter llevaba la voz cantante. Había cogido la costumbre de atajar a otros mientras hablaban y levantar la voz cuando creía que iban a interrumpirle. Ahora se estaba haciendo cargo del programa del grupo aunque se suponía que eran socios en igualdad. Le recordó a los tiempos de la Posse cuando Peter, de veintidós años, guitarra solista decente, disfrutaba mangoneando a todos, desde los técnicos hasta los encargados de los locales pasando por sus compañeros músicos.

Noventa minutos después la mujer volvió. No llegaron a descubrir dónde se retiraba. Su avión se había desviado para recoger a su propietario, James Tarrant III, de Lyon. Transcurrieron dos horas. Los pusieron al corriente de que el señor Tarrant ya había embarcado en su avión. Lo había llevado no a Malmö sino a Berlín. Repostaría allí y vendría a recogerlos. En las circunstancias más difíciles, habían reservado alojamiento en un hotel de la ciudad y su anfitrión los estaría esperando. El siguiente mensaje a media tarde no fue ninguna sorpresa. El aeropuerto de Tegel en Berlín estaba colapsado por un volumen de tráfico fuera de lo normal. Su jet privado pasaría a recogerlos a las nueve en punto de la mañana siguiente. Venía en camino un transporte para llevarlos al Grand Hotel de Bristol.

Tenía sentido. Todo el mundo quería estar en Berlín. Cualquiera con un avión propio iba rumbo allí. También cualquiera con un billete de avión. Todas las cadenas de noticias del mundo enviaban a sus periodistas, *fixers* y equipos de cámara. Los ministros de Exteriores mandaban a diplomáticos. Los aviones militares abarrotaban los cielos y tenían prioridad. Había leído cien páginas de *Cousine Bette* y no podía leer más. Quería noticias. No había prensa en la sala, ni televisión ni radio. La reunión sobre la electricidad se había acabado hacía rato. El autobús llegó una hora después. Mientras buscaba asiento, Roland oyó decir a alguien: «Podría haberles dicho a mis nietos que estuve en Berlín dos días después de la caída del Muro. ¡Ahora tendrá que ser al día siguiente de eso!».

Eran un grupo ruidoso a la hora de registrarse en el hotel. La perspectiva de comida y bebida puso a la cuadrilla de Peter de buen humor. Al conocerse, les había infundido nuevas energías la posibilidad de que en unos pocos años quizá fueran sumamente ricos. Roland se excusó y se retiró a su cuarto. Quería hablar con Lawrence antes de que se acostara. Fue la canguro la que contestó. Los pequeños Mount y su hijo estaban cenando. Las conversaciones por teléfono con Lawrence por lo general se desarrollaban en forma de entrevista.

–¿Qué tal hoy en la guardería?

–Las arañas no pican.

–Claro que no. ¿Has jugado con Jai?

–Estamos comiendo helado.

Por esta deriva distraída Roland supuso que su hijo estaba de buen ánimo, no lo echaba de menos. Sonó como si el auricular se hubiera caído al suelo. Había risas y uno de los niños mayores estaba cantando. Lawrence gritó: «Mi papá puede tragar espadas». Entonces alguien cogió el teléfono y se cortó la línea.

Vio los reportajes de televisión de Berlín y los análisis en los estudios mientras cenaba lo que le habían subido a la habitación. El centro de atención simbólico era el Checkpoint Charlie. En Washington, el presidente Reagan estaba triunfante. La señora Thatcher, que acababa de pronunciar su gran discurso ante las Naciones Unidas sobre el cambio climático, se mostraba circunspecta. Una de las cabezas parlantes dijo que en su opinión estaba preocupada por la perspectiva de una Alemania unida y resurgente.

A la mañana siguiente, éxito y lujo limitado. Su avión los esperaba junto a la sala VIP. A bordo, los asientos, aunque pequeños y hacinados, eran del cuero más terso. Debido a las demoras y la interrupción de suministros, no había nada que comer. En el aeropuerto de Tegel un autobús se acercó al pie de la escalera del avión. Cuando se montaban, un oficial de seguridad les revisó los pasaportes de un vistazo. Roland se fijó en que el resto del grupo, resacoso y alicaído después de una noche en los pubs de Bristol, llevaba maletas lo bastante grandes como para cambiarse de camisa, zapatos y traje. Él viajaba con una mochila pequeña: ropa interior, otro jersey, dos camisas gruesas. Llevaba botas de montaña de verano y vaqueros. Si el hotel era tan grandioso como su nombre indicaba, quizá no le dejaran pasar. Daphne tenía razón, vivía como un estudiante.

Cuando se dirigían hacia el centro en medio del intenso tráfico decidió no registrarse en el hotel aún. El grupo de Peter estaba comprometido con el señor Tarrant y una tarde de presentaciones. Roland pidió que lo dejaran en la Potsdamer Straße, desde donde fue a pie hacia el este con el flujo del gentío. Habían pasado casi nueve años. Qué suerte estar aquí y no en Malmö. Notó una inmediata familiaridad relajada, aunque los ánimos estaban exaltados y todo parecía nuevo. Venía en sentido contrario una hilera constante de berlineses orientales. Chavales en grupos con bufandas de fútbol, parejas entradas en años, familias con niños y bebés en sillitas de paseo. Roland supuso que se habían desviado del Checkpoint Charlie y se dirigían a los luminosos comercios de la Kurfürstendamm con sus cien marcos alemanes de «dinero de bienvenida» del gobierno de Alemania Occidental. Se encontraban con gritos de «Willkommen!» e incluso abrazos. Las noticias de televisión de la víspera insistían en lo fácil que resultaba

273

identificar a los «Ossis» por su ropa barata, sus cazadoras vaqueras mal confeccionadas. Pero Roland no veía tal cosa. Lo que tenían en común era cierto aire aturdido y vacilante. Sospechaban que esto no podía durar. Dentro de poco los harían volver al Este para recibir alguna clase de castigo. Era inconcebible que las autoridades quedaran privadas tan de repente de su influencia sobre las vidas privadas.

Mientras caminaba, Roland se dijo que estaba escudriñando el gentío por si veía a la familia Heise y que no buscaba a Alissa. Una Alemania dividida había tenido menos importancia para ella que para él. Incluso si había venido, la posibilidad de localizarla entre decenas de miles de personas era mínima. Y no quería verla. La Potsdamer Straße se curvaba suavemente hacia el este para ir a morir al Muro. Más adelante, en una amplia expansión de tierra baldía salpicada de abedules y farolas, había una muchedumbre enorme. Roland se cruzó con un grupo de perplejos policías de Berlín Occidental a los que habían metido flores en los ojales de las chaquetas verdes. Pasó cerca de la plataforma elevada de observación adonde llevaban a los dignatarios de visita para contemplar la tierra de nadie que se extendía hacia el sector este. Ahora estaba tan sobrecargada de gente y equipos de filmación que parecía a punto de desmoronarse. Cuando se internaba entre la multitud resonó una fuerte ovación. Una grúa, austera en contraste con el cielo pálido y anodino, empezaba a levantar un pedazo de muro en forma de L de un metro escaso de anchura. Permaneció suspendido un rato, un lado blanco, el otro cubierto de llamativos grafitis, y giró lentamente como para mostrar dos ámbitos en agrietada connivencia. Luego, entre aplausos generalizados, bajaron el bloque para posarlo en la tierra de nadie, donde habían colocado en vertical otros pedazos: piedras derechas, monumentos de Stonehenge a una cultura que desaparecía.

Roland se adentró más entre la muchedumbre y enseguida empezó a verse empujado por ella. No podía dejar de escudriñar rostros mientras lo impelían hacia el hueco de diez metros en el Muro. Los más jóvenes y ágiles habían trepado o los habían aupado y estaban sentados a horcajadas sobre la parte superior de hormigón curvado. Se prolongaban unos doscientos metros, una gran línea de piernas. Una figura solitaria vagamente parecida a Buster Keaton fue lo bastante audaz para ponerse en pie y mantener el equilibrio mirando el hueco. Se volvió hacia el este y levantó los brazos para hacer el signo de la paz. Era poco probable que pudiera verlo nadie desde el lado opuesto.

Roland había imaginado que se quedaría al margen, siendo testigo de cómo felices berlineses orientales cruzaban al oeste. En cambio, estaba siendo arrastrado por un gentío triunfal que fluía rumbo al este hacia el gigantesco prado arenoso de la tierra de nadie. Al final se abandonó al momento. Parte de la historia de la ciudad dividida, del mundo dividido, era suya. Las veces que había cruzado a finales de la década de los setenta, nunca habría imaginado una escena así, de tal importancia sin límites y peso simbólico: y sin embargo estaba en manos de muchedumbres benéficas. Ellos –él– urdían el momento. Estar ahí hollando ese espacio militarizado prohibido era tan extraordinario como estar en la superficie de la Luna. Todo el mundo lo sentía. El lúgubre acuerdo de la Segunda Guerra Mundial había tocado a su fin. Una Alemania pacífica quedaría unida. El Imperio ruso se disolvía sin que hubiera un baño de sangre. Debía emerger una nueva Europa. Rusia seguiría a Hungría, Polonia y el resto para convertirse en una democracia. Quizá incluso abriría camino. No era tan fantástico imaginar ir en coche algún día desde Calais hasta el estrecho de Bering sin enseñar el pasaporte ni una sola vez. La amenaza nuclear de la Guerra Fría se había acabado. Ya podía empezar el gran desarme. Los libros de historia terminarían con esto, una masa jubilosa de gente decente celebrando un punto de inflexión para la civilización europea. El nuevo siglo sería fundamentalmente distinto, fundamentalmente mejor, más juicioso. Había acertado al decírselo así a Daphne y Peter la semana anterior.

Estaba siendo arrastrado hacia lo más profundo del hecho evidente y olvidado con facilidad de que el Muro era en su mayor parte dos muros paralelos separados por la Franja de la Muerte. La estaban cruzando a través de un amplio corredor limitado a derecha e izquierda por vallas de tela metálica. Habían despejado el espacio de minas terrestres y cepos. Del otro lado de las vallas se veía a los guardias de fronteras de Alemania del Este, los Vopos, plantados por ahí en grupos, la mayoría poco más que adolescentes. Unos días antes tenían órdenes de disparar en el acto contra cualquiera que se aventurara en la zona. Ahora tenían un aire avergonzado. Se fijó en cómo llevaban los revólveres en la parte inferior de la espalda. Cincuenta metros más allá de los Vopos había multitudes de conejos mordisqueando la hierba. Su edad de oro estaba concluyendo. Un día no muy lejano ocuparían su terreno los promotores inmobiliarios.

Resonó por un megáfono en el lado oeste la advertencia de seguridad de que la gente se dispersara si podía. El gentío de ánimo amistoso obedeció al instante. Roland estaba otra vez a la busca. ¿Podían haber llegado hasta aquí Florian y Ruth con las niñas? Sabía que abandonar Schwedt tan pronto habría sido imposible. Pero quería que estuvieran aquí. Se merecían estar aquí. Durante cinco minutos seguidos, manteniéndose aparte de la corriente que cruzaba el terreno abandonado de césped, malas hierbas y flores del verano anterior, olvidó dónde estaba y se dedicó solo a mirar caras.

La emoción de encontrarse en un lugar antaño prohibido empezaba a desvanecerse. Después de veinte minutos deambulando asombrados por el campo y haciendo fotos, buena parte de la muchedumbre que había entrado en tropel por el hueco en el Muro, presa del entusiasmo, comenzó a regresar al Oeste. Roland los siguió. Hacía frío si te quedabas quieto. Al igual que el resto había experimentado la emoción extraña de estar en la cúspide de una importante transición histórica y ahora la deseaba en forma renovada, en alguna otra parte de la antigua frontera. Buena parte del resto de la tarde fue un vagabundeo inquieto en busca de nuevos indicios o manifestaciones del trascendental acontecimiento. Siempre se estaba moviendo con el gentío incansable contra un flujo de gente que venía en dirección opuesta para ver lo que él acababa de ver. Pero no podía evitar buscar a Alissa con la mirada.

Cuando volvía a cruzar por la abertura en el Muro lo recibieron con vítores y aplausos. Había recién llegados y los tomaban a él y a quienes lo rodeaban por berlineses orientales que pasaban hacia la libertad. Un anciano encorvado le puso en la mano un paquete de chicles. No tenía sentido intentar devolvérselo. Hoy la conciencia histórica estaba sintonizada por todo lo alto. En 1945 un soldado americano o un recluta británico bien podía haberle lanzado la misma chuchería a ese hombre desde la torreta de un tanque o un camión de tres toneladas. Un equipo de grabación que acababa de llegar detuvo a Roland. En medio del estrépito un periodista con micrófono y un melifluo tono galés le preguntó si hablaba inglés. Asintió.

–Es un día fantástico. ¿Cómo se siente?

–Me siento de maravilla.

–Acaba de cruzar la tierra de nadie, la famosa Franja de la Muerte. ¿De dónde ha venido?

–De Londres.

–¡Dios! ¡Corta! –El reportero sonrió con simpatía–. Perdona, colega. Sin ánimo de ofender.

Se estrecharon la mano y Roland dobló hacia el norte, con el Muro a su derecha. Junto con miles más quería ver lo que estaba ocurriendo en la Puerta de Brandenburgo. La luz se estaba yendo para cuando llegó. Una muchedumbre mucho mayor, y aquí el Muro, que ocultaba la parte inferior de la puerta monumental, seguía intacto. Encima del mismo había una hilera de Vopos vivamente iluminados por los focos de televisión. A Roland le pareció que tenían algo cómico. Como si estuviera a punto de dar comienzo una revista teatral. A un lado, en el suelo, estaba su oficial al mando, fumando con nerviosismo, caminando a largas zancadas de aquí para allá. El gentío se acercaba cada vez más al Muro y parecía dispuesto a arrebatárselo a los guardias. Pero cuando alguien les lanzó una lata de cerveza se alzó un gran grito de «Keine Gewalt!». ¡Nada de violencia! Roland empujó hacia delante con los demás. Los soldados parecían tan nerviosos como su oficial. Eran treinta y el gentío se contaba por millares, capaces de arrollarlos con facilidad. Entonces se oyeron abucheos, silbidos y aplausos lentos. Durante varios minutos nadie en la parte de la multitud donde estaba Roland alcanzó a ver qué pasaba. En una súbita oleada arremolinada, un movimiento de flujo a través de los cuerpos apretujados, se vio desplazado en sentido lateral y le quedó claro. Ahora había una fila de agentes de policía de Berlín Oeste delante del Muro, de cara al gentío, protegiendo a los Vopos. En algún eslabón superior de la cadena de mando tenía que haber profunda ansiedad. Un incidente podía intensificarse. Durante años se había predicho que la tercera guerra mundial empezaría con alguna confrontación accidental en el Muro. Las autoridades comunistas quizá intentaran restaurar el *statu quo*. Todos tenían en mente la plaza de Tiananmén. Los recuerdos del desastre de Hillsborough en abril estaban desasosegando a Roland. Docenas aplastados hasta morir por el peso impotente de otros cuerpos. Bastaba con que tropezara una persona. Tenía que salir.

Dio la espalda a la escena y empezó a abrirse camino hacia la parte de atrás, luego hacia el lateral. No era fácil. La presión de los cuerpos era constante, hacia el este sin proponérselo. En la aglomeración, su mochila molestaba a gente, pero no

278

disponía de espacio para quitársela. Liberarse le llevó media hora de empujar y mascullar «entschuldigung». Se encontró cerca del punto de entrada, en el lado sur, de modo que tenía sentido pasear de regreso por donde había venido. Necesitaba mear y había árboles por el camino.

Volvió a la zona de la Potsdamer para encontrarse con que la oscuridad no había desperdigado las muchedumbres. Se había subido gente a los abedules y seguían allí colgados entre las sombras cual murciélagos enormes. ¿Por qué estaba otra vez aquí? Porque la estaba buscando, no meramente mirando a los viandantes sino rastreándola en serio. Se había convencido de que era imposible que no estuviese aquí. Se apoyó en uno de los puntales de la plataforma de observación mientras la gente se abría paso por su lado empujando. Los focos de televisión le ofrecían iluminación suficiente. Se sentía estúpido, indeciso, sin la menor idea de lo que quería o diría si ella apareciese. ¿Debería gritar su nombre, tocarle el brazo? No tenía la sensación de que fuera amor. No estaba de ánimo para recriminaciones. Solo quería *verla*. Qué absurdo. Estaba en casa en alguna parte, viéndolo por televisión. Pero no, no podía quitársela de la cabeza.

Después de media hora le pareció que había visto todas las versiones del rostro humano, todas las variaciones sobre un tema limitado. Ojos, nariz, boca, pelo, color. Pero seguían llegando; cada cambio infinitesimal propiciaba una inmensa diferencia. ¿Sabía qué estaba buscando? ¿Pelo corto que había crecido, todavía teñido con jena? Daría igual. La reconocería por su presencia.

Al final se dio por vencido y siguió su camino. Enseguida caminaba cerca del Muro, por la Niederkirchner Straße. En pintura blanca un grafiti decía: SIE KAMEN, SIE SAHEN, SIE HABEN EIN BISSCHEN EINGEKAUFT, llegaron, vieron, hicieron unas compritas. En el Berlín histórico, sin duda se recordaría al César. Roland aflojó el paso cerca de los restos del cuartel general de la Gestapo demolido. No quedaba nada por encima del nivel del suelo. Se detuvo a mirar abajo. Una hilera de calabozos alicatados con baldosas blancas centelleaba en la semioscuridad del sótano. Aquí pasaron sus momentos postreros en agonía y terror judíos, comunistas, socialdemócratas, homosexuales e infinidad más. El pasado, el pasado moderno, era un peso, una carga de cascotes amontonados, dolor olvidado. Pero su carga no recaía exactamente sobre él. Apenas le pesaba en absoluto. La fortuna accidental quedaba más allá de todo cálculo, haber nacido en el plácido Hampshire en 1948, no en Ucrania o Polonia en 1928, no haber sido llevado a rastras de las escaleras de la sinagoga en 1941 para traerlo aquí. Su calabozo alicatado de blanco –una lección de piano, una aventura amorosa prematura, la educación que no había recibido, una esposa que ya no estaba– era por comparación una suite de lujo. Si su vida hasta el momento era un fracaso, como a menudo pensaba, era pese a la generosidad de la historia.

Llegó al Checkpoint Charlie de mejor ánimo. Las mareas enfrentadas del júbilo y la búsqueda inútil lo habían conducido hasta cierta quietud y neutralidad. Podía dejar de escudriñar rostros. Aquí la escena era tal como se veía en la tele: muchedumbres que ovacionaban y aplaudían para dar la bienvenida a peatones y Trabbies con sus pasajeros exultantes lanzando rociadas de *Sekt* por las ventanillas, las pacientes colas para recibir el dinero de bienvenida. Él también había pasado muchas horas aburridas haciendo cola en otros tiempos. Lo que vio además era la frustración de los equipos de grabación intentando captar el momento brillante sin que aparecieran en el plano otros equipos.

Le conmovió lo que veía y se sumó a los aplausos, pero solo se quedó quince minutos. El Café Adler quedaba cerca y tenía sed aparte de frío.

Había venido aquí a menudo en su época en Berlín. El establecimiento era de antiguo estilo europeo del Este, espacioso, de techos altos, con un aire de vieja confianza en sí mismo. Los camareros eran camareros de verdad, criados desde la cuna, no aspirantes a actores y estudiantes de posgrado. Esa noche estaba abarrotado y sobrecargado de abrigos de invierno y bufandas amontonados en sillas. No quedaba sitio para ellos en ninguna parte. Había un clamor de conversación urgente, el aire cálido estaba húmedo por efecto del aliento alborozado. Se le empañaron las gafas al instante. No tenía nada para limpiarlas, conque esperó a que se le aclararan plantado junto a la puerta. El barullo de voces alzadas, una imprecisa y no desagradable sensación de estar excluido, le trajo a la cabeza fiestas a las que había ido donde no conocía a nadie. Pero aquí no era el caso. Cuando los cristales se calentaron y despejaron la vio, a diez metros quizá, sentada a una mesita redonda. Había en esta dos cafés. Conversaba con un hombre más o menos de su edad. Roland se les acercó a paso lento. Permanecía vuelta hacia su acompañante, escuchando con atención. Roland estaba a escasos segundos y ella aún no le había visto.

7

Sabía que el silencio que se cernió sobre el gentío del Café Adler mientras se abría paso entre las mesas era ilusorio. Nadie se fijó en él y todos siguieron hablando. Pero la ilusión era nítida, una forma de narcisismo o, estrechamente relacionada, paranoia. El encuentro o confrontación en ciernes sería trascendental, aunque solo para él y quizá, eso esperaba, para Alissa. Cuando se detuvo delante de su mesa tuvo la impresión de que el fragor y el estrépito del restaurante volvían a cobrar vida como una radio encendida de repente a un volumen descabellado. Un momento mundialmente histórico tenía que ser ruidoso por necesidad. Durante unos segundos había observado a Alissa y su amigo sin que lo vieran y había sacado conclusiones. Pero Roland seguía sin saber qué quería. ¿Pedir una explicación, satisfacer su curiosidad, plantear acusaciones, exponer sus heridas? Nada de eso. ¿Ni siquiera proponer una separación razonable y formalizada? Sus necesidades eran imprecisas. Más parecidas a una costumbre ininterrumpida de quererla, un ansia que incluía lo erótico pero iba más allá. Con un punto infantil, inocente, feroz. Seguramente amor. En los segundos antes de que ella le viera sintió que en lo fundamental poco había cambiado entre ellos. Tenía derecho a estar aquí. Era su esposa después de todo, aunque hubiera abandonado toda esperanza de recuperarla. Tenía derecho a acercarse por mucho que no supiera qué quería. Estaba en su derecho de no querer nada. Mostraba buen aspecto; tan bueno como siempre, mejor que nunca. Ni rastro del cuero tachonado y el pelo corto teñido que sorprendieran a su madre tres años antes. Alissa mantenía la barbilla y la mejilla apoyadas en el cuenco de la mano y estaba vuelta hacia su amigo, absorta por completo. Llevaba un grueso jersey holgado que se le abullonaba en torno a los codos, vaqueros ceñidos, unas elegantes botas de montaña rojo oscuro. Su cabello, una media melena, ofrecía aspecto de peluquería cara. Tenía dinero. Bueno, él también. Pero iba vestido como un estudiante que viajara haciendo autostop, con mochila a juego. Entre ella y su acompañante, entre las tazas de café, había un libro boca abajo, una gruesa edición de bolsillo. El hombre sentado a su mesa era esbelto, artificialmente rubio, con un símbolo de la paz de oro en miniatura en el lóbulo de la oreja izquierda. Fue el primero en levantar la vista. Dejó de hablar y le puso la mano a Alissa en la muñeca. Pero no la dejó allí posada, Roland se fijó. El sentimiento de culpa del amante. Ella no hizo ningún movimiento, sino que sencillamente miró hacia un lado y hacia arriba, y solo entonces volvió poco a poco la cabeza para alinearla con su mirada y fijarla en Roland. Lo que le llamó a él la atención fue que pareció que se le encorvaban los hombros a la vez que se le escapaba el aliento en un breve suspiro. Tuvo la impresión de que estaba decepcionada. Roland Baines, justo cuando menos lo necesitaba. Pensó que su propio semblante escoraba hacia el lado cálido de la neutralidad cuando le dirigió un ligero cabeceo a modo de saludo. Pero no vio en ella ni siquiera el palimpsesto de una sonrisa. Le leyó los labios cuando murmuró: «Das ist mein Mann».

Su amigo lo hizo mejor. Se levantó de inmediato y tendió la mano.

–Rüdiger.

–Roland.

Rüdiger retiró una silla y Roland tomó asiento.

–Hoy es difícil localizar al camarero. ¿Quieres algo?

Tenía unos modales suavemente atentos. Roland pidió un café largo. Era inevitable, evidente, pero aun así le asombró estar sentado justo enfrente de su esposa. Cuando Rüdiger se dirigió hacia la barra, Roland lamentó que lo dejara a solas con ella. Había tanto que decir que no le venía nada a la cabeza. Estaba mirando por encima de su hombro, sin sostenerle la mirada. La súbita familiaridad de Alissa lo abrumó. Le sobrevinieron emociones distintas una detrás de otra: ira, pena, amor, luego ira otra vez. Tenía que sofocarlas, pero no sabía muy bien cómo hacerlo.

La conocía muy bien. No se avendría a ser ella la primera en hablar. A Roland le sonó débil a sus propios oídos cuando dijo: «Qué acontecimientos tan increíbles». El fin de la Guerra Fría fue su charla intrascendente.

–Sí. He venido tan pronto como he podido.

Él estaba a punto de preguntarle de dónde, pero sin tomar aliento Alissa añadió rápidamente:

–¿Qué tal está Larry?

Pasó por alto la pena que había detrás del interrogante planteado con despreocupación y solo oyó una pregunta trivial. Le asombró la súbita fuerza de sus propios sentimientos. Era lo que llevaba consigo en todo momento y apenas se daba cuenta. Se retrepó en la silla para que hubiera más distancia entre ellos. Estaba decidido a sonar sereno, incólume, pero tenía la voz ronca.

–¿Qué te importa a ti Lawrence?

Estaban mirándose de hito en hito, directamente a lo más hondo. Sabían demasiado. Para su sorpresa, Roland vio cómo las lágrimas tomaban forma sobre pupilas e iris, el ojo izquierdo, luego el derecho, y resbalaban por sus mejillas.

Tan copiosas. Con un sollozo, se llevó las manos a la cara justo cuando el camarero, un hombre mayor con una escoliosis que le obligaba a ir inclinado como un penitente, llegó con tres cafés en una bandeja. Justo detrás venía Rüdiger, que ayudó al camarero a dejar los cafés, le pagó y, todavía de pie, les dijo a ambos:

–Lo siento mucho. ¿Me voy?

Roland y Alissa ya estaban perdidos, después de solo cinco minutos. Él, de nuevo, no quería quedarse a solas. Tener a alguien presente, aunque fuese su amante, los mantendría a ambos dentro de ciertos límites.

Alzando la voz para hacerse oír entre el barullo, Roland dijo: «Bitte bleib». Quédate, por favor.

Rüdiger se sentó. Los dos hombres tomaron sus cafés sin hablar. Alissa se recuperó poco a poco. Roland estaba intranquilo ante la expectativa del momento en que su rival le pasara el brazo por los hombros y le susurrara al oído palabras de consuelo. Pero Rüdiger seguía mirando al frente, calentándose las manos en torno a la taza. Alissa se levantó de repente y dijo que iba al servicio. Eso también fue incómodo, que lo dejaran a solas con el novio. Roland lamentó haber entrado en el Adler. Se sentía incapaz, torpe, absurdo. Rüdiger parecía a gusto, o al menos paciente, y se repantigó en la silla. Después de haber terminado el café, sacó del bolsillo un libro pequeño y se puso a leer. Roland vio la portada. Heine. *Poemas escogidos*. Le vino un verso a la cabeza y fue como si lo recitara otro. Era un cliché, todos los escolares alemanes lo conocían, como los narcisos de Wordsworth o la mamá y el papá de Larkin. Le dio igual. Las palabras sencillamente se le escaparon. «Ich Weiss nicht, was soll es bedeuten...». No sé qué significa...

Rüdiger levantó la vista y sonrió. «Dass ich so traurig bin...» Que esté tan triste.

Roland empezó a recitar el tercer verso, «Ein Märchen...».

Pero sintió de inmediato un nudo estúpido en la garganta e, inoportunamente, no pudo continuar. Qué ridículo. No quería que el otro hombre lo viera. Tristeza y exasperación, autocompasión, cansancio, nunca lo sabría. Era un poema que le había mostrado Jane Farmer. Quizá fuera nostalgia por los tiempos en que la familia seguía intacta.

Rüdiger se inclinó hacia delante.

–Así que te gusta Heine.

Roland respiró hondo y recuperó la voz.

–Lo poco que conozco.

–Tengo que decirte una cosa, Roland. Para que quede claro.

–¿Sí?

–Por si lo creías. No soy amigo íntimo de Alissa. Amante, o como se diga. Soy su, esto, scheisse, Verleger?

–¿Editor?

–Me refiero a Lektor, editor de mesa. Lucretius Books, Múnich. –Al ver la expresión vacía de Roland, añadió–: ¿No te ha dado la noticia? Supongo que no. Bueno. –Hizo un vago gesto con la mano para dar a entender que no merecía la pena.

–¿Y bien?

–Entonces le corresponde a ella hacerlo. Ahí viene.

La vieron acercarse. Roland conocía esa manera de caminar. Se mostraría brusca y querría irse. Él también. Estaba harto del clamor de la celebración, el vaho y los cuerpos y abrigos que lo rodeaban, de una hora tras otra de gente. También temía que se prolongara la confrontación. Dos minutos eran suficientes.

Ella dijo al llegar:

–Quiero irme de aquí.

Rüdiger se levantó de inmediato. Se hicieron a un lado para mantener una conversación rápida. En los segundos que tuvo para sí mismo, Roland imaginó estar en algún lugar fresco y sin árboles, Escocia, Uist, Muck, una costa rocosa, un mar ultramarino. Solo. Cogió la mochila. Rüdiger y Alissa se dieron un breve abrazo y cuando él se alejaba levantó una mano hacia Roland en ademán de despedida informal.

Ella se volvió y dijo:

—Tengo que decirte una cosa. Pero aquí no.

La siguió afuera. Las muchedumbres venían en tropel hacia ellos desde el control de fronteras abierto. Muchos disponían de su dinero de bienvenida y tenían ganas de hacer turismo. Había docenas, cientos de niños en estado de suma excitación, saltando y brincando por la acera. Alissa iba a contracorriente hacia la Koch Straße rumbo a lo que tendrían que aprender a llamar el antiguo Este. Roland iba un par de pasos por detrás. Ninguno podía soportar otro intento de charla por el camino. Enfilaron una calle más estrecha que no parecía tener nombre. Ella se detuvo justo cuando empezaba a lloviznar. Tendrían su conversación aquí, bajo un plátano sin hojas. Entonces Alissa vio una callejuela al otro lado de la calzada.

Se adentraron por ella un trecho. Era de apenas tres metros de ancho, adoquinada en parte, antes de convertirse en barro y malas hierbas marchitas por el verano allí donde habían quitado los adoquines. Se veía un rectángulo de luz amarilla en una ventana más arriba y se quedaron cerca del borde, casi dentro de su brillo difuso. Por fin tenían silencio. Ella apoyó la espalda en la pared. Frente a ella, él hizo lo propio y aguardó. Obviaron la lluvia fría sobre la cabeza descubierta. Él sabía que pronunciar un discurso no era el estilo de Alissa. Al cabo de un rato Roland dijo con suavidad: «Bueno, así que tienes algo que decirme».

Lo dijo, aunque hubiera preferido no oírla, previendo un raudal, un río de acusación. Cuando era él la parte perjudicada. Pero no tenía ganas de quejarse ni de decir nada. Se encontraba en un estado de práctico entumecimiento. Indiferencia irreal. Quizá luego lo lamentara. Pero se dijera lo que se dijese aquí, nada cambiaría. Ella continuaría con sus empecinados asuntos. Él volvería a casa. Su vida seguiría como antes. Lawrence era bastante feliz, acostumbrado desde hacía tiempo a vivir con un solo progenitor. El mundo estaba a punto de convertirse en un lugar mejor. Recordó y repitió su momento de optimismo en tierra de nadie. Hacía solo tres horas. Ya se esperaba que los satélites del Imperio soviético viraran hacia el oeste, se pusieran a la cola para el Mercado Común, para la OTAN. Pero ¿qué necesidad había de la OTAN? Lo veía con claridad: Rusia, una democracia liberal, abriéndose cual flor en primavera. Las armas nucleares reducidas por medio de negociaciones hasta la extinción. Las megamareas de dinero extra corriendo como agua fresca, limpiando la suciedad de todos los problemas sociales. El bienestar general restaurado, escuelas, hospitales y ciudades renovados. Las tiranías disolviéndose por todo el continente sudamericano, las selvas tropicales del Amazonas rescatadas y atesoradas: que se arrasara la pobreza en vez de los árboles. Para millones de personas, tiempo para la música, la danza, el arte y la celebración. La señora Thatcher lo había demostrado en las Naciones Unidas: la derecha política había entendido por fin el cambio climático y creía en actuar mientras hubiera tiempo. Todos podían coincidir en esto y Lawrence, sus hijos y los hijos de estos iban a estar bien. Berlín, Roland lo veía con claridad, lo había sustentado en los años setenta y ahora le permitía ver con perspectiva los mezquinos pesares e indignidades de su vida personal. Ahora que la había visto, Alissa había encogido incluso su tamaño real, hasta convertirse en otra persona que se esforzaba por ser coherente, tan vulnerable como lo era él. Roland podía irse ahora, tomar el U-Bahn a la Uhlandstraße, buscar su hotel, en el bar brindar por el futuro con Peter y sus colegas eléctricos. Quizá habrían cerrado su trato. Pero tenía la sensación de que le debía algo a Alissa. ¿Qué le debía ella?

Alissa guardó silencio mientras permanecía apoyada en la

pared de hormigón rayado de la callejuela. Seguía lloviznando. Se descolgó el bolso del hombro y lo dejó entre sus pies.

–Venga, Alissa. Dilo o me marcho.

–Vale. –Hurgó en el bolso en busca de un cigarrillo, lo encendió y le dio una fuerte calada. Esto era nuevo–. Llevo tres años imaginándome que te lo decía. Siempre resultaba fácil, fluía. Pero ahora..., de acuerdo. Cuando Larry tenía unos tres meses, caí en la cuenta de algo importante. Quizá era evidente para todo aquel que me conociera bien. Para mí fue una revelación. Llevamos al bebé a dar un paseo por Battersea Park a media tarde. Cuando regresamos estaba dormido. Tú querías que nos acostáramos. Yo no. Tuvimos una especie de pelea. ¿Lo recuerdas?

Él negó con la cabeza antes de darse cuenta de que en efecto no lo recordaba. Pero sonaba cierto.

–Fui arriba y me tumbé en la cama, demasiado cansada para dormir siquiera. Fue entonces cuando lo comprendí, estaba viviendo la vida de mi madre, siguiendo sus huellas con exactitud. Cierta ambición literaria, luego el amor, después el matrimonio, luego el bebé, las antiguas ambiciones defraudadas u olvidadas y el futuro predecible que se prolongaba sin fin. Y la amargura. Me horrorizaba cómo su amargura se convertiría en mi herencia. Sentía cómo su vida tiraba de mi vida, arrastrándome hacia el fondo con ella. No podía ahuyentar estos pensamientos. Seguía dando vueltas a sus diarios. La historia de cómo casi llegó a ser escritora, cómo fracasó y cómo yo me crié con su fracaso. A lo largo de las semanas siguientes me di cuenta de que iba a marcharme. Mientras hablábamos de tener otro hijo, yo ya estaba haciendo planes. Era dos personas al mismo tiempo. Tenía que hacer algo en la vida, algo más que un bebé. Iba a lograr lo que ella no pudo o no quiso. Aunque quería muchísimo a Larry. Y a ti. Al principio pensé que debía explicarlo todo. Pero te habrías opuesto, me habrías disuadido. Me siento muy culpable, no habría sido difícil...

Las palabras se desvanecieron en sus labios y estaba mirándose los pies. ¿Le acusaba de no haberla convencido de que se quedara? Otra vez estaba teniendo problemas con su confusión. Ah, el gran mercado de consumo de la realización personal, cuyo enemigo letal era el bebé que lloriqueaba egoístamente en connivencia con el marido y sus absurdas peticiones. Él tenía ambiciones frustradas de su propia cosecha, había dedicado noches y días al neonato. Pero no estaban aquí en una callejuela mojada para tener una bronca posmatrimonial. La ecuanimidad de Roland, o la apariencia de la misma, seguía teniendo superioridad, apenas. Dijo:

–Sigue.

–Ya te he perdido. Lo sé. No merece la pena molestarse.

Lo conocía bien. Él respondió:

–Te escucho.

Después de una pausa Alissa siguió:

–Quizá me equivoqué. Pensé que tenía que ser total y tenía que ser rápido. Fue cruel y lo siento. Lo siento mucho... Tu problema del sexo a diario siempre fue bastante difícil. Pero el bebé..., sus necesidades, me estaba aniquilando. No tenía pensamientos, ni personalidad, ni deseo alguno salvo dormir. Me estaba hundiendo. Tenía que escapar. La mañana que me marché..., fui caminando al metro, fue..., pero no voy a describirlo. Eres un buen padre y Larry era diminuto y yo sabía que estaría bien. Y que tú también lo estarías, antes o después. No estaba bien pero ya había tomado la decisión e hice lo que tenía que hacer. Esto.

Otra vez hurgó en el bolso de bandolera para sacar el libro que Roland había visto en el café. Dio un par de pasos y se lo tendió.

–Son las galeradas en inglés. Se publica a la vez que aquí. Dentro de seis semanas.

Roland se lo guardó en la mochila y se dispuso a irse.

–Gracias.

291

–¿Eso es lo único que vas a decir?

Asintió.

–¿Entiendes remotamente lo difícil que ha sido desde el punto de vista histórico para las mujeres crear, ser artistas, científicas, escribir o pintar? ¿Es que mi historia no significa nada para ti?

Él negó con la cabeza y echó a andar. ¿Un hombre hecho y derecho enfurruñado? Qué patético. Así pues, cambió de parecer y regresó.

–Voy a contarte tu historia. Quisiste enamorarte, quisiste casarte, quisiste un hijo y lo conseguiste todo. Luego quisiste otra cosa.

Estaba empezando a llover otra vez y caía con fuerza. Roland se volvió para marcharse, pero ella le agarró de la manga.

–Antes de irte. Dime algo de Larry. Por favor. Lo que sea.

–Es lo que has dicho. Está bien.

–Me estás castigando.

–Ven a verle. Cuando quieras. Le encantaría. Quédate con nosotros o con Daphne y Peter. Lo digo en serio. –De pronto sintió deseos de cogerle la mano. En cambio, lo repitió–: Alissa, lo digo en serio.

–Ya sabes que no es posible.

La miró y aguardó.

Alissa dijo:

–Estoy empezando otro..., un libro. Si le viera, se iría todo al garete.

Roland nunca había experimentado semejante mezcla de sentimientos intensos y enfrentados, uno de los cuales era tristeza, pues sospechaba que nunca volverían a verse. Otro era ira. Encogerse de hombros era la muestra menos apropiada de una confusión así, pero no pudo hacer otra cosa. Se detuvo un momento para comprobar si había algo más que él pudiera ofrecer o si a ella le quedaba algo que decirle. Pero permanecieron en silencio, no había nada, así que se alejó hacia la lluvia.

No estaba de ánimo para los confines y el gentío del U-Bahn, así que regresó a pie por el control fronterizo, tomó un largo y sinuoso camino hacia el Tiergarten y luego giró hacia el oeste en dirección a su hotel. El bar se encontraba vacío y no eran más que las diez. El conserje le había confirmado que sus amigos ingleses no estaban. Toda la agitación tenía lugar más hacia el este. Durante una hora estuvo sentado en un taburete alto en la barra y se tomó poco a poco una cerveza mientras repasaba el largo día en sus pensamientos, un día que había empezado en un edificio provisional en la otra punta del aeropuerto de Bristol. Se sentía bien, satisfecho, orgulloso incluso de haber visto las brechas en el Muro y las multitudes atravesándolas. Se dijo que se sentía mejor ahora por haber visto a Alissa. Era como si se hubiera curado de una enfermedad prolongada, solo conocida o entendida una vez alcanzado el alivio. Como un ruido de fondo que de pronto cesa. Creía que ya no estaba enamorado. Lo más nítido entre las cosas que había dicho ella era que la intensidad de las necesidades de Lawrence y las suyas propias le había provocado la sensación de que se estaba hundiendo. Sí, sus deseos... Pero. Pero los de ella eran vigorosos y urgentes por entonces y también tenía otras necesidades que él había intentado colmar. Le ayudó con sus dos libros en inglés, pasó a máquina dos borradores del segundo, hizo un millar de sugerencias, la mayoría de las cuales ella aceptó, se implicó en la reescritura del primero. Había tenido problemas con su prosa alienada, las frases sin verbo en *staccato*, las oscuras motivaciones de su heroína. Habían compartido la presión de las necesidades de Lawrence, que eran absolutas. La experiencia era nueva para los tres, tenían necesidades los tres. Pero ya era hora de dejar atrás esta voz indignada en la cabeza. Se había acabado. Decidió en el bar que había ahuyentado un espectro. Ella le había explicado por qué desapareció. Sus amigos, Daphne incluida, que se habían mostrado críticos con ella, querrían saberlo. Y ahora era libre. Quizá empezara a prepararse para admirar desde lejos su compromiso con la escritura. Ya mientras lo pensaba notó que regresaba la amargura. No había llegado a ese punto aún.

Subió a su habitación, una suite mucho más imponente que cualquier alojamiento al que estuviera acostumbrado. Qué amable por parte del señor Tarrant. Roland se sentó en el borde de la cama y se comió todos los bombones, kiwis, uchuvas y frutos secos salados de cortesía y se bebió un litro de agua con gas. Luego se dio una larga ducha, se puso una camisa limpia y se tumbó en la cama. Después de vacilar, sacó el libro de Alissa y lo sopesó en las manos. Era pesado. Estudió el título en la cubierta sin ilustración, *El viaje* –un poco soso, pensó–, y la novedad de su nombre en grandes letras mayúsculas. Alissa J. Eberhardt. Echó un vistazo al final. Setecientas veinticinco páginas. ¿Y la dedicatoria? ¿Imaginó que se lo habría dedicado a él? Estaba dedicado a sus padres. Bien. Pasó la página. Lo había traducido ella misma. Pasó otra página y leyó el primer párrafo. Hizo una pausa, lo leyó de nuevo y gruñó. Empezó por el principio y leyó hasta el final de una parte, sesenta y cinco páginas. Había transcurrido hora y media. Dejó que el libro se le cayera de las manos y se quedó inmóvil, mirando al techo. Para esto lo había abandonado. Empezar de nuevo. Ver el mundo como por primera vez. Hoy Roland confiaba en su propio juicio. Le estaba ocurriendo algo a su cuerpo. Notaba un hormigueo, una sensación de despegue. Incluso ahora, después de un capítulo, ya alcanzaba a ver el problema: el problema para él.

El marco era 1940, el bombardeo aéreo de Londres, el Blitz. Los primeros párrafos describen una bomba de doscientos cincuenta kilos que atraviesa el tejado de una casa adosada en el este de la ciudad. Muere una familia entera que iba ca-

294

mino del refugio demasiado tarde. Observando las consecuencias, entre los bomberos, las ambulancias, los vecinos, la
policía y los mirones, hay una joven, Catherine. Da media
vuelta y echa a andar hacia su alojamiento. Trabaja en el servicio de mecanografía de un ministerio del gobierno. También se ocupa unas horas a la semana en la oficina de una
revista literaria. Allí nadie se fija mucho en ella. Observa y
escucha a los diversos escritores que pasan por la oficina. Muchos cargan con el peso de una gran fama. Son genios auto-
proclamados o reconocidos en general. Escribe un cuaderno y
tiene discretas ambiciones propias. El Londres en el que habi-
ta es polvoriento y oscuro, y da miedo. La comida es asquerosa, su cuartito en Bethnal Green es frío. Echa de menos a sus
padres y su hermano. Tiene una breve aventura con un hombre del que sospecha que es un delincuente. Las relaciones
sexuales que mantienen se describen en detalle y resultan curiosamente alegres.

Todo esto debería haber sido un arranque deprimente
para el lector, pero no lo era y ahí estribaba su problema. Lo
notaba frase a frase, todo lo que había pensado y sentido se
estaba desmoronando. La prosa era hermosa, fresca, ingeniosa, el tono de las primeras líneas poseía autoridad e inteligencia. La mirada era exacta, implacable, compasiva. Algunas de
las escenas más crudas provocaban una sensación casi cómica
de ineptitud y valentía humanas. Había párrafos que se eleva-
ban por encima de la perspectiva limitada de Catherine para
ofrecer una amplia conciencia histórica: destino, catástrofe,
esperanza, incertidumbre. En la gran batalla aérea del verano
se había evitado una invasión. Pero esa posibilidad perdura
entre las sombras vespertinas mientras Catherine se apresura
a casa desde el ministerio para prepararse una cena frugal. Era
un mundo evocado una vez por Elizabeth Bowen, pero aquí
el estilo estaba afinado con más precisión, era más consciente
de su apariencia, que resultaba deslumbrante. Si había una

influencia, un espíritu guía oculto entre los pliegues de la prosa, era Nabokov. Así de buena era. Roland no podía relacionar estas páginas con las dos novelas anteriores de Alissa escritas en inglés. Había abandonado sus métodos solipsísticos y disociados a favor del realismo personal, social, histórico.

Siguió leyendo hasta las cuatro de la madrugada, hasta el final de un capítulo en la página ciento ochenta y siete. Alissa había advertido algo nuevo. Se había dado una promesa de grandeza en el arranque. Ahora sabía que iba a cumplirse. La novela era grande en varios sentidos. Tal vez se había propuesto escribir la historia de su madre a partir de sus diarios. Pero Alissa estaba yendo mucho más allá. En 1946 Catherine conoce a un teniente americano en la Francia ocupada y, necesitada de su ayuda, se acuesta con él dos noches. Las reflexiones que siguen, de la narradora más que de la protagonista, representan una destacada muestra de estilo elevado sobre el compromiso y la necesidad moral. Había muchos apartes: cómo la lengua, alemana, inglesa, francesa, árabe, configura la percepción, cómo la cultura configura la lengua. Había otra destacada muestra, una escena cómica a orillas de un lago cerca de Estrasburgo que hizo reír a Roland a su pesar, y reír de nuevo cuando volvió atrás para releerla. Luego conoce a una joven francesa a la que han cubierto de alquitrán y emplumado. A eso le sigue un largo aparte sobre la naturaleza de la venganza. Tiene una aventura con un musulmán argelino que luchó por la Francia Libre. Su amor concluye en una comedia de malentendidos. En una cárcel militar en Múnich mantiene una larga conversación con un oficial de alto rango de la Gestapo a la espera de ser juzgado en Núremberg. Le habla sin tapujos. No tiene nada que perder porque cree equivocadamente que lo ahorcarán. Esto da pie a una meditación sobre la naturaleza de la crueldad y la imaginación. La descripción de Múnich en ruinas tiene una cualidad alucinatoria. En un desvío del material original, da la impresión de que Catherine cruzará los Alpes hasta Lombardía y será un viaje peligroso. Perderá a un nuevo amigo en quien confiaba. Ya en el capítulo cinco se insinuaba que el futuro de Catherine está en el movimiento de la Rosa Blanca. Roland veía a Jane Farmer en Catherine y también veía a Alissa. En ninguno de los hombres que se había encontrado de momento se veía reflejado. Sintió alivio, pero su vanidad lo mantuvo alerta ante la posibilidad.

Se levantó de la cama y fue al cuarto de baño para cepillarse los dientes. Luego se quedó delante de una ventana contemplando una calle lateral vacía. Todavía quedaba mucho para el amanecer de noviembre. Entonces, para sorpresa suya, vio una familia, los padres, tres hijos, sin duda del Este, que venía lentamente por la acera. Pasos como de ensueño. Cuánto más fácil habría sido si hubiera abandonado a su hijo y su marido para escribir una novela mediocre. Así él podría haber dado rienda suelta a su desprecio. Pero esto... Pensó en su triste casita en Clapham Old Town, dos habitaciones en la primera planta, tres en la planta baja, con goteras, húmeda, atestada de libros, periódicos, pedazos inservibles de artículos del hogar aguardando sin esperanza el momento de ser reparados y reunidos, prendas de ropa y zapatos en buen estado pero que nunca se usarían, cables eléctricos para dispositivos perdidos o abandonados, bombillas, pilas, transistores que quizá todavía funcionaran, aunque ¿quién se tomaría alguna vez los minutos necesarios para averiguarlo? No se podía tirar nada. Dos adultos, un bebé, noches rotas, excrementos y leche, montones de ropa sucia, un pequeño escritorio compartido en el dormitorio donde trabajar, si no la mesa de la cocina cubierta de su desorden inamovible. Afróntalo. ¿Habría escrito, podría haber escrito *El viaje* allí? ¿La prosa lapidaria, las digresiones de altos vuelos ofrecidas como sacrificio al fantasma de George Eliot, a quien Catherine admira, la conciencia afinada hasta lo doloroso de la heroína, el ojo atento que se cernía sobre todo, la narración siempre generosa y tolerante que se iba organizando cohibidamente, como en cámara lenta ante el lector, la vasta magnitud de su material? No, imposible, nadie podría concebir un libro de tal ambición y ejecución en esa casa. A menos que estuviera sola allí. O más bien, adoptando la posición contraria, sí, era más que posible: era su deber escribir en cualquier lugar, en cualquier situación, incluida la maternidad, que sus propias decisiones adultas le hubieran deparado. Pero eso era irreal. Conocía el famoso verso de Auden. Tenía que perdonarla por escribir bien. Era tan insoportable como no perdonarla. ¿No se había mostrado egoísta y fría al retirarles su amor? Pero ahora, en estas galeradas encuadernadas ofrecía una calidez creativa sin límites. ¡El parangón de la virtud humanista! Qué decepción. Permitida solo en la ficción.

Peligrosamente, se reducía a eso: ya adoraba su novela y la adoraba a ella por haberla escrito. Todo lo que había estado pensando con firmeza en el bar de abajo se derrumbó. No había ahuyentado espectro alguno y debería escribirle. Olvida todo lo que pasó entre nosotros. Es probablemente, no, *es* una obra maestra. Tenía que decírselo antes de que lo hiciera nadie más. Pero no lo haría. No le había pedido su dirección: ¡qué excusa tan barata! Lo que se interponía era su orgullo ridículo.

Un poco antes de las cinco de la madrugada de un sábado a mediados de febrero, Lawrence llevó dos peluches a la cama de su padre e, impaciente por empezar el día, sentado bien erguido en el cuarto frío, empezó a recitar el raudal de sus pensamientos, en parte hablado, en parte canturreado: acontecimientos recientes, fragmentos de historias, rimas y una retahíla de nombres, el reparto entero de su ajetreada vida, que incluía a sus amigos, maestros, cuatro abuelos, las amistades de Roland, ciertos juguetes de peluche, Daphne, el perro del vecino, papá y mamá. Roland se quedó escuchando, no hechizado, a la espera, confiando en que a Lawrence se le agotaran las energías. Exigírselo no tenía sentido. Media hora después el niño se fue apagando y, como no tenía cole, durmieron hasta las siete y media pasadas. En el desayuno Lawrence se sentó en la rodilla de Roland manipulando sin parar una pieza de un juego de construcción que lo había fascinado esa semana: un tornillo, una tuerca y una arandela de plástico. Enroscaba el tornillo en la tuerca hasta que la arandela encajaba en su sitio con un satisfactorio chasquido. Desenroscaba el tornillo, le daba la vuelta, lo enroscaba de nuevo contra la arandela, que encajaba con un clic distinto. Lo que le llamaba la atención era que había dos maneras diferentes de hacerlo bien. Roland estaba abriendo una carta de su antigua escuela. La secretaria respondía a su consulta de hacía un mes. El texto mecanografiado se veía bien presentado. Un procesador de textos. Prácticamente todo aquel que conocía tenía uno a estas alturas, pero ellos y él despotricaban del aparato, de las «interfaces» de impresora y de tener que aprender instrucciones codificadas. La gente, Roland incluido, instaba a los rezagados a comprárselo. Les ahorraría tiempo, decían. Luego se quejaban de trabajo perdido, horas perdidas, amarga frustración. Quizá hubiera tenido sentido resistirse. A veces pensaba que igual podía sacar su vieja máquina de escribir portátil. Estaba en su estuche, en algún lugar bajo una pila de libros.

La secretaria de la escuela había consultado los archivos y lamentaba no poder ser de más ayuda. La señorita Cornell había dejado la escuela en 1965, hacía veinticinco años. La dirección de contacto era Erwarton. El administrador, que había vivido en el pueblo toda su vida, creía que la señorita Cornell se había ido a Irlanda pero no estaba seguro de la fecha. No dejó ninguna dirección a los vecinos. La secretaria concluía preguntándose si Roland estaba al tanto de que la escuela cerraría para siempre en julio.

Su sábado fue como muchos otros. La limpieza ritual de la casa, para la que Lawrence ofrecía de buen grado ayuda simbólica. Ir a corretear por Clapham Common, almuerzo en el pub Windmill con amigos que tenían niños de la edad de Lawrence. Por la tarde, una obra en el teatro infantil de marionetas de Brixton, té en casa del mejor amigo de Lawrence en ese momento, Ahmed, luego a casa. Cena, baño, una apasionante partida de cartas, cuentos, cama.

Esa noche Roland copió un par de poemas árabes traducidos en homenaje al vino y el amor para Tarjetas Epitalamio. La actitud evasiva de Oliver Morgan de un tiempo a esta parte le hacía sospechar que la empresa estaba tocando a su fin o a punto de cambiar. No pasaría nada. Se estaba hartando. Releyó la carta de la escuela. La había tenido en mente durante el día. Le sorprendió la tensión en el estómago nada más ver el emblema familiar en el encabezamiento, una cabeza de lobo de perfil con la inscripción latina debajo. Berners Hall. Cinco años de su vida. Toda la rutina, la privación, el distanciamiento de las amistades, su huida de allí. Le produjo una excitación extraña ver el nombre de ella impreso como en un libro y el nombre de Erwarton. Su traslado a Irlanda, sin él. Se levantó del escritorio de su cuarto, echó un vistazo a Lawrence y bajó a derrumbarse en un sillón. Sí, notaba la reverberación de antiguos anhelos. La desesperación. No la había visto en veintiséis años y se había adueñado de él sigilosamente una sensación huera de que le faltaba algo. Se abandonó a ella. ¿Por qué no? No tenía nada de malo. Como tampoco lo tenía su indignación. Ella lo había dejado atrás. ¿Dónde en Irlanda, por qué y haciendo qué, y con quién? Otro colegial quizá.

En las vacaciones de verano de 1964, estaba en casa de su hermana y el primer marido de esta cerca de Farnborough. Roland quería tener un empleo; nada fácil en Alemania, adonde había sido destinado su padre, ahora el comandante.

Estaba en su cuarto después de trabajar cuando abrió con dedos trémulos el sobre marrón con los resultados de su examen oficial de acceso a bachillerato. Se sentó en la cama mirando la lista, intentando que una letra en particular fuera distinta. Once asignaturas y no había logrado aprobar ni una. La fina ficha impresa con «I» junto a todas y cada de una de las materias fue un choque físico. Incluso inglés. Todo el mundo decía que había que ser imbécil para suspender inglés. Incluso música. No se había molestado en aprender los temas adecuados. No cursaría el bachillerato, pues, no estudiaría inglés, francés y alemán de nivel avanzado ni iría a la universidad. Siempre había creído que podría aprobar media docena aguzando el ingenio. Once veces «I», impreso a máquina como un telegrama, entregado para informarle once veces de lo Insuficiente, lo Impostor y lo Imbécil que era. Tenía casi dieciséis años. A los examinadores no les había impresionado su precoz experiencia sexual.

Ese verano había estado trabajando en una empresa de diseño de jardines. Cobraba la mitad que un adulto. Lo detestaba. El jefe, el hombre al que llamaban capataz, le daba miedo. Ahora esa podía pasar a ser su clase de vida. Con estas calificaciones la escuela no le permitiría matricularse en bachillerato. La mayoría de los chicos aprobaban nueve o diez asignaturas. Estaba descartado.

Era una suerte que sus padres hubieran dejado ambos los estudios a los catorce años y no comprendieran la magnitud de su desastre. Su padre había mentido sobre su edad para alistarse en el ejército a los diecisiete. Era de los que creían firmemente en empezar desde abajo. Rosalind fue directa de la escuela al servicio como camarera. En la familia extensa no se esperaba que nadie siguiera estudiando después de los dieciséis. Nadie lo había hecho nunca. La vergüenza era toda suya. Ni siquiera fue capaz de decírselo a su hermana. Susan se habría mostrado animada y consoladora, rebosante de consejos prácticos. El único contemporáneo a quien podría habérselo contado habría sido el chico con peores calificaciones. Eso no era posible. Sabía lo que tenía que hacer y sentía náuseas cada vez que lo pensaba porque sabía lo que ella diría. La cabina de teléfono quedaba a unos ochocientos metros. Llamó a cobro revertido como siempre. En cuanto ella contestó se lo dijo.

Miriam respondió simplemente:

—No dejarán que te matricules.

—No.

—Bueno, y ahora ¿qué?

—No lo sé.

—¿No tienes un plan?

—No.

—Entonces más vale que vengas a vivir conmigo.

Notó que se le doblaban las rodillas. Se hundió contra el lateral de la cabina. El corazón le latía tan fuerte que le hacía daño. Si alguien hubiera llamado a la puerta de cristal y le hubiese ofrecido once aprobados con sobresaliente, habría tenido que rehusarlos.

—Tendría que buscar trabajo.

—No, qué va. Tú ven. Cuidaré de ti. Estarás bien.

Roland guardó silencio como pensándoselo a fondo. Pero ella ya sabía su respuesta.

Al día siguiente volvió a cavar acequias de drenaje con dos hombres mayores, de cuarenta y pico años largos. Estaban trabajando en un terreno cubierto de malas hierbas bajo la trayectoria de vuelo del aeropuerto de Farnborough. El día entero, reactores de combate y pesados aviones de transporte bramaban y atronaban sobre su cabeza. Muy cerca. Al principio se había agachado de manera instintiva cuando se aproximaban. Era imposible no dejar de cavar y mirarlos. Pero pasó a ser posible porque el capataz, el señor Heron, les gritaba después. En términos tan estrepitosos como los cazas les recordaba que no se les pagaba para que se dedicaran a contemplar los aviones.

El mes anterior todos los periódicos habían publicado las nuevas fotografías de la Luna enviadas por una nave espacial americana. Mil veces mejores que cualquier cosa que se pudiera obtener con un telescopio. Las nítidas imágenes de cráteres y sus sombras lo habían entusiasmado. Todos los implicados debían de haber estado mucho más cualificados de lo que él llegaría a estarlo nunca. Igual que los pilotos que lanzaban bombas sobre el norte de Vietnam. Incluso algunos Beatles, todavía triunfantes por América, habían estudiado Bellas Artes. Mick Jagger fue a la Escuela de Economía de Londres. Durante todo el fin de semana Roland se regodeó en premoniciones de desastre, aunque sabía que se engañaba. La realidad era abrumadora en su simplicidad. No tenía otra opción. Había sido condenado a una vida de dicha erótica.

El lunes después de trabajar se encontró otra carta, escrita a mano, con matasellos de Ipswich. Buenas noticias. El señor Clayton, el profesor de inglés, escribía para explicar que había intercedido con el director. Al principio no había hecho progresos. Luego el profesor de física, el señor Bramley, le había echado un cable. Después, el señor Clare le había dicho al director, sin el menor oído musical, que Baines era un pianista «entre un millón» y le había enseñado el recorte de prensa de Norwich. A regañadientes, se hizo una excepción con él. Convinieron en que Baines era un chico brillante cuyo potencial había quedado velado por sus calificaciones. Se le permitía, después de todo, cursar bachillerato en septiembre. «Vas a tener que trabajar duro», escribía Clayton. «Serías un puñetero idiota si no lo hicieras. Peter Bramley, Merlin Clare y yo nos hemos arriesgado a mediar por ti. No se te ocurra dejarnos en mal lugar. He escrito a tus padres para decirles que te esperamos. No te preocupes. He dado por sentado que no les habías puesto al tanto de los resultados.»

Roland se llevó la carta arriba, se quitó las botas y se tumbó en la cama. Hacía dos años, durante solo diez minutos, había impresionado a su profesor de física. Desde entonces, ni una sola vez. Lo abordó después de clase. Su pregunta era auténtica. Si ataba un cordel a un extremo de una regla de treinta centímetros y tiraba con suavidad, pero no lo bastante fuerte para vencer la fricción entre la regla y la mesa sobre la que reposaba, entonces debía de estar ocurriendo algo entre la parte delantera de la regla donde estaba sujeto el cordel y el extremo opuesto. Se ejercía alguna fuerza o tensión de la parte anterior a la posterior. Y si tiraba un poco más fuerte, la regla empezaba a moverse, toda ella, la parte anterior y la posterior al mismo tiempo. Así pues, debía de transmitirse instantáneamente alguna clase de información a través de la regla. Y sin embargo el señor Bramley había explicado a la clase que nada viajaba más rápido que la velocidad de la luz.

Había estado tan interesado en lo ingenioso de su pregunta que no recordaba la explicación que le ofreció el profesor de física. Dos años después Roland hubiera preferido morderse la lengua. ¿Y qué hizo para impresionar al señor Clayton? Debía de ser su trabajo sobre *El señor de las moscas*. Mientras Roland seguía tumbado en la cama con la mirada fija en los azulejos de poliestireno del techo aceptó que realmente se había engañado. Sus horribles calificaciones en los exámenes habían augurado una gran aventura. Una hermosa ruptura con la rutina, una furiosa escapada, una liberación, un campamento de Gurji en la época de Suez. Ahora, sin su permiso, la aventura se había suspendido y le había caído encima una carga de expectación, de deber y de aburrido esfuerzo en los estudios. Había estado elaborando una explicación sencilla para sus padres. Había estado a punto de decirles que no quería seguir estudiando. Quería seguir adelante con su vida. Su padre lo habría entendido y su madre no tenía ni voz ni voto en el asunto. Después de una carta personal de su profesor estarían orgullosos de que siguiera en la escuela y naturalmente insistirían en ello.

Cuando se lo dijo a Miriam por teléfono ella se enfureció con todos. Roland sabía que sería así. También se mostró seductora.

—Ese Clayton es idiota. Lo conozco. Siempre metiendo las narices. No es asunto suyo.

—Lo sé.

—Eres lo bastante mayor como para tomar tus propias decisiones.

—Seguiré yendo a verte. Será igual que antes.

—Quiero que estés aquí todo el rato.

—Sí.

—Quiero que dejes la escuela. Te quiero en mi cama.

Se apoyó en la puerta de la cabina. Se notaba mareado. Le costaba respirar en un espacio tan angosto.

—Toda la noche, ¿lo entiendes? Y por la mañana. Que despertemos juntos todas las mañanas. ¿Te lo imaginas?

—Sí. —Lo dijo débilmente y ella no le oyó. Repitió la palabra, el delicioso y fatídico asentimiento. Por la noche, por la mañana.

—O sea que vas a dejar la escuela.

—Vale. Lo haré..., pero no puedo. Mira, lo pensaré.

—Llámame otra vez dentro de una hora.

Esto se prolongó a lo largo de numerosas llamadas. Cuando la oía estaba listo para obedecer. Tenía casi dieciséis años y era libre para elegir. Miriam tenía razón. Debía estar con ella. Toda la noche, todas las noches. El resto era trivial. Cuando salía de la cabina estaba otra vez en el mundo real, con gente real y con lo que hacían por él y esperaban de él. Ya había escrito una carta de agradecimiento a su profesor de inglés. Había confirmado a sus padres que seguiría en la escuela para estudiar inglés, francés y alemán de nivel avanzado. Otros dos años. Pero Miriam también era el mundo real y era la única que en realidad hablaba con él.

Requirió valentía decirle durante una conversación:

–Pero ¿qué voy a hacer durante todo el día mientras tú estás dando clases?

Ella no vaciló:

–Te quedarás en pijama y me esperarás. Guardaré tu ropa bajo llave en el cobertizo.

Los dos se echaron a reír. Roland sabía que le estaba tomando el pelo. Que en el fondo ella esperaba que volviese a la escuela. Pero le atrajo intensamente la idea de estar en pijama todo el día con un único objetivo en la vida. Al final, llegaron a un acuerdo. Él iría a su casa antes de que empezara el trimestre y luego...

Lo dijo suavemente por teléfono: «Cariño mío, ya veremos».

En vez de encararse con el señor Heron, Roland dejó el trabajo renunciando al sueldo de una semana. Había ahorrado sesenta libras en billetes de una libra, un grueso fajo en el bolsillo trasero abrochado cuando siguió a un mozo de cuerda con su baúl y vio cómo lo cargaban en el furgón de cola del tren de Liverpool Street a Ipswich. Ella le estaba esperando en el andén. Al saludarse, apenas se tocaron ni hablaron. Eso quedaba para más tarde. En silencio cruzaron el puente peatonal con el baúl a cuestas. A Roland le alegró que cuando enseñó su billete infantil al inspector en la puerta, este no creyera que tenía menos de dieciséis años. Estaba preparado para eso y le enseñó el pasaporte.

Miriam dijo:

–Mire. No es un embustero. Debería disculparse.

El hombre, que no era tan mayor pero sí bajo y marchito, respondió en voz queda:

–Me limito a hacer mi trabajo, señora.

Ella le puso una mano en el brazo y le dijo en tono cordial: «Ya lo sé. Ya lo *sé*». Cuando cruzaban la explanada en penumbra, empezaron a partirse de risa. Él se admiró de cómo había aparcado justo delante de la estación, el coche medio subido a la acera, justo debajo de la señal de NO APARCAR. Por él. Una feliz sensación de libertad lo golpeó de lleno en todo el pecho. Claro que no iba a volver a la escuela. Qué disparate tan descabellado sería. No sin esfuerzo consiguieron meter el baúl en el asiento trasero del coche. La portezuela de atrás no se cerraba. Ella sacó un trozo de cuerda del bolso y se lo pasó. Él anudó las asas del baúl a la puerta y la aseguró con un nudo de rizo. No se sentía solo liberado sino capaz, tanto más cuando se sentó junto a ella y se besaron a placer sin preocuparse por las docenas de pasajeros que salían por la entrada de la estación. ¡Besarse en un coche! En su fervor tuvo la sensación de estar en una película, de que aquello era París, no Ipswich. Tendría que empezar a fumar, por mucho que –para vergüenza suya– le repugnara el tabaco. Llevaban cinco semanas sin verse. Incluso en sus fantasías más específicas había olvidado muchísimo. La calidez, su tersura, ahora el tacto de su mano en la nuca, y luego su lengua. Estaba en las primeras aproximaciones, el largo descenso por una pendiente helada hacia un orgasmo, ahí mismo en su coche. Eso no pasaba nunca en las películas de Truffaut. Prudente, suavemente, se apartó. Ella bajó la mano en un movimiento pausado para girar la llave de contacto y meter primera, bajar de la acera con un topetazo e incorporarse al tráfico. Tenía mucho más control que él. Roland debía aprender a estar sereno.

Pero diez minutos después, cuando enfilaron la estrecha carretera junto al astillero y siguieron la línea de la playa fluvial, sufrió unos agitados minutos de excitación y temor. Era la ruta conocida que había tomado por primera vez con sus padres en el autobús 202 un día cálido como ese. Ahora, el gran espacio azul del río y el cielo lo empequeñecieron, lo arrastraron de regreso a la infancia desconcertada. No había nada en este paisaje que no preludiara el destino y su futuro inmediato. Berners Hall. Los robles en la orilla opuesta eran árboles de la escuela. Lo mismo los postes de telégrafo y sus cables combados, el insólito verde pastel de la hierba a la orilla de la carretera, el aire cálido que transportaba el sabor acre del fango salado y podrido de la playa. Un olor escolar. Todo ello pertenecía a la escuela, y él también.

–Te has quedado callado –dijo ella. Pasaban junto al depósito de agua de hormigón en el cruce de Freston. Otra propiedad de la escuela.

–Es la sensación de principio de trimestre.

Ella le puso una mano en la rodilla.

–Ya veremos.

Llevaron su baúl por el sendero del jardín hasta la casa y lo dejaron en la sala de estar. Su nombre estarcido en la tapa proclamaba su orgulloso regreso.

Ella se le acercó, le besó suavemente, le bajó la bragueta de los vaqueros y lo acarició mientras hablaba.

–No puede quedarse aquí, ¿verdad?

–No.

–Vamos a dejarlo directamente en el cobertizo.

Roland rió.

Ella se apartó y agarró un asa.

–Levanta tu lado.

Cruzaron con el baúl la cocina y el jardín. Lo posaron para que ella abriera el candado de la puerta del cobertizo. Mientras él esperaba le dio la impresión de que estaba a cientos de metros de profundidad bajo aguas turbias, que la luz y el sonido le estaban negados y que el deseo ejercía muchas toneladas de presión. Haría cualquier cosa que ella le pidiera. Apartaron el cortacésped y dejaron el baúl entre las palas, las azadas y los rastrillos. Cuando ella hubo cerrado la puerta y encajado el gancho del candado en la armella, le besó de nuevo y tiró de su camisa. «Esto te lo vas a quitar de todos modos. Arriba.»

Estaban muy juntos en el centro del jardincito, mirándose a los ojos. Un arbolillo proyectaba algo de sombra fragmentaria. Los ojos de ella parecían abultados y había en ellos retazos de color que Roland nunca había visto, fragmentos de amarillo, naranja y azul, meros pinchacitos en torno a las pupilas. Se le ocurrió, un fugaz pensamiento traicionero, que de hecho estaba loca, como decían algunos chicos. Estaba loca de atar y lo mantenía en secreto. Aunque la idea lo asustó, también le emocionó que pudiera estar chiflada, que no tuviera autocontrol y lo obligara a ir con ella, a descender con ella a algún paraíso infernal. Esta era su aventura, su viaje. La mayoría habría tenido demasiado miedo para emprenderlo. Otros querían parejas sosas y de fiar. Le metió la mano por debajo de la falda y la acarició suavemente con el dedo, tal como le había enseñado; ella murmuró en el mismo tono grave una larga frase, la mayor parte de la cual él no captó. Lo único que oyó fue la palabra repetida «tengo». Se habría sentido idiota pidiéndole que la repitiera de principio a fin.

Fueron dentro. Roland le cogió la mano y la llevó escaleras arriba. El dormitorio estaba en perfecto orden estival. Las ventanas abiertas al sol de media tarde. Había marea alta en el río Stour. El cubrecama estaba pulcramente retirado de la sábana lavada y planchada. Roland la desvistió donde se hallaba, sobre la alfombra de color amarillo desvaído, la condujo a la cama, le separó las piernas y con la lengua ejecutó para ella en respetuoso silencio lo que llamaban en una de sus bromas íntimas el primer preludio. Luego fue al cuarto de baño a lavarse. El cuartito rosa con el suelo inclinado también estaba lleno de sol. Al quitarse la camisa se vio en el espejo. Las semanas de cavar zanjas para el señor Heron le habían hecho bien a su torso. Decidió que tenía un aspecto asombroso. La luz feroz desde un lado realzaba el efecto. Pensó que era necesario grabar en la memoria lo bien que se sentía, cómo todos y cada uno de sus actos tenían un flujo discreto y hermoso igual que si se moviera al ritmo de una orquesta. El tema de *Éxodo*. Y semejante anticipación gloriosa de lo que estaba a punto de ocurrir. Levantó un brazo para tensar el bíceps y se volvió para verse en el espejo los músculos de la espalda. Guay. Ella lo llamó por su nombre con impaciencia desde el dormitorio.

Hicieron el amor durante lo que pareció una hora, aunque habría sido difícil concretarlo. Luego ella se quedó recostada sobre su brazo y murmuró: «Te quiero». Se le estaban cerrando los ojos. Gruñó a modo de asentimiento. Le agradó lo varonil que sonaba. Dormitaron unos veinte minutos. Él despertó con el sonido del baño que le estaba preparando. Se quedó en la bañera un buen rato, admirando cómo la intensa luz del sol poniente transformaba su palidez ascendiéndolo a una raza de superhombres de piel melosa cuyas capacidades intelectuales no podían medirse por medio de meros exámenes.

Volvió desnudo al dormitorio y vio que su ropa y sus zapatos no estaban. Ella había hecho la cama. Junto a la almohada del lado de Roland había un pijama de algodón amarillo. Lo desdobló. Tenía un fino ribete azul pálido en los puños y las solapas. Miriam no lo había dicho en broma. Era brillante y estaba loca. Se lo puso. Le quedaba holgado pero bien, aunque la erección se le notaba de una manera ridícula. Fue a la ventana y contempló el río, una corriente de oro fundido, para distraerse.

Abajo, ella estaba preparando una ensalada de gambas. Dejó el cuchillo y se retiró un poco para admirarlo.

–Guapísimo. Te he comprado dos más. Uno azul y otro blanco.

–Ay, Dios –respondió él–. Lo decías en serio. –Se acercó a besarla. Ella se levantó la falda. No llevaba bragas. Todo estaba planeado. Follaron de pie contra la endeble encimera de la cocina. Esa palabra prohibida era la adecuada, pensó al empezar, no «hicieron el amor». No hablaron, no hubo ternura. Fueron enérgicos, como si alardearan ante una presencia invisible. Las prosaicas tazas, platillos y cucharillas en el fregadero de acero inoxidable tintinearon cómicamente y ellos procuraron no hacer caso. Daba igual: acabaron en unos minutos.

Ahora se sentía como un dios. Miriam le dijo que abriera una botella de vino. Nunca había abierto una, pero sabía hacerlo. Ella sacó dos copas. Roland llenó la primera, luego lo detuvo.

—Hasta el borde no, criatura. La mitad. Nunca más de dos tercios.

Vertió parte de la primera copa en la segunda y se la tendió.

—Por tu nueva vida —dijo. Brindaron.

Antes de cenar interpretaron un dueto, una de las piezas de Mozart que conocían bien. Él llevaba semanas sin ensayar. No había pianos donde había estado. Pero fue avanzando a tientas, improvisó. Era un dios después de todo, un dios alado. Comieron fuera en una mesa de madera tambaleante. Ella le volvió a llenar la copa mientras él le contaba su verano. La estancia de dos semanas con sus padres en los alojamientos para oficiales casados en un inmenso y aburrido campamento del ejército cerca de la pequeña población de Fallingbostel. El capitán era ahora comandante al mando de un taller de reparación de tanques. También iniciaba consejos de guerra contra soldados indisciplinados o delincuentes. Su madre estaba pendiente de Roland, le llevaba el desayuno a la cama y preparaba asado todas las noches. Su padre bebía mucho a la hora de cenar, se ponía alegre primero, luego gruñón.

Durante el día no había nada que hacer, «Aparte de pensar en ti», dijo Roland. Era quedarse corto. Se suponía que debía leer los libros de la lista de la escuela —*Mansfield Park*, *Les faux-monnayeurs*, *Der Tod in Venedig*—, pero era incapaz de concentrarse. No podía dejar de pensar en Miriam. En las largas

311

tardes de julio los títulos mismos, el peso de un libro en la mano, le daban ganas de dormir, que era lo que hacía. Algunas noches iba al cine del ejército, el AKC, con su madre. Vieron a Marlon Brando en *Motín a bordo*. Ay, estar allí, en ese siglo, con Miriam, incluso en ese barco conflictivo lejos de la escuela más próxima. De vuelta a casa con su madre, cogidos amigablemente del brazo, ella le habló de su padre, de cómo Roland era «la luz de sus ojos». Otra tarde le contó que el comandante a veces le pegaba después de haber estado bebiendo. Roland no le dijo que ya lo sabía por Susan. Siempre le había resultado difícil imaginarlo. Rosalind era delicada, de apenas un metro sesenta de estatura, mientras que el comandante estaba tan fuerte como siempre a sus casi cincuenta años. Podría haberla matado de un puñetazo. Susan había intentado convencer a Rosalind de que abandonara el matrimonio el día que Roland entró en el internado. En aquel caluroso viaje en autobús por la línea de costa, en el piso superior con sus padres, él no sabía nada. Pero el recuerdo estaba alterado.

Iba por la tercera copa y hablaba con toda libertad. Ya no le preocupaba el pijama. El algodón fino casaba muy bien con la cálida noche de finales de agosto. Le estaba contando a Miriam que lo que había visto durante su estancia en Alemania había ocurrido, con variaciones, tres veces. Habían acabado de cenar. Estaba ayudando a su madre a llevar platos y fuentes a la cocina. Su padre entró y le dio una fuerte palmada en la espalda a Rosalind para felicitarla por la comida. Una vez y luego otra. Fue un golpe de verdad, apenas disimulado como gesto de afecto.

—Robert, ojalá no hicieras eso. —Fue valiente por su parte decir aunque solo fuera eso.

—Ay, Rosie. Solo elogio cómo cocinas. ¿Verdad que sí, hijo?

Y lo hizo de nuevo, palmeándole el hombro tan fuerte que se le dobló ligeramente la rodilla.

No era afecto, pero había simulación, justo la suficiente, un reto crudo que hacía imposible saber qué decir.

–Te lo he pedido muchísimas veces. Ya sabes que duele.

Entonces él se puso petulante.

–Coño, ¿esto es lo que saco por ser amable?

De semejante ánimo se le daba de maravilla una mezcla de enfurruñamiento y furia. El intercambio le llevó a pasarse del vino a la cerveza seguida de un trago de whisky. Rosalind se quedó en la cocina, limpiando, luego se fue directa a la cama, mientras que Roland se quedó en la sala de estar con su padre, que era consciente del ambiente enrarecido, y dijo, como hacía siempre que quería pasar página y que Roland la pasara con él: «Da igual, hijo. Da igual».

Esa noche, cuando se disponían a acostarse, Miriam le dio a Roland un neceser de repuesto con cepillo de dientes y navaja de afeitar.

–Quiero que te acuestes desnudo. El pijama es para el día.

Fue tan exquisito como ella había prometido, dormir uno en brazos de otro. Hicieron el amor antes de levantarse. Esa mañana ella iba a ir a Aldeburgh para dar clases todo el día en una escuela de piano de verano. Su trabajo, le dijo justo antes de ir a por el coche, era estar listo para su regreso. Cuando salía de la casa añadió: «La llave del cobertizo la tengo yo, así que no pongas todo patas arriba».

Ese día Roland iba de blanco. Se sentó al piano un rato intentando improvisar a partir de unos temas clásicos de jazz. Luego inventó a placer y después de varios minutos empezó a tocar una melodía que le gustó mucho. Buscó papel pautado para música y la anotó y durante casi todo el resto de la mañana probó distintas armonías hasta que quedó satisfecho y escribió la nueva versión. Empezaba a hacer un descubrimiento sobre sí mismo. ¿O era un descubrimiento sobre el sexo? Justo después de hacerle el amor a Miriam sus pensamientos se expandían hacia el exterior, se alejaban de ella hacia el mundo, hacia planes ambiciosos que comportaban versiones más audaces de sí mismo. Sus pensamientos eran serenos y claros. Luego lentamente, en el transcurso de una o dos horas, de una manera cada vez más concentrada sus pensamientos volvían a ella, a la deliciosa aceptación, que enseguida se convertía en un ansia egoísta. Solo la quería a ella. Todo lo demás carecía de sentido. Ese era el ritmo, hacia dentro, hacia fuera, como respirar.

Así pues, durante el desayuno y después de que ella se hubiera ido, era muy consciente de que se estaban abandonando a un juego sensual con sus pertenencias bajo llave y la adoraba por ello. Era divertido y absurdo. Humillante, si alguien lo descubriera. Su regreso a la escuela, para el que solo faltaba una semana, era inevitable. Había un ímpetu establecido por otros. La temporada de rugby estaba empezando y esperaba que le pidieran capitanear el segundo equipo o incluso formar parte del primero. Ahora que Neil Noake, con tanto talento, se había ido, Roland era de lejos el mejor pianista de la escuela y se contaría con él para que acompañara los himnos en la reunión general del domingo por la tarde. Tenía cita el primer día del trimestre con el señor Clayton para que le diera una charla motivadora. El profesor de física también quería verle. En el cobertizo, en su baúl, había libros que debería estar leyendo. No solo las novelas que no había tocado, sino *Todo por amor* de Dryden, *Fedra* de Racine, los *Poemas escogidos* de Goethe. Se había fijado en un atizador de acero junto a la chimenea. Supuso que no sería muy difícil hacer palanca para que saltara la hembrilla de la puerta del cobertizo. Además, la canción que estaba escribiendo era interesante, tenía un ritmo dulce, melancólico. Necesitaba letra. Igual la cantarían los Beatles. Se haría rico.

Salió. Era otro día cálido. Si hubiera vivido en el trópico, habría ido vestido así. Le vino a la cabeza un retazo alentador de un poema de D. H. Lawrence. Tuvieron que escribir al respecto allá en tercero. *Y yo en pijama por el calor.* Estaba junto al cobertizo, buscando el modo de introducir el atizador bajo la hembrilla y forzarla. La cerradura de hierro estaba encastrada en la madera dura y curada. Seguía mirando cuando oyó que la vecina del otro lado de la valla, la señora Martin, tan charlatana, abría la puerta de atrás. Casi con seguridad a punto de tender la colada, casi con seguridad dispuesta a charlar con Roland. Hacía semanas que no lo veía. ¿Qué estaba haciendo en pijama con ese atizador en la mano? Se escabulló rápidamente hacia el interior de la casa. Fue entonces cuando el proceso empezó a invertirse, la emanación estaba a punto de cambiar y Miriam, su cuerpo, su feroz posesividad se alzó ante él, aunque no tan intensamente, todavía no.

Desde arriba veía bien a la señora Martin. Estaba disponiendo una tumbona a la sombra de su ciruelo europeo. En la hierba a su lado había dos revistas. Roland se volvió. Ahí estaba la cama, con el cubrecama suavemente alisado y al pie el tercer pijama, por si lo necesitaba, azul con ribetes verdes. No podía salir a la calle. Pasaba gente por delante de vez en cuando. Estaba recluido en la casa y ahora Miriam, a cincuenta y pico kilómetros y con seis o siete horas hasta su regreso, estaba justo delante de él, su voz, su rostro, todo. Y todo lo que no fuera ella estaba alejándose. La marea, su marea, se estaba alejando con rapidez. No podía entrar en el cobertizo, ¿y qué importaba eso? No habría leído los libros de todos modos. No se podía concentrar. El pijama era su única ropa, si podía decirse así. Su dinero estaba en los vaqueros bajo llave. El mundo que incluía a los profesores, el rugby, los Beatles y toda la literatura europea no estaba a su disposición y le traía sin cuidado. No había nada que pudiera hacer al respecto. Lo que quería venía en camino hacia él, pero muy lentamente. Tenía que esperar.

Volvió al piano. Su delicada melodía había encogido. Era manida, poco original, bochornosa. Imposible mejorarla cuando le dolía toda la zona en torno a la entrepierna –de una manera casi placentera– y no podía dejar de bostezar. Ni siquiera era capaz de tocar como era debido la más fácil de las «Invenciones a dos voces». Abandonó la tentativa y fue a la cocina a mirar en el frigorífico. Ojalá tuviera hambre, así habría ocupado algo de tiempo. Hizo el esfuerzo de comer de todos modos. Fue un desastre, su intento de freír huevos. Limpiar la cocina lo dejó para luego. En la sala de estar patrulló las estanterías. Biografías de compositores, teoría musical, guías de viaje de Venecia, Florencia, Taormina y Estambul, gruesos novelones del siglo XIX y muchos poetas, demasiados poetas. Estaba a punto de coger un libro, cualquier libro, pero dejó de apetecerle. El mundo rebosaba de impulsos inútiles. Además, se suponía que debería estar leyendo a Dryden.

Se preguntó si la de Miriam sería una de las pocas casas en todo el país sin televisión. Encontró en cambio un pequeño transistor rosa con la marca Perdio en una rúbrica plateada en la parte anterior. Era muy temprano para Radio Luxemburgo y de todos modos nadie guay en Berners la escuchaba. Solo ponían novedades de las grandes discográficas que patrocinaban los programas. La emisora del hombre con dos dedos de frente era Radio Caroline, que emitía desde un barco anclado no muy lejos, más allá de donde confluían el Orwell, el Stour y el Mar del Norte. El barco estaba justo al otro lado del límite de tres millas marítimas, los pinchadiscos eran renegados, rebeldes, y había cundido el pánico entre las autoridades: una parte de la juventud de la nación se había establecido fuera de su control. Durante un rato escuchó, provechosamente distraído, un programa entero dedicado a los Hollies. Se tumbó en el sofá con la radio pegada a la oreja porque se estaba quedando sin pilas. Le interesaban las estrechas armonías a tres voces en la música pop. Si tuviera energía podría escribir algo para ellos. Podía ir al piano ahora. Pero no se movió, y entonces empezó a sonar Cliff Richard. Ningún chico en su sano juicio de la escuela lo soportaba, aparte de «Move It». Apagó la radio y se sumió en un sueño ligero.

La tarde calurosa pasó como envuelta en bruma. Cuando fue arriba, la señora Martin seguía con la primera revista. Ahora tenía a su lado una mesita baja y una tetera. De nuevo en la cocina se comió un pedazo de un cuarto de kilo de queso chédar. No se molestó con el pan. Tuvo que seguirle la pista a una mosca que no dejaba de zumbar. Al cabo, la aplastó contra una ventana entre los pliegues del envoltorio del queso. Volvió al piano, intentó improvisar y enseguida lo irritaron sus limitaciones. Su preparación clásica era un lastre. Se tumbó en el sofá y consideró que le llevaría un par de minutos provocarse –«donarse» fue la palabra que le vino a la mente– un orgasmo y liberar sus pensamientos. Pero estaba esperando a Miriam, no quería ser libre. ¿O podría salirse con la suya? En respuesta, regresó arriba para mirarse con atención en el espejo del cuarto de baño. ¿Quién era? ¿El capitán del segundo equipo? ¿Un imbécil sumiso confinado en casa y en pijama? No lo sabía.

El aburrimiento de un quinceañero puede ser tan refinado como una filigrana de oro portuguesa, como la tela espiral en forma de orbe de la araña de Karijini. Esmerado, diestro, estático, como los bordados que las mujeres de Jane Austen se convencían de que eran trabajos cuando no tenían permitido nada más. Poco a poco, con cuidado, limpió el caos de los huevos fritos. El reloj de pared de la cocina se detuvo junto con su existencia. Se cernió sobre ella, su vida, en posición supina en el sofá, sin otra cosa que hacer que echar de menos a Miriam. Y cuando a las seis y media oyó su coche y la vio venir por el sendero del jardín y entró como si nada después de su ajetreado día, lo abrazó con fuerza, lo besó violentamente, el tiempo tras él se derrumbó en un punto de fuga de amnesia, y cuando le preguntó subiendo por las escaleras si lo

317

había pasado mal, él contestó: «No, no, he estado bien. Bien del todo».

Los tres días transcurrieron como esas horas del primero, una ingeniosa tortura que no dejaba marca. En un estado de profunda excitación le daba un beso de despedida por la mañana y redescubría el dulce dolor de esperar durante el día. La ola de calor dejó paso a vientos fríos del este y luego a una lluvia constante. Ella le lavaba y planchaba los pijamas. Un día fue a Bury St. Edmund al estreno de una pieza coral de un viejo amigo. Pasó los otros dos días en la escuela de verano. Por la noche hacían el amor en cuanto regresaba y cenaban lo que ella preparaba.

Tres días antes del cumpleaños de Roland iba a haber una cena de celebración. Ella trabajaba hasta tarde el día que cumplía los dieciséis, le había dicho. Regresó más temprano de lo habitual. Él se metió en la bañera después de que se reunieran mientras Miriam trasteaba en la cocina. Tenía que quedarse arriba hasta que ella estuviese preparada para llamarle. Se puso el pijama recién planchado, el blanco otra vez, y se sentó en la cama esperando su llamada. Tenía la cabeza agradablemente despejada. La escuela empezaría pronto. Tenía planeado ir a la biblioteca de bachillerato por las tardes y ponerse al día con los libros obligatorios durante la primera semana del trimestre. Leía rápido y tomaría notas. El señor Clayton les había enseñado a «destripar» un libro. Lo único que necesitaba, decidió Roland, era centrarse.

Ella lo llamó suavemente por su nombre desde el pie de la escalera, como si hiciera una pregunta, y él bajó. Había mantel, dos velas encendidas, champán en una cubitera y su plato preferido, cordero asado. En la mesa brindaron con las copas. Ella llevaba un vestido rojo escotado y, un toque juguetón, se había puesto en el pelo una rosa roja del jardín, una de las últimas del verano. Estaba más hermosa que nunca. Roland no le dijo que no había probado el champán. Como la limonada, pero más ácido. Ella le dio su regalo, un grueso sobre marrón atado con un lazo blanco. Levantó la copa de nuevo y él cogió la suya.

–Antes de abrirlo, recuerda. Siempre serás mío.

Él asintió y echó un buen trago.

–Tómalo a sorbos. No es un refresco.

Era un fajo de papeles sujetos con un clip. Encima había dos billetes de tren a Edimburgo, en el expreso, en primera clase. Pasado mañana. La miró en busca de una explicación. Ella dijo en voz baja:

–Sigue mirando.

La siguiente hoja era una carta de confirmación de su reserva de una suite en el Royal Terrace Hotel. Pasarían allí la noche anterior a su cumpleaños.

–Fantástico –murmuró. La tercera hoja lo desconcertó. La leyó muy deprisa, vio una especie de formulario oficial, ya cumplimentado. Había un emblema heráldico en azul en el encabezamiento. Vio su nombre en letras mayúsculas, y el de ella. Luego la dirección de un registro civil.

–¿Matrimonio? –Era de un absurdo tan extremo que se echó a reír.

–¿No es emocionante, cariño? –Le estaba llenando de nuevo la copa, mirándolo fijamente con una dulce media sonrisa. Tenía los ojos abiertos de par en par y vidriosos.

El absurdo se desvaneció. Ahora era miedo en forma de una sensación como de caída. Iba a necesitar fortaleza y no estaba seguro de tenerla. O de si quería tenerla. Pero la necesitaba. Hacía una hora habían estado haciendo el amor. En el cuarto de baño había estado silbando su canción de los Beatles y viendo cómo podía rescatarla, había oído armonías mejores en la imaginación. El mundo más allá de Miriam, el ámbito de los libros destripados. Pero ahora estaba en los límites, regresando a la deriva hacia el ámbito de ella. Después de todo, eran las siete y media y estaba en pijama. Miró el impreso de nuevo. Una vida entera de no hacer nada salvo el amor. Fue un esfuerzo colosal, pero le quedaban ciertos recursos menguantes de claridad, un sentido más amplio de lo real. Ser su *marido*, asumir la condición de... ¡sus padres! Qué locura. Tenía que resistirse antes de que se empezara a convencer él mismo de que semejante insensatez era una aventura atrevida. Quizá lo fuera. Le costó esfuerzo, pero al final fue el capitán del segundo equipo el que habló. Titubeó, pero era el capitán.

–Pero no hemos..., ni siquiera hemos hablado de ello.

Ella seguía sonriendo.

–¿De qué íbamos a hablar?

–De si es lo que queremos los dos.

Ella negaba con la cabeza. Su confianza lo asustó. Quizá estaba equivocado.

–Roland, no tenemos esa clase de arreglo.

Miriam esperó a que hablase y cuando no lo hizo, dijo:

–Sé qué es lo mejor para ti. Y lo he decidido.

Él notó que cedía. No quería parecer desagradecido ni estropear la ocasión. ¿Era posible tirar por la borda su vida a fin de ser amable? Tenía que decirlo ahora, rápido.

–No quiero.

–¿Qué?

–Es muy pronto.

–¿Para qué?

–Voy a cumplir *dieciséis*.

–Por eso vamos a Escocia. Es legal.

–No quiero. No puedo.

Ella apartó la silla hacia atrás y rodeó la mesa para quedarse en pie junto a él. Los pechos le quedaron a Roland delante de la cara.

–Me parece que harás lo que se te diga.

Reconoció esa voz de su primera lección de piano. Pero esto podía ser un juego al que jugaban. Si asentía, aunque fuera levemente, enseguida estarían arriba, y cómo lo ansiaba ahora por mucho que supiera que podía destruirlo. Una vez que estuvieran juntos en la cama le diría que sí a todo. Luego, cuando se le despejara la mente, lo lamentaría y sería demasiado tarde. Tenía que continuar. Lo principal era apartarse de debajo de ella. Teniéndola tan cerca no podía pensar, como bien sabía Miriam. Levantarse sin tocarla fue violento. Cruzó la habitación de modo que el sofá, donde había estado tumbado durante días, quedara entre ambos. Bien podía protegerle.

Ella le miró sin pestañear.

—Roland, ¿de qué crees que iba todo esto?

—De amarnos.

—¿Y qué significa amar? ¿Adónde conduce?

Seguía creyendo que cada vez que ella le hacía una pregunta estaba obligado a contestar.

Dijo:

—No conduce a ninguna parte. —Tuvo una idea brillante, algo medio recordado—. Es una Ding an sich, la cosa en sí misma.

Ella sonrió con tristeza y meneó la cabeza mientras lo corregía.

—No, no lo es, cariño. Es un compromiso, el uno con el otro, con el futuro, un compromiso de por vida. Eso es el amor.

—No necesariamente. —Fue flojo y ya era muy tarde para retirarlo.

Miriam se le acercaba con una leve sonrisa. Él no podía retroceder a ninguna parte. Le dijo mientras se aproximaba:

—Ven aquí. No discutamos. Quiero besarte.

Roland dio un paso hacia ella y se besaron. Al mismo tiempo Miriam lo tocó a través del fino algodón blanco. Lo habría notado crecer al instante en su mano. Él se apartó, se abrió paso por su lado y fue a plantarse junto a la mesa de comedor. El asado sin probar se estaba enfriando.

Miriam señaló.

–Fíjate. ¿Qué dice esto?

–Dice que te quiero y que no quiero casarme. –Le satisfizo su respuesta.

Guardaron silencio. A ella no le cambió la expresión, pero Roland supo por experiencia que estaba a punto de pasar algo y que más le valía estar preparado. Como siempre, ella le sorprendió. Cogió de un sillón la cartera que llevaba a Aldeburgh y se encorvó para hurgar entre sus partituras. Cuando se irguió, él vio que estaba sonrojada. Para horror suyo también vio lágrimas en sus ojos. Pero su voz era clara y firme.

–De acuerdo. Qué pena. Pasarás el resto de tu vida buscando lo que has tenido aquí. Es una predicción, no una maldición. Porque no te lo deseo. El amor es pura cuestión de azar y buena suerte. Tú casualmente conociste a la persona adecuada para ti cuando tenías once años. Eras muy joven para saberlo, pero yo lo supe. Habría esperado más, pero apareciste y fue evidente por qué. Tendría que haberte despachado, pero te deseaba tanto como me deseabas tú a mí. Tenía planes para nosotros. Te habrían entusiasmado. Ahora te echas atrás y lo siento. Coge tus cosas y vete y no vuelvas nunca.

Tiró a sus pies la llave del cobertizo del jardín. Cuando él hizo ademán de protestar, Miriam lo acalló hablando más fuerte que antes, aunque sin llegar a gritar.

–¿Me oyes? ¡Lárgate!

Mientras lo acusara, mientras hubiese ira en su voz, él notaba una provechosa ausencia de excitación. Cogió la llave e impulsado por una vaga noción de decencia o gratitud recogió de la mesa su regalo de cumpleaños, el sobre y los documentos. Sin mirar en dirección a ella se dio la vuelta y cruzó la cocina. Fuera había apenas luz suficiente y llovía de forma constante. Atravesó descalzo el jardín encharcado hasta la puerta del cobertizo. Necesitó ambas manos para girar la llave. El baúl no estaba cerrado. La ropa que llevaba a su llegada estaba encima. Se vistió a toda prisa en el umbral. El dinero, su preciado fajo, seguía en el bolsillo de atrás. Estrujó el pijama en una bola y lo tiró al jardín. Una nota de despedida. Estaría empapado por la mañana. Miriam lo lamentaría cuando tuviera que llevarlo adentro, donde la señora Martin no lo viera. Metió el sobre en el baúl, lo cerró, levantó un extremo y lo arrastró a través del jardín, por el lateral de la casa, a través de la parte delantera y hasta el otro lado de la cancela. Puesto que lo había enviado por los Servicios de Transporte Británicos sabía que el baúl pesaba unos veinticinco kilos, un peso que podría cargar, pero era muy grande, muy incómodo. Echó a andar por la calzada en dirección al pub. Había un borde de hierba y el baúl se deslizaba con facilidad. Junto al aparcamiento del pub había una cabina telefónica, pero no tenía cambio, solo billetes de libra. Entró en el establecimiento y pidió media pinta de cerveza amarga. El humo de tabaco, la bazofia de los pulmones ajenos, era sofocante en el aire húmedo y se alegró de volver a salir.

En el pueblo de Holbrook había un servicio de taxi a cargo de un solo hombre y después de hablar con el taxista esperó con el baúl junto al bordillo. Continuaba lloviendo, pero no le importaba: había estado bajo techo demasiado tiempo. De vez en cuando con la mirada seguía la carretera hacia la casita. Sentía los primeros indicios de pesar. Si ella hubiera salido a buscarlo y hubiese sido lo bastante persuasiva, quizá habría regresado y corrido el riesgo. Pero daba la impresión de que el tiempo había hecho que todo el mundo se quedara en casa esa noche y en diez minutos llegó su taxi.

Pidió que lo llevara a la estación de ferrocarril de Ipswich. Mientras ayudaba al taxista a poner el baúl en el asiento trasero no tenía ningún plan ni idea de adónde ir. Pero cuando descendían la colina por delante del depósito de agua de Freston y seguían la línea de la playa en penumbra, se le ocurrió.

Coger una bolsa con una muda de ropa y los libros, dejar el baúl en la consigna y registrarse en el Hotel de la Estación. Se veía bastante destartalado y barato. Se escondería y leería los libros obligatorios y llegaría el primer día de clase bien preparado para el bachillerato. El plan se desmoronó en cuanto estuvo plantado en la acera viendo cómo se alejaba el taxi. Acababa de llegar un tren de Londres, la gente pasaba por su lado rozándolo, el tráfico en la carretera general era insólitamente denso, sonaba música pop metálica en alguna parte. Sacó fuerzas del bullicio. Estaba otra vez en el mundo real. Saltaba a la vista lo que tenía que hacer. La última vez que ella lo echó volvió a acogerlo en cuestión de días. Una nota apresurada, una llamada sin explicación entregada por el chico que tenía pinta de ratón y cuyo nombre era realmente Thomas Meek.[1] Al día siguiente, ahí estaba Roland en la bici, pedaleando con frenesí hacia su casita, presentándose ante ella para el almuerzo. Volvería a ocurrir, Miriam lo reclamaría de nuevo. No podría resistirse a ella. Solo había una manera de liberarse.

Tenía que actuar deprisa, antes de cambiar de parecer. Un chico simpático de su misma edad le ayudó a llevar el baúl hasta el despacho de billetes. Su petición fue orgullosa: un billete de adulto de tarifa completa, solo ida. Un mozo de cuerda llevó su equipaje en carrito hasta el furgón de cola. Roland le dio dos chelines y seis peniques de propina. Seguramente demasiado, pero era su nueva existencia, esa en la que estaba al mando. Antes de que el tren se pusiera en marcha tuvo tiempo de comprar un periódico. De camino a Londres leyó acerca de los preparativos para la gran inauguración del puente de Forth Road en Edimburgo, la ciudad de la que había escapado. Llegó muy tarde para enlazar con otro tren. El establecimiento que encontró cerca de la estación de Liver-

1. Literalmente, «sumiso», «apocado». (*N. del T.*)

pool Street era más cutre incluso que el de Ipswich. Nunca se había registrado en un hotel. La sensación que le produjo confirmó que estaba haciendo lo correcto. A la mañana siguiente, antes de cruzar la ciudad en taxi hasta la estación de Waterloo, telefoneó a su hermana.

Ella fue a recibirlo al andén de la estación de Farnborough. Su coche era de la misma marca que el de Miriam, conque ya sabía cómo meter el baúl. A Susan no le sorprendió su cambio de planes. Tal como dijo Roland: igual que ella y su hermano Henry, igual que sus padres y los padres de estos, él se beneficiaría de los estudios mínimos que requerían las autoridades. Ya había terminado con aulas y horarios. Ella se detuvo delante del antiguo lugar de trabajo de Roland y esperó mientras este recorría los trescientos metros largos hasta donde el señor Heron supervisaba las excavaciones. Saltaba a la vista por el barro en sus botas y su chaqueta y el sudor en la cara que andaba falto de mano de obra. El capataz parecía haber menguado. Roland no mostró ningún miedo. Reclamó la paga que se le debía y se ofreció –no fue una petición– a trabajar de nuevo. Cuando recibió el visto bueno, Roland planteó sus condiciones. Podía trabajar más rápido y duro que los tipos de cuarenta y tantos que fumaban como carreteros. Tenía que cobrar el sueldo de un adulto o se iría a otra parte. Al tiempo que se daba la vuelta, el señor Heron accedió encogiéndose de hombros.

Después de haber sacado el baúl del coche y haberlo subido con gran esfuerzo a su cuarto. Roland y Susan se tomaron un té y acordaron que pagaría cuatro libras a la semana por la manutención. El fin de semana hizo un tiempo estupendo otra vez y ayudó a su hermana en el jardín. Mientras ella preparaba una fogata, Roland entró en la casa para coger sus libros. Camus, Goethe, Racine, Austen, Mann y los demás. Los tiró a las llamas uno tras otro. Habría sido satisfactorio creer que *Todo por amor* se consumió más deprisa que el resto. Pero todos ardieron con la misma ferocidad. Escribió a sus padres para contarles su decisión, asegurándoles que estaba ganando buen dinero. En el transcurso de la semana siguiente llegaron cartas preocupadas de la escuela, del señor Clayton y del señor Bramley. Un día después llegó una del señor Clare que le instaba a volver y continuar las «lecciones de importancia vital con la señorita Cornell. Tienes un talento extraordinario. Roland, aquí se puede educar, ¡gratis!». Hizo caso omiso de todas ellas. Ya estaba ocupado haciendo horas extra por una tarifa vez y media superior al precio habitual y había conocido a una chica italiana dulce y preciosa, Francesca, en un pub de Aldershot.

8

Para mediados de 1995 Roland se había quedado sin fondos, aunque no estaba precisamente en la pobreza. Alissa remitía el subsidio familiar por hijos que había ayudado a su mantenimiento mientras escribía *El viaje*. Esta asignación semanal de 7,25 libras, defendida a capa y espada por sus partidarios, iba directa del gobierno a todas las madres, ricas o pobres, y ahora pasaba del banco de Londres de Alissa a su banco alemán y de este al banco de Londres de Roland. Ella añadía nada menos que doscientas cincuenta libras al mes para la manutención de Lawrence. Por medio de Rüdiger comunicó que mandaría más si Roland quería que lo hiciera. No quería. Había suficiente para comer y beber, casi suficiente para ropa y excursiones escolares. Las reparaciones, las vacaciones en el extranjero, un coche, los regalos espontáneos y el afinador de pianos desaparecieron de la lista. El descubierto de la cuenta bancaria se acercaba a las cuatro mil libras. No soportaba la idea de una trifulca con los servicios sociales para conseguir un reembolso y sumarse a otros suplicantes hundidos en bancos de acero atornillados al suelo. Lawrence y él habían vivido bien un par de años, el resto se fue en impuestos a la nueva tasa fiscal baja. La familia sobrevivía gracias a que Roland compaginaba algunas de sus anteriores profesio-

nes como freelance. Escribía algún que otro artículo periodístico, daba clases de tenis siete horas a la semana, tocaba
música masticable a la hora de comer en un hotelito de primera en Mayfair. ¿Cómo iba a ser pobre cuando Lawrence
y él vivían con unos ingresos justo por encima de la media
nacional? Porque la pobreza no era un absoluto, según había
leído, era relativa, y a sus amigos, muchos de ellos licenciados, les iba bien en sus profesiones, en la ciencia, la televisión
y las letras. Una pareja, evangelizadores del futuro digital, había abierto un locutorio con internet en Fitzrovia. Les iba de
maravilla.

Corría por ahí un término interesante que le gustaba y
que usaba para consolarse. El capital social. ¿Cómo podía quejarse cuando iba a casarse dentro de poco? ¿Cuando tenía un
niño interesante y adorable, amigos, música, libros y salud,
cuando su hijo no estaba expuesto a la viruela, o la polio o a
francotiradores ocultos en las colinas encima de Sarajevo?
Pero hubiera preferido capital además de capital social, y si su
vida era segura, también era demasiado segura. Por entonces
rara vez salía de Londres. Había que ver lo que estaban haciendo otros de su generación. Él no se había ido de casa para
denunciar el sitio de Sarajevo y sus atrocidades tan enérgicamente como lo había hecho Susan Sontag, organizando la representación de *Esperando a Godot* en el Teatro Nacional de la
ciudad.

Daphne y él habían decidido unir sus familias. Los cuatro
niños estaban entusiasmados. A Peter, allá por Bournemouth,
en un apartamento descascarillado en primera línea de mar
con su nueva amiga, no le importaba que Roland viviera con
la mujer a la que había abandonado. Roland sospechaba que
Peter le había pegado alguna vez, pero Daphne se negaba a
hablar del asunto. Resultó que ella y Peter, en contra de lo convencional en su juventud, en realidad no estaban casados. Al
margen de lo que hubiera ocurrido, eludieron en buena me-

dida la amargura de su separación. Esa era una bala que Roland y Alissa habían esquivado. Él había firmado documentos preparados por abogados alemanes e ingleses a los que pagó Alissa. Ahora, con Daphne, el plan estaba claro. Buscar una casa grande con jardín donde Lawrence y su mejor amigo Gerald, y las dos niñas, Greta y Nancy, fueran felices y libres. Roland contaba con el don de Daphne para la organización. Habían sido confidentes durante mucho tiempo, ahora eran amantes. El asunto había empezado estupendamente, había titubeado una temporada y ahora iba bien otra vez. O lo bastante bien. Al menos él entendía que no había liberación en ninguna parte más allá de las defensas de sacos terreros del campamento de Gurji, que al otro lado del mejor orgasmo que hubiera tenido no estaba esperando otro mejor.

Le faltaba poco más de tres años para cumplir los cincuenta. Sus alumnos de tenis eran sobre todo jugadores decentes de treinta y tantos que querían pegarle a la pelota. Después de una larga sesión en la pista notó dolores sordos en torno a las caderas y pinchazos en el codo derecho. Fue a que le revisaran el corazón: un poco irregular, algunos latidos, pero no tan mal. Por sugerencia de su médico accedió a que una cámara se pasease por su intestino grueso en busca de pólipos: nada hasta la fecha. Un procedimiento humillante, aunque un medicamento, el fentanilo, le permitió saborear un poco los viejos tiempos. Pensar en serio por primera vez en la vida, en su salud y su inevitable deterioro agudizó su certeza de que era hora de adoptar otra clase de existencia. Demasiado tarde para Sarajevo. El futuro que tenía en mente era sólido, seguro, amistoso, ordenado, e iba a acceder a él después de muchas demoras y rechazos.

Habían pasado meses desde que hicieran eufóricamente estos planes. Pero Daphne trabajaba cincuenta horas a la semana y estaba criando a tres hijos. Cambiaba de canguro a menudo. El surtido de vivienda pública había mermado de una manera lamentable. La demanda de casas de alquiler asequibles en Londres estaba desbordando a su mediana asociación de la vivienda. Las horas de trabajo de Roland se desperdigaban a lo largo de la jornada y tenía que estar a la puerta del colegio a las tres y media. En seis meses habían visto once casas, todas cuchitriles o carísimas o las dos cosas. De momento, vivían en dos casas pequeñas en Clapham.

Tarjetas Epitalamio no se había arruinado; había sido vendida a una gran empresa dominante por una suma que nunca se reveló a Roland. El dinero que se le adeudaba iba de camino, según llevaba cuatro años diciéndole Oliver Morgan, siempre tan esquivo. Se estaban resolviendo ciertas cuestiones legales y financieras. No tenía de qué preocuparse: su porcentaje aumentaba de valor sin cesar. Los versos reciclados de cumpleaños y condolencias de Roland estaban ahora a la venta a través de una compañía de la que se decía que era más importante que Hallmark. En la escuela hacía mucho tiempo leyó varias páginas de un libro obligatorio, una novela de Georges Duhamel, *Le notaire du Havre*, las suficientes para hacerse una idea general. Una familia en apuros estaba esperando recibir una generosa herencia. La fortuna siempre estaba a punto de llegar. Las esperanzas frustradas destruían lentamente a esa pobre gente. El dinero no llegaba nunca. O quizá sí. No leyó lo suficiente para averiguarlo. Era una historia aleccionadora.

Podían pasar semanas sin que el asunto se le pasara apenas por la cabeza. Estaba muy ocupado y consideraba que tenía más resistencia que la familia de El Havre. Pero de vez en cuando, al despertar de madrugada, su mente insomne y siniestra iba en busca de una causa. Entonces oía la voz tranquilizadora de Morgan en una conversación reciente. *Roland, ten paciencia. Confía en mí.* Tumbado boca arriba en la oscuridad asistía al desarrollo de dramas escritos y dirigidos por algún otro. Él no era responsable de haber contratado a los matones

330

del East End que trincaban a Oliver Morgan de su coche y lo llevaban a una fábrica de beicon abandonada en Ipswich, donde poco después este, junto con algunos ejecutivos sénior de Krazikards Inc., colgaban desnudos y boca abajo con los tobillos atados a las cadenas de una cinta transportadora en movimiento que los llevaba hacia las puertas de acero de un alto horno gigantesco. Al acercarse, esas puertas se abrían hacia los lados y aparecía una fragorosa llamarada blanca de seis metros de alto. Los hombres atados, retorciéndose en sus cadenas, chillaban como cerdos pidiendo clemencia. Casualmente parecía que Oliver iba a ir el primero. Era hora de que Roland interviniese, pausara la cinta transportadora. Le hablaba al oído a Oliver, colgado del revés. Había ciertas condiciones. Con qué facilidad y rapidez llegaba el dinero a sus manos. Pero ahora las sábanas estaban muy calientes y el corazón le latía con tanto estrépito que no le dejaba dormir.

Durante esos primeros tiempos, cuando los viejos amigos pasaron a ser amantes, Daphne le explicó su teoría del orden doméstico. El centro del hogar moderno ya no era la sala de estar, el salón o el estudio del paterfamilias. Era la cocina, y el corazón de la cocina era la mesa. Era ahí donde los niños aprendían modales básicos, incluidas las normas tácitas de conversación, y cómo estar en compañía, y donde asimilarían para toda una vida los ritmos y rituales vitales de las comidas regulares y empezarían a dar por sentados sus primeros deberes sencillos a la hora de ayudar a limpiar. Era ahí donde se abría el correo, donde los amigos se sentaban a hablar y beber mientras el anfitrión preparaba la cena. Y era ahí donde, señaló, en la mesa de Roland todos acababan apretujados en una esquina debido a la montaña de porquería que ocupaba casi todo el espacio. Ahí debajo había una bonita y antigua mesa de madera de pino. Había que limpiarla y se apreciaría el efecto sobre el resto de la casa. Le llevó todo un fin de semana. La mayor parte de la montaña fue a parar a la basura, el resto lo distribuyó por la casa. Ella se equivocaba, no surtió ningún efecto sobre las otras habitaciones, pero la cocina mejoró en lo fundamental. Como nuevo converso, Roland se esforzó por tener la mesa limpia. Se transformó en una suerte de hogar. Hasta Lawrence se dio cuenta.

En torno a esta mesa se reunieron diversos amigos durante 1995. Había sitio para diez apretándose un poco. Si Daphne no trabajaba hasta muy tarde, podía llegar para las nueve y media. Sus niñas ocupaban la habitación de invitados de Roland y Gerald compartía la de Lawrence. Roland tenía aptitudes y ambiciones limitadas en la cocina. Un solo plato: costillas de cordero, patatas asadas, ensalada verde. Para alimentar a diez, contaría con cuarenta costillas. No hacían mucha mella en el descubierto de su cuenta. Del vino se ocupaban los invitados. Formaban un grupo cambiante, mal definido. Muchos trabajaban en el sector público: maestros, funcionarios, una médica de cabecera. Joe Coppinger venía con Sofia, la doctora con la que iba a casarse. También había un lutier de violonchelos, el propietario de una librería independiente, un contratista y un jugador de bridge profesional. La edad media estaba en torno a cuarenta y cinco. La mayor parte eran padres, ninguno era rico, aunque todos ganaban más que Roland. En su mayoría seguían muy hipotecados, muchos se habían casado dos veces y tenían familias complicadas y complejos arreglos semanales. Casi todos provenían de la educación pública. La mezcla nacional y racial era considerable. Los dos maestros eran caribeños de tercera generación. El jugador de bridge, de ascendencia japonesa. De vez en cuando pasaban norteamericanos, franceses y alemanes. Dos, Mireille y Carol, antiguas amantes de Roland, iban con sus maridos, uno de ellos de Brasil. Algunos eran personas que Roland había conocido a través del tenis. Las reuniones se solapaban con otros grupos en otras casas donde la comida era más sofisticada. En cualquiera de las ocasiones, más o menos la mitad se conocía.

Eran todavía lo bastante jóvenes para que el tema del envejecimiento fuera una broma continua. Seguía siendo paradójico que se vieran mayores que policías de alto rango, que sus médicos, que el director del colegio de sus hijos; y ahora, mayores que el líder de la oposición. Un tema relacionado y emergente era el cuidado de los padres ancianos. Estos niños crecidos estaban en ese punto de inflexión de la vida en que los padres empezarían a encogerse y encorvarse. El declive de la movilidad, la cordura que se desvanecía a intervalos como una radio de onda corta, el goteo de achaques menores que alimentaban un río más profundo: el tema era inmenso y no todo carecía de gracia. Podían sonreír ante las comedias de malentendidos cuando un progenitor indefinido iba a vivir con una familia ajetreada en una casa demasiado pequeña, los niños demasiado ruidosos, la agenda semanal demasiado compleja, cuando la cena de la familia se la comían por error los gatos mientras todos estaban ausentes.

La conversación abordaba la logística además de la sensación de culpa y la tristeza de trasladar a un progenitor de su casa a una residencia. Una amiga dijo que detestaba a su madre casi tanto como su madre a ella. Pero le sorprendió cómo se sintió cuando tuvo que «encerrar a mi madre». El tema era la mortalidad y por lo tanto ilimitado. Contemplaban el momento no tan lejano en que cumplirían los cincuenta y sabían que estaban hablando de su propio declive futuro. Algunos ya se planteaban someterse a operaciones de rodilla y cataratas u olvidaban un nombre conocido. Había buenas razones de carácter egoísta para tratar bien a los ancianos.

Aparte de eso, había mucho optimismo en el ambiente, aunque veinticinco años después sería difícil recordarlo. Políticamente, la postura media no estaba muy a la izquierda del centro. Aquí no había revolucionarios. En cierto modo, estaban aquejados de afinidad. Buena parte de lo que se predijo la noche de la caída del Muro había acontecido. Alemania estaba unida, la Unión Soviética se había desvanecido. Ya se habían sumado ocho naciones de su imperio europeo oriental a la Unión Europea y dos más estaban a punto de hacerlo. Los gastos militares se habían reducido, aunque seguía habiendo armas nucleares. Había consenso académico en que las democracias nunca invadían otros países y eso se citaba en torno a la mesa. Después de siglos de guerra, ruina y tortura, Europa había alcanzado una paz permanente. Primero las dictaduras de España y Portugal en los años setenta, ahora el resto, sumiéndose en una condición de apertura y prosperidad futura. Había un demócrata en la Casa Blanca. Bill Clinton estaba supervisando la benigna reforma del desempleo y el seguro médico infantil. Su administración arrojaba un superávit presupuestario: todo bien para un segundo mandato.

Las recientes elecciones parciales predecían que el colega británico del presidente, el nuevo líder del Partido Laborista, Tony Blair, barrería al gobierno hastiado y díscolo del primer ministro tory sitiado, John Major. Algunos alrededor de la mesa tenían contactos con grupos laboristas diversos implicados en el desarrollo de políticas. Los conservadores llevaban en el poder dieciséis años. El Partido Laborista tenía que ser elegible de nuevo. A la mesa de Roland y en otras casas en diferentes combinaciones diseccionaban y daban la bienvenida a la «tercera vía». La igualdad, siempre inalcanzable e incompatible con la libertad, iba a ser sustituida por la justicia social: la igualdad de oportunidades. La antigua ambición laborista, que ya no se tomaba en serio, de nacionalizar todas las industrias importantes, se desecharía. El Banco de Inglaterra sería independiente y despolitizado. «Dureza con el crimen, dureza con las causas del crimen»: ningún votante, de izquierdas o derechas, podía discutirlo. La educación y la salud serían centrales. Los derechos humanos se introducirían en la legislación británica. Un salario mínimo. Plazas de guardería gratuitas para todos los niños de cuatro años. Las energías creativas del capitalismo debidamente regulado impulsarían y financiarían estos proyectos. Parlamentos de duración determinada. Paz en Irlanda del Norte. Una Asamblea Galesa. Un Parlamento Escocés. Aprendizaje durante toda la vida. Una Red Nacional de Aprendizaje basada en internet. Derecho a vagar libremente por el campo. La incorporación del Capítulo Social Europeo. Una Ley de Libertad de Información. Todo esto en un futuro verosímil. Las veladas eran largas, estaban de muy buen ánimo. A las dos de la mañana una amiga dijo cuando se iba: «No solo es racional. Parece de lo más *limpio*». En ocasiones la afinidad se malograba. Una facción bajo el influjo del sociólogo Anthony Giddens insistía en que el comercio, el mercado, nunca promovería la justicia social hasta que el sector financiero se limpiara y desarrollara responsabilidad social. Para unos, era utópico. Para otros, una mera objeción sin importancia. Una velada temprano, sentado a un extremo de la mesa para seguir de cerca las costillas que estaban asándose, Roland se mantenía al margen de la conversación. Había pasado una noche insomne y hacer la compra, limpiar y cocinar le había resultado arduo. Ahora era un alivio sentarse, ajeno a las contracorrientes de conversación. Ese mismo día había releído un poema de Keats, «Oda a Psique», que hacía mucho tiempo le instó a leer su exsuegra. Pese al cansancio le había dejado una sensación interna de tranquilidad.

Los temas en torno a la mesa se redujeron a una sola cuestión: los objetivos. Todo el mundo estaba de acuerdo. Un grupo de desarrollo de políticas acababa de terminar un documento base. Si los laboristas llegaban al poder, había que lograr que el sector público fuera eficiente y humanitario determinando resultados definidos con claridad. El miedo al fracaso incrementaría el rendimiento. Alcanzar objetivos levantaría la moral. Se conseguiría el interés público. Había que fijar como metas e incrementar: extirpaciones de apéndice y mamografías, aprendizajes, que las minorías étnicas visitaran los parques nacionales, el acceso a la universidad de jóvenes de entornos desfavorecidos, los niveles de alfabetización a los siete, diez y catorce años, el esclarecimiento de delitos, el procesamiento y encarcelamiento de violadores, que la gente saliera del paro. Había que fijar como metas y reducir: el número de indigentes, suicidios, esquizofrénicos, polución ambiental, las listas de espera en Accidentes y Urgencias, la gente en situación de soledad, los índices de mortalidad y pobreza infantiles, el número de alumnos por aula, los robos callejeros, los accidentes de tráfico. Ambiciones claras. En nombre de la transparencia, el éxito y el fracaso se presentarían ante el público para que los juzgaran.

Roland se estaba dejando llevar –tenía la sensación como de estar ascendiendo– y se sumió en un estado de satisfacción distanciada. Contempló la mesa. Eran hombres y mujeres buenos y formales. Inteligentes, trabajadores, partidarios de la justicia social. Si tenían privilegios, estaban decididos a compartirlos. Su estado de ánimo le permitió reconocer que el mundo estaba lleno de gente así. Todo iba bien. Se recordó en torno a la edad de Lawrence, viendo cómo dos ambulancias se iban con sus víctimas de un accidente mientras él disimulaba las lágrimas de alegría por causa de una revelación: lo buena que era la gente en el fondo y lo bien organizadas y decentes que eran las cosas. Su padre se había comportado heroicamente. Estaba claro, entonces igual que ahora. Todo problema se podía resolver. Incluso en los sanguinarios Balcanes, incluso en Irlanda del Norte. Roland se ausentó aún más. Se encontraba en un estado irreal y sentimental. Sensiblero fue la palabra que le vino a la cabeza. Como si alguien le hubiera echado en la bebida una sustancia psicotrópica. Ahora, mientras las voces se alzaban a su alrededor, se estaba alejando cada vez más hasta abstraerse en una condición –inútil haber intentado explicarla– en la que se deleitaba en la mera existencia. Qué suerte, limitarse a *ser*, poseer una mente, un artículo que nunca figuraba en las columnas de crédito de los libros mayores del capital social. Recordó un fragmento de la «Oda a Psique»: *con el denso rosal entreverado de un cerebro pensante*. Era el privilegio de todos y el patrimonio de Roland: andaba escaso de dinero, pero tenía un cerebro que funcionaba. Uno sensiblero. Tan intrincado como un rosal maduro.

En ese punto volvió en sí de repente, se llenó la copa y se sumó a la conversación, cuyo nivel, por desgracia, se había venido abajo. Las rosas están cubiertas de espinas. El despiadado pasatiempo del momento era celebrar los aprietos de John Major, el primer ministro, un hombre decente de cuya amabilidad se abusaba, atrapado entre, por un lado, una secta de parlamentarios cascarrabias de derechas empeñados en el fantástico proyecto de sacar al país de Europa; y por el otro, desde todas las facciones del partido, una secuencia de pecadillos ministeriales salpicando a todos para gran regocijo, justo cuando –así lo interpretaba la prensa– el primer ministro había impartido a la nación la fría bendición de los castos valores familiares.

Transcurridos unos meses Lawrence se sentaba a la misma mesa recogida un sábado de septiembre por la tarde, tres días después de cumplir diez años, disponiendo páginas de periódico, tijeras, pegamento y el álbum de recortes de tamaño folio que había pedido como regalo. Daphne estaba trabajando. Sus hijos habían ido a Bournemouth con su padre para conocer a Angela, de veinticuatro años. Roland se sentó frente a Lawrence. Pasaban menos tiempo juntos a solas esos días. Desde cierto estado de ánimo Roland estudió la cara de su hijo y solo vio la de Alissa, y notó que se removía un amor antiguo o la sombra del recuerdo de un amor. Casi se acordaba de lo que era amarla. La palidez, los grandes ojos oscuros, la nariz recta y esa costumbre de desviar la vista antes de hablar. Lo demás, proveniente de lo que ambos progenitores donaran aquella noche furtiva en Liebenau, era todo de Lawrence. Una engorrosa cabeza demasiado grande para sus hombros frágiles: cuando decía que sí con firmeza, más que asentir se bamboleaba. Los labios tenían la forma clásica de un arco de Cupido. Daphne decía que algún día alguien que besara a ese chico se moriría de placer. Y la cabeza otra vez, ya tan llena de pensamientos, demasiados sin expresar. Era un alivio, una alegría, cuando Lawrence se acercaba furtivamente, le cogía la mano a Roland y le confiaba un pensamiento que conllevaba mucha contemplación, mucho estudio.

Cinco años antes, Lawrence y él se habían quedado con unos amigos en su casita de campo. Su hija Shirley tenía cinco años, igual que Lawrence. También había otros niños mayores. A los dos más pequeños se les animaba a jugar juntos y los adultos les decían una y otra vez que eran perfectos el uno para el otro. Cuando se organizó un paseo en un carro tirado por un poni, se sentaron juntos, arriba con el cochero y se turnaron para llevar las riendas. Por la noche, compartieron la bañera y luego un dormitorio. Justo después de las tres de la madrugada Roland despertó al notar que le tocaban suavemente el hombro. Lawrence estaba a su lado, perfilado contra la pared iluminada por la luna.

—¿No puedes dormir, cariño?

—No.

—¿Qué pasa?

Inclinó hacia delante la grave cabeza y le habló al suelo:

—Me parece que Shirley no es la chica perfecta para mí.

—No pasa nada. No tienes que casarte con ella.

Hubo un silencio.

—Ah... Vale.

Para cuando Roland llevó al niño de vuelta a la cama ya estaba dormido.

La noche siguiente adultos y niños estaban juntos en el jardín para ver salir la luna por detrás de una hilera de robles y fresnos. Cuando descollaba tímidamente de las ramas más altas, Lawrence, decidido a dar conversación, le tiró del brazo a su anfitriona e hizo el solemne pronunciamiento que entraría en la leyenda familiar.

«Sabes, en mi país también tenemos luna.»

El décimo cumpleaños, anticipado a diario durante muchos meses, tenía una honda importancia para Lawrence. Por fin dos dígitos, pero también algo más. Casi como ser adulto. Había regalos infantiles por toda la cocina. De Daphne y la familia, patines en línea y un palo de hockey callejero. Pero también, por petición suya, una introducción a las matemáticas para principiantes adultos, una enciclopedia para mayores en dos volúmenes y el álbum de recortes. Hacía un tiempo, en respuesta a más preguntas de Lawrence sobre su madre, Roland le enseñó una carpeta con recortes de prensa que Rüdiger le había ido enviando a lo largo de los años. Quizá fue un error. Pero el niño sintió un intenso orgullo. Miró con atención sus fotografías largo rato. Su fama lo asombró.

–¿Es tan famosa como... Oasis?

–No. La fama de los que escriben libros es mucho menor. Pero aun así es famosa, y más importante.

–*Tú* crees.

–Sí. Pero tienes razón. Mucha gente no estaría de acuerdo.

La pesada cabeza osciló ligeramente de lado a lado mientras lo consideraba.

–Creo que tienes razón. Más importante. –Y luego la pregunta conocida–: ¿Por qué no viene a verme?

–Puedes escribirle. No sé dónde vive, pero conozco a alguien que sí.

–Creo que Oma sabe dónde está.

–Quizá.

La carta, escrita a lo largo de muchas tardes después del colegio, ocupaba diez páginas en su letra extravagante y llena de bucles. Describía la escuela, los amigos, la casa, el dormitorio y sus últimas vacaciones en la costa de Suffolk. Al final le decía que la quería y añadía como si de un secreto íntimo y personal se tratase que también adoraba las matemáticas. Roland sabía que Jane no le remitiría la carta. Señaló el sobre como «persönlich» y se lo envió a Rüdiger con una nota explicativa. Pasaron dos meses: nada. Roland no se sorprendió. Desde su encuentro en Berlín, le había escrito tres veces sin obtener respuesta, instándole a que se pusiera en contacto con Lawrence. Había hablado con Rüdiger cuando este vino a Londres. Quedaron en el bar de su hotel cerca de Green Park. El editor dijo que estaba con él, que lo entendía, pero que sabía que intentar inmiscuirse en los asuntos personales de su autora le costaría más de lo que valía su vida profesional. «No quiere hablar de ello.»

Pero Lawrence no desistió. Estaba empeñado en recopilar «El libro de Alissa Eberhardt»: así se titulaba ahora el álbum en rotulador dorado. Explicó que los artículos iban a ir en orden cronológico, los ingleses seguidos por los alemanes. Dispuso en línea tijeras, bote de pegamento, rotulador y un paño húmedo. Revisó la carpeta hasta que dio con una reseña en inglés de *El viaje*. Era una sola columna que recortó y pegó a la primera página. Lo hizo con pulcritud.

Tenía razón en lo de su abuela. Desde la publicación de la primera novela, Alissa y su madre se habían reconciliado. Jane tenía instrucciones de no facilitar a Roland la dirección de su hija. A él le molestó y en una visita, después de que Lawrence se acostara, habían discutido. Él le dijo que tenía el deber para con su nieto de ponerlo en contacto con su madre. Jane replicó que Roland no acababa de entender las complejidades. De las familias, de la literatura. ¿Había llegado a leer *El viaje*? Era indigno de él contestar. Ella se convenció de que sentía demasiada envidia del éxito de Alissa como para tomarse la molestia de leer su extraordinario libro. Qué mezquino por su parte. Después de eso su relación se enfrió hasta que dejaron de hablarse o escribirse en absoluto. Resultó lógico que ella no le invitara al funeral de Heinrich. El yerno vengativo se habría presentado con Lawrence para avergonzar a Alissa.

Hablaba de ello con Daphne. Su opinión no variaba. «Por mí, como si es la segunda Shakespeare. Tendría que escribir a su hijo.» ¿Una mujer que le despejaba el terreno a otra? No, mucho más que eso. Pero se apreciaba una simetría en esas convulsiones. De un tiempo a esta parte, venía refiriéndose a Peter como un «cabronazo», término que resultaba agradable a la lengua.

Daphne podía tener razón acerca de que a Alissa le habría convenido una patada metafórica, pero no era de ayuda, le decía Roland una y otra vez. La animosidad hacia su mujer estaba sepultada en el sótano de sus pensamientos, donde luchaba a brazo partido con la admiración que le producía su trabajo. El asunto de mayor importancia era Lawrence. Ya había cobrado conciencia de este particular: su madre estaba glamurosamente viva, no tan lejos en un país conocido como Alemania, y no deseaba verle. ¿Qué se podía hacer? Quizá fue un error enseñarle los artículos de prensa sobre ella. Formaban un montón de quince centímetros de grosor. Cada vez que Rüdiger enviaba las noticias más recientes sobre Eberhardt, Roland las leía y las guardaba en su carpeta. A él también le intrigaba su fama.

Mientras Lawrence se inclinaba sobre las tijeras para concentrarse en cortar con precisión, Roland cogió una hoja del montón. Después de cinco años los bordes empezaban a amarillear; la larga reseña de un estimado crítico del *FAZ*, el *Frankfurter Allgemeine Zeitung*, que marcó el tono de cara a la acogida extática de *El viaje* en Alemania, Austria y Suiza. Rüdiger había adjuntado una traducción del artículo. Roland se saltó el exhaustivo resumen de la trama y leyó de nuevo los párrafos finales.

Al fin, una líder de voz imponente ha surgido de entre la generación nacida después de –y nacida de– la guerra. Sin caer en el experimentalismo árido, la anomia solipsística y existencial de nuestra cultura literaria subvencionada, irrumpe en nuestra presencia una escritora que entiende sus responsabilidades con el lector y aun así mantiene el control absoluto de una prosa literaria exquisita y de la ambición imaginativa más audaz. Solo el título elude su capacidad para la invención brillante.

Alissa Eberhardt no tiene miedo de nuestro pasado reciente, de la historia en sí ni de una narración absorbente, de la caracterización plena y profunda, del amor y el triste final del amor, ni de la especulación moral honda e informada que a veces hace un guiño respetuoso a *La montaña mágica* e incluso a la magia de Montaigne. Por lo visto no hay nada que no sea capaz de evocar, desde las ruinas de Múnich bombardeada hasta la clase marginal delincuente de Milán en tiempos de guerra, pasando por el desierto espiritual del milagro económico de la posguerra tal como se experimentó en una oscura población de Hesse.

De envergadura tolstoiana, con un regocijo propio de Nabokov en la formación de frases de oído perfecto, la novela ofrece sin sermoneos una conclusión feminista discretamente poderosa. Su heroína, pese a que fracasa, entusiasma debido a aquello que ilumina. No se puede decir nada más aparte de lo evidente: esta novela es una obra maestra.

Ein Meisterwerk, propia de Nabokov, galardonada con los premios Kleist y Hölderlin, y Roland fue el primero, tenía razón, incluso en lo del título. Tendría que haber escrito la carta. De haberlo hecho, quizá ahora ella estaría preparándose para pasar la Navidad con su hijo, que tenía en alto «El libro de Alissa Eberhardt» con una sonrisa de orgullo para enseñarle a su padre la primera página.

—Estupendo. Lo has colocado muy bien. ¿Qué vas a poner ahora?

—Algo en alemán.

—Este fue uno de los primeros. Mira.

Lawrence se puso manos a la obra con la página del *FAZ*. No tenía interés en intentar leer los artículos traducidos. Quería ordenarlos y dominar el misterio de su madre en los confines de su propio libro. Roland miraba ahora un artículo de revista en inglés. En una fotografía a color que ocupaba toda la página lucía un vestido de verano blanco, ceñido a la cintura al estilo de los años cuarenta, las gafas de sol levantadas por encima de la frente. Llevaba el pelo cortado a lo *garçon* sin flequillo y recogido detrás de las orejas. Estaba apoyada en una balaustrada de piedra. En el fondo panorámico se veían coníferas y una lejana voluta de río. La sonrisa parecía forzada. Diez entrevistas al día. Estaba empezando a aborrecer su propia voz, sus opiniones repetidas. Nunca iba a Londres con motivo de una publicación. La cobertura en la sección de libros le ahorraba la molestia. El artículo, de hacía seis meses, era una leyenda prolongada de prosa entrecortada.

Como la formidable Doris Lessing antes que ella, la glamurosa Alissa Eberhardt dio la clase de salto aterrador con el que muchas mujeres solo sueñan. Abandonó a su bebé y a su marido y salió pitando hacia los bosques de Baviera, véase arriba, donde vivió a base de hojas y bayas (¡es broma!) y escribió su famosa primera novela, *El viaje*. El mundo literario la consideró un genio y nunca ha vuelto la vista atrás. Su libro más reciente, *Los heridos a la fuga*, es nuestro Libro del Mes. ¡Ve con cuidado, Doris!

343

Este, decidió Roland, no se lo enseñaría a su hijo. Era hasta donde llegaba la famosa historia. Alissa nunca daba más detalles, nunca nombraba a su familia abandonada, nunca hablaba del aterrador salto y su naturaleza absoluta. Una prensa británica enérgica podría haber localizado a Roland con facilidad. Qué suerte que los que habían quedado atrás no fueran interesantes. Hasta el momento, tres novelas y un libro de relatos. Cuando la leía, buscaba el personaje que encarnara algunos elementos de sí mismo. Estaba preparado para indignarse si lo encontraba. El tipo de hombre con el que su heroína se encerraría durante muchos meses sensuales. El pianista, tenista, poeta. Incluso el poeta fracasado, el hombre con exigencias sexuales excesivas, el hombre inquieto y frustrado sin trabajo fijo del que se hartaría cualquier mujer razonable. El marido y padre que un personaje femenino abandona. Lo que encontró en cambio eran, entre muchos otros, dos versiones del marinero sueco grandote con coleta, Karl.

En el transcurso de cinco breves años, los libros y premios en Alemania y por todo el mundo se acumularon. Reescribió y dio vida a una de las novelas que Roland pasó a máquina y los editores de Londres rechazaron. Publicó una recopilación de cuentos conectados entre sí, sobre diez aventuras amorosas. Era astuta, incluso desternillante a la hora de afrontar las exigencias contradictorias de sus ingeniosas protagonistas. Habría habido sitio para él allí. En su novela sobre Londres su heroína trabajaba durante un tiempo en el Instituto Goethe. Pero él no era el alumno del que se enamoraba. Ni siquiera estaba en su clase. Otro personaje vivía cerca del mercado de Brixton, pero no en el antiguo piso de Roland. El modo Eberhardt era desafiantemente realista, abordaba un mundo conocido y sentido de manera colectiva. No había nada, material o emocional, que no fuera capaz de describir con nitidez. Y aun así, pese a toda la intensidad del tiempo que pasaron juntos —el encuentro en Lady Margaret Road, las visitas a Liebenau con tanta carga emocional y los paseos a la orilla del río, los polvos al aire libre en el delta del Danubio, su casita compartida y sobre todo su hijo–, nada, ni siquiera disimulado o desplazado. Su experiencia compartida eliminada por completo de su paisaje creativo, incluida su propia desaparición. Él había sido expurgado. Igual que Lawrence: no había niños en su ficción. La ruptura de 1986 fue total. Roland se había preparado para la indignación. Ahora estaba alcanzándola desde otra perspectiva.

Leía sus perfiles en busca de indicios de amantes, pero ella nunca hablaba de su vida privada. «Otra pregunta» era su respuesta tranquila, incluso si inquirían de manera insulsa en qué parte de Alemania vivía. En una foto robada en una revista se la veía sentada a una animada mesa en un restaurante. Ninguno de los comensales parecía un posible amante. La prensa alemana no era tan tenazmente entrometida como la británica. Pero como no hacía visitas y por lo tanto no formaba parte de ningún círculo literario, no tenía aventuras conocidas, nunca se dejaba ver en restaurantes de moda o en la alfombra roja de estrenos y tenía casi cuarenta y ocho años, era material poco atractivo para los ecos de sociedad. Periodistas británicos escogidos se desplazaban a Múnich y se reunían con ella en el despacho de su editor. Eran sobre todo de los de aire estudioso, respetuoso, incluso atemorizado.

A medida que los años se acumulaban a sus espaldas, su tiempo juntos encogía, al menos según el calendario. Tres meros años, de 1983 a 1986. Pero el lapso emocional era mayor y Lawrence era su encarnación. Asimismo, el Instituto Goethe en 1977 y cuatro años después su encuentro a la salida del concierto de Dylan cuando Mick Silver se llevó aquel cabezazo. Luego Berlín, el Adler, la callejuela bajo la lluvia. Ese lapso se extendía cuando Roland le escribía y no recibía respuesta y se extendía aún más cuando admiraba su libro más reciente y reparaba de nuevo en que no aparecía en él. Cada vez que veía su fotografía se reconectaba con el pasado lejano una fina hebra. Dieciocho años después, no parecía haber cambiado, la cara de la mujer que una vez declarara sus ambiciones literarias en un alemán lento y sencillo por el bien de su clase. Un amigo antimonárquico, atropellado mortalmente por una moto hacía diez años, le había dicho en cierta ocasión que con su intensa presencia en los medios, ciertos miembros jóvenes de la familia real invadían de manera constante su intimidad. «Deja de leer sobre ellos», había contestado Roland. «Yo no lo hago nunca y a mí no me molestan.» Ahora veía lo que le habían querido decir. Alissa lo molestaba de vez en cuando. Tenía que leer cada libro cuando se publicaba. Tenía que cribar los artículos de prensa que le enviaba Rüdiger. Alissa no lo dejaba en paz, se negaba a dejar de escribir bien a pesar de que lo ignoraba en sus novelas. Después de tantos años no le importaba mucho, pero le habría ayudado perder un poco de vista su rostro, tan hábilmente iluminado en las revistas de calidad. Pero, aunque así hubiera sido, perduraría no solo en los ojos de su hijo y esa costumbre de apartar la mirada, sino en su arrolladora seriedad. Por encima de todo, era eso lo que Lawrence y su madre tenían en común.

Dos años después las familias de Clapham todavía no se habían unido. No es que dejaran de hablar de matrimonio. El asunto se desvaneció. Estaban ocupados, los precios de las casas subían de manera desigual dependiendo de distritos postales y de algún modo era menos peligroso tener dos domicilios a poco más de un kilómetro. Los hijos de Daphne pasaban uno de cada dos fines de semana con su padre. Eso creaba un desequilibrio, pues Daphne valoraba sus cuatro días al mes sola. No pasaba nada. Roland estaba acostumbrado desde hacía mucho a estar a solas con Lawrence y le gustaba. Las familias iban a pasar la noche a casa de los otros. Los padres hacían mutuamente de canguros. Era lioso a veces, pero los cuatro niños de Roland y Daphne se tenían cariño y vivir así era más sencillo que tomar una gran decisión de la que sería un infierno desdecirse: nunca tuvieron la necesidad de explicarlo en detalle. Algunas aventuras amorosas se pudren cómoda y dulcemente. Poco a poco, como fruta en una nevera. Esta podía ser una de esas, pensaba Roland, aunque nunca acabara de estar seguro. El sexo, cada vez más esporádico, seguía siendo intenso. Hablaban de forma relajada, en profundidad cuando era posible. La política los unía y reinaba un gran entusiasmo a medida que se acercaban las elecciones generales. Así pues, los seis, todos los «interesados» como decían los economistas del Nuevo Laborismo, vivían en una agradable niebla de arreglos demasiado densa o interesante para que se dispersara sin más. La inercia en sí era una fuerza.

En la primavera de 1997 hubo una muerte en la familia de Roland. Antaño, nadie llegaba muy lejos en su infancia sin enfrentarse a un muerto. Pero en el próspero Occidente, después de la carnicería en masa de dos guerras mundiales, vivir sin muerte se convirtió en el peculiar privilegio y la vulnerabilidad de una generación protegida. Ruidosa y sedienta de sexo y bienes y mucho más, se mostraba aprensiva con la extinción. A Roland le pareció apropiado prohibir a Lawrence, con once años, que le acompañase. Viajó solo a su primer encuentro cercano con un cadáver.

Llegó temprano en tren. Para ordenar sus pensamientos, tomó una ruta tortuosa por la ciudad desde la estación. Daba la impresión de que Aldershot había sido vapuleada la víspera por un montón de borrachos. Soldados o civiles. En el centro, junto al mercado, había restos dispersos de botellas rotas en las aceras y las cunetas y sangre derramada o kétchup diluido por la lluvia. Fue por aquí donde su hermano Henry, enton-

347

ces con dieciocho años, se topó con su madre en 1954 y ella no lo reconoció. Aquel viejo misterio, por qué Rosalind envió a Henry y Susan lejos de casa en 1941, nunca se esclarecería. Ella insistía en que andaba muy mal de dinero para criarlos, pero eso no convencía a nadie. No era más pobre que antes de la guerra. La cuestión era tan antigua que habían dejado de darle vueltas.

Roland pasó por delante de Woolworths donde, a los tres años, le impresionaba un coloso rojo oscuro nada más entrar por las puertas de vaivén: una máquina que te pesaba y te daba la respuesta de viva voz. Cerca de esta, una vez había perdido a su madre siguiendo distraídamente la falda equivocada. Lunares de colores sobre un fondo blanco: igual que la de Rosalind. Cuando una cara desconocida lo miró desde arriba, se quedó entumecido de terror. Al reunirse con su madre lloró. En el recuerdo, el sabor a acetato de su pena era el de los caramelos variados apilados en un mostrador cercano. Pastillas de sabor a pera.

Cruzó la carretera cerca de Woolworths y pasó por delante de dos salas de cine independientes una al lado de la otra. En una de ellas había visto dos pases consecutivos de la película de Elvis Presley *Amor en Hawái*. Tenía trece años. Debía de haber vuelto de Berners por vacaciones. Sus padres habían abandonado Trípoli y estaban esperando el siguiente destino. Primero Singapur, luego Libia, pronto sería Alemania: su vida de exilio, de la nostalgia soterrada de Rosalind. Como si huyeran de algo. Aquella larga tarde en el ABC, Roland no soportaba la idea de dejar las playas soleadas y las hermosas amigas de Elvis para sumarse a la monotonía exterior. Su padre había aparecido inesperadamente a recogerlo y se puso furioso por tener que esperarle en el vestíbulo. Al final entró en la sala con un acomodador que con el haz de su linterna localizó a Roland en la primera fila. Padre e hijo regresaron en silencio bajo la lluvia adonde se alojaban con Susan.

Ahora, Roland desanduvo parte de su trayecto por un aparcamiento desierto y fue hacia una zona sombría de la ciudad donde los soldados casados y su familia estuvieran antaño acuartelados en casas adosadas de dos pisos de finales de la época victoriana, estrechas, sin calefacción, húmedas. Susan había vivido allí con su primer marido y sus dos hijos cuando eran bebés. Roland se había alojado en Scott Moncrieff Square de vez en cuando. En el Parlamento lo calificaron de barrio bajo. Unos edificios fríos de ladrillo holliniento rodeaban un montículo cubierto de hierba en torno al que las mujeres tendían la colada. Las casas adosadas se derribaron a finales de los sesenta cuando todo lo victoriano era una abominación. Pero las viviendas eran de construcción sólida. Sería mejor haberlas remozado, pues ahora las que las habían reemplazado también estaban listas para la demolición.

Regresó describiendo una curva hacia el centro de la ciudad, luego ascendió una colina hacia el Hospital Militar de Cambridge donde nació. Un magnífico edificio victoriano con una torre del reloj de fama local cuyas campanas formaban parte del botín de la guerra de Crimea. Había cerrado hacía dos años, destinado, según oyó, a ser transformado en apartamentos de lujo. Las ventanas tenían el aspecto sucio y condenado de unas ruinas abandonadas. Ahí por alguna parte, separado de él solo por un delgado muro de tiempo, había colgado boca abajo, desnudo y ensangrentado; y, tal como se hacía en la época, le dieron la bienvenida al mundo con una enérgica palmada en las nalgas. Dio un amplio rodeo y pasó por detrás del campo del Aldershot Football Club con el reloj floral en la fachada que todavía marcaba la hora. Cruzó la carretera y aflojó el paso cuando se acercaba al establecimiento de Bromley & Carter en un desfile de comercios. Su padre le estaba esperando. Nada de furia muda esta vez, ni linterna de acomodador. Siguió adelante, luego, unos cien metros más allá, regresó, vaciló y llamó al timbre.

La noticia había llegado por la mañana temprano cuando él estaba en el trabajo, jugando al tenis en una pista de Portman Square. Su rival y cliente era un treintañero que quería recuperar la forma en la cancha después de romperse una pierna esquiando. Era un jugador enjuto y fuerte de nivel comarcal con un drive como un latigazo. Roland iba un set y tres juegos por detrás e intentaba dar la impresión de que eso formaba parte de su método de enseñanza. Alentar por medio de la victoria. Su trabajo consistía en que los intercambios de golpes fueran largos e interesantes, pero eso exigía correr más de lo que tenía por costumbre. Cuando sonó su nuevo móvil Nokia desde el banquillo levantó una mano a guisa de disculpa y se alegró de contestar. En cuanto oyó la voz de su hermana, el tono apagado, lo supo. Durante la hora siguiente le sobrevino una indiferencia ausente: útil en el juego competitivo. Se apuntó el set y se dejó ganar en el tercero.

El amor de Lawrence por su abuelo era sencillo. El comandante era un ogro huraño que lanzaba rugidos cómicos pero espantosos y tocaba la armónica o emitía desternillantes lamentos con una gaita en miniatura. A medida que el niño crecía el ogro se mostraba generoso con sus monedas de una libra y se aseguraba de que la ordenada casa en una urbanización moderna cerca de Aldershot estuviera bien provista de limonada y chocolate. El ogro se volvió más exótico cuando empezó a tener a su lado una bombona de oxígeno con un tubo conectado a la nariz que emitía un leve siseo. Desde su primera infancia Lawrence mostró interés en una figurita grotesca que el comandante había traído de Alemania. El duendecillo calvo y nervudo de larga nariz aguileña estaba encorvado en un alféizar apoyado sobre un bastón. El comandante convirtió en costumbre dejárselo a Lawrence en cuanto llegaba. A los cinco años, este lo trataba con delicadeza. Darse cuenta poco a poco de que el monstruo no podía hacerle daño le llevó a tomarle cariño. Lo que daba miedo se podía contener, incluso querer. El duendecillo bien podría haber sido un sustituto de su abuelo.

Esa tarde las dos familias cenaban juntas en casa de Roland. Cuando llegó de su sesión de tarde los niños estaban haciendo los deberes a la mesa de la cocina mientras Daphne cocinaba. Las niñas, Greta y Nancy, estaban en un lado, Gerald y Lawrence en el otro. Entre clientes Roland había llamado a Daphne para darle la noticia. Ahora tenía que encontrar el momento adecuado para decírselo a Lawrence. Perder al abuelo Heinrich había sido desconcertante y abstracto. Ir al funeral en Liebenau quizá le hubiera ayudado. El abuelo Robert era harina de otro costal.

Después de Daphne hizo la llamada más difícil a Rosalind. Su voz sonaba lejana y tuvo que pedirle que se acercara el auricular. El comandante se había derrumbado encima de ella, atrapándola contra la parte superior de la cocina. Le salía sangre por la boca. Cuando intentaba zafarse de su peso, a él se le cayó la cabeza hacia delante y se golpeó con fuerza contra la encimera. «Lo he matado yo», repetía en voz tenue. Para tranquilizarla, fingió conocimientos médicos. «Eso ni lo pienses. Si le salía sangre por la boca, es que ya había fallecido.»

«Dilo otra vez», le pidió. «Quiero oírlo otra vez.»

Roland se sentó entre los niños en silencio. Le conmovió el modo en que tenían la cabeza inclinada con tanta aplicación sobre lo que estaban escribiendo. En quince minutos los cuatro empezarían a montar barullo otra vez. Notaba los pies a punto de reventar y le dolían las rodillas y el brazo derecho. Daphne le había llevado un té. Cuando lo dejaba, le había posado una mano en el hombro. El ruido de la cocina mientras preparaba un pastel de carne con patatas era relajante. La mesa seguía despejada y limpia. Aquí estaba, la tranquila dicha de la domesticidad, ordenada, segura, amorosa. Ciertos amigos suyos la evocaban cuando le instaban a casarse con Daphne. A menudo, como ahora, atinaba a verle sentido: el té que no había pedido, el murmullo de las noticias en la radio de la cocina (dentro de poco iba a entrar en vigor la prohibición de armas químicas), los niños con sus deberes, el aroma de su pelo recién lavado. Podía dejarse ir, sumirse en esa calidez. ¿Para sufrir y ahogarse? Había habido algunos indicios más claros de problemas entre Daphne y él. No, era singular, su problema, el que venía de antiguo. No podía evitarlo. Ella había dicho con voz tensa que podía y debía.

Echó un vistazo a la tarea de Lawrence. Mates otra vez. El libro que había pedido para su cumpleaños le había causado impresión. Llegó a comprender las ecuaciones diferenciales, dy sobre dx, gracias a lo que dejó atrás a su padre. Cuando Greta le preguntó a Lawrence, como Roland había deseado hacer, cuál era el sentido de esas sumas, él contestó después de pensarlo un momento:

–Tiene que ver con cómo cambian las cosas y cómo puedes introducirte en ese cambio.

–¿Qué cambio?

–Hay velocidad, luego algo así como que... *doblas* y hay aceleración.

No sabía explicar más, pero era capaz de resolver las ecuaciones. Su comprensión fue inmediata, casi sensual. Su profesora pensaba que tendría que estudiar matemáticas en la escuela de verano para menores de doce años con talento. Roland creía en las vacaciones y se mostró escéptico. ¡Ya estudiaba más que suficiente! También estaba la cuestión del dinero. No quería pedírselo a Alissa. Daphne se había ofrecido a pagarlo. El asunto quedó en el aire.

Mientras se duchaba, decidió dar la noticia a Lawrence en la cena en un entorno apaciblemente familiar. Gerald, Greta y Nancy habían perdido a una abuela hacia año y medio. Lo entenderían. Y Daphne era muy cariñosa con Lawrence. ¿Cómo podía él, Roland, resistirse a unir su vida a la de ella? Era muy difícil pensarlo ahora. Se vistió y bajó. En cuanto hubieron acabado de cenar les dijo a los niños que tenía una noticia muy triste. Cuando se la dio, se dirigió a su hijo. La cabeza grande permaneció inmóvil, los ojos del niño estaban enigmáticamente fijos en él y Roland, el mensajero, se sintió acusado.

Lawrence preguntó en voz baja:

–¿Qué pasó?

–Me lo ha contado la tía Susie. Acababan de comer. La abuela estaba recogiendo los platos. El abuelo iba tras ella con un cuenco cuando...

–¿El cuenco naranja?

–Sí. Nada más entrar en la cocina se cayó al suelo. Ya sabes que no tenía muy bien los pulmones, conque su corazón tenía que latir mucho más fuerte para llevar oxígeno por todo el cuerpo. Su viejo corazón estaba rendido. –De pronto Roland perdió la confianza en su propia voz. Su versión alterada había desprendido una astilla de pena. Le parecía artificial, más relacionada con un cuento y esa palabra cargada, «corazón», que con el hecho de una muerte dolorosa.

Lawrence seguía con la mirada fija en él, esperando más, pero Roland no podía hablar. Nancy le puso una mano en el brazo a Lawrence. Ella y Greta empezaban a decir algo compasivo. Eran más expresivas que su hermano, que permanecía sentado con rigidez, y que padre e hijo. Daphne las apuntó agitando el índice para acallarlas. La mesa quedó en silencio a la espera de que Roland continuara.

Quizá Lawrence hubiera visto el brillo en los ojos de su padre. Sería el niño quien consolara al hombre. Como animándolo con delicadeza preguntó:

–¿Qué habían comido?

–Pollo, patatas... –Iba a decir guisantes. El paso de lo sublime a lo trivial que caracterizaba la pregunta hizo que le entraran ganas de reír. Carraspeó sonoramente y se levantó, cruzó la habitación y fue a la ventana para contemplar la calle mientras recuperaba el control. Por suerte, las niñas eran irrefrenables. Se levantaron de la silla entre arrullos. Sus abrazos y conmiseraciones fueron una pantalla útil. Hasta Gerald se sumó.

–Qué mala suerte, Lawrence.

Eso hizo que las niñas rieran y entonces Daphne y Lawrence se unieron a ellas. Risas por doquier. Qué alivio. A Roland se le relajaron los músculos de la garganta y ahora ahí estaba de nuevo, un sentimiento que no había logrado ahuyentar esa misma tarde. Le había sobrevenido cuando iba en la Northern Line hacia Clapham, plantado entre el gentío, con el equipo de tenis al hombro. Y otra vez en el breve paseo hasta casa por Old Town y Rectory Grove abajo, un pensamiento terrible e inapropiado. Liberación. Estaba bajo un cielo más grande. Ya no eres el hijo de tu padre. Ahora eres el único padre. Ningún hombre se interpone entre tú y el camino despejado hacia tu propia tumba. Deja de fingir: el alborozo es adecuado, igual que la pena. Era novato en la muerte, pero sabía que debía desconfiar de los sentimientos iniciales. Sin duda eran prueba de un trastorno razonable y se desvanecerían. De espaldas a la habitación, viendo la lenta procesión del tráfico, sopesó las opciones. Enterrabas a tus padres o te enterraban ellos a ti y lloraban con mucho más dolor de lo que podrías llorar tú nunca por ellos. No había mayor aflicción que perder a un hijo. Así que considera afortunados a tu padre y a ti.

Una adolescente delgada con ceñido traje-pantalón negro le abrió la puerta de la funeraria y le dirigió un gesto de cabeza formal al entrar. Al parecer tenía instrucciones de no hablar o padecía algún tipo de discapacidad. Cuando le indicó que tomara asiento en una salita de espera de color rojo, él le dio las gracias en un tono demasiado alegre. La chica le dirigió un gesto apaciguador con ambas manos y desapareció tras una cortina de velvetón rojo. Habían tenido el buen gusto de no dejar revistas en la sala. En la pared había una fotografía enmarcada de un río demasiado estrecho y caudaloso para ser la laguna Estigia. Más bien el East Dart, donde una vez fue de pesca ilegal en la adolescencia y atrapó una trucha grande con anzuelo y gusano; método que escandalizaría a un verdadero pescador de trucha, según averiguó después. Destripó la presa, la asó en una hoguera y se la comió con Francesca, la italiana que había conocido en el bar del Crimea Inn, en Aldershot. Pasaron un buen fin de semana, a juicio de él, durmiendo al aire libre en Dartmoor en una tienda de campaña prestada cuando podría haber estado en la escuela, estudiando para el examen de acceso a la universidad. Pero a su regreso ella escribió para decir que no quería volver a verlo. Un misterio que no llegó a esclarecer.

Reparó en un sonido como de llovizna que salía de un agujero en el techo encima de su cabeza, un acorde sostenido en un sintetizador susurrante acompañado de olas que rompían a lo lejos. Un momento después el acorde sufrió un cambio mínimo. Música fúnebre New Age. Estaba en lo que antaño fuera la sala de estar de una casa modesta, ubicada entre una tienda de bicicletas y una farmacia en una hilera de adosados económicos de la época eduardiana. La mesita de centro de pino que casi le rozaba la rodilla tenía burbujitas y la cerda negra de un cepillo o quizá una hebra de cabello moreno atrapada en el denso barniz oscuro: una restauración hecha a mano. Ninguna de las sillas hacía juego. El aire improvisado de la sala de espera lo conmovió. Bromley & Carter se esforzaban al máximo sin mucho dinero. Hacían frente a un gran problema, igual que los diseñadores de la mayor de las tumbas, como la de Napoleón en Les Invalides, donde Roland hizo cola una vez con Alissa: el difunto estaba aquí, y luego no estaba aquí, ni iba a regresar. ¿Qué cambiaba que hubiera cuarcita roja pulida o discreta improvisación?

Estaba ansioso, como si la muerte de su padre no hubiera acaecido todavía. Un resultado en suspenso, como con el gato de Schrödinger. Solo que la presencia del hijo ante el cadáver podía dar al traste con la función de onda y matar al padre. Recordó estar sentado en una sala parecida con su madre a la espera de que les hicieran pasar a la consulta del médico. Con ocho años tenía problemas respiratorios, a los que las palabras senos y adenoides iban íntimamente unidas cual adiciones a su nombre de pila. Rosalind tampoco sabía lo que eran y las usaba de manera intercambiable. Se planteó entre ellos una contienda acérrima cuando estaban sentados ante el cirujano de oído, nariz y garganta. Sintiendo náuseas de terror, oyó a su madre exagerar los síntomas. Tímido como era, hizo el esfuerzo de meter baza y convencer al especialista de que no le ocurría gran cosa. Una leve dificultad para respirar no era nada para él. En unos estantes bajos junto a un hondo lavabo cuadrado había siniestros cuencos blancos con ribetes azul oscuro adonde bien podía ir a parar dentro de poco algún órgano fallido extirpado de su cuerpo. Tenía entendido que se llamaban bandejas quirúrgicas o bandejas de riñón. Diría cualquier cosa, lo negaría todo por disuadir al médico de que abriera el armario en la pared donde guardaba agujas, escalpelos y pinzas de acero. Nadie le había explicado que el procedimiento al que podía verse sometido se realizaría en el futuro, en otra parte y con anestesia.

El procedimiento de hoy no contaría con esas ventajas. En cuanto a su madre, vendría con ella al día siguiente. Se abrió la cortina y el padre de la chica se le acercó con la mano tendida. Roland se levantó para estrechársela y escuchó las gratas expresiones de condolencia del señor Bromley. El parecido con su hija resultaba cómico. Tenían en común una naricilla de botón encima de una fuerte mandíbula. Pero mientras que la palidez de ella poseía un atractivo más bien retropunk, la suya parecía una dolencia cutánea. Tenía que estar más al aire libre.

Roland lo siguió por un estrecho pasillo hacia la parte posterior de la casa hasta una sala más grande. Aquí la tranquila música New Age se oía más fuerte. El olor era el del mostrador de productos cosméticos de unos grandes almacenes. El cadáver estaba tendido en el ataúd que Rosalind pasó un buen rato eligiendo. Traje negro, camisa blanca, corbata y zapatos negros, con una insinuación de gris en los calcetines. El forro de satén fruncido y con volantes arrojaba una sombra de travestismo. El comandante lo habría aborrecido. Pero había habido un error bochornoso. Ese no era él. Había desaparecido el bigotito de cepillo que se dejó durante la guerra, cuando ascendió a sargento mayor, ya no apto para el combate después de Dunkerque, y estaba adiestrando a reclutas en las plazas de armas de Blandford y Aldershot. La boca era una raja enorme en forma de sonrisa, una boca de buzón en torno a la que se formaba la cara entera. En la frente forzaba un ceño pensativo que nunca había tenido. Roland se volvió perplejo hacia el señor Bromley.

El director de la funeraria se le anticipó con serenidad.

–Este es su padre, el comandante Robert Baines. Seguramente tenía la boca abierta en el momento en que falleció. Los músculos no se habrían retraído, claro.

–Ya veo.

–Lo siento. Ahora seguro que quiere estar un rato a solas.

–¿Le importa apagar el sonido?

Con una sonrisa compasiva el señor Bromley acercó una silla y se fue. El sintetizador dejó paso al zumbido del tráfico. Roland se quedó de pie. Alargó una mano para tocarle el pecho a su padre. Caoba helada bajo la fina camisa de algodón. Un cadáver no tenía nada de sorprendente u horroroso, a fin de cuentas. Meramente una ausencia banal. ¿Qué más podía haber esperado? Qué fácil y tentador creer en el alma, en un elemento que se había desvanecido. Se quedó mirando en el ataúd los ojos cerrados, buscando no alguna verdad definitiva en el rostro extraño del comandante, sino algún sentimiento propio, cierta tristeza decente. Pero no sentía nada, ni pena, ni liberación, ni acusaciones furiosas ni siquiera entumecimiento. En lo único que pensaba era en marcharse. Como en una incómoda visita al hospital cuando la conversación decae. Lo que lo retenía era lo que pudiera pensar el señor Bromley de un hombre que no era capaz de pasar unos minutos junto a los restos de su padre. Pero él era ese hombre. De esos que siguen el ejemplo de un montón de películas medio recordadas y se inclina sobre el ataúd para dar un beso final. Solo que este sería el primero. La frente estaba más fría que el pecho. Al incorporarse, se le quedó en los labios un sabor a perfume. Se los limpió con el dorso de la mano y se marchó.

El funeral cuatro días más tarde fue un acto aburrido rescatado por un error cómico. Era el día después de las elecciones generales, el ajuste de cuentas de la victoria aplastante del Nuevo Laborismo. Una mayoría de ciento setenta y nueve escaños: mucho más de lo esperado. El dominio del poder por parte de la derecha se había derrumbado. El gobierno de John Major había quedado desgastado, dividido, avinagrado por escándalos triviales. Blair y sus ministros eran jóvenes, tenían miles de ideas nuevas, su confianza era ilimitada. Se quitarían de encima a la vieja izquierda y favorecerían la actividad empresarial. Prestarían atención a las preocupaciones de los votantes corrientes: alumnos por aula, hospitales y delincuencia, sobre todo entre los jóvenes. Partidarios y activistas lucían sus «tarjetas de compromiso» –cinco promesas políticas– con orgullo. El cambio también era cultural. Ya se había decidido que ser miembro del Gabinete y abiertamente gay no era motivo de escándalo y deshonor. Tony Blair había ido a ver a la reina y estaba en Downing

Street haciendo su discurso inicial como primer ministro. Pelo abundante, buena dentadura, zancada enérgica: se le recibió como a una estrella del rock. La muchedumbre con banderas a lo largo de Whitehall era enorme y había una intensa euforia general.

Ocupado ultimando los preparativos del funeral a las cinco de la tarde, Roland seguía los acontecimientos de Londres con cierta indiferencia. Estaba en casa de su madre, telefoneó al señor Bromley varias veces, trató los detalles de atuendo con un gaitero del este de Londres especializado en lo que denominó ocasiones familiares. Susan creía que no había suficiente con sándwiches, cerveza y té. Se pidieron hojaldres con salchicha, tarta, barritas de chocolate, patatas fritas, limonada y sidra. Roland iba viendo de pasada la cobertura televisiva en la sala de estar entre un recado y otro.

Viejas disposiciones adquiridas como socio del Partido Laborista le hacían desconfiar de la gente que agitaba la bandera del Reino Unido. Eso nunca traía nada bueno. Podría haber buscado una relación entre la defunción de la administración Tory y la muerte de su padre. Pero no vendría al caso. El comandante era un hombre de Glasgow de clase obrera hasta la médula. Muchas veces había contado la historia de cuando era un adolescente buscando trabajo en los astilleros a la orilla del Clyde. Por la mañana temprano un capataz se dirigía al grupo desde el otro lado de la verja. Ofrecían trabajo para seis días. Los hombres reunidos tenían que competir entre ellos pujando por el sueldo a la baja. Quienes se avenían a cobrar menos se quedaban el puesto. Eso le dejó huella. Robert Baines, a diferencia de sus compañeros en el comedor de oficiales, siempre vio con buenos ojos la idea de un sindicato. Había desdeñado el intento de la izquierda radical de tomar el control del Partido Laborista. Lo importante era salir elegidos. «Primero hay que llegar al poder. ¡Luego, si es necesario, se vira a la izquierda!»

Trabajando con su madre, Roland dispuso sándwiches en bandejas y los cubrió con paños de cocina limpios. A su espalda, los insuficientes altavoces de la tele retransmitían los minúsculos bramidos de las multitudes. Para Rosalind, estar ocupada era un bálsamo. Había entrado en un estado agudizado de normalidad. Daba instrucciones en forma de tímidos apuntes. Pero estaba envejecida y encogida, no podía dormir, se le veían profundas arrugas en la piel bajo los ojos, como las de una nuez. Los asistentes al funeral eran todos parientes suyos, con algún que otro vecino que acudía por respeto a ella. Rara vez habían hablado con el comandante y este nunca se acordaba de sus nombres. No había venido nadie de Escocia. Por primera vez en su vida, Roland, mientras supervisaba el banquete en el que había poco de su gusto, se dio cuenta de algo sencillo. Su padre no tenía amigos. Compañeros del ejército, colegas con los que bebía en los comedores de sargentos y oficiales: obligados por las circunstancias. No habían formado parte de su vida muchos años. Solo ahora estaba empezando a resultar evidente. La anécdota del cortacésped era un pequeño detalle. Un hombre aislado; de opiniones demasiado dominantes y contundentes y un poco más sordo de la cuenta para amistades, para estar en compañía relajada en el pub local; impaciente con las ideas que discrepaban de las suyas; de inteligencia elevada que no había servido un fin concreto debido a la ausencia de educación formal; sin intereses más allá de la prensa diaria; su devoción por el orden y la puntualidad militares se tornó obsesiva con la edad y ocultaba un profundo aburrimiento; la bebida lo hacía todo tolerable, al menos para él mismo.

Pero recibía efusivamente a Roland cuando hacía alguna de sus visitas tan distanciadas unas de otras. Siempre estaba dispuesto a quedarse hasta las tantas, beber cerveza, hablar de política, contar historias. Si no las hubiera repetido tan a menudo, Roland no las recordaría ahora. Esas bienvenidas se volvieron más efusivas aún conforme el comandante envejecía. Robusto fumador desde los catorce años, supo por primera vez lo que era la fragilidad y la enfermedad cerca ya de los setenta. Poco después dependía del alto cilindro de oxígeno junto a su sillón. Incluso a sabiendas de que se estaba muriendo, de que los pulmones le estaban fallando, quería seguir adelante, mostrarse alegre y no quejarse. ¿Qué había que hacer con los recuerdos de aventuras en su compañía en el desierto cazando un escorpión, de disparar un calibre .303, de aprender a nadar y zambullirse, trepar por cuerdas, mantenerse en equilibrio sobre aquellos hombros anchos y resbaladizos mientras él contaba lentamente? ¿Dónde debía el hijo situar su orgullo en el severo capitán, revólver de servicio al cinto, caminando a paso firme sobre la arena aceitosa del campamento de Gurji? ¿Cómo iba a ubicar las horas pescando con él a orillas del Weser? Desenganchaba pacientemente el sedal del niño de los arbustos varias veces en una tarde. Le enseñaba a jugar al billar en el comedor de oficiales, en una sala con paneles de madera de un viejo castillo alemán, siempre estaba dispuesto a llevar al niño a comer filete con patatas fritas, reparar sus juguetes, ayudarle a construir campamentos. ¿Y quién más en la familia se ponía a cantar o sacaba una armónica de tan buena gana? Para encontrar gente que cantara en compañía por lo común había que ir a Escocia, Gales o Irlanda. Robert Baines hechizaba a su nieto con su absurda gaita y sus gruñidos. Se manchó las manos de sangre ayudando al motorista herido.

Se había levantado por la noche, pasadas las tres, para conducir sesenta kilómetros y recoger a Roland, con dieciocho años, donde lo habían dejado haciendo autostop. Y se mostró alegre al saludarlo. Siempre le hacía gracia dejarle en la mano al adolescente un billete de cinco libras. Le dio su primera clase de conducir, recordándole que cuando iba sentado a un volante estaba en posesión de un arma de acero de tres cuartos de tonelada. Quizá Robert le había enseñado a Roland a ser padre. De ser así, había cosas que desaprender. El hombre cuyo amor hacia él era tan feroz, tan posesivo, tan aterrador cuando era pequeño, también era el hombre que pegaba a Rosalind, que timó a una viuda y se enorgullecía de ello, que dominaba todas las ocasiones domésticas, a menudo borracho, que repetía sin piedad sus pensamientos, que hizo algo indecible para ganarse el odio de Susan. En todo lo que era su padre, Roland estaba implicado. Tanto que hubiera preferido dejar de lado y olvidar. Estas líneas nunca llegarían a desenmarañarse por completo.

El plan concebido por Roland y su hermana consistía en que un gaitero escocés con kilt y escarcela se acercara lentamente desde los árboles del crematorio de Aldershot mientras interpretaba «Will Ye No Come Back Again» hasta llegar delante de la congregación, y mientras él continuaba tocando, el ataúd empezaría a deslizarse hacia el horno. El gaitero dijo que solo tocaba «Amazing Grace».

La ceremonia sencilla, despojada de himnos y encomios, tal como había pedido el difunto, se desarrolló bastante bien, con un digno discurso pronunciado por la oficiante civil que recomendó la funeraria. Cuando hubo terminado, miró a Susan, que le dio un codazo a Roland para que saliera a indicarle al gaitero que empezara a tocar la canción elegiaca. Se había acordado que esperase junto a unos cipreses de Leyland al otro lado del aparcamiento, a unos cien metros. Pero se había formado una neblina impropia de la estación y Roland no veía al hombre. Echó a andar en dirección a él, pero justo entonces empezó a sonar la gaita y Roland volvió dentro. La congregación escuchó mientras «Amazing Grace», lejano pero bastante claro, empezaba a sonar cada vez más tenue. El gaitero se dirigía hacia el edificio equivocado. El sonido menguó hasta quedar en nada. Roland salió de nuevo a mirar, pero la niebla se había vuelto más densa y no había ni rastro del tipo.

Volvió y se disculpó ante la congregación. Dijo que era probable que el gaitero estuviera amenizando la tarde a los bañistas en el Aldershot Lido calle arriba. Al comandante sin duda le parecería bien. Todos rieron, incluida Rosalind. Entonces intervino la oficiante y, al tiempo que alzaba una mano para pedir silencio, sugirió un momento de contemplación. Al concluir, el comandante emprendió su último viaje, con los pies por delante hacia una cortina verde.

Dos semanas después de haber perdido al que había sido su marido durante cincuenta años, Rosalind fue a pasar unos días a Londres. Las noches que venían Daphne y sus hijas a Roland le agradaba que su madre lo viera como parte de una familia alegre y ruidosa. Greta y Nancy le tomaron cariño de inmediato. Era habitual que las tres estuvieran haciendo corrillo. Por primera vez en su vida, Roland y su madre hablaron largo y tendido. El comandante, incluso en sus momentos más benévolos, era una presencia celosa. El pasado era su coto vedado. Los términos y los límites los establecía él. Se enfadó cuando Roland le preguntó una vez cómo y cuándo había conocido a Rosalind. Al hacerle a su madre la misma pregunta, ella se mostró leal y evasiva. El relato estándar seguía intacto. Después de la guerra. En 1945.

Rosalind no daba la impresión de estar de luto. Había cuidado con ternura de su marido hasta el agotamiento, había vivido medio siglo bajo su dominio como sumisa esposa de militar. Ahora, después de una copa de jerez antes de la cena, se rió con ganas, estaba animada, comunicativa. Roland no la había visto nunca así. Había conocido al sargento Robert Baines en 1941, les contó a Roland y Daphne una vez se hubieron acostado los niños.

—Quieres decir en el 45 —señaló Roland.

—No, en 1941.

No pareció reparar en que contradecía la versión habitual. Los trayectos en camión con el conductor, el viejo Pop, no se hacían a un depósito militar en Aldershot, sino a uno cerca de los muelles de Southampton. El sargento en la barrera era «un bruto», quisquilloso y meticuloso con los documentos y «muy brusco». Pero la invitó a un baile en el comedor de sargentos. Era difícil. Él le daba miedo y ella era una mujer casada con dos hijos. Rehusó. Un mes después la invitó de nuevo. Esta vez ella titubeó. Su madre sacó un vestido viejo y lo arreglaron entre las dos. El baile fue un apaño incómodo y cortado, pero Rosalind y Robert empezaron a «salir por ahí» juntos, «pero nada más. Yo nunca habría hecho algo así, con Jack de soldado en el frente». La madre de Jack, a la que Roland conocía como la «abuelita Tate», se enteró de lo que creyó que era una aventura y se puso furiosa. Le escribió a su hijo para contarle lo que se traía entre manos su mujer. Había estado de campaña en África del Norte y ahora estaba estacionado en Malta.

–Cuando recibió la carta Jack se ausentó sin permiso y regresó a Inglaterra.

–¿Sin documentos, desde Malta? ¿En 1943? Imposible.

–O de permiso por motivos familiares. No lo sé. Cuando vino a casa me dijo: Quiero conocer a ese hombre al que has estado viendo. Así que quedaron para tomar un par de pintas en el Prince of Wales, enfrente de la fábrica de gas.

Roland recordaba la planta de gas de hulla. Las madres acostumbraban a llevar a sus hijos al patio a respirar los gases para que se les curaran catarros y toses.

Rosalind hizo una pausa, luego le habló directamente a Daphne. Otra mujer lo entendería.

–Jack estuvo tomándome el pelo durante años. Ahora le tocaba a él.

Así que era una aventura, pero Roland no dijo nada. El encuentro, dijo Rosalind, «fue bien». Era difícil de creer. Jack, soldado de infantería, tomó parte en los desembarcos del Día D –junio de 1944– y meses después se internó en un bosque cerca de Nijmegen, fue rodeado por soldados alemanes y recibió un tiro en el estómago. Lo dieron por muerto. Lo encontró su propio pelotón y lo trajeron de regreso a Inglaterra para ingresarlo en el hospital Alder Hey de Liverpool.

—Lo primero que me dijo cuando entré en el pabellón fue: Te he dado una vida terrible, Rosie.

El pase que tenía Rosalind la autorizaba a quedarse dos días. Diez días después de regresar, Jack murió. Henry, de ocho años, ya vivía con la abuelita Tate. A Susan la habían enviado a una institución en Londres fundada en sus inicios para las hijas de marineros de primera muertos en el mar. En la década de 1940 mantenía un régimen estricto. Lo pasó fatal allí, pero solo le permitieron regresar cuando contrajo un quiste en la garganta del que tenía que ser operada. Los niños estaban lejos, dijo Rosalind, «mientras yo intentaba poner en orden mi vida».

Un antiguo misterio resuelto. No hacía falta preguntar por qué la abuelita Tate aborrecía a Rosalind. «Murió de cáncer, gritando de dolor.»

Rosalind vaciló. Se estaba alejando a la deriva en sus recuerdos. La piel de nuez en torno a sus ojos era de un marrón más profundo, cercano al negro, tenía los ojos hundidos y miraba con ese aire inconsciente de los ancianos. Lo que dijo a continuación reveló una faceta suya que Roland nunca había conocido. Un mensaje de tiempos más duros. La forma de las palabras también fue extraña.

«Dios se cobra las deudas en algo más que dinero.»

Roland no manifestó sorpresa ante esta revisión del pasado ni contradijo a su madre con la versión antigua. Quería que siguiera contando su historia. Durante su estancia en Clapham habló menos de Robert que de Jack. Antes de la guerra siempre era el policía del pueblo quien lo traía después de que se hubiera esfumado durante semanas o meses. En ausencia de Jack, Rosalind se quedaba en la miseria y «dependía de la parroquia»: vivía con una exigua ayuda estatal. Era evidente que Jack no se iba a dormir bajo los setos, ni solo. Pese a eso, ahora dio la impresión de que florecía en el recuerdo de Rosalind como una figura romántica, temerario e infiel pero sumamente interesante. Ya no era un tema prohibido. A diferencia de su segundo marido, lo que anhelaba era aventuras, no disciplina y orden. Había luchado en África del Norte, Italia, Francia, Bélgica y Holanda, y murió por su país. Ahora brillaba y se le podía reivindicar.

Tener relaciones sexuales con una mujer cuyo marido estaba en el servicio activo durante una guerra le habría costado a Robert Baines la baja deshonrosa del ejército. En un pueblecito como Ash, Rosalind habría sido objeto de vergüenza y desprecio. Quizá por eso se mudó de la casita de sus padres a un alojamiento en Aldershot. Cuando Roland se lo preguntó otra noche, se mostró vaga y confusa y empezó a remontarse a la antigua versión de que conoció a Robert al final de la guerra. No la presionó mucho. Más adelante lo lamentaría. Ahora entendía por qué Jack Tate era un tema prohibido, la tacha secreta en el impecable historial militar del comandante, y por qué aceptaba destinos en ultramar cuando tenía la opción de regresar a Inglaterra, a Aldershot y su entorno. Había muchos en la región que todavía recordarían que Rosalind Morley traicionó a su marido con el sargento Robert Baines.

En un acceso de insomnio durante la visita de su madre, Roland revisó la historia de sus padres, no como un relato de vergüenza y ocultamiento, sino como una gran pasión. Dos jóvenes, el guapo sargento, la bonita madre bisoña, que se enamoraban a su pesar contra todas las nociones de decencia vigentes. En su inocencia hicieron daño sin darse cuenta a dos niños. Un cuento acosado por la muerte de un soldado, como el que podría relatar Thomas Hardy. Luego durante esa noche insomne la historia se le antojó aburrida y triste y surgió en la oscuridad del cuarto de Roland un collage de nubes de tabaco, charcos de cerveza en suelos de hormigón, nunca dinero suficiente, de vidas destrozadas por la guerra o constreñidas por los reglamentos del ejército, por la clase y las esperanzas restringidas de las vidas de las mujeres.

Tomó prestado el coche de Daphne y llevó a su madre a casa. Ella se mostró animada al principio mientras cruzaban lentamente el sur de Londres. Por fin hablaba de Robert. Estaba de humor para perdonarlo y conmemorarlo. Era muy inteligente, y le encantaba pasar un buen rato y se reían juntos muchas veces, sobre todo cuando eran jóvenes. Trabajó duro para llegar a donde llegó y en realidad sentía devoción por ella, a la que no le «faltó nunca de nada». Entonces recordó de nuevo la primera vez que lo vio cuando ella y Pop detuvieron el camión ante la barrera junto a la garita del guardia. El sargento Baines salió, erguido y ceñudo, y exigió ver su documentación y sus listas. Le dio un susto de muerte a Rosalind.

Roland preguntó:

–¿Qué año era?

–Ah, después de la guerra, hijo. Debía de ser 1947.

Él asintió y metió la marcha del viejo Escarabajo cuando el tráfico de Wandsworth avanzaba de nuevo. A Rosalind se le había ido de la cabeza. La versión habitual era 1945. Ella y Robert se casaron el 4 de enero de 1947. El desasosiego que Roland había sentido a intervalos durante su estancia se estaba agravando. Tenía mucho calor. Bajó la ventanilla un par de dedos y desvió la conversación hacia cosas corrientes: el tráfico, el tiempo, los niños. Ella se sumó y le dijo cómo adoraba a Greta y Nancy. Gerald le parecía un poco demasiado retraído. Había pasado tanto tiempo con las niñas como con Lawrence.

–¿Cuándo vas a casarte, hijo?

Hizo el esfuerzo de adoptar un tono formal:

–Lo estoy pensando muy seriamente.

–Eso dices siempre. Te sentaría bien.

–Creo que tienes razón.

Dio carpetazo al asunto. Sabía que para los demás tenía mucho sentido. Daphne era cariñosa, lista, amable, se organizaba de maravilla. Todavía hermosa, mientras que a él se le veía descuidado. Lawrence estaba a favor. Sus hijos eran estupendos. Roland también sabía lo que le frenaba. No conseguía convencerse de lo contrario. No era una cuestión de razonamiento. Se reducía a todo aquello en lo que no podía pensar.

Cuando se detuvo delante de la casa de su madre, ella se encorvó hacia delante y se echó a llorar en silencio. Él le puso una mano en el hombro y murmuró palabras de consuelo inútiles. Se recobró un poco y se apoyó en el asiento mirando al frente. Seguía con el cinturón de seguridad puesto. Con delicadeza, él se lo quitó. Pero no la estaba instando a apearse. Ella dijo, como para sí misma: «Casada cincuenta y un años».

Le llevó más de lo debido hacer el cálculo. No era correcto, se casó en 1947, conque cincuenta. De un modo u otro, incluso después de cincuenta años, un buen matrimonio o uno malo era motivo de lágrimas. Recuperándose un poco más, repitió el número, su número, en tono maravillado. Divisible por diecisiete, les habría dicho Lawrence. Le gustaba señalar cosas así.

–El mío no duró ni dos. Yo consideraría el tuyo un triunfo.

Ella no contestó. Estaban aparcados en un recinto de diez viviendas adosadas de veinte años de antigüedad, de ladrillo rojo vivo y con jardines delanteros sin valla al estilo americano, pero diminutas. Roland no sabía cómo iba a dejarla allí sola. Tenía en la cabeza el sillón de su padre junto a la ventana que declaraba monótonamente su ausencia.

–Entro contigo a tomar un té.

La sugerencia de un plan inmediato la ayudó a bajarse del coche. Dentro, se repuso al asentarse en su entorno. Quería que Roland llenara de frutos secos el comedero de pájaros, que cortara el césped del jardín trasero, que pusiera la tele más cerca de la pared. Hacerle una lista de la compra la animó de nuevo. El sillón vacío no suponía una amenaza. Cuando regresó del pueblo, su madre estaba sirviendo té con leche y disponiendo delfinios rosas y blancos del jardín en un jarrón junto a una tarta de limón que había hecho con un preparado instantáneo. Mientras guardaba la compra Roland vio en la rejilla superior del frigorífico, junto a un pedazo de queso, una pastilla de jabón. La volvió a dejar en su bandejita al lado del fregadero. Estuvo animada durante el té. Era posible que fuera feliz aquí, por su cuenta durante un tiempo. Pronto iría a vivir con Susan y su marido Michael. La casa se vendería. Cuando se lo recordó, ella dijo:

–Hace dos años que no veo a Susan. Ahora no me dirige la palabra.

–La viste la semana pasada.

Ella levantó la vista sorprendida y se esforzó por realizar el ajuste y su confabulación.

–Ah, *esa* Susan.

–¿En qué Susan estabas pensando?

Se encogió de hombros. Charlaron alegremente y luego ella lo llevó al cuadradito que era el jardín trasero para enseñarle los arriates rebosantes de flores abiertas y las rosas Penélope que crecían sobre el patio. Estaba animada, y lo acompañó al coche y adoptó un papel maternal, preguntándole si tenía dinero suficiente para llegar a casa. Él la tranquilizó, pero ya tenía en la mano una moneda de una libra que le dejó en la palma de la suya y se negó a aceptar de nuevo.

A los quince kilómetros de trayecto estaba buscando un sitio donde parar. En su distracción ya había tomado un desvío equivocado e iba por una carretera secundaria justo en la dirección opuesta. Kilómetro a kilómetro, el sur de Inglaterra parecía un infinito barrio residencial con desfiles de comercios intercalados. Neumáticos, café, ropa infantil, peluquerías para perros, hamburguesas, nuevos humos infestaban unos parajes que con decentes precipitaciones y tierra fértil nutrían antaño bosques de robles gigantes, fresnos y cerezos silvestres. Ahora perduraban supervivientes solitarios en urbanizaciones, en rotondas, entre ortigas y desperdicios en los márgenes de patios delanteros con garaje. El rasgo predominante era el tráfico y las disposiciones para el tráfico. Todas las furgonetas las conducía algún adolescente chiflado, todos los camiones despedían un hedor azul. Todos los coches eran mejores que el suyo. Llegó a la ciudad de Fleet. Cuando cruzaba un puente, vio un canal. Perfecto. Allí habría un camino de sirga.

El canal de Basingstoke era precioso y se desdijo de todo. La era moderna no se había perdido todavía. Se alejó de la población y consideró la sucesión de casos durante la visita de su madre, no los momentos menores de despiste, sino los fallos nítidos de cognición, los breves episodios de delirio. *Ya no me dirige la palabra.* Se había producido un incidente previo como el del jabón en la nevera mientras estaba en Londres. Luego, un cuchillo de verdura. El cerebro de su madre no funcionaba del todo bien. El rosal entreverado colgaba en ángulo con respecto a lo real. Dudaba que pudiera vivir sola, ni siquiera unas semanas. Sacó el móvil. Seguía siendo una novedad, poder llamar a su hermana con este dispositivo compacto desde debajo de un sauce llorón en un tramo desierto de canal. Después de escucharlo, ella le dijo que había llegado a la misma conclusión. Tenía intención de telefonearle para hablar de hacerle un escáner.

Roland dijo:

—Es neurodegenerativo, no pueden hacer nada.

—Nos indicará qué esperar.

Luego, siguió caminando. Un canal era una serie de estrechos lagos dispuestos por etapas. Un invento brillante. A él nunca se le habría ocurrido. Ni cualquier otra cosa en el mundo artificial. Hacía un mes había llevado a Lawrence a dar un paseo por el campo un domingo por la tarde. Estaban en los cerros de Chiltern, unos kilómetros al sur de Henley, andando por un sendero cerca de una granja. Lawrence salió del sendero para mirar unos restos de maquinaria agrícola abandonada. Atravesó una densa maleza de ortigas.

–Papá. Ven a ver.

Quería que Roland contara los dientes de una rueda medio oxidada. Tenía catorce. Luego Lawrence le pidió que contara los dientes de una rueda más grande que engranaba con la primera. Veinticinco.

–¿Ves? Los dos números son relativamente primos. ¡Son coprimos!

–¿Y eso qué significa?

–El único número por el que se dividen los dos es el uno. Así los dientes de las ruedas se desgastan por igual.

–¿Y eso por qué?

Pero no siguió la explicación. En la gestión de su vida era insensato. En matemáticas, imbécil. Su cociente intelectual debía de haberse reducido a la mitad, pues era otro momento de esos en que sabía que había alcanzado el culmen de su capacidad de comprensión. Un techo, una niebla montañosa a través de la que era incapaz de pasar. Su hijo de once años estaba en terreno más elevado, en un espacio despejado que su padre nunca conocería.

Mientras caminaba pensó que, aparte de criar a un hijo, todo lo demás en su vida había sido y seguía siendo informe y no atinaba a ver cómo cambiarlo. El dinero no podía salvarlo. No había logrado nada. ¿Qué había sido de la canción que empezó a componer hacía más de treinta años e iba a enviar a los Beatles? Nada. ¿Qué había hecho desde entonces? Nada, aparte de un millón de golpes de tenis, un millar de interpretaciones de «Climb Every Mountain». Se sonrojaba ahora al leer sus poemas sinceros. Su padre había muerto en un instante. Su madre estaba iniciando un declive hacia la sinrazón. Sabía que un escáner lo confirmaría. Ambos destinos aludían al suyo. En los de ellos veía la medida de su propia existencia. Recordaba a sus padres bastante bien a la edad que tenía él ahora. A partir de entonces nada cambió en su caso salvo el deterioro físico y la enfermedad.

Qué fácil era dejarse llevar por una vida que no se había elegido, en una sucesión de reacciones a acontecimientos. Nunca había tomado una decisión importante. Salvo dejar los estudios. No, aquello también fue una reacción. Suponía que se había labrado una suerte de educación por su cuenta, pero lo había hecho de forma desordenada en un espíritu de bochorno o vergüenza. Mientras que Alissa... Roland veía la belleza que había en ello. Una mañana ventosa y soleada de mediados de semana transformó limpiamente su existencia cuando preparó una maleta pequeña y, dejando las llaves, salió por la puerta, presa de una ambición por la que estaba dispuesta a sufrir y hacer sufrir a otros también. Su nueva novela situada en la Weimar de Goethe ya estaba en fase de corrección de pruebas·y Rüdiger se la había enviado. Según el texto del editor, uno de los momentos clave de la novela era el encuentro entre el poeta y Napoleón. «¡El poder, la razón y el corazón inconstante!», decía el lema publicitario.

En este punto desanduvo sus pasos por la orilla del canal de regreso hacia Fleet. Recordó la pregunta de su madre. Casarse con Daphne porque todo el mundo decía que era buena idea no supondría una ruptura con el pasado sino una continuación. Lo mismo que no casarse con ella. No había tercera opción.

Dos horas después, cuando entró en su casa, percibió una diferencia. Lawrence estaba en casa de Daphne, pero no era eso. Fue a la cocina. Más ordenada de lo habitual. Sus sospechas aumentaron cuando subió al dormitorio. También limpio. Lo entendió momentos antes de tener la prueba. No era la primera vez que una mujer había abandonado este dormitorio. Abrió el armario donde Daphne tenía la ropa. Vacío. Al darse la vuelta, vio la nota en su escritorio. Se sentó en la cama a leerla. Apenas fue necesario. Podría haberla escrito por ella. Él también habría redactado algo breve: estaba claro que no iban a seguir adelante. Con las presiones del trabajo y la familia y llevar los niños al cole, etcétera, ya no podía seguir viviendo en dos casas. Lamentaba el secretismo, pero había estado hablando con Peter. Puesto que Roland era reacio a comprometerse, ella y Peter iban a intentarlo otra vez, no solo por los niños sino por su propia paz de espíritu. Esperaba que Roland siguiera siendo su amigo íntimo. Lawrence debía seguir yendo a jugar o a quedarse cuando quisiera. Lamentaba también que él tuviera que leer esta carta tan poco tiempo después del funeral de su padre, pero Peter se había presentado ayer, inesperadamente. No quería que Roland se enterara de la noticia por Lawrence. Se despedía «Con cariño».

Cuando bajaba, pensó que era razonable por parte de Daphne haberlo dejado. Nada que objetar, nada que oponer. Incluso sus conversaciones secretas. Si le hubiera hablado de ellas él habría sospechado que intentaba asustarlo para que se casaran. No tenía derecho a sentirse agraviado. Pero, ¿hasta qué punto era razonable vivir con un hombre que se había puesto violento con ella?

Roland había llegado junto a la mesa de la cocina. Una buena superficie de pino vieja y baqueteada, despejada de punta a punta. Eso ya no duraría. Cogió una cerveza del frigorífico. Iba a caer en el cliché de emborracharse. Se sentaría y lo consideraría. El nuevo gobierno quería que la nación bebiera como los europeos del sur. Desde Colliure a Montecarlo, a comedidos sorbos. Fuera, seguía siendo de día, aún hacía calor, pero prefería estar dentro. Así pues, era sencillo. La antigua vida, Lawrence y él juntos aquí en la casita como antes. Cenas de vez en cuando para sus amigos y los amigos de estos. Con Daphne o sin ella. Podía intentar convencerse de que con su inacción fue decisión suya, no de ella. Se reservaba para otra cosa, pero no quería pensar en eso.

Se levantó y empezó a caminar en torno a la mesa. Enseguida llamaría a Lawrence. Se pasaría por allí y lo recogería, pero aún no estaba preparado para encararse con Daphne. Llegó junto al piano y se detuvo. A un lado, en el suelo, había cuatro grandes montones de partituras, la mayoría arreglos de viejos temas conocidos, clásicos, que usaba para su trabajo en el hotel. Encima, dispuestas en un lejano momento de celo organizativo, había unas cuantas agrupadas bajo el encabezamiento «Luna»: «Fly Me to the Moon», «Moon River», «Moondance»... Poco después buscaba más deprisa, pasaba a «What a Wonderful World», «Yesterday», «Autumn Leaves» y dejaba que una pila se derrumbara sobre el suelo. Luego, sus viejos cancioneros de jazz. Jelly Roll Morton, Erroll Garner, Monk, Jarret. Siguió buscando. Un deseo ocioso se había convertido en necesidad. Llevaba revisadas tres cuartas partes de la tercera pila cuando sacó una colección de Schumann. Pura casualidad. Schubert, Brahms, cualquiera, cualquier cosa le serviría. Se sentó y abrió en el atril la manoseada antología de piezas de nivel 8. Por toda la página había digitaciones anotadas a lápiz por un quinceañero. Hoy no se tomaba esa molestia. La música se amoldaba a dondequiera que posase los dedos. Se inclinó hacia delante con el ceño fruncido e intentó seguir las instrucciones de su yo adolescente mientras se abría paso con cuidado a través de los primeros compases. Difícil hasta la perversidad. Poco melodioso. Se decía que Schumann iba un siglo adelantado a su época. En efecto, sonaba atonal. Como una pieza breve de Pierre Boulez que antes se sabía. Empezó de nuevo. Le llevó un cuarto de hora encontrar cierto sentido vacilante y parcial a veinte segundos de música. Irritado, lo intentó otra vez, y entonces de pronto se detuvo, se levantó y salió de la habitación. Había desterrado de su vida esa clase de música el día que la dejó a ella, en cuanto se subió al tren a Londres en la estación de Ipswich, y jamás volvería atrás.

Tercera parte

9

El tren de Lawrence de París tenía prevista su llegada a Waterloo a mediodía. Roland salió a la cancela del jardín con la esperanza de ver a su hijo venir por la calle con su mochila descomunal. Quería observarlo tal como había sido él una vez, en las tres semanas que se fue de viaje al extranjero solo por primera vez. Verlo como alguien distinto por completo a sí mismo, no como un hijo sino como lo veían otros, un adulto joven de zancada firme y mirada distraída para sus adentros. Mientras estaba bajo la falsa acacia y esperaba, Roland recordó sus diversas excursiones de juventud: al norte de Italia y Grecia, largos trayectos en autostop hacia el sur por el sistema de autopistas de Alemania, vendiendo su sangre en Corinto para comprar comida, fregando platos en la cocina de un hotel de Atenas y durmiendo bajo un toldo en la azotea. Nunca exactamente despreocupado. Escribía postales a amigos de Berners proclamando desafiante su felicidad. Estaban atrapados en la universidad mientras él era el espíritu libre. Pero no lograba acabar de creérselo. En sus horas de asueto por la tarde, en vez de explorar la ciudad, se tumbaba en su catre en la azotea y hacía el esfuerzo de leer *Clarissa* y luego, *La copa dorada*. Detestó las dos, tan poco apropiadas para el calor y el barullo de la ciudad, pero le daba miedo quedarse rezagado.

Poco después dejaría de importarle y abandonaría los libros en favor de los viajes subvencionados por medio de trabajos aburridos: su década perdida. Lawrence no tenía distracciones y privaciones así. Tenía un billete de tren itinerante y la oferta de una plaza en un college para cursar bachillerato.

Unos minutos después Roland volvió dentro para acabar de preparar el almuerzo. Para cuando hubo terminado era más de la una y media. Miró el móvil y se aseguró de que el teléfono fijo estuviera colgado como era debido. Le había comprado a Lawrence un móvil para que lo llevara. Si lo había perdido, había teléfonos públicos en la estación de Waterloo. Arriba en su escritorio vio el correo. «Me han dejado en casa de Sam Vuelvo tarde esta noche. Bss L.» Lawrence sabía que su padre rara vez miraba los mensajes de texto. Roland procuró no dar importancia a la ausencia del punto y seguido. Ni al ligero bajón de que lo dejaran plantado. Era uno de los ritos de paso de un padre. No había habido ningún acuerdo específico de almorzar. Se había puesto en evidencia creyéndose orgulloso de la independencia de Lawrence y luego dio por sentado sin pensarlo que vendría corriendo a casa a ver a su padre. A la edad de Lawrence, Roland nunca había vuelto a casa a toda prisa. A menudo había sido motivo de decepción un repentino cambio de plan. Ahora le tocaba a él. Manteniendo la serenidad para quedar bien, escribió: «¡Bienvenido! Nos vemos luego». La dirección de correo, según veía ahora, era la de Sam. Seguramente su portátil.

Roland comió a solas con el periódico de la víspera doblado contra una tetera. El escándalo Enron. George Bush tenía contactos importantes, pero se estaba presentando como el azote de la corrupción corporativa. Y el portador de la guerra. Lawrence tendría que haber llamado. Pero nada de quejas. Era el comienzo de la transición, del desligarse, aunque Roland nunca había oído a nadie hablar de esta forma de consternación paterna. Piensas que tu hijo es dependiente de ti. Luego, cuando empieza a alejarse, descubres que tú también eres dependiente. Siempre había sido un arma de doble filo.

Los que tenían información privilegiada sobre Enron vendieron sus acciones antes de que la compañía se viniera abajo. Bush vendió sus acciones. Se mencionaba a Carl Rove. También a Donald Rumsfeld.

Habría más momentos así, desaires, y Roland fingiría no darse cuenta. No era propio de él convertirse en objeto o motivo de culpabilidad. Tampoco podía arriesgarse a provocar un conflicto. Lawrence podía encontrarse en un estado vulnerable. Había vuelto con una historia y Roland tenía que oírla. Debía guardarse sus delicados sentimientos.

Despertó justo después de la una al oír que su hijo subía las escaleras. El paso era pesado e irregular. Hubo una pausa antes de llegar al descansillo. Roland se quedó boca arriba escuchando, a la espera de elegir el momento adecuado para levantarse. Una larga meada con la puerta del cuarto de baño abierta, luego un prolongado chapoteo en el lavabo, silencio, y después se volvió a oír el grifo. Quizá había estado bebiendo. Había que accionar con firmeza la antiquísima cisterna para que descargara el agua. Pero esto era muy violento. Era feroz. Debía de haber saltado la palanca, pues algo metálico resonó contra las baldosas del suelo. Roland esperó a que Lawrence fuera a su cuarto, dejó pasar unos minutos más y luego se puso el albornoz y fue a verlo. La luz del techo seguía encendida. Estaba en la cama, tumbado de costado, completamente. En el suelo junto a la mesilla había dejado la mochila y un cubo de plástico.

—¿Estás bien?

—Hecho una mierda.

—Borracho.

—Y colocado.

—Bebe un poco de agua.

Dio un grito ahogado, posiblemente de exasperación.

–Papá, mejor déjame. Solo quiero estar aquí tumbado.
–Bien.
–Hasta que la habitación deje de dar vueltas.
–Voy a quitarte los zapatos.
–No.

Se los quitó de todos modos. No fue fácil hacer palanca para sacar las deportivas altas.

–Joder. Te apestan los pies.
–Igual que... –Pero el chico no tuvo fuerzas para acabar.

Roland lo arropó con una manta, le dio unas palmadas en el hombro y lo dejó tranquilo.

Antes de dormirse leyó treinta páginas de *La educación sentimental*. El joven Frédéric Moreau se ha enamorado profundamente de una mujer mayor casada. Ella le ha tocado la mano como despedida al final de una velada social y poco después, volviendo a casa por el Pont Neuf, se detiene y en su estado de embeleso «sintió uno de esos estremecimientos del alma que parecen transportarnos a un mundo superior». Roland leyó la frase de nuevo. El roce de su mano. Ninguna posibilidad, a estas alturas, de relaciones sexuales entre ellos. Ella seguramente no sabe nada de sus sentimientos. Según la introducción a la edición de bolsillo de Roland, el propio Flaubert se había enamorado a los catorce de una mujer de veintiséis años, también casada. Ella siguió formando parte de su vida, con muchos intervalos, durante casi medio siglo. La opinión erudita difiere acerca de si su amor llegó a consumarse. Roland apagó la luz y aunque el sueño le rondaba se quedó mirando la oscuridad, intentando recordar su propio mundo superior. No se oía nada en el otro dormitorio. ¿Con Madame Cornell había ido él un paso por delante de Flaubert y su Frédéric en Pont Neuf o un paso por detrás? No creía que el mero roce de una mano pudiera haberlo transportado a un estado tan exquisito. Madame Arnoux había tendido la mano a sus demás invitados y cuando fue el turno de Frédéric él sintió «algo que impregnaba hasta la última partícula de su piel». Un envidiable estado sumamente elaborado que a los hijos de la década de los sesenta se les había denegado en su impaciencia carnal. Cerró los ojos. Harían falta normas sociales de estricta formalidad, privación prolongada y desdicha en abundancia para sentir tanto después de un cortés apretón de manos. Cuando el sueño disolvía sus pensamientos la respuesta quedó clara: había ido muchos pasos por detrás.

No se vieron mucho al día siguiente. Lawrence durmió hasta después de mediodía y bajó a tomar café cuando Roland se iba a Mayfair para su sesión de piano en el hotel de los viernes por la tarde. Padre e hijo se dieron un abrazo de pasada, luego Roland se marchó. Llevaba una lista de canciones que tenía que enseñar a uno de los encargados: por lo general una formalidad. Después de los atentados de Nueva York y Washington el año anterior, era aconsejable llegar temprano para pasar por el escáner de seguridad recién instalado en la entrada de personal. En su anterior trabajo, al pianista se le permitía entrar por la puerta principal que usaban los invitados. Ahora se sumaba a una cola de limpiadoras y camareros que llegaban para el turno de tarde. Mohammed Ayub era el jovial jefe de seguridad. Roland levantó los brazos para que lo cacheara.

Mo dijo:

—¿Vas a tocar «My Way» esta noche, como te pedí? —Tenía un marcado acento de West Yorkshire.

—No la conozco. ¿Cómo suena?

Mo volvió un hombro, extendió las palmas de las manos y cantó un fragmento con fornida voz de barítono. El grupito que venía detrás se echó a reír y aplaudió. Sonriendo todavía, Roland bajó al sótano para ponerse el esmoquin. El salón de té donde iba a tocar tenía gruesa moqueta y recios artesones de madera. El piano de cola estaba en un estrado rodeado por helechos y una barandilla de latón. Con el paso de los años había llegado a gustarle. El perfume de la cera de lavanda endulzaba el aire. El salón de techo alto se veía ordenado y tranquilo, había pinturas al óleo en las paredes bajo antiguas luces empotradas, de caballos de carreras y perros favoritos. En el centro, una fuente tintineante rodeada de ramilletes de lirios blancos. Se paraba cuando él empezaba a tocar. Los sándwiches y las tartas –luego si sobraban tenía derecho a elegir primero– eran excelentes. Lo había detestado, todo ello, cuando empezó. Le asfixiaba. Ahora, a los cincuenta y tantos, el salón de té era un consuelo y un refugio suspendido en el tiempo donde no acuciaba ningún otro asunto, ningún pasado, un contraste reconfortante con su casa de Clapham y todas sus acumulaciones.

Y era aquí donde tocaba su agradable música. Le enseñó la lista a Mary Killy, la encargada de día. Era menuda y bien proporcionada, muy consciente de su estatus. Cuando se conocieron ella le advirtió que debía llamarla señora. Roland no dijo nada, pero nunca lo había hecho. Tenía una nariz afilada, un poquito levantada, con las ventanas anchas, que le daba un aire interrogativo y bienintencionado, como si tuviera ganas de averiguar todo lo que pudiera sobre cualquiera que conociese. Hacía un par de años Roland descubrió que sabía de música. Había sido tercer violín en la Royal Opera House y lo dejó para criar a tres hijos. La gente decía que era muy controladora, pero a Roland le caía bien.

Empezaría con «Getting to Know You», le dijo, y seguiría con un popurrí de otras canciones de musicales, para acabar con «I'll Know» de *Guys and Dolls*.

–Bien. –Mary señaló lista abajo–. ¿Chopin? Que no sea nada estruendoso, por favor.

–Solo un dulce nocturno.

–Empiezas en cuatro minutos.

El salón comenzaba a llenarse, el té salió con los exhibidores de tartas y, protegido por el tenue murmullo de voces de edad avanzada, Roland se abandonó a su repertorio sin límites. Siempre y cuando conociera la melodía, podía improvisar las armonías, y conocía muchas melodías. Mientras que los otros encargados no se fijaban, Mary objetaba que sus acordes adquirían un aire muy de jazz. La lista era útil como apunte, pero por lo general un número sugería el siguiente y desembocaba en él. Podía soñar despierto mientras tocaba. A veces se preguntaba si sería capaz de quedarse dormido y continuar. Pero un elemento del trabajo le preocupaba tanto ahora como el primer día. No quería que nadie cercano, ninguna persona conocida, nadie de su pasado, viniera y lo oyese. Perduraba un factor de orgullo. Aunque ninguno de sus amigos sabía que había sido una promesa como intérprete clásico, algunos lo habían conocido en un tiempo como pianista de jazz. Quizá alguien lo recordara como teclista de la Peter Mount Posse. No hablaba de su trabajo a menos que se le preguntara, y entonces le restaba importancia como algo muy ocasional y muy aburrido. Nunca dejó que vinieran Alissa o Daphne, ni ninguno de los demás. Lawrence lo tenía especialmente prohibido, aunque nunca había expresado el menor interés en el lugar de trabajo de su padre. Lo habría detestado. El secretismo también acrecentaba la sensación que tenía Roland del salón de té como su refugio.

Estaba llegando al final de «I'll Know». Al igual que todos los temas, lo había interpretado demasiado a menudo como para que le despertara mucho sentimiento. Pero recordaba la reinvención del espectáculo veinte años atrás. El director, Richard Eyre, optó por un sonido de metales con armonías de jazz: justo lo que Mary no quería en el salón de té. Abundante neón en el escenario, e Ian Charleson, que murió de sida. El año de las Malvinas. Pero ¿quién estaba con Roland cuando lo vio? Antes de Lawrence. Antes de Alissa. No era Diane, la médica. No era Naomi, la de la librería. Tenía treinta y cuatro años, estaba en la flor de la vida. Desde luego no era Mireille. Mien-

385

tras tocaba, se esforzó por recordarla. Alguien con quien estaba, muy encantadora, y ahora se le escapaba, no tenía nombre, ni cara. Quizá incluso hubiera estado enamorado, pero el espacio mental estaba vacío, una butaca desocupada. En torno a esa época hizo una lista de conocidos que habían muerto de sida. Era salvaje, pero nadie hablaba mucho de eso ahora. La vergüenza de los vivos, la impotencia de que no hubiera cura. Tampoco la gente hablaba de las Malvinas. Era incómodo en un sentido distinto. Los años se posaban sobre las muertes antiguas como una pesada tapa. Prácticamente todo lo que te ocurre en la vida lo olvidas. Debería haber llevado un diario. Pues llévalo ahora. El pasado se estaba llenando de lagunas y el presente, el tacto y el aroma, los sonidos de este momento en las yemas de sus dedos –«The Girl from Ipanema»– no tardarían en extinguirse.

Ese día había otro pianista en la sesión de después de la cena y Roland estaba de vuelta en casa para las ocho. Lawrence le estaba esperando, con la piel rosada de tanto frotarse durante un largo baño y sintiéndose, según dijo, solo un poco débil. Fueron juntos por Old Town hasta el final de High Street, en dirección al restaurante Standard Indian. Lawrence le habló de su viaje. París, Estrasburgo, Múnich, Florencia, Venecia. De momento, eludía la parte importante. El billete itinerante había dado de sí, le gustaron las ciudades, cruzar los Alpes fue alucinante, se había encontrado amigos de la escuela por el camino. Esa tarde había llamado a un fontanero para que reparase la cisterna averiada. Luego fue a casa de Daphne a tomar el té. Ella le confirmó la oferta de un puesto humilde para él en la asociación de la vivienda. Seis meses. Gerald había decidido que quería estudiar medicina. Se había matriculado para el examen de acceso equivocado y tendría que convencer a los profesores de ciencias de que lo aceptaran. Greta estaba volviendo ahora de Tailandia, Nancy seguía detestando Birmingham, la ciudad además del curso. Roland sabía todo eso pero escuchó como si no fuera así. Estaba relajado y feliz de momento, caminando sin prisas, poniéndose al día con su hijo mientras notaba cómo se desprendía de la acera el calor postrero de ese día en la ciudad. Poco después tendría que oír la historia de Múnich. La ebriedad de la noche anterior confirmaba sus sospechas. Había intentado advertir a su hijo de que abandonara el plan.

El Standard estaba vacío. Se resistía a la tendencia a la modernización que estaba arrasando en los restaurantes indios de Londres. Aquí seguían fieles a la antigua usanza del papel aterciopelado en la pared, las cintas medio marchitas y un amplio grabado enmarcado de una refulgente puesta de sol. Ocuparon su mesa habitual en un rincón junto a una ventana y pidieron cerveza rubia y papadam. Guardaron silencio al reconocer un cambio de estado de ánimo. No todos los detalles surgirían de inmediato. Volverían sobre la historia varias veces durante la semana siguiente. Roland se había planteado en serio llevar un diario y el relato de Lawrence sería su primera entrada.

—Venga —dijo Roland por fin—. Cuenta.

Antes incluso de llegar, «Múnich fue una mierda». El tren se paró fuera de la estación y tardó dos horas en volver a ponerse en marcha. No hubo anuncio ni explicación alguna. Cuando entraron en la estación retuvieron a los pasajeros en el andén media hora y luego la policía los escoltó hasta un extremo de la estación para que esperaran junto a un millar más. Lawrence sabía suficiente alemán de la escuela y de sus abuelos como para entender lo que ocurría. Un aviso de bomba, el tercero en un mes, seguramente alguna organización filial de Al Qaeda. Pero eso no explicaba que hubiera que dejar al público encerrado en la estación. Le molestó que los pasajeros alemanes se mostraran tan obedientes. De pronto, otra vez sin explicación, les permitieron marcharse. Buscó un hotel barato y por la tarde, siguiendo la recomendación de

Roland, fue a la Lenbachhaus para ver los cuadros del Blaue Reiter. Creía que su padre se equivocaba. Kandinski era muy superior, mucho más ambicioso e interesante que Gabriele Münter. A última hora de la mañana siguiente fue a ver a Rüdiger a su despacho. Se había convencido de que el editor no sería capaz de resistirse a facilitarle la dirección de su madre cuando lo viera en carne y hueso. Frente a frente separados por la mesa, hablaron un rato. Entonces llamaron a Rüdiger para que se encargase de algo. Lawrence merodeó por el despacho. Junto a una pila de libros en el alféizar de una ventana había una bandeja de correo para enviar. Dejándose llevar por una corazonada revisó los sobres y ahí estaba, una carta a su madre, una dirección escrita a máquina. No podía arriesgarse a que lo sorprendieran anotándola. Así que la memorizó, la ciudad, la calle y el número. Rüdiger lo invitó a comer tal como le había prometido. Mientras almorzaban Lawrence le preguntó dónde vivía su madre. El editor negó con la cabeza. Dijo que era una larga historia. Al final, ella le había dicho que nunca volviera a interferir en sus asuntos privados ni intentara inmiscuirse o mencionarle siquiera a su familia o dar su dirección, en caso contrario llevaría su siguiente libro a otra parte.

El gerente del hotel fue de ayuda. Era un pueblo, no una ciudad, veinte kilómetros al sur de Múnich. Había un autobús de vez en cuando que salía de una calle cerca de la estación. Tuvo la amabilidad de llamar para preguntar horarios y así, para la hora de comer del día siguiente, Lawrence estaba en su calle, buscando la casa. El pueblo era «un sitio de esos anodinos» partido en dos por una concurrida carretera y ubicado en terrenos rurales llanos. La calle estaba a la salida del pueblo, más bien una especie de barrio residencial. Las casas eran modernas y se parecían levemente a chalés de esquí, pero «tirando a achaparradas y feas a más no poder». Estaban construidas unas lejos de otras y le llamó la atención la ausencia de árboles. No era un lugar de esos en los que elegiría vivir un escritor famoso. Luego se plantó justo delante de su casa. Era como el resto, achaparrada, con gruesas vigas y ventanas de vidrio. El interior parecía oscuro. Bajo el grueso tejado voladizo la casa daba la impresión de estar «ceñuda». No se vio preparado para acercarse a la puerta, de manera que regresó por donde había venido. Tenía escalofríos y se sentía mal. Un hombre que se apeaba del coche se lo quedó mirando. Lawrence sacó el móvil y fingió ponerse a hablar.

Cinco minutos después estaba otra vez delante de la casa, todavía temblando. Se planteó irse. Pero ¿entonces qué? El autobús de regreso a Múnich aún tardaría tres horas en salir. Llevó la mano al timbre y la apartó al instante. Si lo pulsaba, pensó, su vida cambiaría para siempre. Entonces, como si se lanzara al agua fría, «sencillamente me obligué a hacerlo». Oyó el timbrazo en lo profundo de la casa y pensó que ojalá no estuviera. Demasiado tarde, vio una plaquita esmaltada con letra de estilo gótico, colocada a la altura de la cintura. *Bitte benutzen Sie den Seiteneingang.* Haga el favor de usar la entrada lateral. Se le quedó la boca seca al oír que giraba una cerradura y se retiraba un pestillo, luego otro. La puerta no se abrió como era normal. Con un sonoro ruido de succión provocado por la presión del aire contra los burletes de goma, la abrieron de un tirón, y allí estaba, «con un cabreo de cuidado», su madre.

–Was wollen Sie? –El tono era grosero. Ladrón, admirador, repartidor, le traía sin cuidado. Iba a despacharlo.

–Ich bin...

Ella señaló la placa esmaltada atornillada a la pared. La irritación hizo que le temblara el dedo índice y su lustrosa uña bermellón.

–Das Schild! Können Sie nicht lesen? –¡El letrero! ¿No sabes leer?

–Soy Lawrence. Tu hijo.

Todo quedó en silencio. Él pensó: ahora puede pasar cualquier cosa. Ella no se ablandó y lo acogió en un abrazo espontáneo, una de las posibilidades que había imaginado. No iba a darse un momento de reconciliación shakespeariana: le habían obligado a leer *Cuento de invierno* en la escuela. ¿O era *La tempestad*? Alissa se llevó la mano a la frente y dijo a voz en cuello:

—¡Dios!

Se sostuvieron la mirada haciendo sus cálculos. Pero la de Lawrence fue imprecisa. Estaba muy nervioso como para fijarse o recordar gran cosa. Le pareció que llevaba una «especie de chal o así» sobre los hombros. Tenía un cigarrillo en la mano, a medio fumar. Además, vestía quizá una rebeca y quizá una falda de pana gruesa, aunque era un día cálido. Había profundas arrugas en torno a los ojos. Tenía un «aspecto más bien abatido».

Roland dijo en el restaurante:

—Seguramente estaba escribiendo. Rüdiger me ha contado lo furiosa que se pone cuando la interrumpen.

—Sí, estupendo. Pero era *yo*. Vamos a pedir. Quiero alguna guarrada, como un vindaloo.

Ella por su parte —Roland intentó imaginarlo— vio a un adolescente desgarbado con la mirada intensa en una cabeza grande casi rapada, estilo que le agrandaba las orejas de una manera encantadora.

Al final, Alissa dijo a un volumen normal:

—Mi pregunta sigue en pie. ¿Qué quieres?

—Verte.

—¿Cómo has conseguido esta dirección? ¿Rüdiger?

—Busqué a fondo en internet.

—¿Por qué no me escribiste primero?

Una rápida punzada de ira ayudó a Lawrence:

—No contestas nunca.

—Esa habría sido tu respuesta.

Su ansiedad, el mal –lo que él llamaba el canguelo– se había desvanecido. No tenía nada que perder. Le dijo:

–¿A ti qué te pasa?

Ella empezó a hablar, pero «me tomé la libertad de interrumpirla..., y papá, fue estupendo». Le dijo:

–¿Por qué te muestras tan hostil?

Pero ella se tomó la pregunta en serio.

–No voy a invitarte a pasar. Tomé una decisión hace muchos años. Ahora es muy tarde para dar marcha atrás, ¿lo entiendes? Te parezco maleducada. No, estoy siendo firme. Entiéndelo bien. –Lo dijo lentamente–: No voy a cargar contigo.

Él intentaba sin éxito buscar palabras para un nudo de pensamientos. Algo como: ¿por qué no puedes ser lo bastante cabal para escribir libros y verme? Otros escritores tienen hijos. Pero también empezaba a tener la sensación de que igual no quería a esa mujer encorvada y furiosa en su vida. No le fue tan difícil entonces darle la espalda. Le estaba poniendo las cosas fáciles.

Y entonces se las puso aún más fáciles. Después de que se hubiera alejado unos pasos, le gritó:

–¿Estás en tratamiento por un cáncer?

Desconcertado, se detuvo y se volvió:

–No.

–Pues déjate crecer un poco el pelo. –Entró e intentó dar un portazo a su espalda, pero la puerta emitió el mismo suave sonido como de aire.

Fin de la historia. Brutal y consecuente. Padre e hijo contemplaron la bebida y tomaron unos sorbos. Roland dijo:

–¿Y luego?

Lawrence volvió a paso lento a la parada de autobús, después la dejó atrás y entró en el pueblo para ir a una Gasthaus donde se tomó una cerveza. Solo una. Luego regresó a la parada, se sentó en un banco y esperó largo rato el autobús. El encuentro con su madre había durado apenas tres minutos.

Dos días más tarde, cuando volvieron a visitar la escena, Lawrence le dijo que después de llegar al banco se echó a llorar. Sollozó «a moco tendido» y siguió así durante varios minutos. Fue un alivio que no pasara nadie. Compensando todo el tiempo que no había tenido madre, todas las cartas que había escrito, ese álbum de recortes, todo ello; y nunca había llorado. Luego, se sintió en calma y se dijo que estaba mejor así. A todas luces era una persona horrible y habría sido una madre horrible.

A media tarde del día siguiente estaban sentados en el jardín a la mesa de metal medio oxidada que Roland siempre tenía intención de pintar. Un poco más allá, jardín abajo, el manzano seco desde hacía tiempo, que no había talado. Se había acostumbrado a su presencia. Entre padre e hijo, dos cervezas y un cuenco de frutos secos salados. Lawrence había dicho en tono despreocupado que empezaba a pensar que la odiaba. Por el bien de Lawrence, Roland quería defenderla. No le haría ningún bien, dijo, guardar rencor cuando no lo había sentido antes. Debía recordar que él intentó disuadirlo de ir a verla. Pero no era el momento de apoyar a Alissa. Lawrence no podía tener una opinión clara de su madre hasta que la hubiera leído, y esto se negaba a hacerlo y siempre se había negado. Bien. Más valía no abordar sus novelas demasiado pronto. ¿Qué podía decirle su apasionada defensa de la «racionalidad intensa y ferviente» a un joven matemático comprometido? Alguien que sabía tan poco de literatura e historia, todavía estaba por enamorarse, por desencantarse y, hasta donde sabía Roland, no tenía experiencia sexual. Tenía como base *Sidra con Rosie*, *El viejo y el mar* y lo que quiera que le hubieran recomendado en su escuela. Aun así, había leído más que su padre a los dieciséis. Los libros llegaban a su debido tiempo.

En cambio, Roland dijo:

—Por lo que he leído, se ha convertido en una anacoreta, una famosa ermitaña.

–En una casa cutre en un pueblo cutre. No puedo creer que sea buena.

–¿Qué planes tienes para esta noche?

De pronto se mostró animado.

–Conocí a alguien en el tren de París.

–¿Sí?

–Véronique. De Montpellier. ¿Qué te parece esta camisa?

–Te la pusiste ayer. Coge una mía.

Lawrence se levantó.

–Gracias. ¿Qué vas a hacer tú?

–Quedarme por aquí.

Después de que Lawrence se marchara, fue arriba. En un cajón del dormitorio, entre sus antiguos cuadernos de poesía tan prepotentes, había un libro más pequeño encuadernado en cuero de imitación, doscientas cincuenta páginas pautadas, regalo de Navidad de un donante olvidado, todas las hojas en blanco. Lo llevó abajo a la mesa de la cocina. Recientemente, antes de que volviera Lawrence, había salido casi todas las noches: a cenas en casas de amigos y dos sesiones nocturnas en el hotel. Igual que un gong golpeado minutos antes y todavía resonante, tenía la cabeza llena de voces. No solo la de Lawrence, sino un coro de conversaciones entremezcladas, fuerte y conflictivo, un tumulto de análisis, predicciones espantosas, celebración y furioso lamento. La vida se le estaba escapando. Los acontecimientos de hacía tres semanas ya se estaban alejando o perdiendo por completo en una bruma. Tenía que hacer el esfuerzo de atrapar algo, solo un poco, o apenas habría merecido la pena vivirlo. Lo que la gente que había estado viendo últimamente y él pensaban, sentían, leían y veían y acerca de qué conversaban. La vida íntima y la pública. Nada de sus propios fracasos, quejas y sueños. Sin estados del tiempo, nada acerca del invierno que se tornaba primavera por fin, sobre el miedo a la vejez y la muerte, o el paso cada vez más acelerado del tiempo o las bondades y maldades perdidas de la infancia. Solo la gente que veía y lo que decían. Se obligaría a hacerlo, media hora al día como mínimo. El espíritu de la época. Empezaría un cuaderno nuevo cada año, ya hubiera terminado o no el anterior. Quizá llenara tres en un año. Veinte años, treinta con muchísima suerte. ¡Noventa volúmenes! Un proyecto tan imponente y sencillo. Durante una hora y media escribió lo que alcanzaba a recordar del relato de Lawrence. En quince minutos vio que estaba en lo cierto. Si hubiera esperado una semana la mitad de los detalles se habrían perdido. Como el dedo con la uña pintada temblando cuando señalaba el rótulo. *Das Schild!* No se podía hacer nada con respecto al pasado, pero el presente podía salvarse del olvido. Ahora las otras voces. Esto era más difícil, una concatenación de opiniones. El mismo reparto de siempre.

Vio un puño agarrando la pechera de una camisa por encima de una mesa de comedor y zarandeándola. Pero eso no ocurrió en realidad. El miércoles en casa de Daphne y Peter. El jueves en casa de Hugh e Yvonne. Pero ahora tenía intención de abarcar la mayor parte de ese año. Pensó que ordenaría las opiniones, quién las sostenía, el marco, la cantidad bebida, cuándo se fueron, borrachos y con la voz ronca. Pero una vez que hubo empezado, solo quería las opiniones, y todas las voces en una misma habitación, hablando a la vez.

Ese tipo del Guardian *tenía razón. Se lo tenían merecido. Una segunda victoria arrolladora. ¡Venga, tío! Es un respaldo asombroso. Un motivo de celebración. ¿El Premio Booker? Un montón de tímidas mediocridades al servicio de los tiempos. ¿Además de castigar a otros musulmanes como él, que cambian de religión o dejan de practicarla? Una auténtica bazofia, uno de los peores sistemas de pensamiento jamás ideados. ¿Qué tiene que esconder, dando largas así a una Ley de Libertad de Información? Es Thatcher por segunda vez. La brecha de riqueza es cada vez mayor. Al norte de Watford ya empiezan a odiarlo. Te equivocas de medio a medio, de hecho, ni siquiera te equivocas: Frayn, Hensher, Banville, Thubron, Jacobson, Self, esos son talentos de verdad. Que les den a todos. Hombres blancos acomodados de cierta edad. Su época se ha terminado. ¿Y dónde están las mujeres? ¿Habéis visto* Ciudad de Dios? *Nos fuimos del cine. Sí, de elecciones perdidas. Pero es una genialidad. ¡Ese plano inicial, la gallina corriendo! Hay pureza y belleza en el islam. En un mundo globalizado, aporta sentido a los desposeídos. ¡Anda, venga! Las tasas de paro son bajas, igual que la inflación y los tipos de interés. Salario mínimo, el Capítulo Social. Ese rollo de ser el más izquierdista de todos me pone enfermo. Os lo aseguro, cuando los cuerpos se estrellaban contra el suelo, el edificio temblaba. Las matrículas estudiantiles: son criminales. ¿Desposeídos? ¡Bin Laden es un puñetero chaval con un fondo fiduciario! Me importa una mierda, siempre y cuando la atención sanitaria siga siendo gratuita allí donde se ofrece. Con Diana estaba cumpliendo su deber. Siempre fue Bowles. ¡Esa chorrada de eslogan! Blair está llenando de gestores la Seguridad Social. Voy a decirte lo que es la fe. Convicciones sin fundamento y esos tipos de los aviones eran hombres de fe. Peter, el de Daphne, se ha pasado al otro bando. Almorzó con Bill Cash. Es el primer paso para la ruptura de la unidad. Perderemos a todos nuestros parlamentarios laboristas escoceses, luego cuidado con el nacionalismo inglés. Se nos comerá vivos. Yo estoy totalmente a favor de la independencia escocesa. Fascistas con un barniz religioso. Entonces debes de odiar a los escoceses. En vez de Whitehall se las verán con Bruselas. Escribe una columna satírica en el* Telegraph. *Nos emborrachamos y hablamos de Shakespeare. No es sátira, son mentiras. A mí Bruselas me parece bien. Desde luego que no habrá una invasión. Saben que Sadam tiene armas nucleares. Es todo fachada, maquillaje de la realidad, gestión de medios de comunicación paranoicos. La quiebra moral. Los votantes que aseguras que te importan no están de acuerdo. Debes de creer que son idiotas. ¿Recuerdas su*

discurso de Chicago? ¿La supuesta guerra justa? Está al caer. Aho-
ra no hace más que lamerle el culo a Bush. Venga, Baines. Habla
en nombre de Escocia. El relativismo cutre que está asolando la
izquierda. Igual te crees que a los iraquíes les gusta que los tortu-
ren. Se están preparando, esos dos, para hacer algo catastrófico de
verdad. Ya veréis, cuando la SWP y el islamismo no violento
hagan causa común... Qué idea tan chachi, llamar a los que
masacran a escolares musulmanas guerrilleros por la libertad. Le
oír decir a Goff que lo ganará Frayn y sabe Dios que lo merece.
Así que esos críos dijeron sí, cocimos un bebé para almorzar y
enterramos los huesos en el jardín. El terapeuta, los asistentes so-
ciales, el tribunal se lo creyeron todo porque quisieron. La policía
cavó en el jardín y nada. Pero aun así a ella le cayeron cuarenta
y tres años. Ya os digo, si se largan, Al Qaeda se hará con el poder
en Irak. ¿Habéis visto el billete de quinientos euros?

Hizo un alto para prepararse un sándwich, luego escribió
hasta medianoche. Cincuenta y una páginas pequeñas densamente cubiertas. Lo despertó a las dos y media la presión en
la vejiga. Eso antes no ocurría. Se preguntó mientras orinaba
en el retrete si debería preocuparle que el chorro fuera tan
débil. Pensó en Joyce, en Stephen y Bloom al final de su día,
meando codo con codo por la noche en el jardín. Ítaca. Una
vez Roland había poseído la trayectoria de Stephen, «más elevada, más sibilante». Ahora tenía la de Bloom, «más larga,
menos impetuosa». A Roland no le caía muy bien su médico.
No iría.

Luego, se acercó a la ventana del cuarto de baño, que estaba encajada bajo el tejadillo plano de un minúsculo añadido
en la parte detrás. Contempló el jardín. La noche de julio era
fresca, el cielo se había despejado y una luna menguante iluminaba con claridad la mesa a la que Lawrence y él habían
estado sentados unas horas antes. Curiosamente, parecía de
un blanco brillante y la hierba debajo, negra. Las dos sillas esta-

ban en los ángulos en que las habían dejado al ponerse en pie por separado. La terca fidelidad de los objetos, de permanecer justo como se habían colocado sin pensarlo. Se estremeció. Era como si estuviese viendo lo que se suponía que no debía ver: lo que había cuando él no estaba, el aspecto que tendrían las cosas cuando hubiera muerto. De camino a la cama, por costumbre, echó un vistazo en el cuarto de Lawrence. No había vuelto. Pensó en llamarlo por teléfono. Pero no interferiría. Lawrence no tardaría en cumplir diecisiete años y las cosas podían estar yendo bien con Véronique. Se acostó y durmió profundamente, sin soñar. A la mañana siguiente unos minutos después de las nueve lo despertó el teléfono. Al principio, la voz le pareció familiar, de alguien de su pasado. Seguía medio dormido, vulnerable a todas las posibilidades oníricas. Era un policía que preguntaba con amabilidad si estaba hablando con Roland Baines. *La educación sentimental* cayó al suelo cuando se irguió, el corazón latiéndole con fuerza, la palma de la mano ya húmeda contra el auricular, y escuchó con atención.

Cerca de los treinta, cuando se decidió a ocuparse de su educación, Roland no tenía más que un leve interés en las ciencias. Perseveró, pero creía que les faltaba calor humano. Los procesos ocultos de los volcanes, las hojas de roble o las nebulosas: estaba todo muy bien, pero no le atraía. Cuando la ciencia se establecía en ese terreno vital donde la gente tenía éxito o no conseguía prosperar a solas o en compañía, donde se amaban u odiaban o tomaban decisiones, sus aportaciones eran flojas o rebatidas. Proponía truismos disfrazados, relatos físicos de lo que ya se sabía, de acontecimientos en el cerebro que se entendían desde hacía mucho tiempo o se investigaban en el universo paralelo de la mente. El conflicto personal, por ejemplo. Conocido y tratado en la literatura durante dos mil

397

setecientos años desde la disputa marital entre Odiseo y Penélope, cuando él volvió a casa como pudo después de una ausencia de veinte años. Ítaca de nuevo. Era interesante, quizá, saber que corría oxitocina entre muchas otras cosas por las arterias de Penélope en el momento de su reconciliación posterior, pero ¿qué más nos decía eso sobre su amor?

Aun así, Roland persistió. Leyó libros de ciencia para profanos, llevado no tanto por la curiosidad como por el miedo a quedar excluido, a ser un ignorante de por vida. En el transcurso de treinta años había logrado acabar media docena de libros de divulgación sobre mecánica cuántica. Estaban escritos en términos animados y atrayentes, prometiendo precisar por fin los enigmas relacionados del tiempo, el espacio, la luz, la gravedad y la materia. Pero no sabía más ahora que antes de leer el primero. Fue un alivio que un físico famoso, Richard Feynman, dijera que nadie entendía la mecánica cuántica.

Quedaron algunos conceptos medio recordados, seguramente sus propias distorsiones. La gravedad afecta al flujo del tiempo. También curva el espacio. No hay «materia» en el mundo, solo acontecimientos. Nada va más rápido que la luz. Nada de eso significaba ni ayudaba mucho. Pero había una anécdota, un famoso experimento sobre el pensamiento, muy conocido incluso para quienes no habían oído nunca hablar de la mecánica cuántica. El gato de Schrödinger. Un gato encerrado en una cámara de acero puede morir o no por efecto de un dispositivo activado al azar. El estado del gato no se conoce hasta que se abre la cámara. Según el relato de Schrödinger hasta ese momento está vivo y muerto al mismo tiempo. Con el resultado bueno, a la hora de la revelación, una función de onda desaparece, el gato vivo salta a los brazos de su dueña, mientras su otra versión sigue muerta en un universo inaccesible para la dueña o su gato. Por extensión, el mundo divide todo momento concebible en una infinitud de posibilidades invisibles.

La teoría de los universos paralelos no le parecía a Roland menos improbable que Adán y Eva en el Jardín del Edén. Las dos eran historias potentes y a menudo se acordaba del gato de Schrödinger cuando un asunto incierto estaba a punto de resolverse. El escrutinio en unas elecciones generales, el sexo de un bebé, un resultado de fútbol. El gato le vino a la cabeza en forma de su hijo esa mañana en la cama cuando sonó el teléfono y oyó la voz de un policía. Lawrence estaba de manera simultánea en un calabozo de la comisaría despertando con resaca o sobre una superficie de acero bruñido bajo una sábana, en un depósito de cadáveres. Dos estados, ambos reales, en perfecto equilibrio y ya no podía soportar la amabilidad del agente: le estaba pidiendo a Roland que confirmase su dirección. Fuera lo que fuese una función de onda, estaba a punto de venirse abajo, y podía hacerlo él mismo. Empujarla para que cayera por el borde.

–¿Dónde está? ¿Qué me está diciendo?

–Y el código postal, si no le importa, señor.

–Por el amor de Dios. Dígalo ya.

–No puedo seguir sin su...

–Estoy en Clapham. En Old Town. –Lo dijo bien alto.

–De acuerdo, señor. Con eso me vale. Me llamo Charles Moffat, soy inspector de policía y le llamó de la comisaría de Brixton.

–No.

–Trabajo en el despacho del subjefe Browne, recientemente jubilado.

–¿Qué?

–Fue a verle por última vez hace unos años, veamos, hace mucho. En 1989. Con respecto a su esposa desaparecida.

Roland, saliendo de su estado de ensueño parcial, reconciliándose con el hecho de que su hijo seguía vivo, no pudo más que emitir un gruñido. Ahora lo oía en el cuarto de baño.

–Eso se resolvió de modo satisfactorio.

–Sí.

–Le llamo con la esperanza de que acceda a ser entrevistado por otro asunto derivado de sus conversaciones con el subjefe Browne.

–¿De qué se trata?

–Prefiero tratarlo con usted cara a cara. ¿Le va bien esta tarde?

A las dos en punto estaban frente a frente, separados por la mesa de la cocina, tal como estuviera Roland hacía años cuando el inspector jefe Browne fue a verle. Moffat era un tipo enjuto de aspecto brillante –de hecho, tenía la cabeza y la cara en forma de bombilla–, la frente ancha, potentes pómulos, barbilla delicada. Iba con los ojos muy abiertos y apenas tenía cejas, lo que le daba un aire fijo de sorpresa. Muchas generaciones atrás, quizá, hubo sangre china en la mezcla. Dedicaron unos minutos a la charla intrascendente. Browne era su único punto de contacto. Dos de sus tres hijos habían seguido los pasos de su padre en la Policía de Londres. Estaban en comisarías distintas cerca de Enfield.

–Es una zona dura –observó Moffat–. Aprenderán lo suyo.

El chico mayor se había alistado en el ejército y pasó por Sandhurst con honores. Estaba a punto de ser destinado a Kuwait como parte de un pequeño destacamento.

–¿Va a vigilar la frontera iraquí? –comentó Roland.

Moffat sonrió.

–Todo el mundo está muy orgulloso de él.

Una vez concluida la charla, dijo:

–Mi campo son los abusos sexuales en el pasado. Esto no es más que una investigación preliminar y no está obligado a contestar ninguna de mis preguntas. Seré muy breve. –Abrió una carpeta con las notas manuscritas de Browne.

–Un colega estaba revisando los archivos de Doug en busca de otra cosa y se fijó en algo interesante. Primero, ¿le importa confirmar su fecha de nacimiento?

Roland le complació. Estaba destemplado pero convencido de que no se le notaba.

Entonces Moffat leyó en voz alta: «*Cuando le puse fin ella no ofreció resistencia...* etcétera... *el asesinato pendía sobre el mundo entero*».

–Ah, sí.

–Estas palabras eran de un cuaderno suyo que fotografió Doug Browne.

–Correcto.

–Se interpretó de forma errónea que hacían referencia a su esposa desaparecida.

Roland asintió.

–Y mientras se esclarecía el asunto, dijo usted que se refería a una aventura anterior con otra mujer. Una aventura sexual.

–Exacto.

–¿Qué edad tenía esa mujer?

–En torno a veinticinco, supongo.

–Le importa decirme su nombre.

Le vino a la cabeza una imagen particular de Miriam Cornell. La noche de lluvia que lo echó de casa, sus lágrimas, la llave del cobertizo en la mano, a punto de lanzarla al suelo. Según la teoría, existía de hecho un ámbito en el que se casó con ella en Edimburgo y seguía con vida. Feliz o infelizmente casado. Amargamente divorciado poco después. Todo eso y cualquier otro posible desenlace para ambos. Si creía eso entonces debería creer en todas las religiones y cultos del mundo al mismo tiempo. En algún lugar oculto eran todos verdaderos. Como eran todos mentiras. Stephen Hawking dijo una vez: «Cuando oigo hablar del gato de Schrödinger echo mano a la pistola». Pero la idea seguía rondándole a Roland. Más que eso, le seducía. Todos los caminos que no había tomado, vivitos y coleando. A través de un desgarrón en el velo de lo real seguía en pijama, ahora a sus cincuenta y tantos años, viviendo una vida sencilla.

Dijo:

—¿Por qué habría de decirle su nombre?

—Ya llegaré a eso. ¿Y a qué hace referencia este asesinato?

—Al comienzo, el comienzo de la aventura. La crisis de los misiles en Cuba. Antes de su época. Todo el mundo creía que existía la posibilidad de una guerra nuclear. Un asesinato en masa.

—Octubre de 1962. O sea que acababa de cumplir usted catorce años cuando empezó esta relación.

—Sí. —Roland notó una sensación nada placentera recorriendo su espina dorsal en sentido ascendente y un impulso a desperezarse y bostezar que reprimió. No era aburrimiento ni cansancio. Moffat lo observaba esperando algo más. Roland le sostuvo la mirada y aguardó también.

Su determinación de buscar a Miriam y encararse con ella había pasado por picos y valles de resolución e inacción. A lo largo de los últimos diez años, sobre todo los más recientes. Una tentativa seria fue la de 1989, después de que le llegara la carta de la escuela en la que se le decía que se había ido a Irlanda. Acudió al Real Conservatorio de Londres. Una recepcionista le fue de ayuda. Confirmó por medio de un libro mayor que Miriam obtuvo la licenciatura en 1959 con calificaciones altas. Volvió otro día y le presentaron a un profesor de piano y teoría entrado en años. El nombre de Miriam le hizo fruncir el ceño y decir que apenas la recordaba. Con mucho talento, desde luego, y nunca había vuelto a saber de ella. Pero dijo que igual la confundía con alguna otra persona.

En torno a 1992 hizo otro intento, cruzó el Gran Londres en metro para visitar, cerca de Epping Forest, un instituto nacional de profesores de piano titulados. No figuraba en los registros. En aquella época de mediados de la década de los noventa era difícil descubrir datos sobre cualquier cosa o persona, y a nadie le importaba por entonces. Tu vecino podía mudarse cuatro calles más allá, llevar una vida normal y corriente y ser casi imposible de localizar. Cualquier pesquisa ociosa conllevaba una carta o llamada telefónica, o un viaje y una búsqueda o las cuatro cosas. En 1996 Roland tenía internet y pese a todas sus promesas radicales no había nada sobre ella. Otros impedimentos cotidianos para la investigación sistemática fueron criar a su hijo, ganarse la vida, el cansancio. Luego surgió otro elemento. A finales de los años noventa pasó por una fase Charles Dickens. Leyó ocho novelas una detrás de otra. Le apasionaba cómo se deleitaban las novelas en la variedad humana, en una generosidad de espíritu que apenas lograba concebir en sí mismo. ¿Era muy tarde para convertirse en una persona mejor y más cabal? Luego leyó dos biografías. Un episodio en su vida surtió efecto. Cuando tenía dieciocho años, Dickens, un oscuro periodista especializado en asuntos judiciales con ambiciones literarias, se enamoró profundamente de la hermosísima Maria Beadnell. Ella acababa de cumplir los veinte. Al principio, dio la impresión de que lo alentaba, pero después de volver de una escuela privada para señoritas en París lo rechazó. Él no tenía buen porvenir y los padres de ella nunca lo habían visto con buenos ojos. Muchos años después, cuando era más famoso de lo que lo hubiera sido ningún escritor todavía con vida, Maria le escribió. En ese periodo de su vida Charles estaba hartándose de su matrimonio con Catherine. Tres años después tocaría a su fin. Había estado buscando la intensidad erótica de su juventud. Ahora Maria Beadnell revivía los recuerdos de una gran pasión sin consumar. No podía quitársela de la cabeza. Empezó a escribirle lo que parecían cartas de amor. Enseguida comenzó a tener claro que nunca había querido a nadie más. No haberla conseguido cuando era joven suponía el mayor fracaso de su vida. Quizá no fuera demasiado tarde.

Maria, ahora casada con Henry Winter, fue a tomar el té a casa de los Dickens cerca de Regent's Park una vez que Charles sabía que Catherine estaría ausente. Echó un vistazo a esta señora y el sueño se desbarató. Estaba «sumamente gorda». Su conversación era pobre, ella era garrula. Mientras que en un tiempo fuera caprichosa, ahora era sencillamente estúpida. El té juntos fue una educada pesadilla. Después, se cercioró de mantenerla al margen de su vida. Pero ¿qué podía haber esperado? Habían transcurrido veinticuatro años. La historia revelaba lo que Roland nunca había pensado hasta sus últimas consecuencias. Habían transcurrido casi cuarenta años desde la última vez que viera a Miriam. Le daba pavor en qué podía haberse convertido. No quería que ocupara su lugar una matrona de sesenta y cinco abotargada y caída en desgracia.

Al final, el joven policía dijo:

–¿Era alguien que usted ya conocía?

Roland lo consideró:

–Quiere abrir un caso.

–Eso no será decisión mía. ¿Era amiga de la familia? ¿Alguien que conoció en vacaciones?

Roland intentaba emplazar a su yo de catorce años. Se habían puesto muy de moda en la escuela las botas de puntera estrecha. Suplicó a su madre que le comprase un par. Ella se sirvió de su máquina de coser para transformar el pantalón de franela gris que marcaba el reglamento en unos pantalones de pitillo. Cuando se presentó a la puerta de Miriam un sábado de octubre por la mañana, eso debía de haber visto ella: la camisa hawaiana desabrochada casi hasta la cintura, barro de granja en los pantalones de pitillo, el calzado cubierto marcado de un bufón medieval. Tenía ese pavoneo patiabierto del chico que apreciaba un nuevo abultamiento entre las piernas.

404

A la última moda. Se presentaba en bici, sin previo aviso, para pillar cacho antes de que se acabara el mundo. Para una mujer de unos veinticinco años representaba un gusto especializado. Roland dijo:

–Necesito pensármelo.

–Señor Baines. Usted es una víctima de abusos. Esto es un asunto penal.

–Debe de tener casos más acuciantes. Espantosos.

–Históricos también.

–¿Para qué iba a pasar por algo así?

–Justicia. Paz de espíritu.

–Sería un infierno.

–Contamos con la asesoría de expertos. Seguramente está al tanto de que hay toda una nueva cultura en torno a estos temas. Lo que antes se pasaba por alto o se desechaba, ya no se trata de ese modo. La buena noticia es que ahora tenemos objetivos. Un número determinado de juicios ganados al año.

–Ah, sí. Objetivos. –No iba a decirle a Moffat que una vez lo había apoyado con entusiasmo. En lugar de eso, dijo–: ¿Y de qué sirve?

–Si lo hacemos bien, y creo que lo hacemos, se incrementa nuestra financiación y metemos a más agresores sexuales en la cárcel.

–¿Alguna vez se ha visto tentado de amañar pruebas? Para alcanzar los..., ¿eh?

Moffat sonrió. Tenía los dientes de un blanco extraño. Había elegido mal en el dentista. Tendría que haber escogido un color hueso más natural, como Roland hacía dos meses. Seguía orgulloso de su nuevo aspecto, logrado a precio reducido por una antigua novia que se había metido a higienista. Le devolvió la sonrisa con aire competitivo.

El policía estaba recogiendo los papeles.

–Eso dice la prensa. Tenemos más casos irrefutables de los

405

que podemos llevar. –Hizo una pausa y añadió–: Algo salvaje en la psique masculina.

–Está claro.

–Pero de mujer a hombre. Nos llegan pocos casos como el suyo.

–¿También tienen objetivos para esos?

Moffat se levantó y le tendió la tarjeta de visita por encima de la mesa.

–Verá que he anotado un número de caso. Si decide presentarse, ayudaría a otros. Hombres y niños.

Roland acompañó al inspector a la puerta. Cuando Moffat salía de la casa dijo:

–Tendría que habérselo preguntado al principio. ¿Salió perjudicado de este asunto?

Roland se apresuró a responder:

–No, en absoluto.

De nuevo, Moffat se quedó esperando algo más, y cuando no llegó se dio la vuelta, levantó una mano a modo de despedida informal y se dirigió hacia su coche. Roland cerró la puerta, apoyó la espalda en ella y miró pasillo adelante por encima de la barandilla hacia la cocina. Daños. Aquí estaban. Las baldosas del suelo flojas, agrietadas o que faltaban. Bajo la moqueta de la escalera raída y manchada había podredumbre reseca. En el vestíbulo, los zócalos de madera también se pudrían. Las tuberías asimismo fallaban, el sistema de calefacción tenía treinta años, los marcos de madera de las ventanas transformándose en polvo en algunos sitios. Había llegado a aceptar que nunca se podría permitir cambiar de casa. Le hacía falta un tejado nuevo. El certificado de seguridad de la instalación eléctrica databa de abril de 1953. Parte del aislamiento del techo contenía amianto. Un contratista, a Roland le pareció un buen tipo, dijo que la casa necesitaba «una reforma integral». Lawrence y él vivían razonablemente bien gracias al dinero semanal que ganaba tocando el piano y escribiendo algún que otro artículo periodístico. No quedaba nada para una reforma. Algún día habría menos. Una carta del abogado de Alissa le había informado de que sus pagos mensuales cesarían una vez que Lawrence cumpliera los dieciocho. Le enviaría cheques por medio de Rüdiger de vez en cuando para costear matrículas en Europa o Estados Unidos. Muy razonable. El estado de la casa era la manifestación externa de una serie de consecuencias en cuyos orígenes prefería no pensar con demasiado detenimiento. La década perdida empezó al final de su estancia en la azotea de Atenas, cuando tiró a la basura su libro de Henry James a medio leer. De regreso en Inglaterra tocó con la Posse, trabajó sobre todo en obras pequeñas, pero también en una fábrica de conservas, como socorrista en una piscina, como paseador de perros y en un almacén de helados. Lo de pianista de salón de hotel, instructor de tenis y colaborador en la guía del ocio llegó más tarde. Sus aventuras, con amigos, a veces solo, incluyeron viajes por carretera a través de Estados Unidos, una visita a las cuevas de Íos, un largo viaje por carretera con dos amigos de Mississippi prófugos de la guerra de Vietnam, a Kabul y luego a Peshawar por el paso Jáiber. Descansaron en el valle del Swat. Cuando se le acabó el dinero y regresó, durmió en sofás y suelos, y pasó una temporada en una casa okupa. Hubo novias interesantes, conciertos de rock y jazz, festivales, películas; y trabajo, duro o aburrido o las dos cosas. En la década de los setenta era fácil encontrar empleo temporal.

Eran los tiempos en que la gente hablaba del «sistema». Él estaba en contra y consideraba que la música clásica formaba parte integral del mismo. Era propio de sí mismo comentar que el piano, tal como lo tocaban Bach o Debussy, era un remanente corrupto, una ruina histórica. La década de los veinte se le estaba escapando. Para sus adentros, se aseguraba que tenía su libertad y que lo estaba pasando bien. Era capaz de controlar las ansiedades ocasionales en torno a la falta de rumbo de su existencia. Pero aumentaron y al final se desbordaron y ya no podía oponer resistencia. Tenía veintiocho años y no llevaba una vida útil. Se matriculó en el Instituto de Literatura y el Instituto Goethe. En las reuniones del Partido Laborista se declaraba «centrista». Su educación superior le llevó casi diez años de estudio a intervalos. No se presentó a unos exámenes formales. Mucha gente perdía la década de los veinte o toda su vida en oficinas, en fábricas y pubs y no iba más allá de las playas del sur de Europa. Así pues, había merecido la pena estar despreocupado, vivir precariamente y no ser como todos los demás. En eso consistía ser joven. Cada vez que se sorprendía pensando o diciendo cosas así, sabía que a quien quería convencer era a sí mismo.

Siguió recostado contra la puerta de la calle. Qué alivio, ahora que se había ido Moffat, dejar de fingir que no estaba trastornado. No era la conmoción de averiguar algo nuevo. Él la había acusado muchas veces, en muchos sentidos, pero solo de pensamiento. La conmoción era oír cómo lo decía en voz alta un funcionario del Estado. *Esto es un asunto penal.* No *era,* sino *es.* Una segunda sacudida se presentó en forma de desafío. ¿Estaba ahora preparado para hacer algo al respecto? El asunto había permanecido bien enrollado justo por debajo del umbral de acción, igual que una serpiente entre las sombras más profundas un día caluroso. *Y yo en pijama por el calor.* Era algo entre él mismo y su pasado, de lo que nunca se hablaba de viva voz. No figuraba en sus pensamientos como un secreto. Esos dos años solo eran..., ¿qué exactamente? Lo que una vez oyó a una escritora denominar su mobiliario mental. No debía cambiarse de sitio ni venderse. No había hablado de Miriam más que una vez, con Alissa cuando paseaban por entre la nieve de Liebenau. Nada, ni sombra de esa confesión, ninguna artera refundición de la misma había aparecido en sus novelas. Le habría gustado arrebatársela a ella de modo que siguiera siendo suya por completo. Moffat le pedía

408

que viajara en la dirección opuesta y pusiera esos tiempos de Erwarton a disposición del tribunal, sus funcionarios, su ceñudo juez, su galería de público, la prensa. ¿Justicia? Le estaban pidiendo que se vengara. De su Maria Beadnell. Cuarenta años después, no veinticuatro. Decidió que necesitaba la ayuda de Lawrence.

Su hijo trabajaba ahora cuarenta horas a la semana en la asociación de la vivienda de Daphne cerca de Elephant & Castle. Quedaban unas semanas para que empezara en una escuela nueva. Ganaba algo menos del sueldo mínimo por preparar café, hacer recados, mecanografiar cartas sencillas y ayudar a desarrollar un sitio web. La asociación llevaba años funcionando sin él. Daphne, su madre sustituta, les estaba haciendo un favor a él y Roland. Era su primer empleo en la vida. Aceptó sin la menor queja la rutina, el despertador a las siete y media, el trayecto en la Northern Line. Tenía una ética de trabajo más firme que la de su padre a esa edad, pero había heredado un sentido similar de tener derecho al placer. Por lo general, iba directo del trabajo a ver a sus amigos. Véronique, que aspiraba a ser actriz, trabajaba de camarera en Covent Garden. Era su novia y Lawrence ya no era virgen. Su primera relación sexual, en la habitación de ella, en un piso compartido cerca de Earls Court, fue «caótica». No quería contarle a su padre qué fue mal. Pero la segunda, en el cementerio desierto de la iglesia de St. Anne, fue «alucinante». Roland no alcanzaba a imaginar que los terrenos en torno a la famosa iglesia de Wren estuvieran nunca desiertos, en especial a altas horas de la noche. Tampoco alcanzaba a imaginarse hablando con su padre de cosas semejantes. Se sintió halagado. Cruzar esta línea tan importante, pensó Roland, podía ayudar a Lawrence a distanciarse del mal trago con su madre. Este había escuchado la homilía de su padre sobre los asuntos vitales del consentimiento y los anticonceptivos con cierta impaciencia.

–No te preocupes. No vas a ser abuelo todavía.

Roland no pudo hablar con Lawrence hasta última hora de la mañana del sábado. Estaban otra vez sentados a la mesa del jardín, tomando café. Había una persona de su pasado, dijo Roland. Le gustaría ponerse en contacto con ella de nuevo. ¿Podía Lawrence intentar localizarla en internet? ¿Era una exnovia? No, era su antigua profesora de piano. Siempre había querido saber qué fue de ella. Quizá no siguiera con vida. Le dio algunos detalles, incluida su fecha de nacimiento, el 5 de mayo de 1938, que creció cerca de Rye, de 1956 a 1959 asistió al Real Conservatorio de Londres, luego estuvo en Berners Hall de 1959 a 1965, después quizá vivió en Irlanda. Lawrence entró en casa y volvió a salir al cabo de unos minutos con un papel en la mano.

–Chupado. Estás de suerte. Está viva y cerca. En Balham. Sigue enseñando. Hasta hay un número de teléfono.

Lawrence dejó la hoja encima de la mesa, pero Roland no la cogió por si le temblaba la mano.

Esa tarde estuvo distraído. Buscó su dirección en el callejero. Balham. A dos paradas. Se obligó a hacer tareas mecánicas, segó la hierba con el cortacésped manual, limpió la cocina, llamó a un electricista. Caminó de aquí para allá por el jardín unos minutos, entró e hizo la llamada. Luego se dio una ducha.

Después de la seis, mientras se tomaba una cerveza en el jardín, Lawrence salió a despedirse antes de ir al centro. Había quedado con Véronique cuando saliera de su turno de día en la pizzería. Pero se desplomó en la silla y le dirigió a su padre una mirada de desafío en plan chulo que Roland conocía bien. A veces le irritaba. Decía: tengo algo que decir y no finjas que no sabes qué es.

–Tengo unos minutos, así que..., eh...

–Estupendo. Cógete una cerveza.

–No, gracias. Mira, hay una cosa...

Roland esperó. Su corazón sufrió un latido ectópico, solo uno. Perfectamente inocuo.

–Es lo siguiente. Estoy harto de las mates. Harto de estudiar. Me parece que no quiero seguir en la escuela. –Observó a su padre mientras lo asimilaba.

Lawrence había logrado una codiciada plaza en un college de bachillerato especializado en matemáticas. Roland estuvo medio minuto sin hablar. Entendía que Véronique formaba parte del asunto.

–Pero eres brillante en...

–No, se me dan bien. Soy brillante en comparación contigo, papá. Si fuera a ese centro, me enseñarían lo que es ser brillante en realidad.

–Eso no lo sabes. –Roland intentaba sofocar la sensación de que era él mismo, no Lawrence, quien estaba a punto de perder su plaza de bachillerato, otra vez. Ese vivir por persona interpuesta al que están obligados los padres.

–Ni siquiera era el mejor en la escuela. Ah Ting siempre iba por delante. No tenía ni que esforzarse.

–Tu profesor dijo que tú tenías más imaginación.

El ascenso de China. Nada lo podía evitar. El comercio abría mentes y sociedades. Con el éxito comercial, el Partido Comunista Chino se desvanecería: una consecuencia positiva de la que Roland estaba seguro. Dijo:

–Igual necesitas un año sabático. Pueden guardarte la plaza.

–El college no hace eso.

Roland suspiró. Tenía que andarse con cuidado, debía dejar de discutir. Oponerse ahora a Lawrence alentaría su resistencia. Conque dijo:

–De acuerdo. ¿Es lo que quieres?

Esa era la cuestión. Lawrence desvió la mirada antes de hablar.

–No lo sé... –No quería decirlo. Iba a ser un plan horrible.

–Venga, suéltalo.

–He estado planteándome dedicarme a la interpretación.

Roland se lo quedó mirando. Sí, Véronique.

Lawrence bajó la vista hacia su regazo.

–La Real Academia de Arte Dramático o la Escuela Central. O. No sé. Quizá en Montpellier.

No debía discutir con él. Tenía que escucharle. Pero Roland discutió. Eludió Montpellier de momento.

–Los chicos que entran en la Real Academia tienen motivación. Les fascina el escenario. Tú nunca has mostrado mucho interés. No participaste ni en una sola función en la escuela. No lees obras de teatro. Nunca has querido acompañarme a ninguna...

–Sí. Fue un error. Ahora me interesa.

–Entonces, ¿qué has estado...?

–Nada todavía. Mira, papá. No es el teatro. Es la televisión.

Era importante no levantar la voz. Pero la levantó, abrió las manos en un gesto de perplejidad teatral.

–Pero si no ves casi nunca la tele.

–La veré.

Roland se llevó la palma a la frente. Era mejor actor que su hijo.

–¡Esto es una locura de verano!

Lawrence sacó el móvil y miró la hora. Se levantó y rodeó la mesa hasta detrás de la silla de Roland para echarle los brazos al cuello. Besó a su padre en la cabeza.

–Nos vemos luego.

–Prométeme una cosa. Tienes tiempo. No canceles tu plaza mañana mismo. Es una decisión vital. Una de las más importantes. Tenemos que hablar.

–Ajá.

Lawrence había dado varios pasos hacia la casa cuando se paró y se volvió.

–¿Te has puesto en contacto con ella?

–Claro. Y gracias por tu ayuda. He reservado una lección.

412

Fue andando porque era cauto. No, estaba tenso. No se fiaba del metro. Solo una facción minúscula, crédula y cruel, creía que los secuestradores de Nueva York reposaban en el paraíso y había que seguirlos. Pero aquí, con una población de sesenta millones, debía de haber alguno. Escogido entre los portadores de las pancartas de RUSHDIE DEBE MORIR o los que habían quemado su novela, o entre sus hermanos menores, hijos e hijas. Ese fue el primer capítulo, hacía trece años. El segundo capítulo, las Torres Gemelas. El siguiente capítulo probablemente sería una historia de venganza punitiva, de invasión militar, no de Arabia Saudí de donde procedían los agresores, sino de su sanguinario vecino del norte. Dos terceras partes de la población estadounidense estaban convencidas de que Sadam era responsable de la masacre de Nueva York. El primer ministro andaba enardecido de resultas de la lealtad tradicional a Estados Unidos y las intervenciones con éxito en Sierra Leona y Kosovo. El país se estaba preparando para la guerra.

A principios de ese mismo año los servicios de emergencia paralizaron el centro de Londres con un ensayo de un atentado terrorista con bomba en el metro. El lugar más evidentemente vulnerable. Espacios estrechos para acrecentar la explosión, densas multitudes de lo más útiles, un rescate nada fácil en túneles oscuros bloqueados por escombros de acero y oscurecidos por humos tóxicos. Un atajo al paraíso. Pensaba en ello a menudo, con demasiada frecuencia. No volvería a ir en metro nunca, era lo que pensaba ahora Roland, aunque no conseguía convencer a Lawrence. En los autobuses tampoco se podía confiar. Así que fue a pie. Desde Old Town hasta la otra punta de Balham, acortando a través del parque público, eran apenas tres kilómetros.

Pensó que podía dedicar un garbeo de cuarenta minutos

413

a prepararse, sosegarse. ¿Qué quería de ella? Cumplir la promesa que había estado haciendo la mayor parte de su vida adulta. Reunirse con ella, comprender como adulto el episodio del final de su infancia y no volver a verla nunca. Sencillo. Pero temía verla. Toda la mañana, la boca seca, por mucho que bebiera, las entrañas sueltas, no paraba de bostezar. No había almorzado. Y no conseguía centrar los pensamientos en lo que tenía inmediatamente por delante. Estaban enmarañados con la obsesión nacional, también motivo de pavor. Solo había una conversación. Era difícil eludirla, ni siquiera durante media hora. La deriva hacia la guerra, impulsada por un gobierno que él había apoyado con algunas decepciones por el camino. Desde Berlín, había vivido rodeado de una sensación brumosa de optimismo político. El año anterior semejantes esperanzas mermaron cuando las torres y su cargamento humano se deshicieron contra el suelo. La respuesta iba a ser violentamente irracional. Lo que también temía eran las consecuencias. Se alzaban en sus pensamientos como una negra nube de desorden internacional en forma de pez martillo, su malevolencia y dirección agravadas por elementos incognoscibles. Podía ser un infierno. También podía serlo reunirse con Miriam Cornell.

Pasó por delante del pub Windmill y diez minutos después se detuvo ante de la estación de metro de Clapham South. Se inclinó con los codos apoyados en la barandilla negra junto a una maraña de bicicletas con candado. Necesitaba concentrarse. El aforismo de la infancia seguía siendo válido: nada es nunca como lo imaginas. Conque debía imaginarla ahora y excluir lo peor. Un piso sobrecalentado en la planta superior, estrecho, mal ventilado, una repisa de la chimenea atestada de recuerdos, olores intensos a comida recién cocinada, a sus lociones y talcos. Amargura en el aire también. El fastidio de un perrito o muchos gatos. Un piano en alguna parte. Estaría espantosa, con una torpe mancha de pintalabios rojo, y sobrepeso. Habría voces, incluso gritos, de ella, suyos, de ambos.

Hizo el esfuerzo de seguir andando. No tenía por qué ir. Podía mandar dinero por la lección anulada, garabatear unas disculpas sobre su nombre falso. Pero siguió adelante. No se perdonaría no hacerlo. Le vino a la cabeza un precedente. Se arrastraba por Aldershot, demorando la llegada al tanatorio donde yacía su padre. Pero este cadáver estaría vivo, exhumado de la tumba más profunda de la memoria por un formal inspector de policía. *Tierra de la tumba en el pelo.* Dentro de poco velaría a su madre. Su mente, su personalidad se estaba esfumando pero aun así seguía suspendida en su mundo de ensueño, su tierra de nadie, no desdichada, sustentada por la certeza de que su vivienda en un barrio residencial de las afueras era un gran hotel, a veces un crucero. De vez en cuando creía que era la propietaria del barco. Esta vez estaría mejor preparado. Se sentaría junto a su ataúd abierto, quizá de negro, seguramente a solas en la misma sala, las manos entrelazadas sobre el regazo. Hoy en día se acordaba a menudo de James Joyce. *Ella también sería pronto una sombra... Uno tras otro, todos se estaban convirtiendo en sombras.*

Donde estaba llegando ahora fue en otros tiempos una broma, el último lugar de Londres en el que alguien querría estar, su reputación afianzada por el sketch del falso documental de viajes de Peter Sellers «Balham, Gateway to the South».[1] Ahora estaba cambiando, profesionales jóvenes y su dinero estaban limpiando la zona. Pero el antiguo Balham seguía dominando la calle mayor. Un Woolworths desvaído, las típicas casas de apuestas y tiendas de organizaciones benéficas, un todo a cien. La antigua energía también perduraba. En la acera, cortándole el paso, un voceador cantaba precios

---

1. «Balham, la puerta de entrada al Sur.» *(N. del T.)*

415

de frutas y verduras e intentó poner en las manos de Roland una bolsa de papel con tomates.

Después de haber dejado atrás la entrada al sur cruzó la carretera y dobló al oeste por una calle lateral. Había memorizado el callejero. Tres manzanas después fue hacia el sur de nuevo y luego giró a la derecha. Estas villas victorianas debían de haberse convertido en pensiones a principios de la década de 1930. Ahora estaban volviendo a ser viviendas unifamiliares. Andamios, camionetas de constructores, hombres subidos a altas escaleras que remozaban el patrimonio de Londres. Esta era su calle. La casa grande independiente estaba en el otro extremo, en la esquina. Ella le había pedido por teléfono que no llegara temprano. Nada en su voz le había resultado familiar. Le quedaban siete minutos. No había andamios en su dirección, pues el trabajo ya estaba hecho. Un cerezo joven era la atracción principal de un amplio rectángulo de hierba segada muy corta. Podría haber sido césped artificial. Pasó de largo –no quería que lo vieran demorarse fuera– y dio la vuelta a la manzana.

La alumna que lo precedía, una chica de poco más de veinte años, estaba saliendo de la casa cuando regresó. Aminoró el paso para que se alejase y luego subió dos peldaños de granito hasta la entrada. Solo había un timbre. Era de la generosa cerámica original con finísimas fisuras grises, dispuestas en círculos concéntricos de latón sin pulir. Se cercioró de no vacilar y lo pulsó, aunque sintió una súbita duda, un leve desconcierto. La puerta se abrió unos segundos después, y ahí estaba. Pero se apartó de él al instante, abrió la puerta de par en par al tiempo que volvía hacia el interior de la casa y decía por encima del hombro: «Señor Monk. Estupendo. Haga el favor de pasar». Muy acostumbrada a la sucesión diaria de alumnos anónimos. El vestíbulo era ancho y largo, el suelo embaldosado en colores vivos, una versión más elegante del suyo. Una escalera de lechosa piedra caliza se curvaba y describía un suave ascenso. Quizá el edificio fuera eduardiano. La siguió a la sala de estar, dos habitaciones convertidas en una a la manera convencional. Pero las vigas de acero quedaban ocultas detrás del techo cuyas molduras se habían rehecho en un óvalo de estilo Adam de más de quince metros de longitud. Cuánto espacio, luz y orden. Lo vio todo y lo entendió, pues era en buena medida lo que había planeado distraídamente hacer en miniatura en su propia casa. Y lo habría hecho si hubiera cobrado el dinero de Epitalamio. Tablas del suelo anchas y oscuras, paredes blancas, sin cuadros, un solo sillón al estilo bergère, cristaleras que daban a un jardín de flores de mil metros cuadrados. En las únicas estanterías había partituras. Justo en el centro estaba el piano, un Fazioli de cola de concierto. Alguien con dinero debía de haber llegado a su vida.

Estaba de espaldas a él, dejando en los estantes la música de su última sesión. Seguía delgada, y más alta de lo que recordaba. Tenía el pelo blanco, recogido en una larga cola de caballo. Sin volverse le indicó que se sentara en la banqueta del piano. «Haga el favor de sentarse, señor Monk. Espere un poco mientras guardo esto. Toque algo. Permítame hacerme una idea de por dónde anda.»

Esta vez le pareció captar una inflexión conocida en su voz. Artificios de la memoria. Pero no tuvo duda de que era ella. Se acercó al piano, ajustó la altura de la banqueta y se sentó, sorprendido al notar que el corazón le latía con normalidad. En todo lo que había imaginado, su invitación a tocar era el único elemento que había previsto con exactitud. El nombre no lo había elegido al azar. Poniendo en posición las manos y luego haciendo una pausa, tocó un acorde mayor. Al instante, lo sintió: el efecto de las teclas tan sedoso, el sonido tan hermoso, intenso, envolvente y amplificado en la sala sin alfombra. Lo notó y lo oyó en el espacio hueco bajo el esternón.

—¿Tiene nombre de pila, señor Monk?

Esa guasa la recordaba.

—Theo.

—Pues adelante, Theo.

Interpretó «'Round Midnight» tal como recordaba la grabación de 1947, un poco más dulcemente quizá, con un tempo meditativo. Después de la introducción y la primera frase, de pronto ella estaba a su izquierda, plantada demasiado cerca.

—¿Qué quieres?

Se apartó y se levantó para quedar cara a cara con ella. Ahora que la veía reconoció con claridad el rostro que una vez conociera e imaginó entender la conexión, la línea descendente de 1964 a 2002. Era como si estuviese viendo una máscara, formada quizá a partir de la cara de la madre de Miriam con esta, la auténtica Miriam, detrás de la misma fingiendo no estar allí.

—Quiero hablar contigo.

—No quiero que estés aquí.

—Claro que no. —Lo dijo en tono compasivo. Todavía no pensaba irse. El cambio más notable, decidió, no era la manera evidente en cómo la cara se le había curtido con la edad, sino cómo se le había alargado a partir de su redondez juvenil. Había desplazado mínimamente hacia abajo sus rasgos otorgándole un aire imperioso. La matrona romana de alta cuna. Los ojos, incluso su verde, incluso las pestañas, se le hacían conocidos. La nariz seguía ofreciendo algún indicio de la leve insuficiencia que una vez había adorado. Pero en torno a los labios, que eran finos, irradiaba una red de líneas. Era una boca severa. Toda una vida dando instrucciones ante el teclado. Ella le sostenía la mirada llevando a cabo la misma clase de reconocimiento, supuso Roland. La lección de los años. Nunca era buena, pero los había sobrellevado mejor que él. Sus sesenta y tantos frente a los cincuenta y tantos de él. Ella conservaba todo el cabello, él no. Ella seguía teniendo una cintura esbelta. Él no. Su frente era tersa mientras que la suya presentaba tres profundas arrugas paralelas. El rostro de Roland teñido de un permanente rosa salmón tras tantos años en la pista de tenis. Cuando se afeitaba por la mañana le fastidiaba la masa hinchada de la nariz, los poros abiertos. Al menos mantenía una dentadura respetable. La de ella lo era aún más. Ninguno de los dos llevaba alianza. Ella lucía una pulsera de oro. Él, un grueso Swatch de plástico. Eso era: ella parecía –debía reconocer la noción– más cara, a todas luces más rica, mejor cuidada, más cómoda en su mundo de lo que él estaba en el suyo. Pero Roland no se sentía intimidado. Después de todo, ¡Balham! Si hubiera tenido más confianza en ese tipo de cosas, habría dicho que su blusa color crema era de seda salvaje, que su falda llevaba alguna etiqueta de alta costura, Lanvin, Celine, Mugler, igual que los tacones altos azul pálido. Era consciente de su perfume. No era agua de rosas. Había progreso.

Ella había estado mirándolo en silencio durante un largo momento indeciso, preguntándose sin duda cómo echarlo de su casa. Se dio la vuelta de pronto y fue hasta la cristalera. Los tacones sonaron bruscos en la larga habitación.

–Bueno. Roland. ¿De qué quieres hablar? –Paciencia simulada. Le hablaba con condescendencia. A él no le gustó cuando pronunció su nombre.

–Vamos a hablar de ti.

–¿Y eso?

–Lo sabes muy bien.

–Venga.

–Tenía catorce años.

Se volvió y abrió la puerta de doble hoja que daba al jardín. A él le pareció que estaba a punto de invitarle a salir. Habría rehusado. Pero regresó, dio un paso hacia él y dijo simplemente:

–Di lo que tengas que decir y lárgate.

Que no se mostrara indiferente lo alentó. Estaba tan desazonada como él. Roland tenía varias opciones, pero sin planteárselas fue al grano, una verdad a medias:

–La policía está interesada en ti.

–¿Acudiste a ellos?

Negó con la cabeza e hizo una pausa.

–Saben algo y vinieron a verme.

–¿Y?

–Todavía no saben cómo te llamas.

Miriam no se mostró preocupada.

–Te di clases de piano hace mucho. ¿Les interesará eso?

Roland se apartó de la banqueta del piano y fue hasta el sillón. Sentarse le habría venido bien, pero no era el momento. Dijo:

–Ah, ya veo. Tu palabra contra la mía.

Ella lo miraba con dureza. Le pareció recordar que esa era su actitud antes de una pelea. O se lo estaba inventando.

Con lástima espetó:

–Pobrecillo. No lo has superado, ¿verdad?

–¿Tú sí?

Ella tampoco contestó. Siguieron sosteniéndose la mirada. Pese a su aplomo, Roland percibió por los pliegues cambiantes de su blusa que tenía la respiración alterada. Al final, ella dijo:

–De hecho, creo que este sería el momento indicado para que te vayas.

Roland carraspeó con fuerza. Estaba asustado. Notaba un temblor inoportuno en la rodilla derecha. Se apoyó en el sillón.

–Voy a quedarme un poco.

–Estás aquí sin mi permiso. No me obligues a llamar a la policía, por favor.

A Roland le sonó débil su propia voz. Hizo el esfuerzo de hablar más fuerte:

–Adelante. Llevo encima el número de tu caso.

–Me da igual. Eres un desgraciado con una desagradable fijación.

El teléfono estaba en el suelo junto al piano al final de un largo cable. Cuando ella se acercaba, Roland siguió:

–Todavía tengo mi regalo de cumpleaños.

Ella le miró impasible. Tenía el auricular en la mano.

–El recibo de los asientos reservados en el tren a Edimburgo a nuestros nombres, la carta del hotel en respuesta a la tuya, esperando con impaciencia nuestra llegada a la suite la víspera de que yo cumpliera los dieciséis años. Los documentos para la boda en el registro civil al día siguiente.

No tenía previsto mencionar aquello tan pronto. Pero una vez que hubo empezado no supo cómo parar.

No cambió nada en su expresión, pero dejó el teléfono. Roland se preguntó si se habría puesto bótox. Se le daba mal detectarlo. Miriam habló con cuidado:

–Has venido a chantajearme.

–Vete a la mierda. –Las palabras se le escaparon antes de darse cuenta.

Ella se estremeció.

–Entonces, ¿qué haces aquí?

–Quiero saber algunas cosas.

–Para poder «pasar página».

–Si no quieres hablar conmigo ahora, ya lo descubriré ante el tribunal.

Ella estaba junto al piano, la mano izquierda apoyada encima, el índice acariciando en silencio o jugueteando con la tecla más grave. Fue mordaz:

–Una confesión. Una disculpa. Bajo amenaza.

–Algo por el estilo.

–Y lo grabarías todo con tu casetito especial.

–No lo necesito y no existe. –Pero se quitó la chaqueta para que ella lo viera y la dejó en el sillón. Se cruzó de brazos

421

y esperó. Ella traspasó la cristalera y se quedó de espaldas a él. Sopesando sus opciones. Pero solo había dos. Mientras ella no lo veía Roland se encorvó para llevar la mano a la rodilla temblorosa y apretársela con fuerza. No supuso ninguna diferencia. Las diminutas vibraciones de los músculos eran constantes, como las de un motor eléctrico. Cambiar el peso del cuerpo al otro pie le ayudó un poco. Volvió a apretar con fuerza.

Luego se incorporó bruscamente cuando ella se volvió y entró de nuevo en la habitación.

–Muy bien. Vamos a hablar –dijo en tono alegre–. Vamos a la cocina. Voy a preparar algo caliente de beber.

Era su intento de hacerse con el control. Enseñar su cocina de casi cinco metros cuadrados. Transformarlo en un invitado agradecido. Era su casa, no la de él.

–Mejor nos quedamos aquí –respondió Roland en voz queda.

–Entonces vamos a sentarnos al menos. –Hizo ademán de ocupar la banqueta del piano.

–Sigamos de pie. –Quería sentarse. Le parecía que en cualquier momento iba a perderlo todo, que solo una fina gasa lo separaba de marcharse desesperado, de hundirse en otra tesitura en la que un espíritu autodestructivo arrasaría con su voluntad de seguir adelante. No había nada entre ellos, ninguna protección. Lo que cada cual veía los colmaba de decepción y consternación por su propio declive reflejado. Lo que amenazaba con abrumarlo era el pasado.

–Quiero que lo describas empezando por el principio desde tu punto de vista, lo que sentías, lo que querías, lo que pensabas que estabas haciendo. Quiero oírlo todo.

Miriam se apartó de la banqueta del piano y dio un par de pasos hacia él. Aunque no le había dejado mucha opción, le sorprendió, su súbita conformidad. Pero seguía teniéndole miedo. No quería que se acercase más.

–De acuerdo. Aquel día de octubre cuando te presentaste a mi...

–Alto ahí. –Levantó una mano–. El principio. Sabes que ese no fue el principio. Hablo de las clases. Tres años antes.

Ella dio la impresión de hundirse un poco al quedarse mirando un punto en el suelo. Roland creyó verla negar con la cabeza y esperó resistencia. Imposible hablar con un desconocido de cosas tan íntimas. Pero ahora su voz era diferente, no solo más baja sino más vacilante. No pudo sino extrañarse del súbito cambio de registro. Fue una transformación.

–De acuerdo. Supongo que esto tenía que ocurrir. Y si es lo que quieres, te lo contaré.

Seguía con la vista baja cuando tomó aliento. Roland aguardó. Cuando por fin ella levantó la cabeza y habló de nuevo, lo hizo sin sostenerle la mirada.

–Fue una época terrible. Estaba en el Real Conservatorio de Londres y había tenido una aventura, seria, con un estudiante de mi clase. Más que eso. Estábamos enamorados, o por lo menos yo lo estaba. Vivimos juntos dos años. Pero el último curso me quedé embarazada. Por entonces aquello era una calamidad. De alguna manera logramos reunir el dinero para abortar durante las vacaciones de Pascua. Mi amigo, se llamaba David, tuvo que vender el violonchelo. Nuestros padres no sabían nada. No fue sencillo, hubo toda clase de complicaciones médicas, la persona a la que acudí no era un médico propiamente dicho. Me puse enferma, luego la relación se desmoronó. Conseguí aprobar los exámenes finales. Fui a una entrevista en el Salón Condal y me ofrecieron un puesto en Berners. Pensé que lo mejor sería irme a otra parte. Lamerme las heridas. Pero lo aborrecía. El jefe del departamento de música, Merlin Clare, era amable conmigo, pero el resto del profesorado..., esas pausas para el café por la mañana en la sala de profesores del edificio principal..., en aquellos tiempos, una mujer soltera era una suerte de amenaza y al mismo tiempo un aliciente, un desafío. Fuera lo que fuese, me sentía aislada. Lo mismo ocurría en el pueblo. Una joven que vivía por su cuenta. Inaudito en el Suffolk rural de 1959. Creo que pensaban que era bruja.

–¿Se supone que debo compadecerte?

Hizo una pausa y luego dijo:

–Te vendría bien dejar de verlo todo a través de los ojos de un niño.

Se adueñó de ellos un silencio. Roland creía que los ojos del niño que había sido era precisamente lo que necesitaba. No dijo nada y al final ella continuó.

–El aborto me afectó mucho. Estaba destrozada por el final de la aventura. Había estado muy unida a David. Echaba de menos a mis amigos y se me daba fatal dar clase, ya fuera a una sola persona al piano o a treinta chicos en el aula. Entonces empezaste tú con las lecciones. Eras callado, tímido, vulnerable, estabas muy lejos de casa. Desencadenaste algo dentro de mí. Intenté achacarlo a un sentimiento maternal frustrado. Y a mi soledad. O a cómo los niños pueden ser guapos de una manera femenina, a que eran sentimientos lésbicos reprimidos que empezaba a descubrir. Quería adoptarte. Eras tan callado e infeliz. Pero había más que todo eso. Lo sabía en realidad, pero no quería reconocerlo. Por otro lado me di cuenta muy pronto de que tenías un gran talento. Una de las veces que viniste, ya te conocía lo bastante bien como para estar convencida de que mentías cuando dijiste que habías estado ensayando el primer preludio de Bach. Pero me equivocaba. Lo interpretaste maravillosamente, con gran expresividad y una sutileza tan hermosa. ¡Sonidos imposibles, procedentes de un niño! Tuve que darme la vuelta porque pensé que iba a llorar. Luego, no pude evitarlo, te besé. En los labios. A medida que mis sentimientos en torno a tu llegada cada semana se volvían más intensos lo único que podía hacer para afrontarlos era ser o fingir que era muy estricta contigo. Me burlaba de ti. Incluso te pegaba, te abofeteaba con fuerza.

–Usabas una regla.

–Y hubo otra vez. Antes o después del preludio, no lo recuerdo. Qué bochorno. Para entonces, estaba obsesionada sin remedio. Te toqué. Y cuando lo hice casi perdí el sentido. Supe que no iba a ser fácil ponerle fin. No era solo algo maternal. O era todo eso y todo lo demás.

–Había una parte de sadismo.

–No, nunca se trató de eso. Era posesión. Tenía que tenerte. Era una locura. Un niño sexualmente inmaduro. No le encontraba ni pies ni cabeza. Un niño desaliñado entre docenas más de escolares desaliñados. Pensé en presentar la renuncia, pero no podía. No era lo bastante fuerte. No podía marcharme. Pero lo organicé para que te diera clases Merlin Clare e incluso mientras lo hacía te invité a que vinieras a mi casita a almorzar. Qué locura. Lo pasé fatal cuando no viniste. Pero también supe que era una suerte para mí. No soportaba pensar qué habría ocurrido. Me convencí de que tenía que acercarme a ti para educar tu talento. Era mi deber profesional. A todas luces ibas a ser un pianista soberbio, de un nivel muy superior al mío. Desde luego lo eras la última vez que te vi. Ya tocabas la primera balada de Chopin. Era asombroso. Quizá tuviera cierto sentido querer ser tu profesora, pero me estaba engañando. Era a ti a quien quería.

»Después de dejarte en manos de Merlin Clare me mantuve alejada. Si te veía a lo lejos..., y cómo ansiaba verte, *verte* nada más. Pero si te veía venir hacia mí, me marchaba.

Habían cruzado una línea con estos recuerdos y ahora Roland se sentía libre. La interrumpió, incapaz de ocultar su ira:

–Tendrías que haberte ido de la escuela. Sigues presentándote como la víctima, la pobre chica infeliz arrastrada por sentimientos que no podía controlar. Tú la víctima, no yo. ¡Venga ya! Tú eras la adulta. Tenías elección. Elegiste quedarte.

Ella guardó silencio, asintiendo ligeramente, considerándolo, quizá mostrándose de acuerdo. Pero cuando continuó, a él le pareció que había algo húmedo e inaccesible en su relato. Como si nunca hubiera dejado que le diera el aire, nunca se lo hubiera revelado a nadie.

–Has dicho que querías mi punto de vista, mis sentimientos. De eso hablo. Mis sentimientos. No los tuyos. No los tuyos. Vivía al límite. Pensaba que debería haber seguido algún tipo de terapia, pero en Ipswich en aquellos tiempos no había nada. Y no podía imaginar contarle a nadie nunca que estaba obsesionada sexualmente con un niño. No me atrevía a usar la palabra «amor». Era ridículo. Y mucho más que eso. Asqueroso. Y tienes razón, cruel. No podía contárselo a mi amiga más íntima, Anna, aunque ella sabía que me pasaba algo. Era sencillamente demasiado patético, ridículo. Delictivo. Pero por la noche, sola en esa casita, volvía una y otra vez a esos vergonzosos momentos en que te toqué y te besé. Esos recuerdos me hacían estremecer, Roland. Pero por la mañana...

–No uses mi nombre. No quiero que pronuncies mi nombre de pila.

–Lo siento. –Le miró, esperando más. Luego dijo–: Lenta, lentamente, las cosas empezaron a mejorar. Había veces que recaía y me deprimía pero por lo general iba a mejor. Convalecía. Conocí a alguien en Chelmondiston y estuvimos a punto de tener una aventura, aunque no acabó de funcionar. Cuanto menos te veía, más intenso se volvía. Sabía que pronto serías un adolescente, una clase distinta de chico. El niño que me obsesionaba habría desaparecido para siempre y yo me recuperaría. Y si no era así, esperaría más si tenía que hacerlo, hasta que tuvieras dieciocho o veinte años, y luego ya vería. Estaba empezando a disfrutar con el trabajo, me aceptaron en la sala de profesores, ayudé a Merlin a poner en escena *Der Freischütz,* luego esa ópera horrible, *El traje nuevo del emperador.*

»Pasaron dos años, entonces todo se desmoronó cuando te vi por la ventana. Cruzaste la puerta del patio, tiraste la bici y viniste a largas zancadas hasta mi puerta. Parecías saber lo que querías. Habías cambiado físicamente, claro, pero me bastó con echarte un vistazo. Mis sentimientos eran los mismos. Noté que me hundía. –Hizo una pausa–. Ojalá no hubieras venido aquel día...

La ira de Roland era más fría.

–Entonces, ¿fue culpa mía por presentarme así? Venga, señorita Cornell. Haz el favor de precisar la secuencia de los acontecimientos. Y los detalles. Y la responsabilidad. Tres años antes tú me echaste la mano a la polla. Tú, la profesora.

Ella se estremeció de nuevo.

Roland dijo:

–Tuvo consecuencias, ¿lo entiendes? ¡Consecuencias!

Miriam se dejó caer pesadamente sobre la banqueta del piano.

–Créeme..., señor Baines. Lo acepto. Hasta el último detalle. Te hice daño. Lo entiendo. Pero solo puedo contar esta historia como la recuerdo, como recuerdo sentirla. Sé que fue responsabilidad mía, no tuya, que me hundiera en esto. Tienes razón. No debería haber dicho que ojalá no hubieras venido. Lo que hice fue la causa de que vinieras. Lo entiendo.

Ahora a él no le gustó la desesperación en su voz. Se estaba esforzando demasiado para que no revelase su nombre a la policía. ¿Era un exceso de cinismo? No lo sabía. Quizá no hubiera nada que pudiese llegar a satisfacerlo. Dijo:

–Venga, sigue.

–Entraste. Incluso entonces me estaba diciendo que estaría bien ponerme al día de cómo tocabas. Así procedí, paso a paso, intentando convencerme de cosas que en realidad no creía. Como si alguien invisible en la habitación nos estuviera viendo y tuviese que mantener las apariencias. Así que interpretamos un dueto, una pieza de Mozart a cuatro manos. Tu manera de tocar me asombró. Tenías una delicadeza fantástica. Apenas podía seguirte y en todo momento estaba pensando que luego te acompañaría a la puerta y al mismo tiempo sabía que no lo haría. Fuimos arriba. No, tienes razón. Déjame que lo diga de nuevo. Te llevé arriba. Y luego, bueno, ya sabes.

Llegaba de lejos el sonido continuo y agudo de unos niños jugando. Más allá de eso, el suavísimo murmullo del tráfico. Retiró la chaqueta del sillón y se sentó. La rodilla ya no le daba molestias. Dijo:

–Adelante.

–Ese fue el principio, uno de muchos principios. Antes que nada, debería decir algo. Es la horrible verdad. Durante el resto de mi vida no volví a experimentar...

–No quiero saber nada del resto de tu vida.

–Permíteme decir solo que fue intenso. Me volví muy posesiva. Sabía que te estaba apartando de los deberes, los amigos, el deporte, todo. Me daba igual. Quería apartarte. Al principio, solo una vez, pensé que había recuperado la cordura e iba a poder ponerle fin. No te vi durante varios días. Pero era muy débil. Una inútil. Sin ti, sin... eso, me sentía físicamente enferma. Sufría, me dolían los huesos. –De pronto, rió–. Había una canción que sonaba mucho. No podía quitármela de la cabeza. Peggy Lee cantando «Fever». Y ese soneto, uno de los mejores que escribió, «My love is a fever longing...».[1]

Roland sintió una vaga inquietud frente a una referencia cultural desconocida. Sonaba a Shakespeare. La interrumpió con brusquedad.

1. La canción de Peggy Lee cita el soneto 147 de Shakespeare: «Mi amor es una fiebre que ansía...». *(N. del T.)*

—Vamos a ceñirnos a la situación.

—Así pues, te recuperé y continuamos. Asombrosamente, seguía intentando tranquilizarme con esa misma mentira, o cuarta parte de la verdad: te estaba dando tus horas de clases particulares de piano a la semana. De hecho, progresabas de una manera increíble. Me estabas dejando atrás. Dimos aquel concierto en Norwich. El tiempo pasaba muy rápido y, tal como yo lo veía, se nos avecinaba una situación intolerable, se me avecinaba a mí. Alejado de la escuela, de los repasos y todo eso, bien podías suspender los exámenes, no te aceptarían el curso siguiente y no volvería a verte. O si pasabas por los pelos y empezabas bachillerato te estarías preparando para la universidad o lo que fuera y empezarías a dejarme atrás. Cuanto más evidente era, más inevitable, más extrema se volvía mi actitud. Lo que fue la esencia de aquellas dos semanas del verano del 65.

—Del 64.

—¿Estás seguro? Suspendiste los exámenes. Por mi culpa. Pero ese metementodo de Neil Clayton se inmiscuyó y te aceptaron otra vez de todos modos. Me daba miedo que volvieras a la escuela. Sabía que sería el principio del fin. No pensaba dejar que ocurriera. Así pues, otro principio, uno terrible. Encerrarte en la casa. La escuela de verano de piano en Aldeburgh. No podía concentrarme en el trabajo. Esos amables jubilados empeñados en retomar las lecciones que dejaran atrás medio siglo antes. Empecinados en aprobar los exámenes. Los detestaba. No podía pensar más que en ti esperándome en la casita de campo.

»Entonces llegó lo peor. Lo peor de mí. Estabas pensando en el primer día del trimestre, hablando del rugby y de trabajar más duro y de ver a tus amigos otra vez. Yo no tenía intención de dejarte marchar. Tus lecturas obligatorias estaban bajo llave en tu baúl junto con el uniforme de la escuela. Me encontraba en un estado mental extraño. Si yo podía ser feliz, era mi razonamiento, entonces tú también lo serías. Egoísta y cruel según cualquier otro baremo que no fuera el mío. Estaba motivada. No tenía más que un pensamiento, una ambición. Tenerte conmigo siempre. Tenía fantasías, no del todo irrazonables, de que te animaría a ir al Real Conservatorio. Y yo iría a Londres contigo. Después de tres años te ayudaría con tu carrera, sería tu mánager. Las mismas mentiras de siempre para engañarme. Lo único que quería era a ti. Te quería y por eso hice mis planes para lo de Edimburgo. Una vez más, logré que pareciera racional. No encontrarías nunca a nadie que te entendiera tan profundamente ni se ocupara de ti con más devoción. Ninguno de los dos encontraría nunca mayor satisfacción sexual. El matrimonio era el siguiente paso evidente. Era hacia donde nos habíamos dirigido desde el comienzo y en Escocia sería legal que nos casáramos. Estaba tan absorta en mis proyectos que no esperaba que ofrecieras resistencia. No estaba acostumbrada a eso y me puse furiosa. Pero incluso entonces, en mitad de todo ello, elaboraba otro plan. Dejar que empezaras el curso y luego ir a buscarte, atraerte recogiendo el sedal como ya había hecho. Te recuperaría y continuaríamos como siempre. Me las arreglé para esperar cuatro días. Pero no te habías presentado el primer día del trimestre. Luego en la oficina de la escuela me dijeron que no ibas a volver. Quedé consternada. Tenía la dirección de tus padres en Alemania, pero no escribí. Fue mi único acto de resistencia eficaz.

Silencio de nuevo. Parecía estar esperando que él emitiera su juicio. Su decisión. Cuando no lo hizo, dijo:

—Tengo una cosa que añadir si eres capaz de soportarlo. No sé si fuiste a otra escuela ni qué hiciste con tu vida a lo largo de los años. Pero sé que no llegaste a profesional, a pianista de concierto. Lo sé porque durante años seguí buscando y preguntando con la esperanza de que de algún modo tu éxito aliviara el daño que te hice. Pero no fue así. Quizá nunca podría serlo. Y siento mucho lo que te impedí tener e impedí tener al mundo que adora la música, y la locura que desaté sobre ti.

Roland asintió. Le había sobrevenido un gran hastío. También opresión. Su encuentro estaba corrupto, distorsionado por una versión no revelada, la suya propia. Era el mocoso creído que iba en busca de iniciación sexual instantánea por miedo a que el mundo estuviera a punto de acabarse. En su minúscula burbuja ocupada solo por chicos ella era la única disponible que conocía. Atractiva, soltera, con inclinaciones eróticas. Fue buscándola con determinación y se sintió contento y orgulloso cuando consiguió lo que quería. Ahora, cuarenta años después, había regresado para acusar a esta mujer de aspecto digno, para exigirle bajo amenaza una sesión de autocrítica. Igual que un joven guardia de la Revolución Cultural, un miembro de una turba farisaica, que atormentara a una maestra china entrada en años. Había venido para colgarle un cartel al cuello a la señorita Cornell. Pero no, no era así en absoluto. Esa era la tendencia habitual de la víctima a echarse la culpa a sí misma. Estaba pensando como un adulto. Debía recordar que él era el niño, ella era la adulta. Su vida había sido alterada. Hay quien diría arruinada. Pero ¿de verdad lo había sido? Ella le había aportado alegría. Roland era siervo de ortodoxias en boga. ¡No, tampoco era eso!

El tumulto de estas nociones enfrentadas al derrumbarse lo asqueó. No podía seguir escuchándola y no soportaba sus propios pensamientos. Se levantó del sillón notando el peso sobre sus extremidades. Cuando se puso la chaqueta ella también se levantó. Se había acabado. Por un momento se quedaron plantados con aire vacilante, eludiendo la mirada del otro.

Luego lo acompañó a la puerta de la calle y la abrió. Dijo rápidamente:

—Una última cosa, señor Baines. Lo he visto claro mientras estabas aquí, mientras estaba describiendo los acontecimientos. Es una decisión repentina, pero sé que no cambiaré de parecer. Has dicho que si presentabas cargos me oirías declarar ante un tribunal. Eso no ocurrirá. Mientras estabas aquí he tomado la decisión. Si se me acusa, me declararé culpable. No habrá necesidad de un juicio. Solo se dictará sentencia. De todos modos tienes pruebas y no puedo luchar contra eso. Pero es algo más. Mi marido murió hace siete años. Nos conocimos muy tarde como para tener hijos. No tengo hermanos, solo algunos viejos amigos, exalumnos y mis licenciados del Real Conservatorio. Y luego está mi grupo amateur. Lo que intento decir es que nadie depende de mí. Aceptaré lo que tenga merecido. Ahora que te he visto estoy lista.

Roland dijo:

–Lo tendré presente. –Se dio la vuelta y se fue.

10

La evolución de Roland Baines durante los últimos años de la cincuentena y más allá tomó la forma de un declive prematuro. Más que nada, no quería salir de casa. Quería leer, antes del anochecer cuando no tenía sesión en el hotel, todos los fines de semana, en la cama algunas tardes, a intervalos por la noche, a la hora de desayunar con un libro apoyado en el tarro de mermelada. No hacía ejercicio. Engordó ocho kilos a lo largo de varios años, sobre todo en la cintura. Tenía las piernas más débiles, todo más débil, incluidos los pulmones. A veces hacía un alto en mitad de las escaleras y se convencía de que era un pensamiento, el recuerdo de una línea de prosa interesante lo que lo detenía, cuando era la respiración y las rodillas doloridas. Pero no tenía la mente más débil. Después de ocho años, su diario seguía por buen camino en el volumen catorce. Dejaba constancia de todo lo que leía. Casi todas las semanas cruzaba el río para husmear en librerías de viejo o asistir a un recital en la Sociedad de Poesía de Earls Court o de Southbank Centre, tal como hiciera —si bien rara vez— a los veintitantos.

Por aquel entonces, a mediados de la década de los setenta, se había hecho una idea pobre de los autores británicos. Era una postura defensiva y desdeñosa. Los veía en programas culturales de televisión así como en el escenario. No podía tomarse en serio a esos tipos contra traje y corbata o chaquetas de tweed que llevaban zapatos gruesos de cuero y jerséis cuando estaban en casa todo el día, que eran miembros del Garrick y el Athenaeum, que vivían en sólidas villas del norte de Londres o en mansiones del distrito de Cotswold, que hablaban con altanería, como quien llevaba toda la vida pontificando desde All Souls, en la Universidad de Oxford; que nunca se habían arriesgado a asomarse a las puertas de la ilusión tomando alguna sustancia que no fuera tabaco o alcohol, que malhumoradamente rehusaban aceptar que fueran sustancias psicoactivas adictivas; que, en su mayoría, habían ido a las dos antiguas universidades donde todos se habían conocido; que fumaban en pipa y soñaban con títulos de caballero. Entre las mujeres, demasiadas lucían perlas y hablaban en ese tono elegante de una locutora de radio de la época de la guerra. Ninguno, hombre o mujer, eso pensaba Roland por entonces, se detenía en sus escritos a maravillarse ante el misterio de la existencia o temer lo que debía seguirle. Se ocupaban con las apariencias sociales, con descripciones sardónicas de las diferencias de clase. En sus relatos ligeros, la mayor tragedia era una fragorosa aventura o un divorcio. Salvo a muy pocos no parecía molestarles la pobreza, las armas nucleares, el Holocausto ni el futuro de la humanidad, ni siquiera la belleza menguante del campo bajo el ataque de la agricultura moderna.

Cuando leía, estaba más a gusto con los muertos. No sabía nada de sus biografías. Los muertos vivían suspendidos por encima del espacio y el tiempo y no tenía que preocuparse de qué llevaban, dónde vivían o cómo hablaban. Durante esos años sus autores eran Kerouac, Hesse y Camus. Entre los vivos, Lowell, Moorcock, Ballard y Burroughs. Ballard había ido al King's, en la Universidad de Cambridge, pero Roland se lo perdonaba, como le habría perdonado cualquier otra cosa. Tenía una noción romántica de los escritores. Debían ser, si no indigentes descalzos, ligeros de pies, desarraigados, libres, llevar una vida de vagabundos al límite, contemplar el abismo y contarle al mundo lo que había allí abajo. Nada de títulos de caballero ni perlas, eso seguro. Décadas después era más generoso. Menos estúpido. Una chaqueta de tweed nunca había impedido a nadie escribir bien. Pensaba que era sumamente difícil crear una muy buena novela y llegar a medio camino también era un éxito. Detestaba la manera en que los editores literarios encargaban a novelistas en lugar de críticos reseñar el trabajo de otros escritores. Creía que era un espectáculo horripilante, autores inseguros que condenaban la ficción de sus colegas para abrirse paso a codazos. Su ignorante yo de veintisiete años habría visto con desprecio a los preferidos de Roland de la actualidad. Estaba leyendo un canon doméstico que quedaba justo a las afueras de los grandes campamentos del modernismo literario. Henry Green, Antonia White, Barbara Pym, Ford Madox Ford, Ivy Compton-Burnett, Patrick Hamilton. Algunos se los había recomendado hacía mucho Jane Farmer de sus tiempos en *Horizon*. Su exsuegra había muerto infeliz, distanciada otra vez de su hija debido a unas memorias que escribió Alissa: un relato salvaje de su infancia en Murnau y Liebenau. En honor a Jane, Roland leyó las novelas menos conocidas de Elizabeth Owen y Olivia Manning para compensar que no lo invitasen al funeral. Lawrence también fue vetado. Era mejor para todos así, le había dicho Alissa a Rüdiger, que le transmitió el mensaje a Roland.

Ahora, en 2010, una semana antes de las elecciones generales, abandonó una tarde de lectura para ir a repartir folletos en la zona de Lambeth. Había dejado de ser miembro del Partido Laborista hacía mucho, pero metió panfletos en los buzones por los viejos tiempos y porque lo había prometido. No era optimista mientras iba de casa en casa, lo que hizo que le resultara agotador. Todavía no era mayo, hacía mucho calor y estaba muy viejo para una tarea tan humilde. En la sede local del partido no había caras conocidas. El Nuevo Laborismo había seguido su curso. El Proyecto estaba agotado. Se habían logrado y olvidado cosas buenas. Irak, las muertes, las despreocupadas decisiones norteamericanas, la carnicería sectaria habían empujado a algunos de los mejores de la zona a devolver el carné del partido. Durante los dos últimos años la preocupación generalizada era el colapso financiero. La culpa la tenían un sector económico desregulado y los banqueros codiciosos, decían los votantes, incluso mientras viraban a la derecha. El desastre había ocurrido mientras estaba de guardia el Laborismo. El electorado supuso razonablemente que la competencia económica debía de estar en otra parte. Gordon Brown había perdido su aire inicial de resolución compasiva. Allá en la sede central de Rosendale Road decían que durante la campaña su magnetismo había brillado por su ausencia.

Por la tarde Roland acudió a Somerset House a una conferencia sobre Robert Lowell. Tenía dos razones para ir. Una era que en torno a 1972, mucho antes de que decidiera ocuparse de su educación, su amiga Naomi lo llevó a un recital de Lowell en la Sociedad de Poesía. Debería haber encabezado su lista de desdén. Era un pijo de Boston, un brahmán yanqui. Pero había sido un oponente destacado de la guerra de Vietnam y su aparente distracción o locura incipiente aquella noche le confería inmunidad. Entre un poema y otro parecía que olvidaba o que no le importaba dónde estaba y hacía asociaciones libres en torno a *El rey Lear*, la clasificación científica de las nubes, la vida amorosa de Montaigne. Lowell era un héroe cultural, el último poeta en inglés que hablara en nombre de una nación hasta que Seamus Heaney estuvo asentado. Al final, como a petición del público, aunque nadie del público había hablado todavía, Lowell recitó «Por los muertos de la unión» en esa voz nasal bostoniana pesarosa y cantarina que elevó el poema hasta su gran final con versos que ya eran famosos: *Por todas partes, / enormes coches de aletas gigantes avan-zan cual peces; / un servilismo salvaje / se desliza sobre grasa.*

Esa noche dictaba la conferencia un profesor de la Universidad de Nottingham. El tema inmediato era el volumen de Lowell de 1973, *El delfín*, para el que el poeta saqueó, plagió y remodeló las angustiadas cartas y llamadas de la esposa, Elizabeth Hardwick, que iba a abandonar por otra mujer, Caroline Blackwood. Estaba embarazada de él y estaba decidido a casarse con ella. El tema general era la crueldad de los artistas. ¿Perdonamos o hacemos caso omiso de su firmeza y brutalidad al servicio de su arte? ¿Y somos más tolerantes cuanto más grande es el arte? Ese era el otro motivo por el que Roland asistía.

El profesor recitó maravillosamente uno de los poemas, un soneto de *El delfín*. Era desconcertante reconocer que el poema era muy bueno y quizá no hubiera existido si Lowell hubiera sido más delicado con los sentimientos de Hardwick. Luego el conferenciante leyó un pasaje de una triste carta de ella en la que se basaba el poema. Algunas partes las había copiado palabra por palabra. Después leyó cartas a Lowell de amigos; Elizabeth Bishop: «escandaloso... cruel», o de otro «tan íntimamente cruel» y otro, los poemas «destrozarán a Hardwick». Otros amigos pensaban que debía seguir adelante con la publicación, convencidos de que lo haría de todas maneras. A modo de mitigación parcial el conferenciante mostró cómo y durante cuánto tiempo Lowell se había atormentado antes de tomar la decisión, con varios cambios de planes, incluidas numerosas rescrituras y restructuraciones y la idea de hacer solo una edición limitada. Al final quizá esos amigos tenían razón, hizo lo que en todo momento iba a hacer. Elizabeth Hardwick, a quien no consultó, vio sus propias palabras por primera vez en forma de libro. Su hija con Lowell, Harriet, también aparecía representada. A un crítico le pareció «una de las figuras infantiles más desagradables de la historia». La poeta Adrienne Rich condenó *El delfín* como «uno de los actos más rencorosos y malintencionados de la historia de la poesía». Así pues, ¿qué opinión merecía ahora, treinta y siete años después? A juicio del profesor, *El delfín* era una de las mejores obras del poeta. ¿Debía haberse publicado? Él pensaba que no y creía que no había contradicción en ello. En cuanto a si la calidad del resultado debería atemperar nuestra opinión sobre el comportamiento de Lowell, pensaba que era irrelevante. Que un comportamiento cruel hiciera posible poesía genial o execrable no suponía la menor diferencia. Un acto cruel seguía siendo nada más que eso. Este juicio puso fin a la conferencia. Un murmullo recorrió el público; de placer, por lo visto. Era agradable sentir ambivalencia en un contexto tan civilizado.

Una mujer se puso en pie y planteó la primera pregunta. Había un asunto imposible de ignorar pero que nadie quería mencionar, dijo. Sin duda de lo que se hablaba era del comportamiento de los artistas hombres hacia sus esposas y amantes y los hijos que habían contribuido a traer al mundo. Los hombres abandonaban sus responsabilidades, tenían aventuras o se emborrachaban y se ponían violentos y, como causa justificada, se escondían tras las exigencias de su alta vocación, su arte. Históricamente, había muy pocos casos de mujeres que sacrificaran a otros en aras de su arte y lo más probable era que se las condenase severamente por ello. Las mujeres tendían a volverse contra sí mismas, denegarse tener hijos, a fin de llegar a ser artistas. A los hombres se les juzgaba con más benevolencia. Por lo que concernía al arte, la poesía, la pintura o lo que fuese, era meramente un caso especial de privilegio masculino banal. Los hombres lo querían todo: hijos, éxito, la devoción desprendida de las mujeres por la creatividad masculina. Hubo una sonora ovación. El profesor pareció desconcertado. No se había planteado el asunto en esos términos, cosa sorprendente teniendo en cuenta que la segunda ola del feminismo se había establecido en las universidades hacía una generación.

Mientras él y la mujer lo discutían, Roland estaba pensando en su próxima intervención. Estaba haciendo que el corazón le latiera más fuerte. Ya tenía la primera frase: soy un Hardwick hombre. Quizá consiguiera hacer reír, pero no tenía una pregunta. Tenía una declaración, justo lo que el moderador había pedido al público al principio de la sesión que no hiciera. Estuve casado con una escritora cuyo nombre les resultará familiar. *Nada de manifiestos, por favor.* Me abandonó a mí y a nuestro bebé y puedo decirles con toda seguridad que se equivocan. Hay que vivirlo para saberlo: la calidad del trabajo importa y mucho. *Señor, haga el favor de plantear su pregunta.* Que te dejen por la causa de una obra mediocre sería el insulto definitivo. *Entonces, la siguiente pregunta.* Sí, la perdoné porque era buena, incluso brillante. Para lograrlo tuvo que abandonarnos.

Pero no levantó la mano lo bastante rápido. Se alzaron otras manos para otras preguntas. Pasó el momento y mientras escuchaba, Roland empezó a dudar de sí mismo. Llevaba años sin pensar con detenimiento en ese asunto. Quizá ya no creía su versión. Era hora de replanteárselo. Semejante virtud para el perdón podía haber sido su manera de proteger el orgullo, de fortalecerse contra la humillación. Lo que era cierto de Robert Lowell a los ojos del profesor tenía que ser cierto de Alissa Eberhardt. Las novelas brillantes, el comportamiento inexcusable. Mejor dejarlo así. Pero estaba confuso.

De regreso a casa en un radiotaxi reconoció que lo ocurrido entre Alissa y él era irrelevante. Había pasado demasiado tiempo. Era un asunto caduco. Lo que pensara él o cualquier otra persona no suponía ninguna diferencia. Si había daños, los había sufrido Lawrence. Su hijo representaba otro problema a medida que se abría paso como mejor podía, se colaba de rondón o remontaba el vuelo hasta alcanzar los veinte y dejarlos atrás en buena medida como lo había hecho su padre. Trabajos diversos, amantes diversas una detrás de otra, un país de adopción, Alemania. Durante un tiempo había querido establecerse en alguna parte, cursar bachillerato y estudiar una carrera. Iba a ser árabe. Luego, tenía que ganarse la vida, de modo que informática. Después redescubrió su pasión por las matemáticas, por una rama etérea de la teoría numérica que no tenía ninguna aplicación práctica: precisamente su atractivo. Pero poco a poco a lo largo de los últimos cuatro años había ido cerrando el foco. Era el clima lo que le preocupaba. Entendía las gráficas, las funciones de probabilidad, la urgencia. Se había ido dejando llevar hacia Berlín, el Instituto Potsdam para la Investigación sobre el Impacto Climático. Milagrosamente, teniendo en cuenta la meticulosidad germana para estos asuntos, había convencido a miembros del centro, por medio de cierto alarde matemático, de que lo contratasen como encargado de repartir café y ayudante de investigación de bajo nivel hasta que tuviera un buen título. Por las tardes trabajaba de camarero en Mitte.

¿Cómo juzgar el éxito entre los jóvenes? Se mantenía en forma, era amable, reticente, de confianza, a menudo, como su padre, andaba escaso de dinero. No todo el mundo necesitaba un título en matemáticas por algún sitio como Cambridge. En el caso de Lawrence, conocer a una chica francesa en un tren cuando tenía dieciséis años había propiciado muchas cosas.

Roland creía que su hijo tenía mal criterio en lo tocante a sus amigas. Lawrence lo negaría, pero prefería el peligro, la crudeza, la inestabilidad, los extremos emocionales. Algunas eran madres solteras con historias complicadas. Al igual que Lawrence, al igual que Roland si a eso se iba, no tenían profesión (Roland no se consideraba músico), ni aptitudes negociables ni dinero. Las aventuras de Lawrence acostumbraban a acabar en un estallido, cada explosión de color con su propia espectacularidad. Sus examantes no seguían en su vida como amigas. Ahí, al menos, difería de Roland. Todo el mundo decía que Lawrence sería un padre maravilloso. Pero todas sus aventuras dejaban al terminar la impresión de que ambos habían tenido suerte de escapar. También era una suerte que de momento no hubiera quedado atrás ningún hijo.

Unas obras en la calzada habían cerrado el puente de Vauxhall y un accidente bloqueaba el tráfico a la altura del dique de Chelsea. Eran más de las once y media para cuando el taxi de Roland se detuvo delante de su casa. Al entrar por donde antes estaba la cancela –alguien la había robado hacía dos años– y pasar bajo la acacia que ahora impedía que el sol diera directamente sobre la segunda planta, Roland se notó insólitamente inquieto para esa hora de la noche. Le habría gustado llamar a alguien, pero era muy tarde. Además, Daphne había ido a Roma a un congreso de la vivienda. Peter estaba con ella, rastreando la escena política de la ciudad en busca de eurófobos. No tenía suficiente con meros escépticos. Era muy tarde para llamar a Lawrence. Él también iba una hora por delante. Las jornadas de Carol empezaban temprano y eran largas. Dirigía todo un canal de la BBC y por lo general ya dormía a las diez. Mireille cuidaba en Carcasona a su padre agonizante. Joe Coppinger estaba en Corea del Sur en un congreso. El viejo amigo de Roland de Vancouver, John Weaver, andaría absorto en sus clases vespertinas.

En la mesa de la cocina seguían los restos del almuerzo. Mientras llevaba un par de platos simbólicos al fregadero tuvo la sensación de que no le iba a ser fácil conciliar el sueño. El acto sobre Lowell había removido algo antiguo, le había recordado su propia existencia informe. Por lo general en torno a esa hora Roland se preparaba una infusión de menta poleo, se la llevaba a la cama y leía hasta bien entrada la noche. Hoy iba a permitirse un whisky. Le costó unos minutos encontrar la botella. Un regalo de Navidad de hacía cinco meses, casi llena. La llevó junto con una jarra de agua y un vaso a la sala de estar.

Un año antes de su muerte, después de haberse enfadado con su hija, Jane se había puesto en contacto con Roland. Suponía que tenían una malvada en común. Cuando él le dijo cuánto admiraba las novelas, ella fingió no oírle. Había llevado a cabo su proceso de reevaluación y era definitivo: la ficción de Alissa era aburrida y recibía más elogios de la cuenta. Jane y Roland siguieron hablando por teléfono de vez en cuando hasta que su enfermedad se agravó demasiado. Ella se acordaba de preguntar por Lawrence y quería saber algún detalle sobre la vida de Roland, pero su auténtico interés era la perfidia de Alissa. Jane se sentía profundamente incomprendida, acosada incluso. La perturbaban oscuras sospechas. Habían desaparecido de la casa ciertos objetos pequeños de valor sentimental. Pensaba que era probable que Alissa hubiera ido por la noche.

−¿Desde Baviera?

−Los escritores tienen tiempo. Conoce la casa y sabe cómo hacerme daño. He cambiado las cerraduras, pero sigue colándose.

Algún tipo de decadencia mental. Parafrenia. Ya había visto esta paranoia irritable en ancianos. Pero Jane tenía razón en lo esencial. Alissa la había atacado con saña: nombró y culpó a su madre en unas memorias superventas. Seguirían editándose durante años, dijo Jane. Los pasajes más duros, difundidos en internet en blogs de literatura, retuits, reseñas y en Facebook, durarían mientras lo hiciera la civilización. Le habían llegado al buzón cartas groseras de gente anónima de la zona. La mujer de la *Bäckerei* sonreía desdeñosa cada vez que ella entraba. Sus amigos la apoyaban, pero lo que leyeron los había horrorizado y no sabían qué creer. Seguramente tenía razón cuando decía que cotilleaban sobre ella.

En Murnau describía una Baviera rural en la que nazis de pueblo, de rango demasiado bajo en la jerarquía para despertar el interés de los tribunales de Núremberg, volvieron a entrar inadvertidamente en el gobierno y la industria locales y en las redes de la administración agrícola. Alissa los nombraba a todos, sus papeles durante la guerra y después de esta. Todo el mundo a todos los niveles seguía negando lo ocurrido. Un pasaje del libro era tal como se lo había descrito una vez Alissa a Roland: ciertas calles, ciertas casas vacías, habitadas por los espectros de aquellos a quienes se habían llevado a destinos que no se podían mencionar. Nada hablaba de ellos. Todos recordaban los nombres y las caras de sus vecinos que estuvieron allí una vez, así que conocían bien a los espectros y los hijos de los espectros. Se odiaba a los americanos de las bases locales pese a que su dinero del Plan Marshall era bienvenido. De alguna manera se separaba al donante de la donación. Conforme la economía empezaba a recuperarse, dio comienzo una rebatiña a la caza de artículos, de bienes de consumo que enterraran recuerdos colectivos más profundos. Los asesinos estaban construyendo una nueva casa sobre cimientos de cadáveres. Era territorio bien reflejado por historiadores y novelistas: Alissa hacía referencias reverenciales a la novela de Gert Hofmann, *Veilchenfeld*. Lo nuevo era su prosa excepcional, su amargura lírica. Menospreciaba la opinión de que, en los primeros años después de la guerra, Alemania solo podía reconstruirse por medio de la amnesia colectiva.

Luego se adentraba más. Los capítulos se centraban en lo personal. Alissa estaba desgarrada en dos direcciones. La fama exagerada de la Rosa Blanca la enfurecía. Era una hoja de parra para la obscenidad de la negación nacional. Al mismo tiempo, acusaba a su padre de repudiar el movimiento al que apoyó con valentía, aunque solo a partir de 1943. Heinrich era el digno burgués que se volvía perezoso y gordo, y temía la mala opinión de los nazis no declarados que eran sus clientes o dirigían los ayuntamientos o las asociaciones de abogados locales. Tal como lo describía, Heinrich era un dibujo apenas animado de Georg Grosz, lejos del hombre que Roland recordaba junto al fuego, sirviendo schnapps, afable, tolerante, simpático, desconcertado y hasta cierto punto intimidado por su esposa y su hija. Según el relato de Alissa estaba frustrado por tener una hija y no un hijo. No se involucró apenas en su crianza, nunca la animaba en nada de lo que hacía, daba la impresión de estar aburrido cada vez que ella hablaba. De hecho, nunca parecía oírla. La dejó al cuidado de su madre.

Aquí empezaba el auténtico perjuicio. *En Murnau* presentaba a Jane Farmer como una mujer amargada, hundida por una sensación de fracaso. No fueron sus propias decisiones las que destruyeron sus ambiciones y potencial literarios. Fue su hija quien dio al traste con todo. A la pequeña Alissa se le hacía sufrir en una fría ausencia de amor. Los castigos maternos eran frecuentes: golpes bruscos en las piernas, horas encerrada en el dormitorio, sanciones en las que se le retiraban las pocas chucherías que tenía permitidas por delitos que no alcanzaba a recordar. Se esforzaba por conseguir el afecto de su madre y creció bajo la larga sombra de su rencor. La suya fue una infancia sin excursiones, vacaciones, bromas, comidas especiales, cuentos antes de dormir. Nadie la abrazaba. Su madre vivía en una jaula de resentimientos sobreentendidos. Incluso cuando Alissa rompió con todo y se fue a Londres, la influencia de su madre siguió pesando sobre su propia determinación. Cuánto le llevó escribir aquellas dos primeras novelas, tan flojas en su concepción, tan tímidas y llenas de remordimientos.

El día que Alissa siendo una madre joven dejó atrás a su marido y su hijo en Londres y fue a Liebenau a encararse con Jane era uno de los momentos más potentes del libro, dramático, intenso, hirviente con emociones contenidas durante demasiado tiempo. Era la escena sobre la que se explayaban los críticos. Coincidían en que solo Eberhardt era capaz de manejar con tanta destreza, con una evocación tan delicada del dolor y la ira, las muchas contracorrientes de sentimientos, de incomprensión mutua. Lo que interesó a Roland fue que la versión de Alissa era parecida a la que Jane le había contado a él hacía muchos años, aquella noche cálida en su jardín. Las memorias de Alissa se convirtieron en superventas en Alemania y otros países, incluida Inglaterra. Las infancias abominables de otros no eran solo un consuelo para muchos sino un medio de exploración emocional y una expresión de lo que todo el mundo sabía pero necesitaba seguir oyendo: nuestros inicios nos configuran y hay que afrontarlos. Roland era escéptico y no solo por lealtad a Jane. En la década de los cincuenta muchos padres no se implicaban mucho con sus hijos, sobre todo sus hijas. Los abrazos, las expresiones de cariño, se consideraban muy ostentosos, muy bochornosos. Su propia infancia fue típica. Los manotazos en las piernas, en el trasero, eran habituales. A los niños, por mucho que se les quisiera en el fondo, había que controlarlos, no escucharlos. No estaban ahí para mantener conversaciones en serio con ellos. No eran seres por derecho propio, pues solo estaban de paso, eran protohumanos transitorios, sin cesar, año tras año en el torpe proceso de llegar a ser. Así era. Esa era la cultura. A la sazón se consideraba demasiado blanda. Cien años antes, el deber de los padres había sido doblegar la voluntad del niño por medio de una paliza. Roland consideraba que sus compatriotas que ansiaban volver a aquellos tiempos, las décadas de 1850 o 1950, deberían pensárselo mejor.

Creía que *En Murnau*, por absorbente que fuese, era el libro menos logrado de Alissa. Se trataba a sí misma con un exceso de dramatismo, lo que no era nada típico de ella. Roland sabía de la aspereza de Jane, pero no era una mujer cruel. Nombrarla, especificando el pueblo y la casa, era un grave error. Un mes después de su funeral Roland quedó con Rüdi-

445

ger en el polvoriento bar americano del Hotel Stafford cerca de Green Park. El éxito de las memorias había propiciado que la autora tuviese cierta sensación de culpa que se acrecentó en el funeral de su madre, donde Alissa vio por sí misma que muchos de los amigos de Jane no habían asistido. En el velatorio Rüdiger le contó lo de las cartas injuriosas que había recibido.

–Pero solo porque Alissa me preguntó. Si no, no habría dicho nada.

–¿Cómo reaccionó?

–Es como muchos escritores brillantes. Hay algo ingenuo en ella, ¿sabes? Ardía en deseos de escribir este libro. No pensó en las consecuencias ni siquiera cuando se lo advertimos.

Rüdiger, calvo por completo, bastante recio y con aire imponente, era director de la editorial Lucretius Books. Podía permitirse cierta distancia respecto a su famosa autora. Tenía a otros.

–Decidió después del funeral que quería que el libro se retirara de la circulación, que se redujeran a pulpa los ejemplares que no se habían vendido. La convencimos de que eso la dejaría en mal lugar. Sería como la confesión de un terrible error. Tenía que pasar página. Quizá escribir un libro distinto sobre su madre.

Era la una de la madrugada. El whisky de Roland, una cantidad pequeña, muy diluida, en principio debía limitarse a una copa antes de acostarse, un modesto trago. Pero tenía la botella al lado y se sirvió otro más largo y fue cauto con el agua. El improbable defensor de Alissa fue Lawrence. Le dijo a su padre por teléfono que las memorias lo habían conmovido. Pensaba que el escepticismo de Roland estaba «fuera de lugar». Se mostró extraordinariamente directo.

–Tú no estabas. Conociste a Oma y Opa años después,

cuando se habían ablandado, como tiende a hacer la gente. Y no viene al caso que las cosas eran así por entonces, que la gente trataba a sus hijos de ese modo. Fue su experiencia. Si quieres se podría decir que habla por toda una generación. Si la cultura era una porquería, no es lo que tiene presente una cría de ocho años cuando la mandan a su cuarto sin cenar. Esa fue su vida y tiene derecho a describir cómo se sentía.

—Su verdad.

—No me vengas con esas, papá. *La* verdad. Tengo amigos que me han contado con detalle sus infancias de mierda con padres horribles. Luego estoy con ellos y son un encanto. Entonces no pienso que mis amigos sean mentirosos que se engañan a sí mismos. Sea como sea, creo que tienes otros motivos para que no te guste este libro.

—Igual tienes razón.

Durante esta conversación Lawrence estaba en algún lugar del Medio Oeste americano en un congreso sobre agricultura y cambio climático. Roland llevaba seis meses sin verlo y no quería tener una discusión seria por teléfono. Su hijo tenía mejores razones que él para que no le gustaran las memorias. Que le conmoviesen era admirable, generoso. Pero si Jane le había hecho daño a su hija, ¿qué había del daño que le causó esa hija a su hijo? ¿Dónde quedaba el sincero ajuste de cuentas de la novelista? E igual que con las madres, también con el padre. La inquieta vida marginal de Roland de educación truncada y monogamia en serie había pasado a ser la de Lawrence. No era precisamente un regalo.

Cada vez que se adentraba en una agradable zona neutral como la que podía propiciar un whisky al final de un día agotador, tendía a pensar que el misterio de toda la vida de Alissa era cuando menos interesante. No había nadie ni remotamente parecido en su vida. Aparte de Miriam, nadie tan extremo. A la mayoría de la gente, incluido él, la vida sencillamente le ocurría. Alissa la luchaba. No la había visto desde aquella noche en una callejuela de Berlín, cuando el Muro estaba cayendo por cincuenta sitios. Hacía casi veinte años. Dudaba que volviera a verla nunca. Eso en sí tenía un elemento de cuento de hadas. Era importante. En cuarenta y cinco idiomas ocupaba espacio en las mentes de varios millones de personas.

Volvía a aparecer en su vida con la traducción al inglés de cada nuevo libro, más o menos cada tres años, y con los recortes de periódico que le hacía llegar uno de los ayudantes de Rüdiger de vez en cuando. Roland había pedido hacía años que no le enviasen el dosier de prensa completo. Entre una cosa y otra, rara vez se le pasaba por la cabeza. Lo que leía sobre ella, fuera lo que fuese, siempre le perturbaba y lo enviaba en alguna dirección nueva. El año anterior fue un buen ejemplo. Llegó un recorte del *FAZ*, un extenso artículo sobre el Premio Nobel de Literatura que acababa con la especulación de quién sería anunciado en octubre. Todos los años corrían rumores, no siempre infundados. Luego había una lista de sospechosos habituales. Roth, Munro, Modiano. Pero sin duda, concluía la pieza, era hora de que recayera de nuevo el honor sobre la lengua alemana. No había sido así desde Elfride Jelinek. ¿Quién si no este año salvo Alissa Eberhardt? ¡Por supuesto! Esa mañana Roland fue a una casa de apuestas en Clapham High Street y preguntó cuáles eran las probabilidades. La mujer del mostrador tuvo que consultarlo por teléfono. Esa autora no estaba en su lista. La respuesta llegó de la oficina central. Cincuenta a uno. Apostó la extravagante cifra de quinientas libras. Una octava parte de los ahorros de su vida. Veinticinco mil libras a extraer como ambrosía de los frutos del éxito de su exmujer: habría algo de justicia en ello. Cuando llegó octubre y se anunció el galardonado, el honor recayó de hecho en la lengua alemana, pero no en el nombre de Alissa. En su lugar, Herta Müller. Una pena. No era la clase de justicia que Roland esperaba. Tuvo que aceptar la apuesta perdida como justo veredicto sobre su unión fallida.

Treinta años atrás se habría servido un tercer whisky, luego un cuarto largo y la noche se abriría de par en par, tal como ocurriera en los meses después de que se fuera Alissa. Pero ahora, cuando por fin se levantó, un poco mareado por el súbito esfuerzo, tres cuartas partes de la bebida seguían en el vaso. Mejor ahí que en las entrañas, presta a fastidiarle el sueño. Cogió de un estante su ejemplar de *El delfín* y fue arriba, bostezando y apagando luces por el camino. Una vez había oído a una amiga íntima de Lowell recordar en la radio que cuando fue a verlo una mañana al hospital se lo encontró recostado en la cama embadurnándose el pelo de mermelada. Estaba loco de atar y aun así la poesía era magnífica. Después de oír aquello hacía tiempo y recordar sus propios poemas abandonados, a veces a Roland se le pasaba por la cabeza que todavía había esperanza para él.

Cuando volvía la vista sobre los primeros años del nuevo siglo a menudo recordaba los dos minutos de silencio en Russell Square en honor a las víctimas de los atentados del metro y el autobús. Si evocaba la escena siempre imaginaba el autobús hecho pedazos acordonado allí cerca, a la vista de todos, un escenario del crimen que todavía estaba siendo investigado por los forenses. Imágenes de los medios superpuestas sobre recuerdos falsos. El autobús explotó en otra parte, en Tavistock Square, y lo trasladaron para examinarlo.

Aquella mañana de julio de 2005 habían sobrevenido y convergido pensamientos molestos allí donde estaba plantado Roland, en los jardines junto con cientos de personas más. Durante el silencio intentó centrarse en los fallecidos y las mentes incognoscibles de sus asesinos de «piel limpia», pero la enfermedad de su madre se entrometía una y otra vez. La enfermedad y la muerte le rondaban a menudo. Jane había fallecido el mes anterior a los atentados. Durante años el declive

449

de Rosalind había sido lento, ahora se estaba acelerando. Durante una larga temporada su habla había sido una maraña de gramática y sentido patas arriba. Su conversación podía ser lírica, como un poema opaco de e. e. cummings. De un tiempo a esta parte apenas hablaba en absoluto. Ahora preocupaba su respiración. Estaba hacia el fondo cerca de las verjas de Russell Square Gardens para poder marcharse deprisa. Debía acudir al oeste de Londres para reunirse con sus hermanos. Susan le había dicho que tenía noticias de gran trascendencia sobre el pasado. No podía hablar de ello por teléfono. Irían a ver a Rosalind primero y acto seguido a tomar un café. Susan necesitaba recoger luego a un nieto del colegio y le había pedido que no llegara tarde.

Henry y Susan salieron a su encuentro en la estación de metro de Northolt. De allí fueron en el coche de Henry al asilo, tres casas adosadas reconvertidas en una calle residencial. Por el camino, algo de charla sin mucho entusiasmo y luego silencio. Una auxiliar los llevó al cuartito de su madre y se apiñaron allí. Estaba sentada en un sillón de respaldo recto con un lavabo a la espalda. La cabeza le colgaba de tal modo que tocaba el pecho con la barbilla. Tenía los ojos abiertos, pero no parecía ser consciente de sus visitas mientras se disponían en torno a ella, Susan y Roland en la cama, Henry en una silla que había llevado la auxiliar. La habitación olía a desinfectante. Susan era la que más cerca de ella estaba. Posó una mano sobre la de su madre e intentó saludarla con alegría. Roland y Henry se sumaron a ella. No hubo respuesta. Profirió un murmullo y luego una palabra que no llegaron a entender, menos que una palabra, un sonido vocálico, ah, ah, ah. Después solo su respiración, rápida y poco profunda con un sonido rasposo al rozar las mucosidades adheridas a sus vías respiratorias. La cabeza se le cayó aún más. Se sentaron y la contemplaron como esperando que reviviera. No había nada que decir. No parecía adecuado estar hablando entre ellos. Roland supuso que no volvería a verla con vida, pero después de diez minutos eso no disminuyó sus ganas de irse. Al contrario. A su modo de ver ya estaba muerta y él de luto, pero no podía llorarla en su presencia. Estaba decidido a no ser el primero en levantarse. Lo retenía una sensación no de despedida importante, sino de cortesía. Había pasado muchas horas en esa habitación sobrecalentada. Durante años la vida de su madre había sido una larga marea cada vez más baja. A medida que se retiraba dejaba charcos de recuerdos extraviados al azar. El charco grande que debería haber contenido el medio siglo de matrimonio con Robert Baines había desaparecido. Se desvaneció pronto, cuando aún reconocía a sus hijos, aunque no a sus nietos, y recordaba otros periodos aislados de su vida. Cuando Roland hacía la prueba de referirse a su padre solo hablaba de Jack Tate. Susan había colgado su fotografía en la pared. Las historias de Rosalind sobre su primer marido eran lúcidas. Se las había contado a Roland mucho antes de enfermar. No todos los charcos de memoria eran del pasado lejano. Recordaba una visita a Kew Gardens con Roland hacía cinco años. El recuerdo de su propia madre, que murió en 1966, también era intenso y el foco de sus ansiedades. Hacía muchísimo que no la veía y tenía que ir al pueblo a visitarla, pues debía de estar muy mayor y frágil a estas alturas. A veces Rosalind llenaba una bolsa de regalos y cosas esenciales para llevársela. Una manzana, galletas, ropa interior limpia, un lápiz, el despertador. Guardados junto a esta había pedazos de papel doblados que según ella eran billetes de autobús.

La auxiliar fue a relevarlos. Era el segundo turno para la comida, dijo, e iban a tener que marcharse. Entonces esta sería la última vez que viera a su madre, encorvada sobre una mesa con una docena de ancianos que hablaban muy alto. Parecía imposible que fuera capaz de comer. Seguía teniendo la cabeza adelantada, los ojos abiertos y la boca también. Miraba fijamente un cuenco de puré y no oyó a sus hijos cuando se despidieron. Roland le dio un beso en la frente, tan frágil y fría, y volvió a fijarse en una amplia calva justo debajo de la coronilla. Fue agradable salir a la calle en sombra atestada de coches aparcados. Mientras siguiera con sus hermanos no sentiría gran cosa. Tendría que quedarse a solas. Supuso que ellos se encontraban igual, porque cuando iban al café, Susan y Henry hablaron de otras residencias que según tenían entendido estaban peor gestionadas y eran más caras que esta. El café ocupaba el local de una tienda de segunda mano de una organización benéfica. Dos amigas de Susan «intentaban sacarlo adelante» por un alquiler bajo. Era un sitio triste que se esforzaba mucho por parecer alegre, con manteles de guingán rojo, macetas de geranios y carteles chistosos enmarcados en la pared con dibujos que parecían derretirse y que debía de haber donado algún pub de la zona. *No hace falta estar loco pa trabajar aquí pero viene bien.* Roland tenía la mirada fija en el apócope de «para», sorprendido de que le conmoviera. Estaban haciendo todo lo posible por salir adelante con lo que tenían.

No estaba de humor para noticias de gran trascendencia. Se habían apretado en torno a una mesita muy pequeña y pedido té. Nadie tenía hambre. Ver el almuerzo triturado de su madre en un cuenco de plástico le había dado náuseas a Roland. Se suponía que Susan no podía dar la noticia hasta que el té estuviera servido. Ella y Henry estaban cerca de los setenta. Todos los indicios habituales de su cara, postura y habla anunciaban su propio futuro dentro de diez o doce años. Pero lo llevaban bien, prefería asegurarse Roland. Primeros matrimonios infelices, rupturas calamitosas que ahora no se mencionaban nunca, satisfacción a la segunda mientras él seguía adelante, solo que cada vez con menos energía y determinación. Tenía al menos un grupo de amigos, incluidas examantes, a mano para alguna cena de vez en cuando. Pero a lo largo de los años algunos también se habían acomodado en segundos y terceros matrimonios tranquilos y los veía con menos frecuencia.

Una vez que les sirvieron el té en gruesas tazas blancas demasiado calientes como para tocarlas, Susan sacó del bolso en bandolera un sobre marrón. Había recibido una carta de un tal teniente coronel Andrew Brudenell-Bruce del Ejército de Salvación. Su trabajo consistía en ayudar a gente a localizar a parientes perdidos. Durante un tiempo se había encargado de un caso que podía concernirla. Había encontrado a Susan por medio del apellido tan poco común de su marido, Charne. Si el nombre de soltera de su madre era Rosalind Morley de Ash en Hampshire, entonces podía interesarle saber que tenía un hermano. Había sido adoptado poco después de nacer en noviembre de 1942. Se llamaba Robert William Cove y le gustaría ponerse en contacto con su familia biológica. El coronel Brudenell-Bruce le aseguró que si no quería que esta persona se comunicase con ella se daría carpetazo al asunto y no volvería a tener noticias suyas. Si deseaba seguir adelante, estaría encantado de poner en contacto a su hermano con ella.

Henry y Susan cruzaron una mirada. El año 1942, cuando ya estaban fuera de casa y sus infancias empezaron a desmadejarse. Lejos de su madre, lejos el uno del otro. A principios de la década de los cuarenta, su padre estaba luchando en la Campaña del Desierto Occidental. Así pues, era evidente. Solo los nombres de pila. Robert: claro, y William era el nombre del padre del comandante y de un hermano mayor. Susan y Henry miraron a Roland y este asintió. Era *su* hermano carnal.

En el silencio dijo débilmente:

—Bueno...

Bueno, ¿qué? En el primer caso, estupidez. Era tan evidente que ahora tenía la impresión de que ya había oído esa noticia antes y no había prestado atención. O había levantado defensas demasiado fuertes contra la vieja historia familiar como para entender lo que se le estaba diciendo. O no quería saberlo. La noticia no fue un shock, no todavía. Más bien una acusación. Cuando Rosalind fue a quedarse en Clapham después del funeral –estaba intentando recordarlo con detalle mientras los tres permanecían en silencio– no recordó mal la fecha, 1941, en la que conoció a Robert Baines. Su madre sencillamente se había olvidado de mentir. Se acordó de excluir al bebé, pero estuvo a punto de decirle la verdad. Envió a sus hijos a otra parte «mientras yo intentaba poner en orden mi vida». ¿Qué otra cosa podía querer decir? Si Roland hubiera estado atento, una pregunta inteligente de seguimiento habría desentrañado la historia. Ella quería contárselo. Debía de haber habido otras ocasiones en que ella estuvo dispuesta a deshacerse de la carga del secreto. Con el comandante muerto y los acontecimientos tan lejanos, no tenía nada que perder. Pero él andaba medio ausente cuando trataba con sus padres. Un poco más de atención –¿o era amor de lo que carecía?– y podría habérselo sacado y ella se habría visto liberada del lastre de sesenta y dos años que había llevado sola. Sus hermanos y él podrían haberla ayudado. Habrían conocido la historia verdadera de la familia. Su madre estaba a la vuelta de la esquina, mirando fijamente el almuerzo y no podía contarles nada de su hijo oculto porque, de hecho, estaba muerta.

Roland se recostó y sintió el peso del futuro próximo. Las preguntas, las historias que habría que reescribir, un desconocido al que dar la bienvenida como a un hermano, la tristeza y la preocupación de Rosalind explicadas por fin. Lo vio desplegarse ante él, desvaneciéndose y reapareciendo a lo lejos, como un sendero por terreno montañoso. Y aquí estaba el pasado, más oscuro incluso que antes, con sus figuras desdibujadas en una neblina. Robert Baines engendrando un hijo con la esposa de un soldado de servicio. Rosalind embarazada de otro hombre mientras su marido luchaba por su país en el extranjero. La vergüenza y el secretismo, la furia en la familia, los cotilleos en el pueblo. Jack muriendo en 1944 durante la liberación de Europa, lo que dejó libres para casarse a Robert y Rosalind. ¿Ordenó y dispuso el sargento Baines que los hijos de Rosalind fueran a otra parte a fin de despejar el terreno para su aventura? ¿Insistió en dar al bebé en adopción para salvar su carrera militar? Se enfrentaba a la perspectiva de un consejo de guerra. Si Roland se incluía a sí mismo y su internado, entonces los cuatro hijos de Rosalind fueron expulsados, desterrados a sus nuevos destinos. Con cada partida, Rosalind debía de haber llorado. Él vio cómo le temblaban los hombros cuando se marchaba aquella vez que sus padres lo dejaron en el autobús para que fuera a su escuela nueva. Ella debía de haber pensado entonces en los otros tres niños y haberse preguntado cómo había permitido que ocurriera de nuevo.

Susan y Henry nunca hacían referencia a su infancia en tiempos de guerra. Había desaparecido, estaba enterrada. Ahora había regresado. En la vejez los tres continuarían intentando buscarle sentido: a la sumisa Rosalind, Robert tan dominante y todo lo que habían hecho entre ambos. Exilio, soledad, pena, culpa. Los hijos debían seguir intentando entender, pensó Roland, y eso nunca acabaría. Pero él tenía que dejarlo ahora y lidiar con lo que sabía a ciencia cierta. Tenía un hermano, otro hermano, un hermano carnal. Eso había que separarlo de la decepción y las preguntas. ¿Era motivo de celebración? No alcanzaba a sentirlo aún. Solo su propia estupidez.

Le pidió a la amiga de Susan tres vasos de agua.

Henry carraspeó y dijo:

—Me parece que de algún modo lo supe entonces, cuando tenía ocho años. No lo del bebé, claro. La aventura. Luego lo olvidé todo. Lo bloqueé. Cuando tenía permiso para ir a ver a mamá, él siempre estaba allí. Ese hombre. Así llamaba a tu padre, Roland, para mis adentros, ese hombre. Me hizo un regalo, un tractor de juguete me parece que era. Pintado de amarillo. Pero recuerdo que me negué a aceptarlo. Debía de tener mis razones. Lealtad a mi padre, supongo.

Susan:

–No recuerdo mucho. En realidad, nada. Tengo la memoria en blanco. Y gracias a Dios. –Le pasó el sobre a Roland–. De esto tienes que ocuparte tú. No puedo ser yo quien lo conozca primero. Es demasiado.

–Cuando lo veas –dijo Henry–, nos lo puedes contar. Entonces lo veremos nosotros.

Esa tarde Roland escribió para presentarse al teniente coronel Andrew Brudenell-Bruce. La respuesta a vuelta de correo fue afable. Se había comunicado con al señor Cove, que se pondría directamente en contacto con Roland. El coronel vivía en Waterloo y estaría encantado de pasar por su casa. Fue dos días después y se sentó en la silla a la mesa de la cocina que Roland asoció de inmediato con los policías, Douglas Browne y Charles Moffat. Quizá fue porque, al igual que ellos, Brudenell-Bruce iba de uniforme. Cuando conocía a religiosos Roland se sentía obligado a protegerlos de su falta de fe, tan absoluta que hasta el ateísmo lo aburría. Siempre se mostraba amigable de un modo exagerado con el párroco de la zona cuando se lo encontraba por la calle. Pero no necesitaba protección del coronel, un hombre decente e inquebrantable, decidió Roland, un tipo grande con hombros y brazos musculosos y risa fuerte y generosa. Dijo que de joven había sido levantador de pesos amateur. Parecían divertirlo muchas cosas, incluso sus propios comentarios. Este era su último caso, explicó Andrew, porque iba a jubilarse. Le había prestado por tanto especial atención. Rió.

–Su nuevo hermano le caerá bien. Es buena gente.

–Como familia somos bastante raros.

–En treinta años, aún no he conocido a ninguna que no lo sea.

Roland rió junto con el coronel.

Llegó una carta de Robert Cove. Era amistosa e iba al grano. Tenía sesenta y dos años, estaba casado con Shirley, tenían un hijo y dos nietas. Vivía en Reading, no lejos de donde creció en Pangbourne. Había sido carpintero instalador la mayor parte de su vida laboral y estaba decidido a no jubilarse antes de lo necesario. Tenía entendido que Roland vivía en Londres, así pues ¿por qué no quedaban a mitad de camino? Había un sitio justo a las afueras de Datchet, antes era un pub, ahora un centro de conferencias y seguía llamándose Three Tuns. Propuso un día la semana siguiente y sugirió las siete de la tarde. «Será estupendo conocerte.»

Los días previos, Roland osciló entre un presentimiento que no atinaba a explicar y una grata anticipación, curiosidad, impaciencia. Luego de vuelta hacia la sensación de que se avecinaban obligaciones para con un desconocido. No necesitaba que su vida se volviera más interesante. Quería leer libros y ver al mismo puñado de viejos amigos.

Llegó tarde. Los horarios de trenes eran confusos y Three Tuns estaba más cerca de Windsor y lejos de la estación de lo que prometía su página web. Salió de Datchet por una carretera general polvorienta y giró hacia el centro de conferencias al final de un sendero de acceso bordeado de árboles jóvenes en tubos de plástico. Se acercó a un grupo de edificios nuevos diseñados al estilo pastoral de ladrillo visto de los supermercados en la década de los ochenta. Unas puertas automáticas deslizantes le permitieron acceder a un amplio bar de techo alto, casi vacío. Se detuvo a la entrada esperando ver antes de que lo vieran.

Sentado a solas en una mesa con lo que le quedaba de una copa de vino tinto aparecía una versión de sí mismo, no un reflejo exacto, sino Roland como habría sido después de una vida distinta, otra serie de opciones. Era la teoría de los universos paralelos hecha realidad, un atisbo privilegiado a una de

457

las infinitas posibilidades de sí mismo que la fantasía permitía imaginar que existían en ámbitos paralelos e inaccesibles. Aquí, por ejemplo, estaba Roland como lo habría sido sin gafas, con la espalda recta que siempre había aspirado a tener y sin el peso sobrante en la cintura. A Roland le pareció que ese hombre tenía una expresión más reposada. Dio la impresión de que Robert Cove percibía que le estaban mirando, porque se volvió, se puso en pie y aguardó. En los tres o cuatro segundos que tardó en llegar hasta él, Roland tuvo la sensación de que había pasado de lo normal a una suerte de hiperespacio y estaba flotando a través de un paisaje de ensueño, apenas consciente de quien era. Al margen de dramas y ficciones, un encuentro así resultaba increíblemente raro. Pero en cuanto llegó delante de su hermano la realidad alterada se derrumbó hacia lo banal, o lo cómico, pues no existían convencionalismos para facilitar una reunión así. Uno tendió la mano, el otro se dispuso a dar un abrazo. Luego Roland no recordaría qué impulso había sido el suyo. Los hermanos tropezaron uno con otro, se apartaron y convinieron en estrecharse la mano al tiempo que anunciaban su nombre de pila al unísono. Roland señaló la copa de vino y Robert asintió.

Cuando volvió de la barra brindaron y empezaron de nuevo. Pasaron unos minutos coincidiendo en que el Ejército de Salvación hacía una buena labor reuniendo a gente, y que el coronel era un hombre maravilloso. Luego una pausa incómoda. De algún modo tenían que empezar. Roland propuso que cada uno hiciera una breve exposición de su vida y circunstancias.

–Buena idea. Tú primero, Roland. Enséñame cómo se hace.

Había en el acento un deje de erre suavemente pronunciada que Roland asoció con su madre. Hampshire, que a él le sonaba a mitad de camino hacia el sudoeste de Inglaterra. La historia de Roland fue una sucesión de redacciones automáticas. Dejó pronto el internado porque estaba impaciente por empezar a ganar un sueldo. Su matrimonio con una escritora terminó después de un año. Por primera vez en su vida se describió como «pianista de salón-bar». Ascendió a Lawrence a «científico del cambio climático», pero ofreció una descripción más detallada sobre «nuestros padres y hermanastros» y el pasado infeliz. Su vida mientras la contaba no le pareció gran cosa. Acabó diciendo: «Te unes, si es la palabra adecuada, a una familia muy fracturada. No crecimos juntos y tú eres el caso extremo de eso».

Robert fue al bar y volvió con una botella entera y copas limpias. Lo primero que quería decir era que sus padres adoptivos, Charlie y Ann, lo habían querido y cuidado bien; no sentía amargura ni necesitaba compasión.

–Me alegro.

No sabía que fuera adoptado hasta que su padre se lo dijo, en contra de los deseos de su madre, cuando tenía catorce años. Pero ya había tenido indicios que se las ingenió para olvidar: en el colegio le habían tomado el pelo por no tener «padres de verdad». De algún modo, había corrido el rumor. De adolescente, poco a poco, averiguó cómo ocurrió. En diciembre de 1942 Ann había visto un anuncio en la sección de clasificados del periódico local. Robert desplegó una fotocopia de la página y se la acercó. La entrada era breve. Encima se leía: *Se requiere urgentemente violín, saxofón, clarinete y trompeta para banda recién formada. Dinero inmediato*, y debajo: *Compramos en metálico muebles de segunda mano en venta*. En medio estaba: *Se busca hogar para niño de un mes; renuncia absoluta. Escribir al apartado postal 173, Mercury, Reading*. Renuncia absoluta: el comandante, sin duda. Podría haber escrito incondicional. Por lo demás –Roland no pudo por menos de echar un vistazo al resto de la página–, la guerra había vaciado el mercado de trabajo. Se necesitaban «chicos de dieci-

459

siete» y «caballeros con experiencia» para ocupar los puestos de los hombres ausentes.

Le devolvió la hoja. Rosalind y su bebé y su hermana menor, Joy, según averiguó en ese momento, tomaron el tren de Aldershot a Reading. El tren llegó tarde como era frecuente durante la guerra. Como habían acordado, las hermanas esperaron a que todos los demás pasajeros se hubieran dispersado. Ann Cove recordaba que llevaban un bolso marrón lleno de ropa de bebé. Dejaron a Robert en manos del matrimonio Cove junto a la barrera donde se pedían los billetes. A Ann la persiguió durante años el recuerdo de cómo Joy volvió la espalda porque era incapaz de presenciar el momento en que el bebé abandonaba las manos de su hermana. Rosalind parecía atontada y habló poco.

Un mes después de su primer encuentro, Roland y Robert irían juntos a ver a la tía Joy en el pueblo de Tongham, no lejos de Ash. Fue, claro está, una reunión extraordinaria y Roland más que nada se mantuvo al margen y escuchó. Joy había perdido a su marido un año antes y estaba frágil, pero seguía teniendo buena memoria. Cuando hubieron acabado todas las exclamaciones y abrazos, se dispusieron a tomar té y tarta de nueces y ella les contó su historia. Había pasado mucho tiempo cuidando a Robert mientras su hermana iba a trabajar y llegó a estar estrechamente unida a él.

—Eras una cosita preciosa —dijo a la vez que le daba unas palmadas en la rodilla.

En el tren a Reading había intentado que su hermana cambiase de parecer. No era demasiado tarde. Podía eludir a la pareja en la estación, coger el primer tren de regreso y volver a casa con el bebé.

—No quiso ni oír hablar de ello. Lo único que repetía Rosalind en voz baja una y otra vez era: «Tengo que hacerlo. Tengo que hacerlo». Nunca lo he olvidado, cuando hablaba evitaba mirarme.

460

Incluso en el camino de regreso a Aldershot, cuando ambas hermanas estaban sumamente afectadas, Joy le dijo a Rosalind que aún podían regresar, decirles a los Cove que habían cambiado de parecer, llevarse al pequeño Robert. Rosalind lloraba y negaba con la cabeza y no decía nada. Cuando estuvieron de nuevo en el andén en la estación de Aldershot, ella le hizo jurar a su hermana que nunca hablaría de lo que habían hecho. Joy guardó silencio. Ni siquiera se lo contó a su marido en cuarenta y ocho años de matrimonio. Habló de aquella terrible mañana por primera vez con Robert sentado a su lado en el sofá. Él le tocó el hombro cuando se echó a llorar.

En el bar Three Tuns Robert continuó su relato. Tuvo una niñez normal y bulliciosa. Nunca había mucho dinero, pero sus padres eran buenos y él era feliz. Aunque llegó a ser delegado de clase en la escuela se alegró de dejarla unos meses antes de cumplir dieciséis años. Detestaba el aula, dijo, más incluso que Roland. Buscó trabajo en una fábrica donde era el más joven de la cadena de montaje. Por algún rito tradicional y violento las trabajadoras se empeñaron en echarle mano, desnudarlo y vestirlo con un mono enorme de bebé. No pensaba tolerarlo y huyó. Lo persiguieron por un tramo de escaleras de acero, a través de la planta de la fábrica y hasta la calle. Escapó por los pelos. No volvió nunca. Al final, pasó un periodo de cinco años como aprendiz de carpintero instalador. A lo largo de la vida había trabajado en muchas obras de su zona y hoy en día pasaba a menudo en coche por delante de casas en las que había instalado las viguetas del suelo y el entramado del tejado. Se especializó en la construcción de escaleras a medida. Se casó a mediados de los sesenta y seguía feliz con Shirley. Su hijo, su nuera y sus nietas eran el centro de su vida. La otra pasión de Robert era su equipo de fútbol, el Reading. Iba a todos los partidos, de casa y de fuera.

Mientras Robert hablaba Roland estudiaba su rostro y recordaba la época que pasó trabajando en obras a finales de los sesenta y durante los setenta. Con la presión de los plazos, la escasa fiabilidad a la hora de conseguir mano de obra y materiales y la confusión que provocaba el solapamiento de disciplinas, podían ser lugares difíciles y conflictivos. Sin sindicatos, con historiales de seguridad horribles, sin instalaciones para los trabajadores, de vez en cuando estallaban peleas. Los mayores, recordaba, después de años de capear disputas, desarrollaban cierto distanciamiento nada sentimental. Le pareció verlo en su hermano. No debía de ser fácil arrastrarlo a discusiones, supuso, y sería implacable cuando se dieran. Ahora veía que tenía la cara más ancha que él, más abierta y generosa. Las manos que sostenían las copas contaban la historia de sus destinos diferentes. Robert no habría sabido qué hacer con los dedos blancos y tersos de un pianista de esos que frecuentaban lugares de postín. Tenía callos y cicatrices visibles. Su vida parecía más intacta, más integrada: un matrimonio de toda la vida, un barrio sembrado de los alojamientos que había ayudado a construir, el equipo local que apoyaba hiciera el tiempo que hiciese y en especial las bonitas nietas cuya fotografía inspeccionaba ahora Roland. Nada de colocones de ácido junto al río Big Sur que desconectaran a Robert de las ambiciones normales, nada de ser padre soltero, carreras improvisadas, amantes en serie, decepción y pesimismo políticos. Pero la vida de Robert había sido dura. La muerte temprana de su madre, el vacío de no saber nada de sus orígenes, los años de chivo expiatorio como aprendiz y el trabajo duro. La mayoría de los problemas de Roland se los había infligido él mismo, eran meros lujos. Pero ¿se cambiaría por Robert? No. ¿Se cambiaría Robert por él? No.

–Después de que muriera mi madre y cumpliera veintiún años, decidí buscar a mis padres biológicos. Llegué bastante lejos, obtuve los detalles de mi nacimiento y luego renuncié. Estaba ocupado con otras cosas. Y pensé: bueno, si mis padres biológicos no han venido a ver quién soy, seguramente no quieren saber nada de mí. Así que lo dejé, durante casi cincuenta años.

A Roland le pareció captar el tono, la inflexión, quizá la actitud metódica del comandante, el fantasma del otro Robert en este. Había traído la partida de nacimiento y ahora se la enseñó. Nació el 14 de noviembre de 1942. ¿Dónde? En un domicilio privado en Farnham. Lejos del gran hospital militar de Aldershot. Eso tenía sentido. Unos centímetros a la derecha estaba la verdad, la madre inscrita como Rosalind Tate, antes Morley, del número 2 de Smith's Cottages, Ash, y ahí al lado estaba la mentira, el padre registrado como Jack Tate de la misma dirección. Unos días antes, Henry le había enviado a Roland unos documentos: el historial de servicio de Jack Tate, su libreta de pagos del ejército. Había servido en el 1.er batallón del Real Regimiento de Hampshire. Combatió en el Desierto Occidental en 1940 y luego fue a Malta en febrero de 1941. Siguió allí durante el largo sitio, después tomó parte en la invasión de Sicilia en julio de 1943 y luego de Italia. Un humilde soldado de infantería no podía volver a casa. No había tenido oportunidad de concebir un hijo en Inglaterra que naciera en noviembre de 1942. El batallón de Jack no regresó hasta noviembre de 1943, cuando empezó a entrenarse de cara al Día D. Desembarcó en Gold Beach el 6 de junio. Jack fue alcanzado en el estómago en octubre cerca de Nimega y murió en Inglaterra el 6 de noviembre.

Roland se quedó mirando la partida de nacimiento de su hermano Robert, el recuadro que contenía la mentira, como si el papel fuera a disolverse para revelar una pasión de hacía mucho tiempo y luego remordimientos, de Rosalind por dar a luz a una criatura y seis semanas después, en un andén de ferrocarril en invierno, dejarla al cuidado de dos personas que no conocía y nunca volvería a ver, por su desolado regreso en tren, quizá con el brazo de su hermana sobre su hombro, pero

463

con las manos vacías y sola, por cómo esa mañana definió su vida. *Tenía que hacerlo.* Había que verlo a su manera y a través del prisma de la guerra. Si se hubiera quedado con el bebé se habría enfrentado a la furia de su marido al regresar del frente, el desprecio del pueblo, y habría impuesto a su hijo el estigma de la ilegitimidad: una vehemente indignación social que se desvanecería discretamente en vida de Roland y Robert. Se habría opuesto a la voluntad del hombre al que quería y temía. A menos que su hijo fuera eliminado de sus vidas, el sargento Baines se enfrentaba a la ruina.

Al final, Roland dijo:

–Tienes que ir a ver a nuestra madre. Es posible que no le quede mucho.

¿Podrían Robert y él quererse u odiarse tal como lo hacían los hermanos? Era muy tarde. Pero la conexión con este desconocido –ahora la sentía– era absoluta e ineludible. Juntos seguían pronunciando las palabras cohibidamente y haciéndola real. Nuestra madre, nuestro padre.

Roland sacó del bolsillo la única fotografía que había llevado para enseñársela a Robert. La dejó en la mesa entre ambos y la miraron juntos. Era un retrato de estudio de su madre con Susan a la derecha, Henry a la izquierda. Susan aparentaba unos quince meses y Henry en torno a cuatro años, lo que dataría la foto en 1940. Casi con toda seguridad se tomó para que Jack la llevara consigo durante la guerra. Henry tenía un brazo sobre el hombro de su madre. Susan estaba encima de algún soporte fuera de plano que le permitía tener la cara a la altura de la de su madre. Pero era a Rosalind a quien miraban los hermanos. Vestía una blusa con el cuello abierto que revelaba un atisbo de un colgante. El tupido cabello moreno le caía en cascada sobre los hombros, no necesitaba maquillaje, lucía una mirada fija y confiada, una leve sonrisa y un aire de tranquilidad. Era una mujer joven de gran belleza y elegancia.

Robert comentó:

–Y no llegué a conocerla.

Roland asintió. Pensó, aunque no lo dijo, que él tampoco llegó a conocerla. La madre que conoció era temerosa, encorvada, mansa, con actitud de disculpa. Ahora entendía esa pena lejana que la rondaba y que nunca lloraba. La joven de la fotografía se desvaneció en la estación de Reading en 1942.

La demencia vascular de Rosalind no siguió un camino recto hasta su momento terminal. Su cuerpo no quería darse por vencido y continuó obligando a su mente a remontarse al mundo durante varios meses más. Su madre con la mirada fija en un cuenco de plástico con puré no fue la última imagen suya que vio. Todavía no estaba muerta. Una semana después, estaba sentada en el borde de la cama y aunque no lo reconoció, aunque le llamo «tía», como había llamado a todas las visitas durante el último año, pronunció frases enteras, sin sentido en el contexto pero con una pincelada de poesía. En esta ocasión, después de aceptar el abrazo de Roland, dijo:

–La luz del día te deleita.

–Pues sí, la verdad –dijo él a la vez que sacaba una libreta y escribía esas palabras.

Hubo otras frases durante esa visita. Las pronunció de manera espontánea en el transcurso de una hora de conversación deslavazada. Parecían casar unas con otras. Había acabado de contarle, por si servía de algo, cómo le iba el trabajo a Lawrence en Alemania cuando ella de pronto dijo:

–El amor sin más te sigue.

Cuando Roland se marchaba, le dirigió algo que sonó a bendición. Las palabras lo asombraron. Volvió y le pidió que las repitiera. Pero estaba mirando por la ventana y ya se le había olvidado lo que había dicho. También había olvidado su presencia en la habitación y le saludó de nuevo. Sabía que su madre poseía discretos sentimientos religiosos, pero nunca la había oído invocar a Dios. O al amor. Mecanografió las frases esa noche, sin alteración, salvo por un salto de línea final. Cuando llegó el momento añadió su poema al envés del folleto con la esquela de su funeral en la Iglesia de St. Peter, Ash. *La luz del día te deleita, / el amor sin más te sigue. / Nuestros corazones se alegran. / Dios en toda Su gloria / cuide de ti.*

Llegó con Lawrence. Pasaron junto al coche fúnebre en el que iba el ataúd de Rosalind aparcado en una calle junto al cementerio. Al entrar en la iglesia, Roland vio a parientes diversos, unos de noventa y tantos años, otros que aún no habían cumplido uno. Sus hermanos y los cónyuges de estos, incluidos Robert y Shirley, ya estaban en los bancos delanteros. Los enterradores llevaron adentro a su madre y posaron el ataúd en los caballetes. La pastora inició su bienvenida. Era imposible no mirar el ataúd donde Rosalind yacía en la oscuridad. Pero no estaba allí, ni en ninguna otra parte, y aquí estaba de nuevo, el rasgo más sencillo de la muerte, siempre inesperado: la ausencia. El organista interpretó una introducción conocida. Desde su truculento cuarto curso en Berners Hall, no era capaz de entonar un himno. Por dulces que fueran las melodías o el ritmo de las frases no podía superar el bochorno de sus flagrantes o infantiles falsedades. Pero no se trataba de creer sino de unirse, ser parte de la comunidad. Estaban empezando con «All Things Bright and Beautiful», el preferido de Rosalind. Precioso para los niños pequeños, pero ¿cómo podía un adulto soltar semejantes disparates creacionistas? Como no quería ofender a nadie se puso en pie igual que siempre, con el himnario abierto por la página correcta. Lo mismo podía decirse de «Pilgrim».[1] ¡Duende! ¡Vil demonio! Durante este miró de soslayo a su hermano, su nuevo

1. «Todo lo radiante y hermoso» y «Peregrino», respectivamente. *(N. del T.)*

466

hermano. Robert estaba erguido, sin sostener el himnario en alto ni mover los labios.

Cuando los cánticos apagados y desiguales se fueron desvaneciendo, Roland subió al púlpito para pronunciar la elegía. Henry, el mayor, no había querido hacerlo y Susan tampoco. Frente a Roland había muchas personas que solo muy brevemente habían recibido educación. No estaba al tanto de cuánta historia sabían. Hablando sin notas recordó a la congregación el año del nacimiento de Rosalind, 1915. Dijo que era difícil pensar en ningún otro periodo histórico en que una sola vida de noventa años pudiera haber abarcado tantos cambios como la de ella. Cuando nació, faltaban dos años para la Revolución Rusa, la Primera Guerra Mundial apenas estaba iniciando su terrible matanza. Los inventos que transformarían el siglo XX –la radio, el coche, el teléfono, el avión– aún no habían ni rozado las vidas de los vecinos de Ash. Para la televisión, los ordenadores, internet, aún quedaban años y eran inimaginables. También lo era la Segunda Guerra Mundial, con su masacre todavía mayor. Configuraría la vida de Rosalind y las de todos a quienes conociera. El de Ash seguía siendo un mundo tirado por caballos en 1915, jerárquico, agrícola, estrechamente unido. Una visita al médico podía suponer un grave revés económico para una familia obrera. Rosalind llevaba aparatos ortopédicos en las piernas a los tres años para corregir la malnutrición. Hacia el final de su vida una nave espacial se había internado en la órbita de Marte, contemplábamos las incógnitas del calentamiento global y empezábamos a preguntarnos si la inteligencia artificial no acabaría por sustituir a la vida humana.

Estaba a punto de añadir que varios millares de armas nucleares estaban constantemente preparadas para entrar en funcionamiento. Pero la pastora, que se encontraba justo detrás de él, carraspeó con intención. Su pesimismo estaba fuera de lugar. Viró hacia la forma correcta de celebración y habló

467

de la devoción de Rosalind por su familia, de cómo cocinaba, hacía punto y se dedicaba a la jardinería, de la ternura con que cuidó a su marido Robert cuando contrajo su enfisema. Pasó por alto el bebé que dio en adopción y el nuevo miembro de la familia. Henry y Susan seguían sensibles al respecto. Habían insistido en que no tenían nada contra Robert, pero que no querían que el secretismo y la vergüenza de su madre formaran parte de su «despedida», en expresión de Susan. Roland concluyó diciendo que su madre le había dicho a la esposa de Henry, Melissa, «con toda la autoridad de una suegra», que el trayecto al cielo duraba tres días.

–Eso significa que habrá llegado en torno a las cinco y media de la tarde del 29 de diciembre. Seguro que todos esperamos que se instale cómodamente.

Volvió a su banco sintiéndose falso. Podía decir algo así al final, aunque fuera en son de broma, pero era incapaz de cantar unos inocentes himnos.

Daphne le había dicho algunas veces a los treinta y tantos y cuarenta y tantos que se mostraba «impaciente», «intranquilo» o «desdichado» desde el punto de vista sexual. Eso se decía desde fuera. Lo dijo desde dentro más directamente cuando vivían a caballo entre dos casas, allá a mediados de los noventa. Se repitió en las últimas semanas que pasaron juntos, no mucho después de que Peter volviera a casa renqueando de Bournemouth y los complicados acuerdos entre Roland y ella tocaran a su fin. Pero en ninguna de esas ocasiones fue una acusación. Eso no era propio de Daphne. Era más bien una observación, teñida de gris por la pena: por él más que por sí misma. Era una mujer ocupada, capaz de mantenerlos a distancia a él y sus problemas. Ahora, cinco años después, en el otoño de 2010, con el Laborismo fuera del poder y cuando el país se preparaba para pagar por la codicia y la locura del sector financiero, el marido de Daphne la dejó por segunda vez. Peter sorprendió a todo el mundo con una devoción arrolladora por una acaudalada mujer mayor. Tenía algo que ver con esa risible pasión política suya centrada en un solo asunto. Había vendido su parte en la compañía eléctrica a un grupo de inversión holandés. El *Financial Times* reveló una suma de treinta y cinco millones de libras. Juntos, Hermione y él ayudarían a financiar el sueño de sacar a Gran Bretaña de la Unión Europea.

Roland había cumplido los sesenta hacía dos años. El tiempo había disipado su agitación. Los hijos de Daphne y el suyo se habían ido de casa. Ella lo conocía bien, mejor que nadie. Merecía la pena correr el riesgo, después de mucho pensarlo, de pedirle –por fin– que se casara con él. Para su sorpresa dijo que sí en un momento despreocupado. Estaban en casa de ella en Lloyd Square una noche, descalzos delante de la chimenea, la primera vez que se encendía esa temporada. El asentimiento inmediato de Daphne hizo que las habitaciones de buenas dimensiones parecieran más grandes. Las paredes, las puertas y los arquitrabes resplandecían. Todo resplandecía. Un beso pleno, luego ella fue a la cocina a por una botella de champán. Así se tomaba el rumbo de una vida como era debido, pensó Roland. ¡Haz una elección, actúa! Esa es la lección. Qué pena no haber sabido el truco mucho tiempo atrás. Las buenas decisiones no llegaban tanto a través del cálculo racional como de arranques de buen humor. Pero lo mismo ocurría con algunas de sus peores decisiones. Aunque eso ahora no tocaba. Ella llenó las copas y brindaron por su futuro. Daphne tenía sesenta y un años. En el largo asunto de la vejez moderna eran neonatos. Atizaron el fuego e hicieron planes cual niños entusiasmados. Peter les daría su mitad de la casa como parte de su borrón y cuenta nueva. Una vez que la casa quedara purgada de la posesión de Peter, Roland se mudaría y transferiría la propiedad de la vivienda de Clapham a Lawrence. Pero no antes de la renovación que debería haberse hecho hacía tiempo. Daphne conocía a la gente adecuada para el trabajo. Continuaría en su asociación de la vivienda otros cinco años. Después viajarían. Él tenía en mente Bután, ella se decantaba por la Patagonia. Un contraste perfecto. Roland iría paseando hasta la estación de metro de Angel casi todas las tardes y seguiría con sus sesiones en el Hotel Mayfair. Le permitiría a Daphne quedar con él allí para tomar una copa e incluso hacer alguna petición. Ella dijo que le gustaría que tocara «Doctor Jazz». Roland se la sabía bien. A la encargada exviolinista, Mary Killy, no le haría gracia. Pero la tocaría. En la sala de estar de Daphne su viejo piano vertical iría en la pared a su espalda, bajo el retrato de Duncan Grant de Paul Roche, el amante del artista.

Continuaron así alegremente hasta que se hizo el silencio entre ellos. Roland se levantó demasiado rápido del Chesterfield sembrado de arañazos de gato y se quedó inmóvil, esperando a que se le pasara el mareo. Luego rehízo el fuego, se sentó y cruzó una mirada con su futura esposa. Había seguido llevando el pelo largo y aún lo tenía rubio, artificialmente, imaginaba él. Seguía siendo alta y fuerte y no le costó evocar el rostro de la madre de tres niños pequeños, la mujer que le ayudó a superar los meses y años después de que se fuera Alissa. Inevitablemente, su silencio dejó que se colara el pasado. Ahora lo había más que de sobra. Sin pensarlo —otra buena decisión— Roland dijo: «Hay una parte de mi vida de la que nunca te he hablado». Mientras lo decía, se estaba preguntando si Alissa se lo habría contado hacía mucho tiempo.

Pero Daphne levantó la mirada con interés. Estaba seguro de que se lo diría en caso de saberlo. Y así empezó a contar toda la historia, desde las primeras lecciones de piano cuando tenía once años, la casita de Miriam Cornell, el súbito final una noche de lluvia, las visitas del policía cuando Lawrence era un bebé, otro policía ocho años atrás, la visita a Balham, por qué tocó «'Round Midnight», la despedida en el umbral, cómo ella había dicho que se declararía culpable.

Cuando por fin acabó, ella guardó silencio asimilándolo. Después de un rato dijo con suavidad:

–Entonces, ¿qué hiciste?

–Nunca había tenido semejante poder sobre otra persona y no querría volver a tenerlo. No hice nada durante un mes. Tenía que estar seguro de que cuando pensara en ello, llegaría a la misma conclusión. Y así fue. No cambió nada. Mis sentimientos al respecto no eran distintos que cuando me marché de su casa. Verla lo resolvió todo. No podía mandarla a la cárcel. Quizá lo mereciera, técnica o totalmente, desde el punto de vista humano o lo que fuese. Pero el impulso de venganza o justicia se extinguió en mi interior una vez que nos vimos.

–¿Seguías sintiendo algo por ella?

–No. Todo aquello dejó de tener importancia. Indiferencia absoluta. Y no podía dejar de lado la noción de mi papel en el asunto. Mi complicidad.

–¿Con catorce años?

–Presentar cargos contra ella desde una posición de distanciamiento... sería muy despiadado. Esa no era la misma mujer. Yo no era aquel chico. –Hizo una pausa–. No estoy siendo muy convincente. Ni siquiera conmigo mismo.

–Tenía mucho de lo que responder.

–Creo que ella ya lo sabía.

–¿Cómo te sentirías si le hubiera ocurrido a Lawrence? Roland se lo planteó.

–Furioso, supongo. Tienes razón.

–Bueno... –Daphne se desperezó y miró al techo–. Entonces, considéralo perdón.

–Sí..., virtud. Pero no es eso lo que sentí, o siento ahora. Iba más allá del perdón. No tenía que ver siquiera con pasar página o comoquiera que lo llamen. Darle carpetazo. Ya no me importaba: ella, lo que podría haber sido yo. Todo ha quedado atrás y me importa un carajo. ¿Cómo iba a mandarla a la cárcel, aunque solo fuera una semana?

–Así que le escribiste.

–La policía no conocía su identidad y no pensaba dejar ningún rastro. La telefoneé y le dije lo que había decidido. Ella empezó a decir algo. Creo que quería darme las gracias, pero colgué.

El cesto de leños estaba vacío. Lo llevaron juntos hasta una alacena en la cocina donde se guardaba la leña. Cuando el fuego ardía con intensidad de nuevo y se habían acomodado, Daphne dijo:

–¿Lo has mantenido en secreto todo este tiempo?

–Se lo conté a Alissa una vez.

–¿Y?

–Lo recuerdo bien. En casa de sus padres. Había mucha nieve. Ella dijo: «Esa mujer te reconfiguró el cerebro».

–¡Pues tenía toda la razón! Pero reconfigurar significa para siempre. ¿Cómo puedes decir que ha quedado todo atrás y no importa y te trae sin cuidado?

No tenía respuesta a eso, pero sin duda volvería sobre el asunto. Su matrimonio había comenzado.

Algo que ocurrió en el trabajo al día siguiente parecía en sintonía con esa larga velada. Era como si pedirle a una vieja amiga que se casara con él hubiera azuzado elementos flotantes dispares de su pasado y provocado que se agruparan y reaparecieran. Tenía que tocar antes y después de la cena. Se daba por sentado que no había temporada de turismo en Londres. En una ciudad cosmopolita plenamente de moda siempre era temporada de turismo. Cada año venían más rusos, chinos e indios, además de los habituales árabes del Golfo y norteamericanos. Hasta decenas de miles de franceses creían que Londres tenía mayor atractivo que París. El hotel acostumbraba a estar lleno, aunque la clientela seguía siendo poco juvenil. Era un lugar apreciado no tanto por la tradición y la Vieja Inglaterra como por ser insulsamente tranquilo. Se podía contar con que no ocurriera nada. Muchos clientes eran habituales. El mostrador de recepción tenía buenos contactos a la hora de conseguir entradas para los típicos espectáculos populares. El restaurante de confianza solo servía a los huéspedes: qué necesidad había de ir buscando chefs de moda en la otra punta de la ciudad. El hotel era caro, pero no del gusto de ruidosas estrellas del pop y del cine y corredores de bolsa o cualquier otra sección de la gente guapa de Londres. Después de cenar el salón-bar estaba atestado y con el paso de los años, entre los habituales se había formado una callada congregación de seguidores –afianzada gracias al criterio de Mary Killy– de Roland y el tipo de música accesible que interpretaba. A veces subía al estrado entre tímidos aplausos. Mary le pedía que los agradeciera con un gesto, bastaría una leve inclinación. Así lo hacía. Ahora la dirección lo trataba como una persona valiosa, un peldaño por encima del personal de servicio. Se le permitía entrar a trabajar por la puerta principal. Se le autorizaba, incluso se le animaba a que se le viera pidiendo copas en el bar antes o después de su sesión. Si alternaba con los invitados, tanto mejor. Esto intentaba evitarlo por todos los medios.

Por la tarde llegó con una ligera resaca de la noche anterior. Se habían acostado a las cuatro y habían hecho el amor antes de dormir. No se vieron a la hora de desayunar. Daphne tenía una cita de rutina en el hospital y él intentó dormir hasta tarde. Después de media hora, se dio por vencido, preparó un café y deambuló con él por la casa en orden mientras se imaginaba viviendo allí. Había un cuartito en un descansillo que Daphne le había propuesto que utilizara como estudio. Asomó la cabeza. Estaba lleno a rebosar de maletas y muebles infantiles, dos tronas, una cuna, mesas diminutas, a la espera de la siguiente generación. La hija mayor de Daphne, Greta,

473

estaba embarazada. Durante la mañana se había sentido inmune a sus reflexiones de costumbre sobre el tiempo y la vida que se le escapaban. Estaba empezando de nuevo. Iba a renacer. ¡Sería un neonato! Había llamado por teléfono a Lawrence para contarle la noticia, aunque no pudo por menos de pensar que le estaba pidiendo a su hijo su aprobación. La respuesta fue sencilla: «Sí, mil veces sí».

Ahora, en el trabajo, cuando iba al piano para su primer turno y asentía en tres direcciones como respuesta a los aplausos dispersos, se fijó en cuatro personas en una mesa cercana a su izquierda. Una pareja más o menos de su edad y dos mujeres jóvenes. Todos bebían cerveza y parecían un poco fuera de lugar. Los cuatro poseían ese aspecto, la mirada centrada que supuestamente otorgaba una educación formal prolongada. Por sus propias buenas razones él no creía en nada de eso. Había perdido la capacidad de reconocer caras con el tiempo, pero en cuestión de segundos supo quiénes eran y le sobrevino, a la vez que regocijo, una punzada de culpabilidad olvidada mucho tiempo atrás. Ya tenía las manos sobre el teclado y debía ponerse a trabajar. Había más huéspedes de Estados Unidos de lo habitual, según Mary. Eso suponía empezar con «A Nightingale Sang in Berkeley Square», un segundo himno nacional para cierto tipo de americano en Londres.

Estaba interpretando su habitual popurrí de melodías de espectáculos cuando miró hacia el grupo. Lo estaban observando con intensidad y al sostenerles la mirada sonrieron con nerviosismo. Levantó una mano a guisa de saludo. Había llegado a un sobrio ragtime de Scott Joplin e imaginó a Daphne como su esposa, sentada a solas a una mesa mientras él interpretaba «Doctor Jazz» de Jelly Roll Morton martilleando rítmicamente las teclas. Sin duda ocurriría algo así y pensar en ello lo colmó de dicha e ilusión. A continuación tocó algo sentimental: «Always». Echó otro vistazo rápido a los cuatro. Una camarera les estaba sirviendo otra ronda de cervezas. Se le ocurrió la idea de hacerles llegar un mensaje, un recuerdo. Aún faltaban unos minutos para el descanso. El último número de la actuación sería uno que no había tocado nunca, ni allí ni en ninguna parte. Se lo sabía muy bien, los acordes eran sencillos y cuando empezó a tocar, se las arregló para replicar el ritmo suavemente oscilante y vio que su mano derecha, por voluntad propia, conocía la introducción y sabía copiar las tiernas notas de guitarra que propulsaban el estribillo. *Linger on your pale blue eyes...*

Cuando terminó y levantó la vista, la mujer estaba llorando. El hombre se había puesto en pie para acercarse y las dos jóvenes sonreían. Una le había pasado el brazo por los hombros a su madre. El rumor general de la conversación decayó y los clientes del salón miraron con interés cómo Roland bajaba del estrado y se fundía en un largo abrazo con Florian y luego con Ruth. Hanna y Charlotte se sumaron y el abrazo se convirtió en una afectuosa melé. Bueno, le habían pedido que alternara con los invitados.

Mientras se erguían Ruth rió.

—Jetzt weinst du auch! (¡Ahora tú también lloras!)

—Es solo por ser amable.

Recorrieron los pocos pasos que los separaban de su mesa. Llevaba a Hanna de un brazo y a Charlotte del otro, las niñas de los asombrosos secretos entre susurros, sus profesoras de alemán en el sofá negro de plástico. Un camarero ya servía una quinta cerveza.

Disponían de veinte minutos antes de la segunda parte de la actuación. Las historias salieron en tropel, a veces los cuatro alemanes hablaban a la vez.

—¿Cómo me habéis encontrado aquí?

Cuando detuvieron a Florian y Ruth y registraron el piso, les confiscaron las agendas. Al final, nada más saber que iban a venir a Londres, Hanna localizó a Mireille por medio del sitio web francés «amis d'avant» y esta le contó lo del bar donde Roland tocaba el piano. Hanna era estudiante Erasmus de biología en Manchester, Charlotte trabajaba en una librería en Bristol para mejorar su inglés. Ruth era profesora de secundaria, Florian era médico y se habían mudado a Duisburgo en 1990. El padre y la madre aparentaban más edad de la que tenían, se les veían muchas arrugas en torno a los ojos y Roland se fijó en que tenían un aspecto alicaído. Los dos habían engordado. Le dijo a la familia que desde anoche estaba prometido con su mejor amiga. En un impulso llamó a Daphne. Sonaba muy lejos. Estaba acabando de trabajar, dijo, y se reuniría con ellos en una hora. ¡Champán entonces, después!

Los Heise no conocían a Lawrence, pero sabían de él y preguntaron qué tal le iba. Como estudiante mayor a media jornada quería obtener la licenciatura en matemáticas por la Universidad Libre de Berlín. Hasta entonces trabajaba de camarero por la tarde y colaboraba de manera extraoficial con un instituto medioambiental de Potsdam. Esa mañana le había dicho a su padre que creía que «podía estar enamorado» de una oceanógrafa llamada Ingrid.

Roland terminó una segunda parte de la actuación exuberante con algún tema de Kurt Weill, «Mackie el Navaja», luego «Balada de la buena vida». Se levantó de su último número entre aplausos desperdigados, ligeramente más enfáticos de lo habitual. Más que su interpretación, a algunos les había conmovido el drama del reencuentro. La noticia de sus planes de matrimonio había llegado hasta el bar. En una mesa había una botella en una cubitera y cinco copas con una nota de felicitación de la encargada de noche.

Después de los brindis salió a colación la historia de los Heise. En respuesta a la pregunta de Roland, no, los discos y libros que llevó a su casa no habían causado problemas. Pero Schwedt era un sitio lúgubre y fue una época lúgubre. Ruth trabajó de limpiadora en un hospital, Florian estuvo en una fábrica de papel y luego, un poco mejor, pasó a una fábrica de zapatos. El sistema los presionaba y, lo que era peor, los vecinos se mostraban hostiles. Nada de eso era tan malo como estar sin las niñas. De pronto, después de dos meses, las recuperaron. No las habían separado después de todo, pero no se encontraban bien. Las hermanas asintieron mientras Ruth lo decía. Pero los últimos dieciocho meses los había aliviado una esperanza cada vez mayor. Llegaban noticias con cuentagotas de gente, familias enteras, que pasaban a Austria desde Hungría y los rusos no hacían nada al respecto. Luego, claro, el Muro. El viaje al Oeste desde Schwedt en marzo de 1990 fue complicado. Se reunieron por fin con la madre de Ruth, Maria, en Berlín. Las autoridades no le habían permitido visitarlos. Ruth y Florian la ingresaron en un hospital del Oeste, en Duisburgo, donde falleció en el 92.

Había supuesto un respiro maravilloso que a Florian, a los cuarenta y un años, se le concediera una beca para estudiar medicina. Pero era difícil mantener a la familia con el sueldo de Ruth como humilde lectora en una escuela para niños con problemas. La situación empeoró, dijo Florian, cuando las chicas se convirtieron en unas adolescentes infernales. Hanna y Charlotte elevaron chillidos de protesta.

–Bien. Qué hay de un susto de embarazo en la adolescencia, quejas de la policía sobre delitos con grafitis, alcohol, drogas, lo de teñiros el pelo de verde, malas notas en la escuela, música estrepitosa en la calle, llegar a casa a las dos de la madrugada, orinar en un lugar público...

Cuanto más larga se hacía la lista, más reían las hermanas. Se aferraron entre sí.

–¡Lo hice detrás de un arbusto!

–Wir wollten einfach nur Spass haben!

–¿Solo queríais divertiros? ¿Qué hay de la demanda de los vecinos?

Ruth se volvió hacia Roland:

–¡Querían que volvieran a enviar a estas dos al Este!

Las chicas se partieron de risa. Era difícil imaginar grafitis y pelo verde, convertidas ahora en unas occidentales serenas y educadas. Eran el padre y la madre quienes acusaban las cicatrices y bebían la mayor parte del champán. Sus hijas apenas tocaban las copas. Pasaron unos minutos, entonces Hanna y Charlotte se miraron, asintieron y se pusieron en pie. Una amiga italiana cuyo novio inglés tenía un piso en Holland Park celebraba una fiesta y tenían que ponerse en marcha. Verían a sus padres en el hotel para desayunar. Los mayores se levantaron para recibir un abrazo y vieron a las hermanas cruzar el salón a paso ligero. Roland tuvo sentimientos enfrentados. No envidiaba una fiesta que empezara tan tarde. Pero echaba en falta lo que tan bien recordaba, esa impaciencia, esa ansia de estar presente en el acontecimiento crucial. El pensamiento se disipó cuando vio a Hanna y Charlotte hacerse a un lado en la entrada para dejar paso a su futura esposa. Antes incluso de que hubiera llegado a la mesa, Florian y Ruth se habían terminado las copas de sus hijas. Pidieron otra botella y copas limpias.

Después de las presentaciones y una nueva ronda de brindis, pusieron al tanto brevemente a Daphne. Se acordaba de la familia por los relatos de Roland. Él recordó cómo Daphne le había presentado a un contacto en la industria discográfica que localizó un disco pirata raro de Dylan por el que había estado suspirando Florian.

—Era más feliz cuando ansiaba cosas —dijo. Se puso en pie y, rezongando acerca de la estupidez de las normas locales sobre el consumo de tabaco, salió a fumar un cigarrillo.

Mientras él no estaba, Roland fue traduciéndole sobre la marcha a Daphne a medida que Ruth les contaba que Florian no había sido tan feliz como las chicas y ella. La clínica donde trabajaba estaba en una parte dura de Duisburgo, cerca de Oberbilk. Veía lo peor: droga, pobreza, violencia, miseria, racismo, la manera en que trataban a las mujeres tanto la comunidad blanca como los inmigrantes. Ruth lo llamaba lo peor; todo país tenía su propio lo peor. Pero él decía que era la realidad y nadie le estaba haciendo frente. Nunca habría defendido el antiguo Este, pero no era feliz en una Alemania unida. Aborrecía los embotellamientos, los grafitis por todas partes, los desperdicios en la clínica, la estupidez de los políticos, el mercantilismo. Cuando ponían anuncios en la tele, se iba de la sala de estar. Creía que los vecinos le miraban por encima del hombro, aunque en realidad, según decía Ruth, eran buena gente. Cuando las chicas estaban estudiando siempre se quejaba de la disciplina tan floja que tenían en el centro. Era bochornoso. De hecho, tenían una buena educación. En la carretera, decía que la mayoría de los conductores eran locos criminales. La música pop alemana le ponía de los nervios.

–Tiene toda la música que le gusta, su propia música, pero no la pone nunca. Cuando has tocado la canción de la Velvet Underground se ha puesto muy triste. Los dos nos hemos puesto muy tristes, por los viejos tiempos que no queremos volver a ver. ¡En ninguna parte!

Roland se sintió incómodo oyéndola hablar de Florian en su ausencia. Su tono era más de queja que de compasión y sospechó que intentaba involucrarlo en una disputa matrimonial. Esperaba que nada de eso hubiera traslucido en la traducción. Miró de soslayo a Daphne, que estaba sentada junto a él. Desde su llegada le había parecido retraída. Le cogió la mano y le sorprendió encontrarse la palma caliente y húmeda, mojada, de hecho.

–¿Estás bien? –le preguntó en voz baja.

–Sí, bien. –Ella le apretó la mano.

Ruth se inclinó hacia delante de repente.

–Está viendo a otra mujer. Él lo niega. Así que no podemos hablar de ello.

Pero Roland no se lo tradujo a Daphne. Vio que Florian

se acercaba, seguido por una camarera con otra botella. Cuando tomó asiento, insistió en abrir el champán él mismo. Daphne le dio otro apretón. Roland lo interpretó como que quería irse pronto. La miró y asintió. Parecía agotada. Había tenido un largo día. Pero Florian había vuelto con ánimo efusivo y estaba llenando las copas decidido a recordar los últimos años de la década de los ochenta y los libros prohibidos, que no había ni tocado desde entonces. Luego pasó al tema de la OTAN. Su expansión hacia el Este era una locura, una ridícula provocación a los rusos con su complejo de inferioridad nacional. Roland empezó a discrepar. Seguro que Florian no necesitaba que se lo recordaran. Los países del antiguo Pacto de Varsovia habían sufrido años de ocupación rusa impuesta de manera violenta. Tenían buenos motivos y todo el derecho a tomar sus propias decisiones. Pero entrar en el debate fue un error y les llevó casi media hora dejarlo correr y darse los números de teléfono y las direcciones de email. Luego se levantaron para los abrazos de despedida que, en opinión de Roland, habían perdido su inocente exuberancia. El momento había quedado empañado. Ojalá Ruth no le hubiera contado lo que no necesitaba saber. Se sintió triste por los dos y también notó una inmerecida sensación de culpa por su propia felicidad.

Hubo más demora cuando se marchaban. Algunos miembros del personal querían estrecharle la mano y que les presentara a Daphne para felicitarla. Ella respondió con amabilidad, pero Roland vio que le costaba trabajo. Sospechó que Peter estaba dando problemas. Quizá quería volver a intentarlo. Ni pensarlo. Al final, cogidos del brazo, fueron por las cuidadas calles secundarias de Mayfair hacia Park Lane para tomar un taxi. Ella le preguntó qué había dicho Ruth, y se lo contó. Daphne no respondió y mientras caminaban notó que se le aferraba al brazo como si temiera caerse. Una vez que estuvieron en el taxi rumbo al este, se acercó a ella.

—¿Qué pasa, Daphne? Dime.

Se puso rígida de repente y la recorrió un escalofrío. Aunque respiró hondo antes de hablar la voz le salió muy pequeña. «He tenido malas noticias.» Estaba a punto de contárselo, pero no pudo. Se apartó de él y se echó a llorar. Roland estaba conmocionado. De tratarse de uno de los chicos ya se lo habría dicho. La rodeó con un brazo y aguardó. Tenía los hombros y el cuello calientes. El taxista aminoró la marcha y les preguntó por el intercomunicador si podía hacer algo. Roland le dijo que continuara y apagó el micrófono. Nunca había visto llorar a Daphne. Siempre se mostraba tan capaz, fuerte, preocupada por el prójimo. Roland sintió el asombro mudo de un niño ante un progenitor que llora. Rebuscó unos pañuelos de papel en el bolso de ella y se los dejó en la mano. Poco a poco se recuperó.

—Lo siento —dijo. Y otra vez—: Lo siento.

La abrazó más fuerte. Al final, se lo contó:

—Me han dado los resultados de unas pruebas esta mañana. —Mientras lo decía, él supuso el resto.

Daphne continuó:

—Tendría que habértelo dicho. Pero creía que no sería nada. Es cáncer, en fase cuatro.

Aunque lo intentó, durante unos segundos Roland fue incapaz de hablar.

—¿Dónde?

—En todas partes. ¡Está en todas partes! No tengo la menor oportunidad. Eso han dicho a su manera enrevesada. Los dos médicos. ¡Ay, Roland, tengo mucho miedo!

11

Lo cogió del cajón donde guardaba los jerséis y lo dejó en su escritorio. Era un pesado jarrón de cerámica con una tapa de rosca con corcho taraceado y estaba envuelto en una sola página de un periódico de hacía dos años. Antes había permanecido durante cinco años en la ventana de su dormitorio hasta que se hartó de que le recordara la razón de su demora. Ahora, justo antes de medianoche, a principios de septiembre, el equipaje estaba hecho y apilado en el vestíbulo. El coche alquilado, el vehículo más barato que encontró, estaba aparcado a la vuelta de la esquina. Posó el jarrón suavemente de lado y lo hizo rodar para retirar la envoltura. Dos años apenas pesaban sobre la memoria, como dos meses. La compresión cada vez más intensa del tiempo era un lugar común entre sus viejos amigos. Compartían por rutina sus impresiones en torno a una aceleración injusta. Había olvidado que en un espíritu de ironía melancólica escogió esa página. Dejó el jarrón a un lado y desplegó el periódico: 15 de junio de 2016. En una fotografía de media página se veía a Nigel Farage, líder del Partido por la Independencia del Reino Unido, y Kate Hoey, una parlamentaria laborista, en la proa de un barco, recostados de ánimo boyante contra la barandilla. Detrás de ellos quedaba el Parlamento. Al lado, un atestado barco de recreo engalanado con banderas inglesas. Había otras embarcaciones, en parte fuera de plano. Era una celebración y una promesa de que en breve Gran Bretaña votaría a favor de abandonar la Unión Europea y recuperar el control de sus extensas aguas de pesca.

Pero Roland no estaba interesado en Farage y Hoey. La razón de que hubiera elegido la página era un codo, una parte superior del brazo y un trozo de hombro en primer plano de la imagen. Una elección perversa. Eran de Peter Mount, uno de los principales donantes a la causa. Durante un año había estado dándole la lata a Roland para que esparciera las cenizas de Daphne y lo implicara a él en el rito. De un tiempo a esta parte, las llamadas de Peter eran más frecuentes. Roland le había explicado muchas veces que los deseos de Daphne habían sido específicos y que él, Roland, no pensaba contravenirlos. Su demora tenía razón de ser. Un par de veces le había colgado a Peter. No era solo personal. Había llegado a detestar todo lo que representaba ese hombre.

Envolvió el jarrón en un forro polar, lo metió en una mochila de repuesto y lo llevó abajo para dejarlo con el resto de sus bártulos. Botas de montaña bajo un sombrero de ala ancha, otra mochila, una maleta pequeña, una caja de cartón con provisiones. Fue a la cocina y escribió una nota para Lawrence e Ingrid. Venían de Potsdam con Stefanie, de seis años, para cuidar la casa y disfrutar de Londres. Las instrucciones eran más que nada sobre el gato, al que llevaba dos días sin ver. A su regreso, celebrarían su cumpleaños con una cena. Qué placer, no regresar a una casa vacía.

En una hoja distinta le escribió una estrafalaria carta de bienvenida a Stefanie, con dibujos y bromas. A lo largo de los últimos dos años habían estado cimentando una amistad especial. Eso era una sorpresa, una aventura amorosa, una aventura de amor, cuando entraba en la setentena. Le conmovía cómo lo buscaba para presentarle sus solemnes reflexiones o preguntas consideradas, o para insistir en que se sentara a su lado a la hora de las comidas. Quería saber cosas sobre su pasado. A él le impresionaban los claros indicios de la próspera vida interior de una niña de seis años. Escuchaba con mirada fija y concentrada las historias de su abuelo. Tenía los ojos del color negro azulado de su madre, la mirada submarina de una oceanógrafa. Pensaba que ella lo veía como una posesión suya antigua y sumamente preciada cuya frágil existencia tenía la tarea de preservar. Se sentía halagado cada vez que ella ponía su mano sobre la de él.

Media hora después estaba en la cama y, como esperaba, no podía dormir. Demasiadas cosas que recordar, como una navaja afilada, las pastillas para la tensión, la mejor ruta para salir de Londres. Tenía que coger una tarjeta de crédito distinta para sustituir otra que había caducado. Los coches ya no llevaban reproductor de CD, así que tenía que agenciarse uno si iba a poner el disco preferido de Daphne. Se tomó un somnífero y mientras esperaba de nuevo le vino a la cabeza Peter Mount. Por lo visto, una vez que el referéndum le había sido favorable se dedicaba a distanciarse de la mujer con la que vivía y a redescubrir su amor por Daphne. Hermione y él habían luchado juntos durante la campaña, aportado fondos, triunfado, y ahora se peleaban ante los tribunales por propiedades que tenían en común. El amor póstumo de Mount por su expareja se había reducido a una obsesión con sus cenizas. Sabía dónde quería ella que se esparcieran. Hacía treinta y cinco años, le señaló el lugar en un mapa. Recientemente se había ofrecido a ir y hacerlo él mismo. No iba a ocurrir tal cosa. Los comentarios de Daphne a Roland, así como su carta, fueron específicos. Esa carta la llevaba en el equipaje. Peter la había dejado dos veces y lo había hecho de mala manera, y hubo episodios de violencia que reconoció sin arrepentimiento. A la sazón, por lo visto, aseguró que ella le había empujado a hacerlo. En sus últimas semanas, Daphne decidió no perdonarle.

485

La pastilla tardó en hacer efecto y le impidió despertar a tiempo. Tendría que haber tomado media. Durante toda la noche Peter Mount rondó las líneas enmarañadas de sus sueños. Su madre también estaba por ahí, necesitaba algo, pedía ayuda pero con palabras masculladas que él no atinaba a entender. Despertó en un estado de confusión a las ocho y media. Tenía planeado estar en la carretera para las seis y adelantarse a la hora punta de salida de la ciudad. Ahora, con movimientos lentos, estaba perdiendo más tiempo limpiando la cocina para Lawrence e Ingrid, luego preparándose otro café para el camino. Eran casi las diez cuando por fin acercó el coche hasta la puerta de la casa. Era esa hora del día en que los guardias de tráfico estaban descansados y sedientos en su trabajo. Cargó el coche a toda prisa y volvía a casa para echar la llave cuando se topó con la figura de sus sueños. En su estado no le pareció sorprendente. Mount estaba plantado junto a la verja delante de casa con un bolso de lona. Llevaba una chaqueta de tweed de aire campestre, gorra de béisbol y gruesos zapatos de cuero.

–Gracias a Dios. Pensaba que igual ya te habías ido.

–¿Qué quieres, Peter?

–Me lo han dicho los chicos. Yo también voy.

Roland negó con la cabeza y pasó por su lado. Cuando entraba en la casa volvió la mirada para ver cómo Peter intentaba montarse en el coche. Luego probó el maletero. Después fue hacia la puerta principal y dijo a voz en cuello:

–Cómo disfrutas de mi casa, ¿eh?

Roland cerró de un portazo y se sentó al pie de la escalera para pensar bien las cosas. Esta fue de hecho la casa de Peter una vez, comprada con el dinero de la electricidad. Luego se la donó a Daphne para saldar su deuda de culpabilidad. Era una discusión que venía de lejos y hacía una temporada Roland había cambiado las cerraduras. Diez minutos después volvió a salir. Peter seguía allí, esperando.

Roland adoptó un tono tranquilo y razonable.

–No sé por qué, pero seguro que tú sí, Peter. Ella no quería que tuvieras nada que ver.

–Mientes, capullo. La quise durante mucho más tiempo que tú. Tengo ese derecho.

Roland volvió a entrar en casa y, con ánimo decidido, pasó el resto de la mañana abonando facturas y escribiendo correos: se alegraba de quitárselo de encima. Allí donde se dirigía no había conexión a internet. A las doce y media miró por la ventana del dormitorio. Peter se había marchado y todavía no habían dejado una multa de aparcamiento en el parabrisas. Una hora después iba hacia el oeste por la M40 en dirección a Birmingham y más allá.

Los largos trayectos al volante por lo general lo sumían en un estado de reflexión prolongada, más bien sombría y pesada como el tráfico mismo, pero provechosamente distanciada. Su cochecito, más ligero y espacioso de lo que esperaba, era una burbuja de pensamiento que se desplazaba hacia el norte por un paisaje que ya no reconocía ni entendía. Al acercarse a Birmingham se abstrajo en un modo de pensamiento mágico. Las torres de refrigeración, atalayas desmesuradas, los almacenes vallados de paredes lisas en torno a la periferia industrial sugerían una dureza y determinación por abandonar la Unión que casi admiraba. Los camiones y remolques que adelantaba eran más grandes, más estrepitosos, más enérgicos y numerosos: habían decantado el voto.

En realidad, el voto de Birmingham estuvo muy igualado. Era una ciudad cosmopolita. En 1971 él dio allí un concierto con el grupo de Peter. Un público reducido pero entendido apreciaba que la Peter Mount Posse tuviera como referencia el rock sureño americano, los Allman Brothers, Marshall Tucker. Peter insistía en que todos los miembros de la Posse llevaran sombrero de fieltro, camiseta y vaqueros negros. No tocaban versiones. Peter y el bajista componían todo el material de la banda. Tocaron en un garito recóndito en el sótano de una tienda de guitarras cerca de la estación de New Street. Una de sus mejores noches de todos los tiempos, antes de que los matrimonios, los niños y la aparición del punk acabaran con el grupo. Fue la noche en que Peter llevó a su nueva novia, Daphne. Roland y ella hablaron durante horas mientras Peter estaba emborrachándose en alguna parte. A partir de entonces, hubo rivalidad y celos tácitos. Pero Mount era un guitarra solista guay de personalidad dinámica con el don de salirse con la suya y de meterse, solo alguna que otra vez, en peleas, de las de verdad, a puñetazos. Un teclista a tiempo parcial sin confianza en sí mismo no podía competir con él. Y aquí estaba el mismo Peter, un hombre adinerado de firmes convicciones, un tránsfuga del UKIP, un conspicuo donante al partido del gobierno, con un título nobiliario al alcance de la lengua, según *Private Eye*. Había resultado que el espíritu igualitario de la música rock no tenía nada de inevitable. La confrontación en la acera esa mañana no había tenido tanto que ver con unas cenizas como con la continuación de una antigua pugna. Siete años después, todo llevaba de regreso a Daphne. ¿Cuál de los dos quedaría en posesión de su memoria?

Los meses que separaron el diagnóstico de la muerte fueron los más intensos de la vida de Roland, en algunos momentos concretos los más felices y durante el resto, los más desdichados. Nunca había sentido tanto. Después de la conmoción y el terror inmediatos, Daphne pidió una segunda opinión. Roland la acompañó y tomó notas mientras ella planteaba las preguntas que habían preparado juntos. Qué abstracto parecía, le comentaba ella una y otra vez. No sentía nada fuera de lo normal aparte de un dolor ocasional en el costado que valoró ante el médico con un tres en una escala de cero a diez. Se casaron en un registro civil sin familiares ni amigos presentes, solo una pareja de testigos buscados al azar en la calle. Durante días hablaron de la consulta y los resultados de otra tanda de pruebas. Luego Daphne tomó la decisión. Convocó a sus hijos, incluido Lawrence, en Lloyd Square y les dio la noticia. Eso estuvo muy arriba en la lista de los peores tragos. Diez en el espectro de dolor. Gerald, que había terminado recientemente la carrera de medicina, guardó silencio y se fue de la habitación. Greta se echó a llorar, Nancy se puso furiosa, con la noticia de su madre y con su madre. Lawrence abrazó a Daphne y lloraron los dos.

Cuando las cosas estuvieron más calmadas y Gerald volvió a la habitación, ella anunció a la familia lo que había decidido hacer. Aparte de lo que fuera necesario para aliviar el dolor intenso, que aún no le hacía falta, no se sometería a tratamiento. Los efectos secundarios eran abominables, los índices de éxito en esta fase insignificantes. Los chicos volvieron a sus vidas y Daphne y Roland elaboraron un plan. Se reducía a tres partes. Primero, mientras estuviera lo bastante fuerte para viajar, había sitios que quería ver de nuevo. Entre ellos el lugar donde le gustaría que Roland lanzara sus cenizas. Segundo, se quedaría en casa para organizar sus asuntos y lo seguiría haciendo hasta que llegara la tercera fase y fuera hora de concentrarse en estar enferma.

Roland se encargó de las reservas hoteleras y los preparativos de viaje. En resumidas cuentas, todo el proceso fue práctico y formal. Pero por el camino hubo más accesos de llanto y muchos arranques de ira. No se rebajó a preguntar «¿por qué a mí?», pero, al igual que Nancy, montaba en cólera contra la indecencia del destino. Se desquitaba con Roland por su aparente distanciamiento, su «puñetera tablilla» —de hecho, hojas de papel apoyadas en un libro de arte—, el lápiz siempre listo «como un burócrata de prisión». ¿De prisión? Porque él era libre y ella estaba atrapada. Pero sus reconciliaciones eran inmediatas y tiernas.

Primero, unas vacaciones en familia en un hotel con pocas pretensiones en una islita frente a la costa sur de Francia. Daphne quería que Lawrence también fuera. En respuesta a sus ruegos el Instituto de Potsdam le permitió ausentarse avisando con muy poca antelación. Greta, Nancy y Gerald conocían el hotel de su infancia. El propietario recordaba a Daphne y la abrazó. No debían decírselo. La semana fue su primera experiencia de violentos cambios de estado de ánimo, desde la oscura anticipación de la tragedia que se avecinaba a la alegría de unas vacaciones normales que sorprendentemente arrasaba con todo. Resultaron ser incontenibles, las bromas de familia, los recuerdos, las tomaduras de pelo, el encanto del entorno. Durante una comida de dos horas podían moverse más de una vez entre estos polos. A la hora de cenar se sentaban al aire libre con vistas a una modesta bahía y la puesta de sol. Hacer una fotografía que incluía a Daphne era ver ya la imagen que la sobreviviría a título póstumo. No quería una *omertà* en torno a su estado. No resultaba más fácil que el silencio discreto. La primera velada, cuando llegó el momento de darse las buenas noches, los abrazos se les antojaron el ensayo de una despedida final, todo el mundo se dio cuenta y hubo lágrimas. Estaban en el jardín bajo un eucalipto, abrazados en círculo. Cerca de ellos, en la pecera iluminada del chef las langostas presionaban su armadura contra el vidrio con un chasquear asordinado. Qué distinto del abrazo en común con la familia Heise en el Hotel Mayfair, unas semanas antes.

Daphne dijo: «Ante esta mierda, estar aquí, haciendo esto es lo mejor, lo más alegre que alcanzo a imaginar». Al oírlo, Lawrence se sintió abrumado y todos tuvieron que consolarlo. Cuando se recuperó le tomaron el pelo por robarle protagonismo a Daphne y ella se sumó a la broma. Así fue durante seis noches, con altibajos. El truco de Daphne consistía en convencerlos de que, arriba o abajo, no debían reprimirse ni sentirse culpables por la alegría ni por la tristeza. Daba la impresión de estar feliz y, aunque la familia no lo creía ni la creía a ella, la ilusión levantaba el ánimo.

No había coches en la isla. Solo una pista forestal pavimentada y muchos senderos a través de los encinares. Hicieron excursiones, nadaron y salieron todos de pícnic hacia los acantilados. Una tarde Daphne y Roland fueron solos hasta la otra punta de la isla a una playa de arena junto a unos sotos de bambú. Se mantuvieron ajenos a la belleza del día mientras ella exponía ideas que evolucionarían a lo largo de las semanas siguientes. Le daba pavor la indefensión, la humillación al final casi tanto como el dolor. Estaba experimentando los primeros zarpazos de una aguda sensación de desgarro en el costado. El dolor, según creía, iba a ser enorme, «como una torre». La asustaba. También la asustaba la idea de perder la cabeza si los secundarios le alcanzaban el cerebro. En cuanto a la pena: no ver a los cuatro chicos de más adultos, no conocer a los nietos que llegarían, no estar con él en la vejez, no descubrir el matrimonio que deberían haber comenzado hacía mucho tiempo.

—Culpa mía —dijo Roland.

No le contradijo, se limitó a apretarle la mano. Luego, en el paseo de vuelta al hotel, sobre ese mismo tema, Daphne murmuró:

—Eras un culo inquieto.

De regreso en el continente al final de su estancia se despidieron en el muelle de una manera afectuosa y normal. Por ahora estaban purgados de emociones intensas. Los jóvenes adultos fueron en un taxi compartido a Marsella para coger sus vuelos a Londres, y a Berlín vía París. Roland y Daphne iban a ir al noroeste en un descapotable alquilado para alojarse en una *pensione* rural a las afueras de Aosta. Ella limpió habitaciones allí durante dos meses después de acabar los estudios. Seiscientos kilómetros en cuatro días, sin prisas, y conduciría Daphne. Debían ir por carreteras secundarias siempre que fuera posible, Roland de copiloto con los mapas a gran escala que había comprado de antemano. Nada de GPS. También había reservado tres escalas en remotas ubicaciones rurales. Aparte de la isla, fue el viaje que más éxito tuvo del itinerario de ensueño de Daphne. Las exigencias de conducir por angostas carreteras de montaña, escoger los lugares ideales para almorzar de pícnic, los placeres de la llegada al final de cada jornada, el revés esporádico cuando Roland cometía un error de navegación la obligaban a centrarse en el presente. La *pensione*, la Maison Lozon, estaba casi como la recordaba. El propietario les dejó echar un vistazo a la antigua habitación de Daphne. En ese hotel le entregó su corazón a un camarero búlgaro y en ese cuartito, la víspera de cumplir dieciocho años, hizo el amor por primera vez.

Durante la cena hablaron de sus años de adolescencia, sobre los chicos de adolescentes y sobre esta condición en general y cuándo había adquirido un estatus especial. Roland lo atribuía a un momento simbólico, cuando Elvis sacó su primer éxito, «Heartbreak Hotel» en 1956. Daphne lo situaba cinco años antes, durante el tardío boom de posguerra de principios de la década de los cincuenta y la prolongación de la edad en que se acababan los estudios. Quizá fuera hablar de esa época de sus propias vidas lo que otorgó profundidad a una sensación de pasado compartido; quizá fuera que se añoraban mutuamente como adolescentes; tal vez fuera su euforia al final de un satisfactorio viaje por carretera y el resplandor de su semana en la isla o lo mucho que le encantó a Daphne el tema de Fats Weller que le tocó en el viejísimo piano de la *pensione*; sobre todo, fue la certeza de que se les iba a arrebatar todo eso. Habían sido amigos mucho tiempo y se querían tal como se quieren los viejos amigos, pero esa noche en su habitación del segundo piso bajo un tejado de gruesas vigas de madera se enamoraron, como adolescentes.

Esa sensación perduró, pero el viaje pasó a ser menos placentero. Las cosas fueron cuesta abajo literalmente cuando se vieron obligados a seguir un horario y descendieron de las montañas para incorporarse a un torrente de tráfico hacia el aeropuerto de Malpensa en Milán a fin de devolver el coche alquilado y tomar un vuelo a París. Habría sido mejor ir a Turín. Un error de Roland. Daphne se entregó con denuedo a su estilo de conducción vulgar, dando luces y yendo pegada al coche de delante en el carril rápido atestado. Roland permaneció sentado en tensión y guardó silencio. Se habían acostumbrado a la belleza y la paz y comprobaron que no estaban hechos para París. El apartamento se encontraba en la rue de Seine. Las calles aledañas estaban abarrotadas de turistas como ellos. El café matutino en los bares locales era pésimo, fangoso y flojo al mismo tiempo. Decidieron preparárselo ellos en el apartamento. En el restaurante con dos estrellas Michelin que ella quería enseñarle, vinos que había comprado en Londres por unas quince libras costaban de doscientos euros para arriba. Eran inconvenientes banales de turistas. Pero en el Petit Palais, que Daphne llevaba treinta años sin visitar, Roland tuvo lo que a ella le gustaba llamar «un momento». Dejó de contemplar los cuadros muy pronto y aguardó en el vestíbulo principal. Después de que ella se hubiera reunido con él, cuando se marchaban, empezó a despotricar. Dijo que si alguna vez tenía que contemplar otra Madona y Niño, Crucifixión, Asunción, Anunciación y demás «vomitaría». Históricamente, anunció, la cristiandad había sido la mano fría e inerte sobre la imaginación europea. Qué maravilla que hubiera expirado su tiranía. Lo que parecía piedad era una conformidad forzada en el marco de un estado mental totalitario. Cuestionarlo o desafiarlo en el siglo XVI habría sido jugarse la vida. Como protestar contra el realismo socialista en la Unión Soviética de Stalin. No era solo el progreso de la ciencia lo que había obstaculizado la cristiandad durante cincuenta generaciones, era casi toda la cultura, casi toda la libre expresión e indagación. Soterró las filosofías de miras amplias de la Antigüedad clásica durante una era, empujó a miles de mentes brillantes hacia irrelevantes madrigueras de teología que no hacía sino enturbiarlo todo. Había difundido la denominada Palabra por medio de una violencia horrorosa y se mantenía gracias a la tortura, la persecución y la muerte. ¡Piadoso Jesús, ja! En la totalidad de la experiencia humana del mundo había infinidad de temas y sin embargo en toda Europa los grandes museos estaban llenos a rebosar de la misma basura escabrosa. Peor que la música pop. Era el festival de Eurovisión en pinturas al óleo y marcos dorados. Mientras lo decía le asombraba la intensidad de sus sentimientos y el placer del desfogue. Estaba desbarrando –explotando– por otra cosa. Qué alivio era, dijo cuando empezaba a calmarse, ver la representación de un interior burgués, una hogaza de pan sobre una tabla junto a un cuchillo, una pareja patinando de la mano en un canal helado, intentando aprovechar un momento de diversión «mientras el puto cura no miraba. ¡Gracias a Dios por los holandeses!».

Daphne, a la que entonces le quedaban ocho semanas de vida, le puso la mano en el brazo. Su sonrisa, indulgente y amable, lo derritió. Le estaba dando una lección de cómo morir. Dijo: «Es hora de comer. Me parece que te hace falta una copa».

El viaje y las rutinas turísticas en una ciudad animada empezaron a cansarla y tenía ganas de volver a casa. Acortaron la visita tres días y tomaron el tren a Londres. Todavía tenían un viaje por delante y era mejor que Daphne descansara en Lloyd Square antes de ponerse en camino. Cinco días después estaba en buena forma cuando cargaron en el coche provisiones y ropa de montaña. Ella insistió de nuevo en conducir. Era su última oportunidad, decía una y otra vez. Siguiendo sus instrucciones, Roland había alquilado una casita de campo en el Distrito de los Lagos, junto al río Esk. Ella había ido allí a los nueve años con su padre, médico rural y experto naturalista aficionado. Recordaba lo encantada que estaba de tenerlo todo para ella. Juntos padre e hija iban a escalar Scafell Pike, la montaña más alta de Inglaterra, si no del mundo. La casita, Bird How, en la cuenca alta del valle, no tenía electricidad y eso formaba parte de la diversión, que le dejaran encender velas y llevarlas al dormitorio entre las horrorosas sombras cambiantes.

Mientras cruzaban los pasos de Wrynose y Hardknott, con Daphne al volante, Roland recordó una vez que Lawrence, con catorce años, anunció que quería subir una montaña. Dos días después, se alojaban en un pub en el valle de Langstrath y madrugaban para escalar esa misma montaña.

–Me asombró su buena forma, la velocidad a la que me hizo ascender.

Daphne rió.

–Pareces un poco triste.

–Lo echo de menos.

Había nubes bajas y llovizna cuando alcanzaron Bird How dos horas antes de oscurecer. Se llegaba a la casita por un camino lleno de baches y el coche con el suelo bajo rozaba estrepitosamente con las piedras que sobresalían. Roland llevó sus cosas por un jardín de hierba sin segar mientras Daphne preparaba el alojamiento. Incluso a la luz menguante alcanzó a ver lo hermoso que era el entorno. Las colinas rocosas ascendían a ambos lados. El Esk, invisible bajo una hilera de árboles, estaba al pie de un prado en pendiente enmarcado por muros de piedra. La casita era sencilla. No había cuarto de baño: te lavabas en el fregadero de la cocina. Abajo, un sótano empedrado y un retrete químico.

A la mañana siguiente había dejado de llover y las nubes se habían despejado en parte. La previsión era de periodos de sol. Prepararon las mochilas y echaron a andar por un camino rural río arriba. Cruzaron a la orilla este por el puente peatonal de Taw House Farm. Daphne tenía en mente cierto lugar que quería enseñarle. El terreno era cómodo bajo sus pies, pero fueron poco a poco, descansando cada veinte minutos o así. Sentada en una escalera alta que pasaba por encima de un muro de piedra se tomó un analgésico y enseguida empezó a caminar con más aplomo. Les llevó tres horas recorrer unos pocos kilómetros. Llegaron al sitio, el cruce en el puente de Lingcove. Ella estaba emocionada. Le sorprendió que la sencilla estructura de piedra con arcos siguiera exactamente igual que cuando la vio cincuenta años antes con su padre y él le hablara de la guerra. Había formado parte del Cuerpo Médico, atendiendo a las tropas que combatían para abrirse paso por la llanura del norte de Alemania hacia Berlín. Le contó a Roland que no era un hombre muy expresivo, pero que le cogió la mano mientras le hablaba de su trabajo y le explicó como mejor pudo a una niña de nueve años el sistema de triaje. A medida que su unidad avanzaba hacia el este, cada vez más lejos de casa, le había enviado cartas a la madre de Daphne.

–Le pregunté sobre qué escribía. Dijo que lo describía todo, hasta las heridas que había tratado, y le decía que la quería mucho y que cuando regresara se casarían y un día tendrían una niña como yo. No puedo expresar, Roland, la alegría que me dio oírlo. Era un hombre sumamente reservado. Nunca le había oído hablar de amor. La gente no lo hacía en aquellos tiempos, no con los niños. Oírle decir que quería a mi madre me hizo sentir un amor resplandeciente por él. Me contó que había visto a unos ingenieros construir un puente de pontones a toda velocidad para cruzar el río Elba. Cuando lo cruzó en un camión dos ruedas rebasaron el borde y estuvieron a punto de precipitarse a las aguas profundas. Los soldados tuvieron que bajar con cuidado, uno por uno.

»Mientras me contaba esa historia, y la contaba pero que

muy bien, la convirtió en una especie de relato de suspense. Yo estaba aferrada a su mano y el agua bajaba de forma torrencial por el río y caía por la cascada detrás de nosotros. El camión estaba volcando, pero los soldados se iban a salvar. Mientras le escuchaba pensé que nunca había sido tan feliz. Daphne y Roland fueron al puentecito y miraron corriente abajo. Después de un silencio ella dijo:

–Soy muy feliz aquí contigo, y los dos momentos más felices abarcan casi toda mi existencia. Me gustaría que vinieras aquí solo con mis cenizas. Traer a todos los chicos aquí al mismo tiempo sería imposible. No vengas con un amigo, no traigas a ninguna de tus encantadoras examantes. Sobre todo, no dejes que se entrometa Peter. Ya me ha amargado suficientes veces. Sea como sea, detesta andar y estar al aire libre. Ven solo y piensa en nuestra felicidad aquí. Y échame al río. –Luego añadió–: Si sopla viento puedes bajar y hacerlo desde la orilla.

Esto último, el paso de lo sublime a lo trivial, los superó. Guardaron silencio y se abrazaron. Hablar de felicidad así, pensó Roland, era absurdo. La llegada de un grupo de excursionistas que estropeaban el paisaje con sus anoraks azul eléctrico los cohibió y les hizo separarse. No había suficiente espacio en el puente para que pasasen todos, conque mientras el amistoso grupo esperaba, Roland y Daphne volvieron a la orilla este, ascendieron unos cuantos metros por Lingcove Beck delante de la primera cascada y almorzaron de pícnic.

Cuando hubieron terminado Daphne estaba muy cansada para seguir, de manera que iniciaron un lento descenso hacia Bird How. Durante el resto del día ella dormitó en la cama y Roland, que se había traído una biografía de Wordsworth para leer, no consiguió afrontarla, o afrontarlo a él, y se dedicó en cambio a hojear revistas sobre el campo que habían dejado otros huéspedes. A media tarde salió y se puso a contemplar el otro lado del valle hacia Birker Fell. La suave brisa de cara transportaba y amplificaba los sonidos del río. Le pareció oír pasos a su espalda detrás de la casa. Fue a mirar, pero no había nadie. Las pisadas regulares resultaron ser el latir de su corazón. Cuando regresó a su vista del río se fijó en una lechuza a unos cincuenta metros que volaba directamente hacia él, ascendiendo por el prado, su pálida cara justo en su línea visual. Por un instante tuvo la impresión, más bien una alucinación, de que lo miraba un rostro humano, antiguo, indiferente por completo. Luego la imagen se esfumó, la lechuza viró hacia su derecha para volar río arriba, en paralelo al cauce, y después giró a la izquierda, cruzó el río y desapareció detrás de una arboleda. Cuando volvió dentro oyó que Daphne se removía y le llevó una taza de té. No mencionó la lechuza. Se dijo que le habría entristecido no haberla visto.

Dos días después condujo él de regreso a Londres. Daphne durmió parte del camino. Cuando despertó estaban a la altura de Manchester. Ella sacó un CD del bolso, momentos destacados de *La flauta mágica*.

–¿Te parece?

–Claro. Sube el volumen.

Al primer orondo acorde de la obertura Roland se sintió transportado a 1959, al olor a pintura húmeda en los bastidores que representaban un bosque espeluznante y al grueso delantal de algodón que le obligaban a llevar; la perplejidad respecto a dónde se suponía que estaba y qué se suponía que debía hacer; el aturdimiento no reconocido por estar tan lejos de su madre. Tres mil kilómetros. Vio en la superficie de la carretera que se abalanzaban hacia él los dibujos del linóleo del bloque de música de Berners Hall. Que la obertura iniciara su alegre corroteo familiar no lo liberó. Había mantenido el tipo en la situación y ahora Mozart y los recuerdos lo estaban ablandando. La inutilidad de la valentía de Daphne amenazaba con desarmarlo. Iba por el carril central a ciento veinte kilómetros por hora, adelantando a una larga fila de camiones, y se le empezó a nublar la vista. Qué cálida era, qué patética, cómo se estaba esforzando cuando estaba destinada a fracasar.

–Tengo que parar –murmuró–. Se me ha metido algo en el ojo.

Ella se volvió en el asiento para mirar por la ventanilla trasera mientras él aceleraba a lo largo de la línea que formaba el interminable convoy.

–Ahora –le indicó.

Con ayuda de Daphne pasó por un hueco entre dos camiones y se detuvo en el arcén con las luces de emergencia puestas. Ella ya tenía un pañuelo de papel en la mano. Lo cogió y se apeó. El bramido industrial tan poco compasivo de la M6 lo reanimó mientras estaba plantado en medio de una tormenta de polvo, enjugándose los ojos. Cuando arrancaba el coche ella le puso la mano en la muñeca. Lo sabía.

Ahora Roland estaba bien, habituado a la ópera. Habían recorrido unos quince kilómetros cuando ella dijo:

–Pobre Reina de la Noche. Alcanza esas notas agudas, pero sabe que va a perder.

La miró de reojo y se tranquilizó. Lo decía en serio. No se refería a sí misma.

En casa a la noche siguiente, cuando él volvió de su sesión en el hotel, se la encontró de rodillas en la sala de estar rodeada de álbumes de fotos y cientos de fotografías sueltas, algunas en blanco y negro. Estaba anotando tantas como fuera posible para que los chicos supieran los nombres de sus parientes más lejanos y de los amigos de ella. Asimismo, sus hijos recordarían los lugares y fechas precisos de sus vacaciones de infancia. Le escribió largas cartas a cada uno de ellos para que las leyeran seis meses después de su muerte. A ratos, ordenar las fotos le llevó más de dos semanas. Organizó por medio de su médico de cabecera que un asistente del Servicio de Salud Pública ayudara a cuidar de ella cuando estuviera incapacitada. Empezó a vaciar sus armarios y cajones de ropa, unas prendas para tirarlas, otras para que ella las lavara, planchara y doblara y Roland las llevase a una tienda de la Cruz Roja. Dio todos sus abrigos. No volvería a ver otro invierno. A Roland le pareció implacable, ¿y si no moría? Él se aferraba a esa esperanza. Cosas más raras habían pasado en las enfermedades. Daphne no tenía la menor duda.

–No quiero que tú o los chicos hagáis esto. Es demasiado macabro.

Se retiró formalmente de su asociación de la vivienda y con ayuda de un amigo abogado la transformó en una cooperativa. Fue a la oficina, dio un discurso de despedida al personal consternado y regresó de buen ánimo con flores y cajas de bombones. Roland estaba receloso, sospechaba que en cualquier momento iba a venirse abajo. Pero a la mañana siguiente Daphne estaba en el jardín, con las botas de montaña, removiendo la tierra de los arriates elevados. Por la tarde, el mismo abogado fue a ayudarle a hacer las disposiciones sobre la casa. Peter había provisto con generosidad para que sus tres hijos se compraran viviendas. Daphne quería traspasarle la casa a Roland. Cuando este protestó, ella le explicó sus condiciones. No debía venderla mientras siguiera vivo. Continuaría siendo la casa de la familia. Lawrence también podía disponer de un cuarto. Sería útil para los chicos si vivían en Londres, útil para las navidades.

–Mantén la casa en funcionamiento –le dijo–. Me quedaría muy tranquila si lo haces.

Después de consultas por teléfono con sus hijos quedó acordado. La casa de Roland en Clapham se vendería. Se abandonaron los planes para renovarla. Lawrence invertiría el dinero en un piso para él en Berlín donde los precios eran más bajos.

La paradoja, a juicio de Roland, estribaba en que todos estos preparativos –la fase dos– eran una manera de no pensar en lo que tenían inmediatamente por delante. Daphne ya había ido al médico en busca de lo que denominó una «mejora» de la medicación para el dolor. Se quedaba en cama por la mañana y hasta media tarde. Comía menos y casi todas las noches se acostaba antes de las diez. El alcohol de cualquier clase le repugnaba porque sabía a putrefacción, decía, y más valía así. No beber le permitía conservar energías. No estaban en manos de Daphne ni el principio de la fase tres ni su naturaleza. Su talento para la organización ocultó en parte su llegada, que fue gradual. Una segunda mejora de la medicación, el adelanto de la hora de acostarse, menos comida incluso, momentos de desorientación, momentos de irritabilidad, pérdida visible de peso, una palidez intensa, todo iba avanzando muy lentamente mientras se mantenía ocupada. Eran los guijarros sueltos que precedían la avalancha. Esta llegó a las tantas de la noche con un grito. El dolor en el costado y el estómago habían aumentado vertiginosamente más allá del alcance de las últimas pastillas. Roland estaba al pie de la cama aturdido, poniéndose los vaqueros mientras ella se retorcía entre las sábanas revueltas. Intentaba decirle algo entre accesos. Que no llamara a una ambulancia. Pero eso era justo lo que tenía intención de hacer. Ella ya no estaba al mando. Los paramédicos llegaron en diez minutos. Fue imposible vestirla. En la trasera de la ambulancia uno de los auxiliares le puso morfina mientras iban a toda velocidad hacia el hospital Royal Free. Dormitó en una camilla durante los cincuenta minutos de espera en Urgencias. Roland y un celador la llevaron a su pabellón, donde por lo visto sabían de ella y tenían su historial. Su médico de cabecera debía de haberlo previsto. Roland esperó junto al puesto de enfermeras mientras «la acomodaban». Cuando regresó le habían puesto un gotero y estaba recostada en la cama con bata de hospital. El suministro de oxígeno que le entraba con un siseo por las fosas nasales le había devuelto un poco de color a la cara.

–Lo siento –fueron sus primeras palabras.
Roland le cogió la mano, se la apretó y se sentó. Se disculpó:
–Tenía que traerte.
–Lo sé.
Un rato después ella dijo:
–Esta noche no va a pasar nada.
–No, claro que no.
–Más vale que vayas a casa y duermas un poco. Nos vemos por la mañana.

Mientras le recitaba una lista de cosas que traer, que él apuntó en el móvil, notó a la Daphne de siempre otra vez al mando y se fue del hospital a las cuatro de la madrugada, rebosante de esperanza irracional.

Justo después de las seis, en la cálida luz de finales de verano Roland tomó el sendero que llevaba a la casita de campo. La superficie ya no parecía tan llena de baches o el coche tenía el suelo más alto. Antes de descargar fue a echar un vistazo dentro. Todo estaba igual que antes, incluso el olor a madera pulida, hasta los ejemplares de la revista Country Life en la mesa del rincón y la quietud resonante. Pero esta tarde había un sol meloso sobre el prado hacia el río y hasta el otro lado del valle. Y ya no tenía sesenta y dos años. Tuvo que hacer cuatro viajes para meterlo todo. Tal como esperaba, la ausencia de Daphne en el profundo silencio era opresiva. Se mantuvo ocupado deshaciendo el equipaje. Hasta metió la ropa de muda en los cajones aunque solo iba a quedarse dos noches.

Al final, se sirvió una cerveza, la llevó fuera y se sentó cerca de la puerta principal en un banco improvisado dispuesto en el muro de piedra. Era agradable estar sentado contemplando el valle y esperando a que mermaran las vibraciones que perduraban en su cuerpo de resultas del motor extenuado del cochecito. Siete años. ¿Por qué había tardado tanto? Su carta lo decía con claridad. Podía tardar tanto como quisiera.

No era suficiente que todo este tiempo hubiera vivido en casa de ella, incluso que se la hubiera apropiado, hubiera hecho el estudio de Daphne suyo, usara todas las noches los cacharros desgastados de ella, durmiera en la cama que una vez compartieran. Tampoco eran suficientes las diversas navidades en la casa con Lawrence, Ingrid, Stefanie, Gerald, Nancy y Greta y todos sus novios, novias, luego maridos, mujeres, después niños. El recuerdo de Daphne fue intenso en todo ello, pero seguía necesitando los últimos vestigios reales de su presencia física y no quería separarse de ellos, la esencia carbonizada de su esposa y su ataúd. Debía tenerla a su lado. Solo después de cinco años, cuando el jarrón se convirtió más que nada en un recuerdo de su demora, lo envolvió en una hoja de periódico y lo guardó en el fondo de un cajón.

Luego, mientras se preparaba la cena, notó que le invadía de nuevo la tristeza. Hacía tiempo que no estaba tan ensimismado. Era doloroso. Esa era otra razón para la demora, su renuencia a volver a establecer sintonía con la pérdida. Ojalá hubiera sido enterrada tal cual en un cementerio de Londres donde hubiese podido ir a visitar su tumba con regularidad. Ser un sombrío celebrante activo en las exequias finales de todo lo que quedaba de ella estaba removiendo demasiados sentimientos. Tendría que haberlo hecho de inmediato, a las dos semanas de su muerte, haberse alojado en la posada de Boot, haber ido río arriba sin acercarse a la casita de campo. Había reservado Bird How sin pensarlo. Era morboso regresar aquí. Se preguntó si debía volver a hacer el equipaje y marcharse. Pero era consciente de que cambiar de ubicación no mejoraría nada. Hasta que sus cenizas estuvieran en el Esk, camino de Ravenglass y el Mar de Irlanda, no sentiría alivio. Tenía que seguir adelante y hacerlo. Sufrir era apropiado. Había planeado ir a pie desde el puente hacia lo alto de Esk House y volver por las cascadas de Lingcove Beck. Pero estudió el mapa con más atención y vio que era una caminata demasiado ardua para un hombre de su edad y condiciones. Finalmente lo tuvo claro, cumpliría su deber en el puente, volvería directamente, cargaría el coche y se iría. No podía pasar otra noche en Bird How.

Estaba en camino antes de las nueve, siguiendo el valle río arriba, cruzando a la orilla este por el puente peatonal de Taw House Farm como antes. Solo que intentaba no pensar así. Tenía que ahuyentarla –a ella caminando a su lado– de sus pensamientos. No andaba hacia el pasado sino para dejarlo atrás. Poco después estaba cerca de Bursting Gill contemplando Heron Crag al otro lado del río, a menos de diez minutos del puente. Después de las lluvias recientes, el río a su izquierda discurría magníficamente contra los cantos rodados de granito, los helechos en las colinas rocosas que se alzaban en torno seguían verdes y en el aire flotaba el dulce aroma del agua sobre la piedra. Pero el agua y la piedra no olían. Se quitó la mochila. El jarrón de cerámica envuelto en un forro polar y los dos litros de agua le pesaban. Se arrodilló a la orilla del río para mojarse la cara con las manos en cuenco.

No se había dado cuenta de lo corto que era el trayecto o lo deprisa que lo había hecho. Aquel día, Daphne tuvo que descansar varias veces. Cogió la mochila y ascendió hacia su derecha en dirección a Great Hill Head Crag, hasta un montículo entre los helechos para repasar. Estaba unos treinta metros por encima del sendero con una extensa vista río abajo. Era miércoles por la mañana, las vacaciones de verano habían terminado y no había nadie por allí salvo un excursionista solitario, quizá a dos kilómetros, quizá a dos y medio. Él o ella parecía inmóvil. Se sentó y sacó la carta. Al instante tuvo su voz cerca del oído.

Querido mío, puedes lanzarme al agua cuando quieras. Da igual si tardas veinte años. Siempre que puedas llegar por tus propios medios al puente, ponerte donde estuvimos y pensar en nosotros y en lo felices que fuimos. Me enamoré de un búlgaro de adolescente. Me dijo que algún día sería un poeta famoso. Me pregunto si lo conseguiría. Qué difícil es predecir las vidas. Volví al mismo lugar más de cuarenta años después para enamorarme de ti o descubrir que lo estaba desde hacía mucho tiempo. Qué maravilloso fue conducir hasta allí por las montañas. Gracias por hacer de copiloto y por tocar a petición mía una canción sentimental en el piano desafinado de la *pensione*. Gracias por todo. Sé que este viaje te resultará doloroso. Otra razón para darte las gracias. Lamento muchísimo que tengas que ir solo por ese río tan precioso. Cariño mío, cuánto te quiero. ¡No lo olvides! Daphne.

La proximidad y claridad de su voz agudizaron su recuerdo de la entereza de Daphne, de los dolores que padecía cuando escribió la nota en el pabellón sobrecalentado con las cortinas verdes echadas a su alrededor y el tubito del gotero de la bomba de morfina fijado a la base del pulgar. Sus valientes palabras en una letra caligrafiada con florituras realzaron su consciencia del valle, su generosidad de espacio y luz, el sonoro río que corría con fuerza hacia el sudoeste, la sensación de la hierba áspera bajo una mano y ahora, mientras bebía a grandes tragos, la botella de agua fría en la otra. Tenía suerte de estar vivo.

Su carta era una parte esencial del rito. Después de haberla leído de nuevo se puso en pie, con demasiada resolución quizá, y tuvo que esperar a que se le pasara el súbito mareo. Luego descendió hacia el río. Antes tenía mucha habilidad para bajar al trote pendientes empinadas, saltando a las rocas y los salientes más abajo igual que una cabra montesa. Ahora, pendiente de las articulaciones de las rodillas, descendió de

505

costado con cautela hasta el sendero. Llegó a las inmediaciones del puente de Lingcove en un estado de ánimo contemplativo. Había olvidado que a este lado había un aprisco para ovejas delimitado por un muro de piedra. Lo dejó atrás y se detuvo delante del puente. El sitio era muy popular para ir de pícnic o detenerse a hacer fotos y echar un trago de agua. Esa mañana lo tenía todo para él. El puente era justo lo bastante ancho para que pasaran dos ovejas. Lo enfiló y fue a situarse, siguiendo las instrucciones, en el punto más alto del pequeño arco de piedra donde se detuvieran juntos. Se quitó la mochila y la dejó entre los pies, pero todavía no estaba preparado para sacar el jarrón. Había llegado la ocasión y quería darle tiempo. Miró corriente abajo. La brisa era suave y podía esparcir las cenizas desde aquí. Pensó que, si hubiera podido ponerse por arte de magia en la piel de cualquiera en ese momento, habría escogido al discreto padre médico de Daphne, sintiendo cómo la mano de la niñita aferraba con fuerza la suya mientras le contaba historias de la guerra y sus cartas de amor a su madre en casa. Algo así era benévolo, pero evocar a un médico fue un error. Lo condujo hacia recuerdos no de felicidad compartida sino de lo que ocurrió después durante las últimas semanas de Daphne. No podía luchar contra sus pensamientos desobedientes. Tendían hacia su agonía y la agonía de los chicos cuando iban a verla. Se encogió en la cama, la piel de la cara se le tensó en torno al cráneo, los dientes le sobresalían de tal modo que todos tenían que esforzarse para ver la cara que conocían detrás de una máscara nueva. Le ardía la piel. Detestaba dormir tanto, las siestas de morfina, los sueños: aterradores, decía, porque eran tan realistas como la vida misma y luchaba por escapar de ellos. Tenía la lengua cubierta de llagas blancas, los huesos, decía, le quemaban. El dolor desgarrador en el costado llegó a ser como temía y peor. Debía elegir entre el dolor o la morfina y los sueños sofocantes que se camuflaban de realidad, aunque el especialista insistía en que los pacientes tratados con morfina dormían sin soñar. Cuando Roland le preguntó a Daphne si quería volver a casa, se mostró asustada. Dijo que se sentía más segura donde estaba. Por la misma razón no quería que la trasladaran a un centro de cuidados paliativos. Poco después los medicamentos dejaron de aplacar el dolor y quería morirse. Aquí estaba la humillación que siempre había temido, pero el dolor la volvía insensible a ella. Roland la oyó suplicarle en voz baja a un médico que la aliviara de su sufrimiento. Intentó que las enfermeras, ahora amigas suyas, le administraran una sobredosis de la que nadie sabría nunca. Pero el personal, amable como siempre, estaba obligado por la ley a cumplir su deber médico de mantenerla con vida pese al dolor hasta que falleciera. Estaban dispuestos a matarla por omisión, negándole comida y bebida. Se añadió a su calvario una sed intensa y constante. Roland le mojaba los labios con una esponja húmeda. Los tenía agrietados como si se hubiera arrastrado por un desierto. Los ojos le amarilleaban. El aliento le olía a algo medio podrido. Él quitó el cartel de NADA POR VÍA ORAL del pie de la cama y fue al puesto de enfermeras a insistir en que le dieran agua siempre que la pidiera. Accedieron encogiéndose de hombros, por ellas no había problema.

No mucho antes, se había presentado una vez más al Parlamento un proyecto de ley que habría permitido a Daphne elegir el momento de su muerte. Los venerables de la Iglesia en la Cámara de los Comunes, los arzobispos, se opusieron. Ocultaron sus objeciones teológicas tras escabrosas historias de parientes codiciosos que querían echar mano al dinero. Los teólogos no habrían podido ser más despreciables. En el hospital, aunque nunca en presencia de ella, Roland reservaba su desprecio –su «momento»– para los ilustres miembros del establishment médico, los adustos rectores de colegios y sociedades reales que no estaban dispuestos a renunciar a su control sobre la vida y la muerte.

507

Roland le dijo todo esto a Lawrence en un pasillo del hospital. Una de sus desconsideradas diatribas: seguramente pasaban médicos por allí y lo oyeron. Transcurrieron dos siglos antes de que a las altas esferas les pareciera que valía la pena mirar por un microscopio para examinar los microorganismos que Antonie van Leeuvenhoek describiera en 1673. Se posicionaron de nuevo contra la higiene porque era un insulto hacia la profesión, contra la anestesia porque el dolor era un elemento de origen divino de la enfermedad, contra la teoría de la enfermedad provocada por gérmenes porque Aristóteles y Galeno eran de otra opinión, contra la medicina basada en pruebas porque no era así como se hacían las cosas. Se aferraron a sus sanguijuelas y sus ventosas tanto tiempo como les fue posible. Hasta mediados del siglo XX, defendieron la amigdalotomía infantil en masa, pese a las pruebas en sentido contrario. Al final, la profesión siempre daba el brazo a torcer. Algún día darían el brazo a torcer con respecto al derecho de una persona racional a escoger la muerte en lugar del dolor insoportable e imposible de paliar. Demasiado tarde para Daphne.

Lawrence lo escuchó y luego le puso una mano en el brazo a su padre.

–Papá, deben de haber rechazado montones de malas ideas también. Cuando cambie la ley, ellos lo harán.

Volvían hacia el pabellón de Daphne.

–Lo harán, pero lucharán hasta el final.

Sentado con ella día tras día, atendiéndola, observando su grotesco declive, necesitaba alguien, algo que culpar. De una manera blasfema, quería que muriese. Lo deseaba casi tanto como ella misma.

Luego le dejaron quedarse a pasar las noches. Cuando murió, a las cinco de la madrugada, él dormía en su sillón y no pudo perdonárselo. Había despertado para ver cómo alguien le cubría a Daphne la cara con la sábana y se alteró. Una enfermera filipina se mostró firme con él.

–No ha despertado, cielo. Nos hemos asegurado de ello. Así pues, pensó en el puente, eso fue lo que compartieron durante cuatro semanas y, en el momento final, no llegaron a compartir. La amable enfermera no podía haber estado al tanto de todo. Él se había adormilado durante más de una hora. Nunca sabría si Daphne despertó y le llamó mientras sentía que se iba, si tendió una mano con la esperanza de alcanzar la suya. No soportaba pensar en ello y nunca había hablado del asunto con los chicos. No dudaba que Lawrence habría tenido algo racional y tranquilizador que decir. Lo habría empeorado.

Seguía teniendo el puente solo para él. Se volvió a mirar río arriba y luego hacia lo alto de Lingcove Beck, en dirección a la cascada donde almorzaran. Todavía debía considerar su felicidad, el rito lo exigía, pero no tenía prisa. Aún recordaba lo que comieron. Nunca se molestaban en preparar sándwiches elaborados. En cambio, cortaron con un cuchillo afilado una hogaza de pan y un pedazo de queso chédar. Con tomates, olivas negras, cebollinos, manzanas, nueces y chocolate. Exactamente lo que hoy llevaba en la mochila.

Cuando se volvió de nuevo hacia el paisaje corriente abajo vio que aparecía un excursionista por un leve meandro del río. Seguramente la persona que había visto desde el montículo, ahora a unos doscientos metros. Lo observó con el ceño fruncido y luego, en un impulso, se agachó para sacar los prismáticos de un bolsillo lateral de la mochila. Los levantó, giró la rueda de enfoque y, en efecto, allí estaba, Peter Mount, avanzando por terreno irregular con indecisión y desagrado. Su superficie natural era el pavimento. O la alfombra de pelo largo. Sí, ahí estaba, Lord Posse Mount, antiguamente de Clapham Old Town, que venía a reclamarle a Daphne por medio de cierta lógica corrupta: la conocí antes que tú. Estaba a escasos minutos. Roland sabía que podía atajar cualquier discusión echando sus cenizas al río ahora. Pero no iba a dejar que lo presionaran o lo intimidaran. Tenía instrucciones y apenas había iniciado la meditación sobre su felicidad en común. Guardó los prismáticos y se cruzó de brazos. El excompañero –no marido– de su esposa muerta, el padre de sus hijos adoptivos, venía abriéndose camino con cuidado. Por lo visto los zapatos de cuero grueso no habían sido adecuados para cruzar los diversos arroyos que descendían por las colinas rocosas hasta el Esk. La gorra de béisbol tampoco parecía apropiada para alguien que vivía con esperanzas razonables de obtener un título nobiliario, suponiendo que hubiera aportado suficiente pasta al partido. Quizá hubiese tenido intención de afectar un aire juvenil. No lo conseguía, pues la cara, tan deteriorada como la de Roland, era la de un carca presa de la irritación y la fatiga.

Roland estaba ansioso, tenía ganas de que se produjera la confrontación. El jarrón de cerámica estaba guardado a salvo en la mochila, que se encontraba entre sus pies, entre las pesadas botas de tres estaciones. Adoptó una radiante sonrisa de bienvenida cuando Peter se detuvo junto al puente y levantó la vista.

–Vaya, Peter –gritó Roland desde su altura, alzando la voz para hacerse oír por encima del torrente de agua–, qué sorpresa.

–Tengo los puñeteros pies empapados y creo que he sufrido un tirón muscular. –Se sentó en una roca con aire hastiado. No llevaba equipaje.

–Pobrecito. –A Roland le sobrevino una gran alegría. Se colgó la mochila de un hombro y bajó a la orilla.

Peter se quitó la gorra y se enjugó la frente con ella.

–¿Lo has hecho ya?

–No.

–Bien. ¿Es el puente indicado?

–Sin duda.

–Vale. Déjame un momento.

510

Era impresionante cómo hablaba Peter igual que si la conversación de la víspera por la mañana no hubiera tenido lugar. Siempre había tenido el don de salirse con la suya. Sencillamente seguía adelante pasando por alto todos los obstáculos hasta que lograba lo que quería. Era útil, mucho tiempo atrás, cuando aparecían en garitos, siempre como teloneros, y el sistema de sonido o las luces no eran adecuadas y los encargados se mostraban tajantes, al principio.

Roland preguntó en tono despreocupado:

–Bueno, ¿adónde vas?

–Aquí mismo.

Imitando a Peter, como homenaje a sus métodos, Roland dijo:

–Si cruzas y sigues hacia la izquierda llegarás a Esk House. Dobla hacia el este en la cima y tendrás unas vistas estupendas de Langdale.

Su adversario se puso en pie. Sonreía cuando señaló con un cabeceo la mochila de Roland.

–Las tienes ahí.

–Creo que voy a esperar a que te hayas ido, Peter. Ya sabes, puedes seguir por esta orilla, subir hacia Lingcove Beck por ahí y ver unas cascadas preciosas. Si es lo que te gusta. Luego puedes subir a Bow Fell.

–Venga, Roland. Vamos a quitarnos esto de encima. He reservado mesa para almorzar en Askham Hall.

–Hay un buen trecho en coche hasta allí. No te retrases por mí.

–A ver qué te parece –dijo Peter en tono razonable–. Lo hago yo y tú puedes mirar. –Dio un paso hacia Roland con un brazo alargado como para cogerle la mochila.

Se apartó.

–Ella dijo que no quería que estuvieras implicado. Fue muy clara al respecto, me temo.

Peter dobló la gorra de béisbol y se la embutió en el bolsillo interior de la chaqueta de tweed. Apartó la vista, en apariencia pensativo mientras se masajeaba el lóbulo de la oreja entre el índice y el pulgar.

—Creo que debió de ser en Estocolmo. Hace treinta y cinco años. Estaba embarazada de Greta. Me dijo lo que quería si ella moría antes. Yo le dije lo que quería si resultaba ser yo el primero. Hicimos promesas solemnes. Luego, cuando volvimos, me señaló un círculo en un mapa. Que he guardado desde entonces.

Lo sacó parcialmente del bolsillo de la chaqueta, del servicio estatal de cartografía, una antigua sexta edición, a escala de una pulgada por milla.

—Hace muchísimo tiempo —dijo Roland—. Antes de Angela, ¿no? ¿Antes de Hermione? ¿Antes de que le pegaras?

Para sorpresa de Roland, Peter dio un paso con decisión hacia él. Esta vez no reculó. De nuevo, con brillantez, Peter continuó como si Roland no hubiera hablado.

—Y siempre cumplo mis promesas.

Estaban lo bastante cerca, cara a cara, para que Roland alcanzara a oler la colonia de Peter.

—Yo también —dijo Roland.

—Entonces, lo más sensato es que lo hagamos juntos.

—Lo siento, viejo amigo. Ya te he dicho por qué.

Peter agarró a Roland del cuello abierto de la camisa, justo por debajo del botón superior. Sujetó el tejido de algodón sin apretarlo, casi con cariño.

—El caso, Roland, es que siempre te he tenido aprecio.

—Ya lo veo. —Mientras lo decía, Roland alzó la mano derecha y le rodeó la muñeca a Peter. Era algo más gruesa de lo que esperaba, pero el índice de Roland tocó el pulgar al apretar con más fuerza. Solo ahora, demasiado tarde, entendió que iban a tener que pelear. Increíble. Pero no había manera de evitarlo. Eran de la misma estatura y la misma edad, uno o dos meses arriba o abajo. Sabía que Peter nunca hacía ejercicio, mientras que él tenía a sus espaldas miles de horas en pistas de tenis. Quedaban ya bastante lejos, pero estaba seguro de que había conservado residuos de buena forma y fuerza. Sin duda tenía potencia en la mano de la raqueta, pues Peter dejó escapar un grito ahogado a la vez que le soltaba la camisa. Al mismo tiempo Peter levantó la mano libre y cogió a Roland por el cuello. Así que iba en serio. Cuando Roland apartó de un golpe la mano de Peter, la mochila se le cayó del hombro. Mejor así, porque ahora los dos hombres forcejeaban por pasar un brazo por el cuello del otro y usar las piernas como eje para hacer caer al suelo al rival. Reaccionando mutuamente a sus movimientos, se enzarzaron en un abrazo. Durante un minuto entero permanecieron así, dos viejos que se balanceaban y gruñían a la orilla del Esk. No se oía más que el agua torrencial. Los pájaros no cantaban. No venían excursionistas a los que pudiera desconcertar la escena. Tenían el Distrito de los Lagos para ellos solos a fin de arreglar el asunto.

Incluso mientras forcejeaba, Roland pensó que tenía una desventaja. Disponía de tiempo para pensar que lo que estaban haciendo era absurdo. Para saber que era invalidante. ¿Peleaba o fingía pelear? Mientras que Peter estaba impulsado por la bendición de la rectitud absoluta y un único objetivo, que era ganar. Conseguir las cenizas.

Roland liberó el brazo derecho y llevó el pulpejo de la mano debajo de la nariz de Peter para apretar con fuerza y obligarle a echar la cabeza hacia atrás. Por fin tuvo que soltarle y apartarse. Sangraba por la nariz. Roland estaba de espaldas al río. Buscó con la vista la mochila. Estaba a salvo a un lado, contra el muro del aprisco. Jadeantes, se quedaron frente a frente, a unos cuatros metros. Para sorpresa suya Peter lanzó una especie de gañido y de pronto se agachó o se vino abajo como si le estuviera fallando el corazón o algún otro órgano interno. Roland estuvo a punto de adelantarse a ayudarle, pero Peter ya se había incorporado de nuevo y tenía en la mano una piedra del tamaño de una pelota de tenis. Solo entonces entendió Roland que en esta pelea, como en todas, había reglas tácitas, o las había habido. Estaban a punto de quedar descartadas.

Peter se enjugó la sangre del labio superior.

–Bien –susurró a la vez que echaba el brazo atrás.

–Si la tiras –prometió Roland–, te parto el cuello.

La lanzó torpemente y torpemente Roland se agachó situándose en su trayectoria. Le alcanzó, no de lleno, en la parte superior de la frente, bastante por encima del ojo derecho. No se desplomó. En cambio, se quedó tambaleándose, sin perder el conocimiento pero inmovilizado, consciente de un sonido agudo y constante. Peter vio la oportunidad y corrió hacia él, lo empujó con ambas manos contra el pecho haciéndolo caer de espaldas por la empinada pendiente pedregosa hasta el río. Considerando su situación, mala, cayó bien, o no de manera desastrosa. Justo antes de perder pie, se las arregló para darse la vuelta y acabar en el suelo y el agua poco profunda con toda la longitud de un lateral del cuerpo. El brazo izquierdo atenuó parte de la caída y el agua amortiguó el golpe en la cabeza. Estuvo sumergido solo unos segundos y afortunadamente no llegó a la fragorosa corriente principal. Aun así, el impacto fue colosal, como una explosión, y se encontró sin aliento, luchando por respirar. Mientras se arrastraba hasta ponerse en pie ya sabía que se había fracturado más de una costilla. Sacó del agua la parte superior del cuerpo y se tendió de costado en la orilla, recuperando el aliento mientras escuchaba cómo disminuía el sonido en sus oídos. Fue solo entonces cuando recordó a Peter. Volvió la cabeza para mirar. Estaba en el puente echando las últimas cenizas de Daphne al tumulto en mitad de la corriente. Vio a Roland, levantó el jarrón por encima de la cabeza en plan trofeo de fútbol y le ofreció una sonrisa alegre. Roland cerró los ojos. Nada de eso importaba. Al margen de quién los hubiera esparcido, los restos estaban en el río, camino del Mar de Irlanda, tal como ella quería. Podía dejarse ir, flotar a su lado hasta el final. Sacó las piernas del río y se sentó no sin esfuerzo. Unos segundos después oyó la voz de Peter por encima de él, en lo alto de la pendiente.

–Tengo que irme. Llego tarde a almorzar. Siento que no lo hayamos podido hacer juntos. Me parece que sobrevivirás.

Roland permaneció media hora sentado recuperándose y comprobando si tenía algún destrozo en brazos y piernas. Fue una suerte, si era la palabra adecuada, que hiciera un día cálido. Al final se puso en pie y anduvo unos metros río abajo hasta donde era más fácil alcanzar la ribera. El jarrón vacío estaba apoyado en la mochila, en la que hurgó en busca de analgésicos, paracetamol e ibuprofeno. Se tomó un gramo de cada uno con un buen trago de agua. Le dolió al levantar los brazos para ponerse el forro polar. Extendió un bastón de senderismo plegable y, con dificultad y sonoros gruñidos, se echó la mochila al hombro. Veinte minutos después avanzaba a buen paso. El sendero era cómodo y el descenso por el valle, imperceptible. Las botas emitían un chapoteo prosaico, los analgésicos estaban surtiendo efecto. Lo que le pesaba era su derrota. Intentó ahuyentar la idea. Era la muerte lo que se había llevado a Daphne, no Peter. Fantasías diversas de venganza le ayudaron por el camino, pero sabía que no haría nada. De regreso en la casita, donde no había cuarto de baño ni ducha caliente, se cambió de ropa, encendió la chimenea y se sentó delante para comerse las provisiones –nueces, queso, una manzana– y luego se quedó dormido.

Le llevó un buen rato cargar el coche al día siguiente. Los dolores habían aumentado de la noche a la mañana. Antes de ponerse en marcha echó mano de la farmacopea en la mochila para tomar más analgésicos, además de un poco de modafinilo que lo mantuviera alerta y centrado al volante. Eso hizo que el viaje fuera casi placentero. En homenaje a Daphne, puso la selección de *La flauta mágica* en el reproductor que había llevado y la escuchó sin remontarse al pasado. Lo sustentaba la perspectiva de cenar con Lawrence, Ingrid y Stefanie. A media tarde, después de tres paradas por el camino, por fin aparcó delante de la casa de Lloyd Square. Al entrar se encontró una sorpresa. El vestíbulo estaba lleno de globos y niños alborotados. Lawrence e Ingrid habían acordado que Nancy, Greta y Gerald fueran con sus familias. En la cocina, mientras tomaba un té, con Stefanie en el regazo, describió cómo había resbalado en el sendero y caído rodando hasta el río. Los niños se quedaron boquiabiertos ante la noción de que permitieran a un anciano correr por su cuenta semejante aventura chiflada. Antes de que Roland se duchara, Gerald, ahora pediatra residente, examinó las lesiones. Se había casado recientemente con David, conservador del Departamento de Grecia y Roma del Museo Británico. Al joven médico no le impresionaron los mórbidos cardenales y rozaduras que cubrían los muslos y el brazo izquierdo de Roland, ni la heroica herida de la frente. No necesitaba puntos de sutura. Le interesó sin embargo la magulladura en el pecho. El niño pecoso que venía después de clase para quedarse a dormir con Lawrence poseía ahora la afable autoridad de un médico curtido. Le recomendó una radiografía. Una costilla rota podría perforarle la pleura.

Antes de sumarse a la fiesta Roland mordió otro trocito de modafinilo para aguantar el resto de la velada. Eran quince apretados en torno a la mesa de comedor, así como dos bebés en sendas tronas. Stefanie había pedido sentarse a su lado. De vez en cuando le agarraba la mano y se la apretaba para tranquilizarlo. Le cogía la cabeza para acercársela a los labios y susurraba: «Opa, ich mach mir Surgen um dich». Abuelo, estoy preocupada por ti.

Luego, Roland contempló la compañía, la bulliciosa familia de buena voluntad: un matemático especializado en cambio climático, una oceanógrafa, un médico, una madre a jornada completa, un especialista en vivienda, un abogado comunitario, una maestra de primaria, un conservador de museo. Quizá, en el espíritu de la época, todos formaban parte de los que acababan de pasar a ser irrelevantes. Por ahora, en este pequeño rincón del mundo, eran Peter Mount y los de su calaña quienes mandaban. En un instante de disociación, vio a los miembros de la familia como si fuesen figuras en una vieja fotografía y todos en ella, incluidas las bebés, Charlotte y Daphne, hubieran envejecido y fallecido mucho tiempo atrás. Ahí estaban, esas personas de 2018, expertas y tolerantes, cuyas opiniones se perdieron en el tiempo, cuyas voces se fueron apagando hasta no dejar apenas el menor vestigio.

Lawrence se levantó para proponer un brindis, no solo por su padre al cumplir los setenta, sino también por la memoria de su madre adoptiva y todos los niños presentes. Con intensas punzadas en muchos sitios, Roland se levantó para dar las gracias a todos y brindó por su esposa y los nietos. Paladeó la intensidad melosa del sur de Europa y le vino a la cabeza la excursión que hicieron Daphne y él por la isla mediterránea, hasta la playa con los sotos de bambú y el agua mansa en la bahía azul oscuro y de regreso el aroma de las hierbas silvestres aplastadas bajo sus botas polvorientas. Cuando ella aún estaba lo bastante fuerte para afrontar el calor del día y la distancia sin cansarse. La mano se le fue involuntariamente al pecho, a la parte magullada y constreñida debajo del corazón, y les dio las gracias a todos otra vez.

12

La caída, la segunda en tres años, se produjo en junio de 2020, no mucho antes del final del primer confinamiento, cuando Roland bajaba las escaleras. Había terminado el primer borrador de un artículo, «El legado de Thatcher», para una publicación online norteamericana. Ciento veinticinco dólares por mil palabras. ¿Por qué ella, por qué ahora? No lo preguntó. Como empleado a tiempo parcial en el hotel no tenía derecho a percibir un subsidio por excedencia, según le habían dicho sus jefes japoneses tan molones, a los que les gustaba el bebop y el blues de vanguardia. Tenía una pensión del Estado y menos de tres mil libras ahorradas. Lo único que se le ocurrió fue relanzarse como periodista.

Bajaba con cuidado, agarrándose con una mano a la barandilla, como le recordaba constantemente Gerald. Caerse, en la ducha, al salir de la bañera, tropezando con el borde de una alfombra, al apearse de un autobús, en una cuesta, era la manera en que muchos ancianos empezaban a morir. El destino de Roland era la cocina y un almuerzo tardío, una lata de sardinas en aceite de oliva y una tostada de pan de centeno con una taza de té cargado. Más sabroso de lo que parecía. Mientras descendía se estaba preguntando cómo mejorar el artículo. Era pesado, formal, sin vida. En el sitio web hombres y mujeres con un tercio de su edad presentaban textos con un chiste y una pulla en cada línea y aun así se las apañaban para mantener una severa apariencia de conocimiento intelectual o político. Casi treinta años después de abandonar Thatcher el cargo, su legado, su sello en la psique del país seguía siendo profundo, eso había escrito. Sus huellas dactilares se apreciaban por todas partes en el presente y no sería olvidada: una crisis de la vivienda debida al colapso de las prestaciones sociales, una City desregulada y enloquecida cuya codicia costeaba el país por medio de la austeridad, una noción incapacitante de la grandeza nacional, una desconfianza general de los alemanes, de los franceses y los demás, ciudades de tamaño medio en todo el norte de la región central del país, Gales y el «cinturón central» escocés todavía comatosos por efecto de su rigor en la aplicación del mercado libre, bienes nacionales vendidos, el delirio de los accionistas, fabulosas disparidades de riqueza, la mengua de la lealtad al bien común, trabajadores sin protección, ríos en los que borboteaban las privatizadas aguas residuales.

No era más que un viejo escritorzuelo laborista. Se estaba pasando de la raya con lo de «sus huellas dactilares se apreciaban por todas partes en el presente». Era un cliché o un plagio, qué sabía él. Le hacía falta algún chiste. ¿En el lado positivo? Derrocó la dictadura fascista en Argentina, rescató la capa de ozono y brevemente, antes de darle la espalda al asunto, le habló al mundo del cambio climático. Además, abrió los comercios en domingo, reformó el Partido Laborista, bajó la inflación y los impuestos, ayudó a Reagan a amilanar al Imperio soviético, hizo limpieza en algunos sindicatos corruptos, permitió el acceso a la propiedad de la vivienda de la mayoría, enseñó a las mujeres a acoquinar a hombres autoritarios en su pompa y arrogancia. Tampoco tenía ninguna gracia.

Este esfuerzo por aspirar a la imparcialidad debió de perturbar su sentido del equilibrio. Le faltaban dos peldaños para llegar abajo y en eso tuvo suerte. La transición fue instantánea. Sintió que el implacable lazo de acero se tensaba en torno a su pecho y luego una llamarada meteórica de dolor le alcanzó en el lado izquierdo del esternón. Su funesta estrella fugaz. Se aferró a sí mismo y dio unos pasitos hacia delante. La maravillosa rutina automática entró en funcionamiento y apartó las manos del cuerpo para protegerse la cabeza al aterrizar con un topetazo y quedar despatarrado e ileso sobre las baldosas del vestíbulo. Cuando se incorporó flotaban ante sus ojos puntadas de luz estelar pero el dolor había desaparecido. Ni siquiera un vestigio. Nada en absoluto. Se puso en pie poco a poco, se apoyó en la pared, inclinado hacia delante, las rodillas ligeramente dobladas, y esperó a ver qué pasaba a continuación. Nada. No era nada.

Se sacudió las pelusillas del pantalón y siguió hacia la cocina. Como siempre, había dejado la radio encendida. Un hombre le gritaba furioso a una mujer que lloraba. El drama de la BBC *The Archers*. Insoportable. Lo apagó de un zarpazo y empezó con los preparativos. Era trabajo duro, no apto para débiles, tirar de la anilla que retiraría la tapa de hojalata y dejaría que la luz cayera sobre su pulcra formación de tres sardinas, dos cabeza arriba y una cabeza abajo, como otros tantos niños dispuestos a dormir en la misma cama. Podría haberse roto el cuello. Pero solo un imbécil se presentaría en Urgencias del hospital quejándose del corazón. Para pillar la peste inhalada de algún capullo sin mascarilla deambulando por la sala de espera. Luego, unos días después, notar el sabor de la boquilla fría del respirador en la lengua antes del coma inducido y aceptar una posibilidad entre dos de volver en sí. Además, no era el corazón. Estaba seguro de que eran las costillas, un trozo de hueso en alguna parte que hurgaba en el tejido muscular como un palillo que atravesara una anchoílla. En la radiografía solo se habían detectado fracturas finas, que en teoría se regeneraban solas. Pero el paciente era él y sabía que su teoría era fundada. Una astilla de hueso microscópica se hundía en una terminación nerviosa. Cuando se movía de cierta manera, el dolor y una sensación de opresión se le propagaban por todo el pecho, aunque nunca de manera tan aguda como entonces. Gerald, respaldado por Lawrence, quería enviarlo a un especialista del corazón. Pero Gerald se dedicaba a la pediatría. Los corazones de los niños eran distintos.

Roland se llevó el té a la sala de estar delantera, que no había cambiado desde los tiempos de Daphne salvo por el polvo y unos miles de fotografías dispersas por la alfombra y tres cajas de cartón con más fotos amontonadas dentro. Inspirado por ella, uno de sus proyectos durante el confinamiento era anotar y ordenar por fecha los montones al azar. Nada fácil. Avanzaba lentamente. Más fotos de la cuenta desencadenaban recuerdos de amigos muertos o perdidos hacía mucho tiempo o esfuerzos prolongados por recordar nombres y lugares. Perdía mucho tiempo envidiando la juventud. En demasiadas instantáneas de la época de su década perdida aparecía con una mochila y aspecto fuerte y alegre con hermosos telones de fondo de montañas o desiertos, flores silvestres o lagos. ¿Dónde era, quién la hizo, qué año? Era un desconocido para sí mismo, un desconocido al que envidiaba. Ahora parecía precioso, quizá lo mejor que había hecho nunca. Después de la infancia y el internado, antes de ser monitor de tenis, la música masticable y las tarjetas de felicitación, ¿cuándo había sido tan libre, con tanto empeño en disfrutar de la vida misma? Tómatelo con calma, le habría gustado decirle al hombre joven que le sostenía la mirada. Pasear por prados indios entre castillejas, a la orilla de riachuelos, a dos mil metros de altitud en la Cordillera de las Cascadas, colocado y con una felicidad de ensueño por efecto de la mescalina en compañía de buenos amigos, el campamento base ocho kilómetros atrás: tenía que considerarse un éxito.

Desde 2004, durante diez años, su fotografía se hacía con cámaras digitales. Después las habían sustituido los teléfonos móviles. Las cámaras para no profesionales habían fenecido, como las máquinas de escribir y los relojes-despertador, y no tardarían en quedar extinguidas, como las radios de válvulas y las casetas de playa movibles. Había enviado por email amplias selecciones de sus archivos JPEG a una empresa de Swansea para que los imprimieran cubriendo algunos gastos, listos para sus anotaciones. Luego cayó en la cuenta de que debería haberlo hecho al revés y digitalizado una selección de sus copias impresas anteriores a 2004. Así podría haber entregado o enviado por correo a su familia la producción entera, fácil de replicar.

Daba el pego en la era digital, como si llevara un ingenioso disfraz, pero seguía siendo ciudadano del mundo analógico. Ese error de partida concreto estaba minando su determinación y retrasándolo. Era muy tarde, muy caro dar marcha atrás, y aburrido continuar. Carecía de la disciplina de Daphne. Pero ella se había esforzado hasta la fecha límite definitiva. La suya era menos firme. Por lo tanto, nunca llegaría a acercarse al final. De vez en cuando iba a la sala de estar, cogía una foto del suelo, la miraba y se sumía en un ensueño. Cuando salía de él anotaba unas líneas en el dorso. Desde el comienzo del primer confinamiento había escrito en el reverso de cincuenta y ocho fotografías. Una manera ridícula de proceder.

Hoy en día comía menos, bebía más y pensaba mucho. Tenía un sillón, una vista, cierto vaso que prefería. Entre sus temas estaban los otros errores de partida concretos que se multiplicaban con el paso del tiempo en forma de abanico. Al examinarlos de cerca los errores se disolvían en preguntas, hipótesis, incluso en beneficios sólidos. En esto último podía haber estado engañándose. Pero al pasar revista a toda una vida no era conveniente reconocer demasiadas derrotas. ¿Casarse con Alissa? Sin Lawrence no habría tenido alegría, ni a Stefanie, la nueva mejor amiga de Roland. ¿Si Alissa se hubiera quedado? Había releído *El viaje* en febrero y principios de marzo cuando la mayoría de la gente que conocía y él mismo se confinaron tres semanas antes que el gobierno. La novela seguía siendo exquisita. ¿Dejar los estudios pronto? Si hubiera continuado, Miriam, según reconoció ella misma, lo habría sacado a rastras del aula y él se hubiera hundido. Incluso ahora esa idea, como si fuera una perspectiva, lo excitaba un poco. ¿Abandonar el piano clásico y la oportunidad de llegar a pianista de concierto? Entonces no habría descubierto el jazz, nunca habría disfrutado de tanta libertad en la veintena ni aprendido a respetar el trabajo manual o desarrollado un revés enérgico. Se habría visto obligado a ensayar cinco horas al día durante el resto de la vida. ¿No mandar a la cárcel a Miriam? Mientras hubiera seguido presa, la relación entre ambos habría continuado siendo intensa y lúgubre. Esa era una razón. Había otras.

Casarse con Daphne cuando estaba empezando a morir lo entendía como inevitable, necesario, quizá lo mejor que hizo nunca. ¿Tendría que haber seguido en el Partido Laborista para defender sus tradiciones liberales y centristas? Después de cuatro derrotas consecutivas habría acabado amargado y enloquecido. Así pues, ¿su vida era una sucesión ininterrumpida de decisiones correctas? Desde luego que no. Al final, llegó al auténtico punto de inflexión, el momento a partir del que todo se abría en abanico y ascendía con la extravagancia de una cola de pavo real: el chico que se montaba en la bici, en plena crisis de los misiles en Cuba, para presentarse ante Miriam a fin de seguir una educación erótica y sentimental de dos años con su ridículo final, la semana del pijama, que le llevó a abandonar los estudios y distorsionó su relación con las mujeres. Esta era difícil. Cuando se preguntaba si pensaba que ojalá no hubiera ocurrido no tenía una respuesta clara.

Era la naturaleza del daño. Casi setenta y dos años y aún no se había curado del todo. La experiencia seguía con él y no podía desprenderse de ella.

Confinado en casa por una pandemia, encerrado por miedo a morir conectado a un respirador mientras se esforzaba por tomar aliento, sentado todas las tardes de invierno en la mecedora –la había traído de la casa de Clapham, una silla para ancianos y madres que daban el pecho– preguntándose cuándo podía servirse dignamente la primera copa del día, se remontaba a menudo a su confrontación con Miriam Cornell en su casa de Balham, en su sala de música sin muebles. Tal como había hecho en Old Town, se posicionaba delante de las cristaleras que daban al jardín. Hacía cinco años había plantado un manzano en el jardín de Daphne para compensar el que taló en Clapham. No había crecido mucho, pero seguía vivo.

La casa de Miriam Cornell tenía cristaleras más elegantes con vistas a un exuberante parterre de diseño. Recordaba lo hastiado que estaba hacia el final, desesperado por marcharse. Había una falsedad, un vacío, una mentira de la que eran cómplices. Por acuerdo tácito había dos asuntos que no abordarían. El más fácil primero. No podían referirse al placer compartido que derivaba de la música, de interpretar piezas de Mozart a cuatro manos en su casita de campo, o la emoción de tocar en pianos de cola de concierto la *Fantasía* de Schubert en los salones de celebraciones de Norwich o de los escandalosos aplausos en el concierto de la escuela cuando el niño ratonil llevó al escenario una flor y una chocolatina.

Luego la difícil. Durante esa confrontación no se atrevieron a hablar de lo que los unía, la abrumadora dicha obsesiva, ilimitada y repetida que también era ilegal, inmoral, destructiva. Habían estado desnudos hacía mucho tiempo, cara a cara en la cama en el cuartito iluminado por el sol que daba al río Stout. Ella no lo dejaba marchar y él no quería que lo hiciera. Toda una vida después, un robusto caballero se presentó en su espléndida casa para acusarla. Ella también era una persona distinta. Ataviados de la cabeza a los pies de todo aquello en lo que se habían convertido negaron la historia real incluso mientras la debatían. No se tocaron, no se estrecharon la mano, hasta donde recordaba. Él hizo el papel del interrogador sereno. Ella se aferró a su fría dignidad al principio y quiso despacharlo, luego confesó. Ah, sí, era un niño y era un delito, pero también era algo más y ahí estaba el problema. Ella no podía haberlo dicho y él no habría escuchado. Mintieron por omisión. Ella lo había querido y le había hecho quererla. El rehén se enamoró de su secuestradora: el síndrome de Estocolmo. La noche de lluvia que escapó con su sueldo de cavar zanjas en el bolsillo de atrás, llevó a rastras el baúl que contenía todas sus posesiones hasta la otra punta del jardín, pero no llegó muy lejos. Ese era el daño, el asunto prohibido: la atracción. El recuerdo del amor seguía siendo inseparable del crimen. No podía ir a la policía.

Se levantó y miró las fotografías que cubrían tres cuartas partes de la amplia alfombra verde iraní de Daphne. Ahora parecía inútil disponerlas en orden cronológico, antes un proyecto vital de organización apropiado para un confinamiento. Todo el mundo sabía que la memoria no era así, no estaba ordenada. Aquí junto a su pie izquierdo había una vieja Polaroid, seguramente de 1976. La cogió. Era una instantánea borrosa y sin nada extraordinario de una charca circular y fangosa. Resultaba ridículo lo remota que era de lo que su viejo amigo John Weaver y él habían visto a la sazón, una charca natural ubicada en lo alto de un acantilado y más allá el Océano Pacífico. A unos diez metros, desde sus orillas cenagosas y a través de los pocos dedos de profundidad que tenía el agua, la charca parecía hervir, borbotear y convulsionarse por efecto del movimiento. Al acercarse vieron miles de ranas diminutas. Todas parecían haber surgido de su existencia como renacuajos al mismo tiempo. Más ranas que agua. Se deslizaban y entreveraban unas con otras, un gran festín para el ave rapaz adecuada. Detrás de la charca el sol empezaba a ponerse hacia una inmensa planicie de nubes teñidas de rojo que, más abajo de los acantilados, se extendía hacia el horizonte. Estaban aún a cinco kilómetros del campamento en el río Big Sur y se pusieron en marcha al trote. A los veinticinco años era posible recorrer así kilómetros sin esfuerzo. El camino a través del chaparral californiano era duro y liso y describía una suave pendiente. Qué gloriosa media hora fue aquella, planeando a través del aire cálido y aromático, a pecho descubierto bajo el sol tenue.

Ahí el recuerdo se esfumaba y aparecía de nuevo cuando había oscurecido y estaban en un bar al aire libre donde la gente se sentaba a mesas cerca de una piscina climatizada. Después de un día semejante estaban con ánimo de celebración. Cinco años antes, John había huido de la opresión de trabajos de bajo nivel en Inglaterra y hallado la liberación en Vancouver. Era una reunión. Puesto que su tema era la libertad y se encontraban en un estado de suma exaltación se quitaron la ropa, llevaron las copas a la piscina y se dejaron flotar de aquí para allá, hablando todo el rato, hasta que los interrumpió el dueño del bar plantado en el borde de la piscina con los brazos en jarras y les ordenó que salieran con una declaración que citarían a menudo a partir de entonces: «Eso no está bien y yo sé que no está bien».

Obedecieron y se rieron de ello una vez vestidos. Pero era un lugar público, un establecimiento familiar, después de todo, y no eran más que las ocho. No tenían derecho ni necesidad de estar desnudos. El dueño tenía razón. Su frase, su manera de utilizarla con concisión en ese momento, obsesionó a Roland durante muchos años. ¿El imperativo categórico? No precisamente, pues era un asunto de contexto y convención social. Pero cuando pensaba en sus diversos errores a lo largo de la vida le parecía en larga retrospectiva que carecía de ese sentido inmediato en plan brazos en jarras, automático y con fundamento para saber el camino adecuado. ¿Quién más que Roland había llegado a los setenta semiempobrecido, viviendo en una casa cara que poseía por accidente y no podría vender, una casa pagada por un hombre al que despreciaba, recientemente ennoblecido y subsecretario en el gobierno de Johnson? No estaba bien y él sabía que no estaba bien, pero no podía hacer nada al respecto. Era muy tarde.

Dejó caer de las manos la fotografía. No le apetecía escribir en el reverso. Demasiado que decir. Subió al estudio. El confinamiento estaba tocando a su fin y todos sus demás proyectos frustrados seguían aquí. Lo típico: leer a Proust de cabo a rabo, aprender otro idioma, otro instrumento musical. En su caso, árabe y la mandolina. Había decidido leer entero *El hombre sin atributos* de Musil en alemán. De momento setenta y nueve páginas en tres meses. Otra ambición había sido comprender más a fondo la ciencia, empezando por las cuatro leyes de la termodinámica. Suponía que principios básicos desarrollados durante la era del vapor debían de ser bastante fáciles de asimilar. Pero posiciones de partida sencillas llegaban a tal apogeo de complejidad y abstracción que enseguida se rezagó y se aburrió. Aun así, la Segunda Ley, que era la tercera porque partían de cero, le recordó una verdad evidente para todo propietario de una casa. Del mismo modo que el calor fluía hacia el frío y no a la inversa, el orden fluía hacia el caos y nunca al revés. Una entidad compleja cómo una persona acababa por morir y convertirse en un montón desordenado de partículas dispares que debían empezar a desintegrarse. Los muertos nunca daban el salto a la vida ordenada, nunca se transformaban en vivos, al margen de lo que los obispos dijeran o fingieran creer. La entropía era un concepto perturbador y hermoso que yacía en lo más profundo de buena parte de los esfuerzos y pesares humanos. Todo, en especial la vida, se desmoronaba. El orden era un canto rodado que había que empujar colina arriba. La cocina no iba a limpiarse sola. La casa estaba desordenada, aunque no del todo asquerosa. No le importaba mucho, pero pronto se levantarían las restricciones y los chicos irían de visita. Lawrence y familia primero, luego Greta, su marido e hijos, junto con Gerald y su pareja, David, y después Nancy y su familia. Roland no podía deshonrar la memoria de Daphne descuidando su espaciosa y acogedora casa. No podía permitirse seguir pagando a la mujer de la limpieza. Los chicos se habían ofrecido a costear su sueldo, pero era demasiado orgulloso para aceptar. Una persona puede limpiar lo que ensucia. Ahora había que pagar el precio del orgullo. Se vio obligado a hacer el esfuerzo de abandonar su habitual estado onírico y ponerse manos a la obra. Hoy, el día de la caída, lo tenía señalado para empezar.

Debía abordar los dormitorios del piso superior primero, los más sencillos. El aspirador y los productos ya estaban allí gracias a un comienzo en falso la semana anterior. Abrió las ventanas de ambas habitaciones, limpió superficies, retiró las sábanas de las camas y las volvió a hacer, pasó el aspirador por el suelo. Transcurrieron noventa minutos antes de que se pusiera con el cuarto de baño. Estaba de rodillas fregando los laterales de la bañera cuando se detuvo al pensar algo de repente: estaba curiosamente contento, sin pensar en nada salvo la tarea siguiente, perdido en el presente, absuelto de toda intro y retrospección. No podría hacerlo para ganarse la vida como algunos que no tenían otro remedio, pero como forma de escapismo no estaba nada mal. Tendría que haberlo practicado todo el tiempo, a diario. Buen ejercicio. Si alguna vez había otro confinamiento... Estaba a punto de retomar la tarea cuando sonó el teléfono. A regañadientes, dejó el cepillo y fue a la habitación de al lado a contestar.

Era Rüdiger. Habían hablado por Zoom un par de veces desde marzo. En esos momentos Alemania ponía orden a su peste con más eficiencia. A Roland no le apetecía oír hablar de eso. Se alegraba de que a Alemania le fuera bien, pero era patriota de corazón y prefería pensar que su país podía afrontar un reto. A finales de febrero había visto vídeos de personal médico exhausto en el norte de Italia abrumado por la cantidad de casos de Covid, centrándose únicamente en los pacientes con posibilidades de sobrevivir. Se estaban quedando sin respiradores, oxígeno, mascarillas para uso médico. Los enterradores no daban abasto con la cantidad de cadáveres acumulados. Había escasez de ataúdes. Austria cerró sus fronteras. ¿Cómo no iba a propagarse la enfermedad cuando llegaba una docena de vuelos al día desde Italia? El gobierno inglés no sabía qué hacer. Dos semanas después, a mediados de marzo, se reunieron miles de personas para las carreras de caballos del Festival de Cheltenham. Decenas de miles asistían a partidos de fútbol. El gobierno aguantó otra semana.

«Es la inconsciencia nacional», había intentado explicarle a su amigo alemán. «Tenemos la sensación de que ya os hemos dejado. Ya no nos contagiamos de vuestras enfermedades europeas.»

Ahora Rüdiger, que prescindía de toda charla intrascendente, anunció sin preámbulos:

–Tengo que decirte tres cosas.

–Adelante.

–Una buena, otra mala, otra que podría ser cualquier cosa.

–Empieza por la mala.

–Ayer le amputaron el pie izquierdo a Alissa.

Roland guardó silencio. Había una historia sobre Sartre que estaba intentando recordar. Seguramente falsa, fuera lo que fuese. Dijo:

–¿Por fumar?

–Genau. Neuropatía distal. Luego gangrena. Dijeron que fue bien.

—¿La viste?

—Muy medicada. Aseguró que era un alivio que se hubiera acabado. Cuando le dije que había fumado por su arte, se rió. Bueno. Ahora la buena noticia. Aquí en mi sillón tengo unas pruebas encuadernadas en inglés de la nueva novela.

—Estupendo. ¿Tú qué opinas?

—Te envío un ejemplar hoy mismo.

—¿Y lo otro?

—Quiere verte. Dentro de un mes o así si puedes. Tendrás que ir tú, claro. Ella te pagará el vuelo.

—De acuerdo. —Respondió automáticamente. Le emplazaban, le ordenaban subirse a un avión, inhalar coronavirus reciclados. Para ahuyentar estos pensamientos dijo—: Sí, iré.

—Cómo esperaba que contestaras así. Se lo diré de inmediato.

—Pagaré mi propio vuelo.

—Bien.

—¿Quiere ver a Lawrence?

—Solo a ti.

Llevó los enseres de limpieza al piso de abajo, listos para el trabajo del día siguiente, se dio una ducha y se sentó en el jardín a comer un sándwich. Alissa sin un pie no le resultaba menos ajena que Alissa fumadora empedernida durante treinta años. Si se estuviera muriendo, Rüdiger se lo habría dicho. Pero no había nada atrayente en la perspectiva de visitarla. Ni siquiera curiosidad. Sus ahorros mermarían un poco. Gracias al confinamiento había llegado a preferir no ir a ninguna parte. Alissa Eberhardt era reconocida como la escritora más importante de Alemania. Más de lo que lo había sido Grass, sin que se previera que pudiese caer en desgracia. Casi tan importante como Mann. El sentimiento personal más intenso que le despertaba era la ira, caduca hacía tiempo, por haber rechazado a su hijo. Rara vez se le pasaba por la cabeza. En su paisaje mental estaba bien como estaba, una gran montaña vista de lejos, alguien famoso con quien trató cuando era desconocido, una escritora soberbia, seguramente de los más grandes. No había nada entre ellos, nada que quisiera decirle, nada que quisiera oír. Alissa no necesitaba saber por él cuánto admiraba su obra. Así pues, ¿por qué ir? ¿Porque había perdido un pie? Sí, gracias a su adicción voluntaria a una sustancia ridícula. En realidad, no colocaba. Era una droga para haraganes que la gente fumaba para mantener a raya su antojo de la misma. Como una fea Cleopatra que provocaba avidez allí donde más satisfacía. Si Alissa necesitaba hablar con él antes de que la entropía los simplificara y dispersara a ambos, que se acostumbrara a un pie prostético y viniera a verlo a Londres, aquí a su vieja mesa de jardín. Pues llama a Rüdiger ahora mismo y dile que has cambiado de parecer. No. Ella ya sabría que había accedido a ir. Así que iría. Respondería a su llamada porque le costaría más esfuerzo no hacerlo.

Su libro tardó diez días en llegar. Para entonces, aunque la casa de Daphne no relucía como en otros tiempos, las habitaciones estaban ordenadas. Era julio, el confinamiento se había terminado y la nación estaba de juerga. Pero para Roland no cambiaba nada. Sacó la novela, *Su lenta reducción*, del paquete y se puso a leerla. Era más larga que cualquier otra cosa que hubiese escrito. Aquí estaba por fin, aquí estaba él por fin, en el capítulo uno, cribado por la lupa de su arte hasta convertirse en el marido opresivo, amedrentador y a veces violento al que la protagonista, Monique, abandona una mañana, dejando atrás a su hija de siete meses. Ese marido, Guy, es inglés. La casa que abandona Monique está en Clapham, en el sur de Londres, en un barrio que se ha vuelto «detestable» por su miseria atestada. Ella es de ascendencia francoalemana, apasionada por ideales políticos que la maternidad había amenazado con arrasar. De nuevo en su Múnich natal, recuperándose del dolor de la separación de su hija, se engasta en la política local trabajando para el Partido Socialdemócrata. Se

convierte en especialista en vivienda social de bajo coste.
Aquí, Alissa por lo visto recurría a la experiencia de Daphne
con inquilinos diversos, desde los que trabajaban duro para
pagar el alquiler y eran de fiar hasta los alcohólicos caóticos
que se escaqueaban. Todos tenían derecho a una casa.

Monique adopta el nombre de Monika. Luego por razones sinceras, aunque es un movimiento brillante, se convierte
en ecologista y cambia de partido. Su ascenso en los Verdes es
rápido. En cinco años sale victoriosa en las elecciones locales
y obtiene un escaño en el Parlamento regional. Se enamora de
un chef de moda, Dieter, que encabeza una revolución en la
cocina alemana desde su base empapada de sabores medite-
rráneos más ligeros. El título de la novela hace referencia en
parte a un término culinario. Diez años después es una figura
muy conocida en Berlín, tácticamente hábil, que va camino
de lo más alto. Pero en un movimiento sorprendente, traslada
su lealtad de las figuras más fuertes a las más débiles en el seno
de los Verdes.

Para entonces es 2002 y en este punto la novela se trans-
forma en una historia hipotética de la política alemana. A través
de una serie de contratiempos entre colegas así como rivales
políticos, y por medio de maniobras despiadadas, Monika llega a canciller. Estará en el poder durante más de una década,
aunque no se parece a Angela Merkel. Desde el momento en
que Monika alcanza el cargo más alto se inicia la erosión de
sus convicciones políticas, la lenta reducción. Quizá, sugiere
la narrativa, su descenso comenzó mucho tiempo atrás. Para
permitir la «lenta reducción» de las emisiones de dióxido de
carbono del país y aplacar a sus poderosos intereses generados
por el carbón se convierte en defensora de la energía nuclear.
Su partido la detesta por ello, pero no puede desbancarla. A fin
de estimular la inversión interna por parte de importantes
industrias tecnológicas americanas establece un acuerdo clan-
destino con el gobierno de Estados Unidos para suministrar

inteligencia militar y demás ayuda durante la invasión de Irak. Para mantener a raya al partido Alternative für Deutschland, cierra las fronteras de Alemania a los inmigrantes. Con el fin de no ofender al considerable voto turco-musulmán se muestra ambivalente sobre ciertos asuntos relativos a la libertad de expresión. En Bruselas siempre se sale con la suya. Los franceses quedan reducidos al estatus de socios de segunda que cumplen sus órdenes. Monika se asegura de que los Juegos Olímpicos se celebren en Berlín. Decide que Alemania tiene que ser miembro de pleno derecho del Consejo de Seguridad de las Naciones Unidas. Con ese fin, en apenas ocho años en el cargo, ha convertido Alemania en una potencia nuclear provista de cinco submarinos milagrosamente obtenidos de los franceses. Se enfrente a lo que se enfrente, nunca parece perder una pelea. Las diversas élites políticas de los Verdes, el Partido Socialdemócrata e incluso una amplia minoría del ala derecha de la UDC llegan a aborrecerla. Hay manifestaciones estudiantiles multitudinarias contra ella. Pero la nación en general, los votantes, la adoran. Es hermosa, ingeniosa, tiene capacidad para sintonizar con la gente de a pie y gana las elecciones. El país prospera económicamente, hay pleno empleo, baja inflación, sueldos cada vez más altos. El orgullo nacional remonta el vuelo después del éxito de las Olimpiadas.

Pero en privado está atormentada. La crueldad que le infligiera su exmarido sigue acongojándola. Igual que el sentimiento de culpa por su hija, a la que Guy impide ver. Monika está esclavizada desde el punto de vista sexual a Dieter, que se niega a casarse con ella y la hace desgraciada con sus muchas aventuras. Aunque nunca es capaz de reconocerlo, sabe que para lograr el éxito tiene que enfrentar a un lobby, un grupo de interés, con otro y rechazar todo aquello en lo que una vez creía.

El lector entiende que es una historia al estilo de Ícaro. Cuando Dieter por fin la abandona, eso precipita un dramático colapso nervioso. Comete una serie de errores políticos espectaculares que culminan en un escándalo en torno a sobornos en la industria del automóvil pésimamente gestionado por ella. Queda como que está protegiendo a quien no debe. Sufre una depresión que la debilita, agravada cuando un antiguo ayudante cercano escribe un artículo revelador sobre una escena sexual masoquista con la que se topó en la que había esposas y látigos de por medio. Dieter da una rueda de prensa en la que confirma el artículo y añade ciertos detalles picantes de cosecha propia, incluido el comentario «es vulnerable y está desquiciada», que será muy citado. Sus rivales en Berlín saben que ha llegado su momento. Ícaro se precipita hacia el suelo. Se aprueba una moción en el Bundestag y luego el Bundesrat se acoge a una cláusula de la Constitución de 1949 y declara a la canciller mentalmente inestable e incapaz de ocupar su cargo. Y lo es.

El ascenso y la caída de Monika están narrados con pericia. La novela era a todas luces brillante. Pero Roland tenía que hacer una excepción con el final. Ha pasado un año. Expulsada del cargo, despreciada por los medios, rechazada por los aliados, la excanciller viaja a Londres como particular. Guy sigue viviendo en la misma casa de Clapham, una figura decrépita, encorvado y lisiado por la gota. Se sorprende cuando le abre la puerta a Monika. La invita a pasar. Toda una vida en la política le ha enseñado a no perder el tiempo en las reuniones con charla intrascendente. Su conversación en la cocina es breve. Ha venido a asesinarlo. Coge un cuchillo del soporte magnético de Guy y se lo clava en el cuello. Lava la hoja, comprueba que no se ha manchado de sangre y se marcha. Está de regreso en su apartamento de Berlín esa noche y el asesinato de Guy no llega a resolverse nunca. Para el final de la novela, Monika vive en el anonimato, cada vez más reducida, en una casita de campo cerca del Parque Nacional de la Suiza Sajona, todavía atormentada por sus demonios, su sensación de culpa, su amor perdido, las convicciones a las que renunció.

Roland se quedó tumbado en el sofá donde había estado leyendo. Las últimas luces de la tarde de verano, filtradas por un plátano, se ondulaban en la pared encima de él. Tendría que haberse sentido honrado de que le importara lo suficiente a Alissa como para tener que matarlo. Se había tomado su tiempo. Habría tenido que librarse de él en su primera novela. En la denominada cámara de eco de internet, que ya tenía un cuarto de siglo, en docenas de perfiles de autora, se citaba por rutina que Alissa Eberhardt había vivido un tiempo en Clapham, Londres, y abandonado a su marido y su bebé para iniciar una carrera literaria. Montones de mujeres periodistas se habían preguntado por escrito si era la única manera de que una mujer se dedicara completamente a su arte. Los perfiles que acompañaran la nueva novela –habría docenas en muchos idiomas– darían por sentado que Alissa lo había identificado como un hombre violento, que no lo abandonó solo en aras de la escritura. No habría afectado a la narración en absoluto haber hecho que Guy fuera francés, haber convertido Londres en Lyon, haber adjudicado a la familia tres hijos, ninguno de siete meses. Su novela era una acusación falsa, un acto de agresión: una ficción, y era ahí donde él sabía que se escondería, detrás de las convenciones de la fabulación.

Esa noche llamó a Rüdiger. Durante los años como director de Lucretius Books el editor jubilado había aprendido a mantener la calma frente a toda clase de iras.

–Ya le dije que te enfadarías.

–¿Qué contestó?

–Dijo que estabas en tu derecho.

Roland respiró hondo.

–Es indignante.

Rüdiger guardó silencio, a la espera de algo más.

—Nunca me puse violento con ella.

—Seguro que no.

—Yo fui la parte perjudicada. Nunca la critiqué en público. Cuando Lawrence era pequeño la animé a verlo. Ella lo hizo todo a su manera.

—Sí.

Se esforzó por sofocar la exasperación.

—Dime, Rüdiger. ¿Qué pasa aquí?

—No lo sé.

—Todavía son las galeradas. Puedes convencerla de que lo cambie.

—Ya no soy su editor. Cuando lo era, no aceptaba lo que consideraba mis interferencias.

—Puedes decirle lo enfadado que estoy.

—Si quieres...

Ambos permanecieron en silencio unos segundos, ambos preguntándose, pensó Roland, cómo poner fin a la llamada. Al final dijo:

—¿Por qué habría de tomarme la molestia de ir a verla?

—Eso solo puedes decidirlo tú.

Cuando colgó, Roland recordó que no se había interesado por el pie de Alissa. Pasó el resto de la noche al piano de mal humor improvisando a su estilo Keith Jarrett.

Lawrence y familia llegaron al día siguiente a media tarde. Fue una reunión entusiasta, como las que se estaban repitiendo por todo el país. No había visto a la familia desde Navidad. Paul lo observó con recelo y se escondió detrás de las piernas de su madre. Stefanie, que tenía casi ocho años, parecía haber crecido cinco centímetros. Se mostró circunspecta al principio, luego estuvo cada vez más cariñosa a lo largo de la velada. Cuando se sentaron a la mesa para tomar té, zumo y tarta y apoyó la barbilla en la mano y pareció sumirse en un ensueño, Roland imaginó que alcanzaba a ver a la pequeña adolescente que llevaba dentro. La cena de los niños, luego acostarlos durante un buen rato y por separado, ocupó la mayor parte de la velada. Roland estuvo media hora en el sofá con Stefanie. Era una chica tímida que cobraba vida cara a cara. Hasta los siete años y medio era reacia a leer libros por su cuenta. Prefería hablar, escuchar, fantasear. Luego ocurrió el milagro, como le describió Lawrence en una llamada durante el confinamiento. A la hora de dormir le recitó de memoria un fragmento de «El búho y la gatita». Había olvidado el efecto que le causó a él. «Fue como una especie de salto de pértiga de la imaginación. Quería oírlo de nuevo. Y otra vez las dos noches siguientes. Después lo leyó ella misma, lo memorizó, lo recitó en el desayuno. Ahora lee. Una transformación.»

En cuanto tuvo a Roland para sí, le habló en alemán y corrigió el de él, tal como le había pedido.

Empezó, como solía hacer con él:

–Opa, cuéntame algo.

Roland le describió cómo hacía mucho tiempo dos niñas alemanas en Berlín le daban clases de lengua.

–Háblame de los viejos tiempos.

La complació con historias de Libia, de cuando fue al desierto con su padre a buscar un escorpión y lo encontraron de inmediato, bajo una piedra.

Esa ya la había oído, pero le gustó escucharla de nuevo.

–¿Podría matarte?

–Creo que habría estado enfermo una temporada.

A cambio, ella le dijo los nombres de algunos amigos nuevos y le describió cómo eran. Había decidido hacer carrera como agricultora ecológica. Su método para nadar estilo espalda lo había desarrollado ella misma. Él le habló de las fotografías que estaba intentando organizar. Antes de que se acostara la llevó a la sala de estar para enseñarle la muestra. Le dejó en las manos fotos de Lawrence de vacaciones en Grecia. A ella le pareció divertido y paradójico que su padre hubiera tenido alguna vez cuatro años.

Los tres adultos no se sentaron a cenar lo que había preparado Roland hasta las diez. Hablaron de los niños primero, luego, inevitablemente, de la pandemia, de si habría un segundo confinamiento, la carrera por lograr que las vacunas pasaran las pruebas y se fabricaran. La nueva era de la insensatez de las redes sociales promovía curas falsas, alentadas por el presidente norteamericano. Había teorías de la conspiración furiosas y fóbicas por doquier.

Cuando Roland les dio la noticia de la amputación de Alissa, Lawrence dijo:

–Lamento oírlo.

Pero saltaba a la vista que no le importaba demasiado. Roland había recordado la famosa historia sobre Sartre, según Simone de Beauvoir. Fumaba sesenta cigarrillos al día y filosofaba por extenso sobre los placeres del tabaco. Su adicción le estaba destrozando la salud. Cuando le fallaron las piernas y sufrió una grave caída, un médico del hospital le dijo con franqueza que, si seguía fumando, primero le amputarían los dedos de los pies, luego los pies y al final las piernas. Si renunciaba al vicio, podía recuperar la salud. Era cosa suya. Sartre dijo que tendría que pensárselo.

Ingrid no pilló el chiste, si es que lo era. A Lawrence le hizo gracia. Luego, su trabajo. Ambos estaban contribuyendo con artículos al informe de 2021 del Grupo Intergubernamental de Expertos sobre el Cambio Climático, que debía publicarse en diez meses. Los índices eran desoladores. El dióxido de carbono en la atmósfera había aumentado hasta cuatrocientas quince partes por millón, el nivel más elevado en dos millones de años. Las previsiones de siete años atrás habían resultado conservadoras. Creían que algunos procesos eran irreversibles. Ahora resultaba imposible evitar que la temperatura solo ascendiera un grado y medio. Recientemente habían ido con un equipo y sobrevolado, con permiso de los rusos, inmensas áreas de bosques siberianos en llamas.

Científicos locales les habían mostrado datos espeluznantes sobre escapes de metano de pozos petrolíferos anticuados y habían dicho que transmitir las noticias a escalafones superiores de la burocracia podía poner en peligro la financiación de sus investigaciones. Los datos de deshielo en Groenlandia, el Ártico y el Antártico eran deprimentes. Los gobiernos y la industria, pese a toda su retórica, seguían sin querer reconocerlo. Los líderes nacionalistas vivían en una fantasía. Incendios forestales, inundaciones, sequías, hambrunas, supertormentas: este año sería peor incluso que el pasado, aunque mejor que el siguiente. Ya estaba aquí: una catástrofe.

Lawrence servía el vino que había traído de Alemania. Dijo:

–Creo que igual es demasiado tarde. Estamos jodidos.

Las ventanas permanecían abiertas para que entrara el cálido aire nocturno. Los tres hablaban y escuchaban con naturalidad, íntimamente. Roland pensó que a menudo ocurría así, el mundo se tambaleaba peligrosamente sobre su eje, gobernado en demasiados lugares por hombres ignorantes y desvergonzados, mientras la libertad de expresión estaba en retroceso y en los espacios públicos digitales resonaban los gritos de masas delirantes. No había consenso sobre la verdad. Las nuevas armas nucleares se multiplicaban bajo el mando de una inteligencia artificial de gatillo fácil mientras sistemas naturales vitales, incluidas corrientes de aire en altura, corrientes oceánicas así como insectos polinizadores, arrecifes submarinos de coral y el bullicio biológico de las fértiles tierras naturales y toda suerte de flora y fauna diversas se marchitaban o extinguían. Partes del mundo ardían o estaban anegadas. Simultáneamente, con ese anticuado resplandor que surgía en compañía de la familia cercana, más radiante aún por efecto de la privación, Roland experimentó una felicidad imposible de disipar, ni siquiera con la enumeración de todos los desastres del mundo en ciernes. No tenía sentido.

A finales de julio de 2020 se celebró el funeral de un pariente y luego en agosto aconteció otra muerte. Primero, el marido de su hermana, Michael, un gigante afable, mago aficionado de talento, antiguo ordenanza médico del ejército, luego químico industrial. Un hombre que poseía toda suerte de conocimientos extraños y útiles. Solo dos semanas después, falleció el hermano de Roland, Henry. De los cuatro hijos de Rosalind, era quien más había salido perdiendo en la infancia. Había sido listo en la escuela y delegado, como su «nuevo» hermano, Robert. No había dinero suficiente para que Henry continuara los estudios y pasase a otro centro a cursar bachillerato. Robert y Rosalind tendrían que haber intervenido. Pero Henry nunca se quejó del curso de su vida. El Servicio Nacional, luego muchos años en una sastrería para hombres, un primer matrimonio desdichado, reciclaje como contable y después, su mayor suerte, el matrimonio con Melissa.

Los funerales fueron laicos y en ambos Roland leyó un poema de James Fenton, «Para Andrew Wood». Preguntaba qué querrían los muertos de los vivos y respondía proponiendo un acuerdo.

Y así los muertos dejarían de padecer
y quizá nos reconciliaríamos
y nos podríamos entender
amigos muertos y amigos vivos.

Melissa lo oyó en el funeral de Michael y le pidió que lo recitara en el de Henry. Después del segundo funeral, cuando la familia inmediata se hubo retirado a un rincón de un pub oscuro cerca del crematorio, Susan dijo que el poema hacía posible que Michael y Henry siguieran en sus vidas como pre-

541

sencias vivas. Melissa empezó a mostrarse de acuerdo, pero la abrumó el llanto.

Precisamente. La dificultad estribaba en recitar el poema sin desmoronarse, en especial, a juicio de Roland, cuando el poeta dice de los muertos, después de dejar de estar «tan absortos en sí mismos»,

Y el tiempo los hallaría generosos
como antes lo fueron.

Ya solo recordar los versos le provocaba un nudo en la garganta. Era Daphne; Daphne, tan generosa. Todavía en carne viva, nueve años después. Tanto como los sentimientos del poema, era el tono de consuelo tranquilo y alegre lo que le llegaba tan hondo, y la certeza de que nada de ello era verdad. Los muertos no podían querer nada, y no todos ellos fueron generosos. El poema estaba siendo cariñoso y reconfortante. El truco, cuando se presentaban las ocasiones de recitarlo, era hundir la mano izquierda en el bolsillo y pellizcarse el muslo. El cardenal del segundo funeral se superpuso al del primero.

Mientras tomaban medias pintas de cerveza rubia, Roland, Robert y Shirley, Susan y Melissa repasaron la historia de la familia. El bebé en la estación de Reading, el secretismo durante toda la vida, la familia fracturada. Robert, que había salido hacía no mucho del hospital después de una operación de corazón, se estaba planteando escribir unas memorias. Ya había hecho más que cualquier otro de la familia por recuperar lo que podía saberse de su pasado. Estaba pensando en contratar a un negro. No había nada nuevo en la historia, pero necesitaban hablar de ella juntos como habían hecho unas cuantas veces. El estado de ánimo que reinaba, influido por el poema de Fenton, era de perdón. Que dos de la familia se hubieran reunido con Rosalind y Robert en el más allá atenuaba su juicio. Mientras le daban vueltas al pasado Susan dijo de su madre y su padrastro:

—Se metieron en un lío terrible y, en aquellos tiempos y en su situación, nosotros quizá habríamos hecho lo mismo y después lo hubiéramos mantenido en secreto siempre.

Se hizo un silencio compasivo. Al final, Robert dijo:

—Me dejaron en manos de dos personas maravillosas. No siento ningún rencor.

¿Era posible trabar amistad con el recuerdo de sus padres muertos, como proponía Fenton? Quizá no, pues justo antes de despedirse Susan dijo enfadada:

—Pero hay una cosa que él hizo y nunca se la perdonaré. Nunca.

La instaron a continuar.

—Lo siento, no debería haberlo mencionado. No pienso hablar nunca de eso. —Entonces lo repitió—: Nunca lo perdonaré.

Cuando la telefoneó esa noche y se lo preguntó de nuevo, ella cambió de tema.

Las dos muertes y las visitas de los hijos de Daphne y sus familias lo tuvieron ocupado durante agosto. No le había contado a Rüdiger que había cambiado de parecer con respecto a la visita. Se enteró por él de que Alissa iba en silla de ruedas. A medida que pasaban las semanas de verano no estaba seguro de qué quería hacer. Quizá fuera una cobardía no reunirse con ella. Quizá le despertaba más curiosidad de lo que pensaba. Pero titubeaba. A mitad de mes, Lawrence llamó desde Potsdam. En el transcurso de varios años había leído todas las novelas de su madre y acababa de terminar el ejemplar de Roland de *Su lenta reducción*. Mientras hablaban de ella, Lawrence preguntó de repente:

—¿Alguna vez le pegaste?

–Desde luego que no.

–¿Le impediste alguna vez verme?

–Nunca.

–Prácticamente te identifica.

–Es ofensivo.

Lawrence debía de haberlo pensado y discutido con Ingrid. En una segunda llamada dijo:

–Papá, no puedes dejarlo correr. Escríbele.

–Estaba pensando ir a verla.

–Mejor aún.

De esa manera tomó la decisión. Para entonces pensaba que igual era muy tarde. Los mejores indicios científicos apuntaban a un confinamiento en septiembre para atajar una grave segunda ola de contagios. Los casos aumentaban de la manera habitual. Pero volvía a tocar en el hotel y no pudo encontrar un sustituto aceptable para la gerencia hasta el último día de agosto. No tendría que haberse preocupado. Un conocido, Nigel, un viejo amigo de Daphne que trabajaba en el *Financial Times*, pasó por el hotel una noche y se tomaron una copa después de la actuación de Roland. La derecha liberal del Partido Conservador, muchos de ellos acérrimos eurófobos, se referían en privado al ministro de Sanidad y sus asesores como «la Gestapo» por su fe en los confinamientos obligatorios. Temperamentalmente, el primer ministro se inclinaba hacia la tendencia liberal. Según Nigel, corría el rumor de que se opondría a un confinamiento en septiembre.

–Entonces, claro, los casos seguirán aumentando y tendrá que hacerlo de todos modos. No ha aprendido la lección de marzo.

En el vuelo a Múnich Roland llevó una mascarilla para uso médico que le había dado Gerald y permaneció tenso durante el viaje, rehusando comida y bebida, consciente de que todo el mundo a su alrededor tenía la mitad de años que él y probablemente sobrevivirían a una dosis de Covid sin enterarse. Tenía asiento de ventanilla con vistas a un ala temblorosa. Arriesgar la vida para lanzar una reprimenda egoísta a un amor del pasado lejano, ahora lisiada. Qué locura. Pasó esa noche en casa de Rüdiger. Durante muchos años había vivido solo en un apartamento grande en el distrito de Bogenhausen. En todo ese tiempo Roland no le había oído nunca referirse a una pareja o amante, hombre o mujer. Nunca le había parecido adecuado preguntar y ahora era demasiado tarde. Era rico gracias a su imperio editorial, aportaba dinero a la ópera y la galería Lenbachhaus, así como a diversas organizaciones benéficas de la zona y una vez jubilado se había aficionado a coleccionar mariposas. También pescaba con mosca y hacía sus propios señuelos. Vaya vida. El cocinero de Rüdiger sirvió la cena. Al oír el ruido remoto de que fregaban los platos en la cocina Roland lamentó como rara vez en su vida no ser rico. Le habría sentado bien. Habría necesitado una actitud distinta, convicciones políticas distintas. Pero Rüdiger siempre había sido de izquierdas, donaba generosamente a Amnistía y otras organizaciones benéficas. *Generoso.* La palabra empujó a Roland a describir los dos funerales. La muerte los llevó luego a la pandemia. Las cifras en Alemania eran relativamente bajas. La canciller Merkel había demostrado en televisión lo bien que entendía la virología además de las matemáticas del riesgo y llevaba una precaria ventaja en las encuestas. La canciller hizo las veces de conducto hacia la novela de Alissa. Iba a salir a la venta en cuatro semanas. Había habido alguna reseña anticipada. Unos aseguraban que *Su lenta reducción* era otra obra maestra. Otros rezongaban.

–Es nuestra gran novelista. Se la hacen leer a los adolescentes en el instituto. Pero es blanca, hetero, vieja y ha dicho cosas que ofenden a lectores jóvenes. Además, cuando un autor lleva mucho tiempo en boga la gente empieza a cansarse. Incluso si cada vez hace algo diferente. Dicen: «Vaya, está haciendo algo diferente, ¡otra vez!».

Pero de momento no había mención en la prensa de Roland como maltratador.

–Igual te libras –comentó Rüdiger tomándole el pelo.

Luego dejó a Roland en la biblioteca intentando reanudar su lucha con la obra maestra de Musil y se fue a escribir correos. Regresó una hora después y dijo:

–He estado pensando. Debería acompañarte mañana. Puede ser difícil.

–Mejor que no.

–Al menos déjame que te lleve.

–Muy amable por tu parte, Rüdi. Pero prefiero hacer este viaje sin ti.

–Entonces, deja que te lleve mi chófer. Llámale por teléfono cuando quieras volver.

Por la mañana, cuando llegaron al pueblo, Roland pidió que lo dejaran en la carretera general junto a la parada de autobús. Supuso que era allí donde se apeó Lawrence con dieciséis años. Roland esperó a que el coche de alejase. Veía la calle de Alissa a unos cien metros, al otro lado de la carretera. Ya la había visto a través de los ojos de su hijo. Era como si estuviera en el escenario de un sueño recordado a medias. El recuerdo y la percepción presente se engañaban para crear una ilusión de regreso. Su calle ascendía muy empinada hasta donde empezaba la primera de una docena de casas, una serie de variaciones menores sobre la contundente idea de un arquitecto. Una presencia baja, siniestra y protegida de vidrio y cemento con contraventanas. Como si un gigante hubiera aplastado vengativamente una creación de Frank Lloyd Wright. Es posible que hubiera habido una proscripción arquitectónica de árboles y arbustos para dejar al descubierto la pureza de líneas horizontales. Unos diez metros más abajo por una pendiente muy pronunciada, prácticamente un precipicio, el tráfico de la carretera general entraba y salía del pueblo a toda velocidad. Sabía por Rüdiger que compró la vivienda en 1988 con el dinero de *El viaje*. Quizá en un impulso, antes de que se construyera la casa y sin visitar el emplazamiento. Al margen de lo que pensara al entrar a vivir, sus rutinas la habrían mantenido allí. Tantos libros, artículos, material de investigación. Una mudanza habría sido perjudicial. No parecía un lugar donde hacer amistad con los vecinos y es posible que le gustara el anonimato.

Aminoró el paso después de la segunda casa como creía que hizo su hijo. Al igual que él, ahora Roland tenía la sensación de que necesitaba más tiempo, cuando había tenido semanas para reflexionar. Recordaba el insulto que había lanzado en su libro, pero en ese momento no conseguía recuperar el enfado. Lo que notaba en cambio era un batiburrillo de recuerdos anacrónicos, un bolo de sentimientos y reminiscencias sin digerir que no había tocado ni probado desde hacía años. Su champán a las tantas de la noche en una roca en un riachuelo cerca de Mount Suilven, mecanografiar su novela, cuando se presentó en su casa de Brixton con una bolsa de comida, Alissa de rodillas con los vaqueros manchados de pintura, estarciendo con espray una cajonera de segunda mano en su dormitorio de la casa de Clapham, su furiosa pelea en torno a Alemania Oriental, y el sexo: en el delta del Danubio, en hoteles franceses, en una cama dura en Lady Margaret Road, en un huerto junto a una granja española, solo una vez, con discreción, en Liebenau, y el nacimiento pavorosamente espléndido que llegó después. Había más y llegaban como firmemente enrollados, o introducidos a martillazos o comprimidos por motores de tiempo en un solo objeto. ¿Qué era, una piedra informe, un huevo dorado? Más bien una voluta, una ficción, exclusiva de él. No la compartiría con ella y eso era una medida de pérdida que no podía afectarle ahora.

Pero se apreciaba esa esencia que todo el mundo olvida cuando un amor queda en el pasado: cómo era, la sensación y

547

el gusto que tenía estar juntos durante segundos, minutos y días, antes de que todo se diera por sentado y se desechara y luego se exagerara por medio del relato de cómo acabó, y después de las vergonzosas ineficiencias de la memoria. El paraíso o el infierno, nadie recuerda gran cosa. Aventuras y matrimonios que acabaron mucho tiempo atrás llegan a parecerse a postales del pasado. Una breve nota sobre el tiempo, un relato rápido, divertido o triste, una imagen llamativa en el anverso. Lo primero que desaparecía, pensó Roland de camino hacia su casa, era el yo inaprensible, exactamente cómo eras, qué imagen ofrecías a los demás.

Había un cochecito blanco aparcado delante de su casa y se detuvo al lado. Era lamentable que tuviera que recordarse lo evidente: que no era la ágil criatura de sus pensamientos. Era un viejo que visitaba a una vieja. Alissa y Roland desnudos entre la maleza, en un bosquecillo de encinas cerca de donde el Danubio se dividía para desembocar en el Mar Negro, no existían en ningún lugar del planeta salvo su mente. Quizá en la de ella. Quizá aquellas encinas eran pinos. Se acercó a la puerta principal desproporcionadamente baja. Haciendo caso omiso de la letra gótica que le decía que fuera por la puerta lateral llamó al timbre.

Una mujercita filipina con bata marrón abrió la puerta y se hizo a un lado para franquearle el paso. Para ser una casa tan grande el vestíbulo estaba atestado. Esperó mientras la mujer cerraba la puerta con sistema de asistencia neumática. Se volvió hacia él a la vez que se encogía de hombros y le ofrecía una sonrisa encantadora. No era el tipo de puerta al que estaba acostumbrada y no tenían en común un idioma para hablar de ello. En esos pocos instantes recordó su visita a Balham para ver a Miriam Cornell e imaginó a alguien como él mismo, un imbécil santurrón, que viajara por Europa para lanzar acusaciones contra mujeres de su pasado. Se absolvió. Solo era su segundo ajuste de cuentas en dieciocho años.

La mujer lo acompañó a la sala de estar que ocupaba todo el fondo de la casa y la puerta se cerró a su espalda. La habitación estaba tan oscura como lo parecía desde fuera. El aire se había impregnado de un olor a tabaco fuerte. Gauloises quizá. No sabía si aún existían. Se hallaba en la otra punta de la sala en una silla de ruedas, sentada a una mesa grande delante de un ordenador de pantalla plana y rodeada de altas pilas de libros. Lo único que vio al principio fue el espejeo de su pelo blanco mientras salía de detrás de la mesa y saludaba casi a voz en grito.

–¡Dios mío! Fíjate qué panza tienes. ¿Y qué ha sido de tu pelo?

Él se acercó, decidido a sonreír.

–Todavía tengo los dos pies.

Ella rió con alegría.

–Einer reicht! (Con uno basta.)

Vaya comienzo disparatado. Era como si hubiera ido a la casa equivocada. El insulto jocoso nunca había sido el estilo de Alissa. Toda una vida de declaraciones públicas, de ser un tesoro nacional, la había liberado.

Condujo con mano diestra la silla hasta él y dijo:

–¡Por el amor de Dios, puedes darme un beso después de treinta años!

No supo cómo rehusar y estaba empeñado en parecer sereno. Se agachó para pegar los labios a su mejilla. Tenía la piel seca, caliente y, como la suya propia, surcada de profundas arrugas.

Ella le cogió la mano y se la apretó con fuerza.

–¡Hay que ver cómo estamos! Vamos a brindar por ello. Maria va a traer una botella.

Eran poco más de las once. Roland acostumbraba a aguantar hasta las siete. Se preguntó si Alissa estaría bajo los efectos de analgésicos que la desinhibían. Ciertos opioides dejaban esa secuela. Respondió:

–Claro. No tenemos nada que perder.

Alissa le indicó un sillón. Mientras él apartaba unos ejemplares del *Paris Review*, ella encendió un cigarrillo.

–Tíralos al suelo. Da igual.

Eran números antiguos de la época en que George Plimpton era director. Alguien le había dicho a Roland que desde entonces había tomado el mando una generación más joven. Quizá no fueran comprensivos con la mezcla de Alissa de racionalismo mordaz y feminismo de la década de los setenta. Había hecho enemigos innecesarios en los debates sobre las personas trans cuando dijo en un programa de entrevistas de la televisión americana que un cirujano podía esculpir una «especie de hombre» a partir de una mujer pero que no había materia prima lo bastante buena como para tallar una mujer a partir de un hombre. Lo dijo provocadoramente al estilo de Dorothy Parker y arrancó un rápido ladrido de risa al público del estudio. Pero no eran los tiempos de Parker. Lo de «especie de hombre» trajo los problemas habituales. Una universidad de élite le retiró a Alissa el título honorífico y unas cuantas suspendieron las conferencias que tenía previsto dar. Más instituciones hicieron lo propio y su gira de charlas se desmoronó. Stonewall, también con una dirección nueva, dijo que había alentado la violencia contra las personas trans. En internet sus comentarios la perseguían. Una generación más joven sabía que Alissa estaba en el lado equivocado de la historia. Rüdiger le había dicho a Roland que sus ventas en Estados Unidos e Inglaterra se habían resentido.

Maria volvió con el vino y dos copas en una bandeja y se fue. Alissa las llenó hasta el borde.

Cuando levantaron las copas ella dijo:

–Sé por Rüdiger que te ha gustado mi trabajo. Es generoso por tu parte, pero no me hables de eso. Ya he tenido suficiente. Sea como sea, aquí estamos. Salud. ¿Cómo te ha tratado la vida?

–Bien y mal. Tengo hijastros, nietastros. Y dos nietos, como tú. Y perdí a Daphne.

–Pobrecilla Daphne.

Lo dijo a la ligera, pero Roland no habló. En lugar de eso, para ocultar su irritación, echó un buen trago, más largo de lo que era su intención. Ella lo observaba atentamente e indicó la copa en su mano con un gesto de cabeza.

–¿Bebes mucho?

–He bajado a un tercio de botella al día. Luego un whisky como espuela. ¿Y tú?

–Empiezo más o menos a esta hora y sigo hasta las tantas. Pero nada de licores.

–¿Y eso? –Señaló la nube de humo sobre su cabeza.

–He reducido a cuarenta. –Luego añadió–: O cincuenta. Y me importa una mierda.

Roland asintió. Había tenido versiones distintas de esta conversación con amigos de su edad o de ochenta y tantos. Prácticamente todos bebían. Algunos habían empezado a fumar cannabis otra vez. Otros, cocaína que proporcionaba en una oferta de veinte minutos un vago recuerdo de lo que era ser joven. Otros, incluso ácido en microdosis. Pero en lo tocante a drogas psicoactivas, el alcohol en forma de vino no tenía rival, sobre todo en cuanto al sabor.

Cada vez que sus miradas se encontraban, Roland consolidaba una impresión adecuada de su rostro. Los rasgos que recordaba estaban presentes, encerrados en una suerte de hinchazón. Tenía que imaginar que habían pintado en la superficie de un globo medio desinflado el hermoso aspecto de la mujer que quiso. Si soplara con todas sus fuerzas lo tendría, los ojos, nariz, boca y barbilla conocidos alejándose cual galaxias en el universo en expansión. Alissa estaba ahí por alguna parte, mirando desde el interior, intentando localizarlo a él entre sus propios escombros, la nulidad calva y porcina con aire desilusionado. Había asegurado que bebía menos que ella, luego había apurado la copa mientras que Alissa apenas la había probado. Lo que los había abotargado a los dos no era tanto la comida como la falta de cuidado o la claudicación. Se estaban dejando. Ella al menos tenía uno o dos libros más que escribir. Sin embargo, él..., pero se estaba despistando y ella le hablaba.

–Se lo he dicho. No pienso dar el brazo a torcer. –Lo dijo en voz alta como si él también hubiera insistido en que lo hiciese.

El muñón al final de la pierna izquierda estaba revestido por un calcetín de aspecto masculino y apoyado en un cojín blanco en equilibro sobre el reposapiés de la silla de ruedas. No tenía por qué dar su brazo a torcer. A veces Roland había oído a escritores de éxito quejarse en público de su suerte, las distracciones, las presiones. Siempre le incomodaba.

Alissa continuó:

–Ya lo dije, una entrevista. ¡Una! De agencia, traducida, impresa, difundida, en internet, como sea, todo de una vez.

El tema era *Su lenta reducción*, cómo debía promocionarse. Roland pensó que empezaría y procuraría mantener la calma.

–Es una buena novela. No tienes necesidad de hacer nada. Pero Alissa, da la impresión de que me acusas de maltratador.

–¿Qué?

Lo dijo de nuevo.

Ella se le quedó mirando, asombrada, o fingiendo estarlo.

–Es una novela. No unas memorias.

–Se lo has contado al mundo muchas veces. Dejaste a tu marido y a tu bebé de siete meses en Clapham en 1986. Lo mismo ocurre en tu novela. Ella huye de la violencia doméstica. ¿Por qué no de Streatham o Heidelberg? ¿Por qué no un niño de dos años? La prensa tendrá clara la implicación. Sabes que yo nunca te pegué. Quiero oírte decirlo.

–Claro que no. ¡Dios! –Echó la cabeza atrás y se quedó

552

mirando al techo. Sus manos jugueteaban con las ruedas más grandes que usaba para propulsarse. Entonces dijo–: Sí, usé nuestra casa y tenía todo el derecho. Recuerdo bien aquella pocilga. La odiaba.

–Podrías haberte inventado algo.

–¡Roland! ¡De verdad! ¿Vivió en nuestra casa una futura canciller alemana? ¿He estado gobernando el país en secreto durante diez años? ¿Te han cortado el cuello? ¿Me detendrán por haberte asesinado con un cuchillo de cocina?

–Esas analogías no se sostienen. Llevas preparando el terreno en entrevistas desde hace años. El marido y el bebé abandonados eran...

–¡Anda, venga!

Lo dijo gritando, pero su enfado no le impidió escanciar vino en las copas.

–¿De verdad tengo que enseñarte cómo leer un libro? Tomo prestado. Invento. Saqueo mi propia vida. Cojo de todas partes, lo cambio, lo adapto a lo que necesito. ¿No te habías dado cuenta? Ese marido abandonado mide dos metros y lleva una coleta con la que tú no te habrías dejado ver ni muerto. Y es rubio, como el tipo sueco antes de que te conociera, Karl. Él me pegó un par de veces, claro. Pero no me dejó ninguna cicatriz y tú tampoco. Eso fue de un campesino cerca de Liebenau, un antiguo nazi, amigo de mi padre. Y Monika, la canciller, está ligeramente basada en mí hace treinta años. También en tu hermana, Susan, a la que adoraba. Todo lo que me pasó y todo lo que no. Todo lo que sé, todo aquel a quien conocí: todo lo mío revuelto con cualquier cosa que me invento.

Quizá no estuviera furiosa en absoluto, pensó Roland, solo hablaba a un volumen desquiciado. Él dijo:

–Entonces escucha mi humilde petición. Un diminuto paso extra de invención. Sitúa esa pocilga de casa fuera de Clapham.

–¿No te diste cuenta de que no figurabas en mis memorias? Voy a decirte lo que he estado haciendo durante treinta y cinco años. ¡No escribir sobre ti! ¡Maldita sea, Roland, te he protegido!

–¿De qué?

–De la verdad... ¡Dios! –Le costó sacar otro cigarrillo por el agujerito en la parte superior del paquete blando. Cuando lo hubo encendido le dio una fuerte calada y se tranquilizó un poco. Había pensado en ello. Tenía una lista–. De las memorias que podría haber escrito. Cómo me saturabas, los ojos, los oídos, la boca, con tus necesidades. No solo tu derecho otorgado por Dios a una unión extática de mentes y cuerpos en las nubes. Sino tu versión tan cultivadísima de lo que podrías haber sido. Ese refinado sentido de fracaso y autocompasión por lo que la vida te había arrebatado. El concertista de piano, el poeta, el campeón de Wimbledon. Esos tres héroes fuera de tu alcance ocupaban mucho sitio en una casita. ¿Cómo iba a respirar yo? Luego inventaste la paternidad, la maternidad, y no dejabas de hablar de ello. Mientras tanto, todo a tu alrededor, trastos, miseria, montones de esa porquería tuya superflua por todas partes. No podía moverme. No podía pensar. Para liberarme pagué el precio más alto con Lawrence. Eras un gran tema, Roland. Algo sobre los hombres que podría haber revelado al mundo. ¡Pero no lo hice! Nunca olvidé que fuiste el único hombre al que quise.

Eso le sobresaltó. Mientras Alissa exponía los cargos, él había fijado la mirada en la mancha de vino derramado que se había formado en el tablero de cristal de la mesa. Su tono paciente fue falso:

–Tus necesidades sexuales también eran acuciantes. Aquellas cartas de rechazo te hacían aullar...

–¡Roland, para, para, para! –A cada palabra gritada, golpeó el apoyabrazos de la silla de ruedas. Lo que quedaba del cigarrillo salió disparado de su mano y fue a parar a una alfombra varios palmos más allá. Pero no había perdido el control. Esperó mientras él se levantaba, le devolvía el cigarrillo y se sentaba–. No estamos aquí para eso. Déjame que lo diga por ti. Yo también era una dejada en casa. Quería que ayudaras mucho a cuidar al bebé, luego te acusaba de robármelo. Quería sexo en abundancia y luego fingía que no hacía más que satisfacer tus necesidades. Que rechazaran mis novelas me ponía de los nervios y a veces me desquitaba contigo, incluso después de que me ayudaras con las revisiones y las mecanografiaras. Despaché a mi hijo cuando vino en mi busca. Bien. Mis novelas están llenas de mujeres estúpidas, exigentes y contradictorias que huyen. Solía recibir varapalos de críticas feministas. Pero también tengo hombres estúpidos. La vida es liosa, todo el mundo comete errores porque somos todos estúpidos de la hostia y he hecho un montón de enemigos entre jóvenes puritanos por decirlo. Son igual de estúpidos que nosotros. El caso, Roland, es que para ti y para mí, ya no importa y por eso esperaba que vinieras. Seguimos aquí y no nos queda mucho. A mí en especial. Pensé que podíamos comer y emborracharnos juntos y recordar todo lo bueno. Dentro de poco empezarán a imprimir ejemplares definitivos. Si te hace feliz, cambiaré Clapham y la edad del bebé y cualquier otra cosa. No es nada. Nada de eso importa.

Mientras la miraba asombrado, levantó por fin la copa, pero no bebió de inmediato. De todo el desahogo de Alissa se había quedado sobre todo con la noticia de que era el único hombre al que había querido. Cierto o no, era extraordinario que lo hubiera expresado. No podía decirle lo mismo a ella, no del todo. En cambio, propuso un brindis.

–Gracias. Por que comamos y bebamos juntos todo el día.

Tuvo que levantarse e inclinarse por encima de la mesa para tocar su copa. Mientras lo hacía, ella murmuró:

–Excelente.

En ese momento, Maria vino con otra botella. Quizá Alissa la había llamado con un timbre.

Roland dijo:

—Bien. A ver qué te parece. Cuando venía por tu calle, estaba recordando diversos sitios donde nos enrollamos.

Ella dio unas palmaditas.

—¡Así me gusta!

Le enumeró los escenarios más o menos en el orden en que le habían venido a la cabeza. Bueno: compartían algo después de todo.

A cada lugar recordado ella se ponía más contenta.

—¿Te acuerdas de un edredón? ¡Hay que ver con los hombres! —Y luego—: En aquel bosque en el delta pisaste una espina y te convenciste de que era un escorpión.

—Solo al principio.

—Diste un brinco de tres metros.

Le sorprendió que solo recordara vagamente el día que ella fue a Brixton con la compra.

—Dijiste que la comida era para «después». Esa palabra. Casi me desmayo.

Roland también había olvidado ciertos acontecimientos que ella recordaba con nitidez.

Alissa dijo:

—Habíamos pasado la noche en casa de tus padres. Fuimos arriba a última hora de la mañana, creo que para deshacer la cama. Antes de darnos cuenta estábamos echando uno rápido, sin hacer nada de ruido. Yo estaba tensa porque creía que iban a oírnos abajo. La cama chirriaba. Siempre chirrían cuando hay alguien por ahí.

—Chirrían la verdad.

—¿No te acuerdas? Cuando acabamos, no podías salir.

—¿Del cuarto?

—¡De mí! Sufrí una especie de espasmo. Se llama vaginismo. No lo había tenido nunca ni lo he vuelto a tener. Nos dolía a los dos y tu madre gritaba desde abajo que la comida estaba preparada.

–Eso lo había olvidado por completo. ¿Cómo la saqué?

–Cantamos cancioncitas. Casi susurrando, para distraerme. La que recuerdo era «I'm Gonna Wash That Man Right Outa My Hair».[1]

–Y un año después lo hiciste.

De pronto se puso seria. La segunda botella ya estaba medio vacía.

–Ven aquí, Roland, a mi lado. Ahora escucha. Nunca te me quité de encima. Nunca. Si lo hubiera hecho, no estarías aquí. Haz el favor de creerme.

–Vale. Entendido. –Se inclinó hacia ella y se cogieron las manos.

Y así transcurrió el día. Comieron en el jardín. Eran muy viejos o tenían demasiada experiencia para ponerse como cubas. Luego Roland recordaría la mayor parte de lo que dijeron y lo escribiría en su diario. Por la tarde hablaron de la salud de ambos.

–Tú primero –dijo ella.

No se dejó nada en el tintero. Glaucoma de ángulo abierto, cataratas, daños por efecto del sol, tensión alta, una costilla rota que le provocaba dolores en el pecho, el potencial, teniendo en cuenta su contorno, para desarrollar diabetes de tipo dos, artritis en las dos rodillas, displasia prostática: benigna, maligna, aún no se sabía. Le daba mucho miedo averiguarlo.

Para entonces habían entrado a casa. El sol poniente ya no iluminaba la sala de estar. Ella le dijo que tenía cáncer de pulmón y que ya estaba muy extendido. Los médicos decían que hacía bien en renunciar al tratamiento. Seguramente tendrían que amputarle el otro pie. No iba a someterse al estrés de dejar de fumar.

1. «Voy a quitarme a ese hombre de encima.» *(N. del T.)*

–He terminado –anunció–. Me queda una novela breve por escribir, luego me quedaré aquí sentada a esperar. A continuación, insistió en que no hablaran más de enfermedades. Charlaron sobre sus padres, como hicieran hacía muchos años. Era una forma de resumen elaborado en la que no había nada nuevo que contar salvo las historias de su decadencia y muerte. No hablaron de las memorias de Alissa y la desavenencia con Jane. Pusieron algunas canciones antiguas en el aparato de música, pero no les conmovieron. No les fue posible recuperar la exuberancia de antes del almuerzo. Los efectos del alcohol en retirada se convirtieron en un lastre para su ánimo. La desafiante afirmación de Alissa de que nada importaba parecía ahora endeble. Roland tenía que tomar un vuelo esa noche. Todo importaba. Telefoneó al chófer de Rüdiger para que pasara a recogerlo y lo llevara al aeropuerto.

Cuando estaba sentado otra vez cerca de ella, dijo:

–Estuve a punto de no venir y me alegro de haberlo hecho. Pero sigue habiendo una sombra y solo tú puedes hacer algo al respecto. Hemos eludido el tema. Tienes que ver a Lawrence. Tienes que hablar con él. No puedes eludirlo, Alissa. Teniendo en cuenta todo lo que has dicho, tienes que hacerlo tanto por él como por ti.

Ella cerró los ojos mientras Roland hablaba y los mantuvo cerrados durante sus primeras palabras:

–Me da miedo y me avergüenza... lo que hice, y cómo me mantuve en mis trece durante tanto tiempo. Fui una fanática, Roland. Hice caso omiso de la preciosa carta de aquel niño. ¡El caso es que, de hecho, la tiré a la papelera! Fui cruel cuando vino en mi busca. Es imposible que me perdone. Es muy tarde para establecer..., lo que sea, ningún tipo de relación.

–Igual te sorprendería, como me ha sorprendido hoy a mí.

Ella negaba con la cabeza.

–He pensado en ello. Lo he dejado para demasiado tarde.

–Cambiaría su opinión sobre ti, mucho después de que hayas desaparecido. Durante el resto de su vida.

Alissa siguió negando. Él puso una mano sobre la de ella.

–De acuerdo. Entonces, prométeme una cosa. Que volverás a pensártelo.

No contestó. A Roland le pareció que negaba con la cabeza una vez más, pero tan levemente que bien podría haber estado asintiendo. Se había dormido.

Se quedó mirándola mientras esperaba el coche. Tenía los labios entreabiertos, la cabeza ladeada y respiraba muy fuerte. No le cupo duda de que se estaba muriendo. Alguien podría pensar que la joven pálida, esbelta y de ojos grandes se había convertido en una mujer grotesca y escandalosa. Pero cuanto más rato pasaba con ella ese día, más claro veía el rostro de la mujer con la que se casó en 1985. Le conmovió o conmovió su vanidad ser el único hombre al que había amado. Si no era cierto, le alegró que lo dijera. Si era cierto, entonces había pagado su docena de libros con dos amores, un hijo y un marido. Ahora, no tenía a nadie, no tenía familia. No tenía amigos íntimos, según Rüdiger. Vivía en una casa que más parecía un búnker de cemento oscuro, esperando a morir sola. El tiempo también lo había degradado a él, pero según todos los baremos convencionales era el más feliz de los dos. No tenía libros, claro, ni canciones, cuadros, nada inventado que lo sobreviviera. ¿Cambiaría su familia por el inventario de libros de Alissa? Contempló su cara ahora conocida y negó con la cabeza a modo de respuesta. No habría tenido la valentía de romper con todo como hizo ella, aunque los hombres pagaban un precio menor: en las biografías literarias abundaban las esposas y los hijos abandonados por una vocación más elevada. Dispuesto a ofenderse de inmediato, había olvidado que el hombre de su novela que había tomado por él mismo medía dos metros, era rubio, tenía una cicatriz y llevaba coleta. Ella le había dispensado a todo volumen una tutoría acerca de cómo leer.

Oyó el timbre y el sonido de los pasos rápidos de Maria al ir a la puerta. Se puso en pie lentamente, con cuidado de evitar otro de sus mareos. Cuando abandonaba la sala se volvió para echarle un largo vistazo final.

En el año nuevo de 2021, en un eclipse posterior al solsticio, empezó el tercer confinamiento, el presidente de Estados Unidos fue sustituido en medio de una gran confusión y la medianoche del 31 de enero Europa quedó atrás. Roland, a solas en la casa grande de Lloyd Square, se liberó de dos obsesiones y se pudo dedicar a preocuparse exclusivamente de la ciencia y la díscola política de la epidemiología. El nuevo confinamiento se había demorado, igual que el primero y el segundo. En muertes por millón de habitantes el país estaba entre los primeros puestos del mundo y el primer ministro gozaba de popularidad. Más aún cuando las vacunaciones comenzaron con simpática eficiencia mientras Europa, sobre todo Alemania, iba a tientas. Nada era sencillo. El confinamiento nacional se prolongó hasta un largo invierno y una primavera gélida. El daño causado por el mismo era inconmensurable. Los cálculos estaban condicionados por la experiencia local y la opinión política. Pero todos coincidían en que había provocado graves perjuicios a mentes y cuerpos, infancias, educación, sustentos y a la economía. Los suicidios habían aumentado, igual que las rupturas matrimoniales, igual que la violencia doméstica, por lo general, expresión en clave para cuando los hombres maltrataban a mujeres y niños. Pero la mayoría pensaba que morir asfixiado sin familia ni amigos, atendido por desconocidos desbordados de trabajo con mascarilla, era peor; y la mayoría, incluido Roland, arrimó el hombro.

Para mediados de febrero, había anotado la fotografía número cien: Daphne y él a orillas del Esk, tomada, según recordaba, por un solitario y atento excursionista japonés. Con eso puso fin al proyecto. La selección abarcaba toda una vida: en brazos de su madre a los seis meses, con pantalones cortos y orejas de soplillo en el desierto libio, luego la mayoría del resto del reparto, sus padres y hermanos, dos esposas, hijo y familia, hijastros, sus familias, amantes, sus amigos íntimos, el universo independiente de las vacaciones a piel descubierta, las mochilas, la charca de las ranas, la gente de su hotel de Londres, el paso Jáiber, el Himalaya, la Causse de Larzac, del brazo de Joe Coppinger en un glaciar en la cuenca superior del Engadina, Lawrence a los dos meses en brazos de su madre, Rüdiger cuando aún llevaba pendiente, y más. Excluyó su única fotografía de Miriam Cornell, borrosa, plantada junto al cobertizo donde, era de suponer, estaba encerrado su baúl en aquel momento. Luego cambió de parecer y la añadió a las cien, escribiendo en el reverso: «Mi profesora de piano de 1959 a 1964». Aparte de eso, todo el mundo figuraba por su nombre y se aportaba un contexto general. Las demás, demasiado evidentes o un misterio para siempre, incluso a sus propios ojos, las volvió a meter en tres cajas grandes de cartón, cerró las tapas con cinta adhesiva y las subió al desván por una inestable escalera de mano.

Durante febrero y marzo empezó y terminó la lectura de todos sus diarios, por lo general uno al día, cuarenta en total. Los amontonó en un banco en la cocina. Esa tarde vio taciturno un torneo de tenis cuyos participantes eran estrellas veteranas de hacía treinta, cuarenta, incluso cincuenta años. Desde lejos esos hombres y mujeres parecían esbeltos y fuertes. El mayor tenía ochenta y un años. Jugaban dobles, desde la línea de fondo sobre todo y adentrándose unos pasos, pero sus golpes, trabajados con regularidad a lo largo de toda una vida, eran rápidos y bajos. Les encantaba la vida y por lo tanto aún les importaba perder. Había rabietas en torno a la silla del árbitro. Pero según los baremos modernos, como bien sabía Roland, él había envejecido antes de su hora. No podía hacer nada al respecto. Esta vez se sentía parte de la comunidad confinada. Hacía lo que todo el mundo: se daba cuenta de que los días pasaban demasiado rápido, se conectaba para reservar un viaje que creía que no haría nunca, hacía propósitos que no mantenía, estaba en contacto con la familia por teléfono y por vídeo en internet. A solas en casa llevaba una vida social abigarrada. La parte de la familia de Daphne, conversaciones habituales con Lawrence e Ingrid en Potsdam y luego por separado con Stefanie. Creó una burbuja de contacto social con Nancy, que venía en coche desde Stoke Newington, por lo general sin sus tres escandalosos hijos, ante lo que se mostraba decepcionado por rutina aunque en realidad se sentía aliviado. En la voz, los gestos, el aspecto, Nancy se parecía muchísimo a una Daphne que hubiera vuelto rejuvenecida de entre los muertos. El virus había hecho cobrar vida a su pasado. Estaba en contacto por fin con Diana, que dirigía una clínica de maternidad en Granada, en Saint George, y se negaba a jubilarse. Carol había sido directora de un gran feudo dentro de la BBC hasta su jubilación. Mireille siguió los pasos de su padre en el servicio diplomático francés y también estaba jubilada. Hablaban sobre todo de niños, nietos y de la pandemia.

Padecía un dolor en las rodillas como de cuchillo al rojo vivo cuando daba su paseo diario. La repercusión de la artritis en las rodillas era debida al aumento de peso por la falta de ejercicio. Alissa tenía razón: había echado una barriga ridícula. Sufrió una repetición menor del dolor en el pecho, pero nada parecido al ataque que le hizo caer por las escaleras. Se planteó adoptar a un gato para sustituir al que se había largado y seguía pensándoselo cuando se levantaron las restricciones a mediados de mayo. Hablaba una vez a la semana con mascarilla de por medio con el alegre chaval sij que le llevaba la compra que hacía por internet. Pero Roland se sumía de vez en cuando en un estado de catatonia, un mundo en blanco y negro de neutralidad emocional que podía durar una o incluso dos horas. Entonces, si le hubieran dicho que no volvería a ver ni hablar con otro ser humano nunca más, no se habría alegrado ni entristecido. De esa guisa –fue después de varias semanas– logró lo que siempre había considerado imposible, salvo para los yoguis en un estado de gracia: permanecer sentado en una silla media hora sin pensar en nada. Esos eran los momentos más difíciles, regresar a su estado de encogimiento. Silencio, soledad, ausencia de propósito, crepúsculo perpetuo. Los nombres de los días de la semana no tenían ningún sentido. Tampoco la medicina moderna, ni siquiera después de la primera vacuna. Todos somos uno con la historia ahora, sometidos a sus caprichos. Su Londres era el del año de la peste, 1665, el de la ciudad de madera enferma de 1349. Se sentía viejo, dependiente de su familia. Para seguir vivo tenía que rehuirlos a todos. Y ellos a él. Para retomar su modesta existencia tenía que obligarse a acometer algún acto trivial, como ponerse en pie para meter en el frigorífico una botella de leche antes de que la calefacción central la agriase.

De algún modo se le había escapado por descuido, seguramente a Lawrence, una referencia al dolor en el pecho. A finales de febrero toda la familia le estaba dando la lata, Lawrence sin cesar, Ingrid con tacto y de vez en cuando. Durante una visita Nancy le agarró la mano mientras estaban en el jardín. Le instaba, igual que los demás, a que fuera al médico. Fue como si Daphne le hablara. En otra ocasión Nancy llevó a Greta, de manera ilegal, y las hermanas plantearon el caso juntas. Le recordaron la caída que sufrió en el Distrito de los Lagos y cómo nunca había sido el mismo. Eran las costillas. Un día a la hora de comer Gerald telefoneó desde el Hospital Pediátrico de Great Ormond Street. Tenía un descanso de diez minutos. Mientras hablaba, Roland oía el roce del mono de protección de plástico. Su voz sonaba apagada por el agotamiento.

–Oye, no tengo mucho tiempo. Un hombre de setenta y pico años con dolores en el pecho que no va a que se lo miren es idiota.

–Gracias Gerald. Es muy amable por tu parte. Pero sé exactamente lo que es. Me caí caminando en los Lagos y...

–No voy a insistir. Se nos acaba de morir otro crío en el pabellón de Covid. Un chico de doce años de Bolton. Dentro de un momento voy a tener que ir a darles la noticia a los padres. Si no puedes cuidar de tu propia salud, bueno, es una pena. –Colgó.

Escarmentado, Roland se quedó en la cocina junto al almuerzo a medio comer, con el auricular en la mano, la encarnación de un viejo idiota. Arriba en su estudio le escribió a Gerald un correo para disculparse por su actitud frívola en tiempos funestos y elogiar la valentía y dedicación del joven. Sí, prometió, iría a ver a un especialista del corazón en cuanto terminara el confinamiento.

Seguía las noticias de la pandemia y consultaba a diario el registro del Johns Hopkins y los sitios web de gov.uk para ver cómo ascendían las cifras de la tercera ola. Entre los que habían sido sometidos a pruebas de Covid en los veintiocho días anteriores, se alcanzaban las mil cuatrocientas muertes al día. Luego estaban los que fallecían sin que les hubieran hecho pruebas. Todo el mundo decía, incluso la prensa amarilla de tendencias derechistas, que Johnson tendría que haber decretado el confinamiento en septiembre. Roland creía las cifras. ¿Hasta qué punto era común alrededor del mundo confiar en los datos oficiales? Entonces la cosa no podía estar tan mal, se decía en momentos de mejor ánimo. Los instrumentos del Estado, sus instituciones estaban por encima del gobierno de turno.

Él y cualquier otro que estuviera interesado ya había aprendido el léxico de la pandemia, factor R0, fómites, cargas virales, punto de escisión de la furina, pruebas de refuerzo primario heterólogo, mutaciones de escape a las vacunas, tasa de disociación de casos/hospitalizaciones y, lo más resonante y siniestro de todo, el pecado original antigénico. No había nada novedoso en otro confinamiento, nada que esperar salvo el descenso de las cifras y el alargamiento de los días cuando se adelantó la hora la semana después del equinoccio de primavera. Lo que lo sustentaba era su descubrimiento durante el primer confinamiento de que no le importaba limpiar un poco la casa. El movimiento físico le sentaba bien y tener la jaula en orden la hacía parecer más grande. Mantener a raya la entropía vaciaba la mente de una manera agradable, aunque en la suya a menudo no tenía gran cosa. Por extensión, empezó a disfrutar deshaciéndose de cosas. Comenzó por la ropa, brazadas de jerséis, muchos apolillados, vaqueros que le rozaban y le reprendían su cambio de figura, camisas de colores biliosos. No necesitaba más que diez pares de calcetines y no creía que fuera a ponerse nunca traje o corbata. Consideró qué hacer con la ropa de excursionismo y luego la dejó intacta. Libros que no leería o leería de nuevo, viejos documentos fiscales, facturas antiguas, cargadores que no servían para nada... Era difícil parar. Llenó una habitación de invitados de bolsas de basura y cajas. Se sentía más ligero, más joven incluso. Pensó que la gente con desórdenes alimenticios debía de aspirar a esta sensación de ebriedad cuando perdían peso para ascender del suelo de su existencia, irse flotando, eximidos de sí mismos, de las cargas del pasado y el futuro, reducidos o elevados a puro ser, felizmente libres de trabas cual niños pequeños.

El proceso de purificación lo llevó a los cuarenta diarios. Su entrada más reciente era del mes de septiembre anterior, un relato en mil palabras de las horas que pasó con Alissa. Había decidido que debían terminar ahí. Cruzaron algunos correos pero tanto los de ella como los suyos carecían de –¿qué exactamente?– energía, inventiva, propósito. Un futuro. El asunto que tenían el uno con el otro había concluido. Ella no mencionó su salud, pero Rüdiger le hizo saber que se iba deteriorando a ritmo constante. Releerlos desde 1986 no le permitió entender mejor su vida. No había temas evidentes, ni trasfondos en los que no se hubiera fijado a la sazón, nada aprendido. Una gran masa de detalles fue lo que encontró, y acontecimientos, conversaciones, incluso gente que no atinaba a recordar. En esas secciones era como si estuviera leyendo el pasado de otra persona. No le gustaba ver cómo se quejaba por escrito: de vivir con precariedad, no disponer de un trabajo adecuado, no tener un matrimonio largo y satisfactorio. Aburrido, sin perspicacia, pasivo. Había leído muchos libros. Sus resúmenes eran apresurados, sin interés. Qué flojos en comparación con el diario de Jane Farmer. Ella tenía algo sobre lo que escribir: la civilización europea en ruinas, jóvenes y heroicos ideales decapitados, mientras que él era hijo de una larga paz. Recordaba el empuje y los giros de su prosa. Los de ella, como los suyos, eran textos sin revisar escritos a última hora de la noche. Su manera de establecer o desarrollar una escena era muy superior, igual que la lógica y la tensión que yacían entre una frase y la siguiente. Su don para saber cómo un buen detalle iluminaba el conjunto tenía el destello de una inteligencia vital. La prosa de Alissa también conseguía ese efecto. Mientras que él se limitaba a enumerar experiencias, madre e hija les daban vida.

Esa era una buena razón para actuar. Cuando se imaginó a Lawrence o un descendiente lejano leyendo sus diarios supo lo que debía hacer. Nancy y su familia le habían regalado un brasero de exterior por Navidad. Una aburrida tarde de finales de marzo, lo llenó de leña, troncos finos y carbón de barbacoa. Cuando hubo prendido se sentó cerca con un abrigo largo y un gorro de lana y, con una taza de té en una mano, entregó a las llamas la segunda mitad de su vida, volumen por volumen. Le vino entonces a la cabeza cómo había tirado ejemplares de la escuela de Camus, Goethe y los demás a una hoguera en el jardín de Susan. Hacía cincuenta y siete años. Sujetalibros, el final de los libros, que enmarcaban una vida. ¿De verdad había ardido *Todo por amor* de Dryden más rápido, más brillante que el resto? La memoria le fallaba sobre ese particular. Esperaba que sí.

Cuando en el brasero no quedaban más que rescoldos, el frío le empujó a entrar para instalarse en su sillón habitual. Albergaba más en la memoria y la reflexión de lo que podría haber hallado en sus diarios. Había corrientes, tramas, desarrollos que nadie habría predicho, pero en esas páginas desaparecidas ni siquiera había planteado las preguntas. ¿Según qué lógica o motivación o claudicación a la desesperada nos transportamos todos en una generación, hora tras hora, del entusiasmo de la caída del Muro de Berlín al asalto al Capitolio norteamericano? Había creído que 1989 era un portal, una amplia abertura hacia el futuro que todos cruzaban en tropel. No era más que una cumbre. Ahora, de Jerusalén a Nuevo México, se estaban levantando muros. Cuántas lecciones sin aprender. La acometida contra el Capitolio podía ser un mero socavón, un momento singular de bochorno del que hablar asombrados durante años. O un portal a una nueva clase de América, la administración presente solo un interregno, una variante de Weimar. Nos vemos en la Avenida de los Héroes del Seis de Enero. De la cima al muladar en treinta años. Solo la mirada retrospectiva, la historia bien investigada, podía distinguir cumbres y socavones de portales.

Un gran inconveniente de la muerte, según Roland, estribaba en quedar al margen de la historia. Habiéndola seguido hasta aquí necesitaba saber cómo irían las cosas. El libro que requería tenía cien capítulos, uno por año: una historia del siglo XXI. Tal como estaba el asunto quizá no llegara a ver ni una cuarta parte. Un vistazo a la página de contenidos sería suficiente. ¿Se atajaría un sobrecalenta-miento global catastrófico? ¿Estaba la guerra sino-americana imbricada en el patrón de la historia? ¿Cedería la racha global de nacionalismo racista ante algo más generoso, más constructivo? ¿Revertiríamos la actual gran extinción de especies? ¿Encontraría la sociedad abierta maneras nuevas y más justas de florecer? ¿Nos haría la inteligencia artificial más sabios o chiflados o irrelevantes? ¿Lograríamos superar el siglo sin un intercambio de misiles nucleares? Tal como lo veía, sencillamente llegar intactos al último día del XXI, hasta el final del libro, sería un triunfo.

La tentación de los viejos, nacidos en mitad de las cosas, era ver su propio fallecimiento como el final de todo, el fin de los tiempos. Así sus muertes tenían más sentido. Él aceptaba que ese pesimismo era el buen compañero del pensamiento y el estudio, que el optimismo era un asunto de políticos, y nadie les creía. Conocía los motivos para estar alegre y a veces había citado los índices, las tasas de alfabetización y demás. Pero eran en relación con un pasado miserable. No podía evitarlo, reinaba una fealdad novedosa. Había naciones gobernadas por bandas de criminales bien vestidos empeñados en enriquecerse, a quienes mantenían en su puesto los servicios de seguridad, la reescritura de la historia y el nacionalismo apasionado. Rusia no era más que una. Estados Unidos, en un delirio de furia, conspiraciones disparatadas y supremacía blanca, bien podía convertirse en otra. China había refutado la afirmación de que el comercio con forasteros abría las mentes y las sociedades. Ahora que había tecnología disponible, quizá perfeccionara el Estado totalitario y ofreciera un nuevo modelo de organización social que rivalizara con las democracias o las sustituyera: una dictadura sustentada por un flujo fiable de bienes de consumo y un nivel de genocidio selectivo. La pesadilla de Roland era que la libertad de expresión, un privilegio menguante, se desvaneciera durante mil años. La

Europa medieval cristiana pasó todo ese tiempo sin ella. Al islam nunca le había importado mucho. Pero todos y cada uno de estos problemas eran locales, se ceñían a una mera escala temporal humana. Encogían y se comprimían en un amargo núcleo contenido en el caparazón del asunto de mayor importancia, el calentamiento de la Tierra, la desaparición de animales y plantas, la disrupción de los sistemas entretejidos de los océanos, la tierra, el aire y la vida, entramados hermosos y sustentadores apenas comprendidos mientras les imponíamos una transformación.

Desde la sala de estar de Daphne –la casa siempre sería de ella– Roland veía descender sobre Londres el crepúsculo. Si, por un golpe de suerte epifenomenal, hubiera podido hacerse con el libro fantasma quizá se habría tranquilizado o quizá no. Como mínimo, habría podido satisfacer la curiosidad. Qué balsámico habría sido leer que su pesimismo se había descontrolado. Había un remedio emoliente que le gustaba: las cosas nunca irán tan bien como esperábamos ni tan mal como temíamos. Pero bastaba imaginar enseñarle a un bienintencionado caballero eduardiano una historia de los primeros sesenta años del siglo XX. Las megacifras combinadas de muertes en Europa, Rusia y China le harían encorvarse y llorar.

¡Ya estaba bien! Esos dioses iracundos o decepcionados en versión moderna, Hitler, Nasser, Jrushchov, Kennedy y Gorbachov quizá hubieran determinado su vida, pero no habían permitido a Roland entender a fondo la política internacional. ¿Qué le importaba a nadie lo que un oscuro señor Baines de Lloyd Square pensara sobre el futuro de la sociedad abierta o el destino del planeta? No tenía ninguna autoridad. En una mesa a su lado había una postal de Lawrence e Ingrid. En la foto se veía una luminosa playa amarilla con dunas de arena y esparto. La familia estaba tomándose «un respiro frío y ventoso» en la costa báltica. La letra era de Ingrid. Justo antes de la despedida conjunta, le decía que irían a visitarlo en cuanto se levantasen las restricciones, cosa que esperaban que ocurriera en mayo. Eran buenas noticias. Roland cerró los ojos. Entre su hijo y él había un asunto pendiente. Nada de hostilidad, pero tenían que hablar.

Comenzó el año anterior, en septiembre, cuando hacía una semana que Roland había vuelto de ver a Alissa. Telefoneó a Potsdam y contestó Lawrence. Le hizo un relato, totalmente favorable, del tiempo que había pasado con ella. Dijo:

–Creo que deberías ir a verla. Sé que a ella le gustaría.

Se hizo un silencio. Entonces Lawrence contestó:

–Rüdiger le dio mi dirección de correo. Me escribió para invitarme.

–¿Qué contestaste?

–Nada todavía. Es posible que no responda.

Roland cayó en la cuenta de lo mucho que deseaba que su hijo la visitara. Debía proceder con cautela.

–Está enferma, ya sabes.

–Sí.

Roland oía de fondo a Paul y su madre cantando: «Es war einmal ein Mann, der hatte einen Schwamm». Alissa se lo cantaba a Lawrence de niño. Había una vez un hombre que tenía una esponja.

–Podría ser importante para ti. Si no, igual lo lamentas siempre.

–Quiere arreglarlo todo. Nunca estuvo bien y no puede estarlo ahora.

–Pareces resentido. Ir podría ser una manera de encararlo.

–De verdad, papá. No lo estoy. Nunca pienso en ella. Lamento que esté enferma o lo que sea. También lo está mucha gente que no conozco. ¿Por qué iba a importarme ella?

Roland dijo la estupidez evidente:

–Porque es tu madre.

Con razón, Lawrence no contestó y tampoco lo hizo cuando su padre añadió:

—Es la novelista más importante de Europa.

Hablaron de otras cosas. En una conversación posterior Roland dijo:

—Contéstale por lo menos.

—Igual lo hago.

Cuando vino la familia en mayo tres días después de que terminara el confinamiento general, tuvo la impresión de que Lawrence todavía no le había escrito. En su tono vacilante y cantarín Ingrid le había dicho a su suegro por teléfono que creía que debía dejar correr el asunto. Él aseguró que lo haría. Pero luego consideró que era su deber intentarlo una última vez. Si se hubiera visto obligado a hacerlo, le habría resultado difícil explicar por qué le importaba esta cuestión. Su propia visita había resuelto algo. Su hijo pensaba que él no tenía nada que resolver.

La familia llegó y estuvo en cuarentena en la casa mientras Roland se alojaba en el piso del sótano. Cuando hubieron transcurrido los diez días, Lawrence tomó prestado un coche de Gerald y llevó a Roland a su cita en una clínica especializada en el corazón, al sur de St. Albans. Allí había un médico semijubilado que era un antiguo mentor de Gerald y le debía un favor. Roland no aprobaba la medicina privada, pero se le aseguró, como si supusiera alguna diferencia, que no había habido ningún desembolso económico.

Por el camino, suponiendo que era su última oportunidad, Roland sacó a colación el tema de Alissa.

—Suponía que lo mencionarías, así que le escribí. Le dije que se perdiera.

—¡Venga ya!

—No. Fui muy amable. Le dije que no tenía sentido que nos viéramos ahora y le deseé que mejorara su salud. Adjunté una foto de sus nietos.

571

—Ah, bueno.

—También le pedí que no volviera a escribir.

—Vale.

—Pero, papá, unos días después, llegó un paquete grande. Dentro había una caja de madera y una nota que decía, lo entiendo, pero haz el favor de aceptar esto. Dentro había un *Blaue Reiter Almanach*. 1912.

—¡Qué maravilla!

—Lo autentificamos. Es asombroso. Y es precioso. Kandinski, Münter, Matisse, Picasso. Lo guardaremos para Stefanie y Paul. Pero en esa caja también había siete diarios que escribió Oma. ¡De 1946! ¿Sabías de ellos?

—Sí.

—Están escritos de maravilla.

—Cierto.

—Me llevó una semana de tardes libres leerlos de cabo a rabo. Luego se lo pasé todo a Rüdiger. Ni siquiera sabía de su existencia y está entusiasmado. Lucretius Books va a publicarlos en alemán en dos volúmenes. También hay un editor de Londres interesado.

Roland cerró los ojos.

—Estupendo —murmuró.

—Rüdiger cree que será importante para los expertos como referencia para *El viaje*.

—Tiene razón —convino Roland—. Pero es mucho más que eso.

La clínica, en una casa de campo estilo reina Ana, con un campo de hockey en desuso y dos pistas de tenis desatendidas, parecía un internado. Lawrence se detuvo en el aparcamiento, pero no se bajó. Iba a ver a un amigo en Harpenden y volvería en cuanto le llamara. Padre e hijo se dieron un torpe abrazo en el reducido espacio. Cuando se acercaba al edificio a través de unos árboles que ocultaban los coches, Roland tuvo un bajón de ánimo. Estaba triste por Alissa afrontando la muerte, recibir el correo de Lawrence era lo que merecía, luego empaquetó los tesoros que había esperado entregarle en mano. Y por fin iban a publicarse los diarios de Jane. Redención, aunque demasiado tarde. Al abrir las puertas de doble hoja de la zona de recepción de la clínica, ya no estaba tan seguro de tener bien el corazón. Había toda una institución dedicada a descubrir que no era así. ¿Cómo iba a enfrentarse a todos ellos? Incluso el recepcionista de barba entrecana en el mostrador tenía el aspecto adusto de un especialista.

Mientras esperaba a que le hicieran pasar se preguntó si su hijo lo habría llevado, de acuerdo con el resto de la familia, para cerciorarse de que se presentaba a la cita. Era un indicio de vejez, la conciencia seguramente paranoica de que se estaban haciendo arreglos a sus espaldas. El final del recorrido sería: vamos a tener que ingresarlo en una residencia.

Al principio del calvario de la mañana, pasó un dinámico cuarto de hora con el mentor de Gerald, Michael Todd. El especialista era un tipo enorme y rosado, con la cabeza tan calva y pulida que se apreciaba un leve matiz verde reflejado de los arbustos delante de la ventana. El señor Todd revisó la agenda. Se reunirían de nuevo cuando estuviera todo hecho. Los resultados de los análisis de sangre ya habían llegado. Cuando le pidieron a Roland que describiera los dolores de pecho, no mencionó la teoría de la costilla. Dos minutos con el estetoscopio y lo llevaron a otra parte. Aunque fue objeto de una atención experta y amigable y no le hicieron el menor daño, fueron dos horas desagradables. Una radiografía, una atronadora resonancia magnética, la rueda de andar, un electrocardiograma. En la pantalla del ecógrafo vio en tiempo real su corazón funcionando en la oscuridad como lo había estado haciendo por su bien los últimos setenta y pico años, chapoteando precariamente. Los aparatos y sus expertos acompañantes no podían estar ahí para nada. Estaba enfermo en lo más hondo.

Lo llevaron de nuevo con el señor Todd. Había un montón de hojas impresas encima de la mesa. Las estaba leyendo cuando Roland se sentó frente a él a esperar. Era difícil no sentir que el juicio que estaba a punto de emitirse era moral, no médico. ¿Era buena o mala persona? El corazón en cuestión había empezado a latir más deprisa. Era un momento como de los tiempos de la escuela. Su futuro pendía de un hilo.

Al fin Michael Todd levantó la vista, se quitó las gafas y dijo en tono neutro:

—Bueno, Roland, ¿puedo tutearte? Hasta donde alcanzo a ver a tu corazón no le pasa nada. Tengo ante mí al culpable, un osteofito, una diminuta astilla de hueso de una costilla que presiona un nervio. De ahí el dolor que dices. Igual tienes una fractura.

—Sufrí una mala caída hace dos o tres años.

—Cuenta.

—El actual subsecretario de Sanidad me tiró a un río de un empujón.

—¡No sería Peter Mount! *Lord* Mount. Vaya, vaya. Fuimos juntos al colegio. ¿Y se te echó encima? No me sorprende. Siempre fue un matón de mucho cuidado. Sea como sea, un colega mío se ocupará de ese osteofito.

Le pasó el resultado de la exploración con escáner. Roland no atinó a ver nada, pero se lo devolvió con un gesto afirmativo.

—Seguro que vives hasta los ochenta y muchos. Pero antes tienes que hacer algo respecto al peso y la falta de ejercicio. Deja de beber todos los días. Agénciate unas rodillas nuevas. El resto ocurrirá sin más.

No llamó de inmediato a Lawrence. En lugar de eso, fue a dar un lento paseo por el perímetro del campo de hockey. La fantasía era irresistible. Aquí estaba su escuela. El director acababa de darle las notas. Había aprobado, como sabía que haría. ¡Once sobresalientes! Tenía posibilidades de llegar a leer el capítulo treinta y cinco.

En casa esa noche telefoneó a Gerald para darle las gracias.

—Se nos quita un peso de encima, Roland. Sé de una cirujana estupenda. Trabaja en el hospital University College. Una rodilla y luego la otra, pero podrías estar en la pista para Pascua del año que viene.

Llamaron Greta y luego Nancy. Ingrid y Lawrence fueron a la sala de estar a brindar, ellos con copas de vino y él con un licor de lima. Se sentía un fraude. Aparte de no estar enfermo no había conseguido nada. Pero tuvo la gentileza de comportarse como si no fuera así.

Mientras Lawrence acostaba a Paul e Ingrid cocinaba, se quedó a solas con Stefanie. Ahora que leía, tenían más incluso de lo que charlar. Solo hablaban en alemán. Fuera, hacía una tarde luminosa, pero las cristaleras estaban cerradas para protegerlos de la temperatura de cuatro grados y un viento cortante. Roland se había acomodado en la mecedora y ella estaba a su lado. Se le había caído otro diente hacía poco y lo había metido bajo la almohada. Por la mañana había una moneda de dos euros.

«Ich weiß, dass Mama sie dort hingelegt hat!» Sé que la dejó mamá.

Esa tarde había leído *Flix*, de Tomi Ungerer, sobre un perro nacido de padres que eran gatos. Roland, sin que ella lo supiera, lo había leído también. Un cuento con moraleja, pero divertido e ingenioso.

Stefanie se le apoyó en el hombro mientras le explicaba la trama. «Opa, er muss gebratene Maus essen und lernen, auf Bäume zu klettern!» Tiene que comer ratones fritos y aprender a subir a los árboles. Flix es un perrito feo, cuyos padres lo adoran, y crece en un mundo de gatos. Se entera de que su tatarabuela felina se casó en secreto con un doguillo. Los genes caninos han vuelto a aflorar. Por suerte tiene un padrino perro que le enseña el comportamiento canino, incluida el habla de los perros. Pero puede ser difícil estar desgarrado entre dos culturas. Al final llega a ser político y hace campaña por el respeto mutuo, la igualdad de derechos y el fin de la segregación entre perros y gatos.

Cuando Stefanie hubo terminado la narración, él dijo:

—¿Crees que este cuento quiere decirnos algo sobre la gente?

Ella le miró sin entender.

—No seas tonto, Opa. Es sobre perros y gatos.

Vio a qué se refería. Era una pena cargarse un buen cuento convirtiéndolo en una lección. Eso se podía dejar para más adelante. No había mucha distancia entre los gatos y el poema que la había empujado a leer. Entonaron juntos en inglés «El búho y la gatita». Él le contó cómo su papá, cuando era pequeño, quería que se lo recitara noche tras noche y siempre gritaba: «¡Eres tú, eres tú! ¡Su nariz, su nariz! ¡La Luna, la Luna!».

Stefanie preguntó:

—Und was liest *du*, Opa? (¿Y qué estás leyendo tú?)

—Bueno, quiero leer un libro imaginario. Es muy interesante y tan enorme que no creo que pueda llegar a leerlo nunca.

—¿Quién sale?

—Absolutamente todo el mundo, incluida tú. Y dura cien años.

—Und was passiert? (¿Qué pasa?)

—Eso me encantaría descubrir.

La niña le rodeó el cuello con un brazo, dispuesta a seguirle el juego. Como siempre, ella quería que todo le fuera bien.

—Yo llegaré al final, Opa. —Pensó y luego añadió—: Ich werde es lesen, wenn ich Erwachsen bin und es dir sagen. (Lo leeré cuando sea mayor y te lo contaré.)

—Pero en el último capítulo serás tan vieja como yo.

La idea disparatada la hizo sonreír y él vio de nuevo cómo en ambos lados tenía inocentes huecos donde no tardarían en salir dientes permanentes. Era un error haberle mencionado su historia imaginaria del siglo XXI. No era un libro infantil. La quería y en ese momento liberado pensó que no había aprendido nada en la vida ni lo aprendería nunca. Se volvió y la besó con suavidad en la mejilla.

—Cariño, algún día me lo contarás todo. Pero ahora tu mamá nos llama para cenar. ¿Te sientas a mi lado, por favor?

Se levantó del sillón, pero lo hizo muy rápido y le sobrevino uno de sus episodios de vértigo en los que todo le daba vueltas y tenía la sensación de flotar a través de un medio negro y denso que se ondulaba ligeramente. Echó mano al sillón en busca de apoyo.

—¿Opa?

Sí, un error mencionar un libro semejante cuando le legaba un mundo dañado.

Entonces se le despejó la cabeza, pero siguió agarrado al respaldo del sillón, decidido a no caerse y asustar a la niña.

—Estoy bien, mein Liebling.

Ella le habló con suavidad en esa voz mimosa y cantarina que a veces oía usar a su madre con su hermano pequeño. «Komm Opa. Hier lang.» Ven, abuelito. Es por aquí. Con el ceño fruncido de preocupación, ella le agarró la mano libre y empezó a llevarlo hacia el otro lado de la sala.

AGRADECIMIENTOS

Estoy en deuda con los siguientes libros y autores: *La rosa blanca* de Inge Scholl, *A Noble Treason* de Richard Hanser, *Complete Surrender* de David Sharp, *Robert Lowell* de Ian Hamilton. Mi más sincero agradecimiento a Reagan Arthur, Georges Borchardt, Suzanne Dean, Louise Dennys, Martha Kanya Forstner, Mick Gold, Daniel Kehlmann, Bernhard Robben, Michal Shavit, Peter Straus y LuAnn Walter. Gracias en especial a Tim Garton Ash y Craig Raine por sus atentas lecturas y útiles notas, a James Fenton por permitirme citar su poema «For Andrew Wood», a David Milner por su brillante revisión y, como siempre, a Annalena McAffe, que leyó con ojo experto numerosos borradores sucesivos. Por último, gracias a mi profesor de inglés, el difunto Neil Clayton, que insistió en que usara su nombre tal cual, y un cálido saludo a través de décadas a todos los chicos y profesores que pasaron por la extraña y maravillosa Woolverstone Hall School. Nunca hubo allí una profesora de piano como Miriam Cornell.

IAN MCEWAN
Londres, 2022

ÍNDICE